BASTEI
LÜBBE

Ann Rule

Alles, was sie sich erträumte

Ins Deutsche übertragen
von Richard Wunderer

TRUE CRIME
Der wahre Kriminalfall

BASTEI LÜBBE

BASTEI-LÜBBE-TASCHENBUCH
Band 13 576

Erste Auflage:
September 1994
Zweite Auflage:
Dezember 1996

Deutsche Lizenzausgabe 1994
Bastei-Verlag Gustav H. Lübbe
GmbH & Co., Bergisch Gladbach
Originaltitel:
Everything She Ever Wanted
Lektorat: Dr. Edgar Bracht
Titelbild: Georgina Bedrosian
Umschlaggestaltung:
Quadro Grafik, Bensberg
Satz: KCS GmbH,
Buchholz/Hamburg
Druck und Verarbeitung:
Brodard & Taupin, La Flèche,
Frankreich
Printed in France

ISBN 3-404-13576-8

Der Preis dieses Bandes
versteht sich einschließlich der
gesetzlichen Mehrwertsteuer.

In liebevoller Erinnerung
Für meinen besten Freund
Richard W. ›Dick‹ Reed
Polizei von Seattle
Mordkommission (im Ruhestand)

Böser Vorsatz ist die bewußte Absicht, unrechtmäßig einem Mitmenschen das Leben zu nehmen. Er zeigt sich in äußeren Umständen, die bewiesen werden können.

Vorsatz soll angenommen werden, wo es keine beträchtliche Provokation gibt und alle Umstände der Tötung ein verworfenes und bösartiges Herz zeigen.

Gesetz von Georgia

TEIL 1

ZEBULON

1. Kapitel

Zebulon, der Sitz des Pike County, fünfzig Meilen südlich von Atlanta, besteht aus wenig mehr als dem Hauptplatz, den vier Straßen, die ihn umgeben, und einigen Häusern, die dahinter strahlenförmig angeordnet sind. Wie unzählige andere Kleinstädte in diesem Teil von Georgia, wird die Stadt von einem grünen Schleier aus Bäumen geschützt – Pinien, Blutweiden, Magnolien und Eichen. An einem heißen Sommertag formen ihre Zweige einen Dom aus Blättern, der die schwüle Hitze fängt. Darunter wächst alles wie in einem Treibhaus. Der Schatten gewährt nur die Illusion, die glühenden Temperaturen würden gemildert. In dieser für ihn perfekten Umgebung kriecht der Kudzu-Wein über die orangefarbene Erde. Die harmlos wirkende Decke aus spitzen Blättern erstickt alles, was sie bedeckt – ein smaragdgrüner Parasit.

Das Gerichtsgebäude von Zebulon ist ein roter Ziegelbau mit weißen Lebkuchenhaus-Verzierungen und einem Uhrturm aus Alabaster, der sich leuchtend gegen den Himmel abhebt. Magnolien, Eichen und Ahornbäume stehen vereinzelt auf dem breiten Rasen, und jeder der vier Eingänge des Gerichtsgebäudes wird von blutroten Geranien in steinernen Urnen flankiert. Ein schiefer, bereits grau werdender Gedenkstein in einer Ecke des Geländes des Gerichtsbäudes ehrt siebzehn weiße Jungs aus Zebulon, die im Zweiten Weltkrieg starben, unter ihnen zwei Marshalls, zwei Pressleys und ein Pike. Unter dem eingemeißelten Wort FARBIGE in der unteren rechten Ecke wird nur ein Name aufgeführt: E. R. Parks unterliegt noch auf dem Heldendenkmal der Rassentrennung.

Die Geschäfte gegenüber vom Gerichtsgebäude verbergen sich hinter zusammenhängenden, wenn auch vollständig unterschiedlichen Steinfassaden mit Schrägdächern verschiedener

Höhe: ein Bekleidungsgeschäft, einige Antiquitätenläden, ein Möbelgeschäft, ein Haushaltswarenladen. Die Redaktion des *Reporter,* Zebulons Wochenzeitung, ist am Ende des Blocks untergebracht. Alle zwanzig Meter steht auf den Bürgersteigen ein Automat für Coca-Cola und Dr. Pepper. Fahrzeuge – hauptsächlich Pick-ups – parken schräg entlang der Straße.

Als Hollywood-Produzenten nach einer typischen Südstaaten-Kleinstadt als Filmkulisse für *Murder in Coweta County* mit Andy Griffith und Johnny Cash suchten, wählten sie Zebulon. Pat Taylor und Tom Allanson wählten ebenfalls Zebulon, um dort ihre eigene Phantasie auszuleben. 1973 kamen sie in die Stadt und lebten dort zuerst als Liebes- und danach als Ehepaar. Pat Taylor war eine schlanke Frau mit smaragdgrünen Augen und hochgetürmten Locken. Tom Allanson war ein großer, sonnengebräunter Mann. Sie war schön, er war attraktiv, und die beiden schien jene Liebe zu verbinden, die alle Widrigkeiten übersteht. Pat beschrieb Tom ihre Liebe auf der Rückseite ihres Hochzeitsfotos folgendermaßen:

Wir sind für das ganze Leben zu einer Einheit verbunden. Was gibt es Größeres für zwei menschliche Seelen, als für das ganze Leben miteinander verbunden zu sein, einander in allen Mühen zu stärken, sich in Zeiten der Not aufeinander zu stützen, in Zeiten des Kummers beim anderen Trost zu finden, einander in Zeiten des Schmerzes beizustehen, immer zusammen zu sein mit unseren Erinnerungen und unserer EINZIGARTIGEN LIEBE, die uns erhält . . . Durch die Liebe zu meinem Tom bin ich dem Himmel am nächsten . . . Als ich zu Dir kam, mein Tom, habe ich mich in Deine Hand gegeben – meinen Körper, mein Herz und meine Seele. Du bist meine Liebe, und Du machst mich auf jede erdenkliche Art zu der Deinen; dieses süße Band hält mehr aus als Schlösser oder Eisenstäbe. Ich werde Dich nie verlassen, um von anderen Dingen zu träumen, denn ich habe meinen Tom am Ende meiner Suche gefunden . . . Mein Körper erblüht, weil ich Toms Pat bin. Sieh da, ich habe mein altes Ich weit hinter mir gelassen und mein altes Leben Blatt für Blatt abgeworfen . . .

Und das hatte sie tatsächlich getan.

Pat und Tom machten sich daran, aus ihrer perfekten Liebe eine perfekte Welt zu erschaffen. Und doch lauerten in diesem Paradies Eifersucht und Wut, Ehebruch, Unzucht, Inzest, Vergewaltigung und sogar Mord, grimmige und gewalttätige Störungen aus der realen Welt. Beide besaßen zu starke familiäre Bindungen, als daß eine liebevolle Beziehung ungehindert wachsen konnte. Immer wieder wucherten alte Sorgen und Demütigungen in ihr junges Glück. Wie der Kudzu-Wein die trockene Erde bedeckt, so bildete der Stolz nur einen Schorf über tiefen und schmerzhaften Wunden, die nie verheilten. Das Aufrollen der Lebensgeschichte dieser beiden ist, als würde man den grünenden Verzweigungen dieses parasitären Weins folgen, der irgendwann alles Lebende tötet, das ihn trägt.

2. Kapitel

Tom und Pat hatten aus der erkalteten Asche gescheiterter Ehen zueinander gefunden. Mit dreißig war Tom um sechs Jahre jünger als Pat. Er hatte zwei kurze, schlimme Ehen hinter sich, sie eine lange, in der sie sich gefangen und erstickt gefühlt hatte. Beide waren sie auf der Suche nach der großen, wahren Liebe. Trotz aller widrigen Voraussetzungen schienen sie diese zusammen gefunden zu haben, obwohl sie – zumindest an der Oberfläche – nichts weiter gemeinsam hatten als eine gewaltige sexuelle Leidenschaft.

Tom war stark wie ein Ochse, und Pat war zierlich und zerbrechlich und oft krank. Er war Hufschmied. Sie liebte feine Handarbeiten, Stickereien und Malen. Er besaß eine Collegeausbildung, sie war in der zehnten Klasse von der Schule abgegangen und hatte geheiratet. Er war ruhig und beruhigend, sie wirkte manchmal ängstlich und verstört.

Das alles spielte keine Rolle. Tom brauchte nur seine gewaltigen Arme zu öffnen, und Pat kroch auf seinen Schoß und verbarg sich in der Sicherheit seiner Kraft. Tom sagte stets zu Pat: »Denk daran, Zuckerstück, immer das Wichtigste zuerst – und das wichtigste ist, daß ich dich mehr als alles andere auf dieser Welt liebe.«

Und sie antwortete stets mit ihrer Kleinmädchenstimme, die so gar nicht zu ihren sechsunddreißig Jahren paßte: »Ich liebe dich, Süßer. Ich liebe dich, Zuckerstück.«

Pat Taylor hatte Tom schon jahrelang gekannt, bevor sie ihn richtig zur Kenntnis nahm. Ihre gesamte Familie – ihre Eltern, Colonel der Army im Ruhestand Clifford Radcliffe und seine Frau Margureitte; ihre Kinder Susan, Deborah und Ronnie sowie Pat selbst – waren mit der Welt der Pferdeschauen von Atlanta verbunden. In den Ställen der Radcliffes standen einige der besten Pferde dieser Gegend. Pat, die bei ihren Eltern lebte, gab einer exklusiven Klientel Reitunterricht, und ihre beiden Töchter waren Spitzenreiterinnen.

Tom Allanson hatte ihre Pferde beschlagen, und er hatte der Familie Futter verkauft, als er bei Ralston Purina angestellt war. Der Sohn eines Anwalts hatte sich entschlossen, Tierarzt zu werden, ohne allerdings dieses Ziel ganz zu erreichen. Tom war mit Pats Familie befreundet gewesen, mehr nicht; jede Frau hätte ihn zur Kenntnis genommen, die ihn mit nacktem, schweißglänzendem, muskulösen Oberkörper arbeiten gesehen hätte. Wenn er die Morgan-Pferde beschlug, hob er deren Hufe mit seiner Hand so mühelos hoch, als wären es die Beine von Lämmern.

Und dann brachte im Herbst 1973 eine Reihe von Ereignissen Tom und Pat zusammen. Pat war gefühlsmäßig ungebunden, und Tom, der gerade die Scheidung von seiner zweiten Frau betrieb, brauchte vorübergehend eine Unterkunft. Die Radcliffes hatten viel Platz auf ihrem Gestüt an der Tell Road in East Point, südlich von Atlanta, und sie luden ihn ein, dort zu wohnen. Er konnte auf dem Sofa in ihrem Aufenthaltsraum schlafen, und sie konnten seine Hilfe bei ihren Pferden gebrauchen.

Für einen nüchtern denkenden Menschen war das Zusammentreffen der beiden nützlich, für einen Romantiker war es

Schicksal. Was auch immer es war, Tom Allanson und Pat Taylor verbrachten bald jeden wachen Moment miteinander. Er liebte alles an ihr, und sie überraschte ihn ständig. Er wußte fast nichts über ihr Leben vor ihrem Zusammentreffen, und es war ihm auch gleichgültig. Sie dagegen war unersättlich neugierig – was seine Familie anging und die Frauen, die Tom vor ihr geliebt hatte.

Obwohl Tom noch verheiratet war, erlebten sie eine wundervoll romantische Zeit der Werbung. Tom konnte sein Glück, Pat gefunden zu haben, nicht fassen, und er war tief beeindruckt, daß sie seine Liebe erwiderte. Seine größte Angst bestand darin, ihre Gesundheit könnte völlig zusammenbrechen, so daß er doch noch diese Frau verlieren würde. Als sie nach einem ihrer Ohnmachtsanfälle ins Krankenhaus kam, war er verzweifelt, stand hilflos neben ihrem Bett und hielt ihre bleiche Hand in seiner großen, von der Arbeit harten Faust. Er legte eine einzelne Rose auf ihr Kopfkissen und betrachtete sie mit Tränen in den Augen.

Pat versuchte, ihn wegzuschicken. Sie warnte Tom, sie sei nicht die richtige Frau für ihn. Er würde eine ›ganze Frau‹ verdienen. Sie bat ihn, sich der Wahrheit zu stellen. »Du willst mich nicht, Tom«, schluchzte sie. »Ich kann dir nie Kinder schenken – mir wurde die Gebärmutter entfernt. Ich bin nichts weiter als eine alte Frau mit einer Narbe auf dem Bauch. Niemand will mich!«

Er liebte sie nur noch mehr. Er brauchte keine weiteren Kinder. Er und Pat konnten seine beiden Kinder großziehen und natürlich auch Pats Sohn Ronnie, der noch ein Teenager war.

Pat und ihre Familie wurden alles für Tom. Sie hatten ihm Unterkunft – und Liebe – geboten, als das sonst niemand tun wollte. Pats Mutter Margureitte war die freundlichste Frau, die er je kennengelernt hatte. Sie tat alles, um ihren Kindern und Enkelkindern zu helfen, und Tom respektierte den Colonel wegen seines Dienstes in der Army und wegen seiner Würde und seines militärischen Auftretens. Er flehte Pat an, ihn zu heiraten, sobald seine Scheidung rechtskräftig wurde.

Sie ertrug weder Streß noch Unfrieden oder Enttäuschungen.

Als sie mit Tom über ihre Wünsche sprach, erkannte er, daß sie auf dieser Welt gar nicht so viel wollte, aber dieses Wenige wünschte sie sich sehnsüchtig. Er schwor, alles in seiner Macht Stehende zu tun, damit ihr Leben so glücklich und ruhig verlief, daß sie ihre Gesundheit wiederfand.

Pat hatte einen besonderen Traum – einen Traum, den bisher noch kein Mann wahrmachen konnte. Sie sehnte sich danach, auf ihrer eigenen Plantage zu leben. Mehr als ein Jahrhundert war seit dem Bürgerkrieg verstrichen, aber diese romantische Frau sehnte sich nach dem noblen Leben einer Südstaaten-Schönheit, wie es in Margaret Mitchells Roman *Vom Winde verweht* beschrieben wurde. Sie wollte ihre eigene Tara; sie wollte selbst Scarlett O'Hara sein. Sie glaubte, Tom würde ihr irgendwann und irgendwie ihren eigenen Besitz verschaffen, ein Stück Land, auf dem sie ihren Kopf stolz hochhalten konnte. Einen Ort, an dem sie die Rosen züchten konnte, die sie so liebte.

»Ich bin wie eine Rose, Tom«, erklärte sie sanft. »Und wie eine Rose bin ich selbstsüchtig. Ich will den ganzen Sonnenschein, den ganzen Regen für mich allein. Rosen brauchen alles, damit sie blühen und schön sein können.«

Er glaubte zu wissen, daß sie in Wahrheit gar nicht selbstsüchtig war. Was sie meinte, war nur ihr Hunger nach Leben und Liebe. Das war eines der Dinge, die er an ihr bewunderte: Sie streckte beide Hände nach dem Leben aus, griff nach all seiner Schönheit und drückte es fest an ihre Brust. Sie zeigte ihm, was es für sie beide geben konnte – geben sollte.

Gemeinsam stießen sie in diesem ersten Oktober auf einen Ort, der für sie beide bestimmt zu sein schien. Pat hatte eine gute Woche, in der sie sich stark und gesund fühlte, und sie und Tom gingen auf Rotwildjagd. Er war so stolz auf sie! Es erstaunte ihn, wie sie mit ihm durch die Wälder wanderte, an einem offenen Lagerfeuer kochte, ihr Gewehr lud und es genausogut wie jeder Mann schulterte. »Sie verstand mehr von Gewehren als die meisten Männer«, sagte er später. »Sie ließ mich einen 44er Karabiner kaufen, damit sie mit mir auf die Rotwildjagd gehen konnte – das ist ein kraftvoller Karabiner.«

Sie war eine bemerkenswerte Frau. Pat konnte so gut wie alles. In den langen, kühlen Nächten von Georgia kuschelten sie sich aneinander und wärmten sich an einer sexuellen Glut, die mit dem besseren Kennenlernen nicht abgenommen hatte, sondern nur noch intensiver geworden war. Daher wirkte es wie ein gutes Omen für ihre gemeinsame Zukunft, als sie während ihres Jagdausfluges in Zebulon ein rotes Ziegelhaus mit einer rundum laufenden Veranda fanden. Ein Schild ZU VERKAUFEN war daran befestigt, und sie erfuhren, daß es sich um das alte Hoyt-Waller-Haus handelte und daß Waller es verkaufte, weil er sich einiger seiner zahlreichen Immobilien entledigte.

Nachdem Pat die gewaltigen Möglichkeiten aufgezeigt hatte, die in der weitläufigen Farm lagen und nur genutzt werden mußten, war Tom genau so wild darauf wie sie. Das Grundstück lag am Highway 19, ein paar Meilen nördlich von Zebulon. Die etwa hundert Meter lange Straßenfront besaß einen vor kurzem frisch gestrichenen weißen Zaun aus waagerechten Brettern. Hinter der zur Straße gelegenen Wiese ragten Nadelbäume auf, und eine geschwungene Zufahrt verlief zwischen hohen Georgia-Mistelbüschen bis zu dem Ziegelhaus und dem Stall.

»Es war einfach traumhaft«, erinnerte sich Tom. »Ich wollte da bis zu dem Tag bleiben, an dem ich sterbe. Ich hatte alles, was ich mir jemals gewünscht hatte. Das Haus war aus Ziegeln, im Ranchstil gebaut. Ein fünfundzwanzig Morgen großer Pecanbaumwald gehörte dazu sowie weitere siebenundzwanzig Morgen. Alles, was man sich nur wünschen konnte. Das Grundstück war wunderschön angelegt. Es gab einen Obstgarten und verschiedene Gartenflächen. Es gab einen Weingarten, Apfelbäume, Pecanbäume, Birnbäume und Trompetenbäume. Einen Rosengarten. An der Rückseite war ein Biberteich angelegt. Und dann die Weiden, das Rotwild, die Wachteln . . . Es war einfach ein wunderschöner Ort . . .«

Sie mußten sich nur eine Möglichkeit ausdenken, wie sie es kaufen konnten. Waller wollte zweiundvierzigtausend Dollar für das Anwesen, und Pat und Tom mußten sich für die Finanzierung etwas einfallen lassen, um das zu schaffen. Toms Familie hatte Geld. Sein Vater war ein erfolgreicher East-Point-Anwalt, der mit Grundstücksgeschäften eine Menge Geld verdient hatte. Doch Tom wußte, daß sein Vater ihm kaum aushelfen würde. Seine Eltern waren noch immer über seine zweite Scheidung so verärgert, daß es gar keinen Sinn hatte, sie um Hilfe zu bitten. Sein Vater schien die Fehlschläge seines Sohnes sogar zu genießen.

Tom war der letzte von drei Allansons. ›Old Paw‹ Walter Allanson war der erste, dann kam Toms Vater, Walter O'Neal Allanson, und endlich Tom, Seaborn Walter Thomas ›Tommy‹. Paw und Nona, Toms Großeltern, waren bereits über siebzig, aber sie waren für ihn stets mehr Eltern gewesen als Walter und Carolyn Allanson. Paw betrieb noch immer seine Farm an der Washington Road in East Point. Er hatte im Laufe der Jahre ein kleines Vermögen verdient, und er war sparsam, aber er war nicht knauserig wie sein Sohn.

Tom überlegte und rechnete und fand endlich eine Möglichkeit, für Pat den Waller-Besitz zu kaufen. Er wollte schon lange, daß Nona und Paw in seiner Nähe lebten, besonders jetzt, da sie älter waren. Die Gesundheit seiner Großmutter ließ nach, und Paw konnte nicht ewig weiterschuften. Tom brachte Pat zu den beiden, damit sie sich kennenlernten, und er ließ seine Geliebte mit Nona plaudern, während er und Paw auf der Farm herumgingen und Geschäftliches besprachen.

Paw und Nona behandelten Pat höflich, obwohl es sie ein wenig verwirrte, Tommy schon mit seiner dritten Frau innerhalb eines Jahrzehnts zu sehen. Sie war offenbar etliche Jahre älter als Tommy, und Nona fand, daß sie sich schrecklich auffällig anzog. Die alte Frau war überrascht, als Pat ihr erzählte, sie habe drei Kinder, und ihre beiden Töchter seien bereits verheiratet. Nona, deren Sprachfähigkeit durch einen Schlaganfall beeinträchtigt war und die zu höflich war, um ihre Meinung rundheraus auszusprechen, hörte stumm zu, während die exaltierte Lady pausenlos über ihre wundervollen Pläne mit Tommy redete. Trotz ihrer anfänglichen Bedenken konnte Nona letztlich nicht anders, als ›die Neue‹ zu mögen – und sich von ihrer Begeisterung anstecken zu lassen. Tom erzählte in der Zwischenzeit Paw von dem Besitz in Zebulon: von den fünfzig Morgen und dem Haus und dem Stall und allem anderen, das man für nur zweiundvierzigtausend Dollar haben konnte. Das war eine Gelegenheit, die Tom nicht einfach verstreichen lassen konnte.

Die beiden Männer arbeiteten einen Plan aus. Paw wollte Tom das Geld für fünfundzwanzig Morgen geben, und dieses Geld sollte als Anzahlung für den gesamten Besitz dienen. Tom mußte eine Möglichkeit finden, um die nachfolgenden Zahlungen aufzubringen. Tom erklärte, er wollte auf dem Grundstück für seine Großeltern ein Haus bauen, eventuell ein Fertighaus. Das hörte sich für Paw gut an. Seit Nonas Schlaganfall hatte er sowohl die Arbeiten im Freien, als auch die Aufgaben im Haus übernommen. Er bildete sich etwas darauf ein, daß er ausgezeichnet für seine Frau sorgte, aber es wäre nett gewesen, eine Frau um sich zu haben, die ihm zur Hand ging und gelegentlich das Essen kochte. Tom versicherte Paw, daß Pat bereits ihn und Nona liebte. Er hatte ihr erzählt, wie gut sie beide immer zu ihm gewesen waren.

Colonel und Mrs. Radcliffe, Pats Eltern, halfen Pat und Tom ebenfalls bei der Anzahlung für den Besitz in Zebulon. Ihre einzige Bitte war, die beiden mögen ihre Farm ›Kentwood‹ nennen im Gedenken an Pats Bruder Kent, der als Mitzwanziger gestorben war. Obwohl Pat einen romantisch-bedeutungsschwangeren Namen vorgezogen hätte – Rosenhügel-Farm oder Mistelzweig-Gestüt oder gar Tara-Plantage –, nannten sie den Besitz Kentwood Morgan Farm.

Letztendlich bekam Pat ihren Liebsten und ihren Grundbesitz, ein schönes Ziegelsteinhaus und einen Stall, der groß genug für alle Pferde war, die sie und Tom züchten wollten. Beide wollten sie daraus eine Vorzeigeranch machen, auf der sie großartige Reitveranstaltungen inszenieren konnten. Tom wollte Pferde beschlagen, und Pat wollte Reitstunden geben, und hinterher würden sie Hand in Hand durch ihren eigenen Rosengarten wandern. Was konnte es Schöneres geben, als die Stille in der Dämmerung eines sanften Abends in Georgia, wenn man verliebt war.

Ende 1973 zogen Pat und Tom auf das wundervolle Landgut am Highway 19, und Tom begann sofort mit den Ausbesserungsarbeiten, weil er sicher war, daß die Scheidung von seiner zweiten Frau unmittelbar bevorstand. Sobald er wirklich frei war, wollte er ›seine Pat‹ heiraten. Das Ziegelsteinhäuschen genau ihren Wünschen anzupassen, war ein Liebesdienst, und soweit er sich das Material leisten konnte, renovierte und baute er um. »Ich machte alles neu, wie wir es geplant hatten«, erzählte er. »Wir beschafften uns Bauholz aus Fort McPherson und renovierten den Stall und die Weidenzäune. Ich hatte große Erwartungen.«

Pat entpuppte sich als bemerkenswert ungeschickt, wenn es um Renovierung ging. Zwar griff sie von Zeit zu Zeit zu einem Pinsel, aber die Hauptarbeit blieb an Tom hängen. Ihn störte das nicht weiter. Er war begeistert, weil er bei ihr war und Kentwood besaß.

Der fünfzehnjährige Ronnie zog bei seiner Mutter und Tom ein, obwohl er durchaus im Haus seiner Großeltern hätte bleiben können. Pat liebte ihren Sohn. Und sie verwöhnte ihn. Sie kaufte ihm alles, was er wollte, und ließ ihn machen, worum er bat – ausgenommen, seinen Vater zu besuchen. Er versäumte häufig den Unterricht, und Pat drängte ihn nicht, in die Schule zu gehen. Er wurde gleichzeitig verwöhnt und vernachlässigt. Wenn Tom zu erklären versuchte, daß Jungen eine gewisse Disziplin brauchten, um zu guten Männern heranzuwachsen, erinnerte Pat ihn sanft daran, daß Ronnie ihr Kind war und sie wußte, was am besten war.

Ronnie betete seine Mutter an. Es gab nichts, das er nicht getan hätte, um ihr eine Freude zu bereiten. Sprach sie einen Wunsch aus, führte Ronnie ihn aus. Seine Zuneigung zu ihr hielt ihn zwar nicht davor zurück, sich Schwierigkeiten einzuhandeln, sich zum Beispiel zu betrinken und Autos zu Schrott zu fahren und andere ungesetzliche Dinge zu tun, aber er wollte nicht, daß seine Mutter darunter zu leiden hatte. Wenn sie über Schmerzen stöhnte, fand Ronnie immer eine Möglichkeit, ihr Schmerzmittel zu besorgen. Verletzte jemand ihre Gefühle und brauchte einen Denkzettel, damit er das nicht noch einmal wagte, kümmerte Ronnie sich auch darum.

Natürlich lief nicht alles in dem neuen Leben der beiden glatt, aber Tom war so glücklich, daß ihn nichts aus der Ruhe brachte. Am Weihnachtstag 1973 wollte er einen großen Wallach aus dem Stall holen. Das Pferd preschte heraus. Tom hielt es fest, aber nicht einmal *sein* Gewicht reichte aus, um das aufgeschreckte Tier zu bändigen. Es schleifte ihn mit, und er brach sich das rechte Schlüsselbein. Diese Verletzung beeinträchtigte den Hufschmied sehr bei seiner Arbeit.

Pat war eifersüchtig auf Toms Ehefrau, die jeder ›Little Carolyn‹ nannte, da auch seine Mutter Carolyn hieß und natürlich ›Big Carolyn‹ genannt wurde. Um bei der Wahrheit zu bleiben, war Tom irgendwie stolz, daß Pat seinetwegen so eifersüchtig war, auch wenn sie dafür keinen Grund hatte. Little Carolyn war hübsch, aber in Toms Augen hielt sie keinen Vergleich mit Pat stand, die schön und heißblütig war und deren Küsse wie Honig schmeckten. Er war wild hinter der Scheidung her.

Pat duldete nichts in ihrer Nähe, das Tom an Little Carolyn erinnern konnte. »Ich weiß noch, wie ich einmal heimkam«, sagte Tom später, »und etwas zur Tür herausflog und auf dem Weg zerbarst. Es war ein brandneues J.-C.-Penney's-Radio. Es hatte in meinem Schlafzimmer gestanden, und es gehörte mir, aber in Pats Augen gehörte es Carolyn, und sie duldete nichts von Carolyn im Haus. Sie warf es einfach hinaus. Sie haßte Carolyn so sehr, daß sie einmal sogar behauptete, meine Kinder wären nicht von mir – sie wären von meinem *Vater*, und dieser hätte eine Affäre mit Carolyn gehabt, während ich mit ihr verheiratet war.«

Tom glaubte nicht, daß Pat das mit seinen Kindern ernst meinte. Sie sprach oft davon, daß Russ und Sherry bei ihnen leben sollten und daß sie den beiden eine Mutter sein wollte. Pat war nur so überspannt, daß sie manchmal Dinge sagte, die sie nicht meinte.

Dennoch erlaubte sie nicht, daß Tom Bilder von seinen Kindern in ihrem Haus aufstellte.

Die Scheidung von Little Carolyn schleppte sich dahin, und Pat weinte vor Frustration. Sie wollte Tom heiraten, nicht bloß mit ihm zusammenleben. Aber ein Gerichtstermin am Frühlingsanfang 1974 endete nicht mit Toms Scheidung, sondern mit einer weiteren Vertagung. Nachdem der Richter festgestellt hatte, daß Tom und Little Carolyn Allanson noch sehr, sehr weit von einer finanziellen Einigung entfernt waren, erklärte er: »Ich werde zum gegenwärtigen Zeitpunkt keine Scheidung aussprechen.« Als Pat das hörte, wurde sie weiß und grub ihre Fingernägel in Toms Arm. Sie schaffte es gerade noch aus dem Gerichtsgebäude des DeKalb County heraus, sank jedoch auf dem Rasen davor ohnmächtig zusammen. Passanten schrien auf, Sanitäter wurden gerufen. Allmählich kam sie wieder zu sich, und halb führte, halb trug Tom sie von der Menschenmenge weg, die sich ringsum versammelt hatte. Er fragte sich, wie große Belastungen sie noch ertragen konnte. Und dann war plötzlich alles in Ordnung, als wäre Pats und Toms Liebe gesegnet worden. Am 9. Mai 1974 hatte Tom wieder eine Scheidungsverhandlung. Er erwartete eine weitere Verzögerung und neuen Ärger. Tom und Pat waren an diesem Abend auf einer Morgan-Pferdeschau in Stone Mountain, Georgia, verabredet.

Pat hatte erklärt, sie würden als ›Scarlett und Rhett‹ nach Stone Mountain gehen, und sie selbst hatte die Kostüme entworfen und angefertigt. Es heiterte sie stets auf, sich zu verkleiden und in eine andere Persönlichkeit zu schlüpfen. Das war fast, als könnte sie ihr eigenes Leben verlassen und in eine höhere Existenzform übertreten. Und alle schwärmten sie stets davon, wie geschickt sie nähen konnte. Sie wußte, daß sie und Tom der Schlager auf der Schau in Stone Mountain sein würden. Sie hatte Königsblau als Schaufarben der Kentwood Morgan Farm gewählt, und ihre Stühle, Zelte und Decken waren in dem gleichen Farbton gehalten.

Pats Kleid war weiß, mit Puffärmeln und einem voluminösen Reifrock. Sie wollte weiße Handschuhe und weiße Federn im Haar tragen und ihre Lieblingsgemme in Goldfassung an einem Moiré-Band um ihren schlanken Hals legen. Als sie für Tom in ihrem Kostüm posierte, trat er auf sie zu und umspannte ihre schmale Taille mit seinen Händen. Sie hatte nie schöner ausgesehen, und sie wußte es.

Tom kam sich ein wenig albern vor, als er sein Kostüm sah,

aber er probierte, ohne zu murren, es an: schwarzer Cut mit Schößen, weiße Satinweste über einem Hemd mit Rüschen am Hals und an den Manschetten und ein Zylinder. Pat hatte sogar einen falschen Bart besorgt, den er sich ankleben sollte. Als sie gemeinsam vor einem bodenlangen Spiegel standen, sahen sie aus, als wären sie soeben durch einen staubigen Zeitvorhang nach Zebulon zurückgekehrt. Die Ähnlichkeit dieses Paares mit Scarlett und Rhett war verblüffend.

Beide waren sprachlos vor Erregung, als Toms Scheidung endlich an genau diesem Tag ausgesprochen wurde. Rasch reservierten sie eine Kapelle in Stone Mountain für ihre Hochzeit. Aber nichts in Pats Leben schien sich jemals ohne Tamtam abzuspielen. Ihre Hochzeit mit Tom bildete keine Ausnahme. Sie machte Schlagzeilen. Ein etwas sentimentaler Reporter der *Griffin Daily News* berichtete über die stilvolle Hochzeit. Unter der Schlagzeile HOCHZEIT WAR IHNEN VORBESTIMMT beschrieb ein dreispaltiger Artikel die Zeremonie:

›Pat Radcliffe und Tom Allanson feierten eine ungewöhnliche Hochzeit.‹

Pat hatte dem Reporter erzählt, sie und Tom würden einander seit fünfzehn Jahren kennen – seit dem Tag, an dem sie Tom in letzter Minute als Ersatz für ihren üblichen Hufschmied gerufen hatte. Anfangs wären sie gar nicht miteinander ausgekommen, erzählte Pat lachend, da sie Spezialistin für die rassigen Morgan-Pferde war und Tom normale Reitpferde vorzog. Allerdings habe sie ihn bekehrt.

»Als Pat krank war und das Bett hüten mußte, wurde Tom zu einem ständigen Besucher«, schrieb der Reporter. »Und das führte zu den Hochzeitsglocken. ›Sie ist so viel unterwegs, daß ich sie erst einmal einfangen mußte‹, erzählte Tom strahlend am nächsten Tag.«

Der Griffin-Artikel erwähnte nicht, daß Toms Scheidung erst gerade vollzogen war. Er erwähnte auch keine einzige der früheren Ehen von Braut und Bräutigam, nur die romantischen und chaotischen Details des 9. Mai 1974. Pat und Tom hatten die Kapelle für die Trauung um 14.00 Uhr bestellt und für diese Nacht ›*ein* Motelzimmer‹ gemietet.

»Tom war mit einem beladenen Pferdetransporter zu der Schau unterwegs, als er eine Reifenpanne hatte. Ein zweiter Reifen platzte, und er blieb auf einem vielbefahrenen Interstate Highway nahe Atlanta liegen«, berichtete die Zeitung. »Er schaffte es zu einer Tankstelle. Zufällig kam jemand vorbei, der wußte, wo er zwei passende Reifen für den Lastwagen beschaffen konnte.

Toms Braut wartete in der Kapelle in Stone Mountain, als es Zeit für die Zeremonie war. Er schickte eine Nachricht, daß er Probleme hätte und später kommen würde. Als die Nachricht bei Pat eintraf, hatte sie bereits geahnt, daß etwas schiefgelaufen war. Die Zeremonie wurde abgesagt.

Als Tom endlich den Lastwagen repariert hatte und auf der Pferdeschau eintraf, hatte sich unter den Teilnehmern herumgesprochen, was geschehen war. Da die Zelte der Ausstellung bereits schön dekoriert waren, schlugen sie vor, eines davon für die Hochzeit zu gebrauchen. Tom und Pat waren einverstanden. Reverend William Byington, ein Baptistengeistlicher, wurde gerufen. Er erklärte, in den vielen Jahren seiner Amtstätigkeit hätte er noch nie eine Ehe unter solchen Umständen geschlossen. Aber er war einverstanden. Während die Teilnehmer an der Schau in einem der Zelte zusahen, forderte er Tom und Pat in einer schlichten Zeremonie auf, einander ihre Liebe zu schwören.«

Pat konnte ein paar Bemerkungen über ihre neuen Reitereinrichtungen in Kentwood einflechten und erwähnte, daß sie auch weiterhin an der Woodward Academy auf dem Campus von Riverdale Reitunterricht geben würde. Sie und ihre Pferde würden täglich hin und her pendeln.

»Aber zurück zu der Geschichte der Hochzeit«, fuhr die Zeitung in Griffin fort, die sich offenbar sehr über ungewöhnliche neue Einwohner im nahen Pike County freute. »Das Paar aß am Sonntagabend im Western Sizzlin' Steak House. Hinterher nahm Tom den Lastwagen, und seine Braut sollte ihm folgen. Er fuhr auf den Expressway und fädelte sich langsam in den Verkehr ein. Im Rückspiegel hielt er nach dem Wagen seiner Frau Ausschau, als er ein Geräusch hörte, das nach einem Zusammenstoß klang. Er hielt an.

Jemand war mit dem Wagen seiner Frau zusammengestoßen, und sie lag verletzt in dem Wagen. Sie wurde in das Griffin-Spaulding Hospital zur Untersuchung und Behandlung gebracht. Dort wurde sie verbunden, und man erklärte ihr, sie könne heimgehen. Doch der Schmerz in ihrer Schulter ließ nicht nach. Am nächsten Tag ging sie in Atlanta in ein Krankenhaus, in dem sie erfuhr, daß ihr Schlüsselbein gebrochen war. Sie kam mit einem Gips nach Hause, den sie seither trägt... Die Jungvermählten haben trotz allem ihr Lächeln bewahrt und freuen sich darauf, hier auf ihrer Farm ihr Zuhause aufzuschlagen.«

Ein Foto rundete den Artikel ab: Pat und Tom als Scarlett und Rhett in der Kleidung aus den Jahren vor dem Bürgerkrieg. Lächelnd stehen sie in einem blumengeschmückten Raum – die hübsche, schlanke Frau mit Federn im Haar und einem Elfenbeinfächer in ihren kleinen, in Handschuhen steckenden Händen und der riesenhafte Mann mit dem stolzen Lächeln.

Warum Pat direkt vor einen herankommenden Wagen gefahren war, blieb ungeklärt. Vielleicht war sie von der Sonne geblendet worden, aber wahrscheinlich war sie nur unvorsichtig gewesen. Sie fuhr einen Lastwagen und zog einen Pferdeanhänger hinter sich her, der zur Seite und nach hinten ihre Sicht behinderte. Sie mag von drei hektischen Tagen auf der Pferdeschau von Stone Mountain erschöpft gewesen sein, aber es war eine von Hochstimmung durchsetzte Erschöpfung. Nachdem sie ›vor dem Altar sitzengelassen‹ worden war, war sie zu einer Braut geworden, deren Hochzeit im Mittelpunkt der gesamten Schau gestanden hatte. Es war besser ausgegangen, als sie sich das vorgestellt hatte.

War es nicht sogar irgendwie romantisch, daß sowohl sie als auch Tom ein gebrochenes Schlüsselbein hatten? Sie teilten eben alles miteinander. Seine Verletzung war schon längst verheilt, doch Tom erinnerte sich daran, wie schmerzhaft sie gewesen war, und er ging besonders zärtlich mit Pat um und ließ sie nichts Schweres heben und nach etwas greifen, wenn er in ihrer Nähe war.

Allmählich nahm sie ihren Reitunterricht wieder auf, und

Tom teilte seine Zeit zwischen seiner Arbeit bei Ralston Purina, wo er Pferde beschlug, und der Renovierung ihres Besitzes. Sobald sie zu Geld kamen, wollten sie immer mehr Morgan-Pferde kaufen, bis sie den besten Morgan-Stall im Staate Georgia besaßen. Sie führten jetzt schon eine perfekte Ehe. Davon war Tom überzeugt. »Zwei Seelen, die auf Lebenszeit vereint waren . . .«

3. Kapitel

Eine Wolke hing über dem Glück der beiden. Während Pats Familie sich über ihre Ehe mit Tom freute und Toms Großeltern die neue Frau ihres Enkels inzwischen für eine reizende und aufmerksame Frau hielten, war das mit seinen Eltern eine ganz andere Geschichte: Walter und Big Carolyn Allanson wollten mit Toms dritter Frau nichts zu tun haben. Sie hatten sich sogar bei der Scheidung auf die Seite von Toms Exfrau gestellt und sich gegen alle seine Versuche gewehrt, ihnen zu beweisen, was für eine feine Frau ›die Neue‹ war.

In der Hoffnung, die Situation ein wenig zu entspannen, wagte Margureitte Radcliffe einen Vorstoß. Sie rief Toms Eltern an und lud sie ein, mit ihr und Colonel Radcliffe zum Dinner in den Offiziersclub in Fort McPherson zu gehen. »Sie waren nicht interessiert«, erzählte Margureitte später.

Margureitte, die stets großen Wert auf ihren Anstand und ihre makellosen gesellschaftlichen Umgangsformen legte, war geschockt, daß Toms Eltern sich so feindselig verhielten. Seufzend ließ sie oft in ihre Gespräche einen Satz einfließen: »Ich hätte nie gedacht, daß sich auf dieser großen, weiten Welt Menschen so verhalten könnten.«

Dann verlor Tom seinen Job bei Ralston Purina, und er vermutete, daß sein Vater dabei die Finger im Spiel hatte. Er versuchte, seinen verlorenen Lohn mit seiner Arbeit als Hufschmied auszugleichen, doch das erzeugte Probleme in seiner Beziehung zu Pat. Zu seiner Überraschung fand er heraus, daß seine Braut nicht nur auf seine Exfrau eifersüchtig war, sondern auf jede Frau, die einen anerkennenden Blick auf ihn werfen mochte. Sie erklärte ihm, sie wolle nicht, daß er mit anderen Frauen zusammenkomme, wenn sie nicht dabei sei. Er versuchte ihr zu erklären, daß Pferdeställe nicht gerade die erste Adresse waren, wenn man Frauen suchte, und daß er fünfundneunzig Prozent seines Lebens in Gegenwart anderer Männer verbrachte, doch das half nichts. Pat bestand darauf, Tom bei seinen Touren als Hufschmied zu begleiten.

Er war stolz auf sie, aber ihre Anwesenheit dämpfte eindeutig die Unterhaltung unter Männern. Anstatt sich lässig mit den Jungs zu unterhalten, die herumstanden, während er Pferde beschlug, sorgte Tom sich darum, ob Pat es bequem hatte und sich wohl fühlte. Ihre Gegenwart bereitete auch seinen Kunden Unbehagen. Aber er liebte sie zu sehr, um sich von ihrer Aufmerksamkeit jemals erstickt zu fühlen. Wenn sie bei ihm sein wollte, dann war sie stets willkommen.

Es wäre ihm nicht im Traum eingefallen, ihr zu sagen, sie solle zu Hause bleiben.

Eingehüllt in Toms Liebe, verbesserte sich Pats Gesundheit zumindest so weit, daß sie auf Kentwood mithelfen konnte. Sie bediente den motorisierten Rasenmäher und gab ein paar Reitstunden, und manchmal vermietete sie ihren vierrädrigen Wagen oder ihren Sulky und ihre Pferde für Schauen und Paraden. Sie und Tom gingen oft zu Pferdeschauen. Aber sie erkannten beide sehr bald, daß sie knapper rechnen und härter arbeiten mußten, um Kentwood so zu gestalten, wie ihnen das vorschwebte. Pat wollte alles sofort haben, und Tom mußte sie beschwichtigen und erklären, sie könnten sich das alles einfach nicht leisten – einen größeren Stall, eine Haupttribüne für Pferdeschauen, noch mehr Rosen, Lüster, mehr Pferde und mehr Sulkies und noch mehr elegante Uniformen für ihre Fahrer.

Das alles erforderte Geld, und dieses Geld mußte von außerhalb ihres Haushalts kommen. Ohne seinen Job bei Ralston

Purina und mit dem gebrochenen Schlüsselbein, das ihn zwei Monate lang daran gehindert hatte, Pferde zu beschlagen, hatte Tom finanziell an Boden verloren. Jetzt konnte er arbeiten, aber das Geschäft des Hufschmieds ging abwärts anstatt aufwärts – hauptsächlich wegen Pats Verlangen, ständig dabei zu sein, oder weil er so oft alles liegen und stehen lassen und heimfahren mußte, wenn sie einen Ohnmachtsanfall hatte.

Ständig mußte Tom darauf gefaßt sein, daß seine Frau wieder ohnmächtig zusammensinken würde. Manchmal fuhr sie mit ihrem Jeep auf dem Anwesen herum, verlor einfach am Steuer das Bewußtsein und fiel auf der Fahrerseite hinaus. Manchmal jagte er nach Hause und fand sie neben dem Telefon liegend vor. Nein, es war unmöglich, auch nur daran zu denken, Pat könne Vollzeit arbeiten. Er wollte ohnedies nicht, daß sie das machte. Er war sich nicht einmal sicher, ob sie so viele Reitstunden geben sollte.

Tom wollte, daß auch seine Großeltern auf den Besitz zogen. Er hatte ihnen das versprochen, und er fand, daß dieses Versprechen vor dem großen Ausbau von Kentwood erfüllt werden sollte. Doch trotz seiner finanziellen Sorgen und seines Streites mit seinen Eltern war Tom glücklich. Wenn er und Pat ihre Pferde sattelten und über ihr eigenes Land ritten, hielt er sich für den glücklichsten Mann, der jemals gelebt hatte. Manchmal trug Pat für einen Ausritt auf ihrem Besitz eines ihrer Kostüme, und ihr Anblick vor den grünenden Bäumen im Frühling reichte, daß er vor Freude weinen wollte. Sie nannten einander ›Süßer‹ und ›Süße‹ oder ›Zuckerstück‹. Sie hatten bestimmte Lieder und kleine Aussprüche, deren Bedeutung nur sie kannten. »Immer das Wichtigste zuerst, Zuckerstück«, sagten sie. Dann erkannten sie, was wichtig war, und der Rest ihrer Pläne kam automatisch in die richtige Reihenfolge.

Tom hatte seiner Frau nie erzählt, wie schlimm es wirklich mit seinen Eltern stand – besonders mit seinem Vater. Walter Allanson konnte sich sehr derb ausdrücken, vor allem, wenn er über Pat sprach. Obwohl sein Vater sie nie persönlich kennengelernt hatte, verachtete er sie. Als Tom mit ihr zusammenzog, hatte er seinem Sohn erklärt, sie sei eine Schlampe, eine Frau, über deren schlechten Ruf alle Bescheid wüßten. »Die legt sich für jeden Mann mit einem Lastwagen und einem Pferdeanhänger hin. Du verdammter Narr, siehst du das denn nicht?«

Jeder wisse doch, wie viele Affären sie eingegangen sei, hatte Walter Allanson behauptet. Falls Tom sich mit ihr auf etwas einließ, war er noch dümmer, als er sich bisher angestellt hatte. »Bleib von der weg, Tommy«, hatte Walter verlangt. »Das ist eine schlimme Sache.«

Natürlich hatten die Warnungen seines Vaters bei Tom nur dafür gesorgt, daß er Pat noch mehr begehrte. Tom glaubte kein Wort von dem, was Walter über Pat sagte. Das war die Art seines Vaters, ihm alles zu zerstören, wie er es immer geschafft hatte, die Dinge zu beschmutzen, die Tom am meisten bedeuteten. Pat hätte gelitten, wenn sie erfahren hätte, was Walter Allanson über sie sagte. Tom wollte es ihr daher nie erzählen.

Das war allerdings schwierig, weil Pat ihn ständig drängte, Frieden mit seiner Familie zu schließen. Sie vermutete mit Recht, daß es in Toms Familie Geld gab, obwohl alle – mit Ausnahme seiner Tante Jean Boggs, Walters Schwester – ziemlich sparsam lebten. Tom hatte ihr erzählt, daß Paw überall in seinem Haus an der Washington Road stapelweise Geld versteckt hatte.

Soweit Pat wußte, hatte Paw den hinteren Teil seines Landes an Toms Vater verkauft, und Walter hatte das Land parzelliert und an Leute verkauft, die darauf die Forest Apartments, die Gray Estates und die Club Candlewood Apartments errichteten. Von diesen Transaktionen mußte der Familie viel Geld zugeflossen sein. Tom schien sich nicht im mindesten darum zu kümmern, aber er war Allansons einziger Sohn und der Lieblingsenkel von Paw und Nona, und irgendwann, so dachte Pat, würde alles ihm gehören. Der Himmel wußte, daß sie aus Kentwood nie machen konnten, was es sein sollte, wenn Tom nicht das ihm rechtmäßig zustehende Erbe bekam.

Toms Tante Jean Boggs und ihr Ehemann Homer hatten ein schönes Haus in East Point, und sie kleidete sich wie eine reiche

Frau. Tom erzählte Pat, daß Jean nichts mehr mit ihrem Bruder Walter zu tun hatte, nachdem es Streit um den Besitz ihres Vaters gegeben hatte – vor sieben oder acht Jahren. Sie hatte auch Kinder, die jedoch nicht von den älteren Allansons großgezogen worden waren wie Tom; er war fast wie Paws und Nonas eigener Sohn.

Nach der Heirat mit Tom war Pat sicher, daß Walter und Big Carolyn Allanson sie akzeptieren würden. Von der Seite ihrer Mutter stammte sie von den Silers ab, einer feinen alten Familie. Sie hatte Eltern, auf die sie stolz sein konnte – Papa war immerhin ein Colonel im Ruhestand. Pat glaubte, Toms Exfrau weit überlegen zu sein. Sie war eine Lady, deren Kinder Reitchampions waren, eine Lady, die Gouverneur Jimmy Carter und die japanische Kaiserfamilie persönlich getroffen hatte. Die Allansons mußten das anerkennen und *dankbar* sein, daß sie ihren Sohn geheiratet hatte. Es würde schon alles in Ordnung kommen.

Tom war nicht so optimistisch, daß dies in nächster Zukunft geschehen würde. Er wußte, wie starrsinnig sein Vater war, doch er konnte seiner Braut unmöglich erklären, warum sie seine Eltern nicht besuchten. So sehr er sie liebte, hatte er doch schon erlebt, daß Pat Leute verärgerte, daß sie redete, ohne nachzudenken, und oft etwas zum falschen Zeitpunkt sagte. Und dann war da ihr Aussehen. Er selbst liebte es, wie sie sich kleidete, aber wenn er Pat mit den Augen seines Vaters sah, schauderte er. Sie zeigte zu viel Bein und zu viel Busen. Die kleinen altmodischen Klammern, mit denen sie ihre rückenfreien Oberteile mit Halsträgern zusammenhielt, lösten sich ständig. Sie war eine großartig aussehende Frau, aber ihr Anblick würde seinem Dad nur noch mehr Munition gegen sie liefern.

Dieser Feuertaufe wollte er Pat nicht aussetzen.

Und jetzt nach der Heirat erkannte er, daß sie noch heftiger und empfindlicher auf Zurücksetzung reagierte, als er gedacht hatte. Ihre Großmutter Siler war in dem Frühling, in dem sie heirateten, gestorben, und der Siler-Clan versammelte sich in North Carolina, um sie zu begraben. Die meisten dieser Leute trafen Tom zum ersten Mal. Es gab Streit, als der Zug zum

Friedhof organisiert wurde. Pats Tante Mary Adams und ihr Mann Charles stellten ihren Cadillac direkt hinter den Sarg und warteten auf den Beginn der Prozession. Doch Pat bekam einen Anfall. »Mama Siler hätte gewollt, daß ich an erster Stelle bin«, schluchzte sie. »Ich war ihr Liebling! Tom, fahr mit dem Lastwagen da hinein – direkt vor den Cadillac!«

Verwirrt gehorchte Tom und gab dem Pick-up mit dem runden Kentwood-Emblem, einem Morgan-Pferd, Gas und drängte den Cadillac ab. Niemand hielt ihn auf. Er war fasziniert, wie die Silers vor seiner geliebten Frau zurückwichen.

Sie beruhigte sich, sobald sie die endlose Reihe der Fahrzeuge zum Friedhof anführten. Ihr Schluchzen verstummte, und sie saß kerzengerade und geradezu stolz da. Und sie erklärte Tom, wie besonders lieb sie stets ihrer Großmutter gewesen war, und er erkannte, daß alle Pat liebten – ihre Eltern, ihre Töchter und Ronnie, seine Großeltern – alle außer seine Eltern, die so stur waren wie Keiler in einem Maisfeld.

Pat war zu klug, um nicht zu bemerken, daß ihre Schwiegereltern nichts mit ihr zu tun haben wollten. Sie war verletzt und wütend. Das war nicht fair – sie hatte den Leuten doch gar nichts getan! War es ein Verbrechen, daß sie den Sohn dieser Leute mehr als ihr Leben liebte? Sie war sechs Jahre älter als Tom, aber niemand konnte das als ›Wildern im Kindergarten‹ bezeichnen. Warum mußten Walter und Big Carolyn so kleinlich sein?

Toms und Pats Beziehung zu seinen Eltern – oder besser das Fehlen einer solchen – wurde für Pat zu einem ständigen Ärgernis. Obwohl sie und Tom noch immer wundervolle, träumerische Tage auf Kentwood verbrachten, bekam ihre ungetrübte Freude kleine Risse. Pat beklagte sich bei jedem, der ihr zuhörte, über Toms Vater und Toms Exfrau Little Carolyn. Sie behauptete, die beiden wären dafür verantwortlich, daß Tom seinen Job bei Ralston Purina verloren hatte: »Jemand hat bei denen angerufen und behauptet, es gäbe eine Gegenklage (gegen die Scheidung), und er (Tom) würde ins Gefängnis kommen, und bei Purina gibt es eine sehr strenge Vorschrift dagegen – und so hat Tom seinen Job verloren . . .«

Darüber hinaus hatte sie das Gefühl, daß Walter es sich zur Lebensaufgabe machte, dafür zu sorgen, daß Tom nie wieder einen Job bekam. »Er hat sich ein paarmal um gute Jobs beworben«, behauptete sie, »aber bei jedem ist es seinem Vater gelungen, ihm einen Strich durch die Rechnung zu machen. Tom wollte zur berittenen Polizei, aber sein Vater hat das auch verhindert.«

Das mag durchaus stimmen. Walter Allansons Feindseligkeit gegenüber seinem einzigen Kind war bitter wie Galle. Er wollte Toms Scheidung und Wiederverheiratung nicht akzeptieren, und Pat war mit Recht verärgert. Doch Tom erkannte bald, daß seine neue Ehefrau keine Friedensstifterin war und herzlich wenig Takt besaß. Sie war immer auf seiner Seite – und das war gut so –, aber sie redete viel zu viel, und ihre Bemerkungen wurden seinem Vater hinterbracht, was alles nur noch schlimmer machte.

Im Sommer 1974 kochte Pat Allanson vor Wut. Das war eine Seite ihrer Persönlichkeit, die Tom nie zuvor gesehen hatte. Er hatte sie als liebevoll und leidenschaftlich, nachdenklich und traurig und verängstigt wie ein Kind kennengelernt. Wütend hatte er sie jedoch nie erlebt. Anstatt zufrieden zu sein, daß sie und Tom endlich Mann und Frau waren, und den Rest der Welt sich selbst zu überlassen, nörgelte sie ständig herum, er solle wegen seines Vaters ›etwas tun‹. »Du nennst dich einen Mann?« forderte sie Tom heraus. »Wärst du ein Mann, würdest du nicht zulassen, daß er uns so behandelt!«

Ihre Tränen schmerzten Tom viel mehr als ihre Worte – es traf ihn stets tief, Pat weinen zu sehen –, aber noch nie hatte er eine Konfrontation mit seinem Vater gewonnen. Er hatte keine Ahnung, was Pat von ihm erwartete. Er wollte sein eigenes Leben und seine eigene Farm und seine eigene Ehe führen – aber Pat ließ nicht locker, ganz gleich, wie er sich auch drehte und wendete. Er brachte sie nicht zu der Einsicht, daß sie weder seinen Vater, noch dessen Geld brauchten.

Pat ließ nicht locker. Sie wollte, daß Tom die Dinge mit seinen Eltern klärte, und sie verlangte, in seiner Familie willkommen geheißen und nicht wie Müll behandelt zu werden. Seine

Eltern beleidigten und beschämten sie, ganz zu schweigen von ihren Eltern. Jeder Ehemann, der sich wirklich etwas aus ihr machte, würde bei einer solchen Behandlung nicht stillhalten. Ihre Ehe war knapp älter als einen Monat, aber ihre Freude wurde bereits sauer wie Apfelsaft, der sich in Essig verwandelt.

Pat begann, sich von Tom zurückzuziehen. Der fünfzehnjährige Ronnie lebte schon bei den Neuvermählten, und jetzt bat Pat ihre Töchter Susan und Deborah und andere Verwandte, sie zu besuchen. Ihre Tante Alma Studdert und Almas Enkelin Mary Jane Smith übernachteten häufig bei ihnen. Stundenlang saßen Pat und Alma in den Schaukelstühlen auf der Veranda und beobachteten, wie der Himmel über den Wiesen von Kentwood dunkel wurde. Alma fand, Pat sollte lieber bei ihrem neuen Ehemann im Bett sein; ihr und anderen Verwandten fiel auf, daß Pat es vermied, mit Tom allein zu sein. Das kam ihnen besonders seltsam vor, da sie und Tom praktisch noch Flitterwochen hatten und sich in jenem Stadium der Ehe befanden, in dem sie einander nur anhimmeln sollten.

Verwandte um sich zu haben, war für Pat nicht neu. Sie hatte diese stets zu ihrer Sicherheit benützt. Doch da sie jetzt Tom hatte, der für ihre Sicherheit sorgte, waren ihre Verwandten über ihr offenes Zögern, mit ihm allein zu sein, verwirrt. Vielleicht wollte sie nichts sagen, das sie bereuen würde. Sie schien stumm unter gebrochenem Herzen zu leiden. Ihre Angehörigen wußten, daß Pat trotz ihrer Schönheit ständige gefühlsmäßige Unterstützung brauchte. Die totale Zurückweisung durch Toms Eltern hatte Pat zerstört, hatte ihrem Leben Freude entzogen und ihre Ehe schal und welk gemacht.

4. Kapitel

Die Flitterwochen des jungen Paares waren viel zu schnell vorüber, und die Lage wurde nur noch schlimmer, als Pats Mutter Margureitte in der Praxis des Kinderzahnarztes, bei dem sie arbeitete, einen unerwarteten Anruf erhielt. Am Apparat war Walter Allanson höchstpersönlich. »Vielleicht haben Sie ja ein bißchen Einfluß auf Tom«, begann er ohne Einleitung. »Würden Sie ihm bitte sagen, er soll gefälligst unterlassen, was er macht – und er soll endlich das Richtige tun?«

Margureitte Radcliffe war eine Frau, die sich wortwörtlich an lange, komplizierte Gespräche erinnern konnte. Meistens drückte ihre Miene Empörung und Schock über das Verhalten weniger wohlerzogener Leute aus, besonders jener, die ihre Tochter Patricia mißverstanden, die in ihren Augen gar nichts falsch machen konnte.

Und ironischerweise konnte Tom in den Augen seines Vaters nichts richtig machen.

Mit ungläubiger Stimme schilderte Margureitte später die Unterhaltung, die sie mit Walter Allanson führte. »Er sagte mir, Tommy wäre in die Wohnung seiner Exfrau gekommen und habe Formaldehyd in Milch getan! (Ich sagte) ›Haben Sie die Polizei gerufen?‹ Er sagte, das hätten sie getan, und man hätte die Milch getestet, und es habe sich darin tatsächlich Formaldehyd befunden. Die Milch wäre im Glas für das kleine Mädchen gewesen. Er – Mr. Allanson – sagte: ›Ich bin sicher, Tom hat das getan.‹«

Margureitte war betroffen. Das ergab keinen Sinn. Es sah Tom nicht ähnlich, so etwas zu machen. Er liebte seine Kinder. Er würde ihnen nie etwas antun. Natürlich erzählte sie ihrer Tochter von diesem Anruf, und als Pat von Walter Allansons Anschuldigungen erfuhr, verlor sie vor Frustration fast die Beherrschung. Wie konnte Tom zulassen, daß irgend jemand dermaßen über ihn log? Er erlaubte seinem Vater und seiner Exfrau, seinen Ruf mit rachsüchtigen Lügen zu zerstören!

Margureitte Radcliffe entschied, daß es reichte. Sie wollte nicht zulassen, daß irgend jemand Patricias Gefühle so sehr verletzte. Sie sprach mit Paw und Nona, Toms Großeltern, über den Ärger zwischen Walter und Tom und Pat, aber diese wußten auch keinen Rat. Sie erklärten stoisch, ihr Sohn wäre ein »kalter Mensch. Er hat nie in seinem Leben etwas falsch gemacht, hat nie in seinem Leben einen Fehler begangen, und er hat nie eingestanden, daß ihm irgend etwas leid tut ... nicht, seit er ein Kind war.«

Margureitte, die nicht dafür berühmt war, sich nur um ihre eigenen Angelegenheiten zu kümmern, nahm es auf sich, dem neuen Schwiegervater ihrer Tochter den Kopf geradezurücken. Am Montag, dem 21. Juni 1974, ging sie ohne Terminabsprache in Walter Allansons Anwaltsbüro und bat darum, angemeldet zu werden. Mary McBride war seine Vorzimmerdame. Ihre Enkelin Becky war mit Pats Töchtern in die Schule gegangen, und sie fragte, wie es den beiden ginge. Margureitte war schockiert, als sie herausfand, daß Mary nichts von Toms und Pats Heirat wußte. Die Allansons legten offenbar Wert auf Geheimhaltung.

Als Walter ein Telefongespräch abschloß, stürmte Margureitte in sein Büro, ohne sich von seinem erstaunten Blick abweisen zu lassen. Die Erinnerung an dieses erste Zusammentreffen blieb kristallklar in ihrem Gedächtnis haften. »Mr. Allanson«, sagte sie. »Ich wollte Sie nicht besuchen, aber ich mußte herkommen ... nachdem ich vergeblich versucht hatte, Sie dazu zu bewegen, uns alle kennenzulernen. Ich konnte nicht glauben, was ich alles gehört hatte – Sie wären ein strenger und harter Mann –, und ich konnte einfach nicht glauben, daß irgendein Vater so sein könnte ... Tommy hat nichts gesagt, aber ich weiß, daß sein Herz wegen Ihrer Haltung und der seiner Mutter brechen muß ...«

Walter Allanson ließ sich von den empörten Worten der Frau vor ihm nicht beeindrucken. »Mrs. Radcliffe«, sagte er düster. »Lassen Sie sich von mir etwas sagen. Ich bin Schotte, ich verlange Disziplin, und ich bin ein strenger Mann. Ich habe mich selbst dazu erzogen. Wenn ich mit jemandem fertig bin, bin ich mit ihm wirklich fertig. Ich habe keinen Sohn.«

»Mr. Allanson«, erwiderte Margureitte, »das meinen Sie nicht so. Tief in Ihrem Inneren ist etwas, das Sie unterdrücken. Tief in Ihrem Inneren müssen Sie Gefühle haben.«

»Nein, Mrs. Radcliffe, die habe ich nicht. Würde Tommy heute tot umfallen, würde ich nicht zu seinem Begräbnis gehen, und läge er im Sterben und würde nach mir rufen, würde ich keinen Finger rühren, um ihm zu helfen. Ich würde sogar alles tun, um ihn zu ruinieren.«

»Mr. Allanson! Haben Sie seinetwegen immer so empfunden?«

»Nein. Ungefähr vor einem Jahr hat er sich verändert. Ich glaube, der Junge hat einen Tumor.«

Margureitte richtete sich hoch auf. »Also, würde ich denken, daß eines meiner Kinder einen Tumor hat, würde ich alles tun, damit es die entsprechende medizinische Betreuung bekommt, anstatt ihm irgend etwas vorzuwerfen.«

»Er hört nicht auf mich«, erklärte Walter Allanson. Dann erwähnte er wieder das Formaldehyd in der Babymilch und fügte hinzu, daß Tom außerdem am 9. Mai Zucker in den Benzintank seines Wagens getan hatte.

»Das kann nicht sein«, entgegnete Margureitte. »Tom war an diesem Tag in Stone Mountain und hat geheiratet. Es waren mindestens dreihundert Leute bei seiner Hochzeit. Wirklich und wahrhaftig, Mr. Allanson, es muß irgend etwas mit Ihren früheren Fällen zu tun haben, und Sie sollten dort nachforschen, anstatt Tommy an allem, was passiert, die Schuld zu geben.«

Allanson beugte sich über seinen Schreibtisch und starrte Margureitte an. »Ich werde Ihnen sagen, was er tat. Gestern zwischen 9 Uhr vormittags und 13 Uhr 30 nachmittags brach jemand in unser Haus ein und stahl drei Waffen.« Walter Allanson wollte die Waffen wiederhaben, und er beauftragte Margureitte, Tom dazu zu bringen, sie ihm per Post zuzuschicken. »Er darf nicht herkommen, weil ich ihn umbringe, wenn ich ihn sehe. Wenn er sie mir nicht per Post zuschickt oder die Polizei ihn nicht anzeigt, erledige ich ihn.«

Margureitte erbleichte. »Mr. Allanson, das können Sie nicht

im Ernst meinen ... Ihr Sohn hat Ihnen doch gar nichts getan! Käme er zu Ihnen und sagte ›Dad, ich weiß nicht, worum es sich hier dreht, aber setzen wir uns doch hin und reden wir darüber und lassen die Vergangenheit Vergangenheit sein‹, Mr. Allanson ... Sie könnte Ihrem Sohn nicht verzeihen?«

»Nein. Ich bin fertig mit ihm. Ich habe keinen Sohn. Ich habe auch keine Schwiegertochter. Ihre Tochter ist nicht meine Schwiegertochter.«

Margureittes Gesicht war starr vor Entsetzen, als sie Walter Allansons Büro verließ. Ihr Besuch hatte alles nur schlimmer gemacht. Jeder in der Familie fühlte das. Die Atmosphäre auf Kentwood war Ende Juni spannungsgeladen.

Liz Price, eine alte Freundin von Tom und eine Bekannte von Pat von Pferdeausstellungen her besaß siebzig Meilen südlich von Kentwood eine Farm. Ihre Tochter Johnette trainierte ihre Pferde an drei oder vier Tagen in der Woche und ritt gelegentlich die Morgans bei Schauen. Liz war dabei, als Tom eines Abends mit einer Zwiebel aus dem Garten in die Küche kam und sie Pat mit einer großen Geste überreichte. Liz war überrascht, daß Pat ein finsteres Gesicht machte und ärgerlich seine Hand beiseite stieß. »Sie hat immer an ihm herumgenörgelt«, erinnerte sich Liz.

Pats Tochter Susan Alford, die in diesem Sommer einundzwanzig war und oft mit ihrem kleinen Sohn Sean nach Kentwood kam, war stets in der Lage gewesen, die Stimmungen ihrer Mutter einzuschätzen. Sie sah, daß Pat nur an einem dünnen Faden hing. Sie nörgelte an Tom herum, er habe kein Rückgrat. Sie verlangte, daß er ihre Ehre verteidigte, zu seinen Eltern ging und *erzwang*, daß sie als seine Frau im Kreise der Familie willkommen geheißen wurde. Susan erkannte, daß Tom in Pat so total verliebt war, daß er alles tun würde, um sie zufriedenzustellen – zumindest alles in seiner Macht Stehende.

Doch Tom wußte, daß er überhaupt keine Macht über seinen Vater hatte. Die hatte er nie gehabt.

Pats Tante Alma saß an einem samtigen Abend im Juni auf einem Schaukelstuhl auf der Veranda, aber sie konnte sich nicht entspannen. »Ich kann nicht meinen Finger darauf legen«, bemerkte sie gegenüber Liz Price, »aber irgend etwas Schlimmes wird geschehen.«

Am 28. Juni war Pat allein auf Kentwood. Tom war nach Barnesville gefahren, um Pferde zu beschlagen, und Ronnie hatte gesagt, er würde in Zebulon einen Auftrag als Anstreicher ausführen. Es war ein herrlicher Sonnentag, und Pat fühlte sich endlich gut genug, um ein wenig zu arbeiten. Sie hatte den automatischen Rasenmäher herausgeholt. In einer späteren Aussage bei einem Deputy des Pike County beschrieb sie den Horror, den sie an diesem Nachmittag durchlitt.

»Ich war also ganz allein, und wir haben einen sehr großen Garten. Wir haben ungefähr fünfzig Morgen, und ich mähte den vorderen Teil an der Straße, was sehr weit vom Haus entfernt ist. Ich saß auf dem kleinen selbstfahrenden Rasenmäher und mähte ganz entspannt. Ich hatte gerade angefangen, als ein Wagen vorbeifuhr. Er sah aus wie unser blaues Wohnmobil. Sie wissen doch, wie einem etwas durch den Kopf geht und irgendwie haften bleibt. Ich mähte also weiter – ungefähr einen Morgen –, und da steht eine etwa vier Meter hohe Hecke zwischen unserer Farm und dem angrenzenden Feld und ... ich sah das Dach eines Wohnmobils. Ich dachte, na ja, der Mann hatte wohl Schwierigkeiten mit seinem Wagen. Ich kam an das Ende der Hecke, wo ein hoher Baum wächst. Und da stand ein Mann. Er hatte die Ärmel hochgerollt, und er ließ einfach seine Hose herunter ... Ich wußte nicht, was ich machen sollte. Ich trat auf die Bremse des Rasenmähers, und es kam mir so vor, als wäre ich eine Stunde lang erstarrt, aber ich weiß, daß es nur eine Sekunde war.«

Pat schilderte dem Deputy den schockierendsten Teil ihres Erlebnisses. Sie erkannte den Mann. Sie hatte ihn jahrelang in East Point gesehen, und in der letzten Zeit tauchte sein Foto in allen Zeitungen und auf Wahlplakaten auf. Der Mann, der sich vor ihr entblößte, war Walter Allanson, der Vater ihres Mannes!

»Ich war sicher, daß er es war. Das einzige, was mich verunsicherte – der Mann hatte eine Zigarre im Mund ... Ich hatte nie gesehen, daß sein Daddy eine Zigarre raucht ... Ich habe ihn immer nur mit einer Zigarette im Mund gesehen. Ich rammte den dritten Gang des Rasenmähers hinein. Er fährt nicht besonders schnell. Ich steuerte zu dem nächsten Nachbarn, aber dort standen keine Autos. Darum fuhr ich wieder meine lange Einfahrt zurück und rannte sofort ins Haus.«

Tom hatte stets sein ›Beschlagbuch‹ griffbereit im Haus, damit Pat jederzeit feststellen konnte, wo er war, wenn sie wieder Ohnmachtsanfälle hatte. Pat rief nicht zuerst den Sheriff, sondern Tom. Sie war dermaßen in Panik, daß er sie kaum verstehen konnte, doch dann platzte sie damit heraus, daß sein Vater direkt an ihrer Hecke stand und ihr seinen Penis zeigte. Tom konnte kaum begreifen, was sie sagte, aber eines war sicher – sie war hysterisch. »Er sagte ›Zuckerstück, um Himmels willen, sei still, leg auf und ruf den Sheriff an!‹«

Pat machte es. Der Sheriff versicherte ihr, er wäre schon unterwegs, und bevor Pat wieder wählen konnte, klingelte das Telefon. Es war Ronnie, der aus Atlanta anrief, wo er Marguereitte besuchte. Später erklärte sie dem Sheriff, sie wäre so verängstigt gewesen, daß sie nicht wirklich sicher war, wo Ronnie nun war. Sie hatte gedacht, er würde in Zebulon ein Haus anstreichen.

Andererseits wußte die halbe Zeit ohnedies niemand, wo Ronnie war. Er und sein Freund Cecil ›Rocky‹ Kenway, der oft bei ihm in Kentwood war, verschwanden wie die meisten Teenager, wann immer es ihnen einfiel und wohin immer sie gerade wollten.

Ronnie sagte seiner Mutter, er habe ihretwegen plötzlich ein komisches Gefühl gehabt. »Mom, ich weiß nicht, warum – ich wollte dich einfach anrufen und hören, ob alles in Ordnung ist.«

Pat schilderte ihrem Sohn, was geschehen war, aber Ronnie unterbrach sie.

»Mutter, sind die Türen versperrt?«

»Oh, mein Gott, ich weiß es nicht! Warte einen Moment! Ich melde mich gleich wieder!«

Sie legte den Hörer weg und rannte los, um alle Türen des Hauses zu verschließen, doch dann kam ihr ein schrecklicher Gedanke: *Oh, mein Gott, was ist, wenn ich ihn mit mir zusammen im Haus eingeschlossen habe? Vielleicht ist er die Hecke entlang gekommen, die hinter dem Haus wächst . . .*

Ronnie wartete am Telefon, bis Deputy Billy Riggins die zweieinhalb Meilen von dem Gerichtsgebäude in Zebulon bis Kentwood gerast war. Riggins fand eine attraktive, aber hysterische Frau vor, die am Küchentelefon stand und in der Hand ein ungeladenes 22er Gewehr hielt. Da Riggins nicht wußte, daß es ungeladen war, entwand er ihr behutsam das Gewehr, und sie reichte ihm den Hörer. »Bitte, sprechen Sie mit meinem Sohn und sagen Sie ihm, daß Sie hier bei mir sind.«

Nachdem Riggins mit Ronnie gesprochen und aufgelegt hatte, wurde er mit einem Wortschwall eingedeckt. Pat schilderte ihm, wie entsetzt sie gewesen war, ihren eigenen Schwiegervater an der Hecke stehen zu sehen, während er ihr seine Intimteile zeigte. »Ich habe eine Menge Schwierigkeiten mit der Blutgerinnung, und ich muß Sauerstoff bekommen. Ich habe hohen Blutdruck, und das alles kommt von einem Unfall, in den ich verwickelt war – ich bin gerade erst aus dem Krankenhaus gekommen. Heute war der erste Tag, an dem ich mich gut genug gefühlt habe, um den Rasen zu mähen. Mein Sohn hat gesagt, ich soll Sie bitten, das Gewehr für mich zu laden, damit ich mich schützen kann, wenn Sie wieder weg sind – wenigstens bis mein Mann heimkommt.«

»Wo sind die Patronen?« fragte Riggins.

»Das weiß ich nicht.«

In diesem Moment rief Tom an und erklärte Riggins, wo sich die Schlüssel für den Waffenschrank befanden. Der Deputy lud und zeigte Pat, wie man mit dem Gewehr schoß. Sie war mit Gewehren nicht unerfahren. Sie konnte ein 22er Gewehr laden und damit schießen, und sie hatte viel stärkere Gewehre benützt, als sie im vergangenen Herbst mit Tom auf der Rotwildjagd gewesen war. Aber offenbar hatte sie zu große Angst, um klar zu denken, und ihre Hände zitterten.

Riggins fiel auch auf, daß sie schrecklich verlegen war, aber welche Frau wäre das nicht gewesen. Es war demütigend, ein Mitglied der eigenen Familie anzeigen zu müssen, weil es seine intimsten Körperteile hergezeigt hatte. Das war eine unnatürliche Sache.

»Können Sie den Mann beschreiben, den Sie sahen?« fragte der Deputy.

»Ja«, erwiderte sie langsam. »Natürlich – ich meine, ich weiß, daß es sein Vater war ... Er stand da und trug diesen Hut, den er immer auf dem Kopf hat, diesen Schlapphut, und seine Hemdsärmel waren hochgerollt, wie er das immer macht, und er ließ einfach seine Hose herunter. Aber gleichzeitig dachte ich, das kann doch nicht sein Vater sein! Verstehen Sie? Aber ich weiß, daß er es war.«

Der Deputy schaffte es, Pat zu beruhigen, und er schlug vor, sie sollte mit ihrem Mann darüber sprechen, ob sie seinen Vater anzeigen wollte. Pat wirkte gefaßt, als der Deputy wegen eines anderen Anrufs weg mußte.

Das war bereits Riggins' zweiter Besuch auf der Kentwood Morgan Farm. Anfang April hatte Tom Allanson ihn gerufen, weil jemand einen seiner Wagen mit 22er-Patronen durchlöchert hatte. Der Wagen parkte hinter dem Stall, und er sah aus, als habe ihn jemand zum Zielschießen benützt. Riggins hatte keinen Tatverdächtigen gefunden, und Tom hatte niemanden genannt. Viele Besucher kamen und gingen auf Kentwood, und dann wohnte noch der fünfzehnjährige Ronnie Taylor bei seiner Mutter und seinem Stiefvater, und von Zeit zu Zeit waren auch noch seine Freunde da. Diesmal war jedoch ein Verdächtiger eindeutig identifiziert worden.

Als Tom wenige Minuten nach Riggins' Aufbruch heimkam, hörte er geschockt Pats Anschuldigungen gegen seinen Vater. Sein Vater war gelegentlich ein mieser Kerl, aber Tom konnte sich Walter Allanson nicht als Exhibitionisten vorstellen. Sein Vater war viel zu beherrscht, um so etwas zu tun. Zumindest hatte Tom stets diesen Eindruck gehabt. Andererseits hatte sein Dad so ziemlich alles Erdenkliche angestellt, um ihnen das Leben zu erschweren.

Tom rief in der Anwaltspraxis seines Vaters an, aber niemand meldete sich. Sein Leben schien völlig außer Kontrolle zu geraten. Es war eine Sache, wenn sein Vater auf ihn wütend war. Daran war er nun wirklich gewöhnt. Aber jeder Tag brachte einen neuen Schock. Margureitte hatte ihm erzählt, seinem Vater wäre es egal, ob er lebte oder starb, und er würde nicht einmal auf das Grab seines Sohnes spucken. Sein Vater hatte ihn beschuldigt, Gift in die Milch seines eigenen Babys geschüttet und Waffen seines Vaters gestohlen zu haben. Und Pat glaubte, sein Vater habe ihm alle Chancen auf dem Arbeitsmarkt verbaut und würde ihn tatsächlich töten, sollte er die Gelegenheit dazu bekommen. Genau das hatte er zu Mrs. Radcliffe gesagt. Sogar Nona und Paw hatten Tom vor der Gefahr gewarnt.

Aber jetzt das! Sein Vater hatte etwas Unverzeihliches getan. Walter Allanson, Rechtsanwalt, Kandidat für das Richteramt, hatte sich vor Toms Ehefrau entblößt!

Tom war wütend. Die arme Pat war so krank, daß sie sich kaum bewegen konnte, ihr Schlüsselbein schmerzte ständig, und dennoch hatte sie zu helfen versucht, indem sie den Rasen mähte. Wie konnte sein Vater wagen, sie dermaßen zu schockieren!

Tom erkannte, daß Pat recht gehabt hatte. Er durfte seinen Vater damit nicht davonkommen lassen. Keiner von ihnen konnte eine dermaßen schäbige Behandlung ertragen. So sehr Tom sich davor auch fürchtete, er mußte die Konfrontation mit seinem Vater suchen.

5. Kapitel

Walter O'Neal Allanson und seine Ehefrau Milford – genannt Carolyn – waren Ende Juni 1974 beide einundfünfzig Jahre alt. Sie waren seit zweiunddreißig Jahren verheiratet, länger als ihr halbes Leben. Sie lebten in East Point, einem hübschen Vorort an

Atlantas südwestlicher Grenze. Die beiden führten eine angenehme Ehe, obwohl manche Leute behaupteten, Walter wäre in seinen Vierzigern ein wenig fremdgegangen. Falls das stimmte, hatte Carolyn das übersehen. Die daran beteiligte Frau war schon lange tot. Von seinem fünfzigsten Lebensjahr an war Walter Allanson in seiner Meinung über die Heiligkeit der Ehe geradezu puritanisch geworden, tugendhaft wie eine bekehrte Nutte. Waren Kinder im Spiel, stellte er sich eisern gegen Scheidung – eine manchmal problematische Haltung für einen Anwalt.

Walter war ein attraktiver Mann mit grauen Haaren und klaren, blaugrauen Augen, ein stämmiger, drahtiger Mann, abgesehen von einer etwas durchhängenden Kinnpartie. ›Big Carolyn‹ war eine schlichte Frau, die selten Make-up trug. Ihr braunes Haar war in unauffälligen Wellen aus dem Gesicht nach hinten gekämmt. Sie war weder schlank noch dick. Ihre Figur konnte man am besten als vollbusig und ›solide‹ beschreiben.

Die nächsten Monate versprachen, herausfordernder und aufregender als jemals zuvor im Leben der Allansons zu werden, da Walter seine Bewerbung um das Amt eines Zivilrichters angemeldet hatte. Er hatte einen guten Ruf, und es bestand aller Grund zu glauben, er könne bei den Herbstwahlen gewinnen. Carolyn genoß ihre Arbeit als Schwester in der Praxis eines ortsansässigen Arztes. Sie und Walter kamen jeden Tag zum Mittagessen nach Hause. Sie waren immer zusammen. Wenn auch das anfängliche Feuer aus ihrer Beziehung gewichen war, waren sie doch gute Kameraden.

Walter stammte von schlichten Leuten ab, die keine Bildung besaßen, aber mit angeborener Intelligenz ausgestattet waren. In seiner Kindheit war es finanziell hart gewesen, und für ihn war es wichtig, Geld zu haben, um zukünftige Unsicherheiten abwehren zu können. Er war geschickt, was Immobilien anging. Das Haus 1458 Norman Berry Drive in East Point hatte er zu einem guten Preis gekauft. Die Gegend war damals beste Lage. Der Norman Berry Drive war eine hübsche Straße, auf deren Mittelstreifen junge Bäume und Büsche wuchsen. Die Russel High-School, Walters alte Schule, lag genau auf der anderen Seite des Norman Berry Drive.

Das Haus war in den vierziger Jahren aus dunklen Ziegeln erbaut worden, mit weißer Holzverkleidung und spitzen Dachfenstern. Es war ein solides Haus, das so hoch über dem Norman Berry Drive stand, daß man schon außer Atem kommen konnte, wenn man die Einfahrt hinaufging. Eichen, Nadelbäume, Lorbeerhecken und Rhododendronbüsche wuchsen sehr dicht, hielten den Lärm der tieferliegenden Straße ab und trennten das Allanson-Haus von den benachbarten Grundstücken.

Carolyns Mutter – ›Mae Mama‹ Lawrence – besaß das Anwesen auf der Westseite neben ihnen, aber man konnte ihr Haus kaum durch das Blätterwerk sehen. Walter bepflanzte nach hinten hinaus eine Weinlaube, die gut gedieh. Genau in der Mitte des Gartens betonierte er eine Fläche, damit er seinen Wagen wenden konnte und die sechzig Meter zur Straße nicht rückwärts fahren mußte. Er verschönerte den Garten nicht besonders, aber was er machte, war praktisch. Walter Allanson war vor allem ein praktischer Mann.

Seine nüchterne Sicht des Lebens hatte ihn die Beziehung zu seiner Schwester Jean gekostet, obwohl sie und ihr Ehemann nur ein paar Querstraßen entfernt wohnten. Und jetzt hatten seine starren Ansichten von Moral auch seinen Sohn ausgeschlossen. Walter verachtete Pat, und er wollte lieber Tom verlieren, als sich auch nur ein wenig dessen neuer Frau anzunähern. Walter duldete niemanden in seinem Leben, der seine Autorität in Frage stellte. Tom wußte das, seit er ein kleiner Junge gewesen war.

Viele Leute hatten Grund, gegen einen Mann wie Walter Allanson Groll zu empfinden. Anwälte schaffen sich oft Feinde, ohne es zu wissen. Im Laufe der Jahre hatte er, wie das so üblich ist, die verschiedensten Klienten vertreten, die das Gefühl hatten, nicht ausreichend beachtet worden zu sein. Doch Walter hatte keine Angst. Er war stets überzeugt gewesen, sich gut behaupten zu können. Dennoch hatten sein Partner Al Roberts, sein Rechtshelfer und seine Sekretärin festgestellt, daß er Ende Juni 1974 nervös und verkrampft war, was ihm absolut nicht ähnlich sah.

Am Samstag, dem 29. Juni 1974, verließen Carolyn und Walter Allanson kurz nach 9 Uhr ihr Haus am Norman Berry Drive. Sie nahmen ihren weißen Ford Kombi Baujahr 1963. Walter wollte sich ein neues Grundstück ansehen. Es war ein schöner Vormittag, die zu erwartende Hitze deutete sich erst an, und sie fuhren nordöstlich von Atlanta Richtung Lake Lanier im Forsyth County, wo Walter ein Seegrundstück gekauft hatte. Es standen noch keine Gebäude darauf, aber das Land war erstklassig, und auf benachbarten Grundstücken gab es bereits attraktive Hütten und Häuser, die rund um das Jahr bewohnt wurden. Er und Tommy hatten da oben einen guten Bootssteg gebaut. Dann hatten sie 1971 einen schlimmen Winter bekommen, und auf dem Bootssteg hatte sich so viel Eis angesammelt, daß er versunken war. Tommy tauchte immer wieder und befestigte Taue daran, und sie hoben den Steg. Mit Hilfe von Walters bestem Freund, Jake Dailey, hatten sie ihn gereinigt und noch einmal von vorn begonnen. Tommy hatte an dem neuen Steg gearbeitet, bis Walter ihn wegen Pat von sich stieß. Jetzt mußte er die letzten Arbeiten selbst erledigen.

Der See lag höchstens eine Autostunde entfernt, aber das Forsyth County war eine ganz andere Welt als Atlanta. Wohin man auch kam, erhielt man für ein paar Dollar gewaltige Portionen gebratenen Katzenwels mit Fladenbrot, Grünkohl, Jamwurzeln, Maisbrot, Weißbrot und Grillplatten. Es war allgemein bekannt, daß im Forsyth County Schwarze nach Sonnenuntergang noch immer aus dem öffentlichen Leben verbannt waren. Die derben Warnungen waren nirgendwo mehr angeschlagen, aber die Einstellung hatte sich nicht gewandelt. Es hieß, daß der Ku-Klux-Klan im County aktiv war.

Der alte Ford Kombi der Allansons, der an den Türen durchrostete, war kein passendes Fahrzeug für jemanden, der auf einen Richterposten hoffte, aber es war ein guter Arbeitswagen. Walter und Carolyn fuhren mit heruntergekurbelten Fenstern und rochen die heißen Piniennadeln und den harten, roten Tonboden. Der Kudzu-Wein kletterte an Telefonmasten halb hinauf und noch höher, wo er Gewächse und Zäune und alles andere auf seinem Weg überwucherte. Sie überquerten den Chattahoochee, und die Wälder aus spindeligen Nadelbäumen wurden dichter. Betonierte Abflußkanäle warteten in der trockenen Erde auf Regen, der sie mit seiner Flut füllte. Im Juni waren sie so nutzlos wie Weihnachtsschmuck. Es war so trocken, daß man sich an Regen nicht einmal erinnern konnte.

Die Atmosphäre änderte sich mit jeder Meile jenseits von Atlanta. Auf Schildern wurden Zuckerhirsen-Sirup, geröstete Erdnüsse und Kautabak angeboten. In Cumming, dem Sitz des County, redeten alte Männer in Overalls über bessere Zeiten und spuckten Strahlen von Kautabak von den Veranden der alten roten Ziegelhäuser an der Main Street.

Walter bremste an der Kreuzung bei Hammond Corners, hielt an und fuhr dann geradeaus die Route 306 weiter, bis diese am Highway 53 endete. Er war diese Strecke schon so oft gefahren, daß er die Straßenschilder kaum wahrnahm. Er bog auf den Highway 53, bis sie die Gabelung erreichten, an der sie links zum See an der Truman Mountain Road abbogen.

Walter zerdrückte eine Zigarette in dem gläsernen Aschenbecher, der gefährlich auf dem Armaturenbrett wackelte, und warf einen Blick zu dem Laden von J. C. Jones. Er war eine kleine Bruchbude, aber für J. C. eine Goldgrube: weiß gestrichene Betonklötze, vorne Zapfsäulen und alte Schilder – PEPSI, EIS und FISCHKÖDER. Jones war ein verschlagener alter Kerl, rundlich und fröhlich. Walter wußte, daß er eine ganze Meile Land entlang dem Highway 53 gekauft hatte, als es noch billig war. Er und seine hübsche Frau arbeiteten von 6 Uhr morgens bis Mitternacht und verkauften alles, was irgend jemand gebrauchen konnte – von Angelhaken bis zu dicken selbstgemachten Sandwiches und Limonade. Die beiden drohten ständig damit, sich zur Ruhe zu setzen, trafen jedoch dafür keinerlei Anstalten.

Walter wollte schon anhalten, fand dann aber, sie könnten die paar Meilen vom See zurückkommen, falls sie etwas brauchten. Er zog den Kombi nach links und fuhr die schmale Truman Mountain Road entlang. Die Eichen und Sumpfeichen und Pinien wuchsen hier so dicht, daß sie Schatten auf die Straße warfen. Das Sonnenlicht war wie ein verschwommener gelber Dunst, der von den Bäumen verschluckt wurde. Es war so still, daß sie das Surren der Reifen sechzig Meter entfernt auf dem Highway 53 hören konnten, der hinter dem schmalen Waldstreifen verlief. Walter zündete sich noch eine Zigarette an und wollte etwas zu seiner Frau sagen.

Die Schüsse kamen ohne jede Warnung – von irgendwo in dem Wald auf der zwei Meter hohen Böschung rechts von ihnen. Von Ausweichmanövern konnte keine Rede sein. Walter und Carolyn Allanson waren in ihrem rundum verglasten Kombi hilflos gefangen wie in einem Aquarium. »Was ist das?« schrie Carolyn auf, bevor ihr Mann das Gaspedal bis zum Anschlag durchtrat.

Sie wurden getroffen, oder besser, der Kombi wurde getroffen. Einmal, zweimal. Öfter. Nein – *sie selbst* wurden getroffen! Walter fühlte, wie Blut über sein Gesicht lief, und dann sah er, daß auch seine Frau blutete. Klatschend schlugen die Kugeln gegen den Wagen. Die Windschutzscheibe wurde von einem Spinnennetzmuster überzogen, und dann bogen sich die Fensterverstrebungen durch, und das Glas explodierte.

Walter fuhr immer weiter und hörte, wie die Heckscheibe zerplatzte.

Als es endlich still war, hörte er den Wind durch die Bäume sausen. Er blickte zurück, aber im Wald war niemand zu sehen. Seine Hand zitterte, als er seine Frau vom Boden aufhalf, während er unbeirrt weiterfuhr. Beide hatten Schnittwunden und waren blutbespritzt.

Aber sie lebten.

Um 11 Uhr 20 traf der Anruf im Büro des Sheriffs des Forsyth County ein, und Sheriff Donald Pirkle und die Deputies Jim Avery, Randall Parker und Richard Satterfield fuhren zum Laden von J. C. Jones. Der Kombi war neunmal getroffen worden, und die Polizisten holten vier Patronenstücke aus dem Fahrzeug.

Der Sheriff und seine Männer entdeckten eine Stelle, die nichts anderes sein konnte als ein sorgfältig präparierter Hinterhalt. Zweige waren von einer Pinie abgeschnitten und so als Schild angeordnet worden, daß sie einen Schützen gegen die

Straße abschirmten. Auf der Erde lagen eine Bierdose, in der sich noch ein kühler Rest befand, sowie sechs Patronenhülsen Kaliber 22. Hinter dem Schirm aus Zweigen entdeckten die Polizisten einen Pfad durch den Wald, der zum Highway 53 führte. Auf dem nicht asphaltieren Bankett des Highways befanden sich schwache Reifenspuren mit einem Zickzackmuster, was darauf hindeutete, daß hier vor kurzer Zeit ein großes Fahrzeug gestanden hatte.

Offenbar hatte jemand in der zunehmenden Hitze des Junitages darauf gewartet, daß dieser spezielle Wagen die Truman Mountain Road entlang fuhr. Zwischen den abgeschnittenen Zweigen des Baums hatte der Schütze einen perfekten, schnurgeraden Blick die Straße entlang zu dem Laden der Jones' gehabt. Es war ein Wunder, daß die Allansons nicht wenigstens von einer Kugel getroffen worden waren. Es sei denn, der Schütze hatte ihnen nur einen Schrecken einjagen wollen.

Wer immer es gewesen war, dieses Ziel hatte er jedenfalls erreicht. Walter Allansons Hand zitterte, als er sich eine Zigarette anzündete. Ja, antwortete er auf Satterfields Frage, er habe eine Ahnung, wer ihnen aufgelauert hatte. »Mein Sohn. Ich glaube, daß es mein Sohn war. Wir hatten schon vorher Ärger. Er hat mir vor ein paar Monaten Waffen gestohlen.« Allanson gab den Namen seines Sohnes an. »Tommy. Walter Thomas Allanson. Er wohnt in Zebulon, Georgia.«

Pat und Tom aßen an diesem Abend gegen 18 Uhr 30 mit dem Colonel und Margureitte auf ihrem Gestüt an der Tell Road in East Point. Dort erhielten sie die Nachricht, daß Nona und Paw sofort mit ihnen sprechen mußten, und so erfuhren sie, daß jemand auf den Kombi von Toms Eltern nahe deren Grundstück am Lake Lanier geschossen hatte.

Tom fragte sich, warum sein Leben ständig bizarrer und gewalttätiger wurde. Er hatte keine Ahnung, wer auf den Wagen seines Vaters geschossen hatte. Es konnte sogar ein Unfall gewesen sein. Vielleicht hatte jemand gewildert. Pat machte sich wegen dieses Hinterhalts keine großen Sorgen. Da

Walter Allanson sie wie Dreck behandelte, störte sie sein Pech nicht. Er war ein böser Mann, sagte sie Tom, und er hatte wahrscheinlich eine Menge Feinde. Vielleicht hatte er sich sogar vor der Ehefrau oder der Tochter eines Mannes entblößt, der so wütend darüber war, daß er sich wegen einer Bestrafung nicht an die legalen Wege hielt.

Doch Tom – Tom hielt sich in allem genau an die legalen Wege. Am Montag, dem 1. Juli, erschienen Pat und Tom um 17 Uhr 15 bei der Polizei von East Point. Pat, äußerst aufgeregt und in Tränen aufgelöst, redete die meiste Zeit. Sie verlangte, daß ein Haftbefehl gegen Walter O. Allanson erlassen wurde, und beschuldigte ihn, sich öffentlich unsittlich zur Schau gestellt sowie Drohanrufe durchgeführt zu haben. Sergeant Charles Butts informierte Pat und Tom, daß er für Fälle aus Zebulon nicht zuständig war, und verwies sie an den Sheriff des Pike County und an das Polizeirevier von Zebulon.

Tom stand stumm hinter Pat, bis diese schluchzend zusammenbrach, trat dann vor und erklärte Butts: »Mein Vater bewirbt sich in diesem County um den Posten eines Richters. So ein Mann sollte sich um kein Amt bewerben.« Butt schwor später, er habe Tom leise sagen gehört, »wenn das so weitergeht, bringe ich den Bastard um.«

Nun hatten Vater und Sohn sich gegenseitig bezichtigt. Doch Tom wußte noch nicht, daß sein Vater ihn für die Schüsse am Lake Lanier verantwortlich gemacht hatte. Und Walter Allanson wußte noch nicht, daß Pat ihn der unsittlichen Entblößung beschuldigt hatte.

Am Dienstag, dem 2. Juli, war Margureitte in ihrem Büro, als das Telefon klingelte. Sie war erstaunt, Walter Allansons Stimme zu hören. Sie hatte nicht erwartet, daß er sie noch einmal anrufen würde. Nachdem sie ihn zum ersten Mal in seinem Büro getroffen hatte, fürchtete sie sich vor Allanson dermaßen, daß sie zur Polizei von East Point gegangen war und zu erklären versucht hatte, er wäre gefährlich – besonders für Tom. Sie hatte auch den Frauen in ihrem Büro erzählt, daß sie Angst vor Toms Vater hatte. Und jetzt rief er sie wieder an!

»Hier spricht Mr. Allanson.«

»Ja, Mr. Allanson.«

»Mrs. Radcliffe, wann gehen Sie zum Mittagessen?«

Sie erwiderte, daß sie für gewöhnlich zwischen 12 und 13 Uhr Mittagspause hatte, was von der Zahl der Patienten abhing. »Heute werde ich etwas später gehen.«

»Ich möchte Ihnen etwas sagen und zeigen.«

»Mr. Allanson, ich würde gern mit Ihnen sprechen.«

Sie verabredeten sich für ein Gespräch, doch sobald Margureitte aufgelegt hatte, wurde sie von ihren Kolleginnen umringt, die entgeistert waren, daß sie so etwas überhaupt in Betracht zog. Der Mann war offensichtlich nicht zurechnungsfähig, und sie würde sich in eine schreckliche Gefahr begeben. Immerhin hatte er schon Pat ›etwas gezeigt‹. »Sie gehen nicht in das Haus dieses Mannes«, sagte eine Kollegin heftig. »Wenn Sie das auch nur versuchen, rufe ich Colonell Radcliffe an und erzähle es ihm.«

Es stellte sich heraus, daß Walter Allanson bereit war, in die Zahnarztpraxis zu kommen. Er fuhr in einem Kombi vor, dessen Windschutzscheibe kreuz und quer mit Klebeband beklebt war. Der Wagen sah aus, als habe er den Zweiten Weltkrieg mitgemacht. Walter gab Margureitte einen Wink, sich das Gefährt einmal näher anzusehen.

Walter erklärte Margureitte, daß er Tom die Schuld an den Schüssen gab. Sie erwiderte hastig, sie wisse mit Sicherheit, daß Tom und Pat in Lithonia Pferde zu der Zeit beschlagen hatten, die Allanson für den Anschlag nannte. »Mr. Allanson, ich habe Ihnen schon einmal gesagt, Sie sollten nach jemand anderem Ausschau halten.«

Allanson öffnete die Tür des Kombis und gab ihr ein Zeichen, sie solle einsteigen.

»Zu dem Zeitpunkt habe ich schon regelrecht gezittert«, sagte Margureitte später. »›Nein, Mr. Allanson‹, sagte ich zu ihm, ›es ist heiß, und ich habe nicht genug Zeit, um noch weiter mit Ihnen zu sprechen.‹ Und dann sagte ich: ›Mr. Allanson, ich habe Toms Exfrau einmal getroffen, aber ich habe mehrmals mit ihr gesprochen . . . Sagen Sie, was für ein Mensch ist sie? Ist sie sehr nervös? Gibt es einen Grund, aus dem sie Ihnen etwas antun möchte? Würde sie einen Vorteil davon haben, abgesehen davon, daß sie Tom damit trifft?‹«

»Nun«, antwortete Allanson laut Margureitte, »sie ist ein nervöser Mensch, und sie hat ein aufbrausendes Temperament, aber ich weiß nicht, warum sie so etwas tun sollte.«

Margureitte wollte ihm weiter dabei helfen, den wirklichen Schuldigen für diesen Hinterhalt zu ermitteln. Sie bemühte sich, ruhig zu bleiben, und meinte erneut, es müsse ein ehemaliger Klient sein, der ihn so sehr haßte, daß er so etwas tat. Und dann brachte sie den Vorfall auf Kentwood vom letzten Freitag zur Sprache, obwohl es für eine Dame äußerst peinlich war, mit jemanden, den sie so wenig kannte, über Exhibitionismus zu sprechen. Allanson starrte sie an, als habe sie den Verstand verloren, und seufzte. »Mrs. Radcliffe, als ein Mason und ein Gentleman schwöre ich Ihnen, daß ich am Freitag nicht ins Pike County hinausgefahren bin und mich nicht vor Ihrer Tochter entblößt habe. Ich war eine ganze Weile überhaupt nicht im Pike County... Lady, ich habe hohen Blutdruck und bin in ärztlicher Behandlung. Ich nehme Medikamente dagegen, und sie wirken sich auf das Sexualleben aus. Ich habe schon eine ganze Weile keinen Sex mehr. Warum, um alles in der Welt, sollte ich also da hinausfahren und mich vor Ihrer Tochter entblößen? Im die Wahrheit zu sagen, Mrs. Radcliffe, würde man mich auf einer Blumenschau ausstellen, ginge ich als Trockenstrauß durch!«

Wie Margureitte Radcliffe später schilderte, war das ganze Zusammentreffen mit Toms Vater für eine empfindsame Frau wie sie zutiefst schockierend. Doch sie kämpfte für ihr Kind und die Ehe ihres Kindes. Nach Allansons derben Enthüllungen über Sex konnte sie sich kaum noch dazu zwingen, mit ihm zu sprechen, aber sie tat es.

»Als ich endlich gehen mußte, wandte er sich zu mir um und sagte: › Mrs. Radcliffe, richten Sie Tommy aus, daß ich ihn erledigen werde, weil ich in meinem Herzen weiß, daß er hinter diesen Dingen steckt, ganz gleich, was Sie sagen oder welche Zeugen er hat. Und ich werde ihn bei der ersten Gelegenheit, die sich mir bietet, töten. Wissen Sie was? Ich denke, das wird an diesem Wochenende sein. Ich glaube, dann wird er versuchen, mich zu erledigen. Sagen Sie ihm, daß ich keine Angst vor dem Sterben habe. Ja, ich glaube, an diesem Wochenende wird alles ein Ende finden.‹«

Margureitte kehrte in ihr Büro zurück und erzählte ihren Kolleginnen, daß Walter Allanson ihrer Meinung nach krank war, daß er höchstwahrscheinlich einen Tumor habe und sehr, sehr gefährlich war.

Wenn Margureitte das Verhalten anderer Leute nicht mit ihrer Weltsicht vereinbaren konnte, schlug sie stets ›professionelle Hilfe‹ vor. Sie hielt Toms Vater jetzt für wahnsinnig. Jetzt war das einzige, was sie noch ›auf der ganzen weiten Welt‹ wollte, Pat zu schützen: Vielleicht hätte ihre Tochter doch warten sollen, bevor sie in eine solche Familie einheiratete. Aber auch so wollte Margureitte bis zu ihrem letzten Atemzug kämpfen, um ihr Kind zu schützen. Es gab nichts, das sie nicht tun würde, um ihre Tochter glücklich zu sehen.

Gar nichts.

Margureitte berichtete Pat und Tom von diesem letzten Zusammentreffen, aber trotz des ganzen Aufruhrs – oder vielleicht gerade weil sie und Tom so dringend Ablenkung brauchten –, freute Pat sich auch weiterhin auf die Parade am Unabhängigkeitstag, in der sie und Tom kostümiert auf zweien ihrer besten Morgans reiten sollten. Sie liebte Prunk. Tom lächelte über ihre kindlichen Anwandlungen, ihre Freude an Verkleidungsspielen. Nur um Pat eine Freude zu machen, hatte Tom zugestimmt, neben ihr zu reiten, doch inzwischen erwartete er hundertprozentig, bei der Parade in Atlanta zu sterben, die am 6. Juli stattfinden sollte, an dem Samstag nach dem offiziellen Feiertag. Er fühlte instinktiv, daß sein Vater ihn vor aller Augen abknallen würde. Es ergab keinen Sinn – besonders nicht, da sein Daddy sich um ein Richteramt bewarb –, aber was sonst sollte Tom denken? Mrs. Radcliffe sagte, sein Vater wollte ihn töten, Pat sagte, sein Vater wollte ihn töten, und Nona und Paw waren derselben Ansicht.

Tom war einunddreißig Jahre alt, und er war tief und rettungslos in Pat verliebt. Aber was hatte er nach nur sieben Wochen Ehe davon? Nichts als Ärger mit seinem verbitterten Vater! Wahrscheinlich lieferte er die Schlagzeilen zum Wochenende, nur daß er dann nicht mehr am Leben sein würde, um sie zu lesen.

6. Kapitel

Der 3. Juli 1974 war in Zebulon ein kühler, regnerischer Tag, kein günstiges Vorzeichen für den bevorstehenden Feiertag. Einerseits schien alles völlig normal zu sein. Pat nahm letzte Änderungen an Toms Kostüm für die Parade vor und heftete den langen Rock und die Corsage zusammen, die sie tragen wollte. Wohlgelaunt plauderte sie darüber, was für eine großartige Werbung die Parade für die Kentwood Morgan Farm abgeben würde. Doch andererseits war nichts normal. Pat und Tom waren tatsächlich im Pike County gewesen, um gegen seinen Vater eine Verfügung zu erwirken, nach der er sich von ihnen fernhalten mußte. Doch die Polizei und der Sheriff in Zebulon hatten die Besorgnis des jungen Paares nicht ernst genommen. »In dieser Gegend kannte jeder meinen Vater«, sagte Tom später. »Also führte das zu nichts.«

Tom erschien es jetzt zu gefährlich, Pat allein auf der Farm zu lassen. Sie hatte ihn fast schon so weit, daß er zu seinem Vater ging, um es mit ihm auszukämpfen. Sie mußten sich nur eine Möglichkeit suchen, wie sie eine Aussprache erzwingen konnten. Tom machte diese Aussicht angst. Er wußte genau, daß sein Vater versuchen würde, ihn zu töten, doch Pat drängte ihn ständig, etwas zu tun. So konnten sie nicht weitermachen.

Walter Allanson und seine Freunde waren ebenfalls nervös, und das bereits seit Monaten. Jake Dailey hatte Walter schon im Frühjahr seine eigene Pistole Kaliber 32 geliehen – nur für den Fall, daß es Ärger gab. Um 10 Uhr an diesem Mittwochvormittag, dem 3. Juli, war Jake mit einer neuen Batterie für einen von Walters Bootsmotoren die Einfahrt der Allansons hinaufgefahren. Er war erst seit etwa einer Minute dort, als Lee und Mary Dorton – die zwei Häuser weiter wohnten – angelaufen kamen. Sie hatten seinen Wagen nicht erkannt und wußten, daß Walter und Carolyn bei der Arbeit waren.

Alle waren nervös. Dailey und die Dortons lächelten verunsichert, als sie einander erkannten, und beschlossen dann, das Haus zu überprüfen, wenn sie schon einmal hier waren. Lee Dorton und Jake Dailey bemerkten, daß im Keller eine Lampe brannte. Das war merkwürdig, und Jake schlug vor, um das Haus herumzugehen und die Türen zu überprüfen. Sie waren alle verschlossen.

Auf der Kentwood Farm in Zebulon war die Atmosphäre ebenfalls spannungsgeladen. Pats Schlüsselbein schmerzte heftiger, seit sie versucht hatte, ein Pferd zu satteln. Und sie hatte ein neues Leiden. »Dein Vater – oder wenn er es nicht war, dann irgend jemand anders – hat die ganze Nacht über angerufen und nur ins Telefon geatmet. Hast du es nicht klingeln gehört?« fragte sie Tom ungläubig. »Durch diesen Verrückten und mein Schlüsselbein bin ich nicht zum Schlafen gekommen.«

Am Freitag mußten sie zu einer Pferdeschau und am Samstag zur Parade. Tom bestand darauf, daß Pat zu einem Arzt ging. Zuerst lehnte sie ab – sie mußte ihr Kostüm für die Parade fertigstellen –, aber Tom beharrte darauf. »Ich bin nicht mehr zum Schlafen gekommen, seit sein Vater angefangen hat, unser Leben zu bedrohen«, erklärte sie später. »Tom warnte mich, ich könne so nicht weitermachen, nicht bei dem hohen Blutdruck und all den anderen Problemen, die ich hatte.« Sie versprach bei ihrem Orthopäden, Dr. Thompson, anzurufen. Seine Praxis lag auf der Cleveland Avenue, ganz in der Nähe des Norman Berry Drives, nicht mehr als zwei Querstraßen von dem Haus von Toms Eltern weg, aber fast sechzig Meilen von ihrer Farm in Zebulon entfernt.

Tom beschlug an diesem Vormittag erst die Pferde, bevor sie

nach East Point losfuhren, und er traf eine Entscheidung. Wenn er mit seinem Vater Frieden schließen wollte, mußte er erst mit seiner Mutter sprechen. Auch das würde nicht einfach sein. Er hatte versucht, sie in der Arztpraxis anzurufen, in der sie arbeitete, und sie hatte sich gestört gefühlt. Er konnte sie nicht zu Hause anrufen, weil sein Vater meistens da war. Tom mußte sie besuchen, bevor sein Vater von der Arbeit heimkam. Wenn er Glück hatte, blieb ihm vielleicht eine Stunde, um mit ihr zu reden und sie zur Vernunft zu bringen.

Was am 3. Juli 1974 genau am Norman Berry Drive geschah, sollte für fast zwei Jahrzehnte Gegenstand von Mutmaßungen werden. Gewisse Dinge waren unbestreitbar: Big Carolyn und Walter gingen an diesem Mittwoch wie üblich zur Arbeit, sie in ihrer weißen Schwesterntracht und er in einer blau und grau gestreiften Hose, einem weißen Hemd und einer dunkelgrauen Krawatte. Sie aßen auch mittags pünktlich zusammen. Big Carolyn hatte dann kurz nach 16 Uhr Feierabend, und Walter sollte um 18 Uhr sein Büro verlassen.

Das einzig Ungewöhnliche an diesem Tag war, daß Walter in der Zeit von 14 Uhr 45 bis 15 Uhr sein Büro verließ. Als er zurückkehrte, zeigte er seiner Sekretärin Mary McBride, was er gekauft hatte. Es war ein Marlin 45er/70 Repetiergewehr mit einer Schachtel Munition – das größte Kaliber, das hergestellt wurde. Er hatte in Berryman's Sports Center in East Point für das Gewehr 201,15 Dollar bezahlt. Im Zeitraum von nur wenigen Monaten hatte Walter zwei neue Waffen erhalten – die 32er Pistole, die Jake Dailey ihm geliehen hatte, und jetzt das neue Gewehr.

Von Zebulon nach East Point fuhr man eine Stunde oder länger, und Pat und Tom verließen Kentwood am frühen Nachmittag. Tom fuhr vorsichtig, weil der Regen die Straßen glitschig gemacht hatte. Er wollte nicht riskieren, daß Pat sich noch weitere Verletzungen zuzog. Pat verabschiedete sich gegen 15 Uhr 30 vor Dr. Thompsons Praxis auf der Cleveland Avenue von Tom, der seine Bank aufsuchte.

Ungefähr zur selben Zeit steuerte Horace Smith von der Feuerwehr von East Point einen Wagen der Feuerwache den Norman Berry Drive entlang. Er bemerkte einen großen Mann, der auf der Südseite der Straße entlangging, einen Mann mit langen, hellbraunen Haaren in Levi's und mit Cowboyhut. Plötzlich erkannte Smith den Mann. Es war ein alter Freund.

Smith rief: »Hey, Tom!«

Doch der große Mann antwortete nicht.

Ein zweites ungewöhnliches Ereignis an diesem Nachmittag veränderte Walter Allansons Tagesablauf. Seine Angestellten erinnerten sich, daß er ungefähr um 17 Uhr 30 in seinem Büro einen Anruf von einer Frau erhielt, die ihren Namen nicht nannte. Sie war kurz angebunden gewesen. »Sagen Sie Mr. Allanson, daß er so schnell wie möglich heimkommen soll«, sagte sie. »Sein Sohn ist da, um Ärger zu machen.«

Allanson lief zu seinem Wagen und fuhr heim.

Big Carolyn war bereits mit ihren Enkelkindern Russ und Sherry zu Hause, die sie in der Tagesstätte abgeholt hatte. Sie trug einen Kasten Coke, den sie für das Picknick am nächsten Tag gekauft hatte, und einen aufblasbaren blauen Plastikdinosaurier für das Planschbecken der Kinder ins Haus und stellte beides auf den Tisch im Eßzimmer. Als Walter heimkam, packte er das neue Gewehr aus und stellte den Behälter, in dem es sich befunden hatte, neben die Flaschen mit Coke.

»Daddy«, erzählte ihm Big Carolyn, »das ist ganz sonderbar. Es hat heute überhaupt nicht geblitzt, aber die Lichter lassen sich nicht einschalten, und der Fernseher ist tot.«

Walter lief in den Keller hinunter und stellte fest, daß jemand den Hauptschalter umgelegt hatte. Er schaltete den Strom wieder ein, und die Lichter gingen an. Der Kühlschrank begann zu summen.

Minuten später traf Little Carolyn – oder ›Junior‹, wie Walter sie nannte, ein. Da vermutlich jemand im Keller gewesen war, blieb Big Carolyn oben in der Küche zusammen mit den Kleinen, während Walter und Junior innen und außen das Haus überprüften. Sie sahen alle Fenster und Türen nach, um sicherzugehen, daß sie verschlossen waren, und kontrollierten, ob etwas fehlte.

Dabei entdeckten sie, daß die Telefonleitung durchgeschnitten worden war.

Walter sagte, er würde zwei Dinge vermissen: einen alten Lederkoffer und eine Excel Schrotflinte Kaliber 20, die er schon seit Jahren besaß. Er ging zwei Häuser weiter zu Lee und Mary Dorton und rief die Polizei von East Point. Die Dortons kamen mit ihm zu seinem Haus zurück, und während sie auf die Polizei warteten, zeigte er ihnen, wo die Telefonleitung säuberlich zerschnitten worden war.

Nach Aussage der Dortons wirkte Walter nicht ängstlich, nicht einmal sonderlich besorgt. Er nahm die Situation eher gelassen hin. Immerhin war es noch taghell an diesem frühen Sommerabend. Und es war ja auch nicht so, als habe er nicht mit Ärger gerechnet.

Sergeant C. T. Callahan von der Polizei in East Point fuhr 19 Uhr 01 die lange Einfahrt am Norman Berry Drive hinauf, und Walter Allanson traf im Freien mit ihm zusammen. Er wollte einen Einbruch melden. »Ich kann nicht sagen, wo er eingedrungen ist«, sagte er, »aber er hat einen Koffer und meine Excel Schrotflinte Kaliber 20 mitgenommen . . .«

»Er?«

»Mein Sohn, Walter Thomas Allanson.«

Callahan ging auf das Haus zu und sagte, er würde es überprüfen, doch Allanson versperrte ihm den Weg. »Nicht nötig. Ich habe das schon selbst getan. Ich habe alles nachgesehen, und da ist niemand.«

Obwohl es Callahan Sorge bereitete, daß ein Bürger die Arbeit erledigte, für die *er* ausgebildet worden war, blieb Allanson eisern. Er habe einst selbst als Reservepolizist gedient. Er wisse, was zu tun sei. Er wollte nur die offizielle Bestätigung, daß die Telefonleitung durchgeschnitten worden war, und er führte Callahan auf die Ostseite des Hauses und deutete auf den lose baumelnden Draht. Offenbar war die Leitung ganz bewußt durchgeschnitten worden. Wer immer es gewesen war, hatte sich durch dichte Rhododendronbüsche einen Weg bahnen müssen, um an den Draht heranzukommen.

Allanson ging in das Haus und kam mit dem 45er Gewehr zurück, um es Callahan zu zeigen. »Ich habe dieses Gewehr hier«, sagte er. »Ich weiß, wer es war, und ich werde mich selbst darum kümmern.«

»Unternehmen Sie nichts auf eigene Faust«, warnte Callahan. »Rufen Sie zuerst uns.«

Callahan fuhr kopfschüttelnd die Einfahrt zurück. Bei Familienstreitigkeiten wußte man nie. Aber man legte sich nicht mit Walter O'Neal Allanson an. Er war ein herausragender Bürger von East Point. Wahrscheinlich kannte ihn die Hälfte der Polizei von East Point. Callahan konnte ihm keinen Polizeischutz aufzwingen, wenn er nicht wollte.

Walter kehrte in das Haus zurück und legte das neue 45er Gewehr in den Behälter auf dem Eßzimmertisch. Dann ließ er Big Carolyn und die Kinder allein im Haus zurück. Er fuhr mit Little Carolyn zu ihrem nahegelegenen Apartment, aus Angst, sie könnte dort überfallen werden. Sie wollten gemeinsam kontrollieren, ob jemand dort eingebrochen sei. Die Wohnung war noch genauso wie an diesem Morgen, als sie zur Arbeit gegangen war.

Sie fuhren zurück zum Norman Berry Drive. Unterwegs entdeckte Carolyn einen blauen Jeep mit einem Kennzeichen aus dem Pike County und sagte: »Daddy, das ist Pat!«

»Na, dann nichts wie ihr nach, Junior. Wir wollen doch sehen, wohin sie fährt.«

Sie folgten dem Jeep, der auf den Norman Berry Drive bog und dann in die Einfahrt des Hauses direkt neben dem der Allansons fuhr. Das war das Haus von Big Carolyns Mutter. Mae Mama Lawrence war bereits in die Jahre gekommen, und sie wollten auf keinen Fall, daß sie sich aufregte. Der Jeep stand einen Moment lang da, doch als Walter aus seinem Wagen sprang und darauf zuging, fuhr Pat rasch rückwärts aus Mae Mamas Einfahrt und verschwand auf der Straße.

»Fahr ihr nach!« rief Walter jetzt Little Carolyn zu. Sie gehorchte und fuhr langsam durch die umliegenden Straßen, doch der blaue Jeep war verschwunden. Als sie zurückkam, wies Walter sie an, im Vorgarten zu bleiben und aufzupassen, ob Pat zurückkam. Sie ging zu der höchsten Stelle der abschüssigen Wiese und hielt auf dem Boulevard nach beiden Seiten Ausschau nach der exzentrischen Frau.

Doch dann begann Sherry zu weinen, und Little Carolyn eilte in die Küche, um zu sehen, was los war. Als sie später zu rekonstruieren versuchte, was als nächstes geschehen war, sah Toms Exfrau die Szene in qualvoller Zeitlupe vor sich. Big Carolyn hatte sich an Mary Dorton gewandt, die nervös im Eßzimmer stand. »Wo ist Walter?« fragte sie.

»Er ist in den Keller gegangen«, antwortete Mary.

»Warum?«

Mary zuckte die Schultern. »Ich weiß es nicht.«

Obwohl er schon zuvor den Keller durchsucht hatte, war ›Daddy‹ Allanson mit seiner geliehenen Pistole wieder die Stufen hinuntergepoltert. Die drei Frauen drängten sich mit den weinenden Kindern zusammen und dachten, die Stimme eines anderen Mannes zu hören – oder vielleicht war es nur Walter, der im Keller mit sich selbst sprach.

Plötzlich hörte Carolyn ihren Vater die Treppe herauf schreien: »Junior! Schaff die Kinder aus dem Haus! Ich habe ihn im Kriechkeller in die Enge getrieben!«

Beide Carolyns schoben die Kinder Mary Dorton zu, die sie an sich zog und zu ihrem eigenen Haus lief.

Walter rief noch einmal die Treppe herauf. »Mutter! Bring mir das neue Gewehr!«

Noch immer in Zeitlupe – so wirkte es zumindest rückblickend – nahm Big Carolyn das Gewehr Kaliber 45 aus dem Behälter auf dem Eßzimmertisch und ging zum Keller. Little Carolyn bat sie, es nicht zu tun.

Um 20 Uhr 04 – fast genau eine Stunde nachdem er den ersten Anruf aus dem Allanson-Haus erhalten hatte – knackte es in Sergeant Callahans Funkgerät, und er hörte eine vertraute Adresse. Zu vertraut. Diesmal rief eine Nachbarin an: Mary Dorton.

»Wagen 26 – Abend: Signal 6 – Halten: 1458 Norman Berry Drive.«

»Ich übernehme«, erwiderte Callahan. »Ich war da vor einer Stunde.«

Bei der Polizei von East Point bedeutete ›Signal 6‹, daß ein Einbrecher im Haus war, und ›Halten‹ bedeutete, daß ein Bürger den Verdächtigen festhielt. Es war eindeutig eine Notsituation, für die der B-Wagen (Einbruch-Wagen) auf Abendstreife zuständig war. Andere Wagen rückten ebenfalls an, um diese Einheit zu unterstützen.

Callahan traf zwei oder drei Minuten später als erster Wagen am Schauplatz ein. Als er in die Einfahrt bog und zur Rückseite des Allanson-Hauses fuhr, rannte ihm eine junge Frau schreiend und mit weit aufgerissenen Augen entgegen. Callahan konnte aus ihren Worten keinen Sinn entnehmen. Sie war einem totalen hysterischen Zusammenbruch nahe.

Er funkte um Verstärkung und um Detectives. Lieutenant Gus Thornhill jr., seit neun Jahren bei der Polizei von East Point, leitete die Abendschicht. Er machte sich auf den Weg an den Schauplatz, direkt hinter den Streifenwagen, die losgeschickt worden waren.

Callahan schob sich vorsichtig um das Haus herum. Zwei Wagen parkten dahinter, ein Ford Kombi Baujahr 1963 mit mehreren zersplitterten Fenstern und ein Chevrolet Baujahr 1964. Die meisten Fenster des Hauses befanden sich zwei bis zweieinhalb Meter über der Erde, aber hinten gab es mehrere ebenerdige Kellerfenster. Die Kellertür stand offen, doch Callahan vermied diesen Zugang, so lange er keine Rückendeckung hatte. Statt dessen kauerte er sich hin und schirmte seine Augen ab, als er in eines der Kellerfenster spähte.

Er rang unwillkürlich bei dem Anblick nach Luft. Eine Frau mittleren Alters in irgendeiner weißen Uniform saß aufrecht am Fuß der Treppe, die in die Mitte des Kellers hinunter führte. Auf ihrer Brust befand sich ein großer Blutfleck, und sie bewegte sich nicht.

War sie da schon die ganze Zeit gewesen? fragte sich Callahan. Nein, das konnte nicht sein – es sei denn, Walter Allanson hatte sie erschossen und hatte daher bei dem ersten Ruf nicht zugelassen, daß er das Haus durchsuchte. Die erste Regel bei der Ermittlung an einem Tatort lautet: ›Nichts voraussetzen.‹

Callahan blieb keine Zeit zu überlegen, was geschehen sein mochte. Eine Kakophonie von Sirenen näherte sich, und Einheiten der East Point Polizei rasten die Einfahrt herauf und hielten entlang des Norman Berry Drives. Officers umstellten das Haus. Sie hatten keine Ahnung, was sich darin befinden mochte – tot oder lebendig. Sie gingen davon aus, daß sich in dem Haus ein Einbrecher befand und eine tote Frau auf der Kellertreppe saß. Polizisten spähten durch die Kellerfenster und machten Blutspritzer an Wänden und Gegenständen im Keller aus. Überall war Blut. Was immer auch in diesem Haus geschehen war, es war gräßlich.

Streifenpolizist Cecil McBurnett jr. hatte an diesem Abend gerade ein ›Wrack‹ (Untersuchung eines Verkehrsunfalls), als er das Signal 6 über einen Einbruch auf dem Norman Berry Drive hörte. Er war nur drei Querstraßen entfernt, weshalb er antwortete, um Callahan zu verstärken. Er bog von der Martin Road ab und fuhr auf dem Norman Berry Drive nach Osten. Er hielt nach den Hausnummern Ausschau, als er einen Mann entdeckte, der von dem Rasen vor Mae Mama Lawrences Haus auf den Bürgersteig heraus rannte. Der Mann drehte sich zu dem Streifenwagen um, nicht nur einmal, sondern mehrere Male, und McBurnett sah ihn von vorne.

McBurnett hatte noch keine Beschreibung des Tatverdächtigen bei dem Einbruch, aber einen laufenden Mann in der Nähe eines Tatortes konnte man nicht ignorieren. Er hatte gerade seinen Wagen herumgewirbelt und fuhr zurück, um den Mann zu ergreifen, als er über Funk einen Hilferuf für einen Kollegen im Einsatz hörte: »Ich habe eine angeschossene Frau. Der Eindringling ist im Keller und hält eine Geisel.«

McBurnetts natürliche Reaktion war, seinem Kollegen zu Hilfe zu kommen, weshalb er die Verfolgung des laufenden Mannes aufgab und direkt hinter einem anderen Streifenwagen in die Einfahrt der Allansons bog. Doch das Bild dieses Mannes blieb in seinem Gedächtnis. Er trug Levi's, Boots und ein grün und braun gestreiftes Hemd. McBurnett hatte keinen Hinweis auf die Größe des Mannes, weil dieser vornüber gebeugt gelaufen war. Er konnte ein Meter siebzig groß gewesen sein – oder zwei Meter.

Bei seiner Ankunft vor dem Allanson-Haus fand McBurnett unglaubliches Chaos vor. Eine junge Frau schrie unbeherrscht. Immer mehr Polizei- und Krankenwagen trafen ein. Ihre herumwirbelnden blauen und roten Lichter tauchten den Abend in psychedelisches Leuchten

Sergeant William Vance und Detective J. E. Lambert stellten Spuren von einem Stemmeisen an der offenen Kellertür fest. Wahrscheinlich war sie aufgebrochen worden. Sie sahen außerdem ein Licht am Beginn der Treppe brennen. Die Glühlampe warf einen unheimlichen Lichtkreis auf die tote Frau. Der Rest des Kellers war in Dunkelheit getaucht. Lambert blickte in die Richtung der Heizung und Klimaanlage und glaubte, dahinter einen Arm hervorragen zu sehen. Verstört gab er einen Schuß in diese Richtung ab.

Als die Kugel laut auf Metall traf, bewegte sich nichts. Der Arm war lediglich ein Schatten gewesen.

Captain J. D. Lynn befahl, eine Tränengasgranate in den Keller zu werfen und alle Türen zu schließen. Wenn sich vor einer Stunde bei Callahans erstem Auftauchen ein Einbrecher im Haus befunden hatte, konnte dieser durchaus noch da drinnen hocken. Die Männer, die das Haus umstellten, glaubten fest daran, es mit einer Geiselsituation zu tun zu haben.

Sie warteten. Polizisten standen an allen drei Außentüren des Hauses und an sämtlichen Fenstern. Fünf Minuten. Zehn Minuten. Niemand stürmte sich übergebend oder von dem Gas geblendet aus dem Haus. Nach fünfzehn Minuten legten Lieutenant Thornhill, Detective Lambert und Sergeant Vance Sauerstoffmasken an, die von der Feuerwehr von East Point zur Verfügung gestellt wurden, und wagten sich in den Keller. Es war nur schwer etwas zu erkennen. Unter ihren Masken liefen den Polizisten Tränen über das Gesicht – trotz der Ventilatoren, die von den Feuerwehrmännern zur Durchlüftung der Kellerräume aufgestellt worden waren. Sie stolperten über Bauholz und Werkzeug, ein halbfertiges Boot, ein Surfbrett, eine Modelleisenbahn, die auf einer Sperrholzplatte montiert war. Es war ein Keller wie jeder andere, Stauraum für Dinge, die man irgendwann später brauchte, oder Dinge, die nicht mehr gebraucht wurden.

Sie sahen die weißgekleidete Leiche auf der Kellertreppe. Direkt gegenüber, hinter den Heizungsröhren, befand sich ein gemauerter Kamin. Er besaß eine große rechteckige Öffnung – einen Meter hoch und etwa einen halben Meter breit – groß genug, daß ein Mann hindurchklettern und sich da drinnen verstecken konnte. Sie hatten keine Ahnung, wie viel Platz dahinter war.

Vor dem Loch fanden sie eine blutbefleckte Taschenlampe, die ausgeschaltet war, und eine Pistole Kaliber 32, die zwischen einem Surfbrett und der Sperrholzplatte mit der elektrischen Eisenbahn eingeklemmt war. Ihre eigenen Taschenlampen beleuchteten noch flüssige Blutlachen und Blutstropfen auf dem Fußboden um das Loch im Kamin herum.

Näher an der Tür entdeckten sie ein 45er/70 Gewehr und ein Brecheisen neben einem Stapel Innentüren. Ihre Augen brannten vom Tränengas, aber hinter den Türen entdeckten sie etwas, das wie ein Bein in einer blauen Hose aussah.

Mit gezogenen Waffen gingen sie näher heran.

7. Kapitel

Captain Lynn befahl, daß die uniformierten Polizisten zu Fuß in der Umgebung nach einem Verdächtigen suchten. Zu diesem Zeitpunkt wußten sie nur, daß eine ältere Frau tot war. Die junge Frau am Tatort war zu hysterisch, um ihnen helfen zu können. Sie war Carolyn Allanson, die Exschwiegertochter von

Walter Allanson. Sie wiederholte ständig, daß jemand im Keller gewesen und daß Daddy Allanson nach unten gegangen sei, um ›ihn zu erledigen‹. Sie redete dauernd von ›Daddy‹ und Mutter. Daddy hatte jemanden ›in dem Kriechkeller gefangen‹, und sie hatte Mutter Allanson gebeten, nicht zu ihm in den Keller zu gehen. Die verstörte Frau warf ein, daß sie ›Toms neue Frau‹ in ihrem blauen Jeep vorbeifahren gesehen hatte. Darüber hinaus war sie jedoch überhaupt keine Hilfe. Sobald die Polizisten versuchten, etwas tiefer vorzudringen, verlor sie erneut die Beherrschung. Man konnte sich in ihrem gegenwärtigen Zustand kaum auf etwas verlassen, das die Frau sagte.

Der Polizei von East Point war die Fehde zwischen Walter Allanson und seinem Sohn Tom nicht entgangen. Die Polizei hatte gerüchteweise von einem Hinterhalt oben am Lake Lanier gehört, und Tom und Pat waren erst vor wenigen Tagen auf dem Revier gewesen und hatten versucht, den Vater wegen Exhibitionismus anzuzeigen. Wenn Pat Allanson tatsächlich in der Gegend war, wollte die Polizei sie finden, und zwar so schnell wie möglich.

Captain Lynn, Sergeant R. W. Jones und Sergeant Callahan fuhren mit ihren Streifenwagen in immer größer werdenden Kreisen um den Norman Berry Drive und hielten Ausschau nach etwas Ungewöhnlichem und einem Mann, der weglief, nach Tom Allansons blauem Pick-up oder dem blauen Jeep, den Pat gefahren hatte.

Das King-Bürogebäude stand auf dem dreieckigen Grundstück zwischen Bayard Street und dem Punkt, an dem der Norman Berry Drive sich mit der Cleveland Avenue kreuzte, ungefähr fünfhundert Meter vom Allanson-Haus entfernt. Es war eine neue Konstruktion, ein mehrstöckiger Betonbau, dessen weiße, durchbrochene Platten ihm Ähnlichkeit mit einer Moschee verliehen. An einem regnerischen Abend um 20 Uhr 20 war die breite Parktasche fast leer, aber die Polizisten entdeckten dort den blauen Jeep, den sie suchten.

Sie vermuteten, daß es das Fahrzeug war, von dem Carolyn Allanson behauptete, es gesehen zu haben. Es lief bereits eine staatsweite Suche nach dem Wagen und nach der mutmaßlichen Fahrerin, Patricia Taylor Allanson. Callahan notierte das

1974 in Georgia ausgegebene Kennzeichen CY 242. Eine schnelle Rückfrage per Funk erbrachte die Information, daß dieses Kennzeichen für einen neuen Jeep eingetragen war, der vor drei Monaten in Marietta, Georgia, gekauft und tatsächlich für Patricia R. Taylor auf der Kentwood Morgan Farm in Zebulon registriert war.

In dem rasch abnehmenden Dämmerlicht konnten die drei Polizisten die Gestalt einer in dem Jeep sitzenden Frau ausmachen. Sie konnten nicht feststellen, ob die Frau allein war, oder ob sich jemand neben oder hinter ihr duckte.

Sie sprangen aus ihrem Streifenwagen und näherten sich mit gezogenen Waffen dem Jeep von hinten. Die Frau in dem Fahrzeug rührte sich überhaupt nicht – drehte nicht einmal den Kopf, um sie anzusehen.

»Steigen Sie aus dem Jeep!« rief Callahan. »Steigen Sie mit erhobenen Händen aus dem Jeep!«

Einen Moment gab es in dem kleinen blauen Jeep mit dem Stoffdach keine Bewegung, dann schob eine hübsche, schlanke Frau in einem Minirock und einem Oberteil mit Nackenträgern ein nacktes Bein heraus, glitt auf den Boden und drehte sich zu den Männern um. Sie hob einen Arm und zeigte an, daß sie den anderen nicht heben konnte, weil er verletzt war.

»Ist noch jemand im Wagen?« rief Callahan.

Sie schüttelte den Kopf.

»Ganz sicher?«

»Ich bin allein.«

Callahan und Jones kamen an die Seite der Frau, von der sie annahmen, daß sie Pat Allanson war, und führten sie in den Polizeiwagen. Sie wehrte sich nicht, aber sie zuckte zusammen, als ob ihre Schulter verletzt wäre.

»Was ist los?« fragte sie. »Was ist passiert? Wo ist Tom?«

»Sie sind Mrs. Allanson?«

»Ja.«

»Er hat seine Mutter erschossen.«

Pat sank ein wenig in sich zusammen, doch dann versicherte sie heftig: »Nein, er könnte nie seine Mutter erschießen! Nicht Tom! Nicht mein Tom!«

»Seine Exfrau sagt das.«

Pat interessierte nicht, was Toms Exfrau sagte. Sie behauptete, daß Tom nicht geschossen haben konnte.

Die Polizisten widersprachen ihr nicht. Im Moment wußten sie nur sicher, daß die ältere Carolyn Allanson tot war. Möglicherweise war Tom auch tot – und so unwahrscheinlich es auch wirkte, sie mußten nach *Walter* Allanson suchen.

Pat schien unter Schock zu stehen. Sie wußte nur, daß sie seit Stunden auf ihren Mann wartete. Sie war krank vor Sorge um ihn und hatte sogar ihre Eltern, Colonel und Mrs. Clifford Radcliffe, angerufen, damit sie zu ihr kamen. Natürlich würde sie gern mit den Polizisten über alles reden, was sie nur wollten – wenn sie bloß warteten, bis ihre Mutter und ihr Daddy auftauchten.

Sie schien panische Angst davor zu haben, die Polizisten könnten sie von dem Parkplatz wegbringen, bevor ihre Eltern eintrafen. »Bitte, warten Sie noch ein paar Minuten. Meine Eltern sind unterwegs, und sie finden mich nicht, wenn sie mich vorher wegschaffen.«

Sie sagte, sie habe keine Ahnung, wo ihr Mann in diesem Moment sein könnte. Als sie ihn das letzte Mal gesehen hatte, war er mit einem braunen Hemd, Bluejeans und Cowboyboots bekleidet gewesen.

»Wie groß ist Ihr Mann, Ma'am?« fragte Lynn.

»Groß. Sehr groß. Einsneunzig oder mehr. Er ist ein sehr großer Mann, aber sehr sanft. Ich glaube, er wiegt über zweihundert Pfund.«

Captain Lynn gab über Funk eine Suchmeldung nach Tom Allanson heraus, wobei er die zusätzliche Beschreibung hinzufügte. Die Details paßten auf den Mann, den Officer Cecil McBurnett weglaufen gesehen hatte, nachdem er von dem Einbrecher im Haus 1458 Norman Berry Drive gehört hatte. Der Mann war zu der Kreuzung Cleveland und Norman Berry und zu dem King-Bürohaus unterwegs gewesen.

Allerdings hatte der Mann sich vornüber gebeugt, und niemand wußte, wie groß er war. War es Walter gewesen? Oder Tom? Lynn wußte es nicht. Tom war zuletzt in blauen Levi's gesehen worden, und Callahan hatte gesagt, Walter habe eine blaue Hose getragen, als er etwas früher mit ihm sprach.

Lynn, Jones und Callahan hatten viel zu viel zu tun, um auf Pat Allansons Eltern zu warten. Sie nahmen Pat mit sich, während sie langsam in der Gegend herumfuhren. Gelegentlich hielten sie an und überprüften Garagen, in denen sich ein Bewaffneter verstecken konnte.

Pat hörte ständig das Funkgerät und versuchte, die Polizeicodes zu entschlüsseln. Die Polizisten hatten ihr nur gesagt, daß Toms Mutter tot war. Erschossen. Sie hatten nichts über Toms Vater gesagt. Oder über Tom. Sie biß sich auf die Unterlippe und starrte nervös aus den Fenstern des Streifenwagens.

Sie bogen von der Cleveland auf die Stewart Avenue und fuhren genau an der Stelle vorbei – Nalley's Chevrolet –, an der Pats Bruder Kent vor acht Jahren gestorben war. Ebenfalls erschossen. Pat blickte weg. Ihre Gedanken in diesem Moment kannte nur sie.

Nach einer Weile brachte die Polizei Pat zurück zu dem King Building, wo der Colonel und ihre Mutter auf sie warteten. Ihre Mutter ergriff ihre Hand, und der Colonel wollte wissen, was los war und warum seine Tochter festgehalten wurde.

Die Polizisten holten Pats Notizbuch und ihr Nähzeug aus dem Jeep und wiesen die Redcliffes an, ihnen zum Revier zu folgen. Und dort warteten die drei. Die Polizisten hatten so viel zu tun, daß sie nicht einmal mit ihnen sprachen. Pat überlegte, ob sie an ihrem Kostüm für die Parade des 4. Juli nähen sollte – nur um ihre Panik niederzuhalten –, aber das hatte kaum einen Sinn. Wahrscheinlich konnten sie und Tom ohnedies nicht in der Parade am Samstag mitreiten. Sie wußte ja nicht einmal, ob Tom noch lebte.

Der blaue Jeep wurde in die städtische Garage geschleppt. Die Detectives bemerkten auf dem Vordersitz einen Behälter für Brathähnchen zum Mitnehmen; sie hielten diese Beobachtung zusammen mit vielen anderen scheinbar wertlosen Details schriftlich fest.

Im Hause 1458 Norman Berry Drive hatten die Polizisten die Durchsuchung des Kellers abgeschlossen. Milford Carolyn Allanson war durch das Herz geschossen worden. Die Polizisten hatten noch eine Leiche gefunden: Walter Allanson lag parallel zu den Stufen auf dem Fußboden. Seine Leiche war von dem Stapel Türen verborgen worden. Sein neues Gewehr lag etwas mehr als einen Meter von seinem Körper und etwas weiter von seiner Frau entfernt. Man konnte nicht feststellen, wer von ihnen das Gewehr abgefeuert hatte – oder ob überhaupt einer der beiden geschossen hatte. Eine Patrone war aus dem Gewehr abgefeuert worden, und die Waffe war teilweise gespannt. Eine neue Patrone steckte halb in der Kammer.

Walter Allanson hatte offenbar Schußverletzungen im Gesicht, Hals und Oberkörper. Höchstwahrscheinlich war es sein Blut, das im halben Keller grausige Spuren hinterlassen hatte – besonders nahe dem Loch im Kamin –, und das dann eine Lache gebildet hatte. Er war jämmerlich verblutet.

Nachdem Detective Marlin Humphrey jr. Fotos gemacht hatte, trugen Lambert, Vance und Streifenpolizist Bob Matthews die Leichen von Walter und Carolyn Allanson die Stufen hinauf und legten sie in das nasse Gras neben dem Haus, wo sie noch einmal fotografiert wurden und auf den Transport in das South Fulton Hospital warteten. Ohne Arzt konnten sie nicht gesetzlich für tot erklärt werden. Nachdem das geschehen war, sollten die Leichen obduziert werden.

Bob Matthews, der als Spurensicherungsexperte arbeitete, stellte das 45er/70 Karabinergewehr und die 32er Pistole, die sechs leere Kammern hatte, sicher. Die Ermittler konnten ohne Tageslicht den Tatort nicht gründlich untersuchen. Bis dahin dauerte es aber noch Stunden. Lieutenant Thornhill ließ das Grundstück absperren und stellte Streifenpolizisten als Wachen bis zum Morgen auf.

Jetzt wußten sie, was geschehen war. Es sollte jedoch sehr lange dauern, bis sie wußten, wie und warum es geschehen war.

Jean Boogs, Walter Allansons Schwester, hatte sich den ganzen Tag nicht gut gefühlt. Sie stand am Abend des 3. Juli um 20 Uhr 30 am Herd und machte sich etwas zu essen, als ein Nachbar an ihre Hintertür kam. »Ich möchte Sie nicht erschrecken, aber ich glaube, bei Ihrem Bruder ist etwas nicht in Ordnung. Vielleicht sollten Sie ihn lieber anrufen. Krankenwagen und Streifenwagen sind dort.« Alarmiert rief Jean an und ließ es bei Walter sechsmal, zehnmal, zwölfmal klingeln, ohne daß jemand abhob. Sie wußte natürlich nicht, daß die Telefonleitung durchgeschnitten war und die Anrufe nicht im Haus ihres Bruders ankamen. Als sie bei Mae Mama anrief, meldete sich ein Polizist und meinte, sie solle lieber zu dem Haus ihres Bruders gehen. Er wollte ihr nichts sagen, genausowenig wie der diensthabende Sergeant auf dem Polizeirevier von East Point. Das machte ihr Angst. Ihr Mann war nicht daheim, aber ihr Nachbar bot sich an, sie zu dem Haus von Walter und Carolyn zu fahren.

»Als wir hinkamen«, sagte Jean später, »sah ich Unmengen von Leuten auf dem Hang, an dem mein Bruder lebte, und auf der Zufahrt – viele Fremde. Ich sah auch Leute von einem Fernsehsender . . . Channel Five.«

Jean strebte auf einen Polizisten zu, der mit ausgebreiteten Armen die Leute zurückhielt. Als sie ihm sagte, wer sie war, rief er Captain Lynn, der sich ruhig ihre besorgten Fragen anhörte.

»Ma'am, ich kann Ihnen nur sagen, daß er (Walter) erschossen wurde.«

»Erschossen? Was ist mit Carolyn – Carolyn, Walters Frau?«

»Sie wurde auch erschossen.« Jean Boggs konnte sich kaum aufrecht halten, als Lynn hinzufügte: »Die beiden wurden ins South Fulton Hospital gebracht, und ich würde Ihnen raten, dorthin zu fahren.«

Jean erhielt auch im Krankenhaus, das nur zwei Querstraßen entfernt war, nur wenige Auskünfte. Die Frau am Empfang rief eine Krankenschwester, und Jean flehte: »Bitte, sagen Sie mir alles! Es bringt mich um, daß ich nichts weiß.«

Die Schwester wandte sich ab und verschwand in einem Korridor, und eine andere Schwester erschien.

»Kann ich meinen Bruder und meine Schwägerin sehen?«

»Nein. Es wurden gerade zwei Leichen gebracht, und sie wurden noch nicht identifiziert, und mehr kann ich Ihnen nicht sagen. Sie müssen warten, bis ein Detective herkommt.« Beide Schwestern wirkten verstört und wichen Jeans verzweifelten Bitten um Auskünfte aus.

Es war ein Alptraum. Jean verlangte, mit Lieutenant Thornhill zu sprechen, von dem man ihr gesagt hatte, daß er die Untersuchung führte. Sie kannte Gus Thornhill. Sicher würde er zu ihr ehrlich sein. Sie wollte ihren Bruder und ihre Schwägerin identifizieren. Wer sollte es denn sonst machen? Ihre Eltern waren zu alt, um das durchzustehen, und sie wußte nicht einmal, wo ihr Neffe Tommy jetzt wohnte.

Thornhill kam schnellstens, und als er bei Jean eintraf, hielt er Carolyn Allansons Führerschein in der Hand. Das Herz krampfte sich ihr zusammen. »Sind Walter und Carolyn tot?« hauchte sie.

»Ja.«

»Kann ich sie sehen?«

»Mrs. Boggs.« Thornhill wandte seinen Blick ab und holte tief Atem. »Ich kenne Sie schon lange, und ich betrachte mich als Ihren Freund. Ich bitte Sie aus Freundschaft, sich die beiden nicht anzusehen.«

»Was ist denn passiert?«

»Tom hat sie getötet . . .«

Nein. NEIN! Tommy würde so etwas nie tun! Das ergab für Jean keinen Sinn. Schemenhaft nahm sie im Hintergrund einen Fernseher wahr. Die Nachrichten berichteten bereits über die Schießerei. Alle suchten ihren Neffen Tommy, von dem man annahm, daß er verletzt war. Jean konnte nichts weiter denken als: ›Mein Gott, ich werde drei und nicht zwei begraben müssen!‹

Und dann fiel Jean ein, daß sie zu ihren Eltern fahren und es ihnen sagen mußte, bevor sie den Fernseher einschalteten. Es würde Paw und Nona umbringen, wenn sie es aus dem Fernsehen erfuhren. Gus Thornhill bot sich an, sie zu den Eltern Allanson zu fahren.

Als Thornhill und Jean Boggs das Krankenhaus verließen, kamen sie an einem Krankenwagen vorbei, der vor den Toren der Notaufnahme stand. Eine der beiden hinteren Türen war offen, und Jean sah einen Körper, der mit einem blutigen Laken bedeckt war. Ein nackter Fuß ragte darunter hervor. Sie wurde von Entsetzen gepackt. Es zog sie zu dem Krankenwagen. Thornhill und ihr Nachbar mußten sie wegziehen. »Gus, ich will die Wahrheit wissen«, verlangte Jean. »Ist das Walter? Ist das mein Bruder?«

»Ja, Ma'am, aber ich bitte Sie noch einmal, nicht hinzusehen.«

Als Jean und Gus Thornhill das Haus der Eltern Allanson an der Washington Road erreichten, bat sie ihren Vater, sich zu setzen, doch er blieb entschlossen und innerlich gewappnet stehen, ein alter Mann, der schon andere Tragödien überlebt hatte.

»Paw«, sagte Jean behutsam. »Walter und Carolyn sind getötet worden. Ich weiß nicht, wie ich dir das schonender beibringen könnte. Und jetzt wird nach Tommy gesucht, Paw.«

Paws erste Worte klangen hohl. »Ich habe so etwas schon erwartet.«

Als sie es Nona erzählten, begann diese lauthals zu schreien und hörte nicht mehr auf. Ihr Arzt, Dr. Lanier Jones, kam ins Haus und gab ihr eine Spritze, damit sie schlafen konnte.

Paw machte sich schreckliche Sorgen, was mit dem ›Jungen‹ passiert sein mochte. Er rief auf der Farm in Kentwood an. Das Telefon klingelte zwanzigmal – ein leeres Geräusch in einem leeren Haus. Er versuchte es wieder und wieder – irgendwann mußt er Tommy doch an den Apparat bekommen.

Als Jean endlich nach Hause kam, wurde ihr bewußt, daß sie noch immer einen Umschlag in der Hand hielt, den man ihr im Krankenhaus gegeben hatte. Sie starrte darauf und fragte sich, was darin war. »Ich ließ den Inhalt des Umschlags in meine Hand fallen«, sollte sie sich später erinnern. »Es waren die Ringe meiner Schwägerin. Sie waren völlig mit Blut bedeckt, und ich rief: ›Oh, mein Gott, ich ertrage das nicht mehr!‹«

8. Kapitel

Am Abend des 3. Juli rief Gus Thornhill um 21 Uhr 30 Detective George Zellner zu Hause an und bat ihn, auf das Revier zu kommen, um zwei Personen zu befragen: die jüngere Carolyn Allanson und Patricia Taylor Allanson. Als Zellner im Hauptquartier der Polizei von East Point eintraf, wurde er über den Doppelmord informiert. Viel hatte man bisher noch nicht herausgefunden. Zellner war seit zweieinhalb Jahren bei der Polizei von East Point und erst seit einem Jahr Detective. Er war ein hagerer, aber muskulöser junger Mann.

Es war 22 Uhr 50, als Zellner sich endlich um Patricia Allanson kümmern konnte, die nervös auf einer der langen Eichenbänke im Revier wartete. Er sah eine sehr attraktive Frau mit aufregend grünen Augen vor sich. Sie weinte nicht, sondern wirkte nur erschöpft und ängstlich. Das ältere Paar bei ihr war sehr besorgt.

Zellner erklärte Pat, daß er ihr nach der Miranda-Entscheidung ihre Rechte verlesen mußte, da sie eine Verdächtige und/oder eine wichtige Zeugin der Ermordung der Eltern ihres Mannes war. Pat unterschrieb den Vordruck mit kaum erkennbarer Besorgnis.

Detective Lambert war Zeuge, als Zellner mit Pats Befragung begann: »Mrs. Allanson, könnten Sie mit dem heutigen Nachmittag anfangen?« fragte er. »Was passierte bis zum Verschwinden Ihres Mannes?«

Pat sprach schnell und atemlos. Sie hatte lange darauf gewartet, mit jemandem reden zu können. Zellner brauchte nur gelegentlich kurze Fragen zu stellen, um ihren Gedankenfluß in die richtigen Bahnen zu lenken.

Sie begann mit ihren zahlreichen gesundheitlichen Problemen, ihrer Schlaflosigkeit und Toms unnachgiebigem Drängen, sie solle zu einem Arzt gehen. »Wir beschlugen am Vormittag die Pferde fertig . . . Dann brachte Tom mich hierher und fuhr mich zu Dr. Thompsons Praxis, wie er das immer macht, weil es mir weh tut, wenn ich selbst einen Wagen steuere ... Er ging mit mir wie immer zur Tür ... Das muß gegen 15 Uhr 30 gewesen sein – so ungefähr. Ich war dann beim Arzt fertig, aber Tom war noch nicht im Wartezimmer. Deshalb ging ich nach draußen, und da stand der Jeep ... Als er mich verließ, ging er in die entgegengesetzte Richtung zu der C&S Bank. Ich dachte, er wollte da mit den Leuten über ein Darlehen sprechen, das er von ihnen hat. Er versuchte, eine Verlängerung dafür zu bekommen, weil er so viele Alimente und Gerichtskosten und so weiter zahlen mußte, und sein Vater hatte dafür gesorgt, daß er ein paar Jobs verlor, und er hatte seinen Vater gebeten und angefleht, uns in Ruhe zu lassen. Aber sein Vater rief immer wieder an und stieß Drohungen aus, und am letzten Freitag, als ich den Rasen mähte, kam sein Vater zu uns hinaus ... und entblößte sich! ... Dann rief er (Walter) an und sagte meiner Mutter, sie sollte Tom ausrichten, er würde ihn töten. Tom hatte ein paarmal gesagt, er wollte mit seinem Vater sprechen, und ich sagte ›Nein, laß ihn einfach in Ruhe ...‹« Pat wechselte plötzlich das Thema. »Ich wartete endlos auf Tom, aber er kam nicht. Er hat mich noch nie so lange allein gelassen.«

»Wann kamen Sie aus der Arztpraxis?«

»Sie haben mich gleich drangenommen ... sie hatten heute nicht viel zu tun. Ich ging hinaus, und der Arzt machte eine Röntgenaufnahme von meiner Schulter. Ich glaube nicht, daß ich länger als eine Stunde bei dem Arzt war ... Ich ging nach draußen, aber Tom war nicht in dem Jeep ... Ich hatte den Rock des Kostüms bei mir und arbeitete daran. Ich sah immer wieder auf meine Uhr, und dann ging ich noch einmal in die Praxis und fragte, ob ich das Telefon benützen darf. Ich wollte bei meiner Tochter anrufen ... Das sah ihm so gar nicht ähnlich, und ich fing an, mir um ihn Sorgen zu machen wegen der Drohungen, die sein Vater gegen ihn ausgestoßen hatte. Dann fiel mir ein, daß vielleicht seine Eltern vorbeigefahren waren und er mit ihnen sprach, oder vielleicht war er zu den beiden gegangen, um mit ihnen zu reden ... Ich wartete und wartete und wartete. Dann wurde ich wirklich nervös. Es war sehr spät ... Es muß 18 Uhr gewesen sein, weil alle Wagen vor dem Bürogebäude auf der anderen Straßenseite – alle Leute kamen aus dem Haus. Ich überlegte, wo ein Telefon sein könnte. Das einzige Telefon, das ich kannte, war in dem King-Bürogebäude. Ich stieg in den Jeep und fuhr dorthin ... Tom wußte, daß ich mit dem Wagen ohne Schmerzen nicht weit fahren konnte. Ich habe also in der Praxis bei seiner Mutter angerufen, aber da meldete sich niemand ...«

»Wo arbeitet sie?«

»In der Praxis von Dr. Tucker. Ich habe die Nummer im Telefonbuch nachgeschlagen. Ich mußte in diese Hähnchenbude gehen und mir Kleingeld besorgen ... Ich war so nervös ... Ich wußte nicht, ob er vielleicht von einem Wagen überfahren worden war oder ob ihm sonst etwas zugestoßen war. Dann sagte ich mir: ›Hör auf und denk nach.‹ Ich rief zuerst im Krankenhaus an und habe mich erkundigt, ob jemand von einem Wagen überfahren worden war oder einen anderen Unfall gehabt hatte. Ich wußte, daß Tom seine Brieftasche bei sich hat ... In der Tasche seiner Jeans.«

»Hatte er irgendwelche Waffen bei sich?« fragte Zellner.

»Er hatte keine Waffen bei sich ... Tom könnte niemanden töten.«

Pat erklärte, daß Toms Eltern und seine Großmutter mütterlicherseits sehr nahe bei der Praxis ihres Arztes wohnten. »Tom ... sagte mir, er wollte noch ein einziges Mal mit ihnen sprechen. ›Ich werde sie anflehen‹, (sagte er). Ich riet ihm davon ab: ›Du sollst deinen Vater nicht anflehen. Laß ihn einfach in Ruhe. Vielleicht lassen uns die beiden dann auch in Ruhe.‹ Wir wollten aber versuchen, noch einmal neu anzufangen.«

Pat gab an, sie hätte bei jedem angerufen, der ihr einfiel – im Haus von Toms Eltern, in der Praxis seiner Mutter –, aber sie kannte Mae Mamas Nummer nicht. Deshalb war sie in den Jeep gestiegen und herumgefahren, um nach Tom zu suchen. Pat sagte, sie habe endlich ihre Eltern angerufen, damit diese ihr halfen. Zellner fiel auf, wie dramatisch Pat Allanson ihre Angst zu beschreiben verstand:

»Ich saß da und arbeitete an dem Rock ... im Freien auf dem Parkplatz. Ich wollte nicht zu nahe an das Gebäude herankommen. Es wurde dunkel, und ich hatte keine Ahnung, wer sich dort herumtrieb.«

»Sie sind nicht zu dem Haus seiner Eltern gefahren?«

»Nein. Ich bog in die Einfahrt seiner Großmutter ... Ich wollte mit ihr sprechen, aber in letzter Minute hat mich der Mut verlassen ... Ich dachte, nein, das ist albern. Diese Leute werden ohnedies nicht mit mir sprechen. Wahrscheinlich werden sie mich einfach erschießen, weil sie gedroht haben, uns beide umzubringen.«

Pat entwarf das Bild von zwei jungen, verliebten Leuten, die von bösen Schwiegereltern und einer rachsüchtigen Exehefrau gepeinigt wurden. Zellner hörte mindestens fünfmal von den ›exzessiven‹ Alimenten, dem sich lüstern entblößenden Schwiegervater, den Drohungen und den seltsamen Anrufen mitten in der Nacht. Es machte den Eindruck, als habe sie die Hölle durchgestanden. Sie wirkte wie eine hilflose, kranke und verletzte Frau, die sich stundenlang gesorgt hatte, weil ihr Mann sie nicht von der Praxis ihres Arztes abgeholt hatte.

»Haben Sie eine Ahnung, wohin er gegangen sein könnte?« fragte Zellner.

»Ich habe keine Ahnung, es sei denn, er ist nach Hause gefahren. Aber wie sollte er denn heimfahren? Ich weiß nicht, wie ...«

»Wo wohnen Sie jetzt?«

»Wir haben eine Farm in Zebulon. Ich habe dort ein Grundstück gekauft. Nach unserer Heirat zogen Tom und ich dorthin ... Jeder kennt sie als die ›Pat Allanson Farm‹. Ich hatte mehr als fünfzehn Jahre lang eine Morgan Farm in Georgia, und ich bin für meine Pferde bekannt. Ich bin dorthin gezogen, um von hier wegzukommen – damit wir neu anfangen können.«

»Ist jetzt jemand zu Hause?«

»Nein. Die Farm ist sogar unversperrt. Alles steht weit offen, weil wir dachten, wir würden gleich wieder zurückkommen. Wir haben Pferde, die nicht gefüttert wurden, Kühe und so weiter.«

»Sie sagten, Sie würden Tom so etwas nicht zutrauen?« fragte er und meinte damit Mord.

»Hören Sie«, erwiderte Pat hitzig. »Tom könnte jemandem nur etwas antun, wenn derjenige ihn zuvor angegriffen hat. Er könnte nicht aus heiterem Himmel irgendwohin gehen und jemandem etwas antun. Ausgeschlossen. Nicht Tom.«

»Selbst nicht unter all diesem Frust, der sich in ihm angestaut hat?« Pat schüttelte ungeduldig den Kopf. Die Polizei verschwendete Zeit, wenn sie nicht Toms Exfrau Carolyn Allanson genauer befragte.

»Tom wäre nicht weggegangen und hätte mich da zurückgelassen, wenn es nicht lebenswichtig gewesen wäre, oder wenn er nicht dazu gezwungen worden wäre ... oder wenn man ihm nicht etwas angetan hätte. Ich weiß nicht, was passiert ist. Aber wenn er mit seinen Eltern nach Hause gegangen ist, garantiere ich, daß Caroyln nicht gewollt hat, daß sie mit ihm sprechen ... Hätten seine Eltern Tom zugehört, hätten sie herausgefunden, daß Carolyn zu Parties geht und die Kinder allein läßt – und alle möglichen Dinge, von denen sie nicht wollte, daß seine Eltern sie erfuhren ... Tom hat niemanden erschossen, es sei denn, derjenige hat zuerst versucht, ihm etwas anzutun, und ich glaube noch nicht einmal, daß er auf irgend jemanden geschossen hat.« Aber sie sagte, sie würde es Carolyn zutrauen, eine Waffe zu benützen. »Sie hat schon einmal auf Tom geschossen – als sie noch zusammenlebten ... Ich erinnere mich, daß er deshalb zu spät zum Beschlagen meiner Pferde zu mir kam ... Aber wenn er da jetzt mitten in diese Sache hineingeraten ist – wenn man versucht hat, ihm das alles in die Schuhe zu schieben ...« Pat richtete sich auf, als wollte sie eine unglaublich wichtige Erklärung abgeben. »Wenn er auf der Flucht ist, dann nur, weil er Angst hat, jemand könnte ihm diese Sache in die Schuhe schieben wollen.«

»Haben Sie eine Ahnung, wo wir ihn finden könnten?«

»Wohin sollte jemand ohne Geld gehen? Auf mich würde er ja hören, aber ich weiß nicht, wo ich ihn suchen soll. Denken Sie, ich will ihn nicht finden?«

»Sollte er sich bei Ihnen melden, lassen Sie es uns wissen.«

»Hören Sie«, sagte Pat ernsthaft. »Gibt es nicht irgendeine Möglichkeit? Ich weiß nicht, ob er vielleicht in der Nähe eines Radios oder eines Fernsehers ist. Vielleicht wäre das eine Möglichkeit. Wenn ich ihm doch nur sagen könnte, er soll herkommen!«

»Wir werden sehen, was wir machen können«, meinte Zellner. »Vielleicht schaffen wir es.«

Pat Allanson wollte unbedingt im Fernsehen auftreten und eine dramatische Bitte an ihren flüchtigen Ehemann richten, wenn das nötig war, um ihn zurückzuholen. »Sofern sie ihn nicht schon getötet haben«, fügte sie bitter hinzu, und Zellner wußte nicht, ob sie damit seine Eltern oder die Polizei meinte.

»Nein«, versicherte Zellner ihr. »Dafür gibt es bisher keinen Anhaltspunkt. Aber es könnte dazu kommen, wenn wir ihn nicht finden.«

Pat, die liebevoll von ihren Eltern umsorgt wurde, durfte das Polizeirevier von East Point verlassen, nachdem Colonel Radcliffe eine Kaution von tausend Dollar hinterlegt hatte. Sie wollte bei ihren Eltern in ihrem Gestüt an der Tell Road bleiben, bis Tom gefunden wurde.

Zellner sprach als nächstes mit Carolyn Allanson, konnte ihrer Geschichte jedoch nicht viel Sinn entnehmen. Sie stand noch immer unter Schock. Sie wiederholte ständig, daß Daddy Allanson im Haus einen Einbrecher gesucht hatte, daß er in den Keller gegangen war und Mutter Allanson zugerufen hatte, ihm sein neues Gewehr zu bringen. Unter Tränen erzählte Carolyn, daß Daddy ihr und ihren Kindern das Leben gerettet hatte, indem er sie aus dem Haus geschickt hatte. Sie erwähnte keine Täter – oder mehrere Täter – namentlich. Zellner beschloß, wieder mit ihr zu sprechen, wenn sie sich ein wenig besser unter Kontrolle hatte.

9. Kapitel

Chief Deputy Billy Riggins aus dem Büro des Sheriffs des Pike County kam am Abend des 3. Juli 1974 spät nach Hause. Fünf Tage zuvor hatte er der verstörten Pat Allanson gezeigt, wie man eine Waffe lud, damit sie sich vor weiteren sexuellen Annäherungsversuchen ihres Schwiegervaters schützen konnte. Ihre Klage war zwar sonderbar, aber es schien sich um keinen größeren Vorfall zu handeln. Deshalb hatte Riggins nicht erwartet, so bald wieder von der Kentwood Morgan Farm zu hören, obwohl beim Sheriff eine ungewöhnlich hohe Zahl von Anrufen der Allansons in der kurzen Zeit eingegangen war, die sie auf dem Besitz wohnten. Riggins hegte den Verdacht, daß die Dame eine dieser nervösen Typen war. Womöglich hatte sie nur gesehen, wie eine Maispflanze im Wind schwankte, und hatte ein Maisblatt für das Genital eines Mannes gehalten.

Doch dann war Riggins schon am nächsten Tag, vor genau vier Tagen, auf Bitten des Sheriffs des Forsyth County nach Kentwood gefahren. Walter O'Neal Allanson, der angebliche Exhibitionist, und seine Frau waren nahe dem Lake Lanier in diesem County in einen Hinterhalt geraten. Riggins hatte am 19. Juni die Allanson Farm überprüft und gemeldet, daß niemand zu Hause war.

Die neuen Einwohner waren alles andere als langweilig. Dennoch war Riggins geschockt, als er an diesem regnerischen Mittwochabend einen Anruf über die Vermittlung des Pike County erhielt. Die Polizei von East Point wollte, daß er Deputies zu der Kentwood Farm schickte, um festzustellen, ob dort irgend jemand war. Vor allem wurde er gebeten, Walter Thomas Allanson zu suchen, den Eigentümer, der wegen der Ermordung seiner Eltern verhört werden sollte.

Riggins schickte Deputies zu der Farm hinaus, und sie warteten im Regen. Sie meldeten, daß Haus und Stall leer waren und keine Fahrzeuge auf dem Grundstück standen. Riggins bat sie, ihn sofort zu verständigen, sobald sie Tom Allanson sahen.

Nach 2 Uhr 30 klingelte bei Riggins das Telefon. Die Deputies hatten soeben Tom in sein Haus gehen gesehen. Riggins rief das GBI (Georgia Bureau of Investigation), das Büro des Sheriffs im Spalting County – das sich an das Pike County anschloß – und die Polizei von Griffin an und bat um Unterstützung bei Allansons Festnahme. Tom hatte zwar einen sehr netten Eindruck gemacht, aber er war sehr groß, und wenn der Verdacht der Polizei von East Point stimmte, hatte er vor kurzem seine Eltern umgepustet. Riggins wollte nicht mit seiner kleinen Mannschaft losziehen und Allanson verhaften. Als nächstes rief Paw Allanson bei Riggins an und sagte, Tom sei zu Hause.

Riggins wählte die Nummer der Allansons und war ziemlich überrascht, als Tom selbst sich meldete. Er klang erschöpft, aber durchaus vernünftig.

»Sie wissen, daß wir gute Freunde sind, Tom«, sagte Riggins. »Ich habe hier einen Haftbefehl gegen Sie, und Ihr Großvater hat soeben angerufen und gemeldet, daß Sie zu Hause sind. Ich möchte keinerlei Probleme.«

»Das geht schon in Ordnung«, erwiderte Tom. »Ich habe Paw gebeten, bei Ihnen anzurufen. Ich werde Ihnen keine Probleme machen.«

Das tat er auch nicht. Tom Allanson kam um 3 Uhr aus seiner Haustür und wurde wegen Mordes verhaftet.

Riggins verlas Tom seine Rechte nach Miranda und informierte ihn, daß es zwei Haftbefehle gab, die ihn des Mordes an seinen Eltern beschuldigten. Er beobachtete Tom Allansons Gesicht nach einer Reaktion. Er sah keine Tränen. Er sah auch keine Überraschung. Der Mann vor ihm wirkte in erster Linie sehr, sehr müde – und möglicherweise befand er sich auch in einem Schockzustand.

Riggins verhörte Tom nicht. Er hielt ihn nur im Gefängnis des Pike County ungefähr für eine Stunde fest. So lange dauerte es, bis Detective George Zellner und die Sergeanten C. T. Callahan und Bill Vance eintrafen, um den Gefangenen nach Atlanta zu bringen. Draußen trommelte der graue Regen gegen das Gerichtsgebäude von Zebulon, und der Wind trieb die roten Blütenblätter der Geranien mit sich.

Es war kurz vor der Morgendämmerung, als die Polizisten aus East Point in Zebulon eintrafen. »Sie wurden bereits über Ihre Rechte belehrt, aber wir müssen das noch einmal machen«, erklärte Zellner jetzt Tom. »Wir haben hier zwei Haftbefehle für Sie wegen des Mordes an Ihrer Mutter und an Ihrem Vater . . .«

»Das ist so lächerlich wie nur möglich«, antwortete Tom.

Seine Stimme klang vor Erschöpfung tonlos. Er drehte sich bereitwillig um und wartete, während die Ermittler aus East Point nach Handschellen suchten, die groß genug waren, um seine breiten Handgelenke zu umspannen.

Sie fuhren in einem Wolkenbruch zurück nach East Point. Laut Kalender war es jetzt der 4. Juli. Die Bandaufzeichnungen des Gesprächs der Ermittler aus East Point mit ihrem Tatverdächtigen wurden von dem lauten Trommeln des Regens auf dem Dach des Polizeiwagens und dem stetigen Zischen der Scheibenwischer überlagert.

»Was ist am Nachmittag passiert?« fragte Zellner.

Tom erklärte, er und seine Frau hätten vor zwei Tagen – am Abend des 2. Juli – eine große ›Meinungsverschiedenheit‹ gehabt, und sie hätten das ›Gezänk‹ während der Fahrt zu ihrem Arzttermin fortgesetzt. »Ich habe ihr endlich gesagt, daß ich sie verlasse, ihr das Geld und das Haus und alles andere gebe – ich wäre nicht gut für sie – ich würde ihr nur weh tun –, und dann bin ich weg und habe mich auf den Heimweg gemacht.«

Tom schätzte, daß er Pat gegen 17 Uhr verlassen hatte. Er sei zum Teil zu Fuß und per Anhalter nach Zebulon zurückgekommen. »Aber die meiste Zeit bin ich gegangen.« Tom erzählte Zellner, er habe begriffen, wie schlecht er für Pat war und daß er sie offenbar unglücklich und krank machte. Es schien keine Rolle zu spielen, wie sehr er sie liebte. Doch dann hatte er es sich doch anders überlegt. »Auf halber Strecke nach Hause begriff ich, daß ich sie nicht verlassen dürfte, weil sie ohne mich gar nicht zurechtkommen würde.«

Seine Geschichte war einfach. Sobald er heimkam, war er vor Erschöpfung eingeschlafen. Er lief vor niemandem weg, sagte er, weil er nichts Schlechtes getan hatte. Er habe nicht einmal gewußt, daß seine Eltern umgebracht worden waren, bis sein Großvater ihn anrief.

Tom ließ sich wortreich über seine Probleme mit seinem Vater aus und schilderte die ganze Bitterkeit und den gesamten Schlagabtausch wegen seiner kurz zurückliegenden Scheidung. Tom hatte seinen Vater nicht mehr außerhalb eines Gerichtssaals gesehen, da er im letzten Winter aus dem Haus seiner

Eltern hinausgeworfen worden war. Er hatte ihn auch nicht sehen wollen, und er war ganz sicher nicht in das Haus seiner Eltern gegangen, da sein Vater ihn erschießen würde, sobald er auch nur ›Hallo!‹ sagte.

Er wies darauf hin, daß sein Vater Feinde gehabt hatte – jemanden, der es auf ihn abgesehen hatte, seit er seine Bewerbung um das Richteramt bekanntgegeben hatte. »Aber ich weiß nicht, warum irgend jemand meine Mutter umbringen wollte«, sagte Tom ruhig. »Sie ist eine gute Frau. Sie war immer eine gute Frau.«

Tom erzählte Zellner – genau wie das Pat getan hatte –, daß seine Exfrau Carolyn eine völlig unbeherrschte Frau war, besonders wenn sie trank. »Aber meine Eltern haben sie unter ihre Fittiche genommen – seit der Scheidung. Sie haben ihren Anwalt bezahlt, und sie arbeitet in der Praxis zusammen mit meiner Mutter. Aber gelegentlich betrinkt sie sich, und dann ruft sie mich an und sagt: ›Ich möchte, daß du stirbst.‹«

Für einen Mann in seiner kritischen Situation redete Tom zu viel und brachte Theorien und obskure Verdächtigungen zur Sprache. Er schien nicht schweigen zu können. Er redete gelassen und langsam, das genaue Gegenteil von Pats sprachlichem Schnellfeuergewehr, aber er redete viel.

»Da war ein Mädchen, das auf der Farm meines Großvaters Selbstmord begangen hat«, erinnert er sich plötzlich. »Sie war Alkoholikerin. Ich weiß todsicher, daß mein Daddy was mit ihr hatte. Mein Großvater sagte, Daddy hat alle Aktien an ihrer Firma bekommen, als sie starb. Und ich weiß ganz sicher, daß mein Daddy was mit ihr hatte – das alte Mädchen hat sich betrunken, und dann hat sie nur noch endlos geredet. Damals war ich noch auf dem College.«

Die Frau wäre verheiratet gewesen, erklärte Tom.

»Sie kam ständig ins Haus, betrank sich und hat dann mit ihm herumgeknutscht. Meine Mutter war nicht dabei, und ich glaube nicht, daß (ihr Ehemann) etwas davon wußte ...« Tom machte eine Pause, tief in Gedanken versunken. »Wissen Sie, ich liebe ihn noch immer als Vater, aber es war schwer, immer zu verstehen, was er tat.«

Tom bestritt, aufbrausend und reizbar zu sein. Er habe sich

nie mit jemandem geprügelt – außer auf einem Footballfeld.

»Paw hat mich heute nacht angerufen«, erzählte Tom, als er sich an das Gespräch mit seinem Großvater erinnerte. »Ich bat ihn, hier beim Sheriff anzurufen und den wissen zu lassen, daß ich hier sei. Er sagte: ›Geht es dir gut?‹ Und ich sagte: ›Ja, abgesehen davon, daß die mich ins Gefängnis stecken werden.‹ Er sagte, er habe gehört, ich sei angeschossen worden, und ich sagte: ›Nein, das stimmt nicht.‹«

Tom hatte einen Kratzer an einem Bein. Das war alles. Er meinte, den hätte er sich irgendwo unterwegs geholt, als er von East Point nach Hause ging. Sechzig Meilen. Ein sehr, sehr langer Marsch.

Tom blieb eisern dabei, er sei nicht in dem Haus seiner Eltern gewesen, weder an diesem Abend noch irgendwann in den letzten paar Monaten. Er habe sich selbst schon gefragt – nachdem er mit Margureitte Radcliffe gesprochen hatte –, ob vielleicht jemand versuchte, sowohl ihm als auch seinem Vater eine Falle zu stellen, irgendein unbekannter Feind, der es auf sie beide abgesehen hatte. Sowohl Tom als auch Walter hatten seltsame Drohanrufe erhalten.

War das möglich? Gab es jemanden, dem es nichts ausmachte, wenn Tom und Walter Allanson starben, jemanden, der durch ihrer beider Tod etwas gewann? Das war eine weit hergeholte Theorie. Zu weit hergeholt. Zwölf Stunden nach dem Mord waren die Detectives aus East Point nahezu sicher, den richtigen Mann in Gewahrsam zu haben.

Tom Allanson.

Sobald Tom in East Point eintraf, erfuhr er, daß Pat für ihn einen Anwalt besorgt hatte: Calhoun Long. Auf Anraten seines Anwalts – und seiner Frau – hatte er den Detectives nichts mehr zu sagen.

Alle Morde scheinen sinnlos zu sein. Dieser Doppelmord jedoch besonders. Zwei verantwortungsbewußte, stadtbekannte Bürger von East Point waren tot, und ihr Sohn saß im Gefängnis. Er war ein Mann ohne kriminellen Hintergrund, ein Mann, der nichts mit Drogen oder der Straße zu tun hatte. Er war ein frisch verheirateter Mann mit einer schönen Farm und einem guten Ruf bei Leuten, die mit Pferden zu tun hatten, und bei allen, für die er gearbeitet hatte. Er war ein netter Kerl, freundlich und liebenswürdig. Niemand außer seiner Exfrau und seinen Eltern hatte jemals schlecht über ihn gesprochen. Warum sollte Tom Allanson in einem Moment blinder Wut das alles wegwerfen?

Selbst Toms Verhalten auf der langen Rückfahrt von Zebulon stand im Gegensatz zu dem Bild eines Mannes, der sich blinder Raserei hingab. Im Gegenteil, er zeigte überhaupt keine Emotionen. Seine Eltern waren noch keine zwölf Stunden tot, und doch hatten die drei Detectives keine Tränen in seinen Augen gesehen oder ein erstицktes Schluchzen in seiner Stimme gehört, als er über ihren Tod sprach.

Das bereitete ihnen Kopfzerbrechen.

Susan und Bill Alford waren weit von Atlanta entfernt, als sie die schreckliche Nachricht von dem Doppelmord an Pats Schwiegereltern hörten. Sie waren unterwegs nach Colorado, um für die Kentwood Morgan Farm einige hervorragende Morgan-Pferde zu holen. Noch vor der Morgendämmerung erhielten sie in ihrem Motel einen Anruf, sie sollten sofort nach Hause kommen. Es habe eine Tragödie gegeben.

Susan und ihre Großtante Alma hatten Vorahnungen einer Katastrophe gehabt, das Gefühl, ›etwas Schlimmes braut sich da zusammen‹, aber diese Nachricht überstieg ihre schlimmsten Alpträume. Bill und Susan Alford kehrten sofort um und fuhren mit dem noch leeren Pferdeanhänger nach Hause.

Die Ermittler der Polizei von East Point kamen einen weiteren Tag nicht zum Schlafen. Sie konnten auch den 4. Juli nicht auf traditionelle Weise feiern. Beim ersten Tageslicht waren sie wieder am Tatort. Detective George Zellner, Sergeant Maulin Humphrey und Sergeant C. T. Callahan durchsuchten das Innere des Hauses, und Sergeant Bill Vance und ein Trupp Uniformierter durchkämmten den nassen Garten.

Als Vance und seine Leute sich durch Efeu und Unterholz zwischen dem Allanson-Haus und dem Haus auf der Ostseite vorarbeiteten, fand Vance vierzig Meter von der Kellertreppe entfernt eine Schrotflinte. Der Schaft ragte entlang der Grenzlinie aus einem Lehmpfad heraus, der zwischen dem Allanson-Garten und dem Garten von Paul und Harriett Duckett verlief, die nebenan wohnten. Die Waffe lag zwölf Meter vom Bürgersteig entfernt. Es war eine einschüssige Excell Schrotflinte, genau so eine Waffe, wie Walter Allanson sie als gestohlen gemeldet hatte, als Callahan am Vorabend auf Allansons erste Meldung reagiert hatte.

Sie war voll gespannt und geladen.

Bei der Durchsuchung des Gebiets betraten die Polizisten auch den Garten der Ducketts. »Es ist nicht nötig, daß Sie Geranien ausreißen und hier durchtrampeln«, schimpfte Harriett Duckett. Vance und Streifenpolizist Bob Matthews entschuldigten sich, aber Geranien waren im Moment weitgehend unwichtig.

Die Ducketts sagten aus, sie hätten am Vorabend gegen 20 Uhr einen großen Mann den Lehmweg entlanglaufen gesehen. Ihr Hund Roman habe wild gebellt. Später habe Paul Duckett versucht, die Polizisten, die auf dem Grundstück seines Nachbarn herumschwärmten, darüber zu informieren, aber es habe vor Ort eine solche Verwirrung geherrscht, daß man ihn zu seinem Haus zurückgeschickt habe.

»Zuerst habe ich wegen der Blutweiden von ihm nur Beine gesehen«, sagte Duckett aus. Er selbst wog fast zweihundertzwanzig Pfund, weshalb er die Größe des Mannes gut beurteilen konnte, als dieser auf offenes Gelände kam. »Ich sah sein rechtes Profil, als er die Straße erreichte. Da war ein Streifenwagen, der hinter ihm herfuhr. Dann wendete der Wagen und fuhr nach nebenan. Der Mann war groß, wog wahrscheinlich über zweihundertzehn Pfund, und er hatte eine dunkle Hose und ein helles Hemd an. Er hielt sich die Seite.«

Duckett demonstrierte es an sich selbst.

Harriet Duckett, die noch immer den Schaden in ihrem Garten besichtigte, hatte den Mann ebenfalls gesehen. Er hatte den Weg verlassen, war direkt an ihrer Einfahrt auf die Wiese herausgekommen und dann weiter nach Osten vorbei an dem Pilgrimm Press Building an der Ecke gelaufen.

Beide waren ein wenig verärgert, weil ihre Tips an die Polizei ignoriert worden waren. Harriett erinnerte sich, daß es ihr endlich am Vorabend gegen 22 Uhr gelungen war, die Aufmerksamkeit eines Streifenpolizisten zu erregen. Sie sagte zu ihm: »Hören Sie, Sie haben Ihren Mann verpaßt. Er ist an der Harris Street um die Ecke gelaufen.«

Die Ducketts hatten die Allansons nie kennengelernt, so daß sie keine Ahnung hatten, ob Tom der Mann war, den sie gesehen hatten. Bevor sie den davonlaufenden Mann sahen, hatten sie keinerlei Schreie oder Schüsse gehört. Erst später, als das Tränengas in das Allanson-Haus geschossen wurde, hörten sie das entsprechende Geräusch.

Beide erklärten sich einverstanden, am 6. Juli zu einer Gegenüberstellung zu kommen.

Im Keller der Allansons brannten die Reste vom Tränengas in den Augen der Ermittler. In dem Tageslicht, das durch die Fenster hereinsickerte, erkannten Sergeant Callahan und Streifenpolizist Bob Matthews, daß das meiste Blut nahe der Treppe geflossen war, wo beide Opfer gefunden worden waren, sowie bei dem ›Loch‹ in der Wand des Kamins. Der Kellerboden war mit rotbraunen, mittlerweile getrockneten Blutflecken rings um die Heizung und vor dem Loch bedeckt. Das Loch in der Ziegelwand führte in einen Raum einsachtzig mal drei Meter, groß genug, daß ein Mann sich darin verstecken konnte. Wenn man herausblickte, hatte man die von der Küche herunterführende Treppe genau vor sich.

Der Boden dieses kleinen Raums bestand aus Lehm. Er war teilweise angefüllt mit Gerümpel – einer alten Kühltasche, Jutesäcken, Papiertüten voll mit Nägeln. An den Ziegelsteinen waren sieben Spuren von Querschlägern zu erkennen. Bruchstücke dieser Kugeln lagen neben Stückchen von Beton.

In diesem Unterschlupf fanden die Detectives kein Blut, wohl aber an der Außenwand und auf dem Boden vor der Öffnung: Eine lange Blutspur führte von dort zur Treppe, wo Walter

Allanson verblutet war. Seine Frau hatte sich nicht mehr bewegt, nachdem sie sich auf die Treppe gesetzt hatte.

Sorgfältig sicherten Matthews und Callahan die Bruchstücke von Kugeln, die sie in dem winzigen Unterschlupf auf dem Lehmboden fanden.

Die wichtige Kugel, die sie nicht fanden, war die einzelne Patrone, die aus dem 45er/70 Marlin-Gewehr abgefeuert worden war, das Big Carolyn die Treppe hinuntergetragen hatte, um es ihrem Mann zu geben. Die Patronenhülse lag noch neben dem Gewehr. Das Geschoß war verschwunden.

Die Detectives waren verwirrt, daß kein Blut in diesem Unterschlupf zu sehen war. Hatte Little Carolyn Allanson nicht gesagt, Daddy Allanson habe gerufen: »Ich habe ihn im Kriechkeller in die Enge getrieben«? Falls Tom Allanson in diesem Unterschlupf gewesen war, konnte er von Glück sagen, daß er noch lebte. Er hatte überhaupt keine Verletzungen, abgesehen von einer kleinen Abschürfung am linken Bein.

Ballistik ist mühsam, aber in einem solchen Fall unerläßlich, um die Wahrheit herauszufinden. Dieser Keller war zu einem Schießstand geworden, auf dem zwei Menschen starben, und es war höchst unwahrscheinlich, daß sie sich gegenseitig erschossen hatten. Das bedeutete, daß zumindest eine Person überlebt hatte. Für eine Rekonstruktion mußten die Detectives alles aufspüren, was von den Waffen an Spuren hinterlassen worden war.

Offensichtlich war die Excell Schrotflinte zweimal abgefeuert worden, die 32er Pistole sechsmal und das neue Marlin 45er/70 Gewehr nur einmal. Die Frage war, wer hatte mit welchen Waffen geschossen?

Und warum?

Pat Allanson mußte sich einem Paraffintest an den Händen unterziehen, um festzustellen, ob *sie* in jüngster Zeit eine Waffe abgefeuert hatte.

Die Testergebnisse waren negativ: Keine Pulverrückstände an ihren Fingern. Allerdings war der Test auch reichlich verspätet durchgeführt worden.

Tom Allanson wurde ebenfalls auf Pulverrückstände getestet. Er erklärte den Polizisten, die den Test ausführten, er hätte vor ein paar Tagen ein Scheibenschießen veranstaltet. Trotzdem war bei ihm der Test – wie bei seiner Frau – negativ.

Tom wurde im Gefängnis von East Point festgehalten, und Pat wohnte bei ihren Eltern auf deren Farm an der Tell Road. Ihre Nachbarin Liz Prince und Pats Sohn Ronnie kümmerten sich um die Tiere auf der Kentwood Farm, dem Paradies, das Tom und Pat in Zebulon geschaffen hatten. Sie waren erst vierundfünfzig Tage verheiratet.

Die *Griffin Daily News* brachten die Story der Allanson-Morde unter der Schlagzeile NEUER EINWOHNER DES PIKE COUNTY WEGEN MORDES AN SEINEN ELTERN VERHAFTET und druckte erneut das Hochzeitsfoto von Pat und Tom, auf dem sie als Scarlett und Rhett gekleidet waren.

10. Kapitel

Während Ermittler in ihrem Haus herumschwärmten, warteten Walter und Carolyn Allanson auf den Autopsiebericht von Dr. Robert Rutherford Stivers, den Chefgerichtsmediziner im Fulton County. In den sechs Jahren, die Stivers nun in diesem Bezirk arbeitete, hatte er ungefähr dreitausendachthundert Autopsien durchgeführt, und an diesem düsteren Unabhängigkeitstag machte er sich für zwei weitere bereit.

Er notierte, daß Walter O'Neal Allanson hundertachtzig Pfund wog und einsdreiundsiebzig groß war. Wie die meisten Menschen war er seit seiner Jugend ein paar Zentimeter kleiner geworden. Stivers diktierte während der Arbeit in einen Kassettenrecorder, was er vorfand:

»Äußerlich sind zahlreiche Einschußwunden festzustellen,

insgesamt zwanzig . . . Eine größere Ansammlung von Verletzungen befindet sich in einer Fläche von dreizehn Zentimetern Durchmesser an der linken Seite von Gesicht und Hals, das Zentrum dieses Kreises deckt sich mit dem Knick in der Kinnlade, und es befinden sich zehn Einschußwunden an der linken Seite des Gesichts, ausgehend von dem Gebiet um die Nase und die Oberlippe und an dem Hals hinunter . . . Außerdem befindet sich eine Ansammlung von Verletzungen auf dem linken Handrücken sowie dem Handgelenk über insgesamt zehn Zentimeter . . . Hier befinden sich fünf Verletzungen.

Weiter gibt es fünf Verletzungen in einem Streumuster auf der Brust des Verstorbenen, je eine in jeder Schulter, eine über dem unteren Teil des Brustbeins – ah, Mitte des Oberbauchs –, und dann je eine in dem rechten und linken Bauchquadranten . . .«

Dr. Stivers stellte fest, daß die Verletzungen in der Hand, den Schultern und dem Bauch keine lebenswichtigen Organe betrafen. Tödlich dagegen waren die Schüsse ins Gesicht und in den Hals gewesen.

Walter Allanson war verblutet, weil die linke Halsschlagader zerrissen wurde. Nach Dr. Stivers' Meinung konnte er sich noch bewegen und ungefähr zwölf bis fünfzehn Meter weit gehen und sogar eine Pistole abfeuern, nachdem ihm diese Wunden zugefügt worden waren. Er konnte allerdings nicht mehr sprechen oder schreien. Seine Zunge und sein Kehlkopf waren buchstäblich zerfetzt worden.

Carolyn Allanson war nach Dr. Stivers' Aufzeichnungen einsfünfundsechzig groß gewesen und hatte hundertzwanzig Pfund gewogen. Sie trug eine weiße Schwesternuniform, Bluse und lange Hose.

»Es gibt Löcher in der Kleidung, und zwar in der linken oberen vorderen Hälfte der Bluse . . . Bei genauerer Untersuchung findet man zahlreiche Wunden an der linken oberen Brustseite in einem Umkreis von zehn Zentimetern mit vierzehn Einschußlöchern, die auch die linke Brust der Verstorbenen umfassen . . . Mehrere Schußkanäle führen durch das Gewebe der linken Brust, das Brustbein, den oberen Teil des Herzens und die rechte Lunge ... Der Tod ist eingetreten durch eine Schußverletzung in der Brust.«

Carolyn Allanson war fast sofort gestorben.

»Der obere Teil des Herzens ist völlig zerstört, ebenso ein Teil der rechten Lunge ... Es mag noch einen bewußten Moment gegeben haben, bis der Sauerstoffmangel im Gehirn eintrat, aber sie starb augenblicklich. Der oberste Teil des Herzens fehlt.«

Dr. Stivers spekulierte, daß Carolyn Allanson vielleicht für einen kurzen Zeitraum krampfhafte Muskelzuckungen gehabt haben könnte. Konnte sie ein Gewehr gespannt haben? Möglicherweise. Konnte sie den Abzug betätigt haben? Möglicherweise.

Pat fuhr ins East Point Gefängnis und bestand darauf, ihren Mann zu sehen. Sie wurde in einen Besucherraum geführt und war enttäuscht, weil sie ihn inbrünstig hatte umarmen wollen, von den Polizisten jedoch auf einen Stuhl vor einer Glasscheibe verwiesen wurde. Sie durfte Tom nicht berühren. Sie konnte mit ihm nur durch das Telefon sprechen, das an der Wand der Kabine hing.

Tom sah schrecklich aus. Er hatte Bartstoppeln am Kinn, und man sah ihm an, daß er nicht geschlafen hatte.

»Ich habe mich um alles gekümmert, Zuckerstück«, begann sie. »Denk du nur daran, daß ich mich um alles kümmere. Sag nichts. Ich habe dir einen guten Anwalt besorgt. Vertrau mir und sprich mit niemandem, hast du verstanden, Süßer?«

Er nickte. Sie war so tapfer. Als er ansetzte, um sie etwas zu fragen, warf sie einen Seitenblick auf die Cops und legte einen Finger an ihre Lippen, um ihn zum Schweigen zu bringen.

»Zuckerstück, sei du nur still. Ich komme wieder.«

Obwohl sie noch immer unter Schock stand, kämpfte Jean Boggs darum, die Reste ihrer Familie zusammenzuhalten. Sie war eine attraktive, schlanke Brünette, doch ihr Gesicht war jetzt verspannt. Sie kam an diesem 4. Juli nach Pat ins East Point-Stadtgefängnis. Die Polizei war nicht gerade wild darauf, sie mit Tom sprechen zu lassen, aber endlich erlaubte es George Zellner, unter der Bedingung, daß Tom dabei überwacht wurde.

Jean hatte ihren Neffen Tommy ein oder zwei Jahre nicht mehr gesehen – ein Anzeichen dafür, wie sehr die Familie sich entfremdet hatte. Sie bot an, ihm einen Anwalt zu besorgen, und Tom erwiderte: »Da mußt du dich mit Pat in Verbindung setzen. Sie kümmert sich um alles. Wahrscheinlich hat sie schon jemanden ausgesucht.«

»Pat? Welche Pat?« fragte Jean verwirrt.

»Meine Frau.«

»Bist du denn nicht mit Carolyn verheiratet?«

»Nein. Wir sind geschieden, und ich habe Pat Taylor geheiratet.«

Einen Moment war Jean sprachlos. Genau wie Mary McBride, Walters Sekretärin, hatte sie nichts von dieser neuen Ehe gewußt.

Tränen liefen Tom über die Wangen, als er seiner Tante versicherte, daß er seine Eltern nicht getötet hatte. »Du weißt, wie es war. Ich hatte Todesangst vor Daddy, aber ich hatte überhaupt keinen Grund, Mutter zu erschießen.«

Tom erklärte seiner Tante – wie schon den drei Detectives in der Nacht zuvor während der langen Rückfahrt von Zebulon –, daß er seine neue Ehefrau hatte verlassen wollen, weil er das Gefühl gehabt hatte, ihr nur Unglück zu bringen.

»Ich habe mich entschlossen, sie zu verlassen, deshalb bin ich per Anhalter weggefahren.« Er wußte nicht, wie oft ihn ein Wagen mitgenommen hatte, oder wie viele Meilen er nach Zebulon gegangen war. Im Verlauf ihrer Unterhaltung blieb Tom eisern dabei, daß er sich keinem Lügendetektortest unterziehen wollte. Er vertraute diesen Apparaten nicht.

Jean Boggs war zutiefst verstört, aber sie glaubte an Tommy. Sie liebte ihn. Er war mit ihren eigenen Kindern aufgewachsen. Sie konnte sich nicht vorstellen, daß er seinen Eltern etwas angetan hatte. Sie fragte sich, was für ein Mensch Pat war, diese neue Ehefrau, von der sie noch nie etwas gehört hatte.

Der Rest von Jean Boggs' Tag ging für das Arrangement der Beerdigung ihres Bruders und ihrer Schwägerin drauf. Sie sollte von Hemperley's Bestattungsinstitut beerdigt werden. Mae Mama verlangte unerklärlicherweise, daß ihre Tochter in einem blauen Kleid mit langen Ärmeln begraben wurde.

»Sonst sehe ich sie mir nicht an«, erklärte die alte Dame.

Eine ernste Gruppe näherte sich Walters und Carolyns Haus: Jean Boggs, Nona (in einem Rollstuhl), Paw, ihr Geistlicher und ihr Arzt. Das Haus war verschlossen, aber Jean faßte sich ein Herz, ging die Außentreppe in den Keller hinunter, wandte ihre Augen von den zahlreichen Blutflecken ab und stieg die Treppe zur Küche hinauf, auf der ihre Schwägerin gestorben war. Alle Türen auf diesem Weg waren unverschlossen. In dem Haus roch es noch immer nach Tränengas. Sie hustete und stellte fest, daß alle Sturmfenster geschlossen waren und das Gas dadurch im Haus trotz der Ventilatoren der Feuerwehr eingeschlossen war. Hastig trat sie zwei Fenster ein, um Luft zu bekommen, und schnitt sich dabei an der Ferse. Dann ließ sie ihre Eltern ein. Jean schob den Rollstuhl ihrer Mutter zu der offenen Vordertür, wo sie Luft bekam, und brachte dann Nona Walters Anzüge, damit sie aussuchen konnte, in welchem er begraben werden sollte.

Jean fand nichts Blaues, das man ihrer verstorbenen Schwägerin anziehen konnte. Sie mußte ein neues Kleid in einer Farbe kaufen, die Big Carolyn offenbar nie getragen hatte.

Es war alptraumhaft. Carolyns Strohtasche stand noch immer offen auf dem Eßzimmertisch. Der Kasten mit Coca-Cola war ebenfalls da. Der aufblasbare blaue Dinosaurier wackelte, als sie an ihm vorbeigingen.

Reporter von Zeitungen aus Atlanta drängelten, um ins Haus zu gelangen und Fotos zu machen, und völlig Fremde kamen die Einfahrt herauf und spähten durch die Fenster. Nahmen die Menschen denn überhaupt keine Rücksicht? Jean und der Geistliche brachten Paw und Nona so schnell wie möglich wieder von diesem Ort weg.

Al Roberts, Walters Partner und Freund seit der High-School, erschien im Haus der Eltern Allanson an der Washington Road, um zu kondolieren. Nachdem er mit Paw und Nona gesprochen hatte, ging er mit seiner Frau und seiner Tochter ins Wohnzimmer. Es klingelte an der Tür, und Robert sah zwei Frauen hereinkommen. Die jüngere Frau begann sofort zu schluchzen und zu schreien.

»Paw!« kreischte sie und klammerte sich an den alten Mann. »Er hat es nicht getan!«

Roberts' Tochter Martha sprach die neuen Besucher mit Namen an. »Guten Tag, Miz Taylor ... äh, Allanson. Guten Tag, Miz Radcliffe.« Sie erklärte ihrem Vater, dies seien Toms neue Ehefrau und deren Mutter. Margureitte und Pat gingen nach hinten in Nonas Schlafzimmer, und Pats hysterisches Schluchzen war im ganzen Haus zu hören.

Roberts wußte, daß Walters Mutter nicht mehr viel ertragen konnte, weshalb er nach hinten eilte und Pat Taylor Allanson drängte, Nonas Zimmer zu verlassen. Auf seine zweite, eindringlichere Bitte hin begab sich Pat in die Küche. Der Tisch war mit Kuchen, Torten und zugedeckten Töpfen vollgestellt, die von Freunden der Allansons und Mitgliedern ihrer Kirche gebracht worden waren.

Pat ging an das Telefon, als es in der Küche klingelte, sprach kurz, erholte sich offenbar von ihren hysterischen Anfällen und wählte nun ihrerseits eine Nummer. Roberts, der nur einen Meter entfernt saß, staunte, als er Pats Gespräch mit Calhoun Long hörte, offenbar Toms Anwalt. Ohne sich darum zu kümmern, wo sie war, sagte Pat laut: »Er hat es nicht getan – er ist mit mir zum Arzt gegangen. Als ich aus der Arztpraxis kam, war er fort. Er ist zu Fuß nach Zebulon gegangen.«

Während Paw am Küchentisch saß und versuchte, etwas Suppe zu essen, redete Pat mit ihrem Anwalt pausenlos darüber, wie Allanson sich vor nur sechs Tagen, am 28. Juni, vor ihr unsittlich entblößt hatte. Sie schilderte Calhoun Long ihr Entsetzen, und dann gab sie Tom ein Alibi für die Zeit, da am Lake Lanier der Anschlag verübt worden war.

»Meine Mutter, Mrs. Radcliffe, ist an dem Apparat im

Schlafzimmer, und sie wird Ihnen das gleiche erzählen wie ich.« Tommys neue Ehefrau hatte ganz sicher keinen Sinn für Zeit und Ort, und Al Roberts fragte sich, wie sie sich auch nur *vorstellen* konnte, daß Walter sich vor ihr entblößt hatte. Roberts wußte, daß Walter Allanson zu so etwas unfähig gewesen war, und darüber hinaus wußte er genau, wo Walter sich an dem Tag befunden hatte, von dem sie sprach – direkt in der Anwaltspraxis, zusammen mit ihm. Walter war an jenem Morgen um 9 Uhr 10 zur Arbeit erschienen und den ganzen Tag im Büro geblieben – ausgenommen jene fünfzehn Minuten um 15 Uhr herum, als er sein Jagdgewehr holte. Falls Tom Allanson wirklich seinen Vater aus Empörung darüber erschossen hatte, daß Walter sich vor Pat entblößt hatte, war das total sinnlos gewesen. Es war völlig ausgeschlossen, daß er am 28. Juni an der Hecke der Farm in Zebulon, sechzig Meilen entfernt, seiner Schwiegertochter seinen Penis gezeigt hatte. Absolut ausgeschlossen. Wenn Pat das ihrem Mann erzählt hatte, so hatte sie einen schrecklichen, tragischen Fehler begangen.

Es klingelte erneut an der Tür, und Paul Vaughn, Walters Angestellter aus der Anwaltskanzlei, traf ein. Roberts bat Vaughan auf ein Glas Eistee herein. Vaughan war verblüfft – und schockiert – von dieser Frau, die Tommy geheiratet hatte.

Er bestätigte Roberts' Erinnerung: Er hatte Walter ebenfalls am 28. Juni gesehen. Sie sprachen über den Hinterhalt am Lake Lanier, doch es gab Dinge, von denen Al Roberts nichts gehört hatte. Vaughan sagte, Walter habe ihm erzählt, sein Bootsmotor wäre plötzlich explodiert, er habe es aber noch ans Ufer geschafft, ohne daß das Boot sank. Der Angestellte erinnerte sich außerdem an eine telefonische Nachricht, die für Carolyn und Walter von einem Mann hinterlassen wurde, der sich als ihr Sohn ausgab. »Er sagte, ich sollte den beiden ausrichten, er habe sie verfehlt – aber er würde sie noch kriegen.«

Al Roberts wußte nicht, was er denken sollte. Pat Allanson und ihre Mutter, Mrs. Radcliffe, schienen in Paws und Nonas Haus sehr heimisch zu sein, und Pat war scheinbar abwechselnd von Kummer und Hysterie überwältigt worden – eine Frau, die sich nicht ganz unter Kontrolle hatte. Sie war geradezu vulgär deutlich geworden, als sie den Vorfall mit dem Exhibitionisten schilderte, und dann hatte sie sich dazu gezwungen, kühl und geschäftlich zu sprechen. Vielleicht war sie so geschockt, daß sie nicht begriff, welche Wirkung ihre Worte auf das alte Paar ausübten, das soeben den einzigen Sohn verloren hatte.

Mrs. Radcliffe kleidete und benahm sich wie eine richtige Lady, aber Pat war da ganz anders. Sie war zwar eine gutaussehende Frau, aber sie war offenbar älter als Tommy, und ihre Kleidung war auffällig. Al erkannte, warum sein Partner Allanson mit ihr nicht einverstanden gewesen war.

Außerdem war offensichtlich, daß Pat und ihre Mutter ein Gespann bildeten – ganz gleich, was Tommys Frau sagte, Mrs. Radcliffe unterstützte sie. Sie nickte praktisch von dem Moment an, in dem Pat den Mund öffnete.

11. Kapitel

Im Verlauf ihrer Ermittlungen kümmerten sich Detective Zellner und Sergeant Callahan auch um den Hinterhalt im Forsyth County an dem Samstag vor dem Mord an den Allansons. Tatsächlich war Mary Rena Jones, die zusammen mit ihrem Mann den J.-C.-Jones-Laden betrieb, sicher, gegen 17 Uhr 30 am Freitag, dem 28. Juni, Tom in der Nähe der Zapfsäulen neben seinem blauen Pick-up stehen gesehen zu haben. Sie hatte das Kentwood-Morgan-Emblem an der Tür erkannt, und natürlich erinnerten sich Mrs. und Mr. Jones daran, Walter Allanson gesehen zu haben, nachdem am nächsten Vormittag auf ihn geschossen worden war. Er und seine Frau hatten überall an den Armen Schnittwunden gehabt, als sie zu ihnen kamen.

Zellner und Callahan wußten von dem Zucker in Allansons Benzintank. Sie wußten von dem explodierenden Boot und den Anrufen. Entweder war Tom in allen Punkten schuldig, oder jemand hatte hervorragende Arbeit geleistet, um ihn schuldig erscheinen zu lassen.

Am 5. Juli tippte George Zellner einen Antrag auf einen Durchsuchungsbefehl im Pike County. Die Ermittler aus East Point wollten die Kentwood Farm und einen GMC Pick-up Baujahr 1971 (Kennzeichen RL 7223) nach folgenden Gegenständen durchsuchen:

Ein halbautomatisches Gewehr Kaliber 22;
ein Herrenhemd, Farbe braun und grün gestreift;
Bluejeans;
Boots mit Erd- und Blutspuren.

Die Ermittler entdeckten mehrere Jeans, aber keine hatte Blutspuren. Zwei Jeans befanden sich in der Waschmaschine zusammen mit einer noch feuchten Ladung weißer Wäsche. Eine Frau hätte nie die Jeans mit weißer Wäsche zusammen gewaschen. Einem Mann wäre das schon eher zuzutrauen gewesen – besonders einem Mann, der versuchte, Blut auszuwaschen. Die Allansons hatten auf der Kentwood Farm einen Gewehrständer mit mehreren Gewehren und Schrotflinten. Die Ermittler fanden ein Gewehr Remington Modell 66 Kaliber 22, geladen mit Federal-Kupfermantelkugeln. Die leeren Patronen, die man nach den Schüssen am Lake Lanier sichergestellt hatte, waren von demselben Typ gewesen.

Das gestreifte Hemd fanden die Ermittler nicht. Als ihnen ein Nachbar erzählte, er habe Tom in den ersten Stunden des 4. Juli nur in T-Shirt und Jeans entlanggehen gesehen, vermuteten sie, daß sie das grüne und braune Hemd nie finden würden. Es konnte überall zwischen East Point und Zebulon sein.

Elizabeth Thomason, Serologin der Gerichtsmedizin beim Staatlichen Kriminallabor von Georgia, erhielt am 5. Juli Blutproben von Dr. Stivers. Das bei der Autopsie entnommene Blut ergab, daß beide Allansons denselben Bluttyp hatten: 0 positiv. Alle Blutproben aus dem Keller – vom Fußboden, den Lichtschaltern, der Waffe, dem Halfter, den Regalen – waren Typ 0 positiv. Doch der Hauptverdächtige – der Mann, der im Gefängnis von East Point einsaß – war der leibliche Sohn von Walter und Carolyn Allanson und würde daher auch Typ 0 positiv haben.

Das war ein zweifelhafter Punkt. Toms einzige Wunde war der Kratzer auf seiner linken Wade, und der hatte kaum geblutet.

Die normalen Beweismittel, die für Detectives der Mordkommission so hilfreich sind – Haare, Fasern, Blut, Fingerabdrücke –, besitzen bei ›Familienmorden‹ nur einen stark eingeschränkten Wert. Sowohl die Opfer als auch der Beschuldigte haben einen Grund, sich an dem Ort aufzuhalten, an dem das Verbrechen stattfindet. Es ist zu erwarten, daß man von ihnen Fingerabdrücke findet, desgleichen Fasern ihrer Kleidung, Haare, Blut, Urin, Speichel, sogar Samen. Es spielte keine Rolle, daß Tom Allanson seit sechs Monaten nicht mehr in dem Haus am Norman Berry Drive gewohnt hatte. Fingerabdrücke halten sich jahrelang, sogar jahrzehntelang.

Die Frage der Fingerabdrücke spielte ohnedies keine Rolle. Detective Marlin Humphrey jr. hatte im Keller des Allanson-Hauses mit wenig Erfolg nach Fingerabdrücken gesucht. Er fand überhaupt keine Abdrücke auf der Patronenschachtel, den Kellertüren und an der Heizung. An dem von Walter ausgeliehenen 32er Revolver befand sich ein Teilabdruck, ebenso an einer Glühlampe. Beide gehörten Polizisten, eine peinliche Entdeckung, aber nicht überraschend angesichts des chaotischen Entsetzens, das in diesem Keller am Abend des 3. Juli geherrscht hatte.

Das Geheimnis um den Tod von Walter und Carolyn Allanson ließ sich möglicherweise nicht durch Gerichtsmedizin lösen. Die Antworten mußten aus einem anderen Bereich kommen: dem menschlichen Verhalten.

Am 6. Juli wurde Tom Allanson in das Polizeirevier von East Point gebracht. Man stellte ihn in eine Reihe mit Männern ähnlichen Alters. Sie alle trugen weiße T-Shirts und entweder Jeans oder Arbeitshosen. Einige waren Feuerwehrleute, andere Cops, und einer war ein Freund von Tom, ein großer Mann, der freiwillig angeboten hatte, sich mit in die Reihe zu stellen, damit Tom als der Größte nicht so auffällig herausragte. Die Gegenüberstellung mit den Zeugen konnte beginnen.

An der Gegenüberstellung nahmen Harriett, Paul Beauregard Duckett und Streifenpolizist C. L. McBurnett jr. teil, der einzige Augenzeuge, der den Mann gesehen hatte, der kurz nach den Morden geflohen war. Die Ducketts und McBurnett gingen getrennt hinein, machten wortlos ein Kreuz auf einer Liste und verließen wieder den Raum.

Jeder hatte Nr. 2 angestrichen: Tom Allanson. Es sah schlecht für Tom aus. Seine Tante Jean bot Hilfe an, aber er wagte nicht, seiner Frau etwas davon zu sagen. Pat versicherte ihm ständig, daß *sie* sich um alles kümmerte. Er sollte sich keine Sorgen machen. Sie wollte dafür sorgen, daß er die beste Verteidigung erhielt. Er mußte nur daran denken, mit niemandem zu sprechen, außer mit ihr. Wenn er widersprach und meinte, die Wahrheit wäre seiner Meinung nach am besten, brachte Pat ihn zum Schweigen. Nein, er dürfe so etwas nicht einmal andeuten. Wer sich selbst zu verteidigen versucht, ist ein Narr. Er müsse an sie glauben, erklärte sie ihm, weil ihn niemand so liebte wie sie.

An diesem Samstag fand für Walter und Carolyn Allanson eine gemeinsame Totenfeier in der Kapelle von Hemperley's Beerdigungsinstitut in East Point statt. Ihre Särge standen Seite an Seite, und sie waren geschlossen. Mae Mama Lawrences Wunsch, daß ihre Tochter ein blaues Kleid mit langen Ärmeln trage sollte, war hinfällig. Niemand konnte sehen, was Carolyn trug. Mae Mama bemerkte unter Tränen, daß es ganz gut war, daß ihre Tochter und ihr Schwiegersohn »gemeinsam gegangen sind. Sie waren immer zusammen. Keiner von beiden hätte ohne den anderen leben können.«

Die Kapelle war überfüllt, und der Blumenschmuck verbreitete einen geradezu erstickenden süßlichen Duft.

Pat war zu krank, um an der Trauerfeier teilzunehmen, aber sie wollte, daß ihre Familie in der Kapelle vertreten war. Sie rief ihre Töchter an, Susan Alford und Deborah Cole, und bat sie, zu dem Allanson-Begräbnis zu gehen. Susan war einundzwanzig, und Deborah war neunzehn, und sie waren entsetzt bei der Vorstellung, vor den Augen der Freunde und Verwandten der Toten das Beerdigungsinstitut zu betreten. Sie hatten die Allansons nicht einmal gekannt.

»Ihr werdet für Tom dort sein«, drängte Pat. »Wenn ihr nicht hingeht, muß ich mich von meinem Krankenlager erheben und selbst gehen. Ihr schreitet dort hoch erhobenen Hauptes hinein und zeigt Tom dadurch, daß euch etwas an ihm liegt – daß uns allen etwas an ihm liegt.«

Was Margureitte und Colonel Radcliffe betraf, unterstützten sie Tom, soweit es ging, aber sie verspürten keinerlei Bindung zu seinen Eltern. Sie hatten den Allansons zu deren Lebzeiten höfliche Einladungen geschickt, und alle ihre Versuche waren rüde abgewiesen worden.

Pats Töchter gingen zu der Beerdigung. Ihre Gesichter waren vor Verlegenheit gerötet, als sie feststellen mußten, daß sie unmöglich unerkannt bleiben konnten. Sie wurden noch verlegener, als sich in der Kapelle Stimmengemurmel erhob und die Leute die Köpfe drehten und sie anstarrten. Sobald sie eintraten, schnappten alle nach Luft. Von allen Seiten schlug ihnen Ablehnung und Neugierde entgegen.

Plötzlich hörte man hinten im Raum Kettengerassel, und die Blicke wanderten endlich von den beiden weg. Tom Allanson hatte die Erlaubnis erhalten, an der Trauerfeier für seine Eltern teilzunehmen, doch George Zellner und C. T. Callahan brachten ihn in Handschellen und Fußeisen. Die Fußeisen wurden entfernt, aber Tom stand mit Handschellen da und hielt den Kopf gesenkt. Susan und Deborah sahen, wie Tränen über seine Wangen strömten. Sie fingen seinen Blick auf und lächelten schwach. Und dann gingen sie. Diese paar Minuten in der Kapelle war für sie beide eine der schlimmsten Erinnerungen in ihrem Leben.

Die Allansons wurden Seite an Seite auf dem Westview Cemetery begraben.

Kurz nach 17 Uhr befragte an diesem Samstag Detective Zellner auf dem Polizeirevier Mrs. Clifford B. Radcliffe, die Frau, die Pat Allanson liebevoll ›Boppo‹ nannte. Hatte er ihre Tochter geschwätzig gefunden, so wußte Zellner nicht, was ›redselig‹ bedeutete, bis er Margureitte Radcliffe befragte. Es gab keine Pausen in ihrer Rede, und sie hatte ihm viel zu sagen. Sie sprach mit einer perfekt modulierten ›Gesellschaftsstimme‹. Sie war eine energisch auftretende Frau, die den Eindruck vermittelte, daß nie, absolut niemals sie oder irgend jemand, mit dem sie verwandt oder auch nur *bekannt* war, in eine polizeiliche Untersuchung verwickelt worden war. Natürlich würde sie Zellner gern helfen, um diese lächerliche, mißliche Lage, in der Tom sich befand, so schnell wie möglich zu beenden.

Ja, in der Tat, sie hatte mit dem dahingeschiedenen Mr. Allanson gesprochen, nicht einmal, sondern zweimal. In der Tat, er hatte ihr anvertraut, daß er Tom aller möglichen böswilligen Handlungen verdächtigte – angefangen von Formaldehyd, das er in die Milch seines eigenen Kindes getan hatte, bis hin zu dem Diebstahl von Koffern. Der Tote hatte seinem Sohn das Leben äußerst schwer gemacht. Aus welchem Grund, das konnte sie nicht sagen.

Walter Allanson hatte ihr Angst gemacht, als er Tom verschiedener Diebstähle beschuldigte. Und im nächsten Atemzug hatte er ihr erklärt, er würde Tom ›erledigen‹.

Pats Mutter berichtete weiter, sie wäre von Walter Allansons Verhalten so alarmiert gewesen, daß sie zur Polizei von East Point gegangen sei und um Rat gebeten habe, was sie tun sollte. »Ich sagte den Polizisten: ›Ich bin überzeugt, daß der Mann krank ist, wirklich und wahrhaftig krank.‹«

Sie hatte Big Carolyn Allanson nie gesehen. »Ich habe nur ein einziges Mal mit Mrs. Allanson gesprochen, und das war, als ich vor einigen Monaten bei ihr in der Praxis anrief, weil ich hoffte, sie würde unsere Einladung annehmen. Sie und Mr.

Allanson sollten mit Colonel Radcliffe und mir zu Mittag oder Abend essen.«

Mrs. Radcliffe erinnerte sich an ihre Angst, als Walter Allanson seinen zerschossenen Kombi zu ihrer Arbeitsstelle brachte und darauf beharrte, daß sie sich ansah, was laut seiner Aussage Tom getan hatte.

»Ich habe drei Stellen an der Windschutzscheibe gesehen, an denen Klebeband befestigt war . . . und darum herum war das Glas gesplittert . . . Er sagte: ›Wissen Sie, daß Tommy uns am Samstag auf unserem Weg zum See in einem Hinterhalt auf einer Böschung neben der Straße aufgelauert hat? Und als Carolyn und ich auftauchten, hat er auf uns geschossen!‹ Ich sagte: ›Nein, das hat er nicht getan – er war unterwegs und hat Pferde beschlagen.‹ Er sagte: ›Er muß der Schütze sein.‹ Und ich sagte: ›Nein, das kann er nicht gewesen sein, weil er eine Menge Leute um sich hatte, als diese Dinge geschahen, die Sie ihm vorwerfen . . .‹«

»Wußten Sie *persönlich* wirklich genau, wo Tom an diesem Tag war?«

»An diesem Tag?«

»Ja, Ma'am.«

»Er hat uns angerufen, und da sind diese Leute, die wissen, daß er bei ihnen Pferde beschlagen hat«, erklärte sie.

Colonel Radcliffe saß neben seiner Frau, als sie ihre entnervenden Zusammentreffen mit Walter Allanson beschrieb.

»Wirklich und wahrhaftig! Ich habe zu meinem Mann gesagt, es sieht so aus, als hätten die Allansons – und zwar alle – eine Fehde untereinander. Ich hatte das Gefühl, als wären wir da mitten in etwas hineingeraten. Aber ich versichere Ihnen, daß es auf der ganzen weiten Welt völlig ausgeschlossen ist, daß Tom Allanson seine Eltern getötet hat . . . Ich habe zwei Theorien, was ihn betrifft. Soll ich sie Ihnen erklären?«

Das war schon ein Tag! Eine Gegenüberstellung mit einer eindeutigen Identifizierung von Tom Allanson. Ein Doppelbegräbnis. Und ein endlos langes Gespräch mit Mrs. Clifford Radcliffe. Ihrer Meinung nach war der verstorbene Walter Allanson ein schrecklicher, furchterregender Mann mit einem Herzen so kalt wie Eis gewesen. Und Tommy sah, wie sie selbst, nur das Gute in jedermann. Er war ein pflichtbewußter Sohn und ein guter Schwiegersohn gewesen, und er hatte Alibis für jeden Vorfall, dessen sein Vater ihn beschuldigt hatte.

Für jeden, ausgenommen die letzte, tödliche Begegnung.

In den nachfolgenden Wochen erfuhren die Ermittler, daß Tom nichts von seinen Eltern erbte. Tom hatte das seit Monaten gewußt. Er hatte gewußt, daß seine Eltern ihn am letzten Valentinstag aus ihrem Testament gestrichen hatten. Tom war in diesem Testament sogar ausdrücklich ausgeschlossen worden. Er hatte versucht, Pat das zu erklären, aber sie schien das nie verstanden zu haben. Sie dachte, er würde selbstverständlich zum Erben der beiden erklärt werden. Toms Vater und Mutter hatten jeweils in ihrem Testament Carolyns Bruder, Seaborn Lawrence, als ihren Testamentsvollstrecker bestimmt. Walter und Carolyn hatten sich gegenseitig als Erben eingesetzt und verfügt, sollten sie gemeinsam sterben, sollte ihr Besitz an Toms Kinder übergehen. Paragraph acht von Walter Allansons Testament lautete:

> Ich bestimme ausdrücklich, daß mein Sohn, Seaborn Walter Thomas Allanson, wegen der Vernachlässigung seiner Familie und seiner mangelnden Unterstützung für seine Kinder vollständig ausgeschlossen wird, und ich erkläre, daß sein Anteil an meinem Vermögen von mir bereits für den Unterhalt seiner Kinder aufgewendet wurde. Der Testamentsvollstrecker wird ausdrücklich darauf hingewiesen, daß er unter gar keinen Umständen irgend etwas aus meinem Besitz erhalten soll, und der Vollstrecker ist außerdem angewiesen, Einspruch dagegen zu erheben, sollte er als Vormund für diese Kinder von irgendeinem Gericht eingesetzt werden, und sollte er doch als Vormund bestellt werden, darf der Testamentsvollstrecker keinerlei Geld an die Enkelkinder auszahlen oder an ihn in seiner Eigenschaft als Vormund, sondern soll das Geld zurück-

halten, bis meine Enkelkinder es im Alter von fünfundzwanzig Jahren erhalten.

Das war noch aus dem Jenseits eine Ohrfeige. Tom hatte monatlich seinen Kindern fünfhundert Dollar Unterhalt gezahlt, und er hätte sie liebend gern bei sich gehabt. Er hatte große Hoffnungen gehabt, sie bald auf Kentwood großziehen zu können. Er hatte nur aus Verzweiflung ihre Mutter verlassen – seelisch krank von einer lieblosen Ehe.

Sein Vater hatte ihm das nie verziehen. Das einzige, das Walter vergessen hatte, war eine Versicherungspolice, in der Tom noch immer als Begünstigter aufgeführt war – doch dieser erfuhr erst Monate nach dem Tod seiner Eltern davon.

Das Haus am Norman Berry Drive wurde gereinigt und zum Verkauf angeboten. Trotz des Grauens, das sich dort abgespielt hatte, wurde es ziemlich schnell verkauft. Paul und Harriett Duckett, Nachbarn und Augenzeugen der Flucht des Täters, kauften es.

Alle diese finanziellen Angelegenheiten interessierten Tom nicht. Was immer er sich erträumt hatte, war wahr geworden, als er Pat heiratete und mit ihr auf Kentwood lebte. Allerdings hatte er mit ihr auf diesem herrlichen Stück Land weniger als ein Jahr gelebt. Ihre Zeit als Mann und Frau hatte nach weniger als zwei Monaten geendet. Tom wurde zwei Monate nach ihrer Hochzeit des Doppelmordes angeklagt.

Ihre Liebe war heiß wie weißglühendes Feuer gewesen, aber jetzt war ihr Leben so kalt und grau wie Stahl, zu dem dieses Eisen verarbeitet worden war. Der Glanz war verschwunden, und Tom konnte sich den Grund absolut nicht erklären.

TEIL 2

TOM

12. Kapitel

Seaborn Walter Thomas Allanson – Tom – wurde am richtigen Ort, aber in der falschen Zeit geboren. Er hätte für seinen Großvater einen viel befriedigenderen Sohn abgegeben als für seinen eigenen Vater. Paw Allanson hatte mit seinem eigenen Sohn, dem strengen und ehrgeizigen Walter O'Neal Allanson, nie viel anfangen können, und Walter betrachtete seinen Tommy stets als Hindernis und Ärgernis.

Carolyn und Walter waren anfangs nur widerstrebend Eltern geworden und hatten sich gar nicht gefreut, als Carolyn 1942 schwanger wurde. Carolyn und Walter waren erst neunzehn, und er war beim Army Air Corps und diente im Zweiten Weltkrieg. Vielleicht hatten sie geplant, nie ein Kind zu bekommen, und sie bekamen auch kein zweites. Carolyn brachte Tommy am 22. April 1943 in Ocilla, Georgia, zur Welt, wo Paw und Nona damals lebten.

In den Anfangsjahren kam es Walter und Carolyn oft so vor, als wäre ihnen jedes nur erdenkliche Hindernis in den Weg gelegt worden. Wie so viele junge Männer, die 1940 ihren Abschluß von der High-School machten, mußte Walter in den Krieg ziehen. Als der Krieg aus war, kam er nach Hause und ging an die Georgia State University. Als nächstes erwarb er seinen Abschluß an der juristischen Fakultät und seinen Doktor der Rechtswissenschaft an der John Marshall Law School. Carolyn arbeitete als Krankenschwester, um ihn durchzubringen.

Gerade als Walter bereit war, selbst zu praktizieren, brach der Koreakrieg aus, und er wurde wieder eingezogen. Er war über dreißig, bevor er mit seiner Laufbahn anfangen konnte. Ein Jahrzehnt seiner frühen Jahre war verloren. Jetzt war er zu Hause und praktizierte in East Point. Sein Büro befand sich genau gegenüber dem Büro seines Freundes von der High-School, Al Roberts. Walter und Carolyn mußten viel nachholen. Von 1952 bis 1956 arbeitete Walter in East Point als Friedensrichter, und er trat allen Organisationen bei, die für einen jungen Mann nötig waren, der es eilig hatte: East Point Freimaurerloge, Optimist Club, American Legion, Erste Vereinigte Methodistenkirche von East Point.

Carolyn war Chorleiterin und gab zu Hause Klavierunterricht. Einmal war Walter an der Reihe, die Sonntagsschule für Jungverheiratete zu leiten. Er stand auf, ließ seinen Blick ernst über die Gruppe gleiten und sagte: »Ich bin Schotte, ich bin stur, und ich will, daß alles nach meiner Vorstellung läuft.«

So eröffnete er an diesem Nachmittag seinen Unterricht darüber, wie unterschiedlich Christen sein können. Man könne, erklärte er, stur sein oder unterwürfig oder aggressiv oder ein verdammter Narr – und dennoch ein guter Christ. Stur war die beste Beschreibung für Walter Allanson, die man sich überhaupt vorstellen konnte. Keine Ausreden. Keine Entschuldigungen oder Versprechungen, sich zu ändern. Er war, wie er war.

Carolyn arbeitete auch weiterhin ganztags für Dr. Tucker in East Point, und allmählich lief es für die beiden immer besser. Sie holten alle verlorenen Jahre auf. Im März 1959 zogen Walter und Al Roberts in größere Büros und setzten dort ihre Anwaltspraxis fort. Sie kamen gut voran. Walter war kein reicher Anwalt mit großem Haus in Atlantas exklusivem Villenviertel Haines, aber er konnte bequem leben. Er praktizierte allgemeines Recht: Testamente, Scheidungen, Verträge. Seine Angestellten fanden ihn bei der Arbeit fast immer fröhlich und angenehm. Er trat der Reserve der Küstenwache bei und arbeitete sich in der Freimaurerloge Nr. 88 in East Point zu einem Freimaurer zweiunddreißigsten Grades hoch. Er liebte Boote, und er angelte gern, allerdings allein und ohne sich damit zu belasten, daß er Tommy mitnahm.

Von dem Standpunkt des jungen Tommy hatte sein Vater sein ganzes Leben lang entweder studiert oder gearbeitet. Walter war ein Mann, der selten ein Gefühl zeigte. Bei den wenigen Gelegenheiten, da er versuchte, seinem Vater näherzukommen, wurde Tom auf demütigende Art zurückgewiesen. Sein Vater war verschlossen und starr. Carolyn Allanson war wärmer, aber sie richtete sich nach ihrem Ehemann, wenn es um Tommy ging. Der Junge mußte sich anpassen, wo er nur konnte.

Es war nicht überraschend, daß Tommy bei Großvater Paw nach der Liebe und Aufmerksamkeit suchte, die er zu Hause nicht bekam. Die glücklichsten Tage seiner Kindheit verbrachte er auf der Farm seiner Großeltern. Er war stolz, wenn er mit seinem Großvater in die Futtermittelhandlung ging und Paw ihm zublinzelte und dem Angestellten erklärte: »Das hier ist mein Sohn Tommy.« Er war gern mit seinem Großvater zusammen, wenn sie die Pferde und die anderen Tiere auf der Farm betreuten. Der alte Mann und der kräftige blonde Junge liebten Tiere.

Bis zu seinem neunten Lebensjahr ging Tommy in die Harris Street School in East Point. Dann schrieben ihn seine Eltern in der Georgia Military Academy in College Park ein. Diese private und angesehene Schule besuchte er bis zu seinem Abschluß im Jahre 1961. Die militärische Disziplin glich den harten Regeln, die sein Vater erstellt hatte. Durch die Militärakademie und die vielen Wochenenden auf der Farm seiner Großeltern an der Washington Road sah Tommy seine Eltern nicht mehr so oft.

Er ging mit Paw auf die Jagd, und Paw machte ihm Frühstück. Die beiden durchwühlten die Abfalltonnen hinter Supermärkten nach altem Gemüse, das sie den Kühen und Schweinen geben konnten. Sie neckten seine Großmutter, wenn sie kistenweise gelben Salat und matschige Tomaten heimtrugen. »Sieh nur, was wir für das Mittagessen gebracht haben!«

Nona war eine hübsche Frau mit grünen Augen. Sie führte den Haushalt. Paw ließ sie gewähren. In seiner schweigsamen Art vergötterte er sie. Und genau wie Paw liebte auch sie Tommy und hatte ihn gern um sich.

Paw Allanson war ein altmodischer Südstaatler. Seine Ausbildung bestand aus vier Klassen Volksschule, und er hatte fünfundfünfzig Jahre lang als Stahlarbeiter geschuftet. Er hatte die Kriegsjahre durchgestanden, allerdings für immer das Vertrauen in die Banken verloren. Den Großteil seines Bargeldes versteckte er auf seinem Grundstück.

Nona und Paw hatten das Grundstück an der Washington Road 1934 gekauft. Das Gebäude auf dem Grundstück war damals kaum mehr als eine Hütte. Doch die Farm stellte sich als sehr guter Kauf heraus. Als im Gebiet von Atlanta im Lauf der Jahre ein Boom einsetzte, stieg der Wert auf ein Vielfaches des Kaufpreises. Sowohl Walter als auch seine Schwester Jean mußten harte Farmarbeit leisten, da ihr Vater oft weg war und Stahlträger für Gebäude in ganz Amerika aufbaute. Sie hatten Pferde, Kühe, Schweine und Hühner, und es gab immer Arbeit auf den Feldern. In der Stahlindustrie hingegen gab es nur gelegentlich Arbeit. Sie verkauften Rindfleisch, Schweinefleisch und landwirtschaftliche Produkte, und die Farm glich das schrumpfende Einkommen aus.

Mit zwölf zog Walter sich rheumatisches Fieber zu. Nona war immer erschöpft, weil sie bei Tag und bei Nacht auf war und Walter umdrehte, damit er sich nicht wundlag. Penizillin war noch nicht entdeckt worden, und Streptokokkeninfektionen aller Art waren oft tödlich. Paw und Nona wollten Jean nicht vernachlässigen, aber Jeans Bedürfnisse rückten durch den Kampf um das Leben des Sohnes an die zweite Stelle.

Walter und Jean hatten nie eine enge Geschwisterbeziehung. Walter war vier Jahre älter als Jean, und ihre Persönlichkeiten liefen in völlig unterschiedlichen Schienen. Walters Krankheit brachte die beiden noch weiter auseinander. Als Walter nach seinem langen Leiden endlich wieder aus dem Bett aufstehen konnte, waren seine Eltern so dankbar, daß er überlebt hatte, daß sie ihm alles gaben, worum er bat. In Jeans Augen war ihr Bruder immer gierig. Ein gieriger Junge und ein gieriger Mann.

Viele Jahre später überredete Walter dann Paw, ihm die hintere Hälfte der vierunddreißig Morgen zu verkaufen, die er an der Washington Road besaß. Walter verkaufte das Land wieder und machte einen hübschen Gewinn. Doch Jean hatte ihren Vater zuerst darum gebeten, und sie war wütend und gedemütigt, als sie erfuhr, daß Paw ihrem Bruder das Land verkauft hatte, das sie haben wollte. Ihre Bemühungen, ihre Eltern zufriedenzustellen, waren stets fehlgeschlagen. Walter kam zuerst, weil er der Sohn war, und ihr Vater hing an ihrer Mutter, aber Jean wurde ausgeschlossen.

Die familiären Beziehungen bei den Allansons waren immer distanziert und angespannt. Paw war ein verknöcherter, störrischer alter Mann geworden, aber mit seiner Frau Nona ging er liebevoll und sanft um, und er liebte Tom. Was seine eigenen Kinder betraf, so machte er Geschäfte mit seinem Sohn, aber eigentlich hatte er nichts für Walter und Big Carolyn übrig. Und er ignorierte Jean oft.

Jean und ihr Mann, George ›Homer‹ Boggs, hatten zwei Kinder, David und Nona, die erheblich älter waren als Walters Sohn Tommy und diesem daher als Cousins nie nahestanden. Die Linie der Allansons war fortgesetzt worden, wenn auch nur widerwillig. Tommy war für lange Zeit der letzte Allanson, der diesen Namen trug. Jahre vergingen, in denen Jean niemals mit Walter zusammentraf. Dennoch war er ihr Bruder. Sie hatte stets angenommen, daß sie eines Tages ihre Differenzen beilegen würden.

Und dann war es dafür plötzlich zu spät.

Tom Allanson hatte oft in der gefühlsmäßigen Kälte des Zuhauses seiner Kindheit gefröstelt. »Deshalb wuchs ich zu einem Mann heran, der sich dermaßen nach Liebe sehnt«, erinnerte er sich Jahre später. »Ich habe nie welche bekommen. Ich kann mich nicht erinnern, daß meine Eltern auch nur ein einziges Mal: ›Ich habe dich lieb‹ sagten, oder mich umarmten . . . Sie zeigten, daß ich ihnen etwas bedeute, indem sie mir eine gute Ausbildung und zu essen gaben. Sie sorgten für mich, und das war ihre Art von Liebe. Ich verstand das, auch wenn ich später herausfand, daß ich nicht geplant war, als ich zur Welt kam. Ich wurde nicht gerade als Segen empfunden. Aber ich war ein Kind, das Liebe zum Leben brauchte. Ich mußte hören, daß man mich liebte. Man mußte es mir zeigen.«

Tom wuchs zu einem riesenhaften Teenager heran, der seine Eltern überragte. Er sah wie ein Junge vom Land aus, und das war ihm nur recht. Sein ganzes Leben verbarg er seine Intelligenz und seine Bildung und sprach mit einem ausgeprägten Südstaatenakzent. Am glücklichsten war er auf dem Land, wenn er an einem Rodeo teilnahm oder in einem Pferdestall arbeitete. Junge Mädchen – und nicht wenige erwachsene Frauen – beobachteten Tom Allanson sehnsüchtig von den Zuschauerrängen beim Rodeo aus. Seine Jeans paßten ihm wie eine zweite Haut, und er verströmte eine Aura von Männlichkeit.

Eine der Frauen war Liz Price, die in den folgenden Jahren immer wieder in seinem Leben auftauchte, und sie lachte, als sie sich daran erinnerte, wie sie Tom kennenlernte. »Er war mein Ideal von einem Mann. Ein großer Rodeostar und – oh, wie ihm diese Jeans gepaßt haben! Ich hielt ihn für ein Gottesgeschenk an die Frauen ... Eines Tages ging ich mit einem Eimer Wasser in der Hand über das Gelände einer Pferdeschau, und jemand sagte ›Da geht Tom!‹ Ich drehte mich um und sah zu ihm hin und rannte mit dem Hals direkt gegen einen Spanndraht und schüttete mir das ganze Wasser in meine Stiefel!«

Tom wußte nicht, daß Frauen ihn so betrachteten. Er hatte in seinem Leben nur wenige Komplimente erhalten, und sein Selbstbewußtsein existierte ausschließlich im Zusammenhang mit seinen Fähigkeiten im Umgang mit Pferden. Schon, mit sechzehn, an der High-School lernte er Pferde zu beschlagen und als Schmied zu arbeiten. Und er war in Liz verknallt, die ein paar Jahre älter war als er. Doch das erwähnte er ihr gegenüber nie. Dafür war er viel zu schüchtern. »Ich würde sagen, ich war bei meinem ersten und zweiten Pferd nicht besonders gut«, erinnerte er sich. »Liz war meine erste Kundin beim Beschlagen, und ich habe ihr Pferd mehr oder weniger verdorben.«

Nachdem Tom den Abschluß an der Militärakademie gemacht hatte, schrieb er sich in Athens an der University of Georgia ein. Er spielte Football. Mit einsneunzig und zweihundertdreißig Pfund war er der Traum eines jeden Trainers. Aber 1963 mußte er nach einem Rodeounfall den Football und die Universität aufgeben. Er wechselte auf das Truett McConnell Community College über und machte dort seinen Abschluß in Naturwissenschaften. Danach kehrte er an die University of Georgia zurück.

Trotz des heftigen Widerstandes seines Vaters heiratete Tom noch während seiner Jahre am College. Er war von einem großen, schlanken, schwarzhaarigen Mädchen mit klaren, blauen Augen fasziniert. Judy Van Meter. »Ich verliebte mich in dieses junge Mädchen in Athens«, erzählte er. »Sie war schön. Sie sah absolut schön aus – wie Lynda Carter, ›Wonder Woman‹. Ich ließ mir von meinen Eltern nichts sagen. Ich war verliebt. Mein Dad sagte: ›Du kannst nicht heiraten, bevor du mit dem College fertig bist.‹ Und ich erwiderte: ›Du kannst meine Liebe zu diesem Mädchen nicht aufhalten.‹ Er sagte, wenn ich heirate, würden sie mir alle Mittel für das College streichen. Nun, ich habe geheiratet, und er hat mir kein Geld mehr gegeben, wie er es angekündigt hatte. Da kam wirklich kein Penny mehr. Also mußte ich es aus eigener Kraft schaffen.«

Toms Ehe mit Judy hielt nicht lange.

»Sie wollte Champagner, ich wollte Bier«, erinnerte Tom sich bedauernd. »Ich wollte auf Tierarzt studieren und arbeiten, und sie arbeitete auch. Sie begann mit Spielchen . . . Wenn ich nicht tat, was sie von mir wollte, gab es keinen Sex mehr.« Später gab er zu, daß es lange dauerte, bis er bei Frauen zu verstehen lernte. Als seine erste Frau ihm die Schlafzimmertür verschloß, fiel sein Blick bald auf eine noch unpassendere Frau. »Damals ließ ich mir gar nichts sagen – wie jeder verliebte junge Mann.«

Das Objekt seiner Liebe war unglücklicherweise die beste Freundin seiner Frau, Carolyn Brooks. Carolyn war eine zierlich wirkende Frau, die ihre blonden Haare zu einem Knoten zurückkämmte. »Sie sah wie Grace Kelly aus«, meinte Tom kopfschüttelnd. »Alle meine Frauen waren wirklich hübsch.«

Carolyn war in ihren Zwanzigern und ebenfalls verheiratet – mit einem Mann, der fast fünfzehn Jahre älter als sie war.

»Sie schenkte mir die Aufmerksamkeit, die ich in meiner Ehe nicht bekommen hatte«, sagte Tom. »Meine Frau enthielt mir Sex vor, und Carolyn war damit freigebig. Wir fingen an, zusammen in den Moose Club zu gehen – und das war für mich ungewöhnlich. Ich trank nicht – habe auch früher nie getrunken.« Carolyn tanzte und trank gern, und anfangs störte ihn das auch nicht.

Zwei Scheidungsklagen wurden eingereicht, als Toms Frau und Carolyns Mann diese Romanze entdeckten. Tom mußte noch lernen, zwischen Liebe und Sex zu unterscheiden. Er glaubte, endlich gefunden zu haben, wonach er suchte, und daß Carolyn eine gute Ehefrau abgeben würde, sobald erst ihre Scheidungen rechtskräftig wurden.

Trotz seiner romantischen Fehlschläge schaffte Tom es, sich am College zu behaupten, und er machte 1966 an der University of Georgia seinen Abschluß in Landwirtschaft mit Hauptgewicht auf Tiermedizin. Nach seinem Abschluß arbeitete er für die Beaver Dam Angus Farm in Colbert, Georgia, nahe Athens, und er blieb dort drei Jahre lang als Manager einer tausendachthundert Stück großen Herde von Angus-Rindern. Danach besuchte er Graham's School für Vieh- und Pferdezüchter in Garnett, Kansas, und erhielt ein Diplom für künstliche Befruchtung.

Tom Allanson verstand zwar nichts von Frauen, dafür aber viel von Pferden. Er war jetzt ein Hufschmied, der sich auf ›korrigierendes Beschlagen‹ spezialisierte und mit normalen Reitpferden, Morgan-Vollblütern und Arabern arbeitete. Er hatte Reitpferde und Morgans gezüchtet, trainiert und vorgeführt. Bald wurde er auch Preisrichter bei Westernshows. Er arbeitete wie ein Besessener. In Jeans und Unterhemd, der Hitze des Sommers in Georgia und der Flammen seiner fahrbaren Esse ausgesetzt, wirkte Tom überlebensgroß. Seine Schultern waren unglaublich breit und seine sich gewaltig wölbenden Arme hätten jedem professionellen Ringer zur Ehre gereicht. Dennoch war er ein sanfter Mann, der wirklich an die Worte romantischer Country- und Western-Songs glaubte.

Der richtigen Frau wäre er zweifellos fünfzig Jahre lang treu geblieben. Aber Tom besaß ein unheimliches Talent, sich die falsche Frau auszusuchen.

Tom und seine zukünftige Braut, die bald ›Little Carolyn‹ genannt wurde, paßten nicht gut zusammen. Er hatte einen Collegeabschluß, und sie hatte die Schule in der zehnten Klasse verlassen. Er war friedfertig, und sie hatte ein aufbrausendes Temperament. Doch Carolyn war attraktiv und sexy, und Tom wollte unbedingt verheiratet sein und eine eigene Familie gründen. Am 25. Oktober 1968 heiratete er Carolyn mit großen Hoffnungen. »Ich hatte die Vorstellung, ich konnte sie ändern. Ich könnte sie dazu bringen, mit dem Trinken aufzuhören. Ich könnte sie ausnüchtern, und sie würde nie wieder ein Problem haben, weil ich mich um sie kümmern wollte. Aber das kann man nicht machen, wenn der andere sich nicht ändern will.«

Sie zogen zurück nach Atlanta, und Tom arbeitete für Ralston Purina. Der vierte Walter – Walter Russell Allanson, genannt Russ – wurde 1970 geboren. Als er noch ein Baby war, hatten Carolyn und Tom so viele Schwierigkeiten miteinander, daß sie sich trennten, und Tom bat seinen Vater, für ihn die Scheidung einzureichen. Er schaffte Carolyn und Russ nach Athens und hielt seine zweite Ehe für beendet. »Aber ich ertrug es nicht, von meinem kleinen Jungen getrennt zu sein«, erinnerte sich Tom. »Ich fuhr nach Athens und holte sie und brachte sie nach Hause, und dann verging ein Jahr, und wieder kam ein Baby. Mein Daddy hatte die Scheidungspapiere in einer Schublade. Er hatte sie nicht eingereicht.«

Toms zweites Kind, Sherry Lynette, wurde 1972 geboren. Obwohl Toms Eltern von Carolyn als Schwiegertochter nicht begeistert waren, wollten sie, daß er mit seiner Familie seßhaft wurde. Big Carolyn und Walter freuten sich über die Enkelkinder. Als jedoch Little Carolyn den Wagen ihrer Schwiegermutter zu Schrott fuhr, tobte Walter. Wieso hatte Tom sich nicht eine Frau mit einem Hauch von Verstand ausgesucht?

Tom seinerseits begann, die Versöhnung zu überdenken. Er hatte sich nichts anderes gewünscht, als nach einem harten Arbeitstag in ein friedliches Zuhause heimzukommen. Statt dessen hatte er jetzt eine sich ständig beschwerende Nörglerin am Hals. Das Haus war in Unordnung, und die Kinder weinten. Es fiel ihm schwer, sich überhaupt noch an die hübsche kleine Blondine zu erinnern, in die er sich verliebt hatte.

Eines Abends trank Carolyn zu viel, und laut Tom begann sie, mit einer Waffe zu hantieren. Da er sich um Russ und Sherry Sorgen machte, nahm Tom auf jeden Arm ein Baby und lief aus dem Haus. Er war in der Tür, als seine Frau mit seiner eigenen 357er auf ihn feuerte. Der Türrahmen splitterte neben ihm, und er floh mit den Kindern über die Veranda.

Niemand wurde verletzt, aber der Magen krampfte sich ihm zusammen, als er sich vorstellte, was hätte passieren können. Tom wußte, daß er die Ehe nicht fortsetzen konnte, aber er hatte keine Ahnung, wie er verschwinden konnte, ohne seinen Kindern weh zu tun. Er wollte Little Carolyn allerdings auch nicht anzeigen, und er fragte sich, was er machen sollte. Er war noch keine dreißig Jahre alt, und die Liebe, nach der er sich sehnte, hielt sich noch immer außerhalb seiner Reichweite und lockte ihn irgendwo in der Ferne.

13. Kapitel

Im Sommer 1973 begriff Tom endlich, daß er entweder seine jetzt fünf Jahre währende Ehe aufgeben oder sterben mußte. Die zierliche Blondine, die er geheiratet hatte und die ›wie Grace Kelly aussah‹, betrachtete ihn mit unverhohlenem Desinteresse, wenn nicht gar offener Feindseligkeit. Wenn die eigene Frau eine Waffe auf den Mann richtet und abdrückt, muß er wohl annehmen, daß der Zauber ihrer Beziehung geschwunden ist. Tom sollte aufhören, seine Frauen nach ihrem Aussehen auszusuchen, und sich auf dauerhaftere Eingenschaften konzentrieren. Er sah ein, daß er mit Carolyn wieder einen großen Fehler begangen hatte. Ihre Ehe war schon lange tot. Am 23. September 1973 verließ Tom also Carolyn. Er konnte keine zwei Haushalte finanzieren. So blieb ihm nichts anderes übrig, als in das Haus seiner Kindheit am Norman Berry Drive zurückzukehren. Er fürchtete sich davor. Er war einen Kopf größer als sein Vater, aber Walter konnte ihn noch immer mit einem Wort oder auch nur mit einem verächtlichen Blick demütigen. Tom konnte also nicht erwarten, im Elternhaus viel Verständnis oder Mitgefühl zu finden.

Toms Eltern hatten sich über seine erste Scheidung nicht besonders aufgeregt. Damals war er ein Collegestudent gewesen, und die Ehe war schnell zerbrochen. Doch als er seinen Vater um juristische Hilfe bei der Scheidung von Carolyn bat, mußte Tom feststellen, daß sich die Spielregeln inzwischen verändert hatten. Walter war heftigst gegen die Scheidung. Tom hatte Kinder, und das ergab eine völlig andere Situation. Walter richtete seine kalten, graublauen Augen auf seinen Sohn und donnerte los: »Du kannst dich täglich scheiden lassen, solange du keine Kinder hast. Wenn du Kinder hast, bleibst du in deiner Ehe, ganz egal unter welchen Umständen. Es ist mir gleichgültig, ob dein Leben in Gefahr ist. Du machst weiter!«

Walter weigerte sich, Toms Einwendungen auch nur sein Ohr zu leihen. Es war ihm gleichgültig, daß Carolyn manchmal zu viel trank, und es war ihm egal, daß sie einmal auf Tom geschossen hatte. Zum Teufel, es wäre ihm egal gewesen, wenn sie ihn mit einem Lastwagen überfahren hätte. Tom war ein großer Junge, und er mußte mit seiner Frau fertig werden.

»Ich will nichts mit einer Scheidung für Tom zu tun haben«, vertraute Walter einem langjährigen Freund an. »Das fasse ich nicht an. Ich sagte zu Toms Frau: ›Du bist über einundzwanzig. Besorge dir einen eigenen Anwalt. Ich möchte in keiner Weise damit zu tun haben.‹« Er tat alles, um eine Scheidung zu blockieren.

Er hatte sich überhaupt nicht darüber gefreut, Tom wieder in seinem Haus zu haben. Sein Sohn war dreißig Jahre alt, ein erwachsener Mann. Tom versuchte, im Haus zu helfen, und er war an den Lake Lanier gefahren und hatte an dem Bootssteg ›wie ein Pferd gearbeitet‹, wie sich Jake Dailey, Walters alter Freund, ausdrückte. Aber Tom konnte es seinem Vater nicht recht machen.

Emotionale Unterstützung erhielt Tom nur von seinen Großeltern – Paw und Nona.

Kurz vor dem Erntedankfest 1973 befahl Walter seinem Sohn auszuziehen. Toms Eltern erklärten Little Carolyn zum schuldlosen Teil der zerbrochenen Ehe und eilten ihr zu Hilfe.

Zum Glück – damals schien es zumindest ein Glück zu sein

– kannte Tom jetzt die Leute, an die er sich wenden konnte. Er kannte die Radcliffes seit mehreren Jahren und hatte für sie gearbeitet, aber bis vor kurzem hatte er ihre verheiratete Tochter Pat nur flüchtig gekannt. Jetzt war sie geschieden, und er war angenehm überrascht, als sie ihn wissen ließ, daß sie an ihm interessiert war. Sie trafen sich. Tom mochte ihre ganze Familie. Die Radcliffes waren mit ihm einverstanden, wahrscheinlich weil sie etwas Stabilität im Leben ihrer Tochter für nötig hielten. Tom war zwar kein Single, aber er war zweitbeste Wahl.

Als seine Eltern ihn hinauswarfen, boten die Radcliffes Tom an, er könne vorübergehend bei ihnen wohnen. Er könne auf dem Sofa in ihrem Wohnzimmer schlafen. Es war angeblich eine Vereinbarung aus rein praktischen Überlegungen, aber natürlich war mehr dahinter. Pat hatte schon vor sechs Monaten erklärt, sie werde Tom heiraten, lange bevor er überhaupt auf die Idee gekommen war, sich mit ihr zu treffen. Sie hatte sich vorgenommen, ihn zu verführen und einzufangen, und er war eine leichte Beute gewesen. Was seine Ehen anging, in die er sich kopfüber gestürzt hatte, war Tom im Grunde naiv. Pat war sechs Jahre älter als er, hatte erwachsene Kinder und eine einundzwanzig Jahre andauernde Ehe hinter sich, und sie verstand es, einen Mann dazu zu bringen, sämtliche Sprünge auf einem emotionalen Hindernislauf, den sie sich ausdachte, zu machen.

»Man könnte sie wohl eine positiv aggressive Frau nennen«, sagte Tom viele Jahre später. »Sie war insofern sehr aggressiv, als sie wußte, was sie wollte, und es sich holte. In gewisser Weise bewunderte ich das bei einem Menschen.«

Tom war gerade so ziemlich der einsamste Mensch in Atlanta, als Pat entschied, daß sie ihn wollte. Nach seinem eigenen Eingeständnis hungerte er buchstäblich nach Zuneigung. »Pat machte alles so locker, daß man gar nicht wußte, was mit einem geschah«, erinnerte er sich. »Man geriet in Treibsand, bevor man es überhaupt bemerkte. Sie stellte es nett an, ganz sanft, ruhig und unschuldig. Sie zog ein wenig die Zügel an, und dann noch ein wenig ... Ich merkte gar nicht, daß sie die Schraube enger drehte. Aber dann hatte es mich voll erwischt.«

Silvester 1973 stand Toms und Little Carolyn Allansons Vormundschafts- und Unterhaltsverhandlung auf dem Gerichtsplan. Tom war geschockt, daß seine Eltern nicht nur nicht für ihn aussagten, sondern für seine Frau in den Zeugenstand traten. Sie erwähnten nicht den Unfall, bei dem Carolyn ihren Wagen zu Schrott gefahren hatte; vielmehr deutete Walter im Zeugenstand an, daß *Tom* manchmal zu viel trank. In Wahrheit trank und rauchte Tom nicht. Er hörte ungläubig zu, wie seine eigenen Blutsverwandten einen Richter davon überzeugten, daß er im Unrecht war und einen immensen Unterhalt an seine Frau zahlen sollte.

An diesem Abend stürmte Tom in die Norman Berry Road, um seine Frau und seine Eltern zu stellen. Er war kein Engel. Er konnte ein richtiger Hitzkopf sein, wenn er sich verletzt fühlte. Walter behauptete später, Tom habe an diesem Abend Big Carolyn beschimpft. Wahrscheinlich waren die Schimpfworte gegen seinen Vater gerichtet gewesen. Sie hatten einen gewaltigen Streit, und Walter warf Tom erneut aus dem Haus.

Als Tom an diesem Abend ging, war es das Ende. Er hatte nie wieder zu seinem Vater auch nur eine höfliche Beziehung. Es war, als habe sein Vater ihn verstoßen und die Frau adoptiert, die versucht hatte, ihm eine Kugel in den Kopf zu jagen. Tom konnte das nicht verstehen. Carolyn war diejenige, die den Wagen seiner Mutter zu Schrott gefahren hatte, aber sein Vater wollte sie nun ständig um sich haben. Dabei hatte sie eine hübsche eigene Wohnung. Tom erinnerte sich an Little Carolyns sattes Lächeln, als sie Zeugin seiner Verbannung wurde. Er war verletzt, und er war wütend, und seine Zukunft lag wie ein langer, düsterer Tunnel vor ihm. Von seinen Blutsverwandten blieben ihm nur noch Paw und Nona. Er hatte sonst niemanden, auf den er zählen konnte – nur Pat und ihre Eltern, die Radcliffes –, und er war dankbar dafür.

Die Tatsache, daß sein Vater ihn vor Pat gewarnt und sie eine Schlampe und Dirne genannt hatte, brachte Tom nur dazu, sie noch mehr zu begehren. Er hielt seinen Vater für einen eifersüchtigen Heuchler. »Ich wollte nicht auf ihn hören«, sagte er. »Es war, als würde man einem Jugendlichen sagen, er solle nicht an Sex denken. Ich sah Pat in diesem kleinen Miniröckchen und in den schulterfreien Oberteilen und . . . ich kann nur sagen, sie hätte einen Prediger verführt. Ich war verletzbar. Sie brauchte jemanden, der mit Pferden gut umgehen konnte, und jemanden, der ihre Pferde kostenlos beschlug, und jemanden, der ihr Futter gratis besorgte. Ich war leichte Beute. Da kam eine Frau daher und sagte, daß sie mich *liebt*, und ich sagte natürlich: ›Du *liebst* mich? Na gut, du hast mich.‹ Bis zu diesem Zeitpunkt hatte ich nämlich befürchtet, mich würde nie wieder jemand lieben.«

Es gab noch etwas, das ihn anzog: Pat brachte Tom Sex bei, wie er ihn noch nie kennengelernt hatte. Wenn sie zusammen waren, vergaß sie, wie krank sie war, und bemühte sich nur darum, ihn zu befriedigen. Keine andere Frau hatte das je für ihn getan. Er war von Pat betört. Pats Tochter Susan Alford und ihr Mann Bill kamen einmal von einem Ausflug zurück und fanden ihre Wohnung belegt vor. Zuerst sahen sie ein gewaltiges Paar Boots und eine triumphierende Pat und einen verlegenen Tom, der hastig sein Hemd in seine Jeans schob.

»Siehst du, Tom«, sagte Pat so, daß es jeder hören konnte. »Du hast schon früher Sex gehabt, aber bevor ich dahergekommen bin, hat dir niemand beigebrach,t wie man sich richtig liebt!«

Alle waren peinlich berührt, Pat ausgenommen, und Susan machte hastig Eistee, während Bill sich befangen um eine Unterhaltung bemühte. Tom strahlte wie ein Teenager, der von einer gewaltigen Schwärmerei aufgezehrt wurde.

Zwei Tage nach der Vormundschaftsverhandlung zu Silvester erhielt Tom einen kurzen Brief von seinem Vater, der dafür das offizielle Briefpapier der Anwaltspraxis gewählt hatte:

2. Januar 1974

Tommy:
Hiermit informiere ich Dich, daß ich heute vormittag mit Mr. Turner gesprochen habe, und er informierte mich, daß Deiner Frau alle Möbel und Haushaltsgeräte zugesprochen wurden, einschließlich des Kühlschranks und der Tiefkühltruhe in Mrs. Lawrences Keller. Du darfst Dir denselben nicht holen. Deine Frau hat mich außerdem gebeten, mich für sie um diesen Kühlschrank und diese Tiefkühltruhe zu kümmern. Dies versetzt mich in die Position ihres Verwalters. Daher habe ich mein eigenes Schloß an diesem Keller angebracht, um sicherzustellen, daß diese beiden Geräte nicht entfernt werden, bis ich einen Gerichtsbeschluß erhalte, der mir eine andere Anweisung erteilt.

Solltest Du die Absicht haben, wie immer starrsinnig zu sein und sie zu entfernen, ... werde ich gegen Dich sowie gegen jedermann, der Dir hilft ... wegen Einbruchs und unbefugten Betretens und Diebstahls Anzeige erstatten ...

Solange Dir jemand zur Hand geht, solltest Du Dein Gerümpel aus der Garage und aus meinem Garten entfernen und den Ventilator zurückgeben, der Dir geliehen wurde. All Dein Gerümpel, Ausrüstungsgegenstände und anderes, das nach dem 15. Januar 1974 noch zurückbleibt, wird auf die Straße gestellt, damit es von der Stadt abgeholt wird.

Du wirst bitte Mrs. Lawrence Deinen Schlüssel für die Hintertür geben, da es Dir verboten ist, das Haus zu betreten.

Walter O. Allanson

Allanson schickte auch einen Brief an die Polizei von East Point, in dem er ankündigte, er werde gegen seinen Sohn und jeden, der ihm helfen könnte, Geräte aus dem Keller seiner Großmutter zu entfernen, Anzeige erstatten.

Tom wollte keine Möbel und Geräte. Er wollte nur ein paar von seinen leichter zu transportierenden Habseligkeiten. Aber er mußte vorsichtig sein, was er aus seinem früheren Leben mitnahm. Wenn es jemals eine bitterböse Scheidung gegeben hatte, war es Toms Scheidung von Carolyn. Laut Margureitte bombardierte Carolyn das Haus an der Tell Road mit Anrufen.

Tom verdiente nicht viel Geld, und er mußte jeden Monat fünfhundert Dollar an Carolyn zahlen, worüber Pat sich sehr ärgerte. Carolyn ließ sie beide einfach nicht in Frieden. Ob nun das Geld ankam oder nicht, sie wurden ständig mit Anrufen von Toms Exfrau belästigt, die noch mehr Geld forderte, klagten Pat und Margureitte.

Pat verabscheute Little Carolyn, weil sie einst mit Tom zusammengewesen und zumindest noch auf dem Papier mit ihm verheiratet war. Sie war davon überzeugt, daß Little Carolyn von Eifersucht verzehrt wurde, als Tom für sie die Farm in Zebulon kaufte, und dann auch wieder, als sie in Stone Mountain heirateten.

Margureitte gab ihr recht. Ohne direkt damit herauszurücken, bemühte sich Margureitte, Detective Zellner ihre persönliche Theorie über Toms Vater und seine Schwiegertochter zu vermitteln. Wenn das kein Grund für einen Mord war, dann wußte sie nicht, was sonst. Und das, fand sie, erklärte auch, warum Walter seinen Sohn so sehr haßte, daß er ihn umbringen wollte, wenn er ihn nur zu Gesicht bekam. Walter hatte Margureitte einfach Entsetzen eingejagt. Sie schauderte bei der Vorstellung, daß Pat ganz allein in Kentwood gewesen war, als er dorthin kam und sich schamlos vor ihr entblößte.

Wenn jemals ein Mann das Recht gehabt hätte, seinem Vater gegenüber Bitterkeit und Zorn zu verspüren, dann war es Tom. Doch Tom war ein sanfter Mensch. Sein Schmerz richtete sich nach innen. Er hätte niemals seine Eltern ermordet. Was die Schüsse auf Walter und Big Carolyn betraf, so bestanden Pat und Margureitte darauf, daß Little Carolyn Allanson ihre zarten Finger im Spiel hatte. Sie verstanden nicht, weshalb die Polizei nicht die Informationen verwendeten, die sie geliefert hatten. Die beiden waren überzeugt, daß sie den Ermittlern praktisch einen genauen Ablauf des Mordes geliefert hatten, und sie waren verärgert, weil niemand das erkannte.

14. Kapitel

An einem Mord ist nichts ordentlich. Seine einzelnen verworrenen Fäden können nie wieder perfekt zu dem ursprünglichen Gewebe der Zeit verknüpft werden. Blut kann irgendwann weggewischt werden, und Besitztümer kann man abstoßen. Doch gewisse Fragen bleiben immer zurück und verlangen nach einer Antwort. Obwohl ein Verdächtiger unter dem Vorwurf des Mordes an Walter und Carolyn Allanson im Gefängnis saß, blieb den Ermittlern der Polizei von East Point noch sehr viel zu tun.

Am Abend des Sonntags, 7. Juli, erhielt George Zellner einen Anruf von Little Carolyn. Sie erinnerte sich an etwas, das sie am Abend des Mordes gehört hatte, an etwas, das sie der Polizei bisher noch nicht erzählt hatte. Kurz nach dem Anruf begab sie sich zum Polizeirevier vier, wo sie mit Zellner und Gus Thornhill sprach; sie wirkte jetzt viel ruhiger als bei früheren Befragungen. Ihre Version der Ereignisse unmittelbar vor den Schüssen hatte sich nicht wesentlich verändert, aber sie erinnerte sich jetzt genauer. Sie hatte gehört, wie Daddy Allanson die Treppe heraufrief, er habe ›ihn‹ im Unterschlupf in die Enge getrieben.

»Haben Sie Ihren Schwiegervater gesehen, während er im Keller war?« fragte Zellner.

»Nein, Sir.«

»Aber Sie haben ihn gehört?«

»Ja – nur, als er zu Mutter sagte, daß sie ihm das Gewehr nach unten bringen soll, und als er rief ›Junior, verschwinde sofort von hier!‹«

Carolyn erinnerte sich, wie ihre Schwiegermutter die Treppe mit dem Gewehr hinuntergegangen war, um das sie beide gerungen hatten.

»Warum?«

»Ich wollte nicht, daß sie nach unten geht. Ich wollte nicht, daß sie getötet wird.«

Mutter Allanson hatte verstört gewirkt. Carolyn hatte gehört, wie sie sagte: »Wenn ich ihn sehe, erschieße ich ihn!« Dann berichtete sie den Detectives, daß Mutter Allanson etwas gesagt hatte, während sie nach unten ging.

»Was?«

»Kurz bevor sie erschossen wurde, schrie sie: ›Tommy! Tommy! Tommy, tu deinem Daddy nichts!‹«

Die Detectives starrten sie an. Wie hatte sie das tagelang vergessen können? Und dann fragte Zellner ruhig: »Haben Sie noch etwas gehört?«

Sie nickte. »Ich habe gehört, wie ein Mann – nicht Daddy – schrie: ›Mund halten! Mund halten! Mund halten!‹«

»War das Toms Stimme?«

»Das kann ich nicht beschwören.«

Carolyn sagte, daß Mutter Allanson das Jagdgewehr vor sich hergetragen habe, als wollte sie damit schießen. Das war der Moment gewesen, in dem alles explodierte. Little Carolyn hatte hinter Big Carolyn die Treppe hinuntergehen wollen, Walter hatte gerufen, sie solle ›verdammt noch mal von hier verschwinden‹, und sie hatte einen gewaltigen Knall gehört. Sie sah, wie ihre Schwiegermutter sich einfach hinsetzte, und über ihrer linken Brust breitete sich ein roter Fleck aus. Little Carolyn hatte gewußt, daß ihre Schwiegermutter tot war. Es floß so viel Blut, und sie saß da wie eine Wachsfigur.

Carolyn sagte, sie wäre geflohen, aber sie hatte etwas gehört, das wie fünf oder sechs aufeinanderfolgende Schüsse klang.

Und dann meinte sie, noch einen gewaltigen Knall gehört zu haben.

Die Schlinge zog sich enger um Tom Allanson zusammen. Seine ehemalige Frau hatte bestimmt Gründe, aus denen sie ihn beschuldigen wollte, aber ›sog‹ sie sich jetzt neue Details aus den Fingern, um ihn noch mehr zu belasten, oder hatte sie einfach ihren Schock überwunden und sprach jetzt die Wahrheit? Die Detectives bezweifelten, daß sie selbst die Mörderin war, auch wenn die Radcliffes diesen Verdacht geäußert hatten.

Am Montag, dem 8. Juli 1974, wurde Tom Richter R. M. McDuffie in East Point vorgeführt. Am 2. August entschied die Grand Jury des Fulton County, Walter Thomas Allanson des Doppelmordes anzuklagen. Sollte er verurteilt werden, drohte ihm die Todesstrafe.

Am 8. August hielt Richter Charles Wofford eine Anhörung ab, bei der es darum ging, ob Tom Allanson Kaution gewährt werden sollte. Tom hatte einen neuen Rechtsbeistand. Obwohl Cal Long ein geeigneter Anwalt war, der in der Vergangenheit die Radcliffes in kleineren Angelegenheiten vertreten hatte, wollte Pat, daß Tom von dem besten Strafverteidiger Atlantas vertreten wurde. Doch das erforderte eine Menge Geld – ironischerweise mehr Geld, als sie ursprünglich geplant hatte, um Kentwood in ein Vorzeigegestüt für Pferdeschauen zu verwandeln.

Tom hatte bis zum 15. Juli viertausend Dollar gebraucht, um sich eine neue Anwaltsfirma zu sichern. Seine Tante Jean lieh ihm zweitausend Dollar, aber die mußte er innerhalb einer Woche zurückzahlen. Pat stellte Jean einen Scheck aus, der zu ihrem Bedauern und Jeans Ärger platzte. Um Geld für Toms Verteidigung aufzubringen, nahmen die Radcliffes auf ihre Farm an der Tell Road so viel Geld auf, wie sie bekommen konnten: dreitausendfünfhundert Dollar. Dann boten sie die Farm zum Verkauf an. Tom schrieb an seine Großeltern, Nona und Paw, und bat sie, Pat zu helfen. Trotz seiner eigenen Notlage machte Pats Verzweiflung ihm zu schaffen. »Bitte helft meiner Pat!« Sie hatte kein Geld für die Farm und für sich selbst. Paw und Nona ließen sich mit Geld Zeit, auch wenn sie Tom gefühlsmäßig unterstützten. Die alten Allansons waren Toms einziger Rückhalt. Pat war es schnell gelungen, Jean Boggs vor den Kopf zu stoßen, indem sie alle ihre Vorschläge verwarf, wie man Tom helfen könne. Tom erklärte Paw, daß Pat sofort arbeiten würde, wenn sie nur könnte, aber Arbeit würde eine Frau mit so angegriffener Gesundheit umbringen. Sie verkaufte bereits ihre kostbaren Antiquitäten, um ihm zu helfen.

Dennoch hielt Paw sein Bargeld zusammen.

Ohne zu wissen, woher das Geld für die Rechtsvertretung kommen sollte, engagierte Pat die Anwaltsfirma Garland, Nuckolls und Kadish und versicherte, sie verfüge über entsprechende Mittel. Sie wollte Tom frei sehen, und irgendwie würde sie schon eine Möglichkeit finden. Reuben A. Garland war der schlaue, große alte Mann der Firma, und sein Sohn, Colonel Edward T. M. Garland, war eine schillernde Persönlichkeit Ende Dreißig. Man konnte sich in Atlanta nicht besser vertreten lassen als von den Garlands.

Vater und Sohn wurden von John Nuckolls unterstützt, der jetzt Argumente für Toms Freilassung vorbrachte. Zusammen mit Margureitte, dem Colonel und Paw Allanson hörte Pat ihm aufmerksam im Gerichtssaal zu. Nuckolls führte an, daß Tom vor den Verbrechen, deren er angeklagt wurde, nie wegen gewalttätigen Verhaltens aufgefallen war. Und er wurde zu Hause dringendst gebraucht. »Euer Ehren«, trug er vor. »Es gibt ein ernsthaftes finanzielles Problem in Zusammenhang mit diesem Gestüt (Kentwood) und einer Hypothek. Die Farm wurde vor fünf Monaten gekauft. Sie wurde mit einer Anzahlung gekauft, und die Raten werden jetzt fällig, und die beiden werden die Farm verlieren, wenn sie diese Forderungen nicht erfüllen können.«

Noch schlimmer war, wie Nuckolls aufzeigte, daß sich sowohl Toms Frau, als auch seine Großmutter in sehr schlechter gesundheitlicher Verfassung befanden, und seine fortgesetzte Haft half in dieser Hinsicht natürlich auch nicht.

»Euer Ehren, ich habe zwei Briefe von Ärzten bezüglich des Zustandes seiner (Toms) Frau.« Nuckolls erklärte, daß Pat an Lungenembolie litt, bei der Bluttropfen in den Blutkreislauf gelangten und letztlich Herz und Lungen erreichten. »Sie hatte eine Operation am offenen Herzen, bei der ihr eine Klappe implantiert wurde. Ihre Krankheit wird von ihrer Ärztin im Emory Hospital und ihrem privaten Arzt, Dr. William J. Taylor, als unbedingt tödlich beschrieben mit einer Lebenserwartung von zwei Jahren oder weniger.«

Pat wirkte eindeutig krank. Seit den Morden hatte sie so viel Gewicht verloren, daß sie wie ein Skelett aussah. Ihre Mutter und ihre Tanten hatten alles versucht, um sie zum Essen zu bewegen. Sobald sie etwas zu sich nahm, übergab sie sich. Ihre Tante Thelma kochte eine besonders leicht verträgliche Suppe, aber nicht einmal die konnte Pat bei sich behalten. Die Verteidigung bot eine Reihe angesehener Charakterzeugen auf, einschließlich Colonel und Mrs. Radcliffe, die für Toms sanftes Wesen bürgten. Nona und Paw wollten ihn ebenfalls auf Kaution freihaben. Falls er freigelassen wurde, versicherte sein Anwalt dem Gericht, würde er sofort nach Kentwood fahren und dort bleiben und die Farm nur von Zeit zu Zeit verlassen, um seinen Verteidigern zu helfen.

William Weller von der Staatsanwaltschaft des Fulton County verwarf rasch das Bild von Tom Allanson als sanftem Menschen. Er beschrieb ihn als ›Berg von einem Mann‹, der angeklagt war, ›seiner Mutter das Herz aus dem Leib geschossen‹ zu haben. Obwohl Richter Wofford den Angeklagten und seine Familie seit Jahren kannte, stimmte er zögernd der Staatsanwaltschaft zu, daß es keine Kaution geben und Tom im Gefängnis bleiben solle, aber er setzte das frühest mögliche Verhandlungsdatum fest, den ersten Montagvormittag nach dem Labor Day: 9. September 1974.

Toms Verteidigerteam hatte nur die erste Runde verloren, aber Ed Garland ahnte schon Ärger. Obwohl Pat Allanson nicht den leisesten Schimmer hatte, wie das Gesetz arbeitete, vertraute sie den Anwälten ihres Mannes offensichtlich nicht. Sie erlaubte Tom nicht, mit Garland zu sprechen, wenn sie nicht dabei war. Sie beobachtete ihn wie ein Adler und überwachte und veränderte seine Antworten. Sie sprach sogar für ihn, wann immer das möglich war. Warum war sie so besorgt, was ihr Mann sagen konnte? Sie wurde fast hysterisch, weil sie ›ihren Tom‹ verlieren könnte.

Garland entdeckte, daß Tom unbedingt mit ihm allein sprechen wollte und daß der Mann eine schwere Last auf seiner Seele mit sich herumschleppte. Es mochte durchaus mildernde Umstände geben, etwas, worauf ein Spitzenverteidiger einen Fall aufbauen konnte, aber Pat schien Angst zu haben, Tom frei sprechen zu lassen. In ihrem Eifer, ihn zu beschützen, wurde sie zum Alptraum eines jeden Verteidigers.

Schlimmer noch – Ed Garland erkannte, daß Tom seiner Frau bedingungslos vertraute. Der Mann war vor Liebe verwirrt, wurde von Liebe verzehrt. Er würde freudig für Pat sterben. Ed Garland hoffte, daß es nicht dazu kam.

15. Kapitel

In weniger als einem Jahr hatte Pat sich in Tom verliebt, ihn geheiratet, mit ihm zusammen die Kentwood Morgan Farm gekauft – und jetzt war alles fort. Sie war viel zu krank, um in Kentwood allein zu leben, und sie konnte die Pferde nicht selbst versorgen. Wozu auch? Sie würden wahrscheinlich ohnedies Kentwood verlieren. Ohne Tom würde sie niemals die Ratenzahlungen leisten können. Im Herbst lebte Pat wieder bei Margureitte und dem Colonel an der Tell Road, während Ronnie in Zebulon blieb, damit die Farm nicht leerstand und zum Ziel für Vandalen wurde. Er wurde erst in November sechzehn, aber er hatte stets seiner Mutter geholfen. Er hatte nie etwas abgeschlagen, worum sie ihn bat.

Tom Allanson wartete in einer erstickend heißen Gefängniszelle auf seinen Prozeß.

Toms Anwälte hätten es lieber gesehen, hätte er sich eines geringeren Verbrechens für schuldig bekannt, als sich des Mordes für unschuldig zu bekennen. Pat ließ das jedoch nicht zu. Sie kam zu jeder Besprechung zwischen Anwalt und Klient, und manchmal wirkte sie förmlich wie eine lästige Wucherung, so hing sie an der Seite ihres Mannes. Es war fast so, als würde sie insgeheim fürchten, Tom könne den Garlands und John Nuckolls etwas erzählen, das sie in Gefahr brachte. Doch das war unsinnig.

Ed Garland bekam endlich eine Chance, mit Tom allein zu sprechen, und ergriff sie. »Tom, hören Sie mir jetzt gut zu. Ich kann Sie nicht verteidigen, wenn ich die Wahrheit nicht kenne. Ich werde Sie so verteidigen, wie Sie das wünschen, aber ich muß Bescheid wissen . . . weil das alles gar nicht so stimmen kann.«

Tom gab später zu, daß er endlich Ed Garland erzählte, was an jenem Abend im Keller seiner Eltern geschehen war. Aber er ließ nicht zu, daß Garland es wiederholte – gegenüber niemandem. Tom verlangte von Garland das Versprechen, daß er diese Information nicht zu seiner Verteidigung benützte. Er hatte es Pat versprochen. Sie liebte ihn mehr als sonst jemand auf der Welt. Und darum sollte es so ablaufen, wie sie wollte. Garland war äußerst frustriert. Er war einer der besten Strafverteidiger im Staate Georgia, und er war gezwungen, mit einem auf dem Rücken festgebundenen Arm weiterzukämpfen.

Pat war wie von Sinnen, als sie erfuhr, was Tom seinem Anwalt erzählt hatte. »Ich dachte, sie würde sich auf der Stelle von mir scheiden lassen«, erinnerte sich Tom. Aber sie taten, was Pat wollte. Sie zog einen Handel mit der Staatsanwaltschaft nicht einmal in Betracht, bei dem Tom ins Gefängnis mußte, wenn auch nur für ein paar Jahre. Sie würde ohne ihn sterben. Er mußte freikommen, und er würde freikommen, das versprach sie ihm. Sie duldete keinen Kompromiß.

Es wurde vereinbart, daß Tom sich in allen Anklagepunkten für unschuldig bekannte. Und damit blieb seinen Anwälten verzweifelt wenig Munition, um ihn zu verteidigen. Sie hatten Charakterzeugen, die Tom bewunderten, und Zeugen, die den Charakter derjenigen herabsetzten, die gegen ihn aussagten. Das war jedoch kaum der Stoff, aus dem eine kraftvolle Verteidigung aufgebaut wird.

Privatdetektive versuchten, jemanden zu finden, der Tom weit weg vom Tatort gesehen hatte. Sie gaben sogar in den Kleinanzeigen des *Atlanta Journal* eine Suchanzeige für solche Zeugen auf.

BELOHNUNG
WER TOM A., 1,90, 230 PFUND, HELLES HAAR,
VOR ZWEI WOCHEN, AM MITTWOCH, DEM 3. JULI
ZWISCHEN 16.30 UND 21.00

AUF DER CLEVELAND AVENUE
ZWISCHEN DEM S. FULTON HOSPITAL UND DEM I-75
GESEHEN HAT ODER IHN
AUF DEM I-75 VON CLEVELAND NACH CENTRAL
MITGENOMMEN HAT,
BITTE ANRUFEN UNTER 344-5729, 436-8435.
DRINGEND! DRINGEND!

Die Anzeige ging nach hinten los und wurde zum Beweismittel Nr. 102 der Staatsanwaltschaft.

Es waren ein endlos heißer Sommer und Herbst, während sie auf die Verhandlung warteten, und es war eine Erleichterung, als endlich der 14. Oktober 1974 kam. Sowohl Pat als auch Tom glaubten, er würde für unschuldig befunden werden, und sie würden wieder zusammen sein, vielleicht sogar rechtzeitig, um ihre Farm zu retten. Hoyt Waller erwartete eine Teilzahlung im Dezember, sonst würde ihr Paradies wieder an ihn zurückfallen. Tom dachte, er könnte irgendwie das Geld zusammenkratzen, wenn er nur vor Ende Oktober frei war.

Toms Scheidungskämpfe hatten in kleinen Gerichtsgebäuden des County stattgefunden. Sein Mordprozeß sollte im Gerichtsgebäude des Fulton County im Zentrum von Atlanta stattfinden. Vor dem massiven weißen Gerichtsgebäude aus Marmor schimmerten die Eichen Atlantas golden, die Blätter der Blutweiden leuchteten rot, und die Ahornbäume nahmen ein helles Korallrot an. Drinnen gab es, wie in allen Gerichtssälen, nichts, das auf die Jahreszeit hinwies, nur den Staub von vielen, vielen Jahren.

»Das Gericht«, verkündete der weißhaarige Richter Charles A. Wofford, »verhandelt den Fall *der Staat Georgia gegen Walter Thomas Allanson,* angeklagt des Mordes, Anklageschrift Nr. A-22765, Colonel Edward T. M. Garland als Verteidiger und Colonel William Weller als Ankläger.«

Für gewöhnlich sitzen Verwandte des Angeklagten hinter der Balustrade des Zuschauerraums, aber Pat bestand darauf, am

Tisch der Verteidigung zu sitzen. Das war Tom sehr recht, aber Garland rang die Hände. Täglich in einem neuen, sagenhaften, selbstgenähten Outfit war Pat das Bild einer besorgten, hingebungsvollen Ehefrau, die zu ihrem Mann stand. Ihr Beobachtungsposten während der Verhandlung erlaubte es ihr auch, Garland Anweisungen zu erteilen und Tom anzustoßen und mit ihm zu flüstern.

Es dauerte nur einen Tag, die Geschworenen auszusuchen, obwohl mehr als fünfzig mögliche Geschworene überprüft wurden, bevor sowohl Ed Garland als auch William Weller sieben Männer und fünf Frauen, acht Schwarze und vier Weiße, sowie zwei Ersatzgeschworene akzeptierten. Eine ungewöhnlich hohe Zahl der möglichen Geschworenen hatte Verwandte bei Polizei und Gericht oder kannte den Ankläger oder die Verteidiger oder entwickelte besonders starke Gefühle, was die Todesstrafe anging. Letztlich sollte Tom Allansons Schicksal entschieden werden von einem Geschäftsführer von Sears Roebuck, einem pensionierten Lehrer, zwei Postangestellten, einem Versicherungsanalytiker, einem Einzelhandelskaufmann, einem Gymnastiklehrer, einem Angestellten der Telefongesellschaft, einer pensionierten Kellnerin, einem Buchhalter, einer Hausfrau und einem pensionierten Piloten einer Luftfahrtgesellschaft.

Als der Stellvertretende Staatsanwalt William Weller seine Zeugen der Reihe nach aufrief, entwarfen sie ein vernichtendes, klares Bild, das Ed Garland nur schwer würde auslöschen können. Sergeant Butts von der Polizei von East Point sagte aus, Tom wäre zwei Tage vor den Morden – als er versuchte, seinen Vater wegen Exhibitionismus anzuzeigen – so wütend gewesen, daß er sagte: »Wenn das so weitergeht, bringe ich ihn um!« Deputy Richard Satterfield aus dem Forsyth County, der wegen des fehlgeschlagenen Attentats aus dem Hinterhalt am Lake Lanier vier Tage vor den Morden ermittelt hatte, beschrieb, wie Walter und Carolyn Allanson beinahe in einem Kugelhagel gestorben wären. Mary Rena Jones aus Jones Laden sagte aus, sie habe am Morgen des Hinterhalts einen blauen Pick-up mit einem runden Emblem an der Tür gesehen.

Weller rief Walter Allansons Angestellte und Nachbarn in den Zeugenstand und danach alle Ermittler der Polizei von East Point, die das Haus und den Garten am Norman Berry Drive untersucht hatten oder die nach Zebulon gefahren waren und Tom festgenommen hatten. Zweiundzwanzig glaubwürdige Zeugen für den Staatsanwalt, von denen keiner gegen irgend jemanden Rachegefühle hatte. Schritt für Schritt baute Weller seinen Fall auf und machte den Geschworenen deutlich, daß Tom Allanson nicht nur des Mordes an seinen Eltern am 3. Juli schuldig war, sondern daß er auch an allen früheren Angriffen und Belästigungen beteiligt gewesen war.

Tom saß wie erstarrt am Tisch der Verteidigung. Seine langen Haare waren jetzt oberhalb der Ohren abgeschnitten, und über seine Schultern spannte sich ein marineblaues Sportjackett. Als Mary Jones aussagte, sie habe am Morgen des 29. Juni 1974 gesehen, wie er in einem blauen Pick-up mit Plane und dem runden Emblem der Kentwood Morgan Farm auf der Tür vorbeigefahren war, schüttelte er leicht den Kopf. Er wußte, daß sich dieses Siegel nicht mehr an dem Lastwagen befand, seit Pat zwei Monate zuvor den Unfall in Stone Mountain gehabt hatte. Pats Reaktion war für die Geschworenen deutlicher zu erkennen. Sie runzelte finster die Stirn und verzog das Gesicht, während sie etwas notierte und den Zettel mit einer dramatischen Geste über den Tisch der Verteidigung Ed Garland zuschob.

Im Kreuzverhör brachte Garland Mrs. Jones zu dem Eingeständnis, daß sie den Fahrer des blauen Pick-up nicht erkannt hatte. Sie hatte auch an dem Tag des Hinterhalts nicht erwähnt, den Pick-up gesehen zu haben. Ihre jetzige Aussage stand im Widerspruch zu ihrer ersten Aussage bei der Polizei. Zuerst hatte sie sich daran erinnert, Tom am Tag *vor* dem Hinterhalt am Lake Lanier gesehen zu haben. Garland kämpfte darum, daß die Aussage von Mary Jones ausgeschlossen wurde, aber er verlor. Zum zweiten Mal in zwei Tagen beantragte er, den Prozeß für gescheitert zu erklären, und zum zweiten Mal lehnte Richter Wofford seinen Antrag ab.

Es sollte noch viele juristische Gefechte zwischen Verteidigung und Anklage im Verlauf des Prozesses geben, bei denen die Geschworenen auch gelegentlich aus dem Gerichtssaal verbannt wurden. Richter Wofford war ein angenehmer, leutseliger Jurist. Er forderte die männlichen Geschworenen auf, ihre Jacketts und sogar ihre Schuhe auszuziehen, sofern diese drückten. Aschenbecher wurden für diejenigen besorgt, die rauchen wollten. Er entschuldigte sich für die Verzögerungen und erklärte, »wenn Sie jemandem daran die Schuld geben wollen, dann dem Gericht.«

Little Carolyn Allanson war vermutlich das schwerste Geschütz der Anklage. Sie war beinahe eine Augenzeugin, und durch Fernsehkrimis schienen Aussagen von Augenzeugen unfehlbar zu sein. Carolyn hatte nie behauptet, Tom an jenem regnerischen Juliabend gesehen zu haben, aber in ihrem dritten Verhör durch George Zellner hatte sie sich daran erinnert, ihre Ex-Schwiegermutter ›Tommy! Tommy! Tommy!‹ rufen gehört zu haben. Sie war den Großteil des dritten Prozeßtages im Zeugenstand, sagte aus und wurde ins Kreuzverhör genommen.

Die Nachbarn der Allansons, die Ducketts, und Officer McBurnett waren natürlich wahre Augenzeugen für einen großen Mann, der vom Tatort flüchtete. Sie alle nagelten Tom Allanson etwas weiter fest.

Ed Garland, der durch Pats Weigerung behindert wurde, ihrem Ehemann zu erlauben, sich geringerer Verbrechen für schuldig zu bekennen, konnte nur versuchen, den Schaden zu begrenzen. Er war gut. Er entlockte McBurnett das Eingeständnis, daß er auf dem Polizeirevier einen Blick auf Tom geworfen hatte, *bevor* er ihn bei der Gegenüberstellung identifizierte. McBurnett hatte es sich, wie die meisten Polizisten von East Point, zur Gewohnheit gemacht, einen Blick in den Raum für Gegenüberstellungen zu werfen, in dem eine besonders attraktive Angestellte arbeitete. Am 6. Juni hatte Tom in dem Raum für Gegenüberstellungen gesessen, als McBurnett vorbeikam.

Mehrere der ermittelnden Polizisten hatten ihre Aufzeichnungen nicht aufgehoben oder ihre Verhöre zu schriftlichen Kurzberichten zusammengestrichen. Garland war beweglich wie ein

Fechter, der mit seinem Degen winzige Löcher in das Gewebe des Falls der Staatsanwaltschaft stach. Aber es waren eben nur winzige Löcher. Zu den Augenzeugen der Anklage gehörten ein Polizist und ein Feuerwehrmann. Beide Ducketts beschrieben den riesenhaften Mann, der an ihrem Haus vorbeilief, als die ersten Sirenen durch die Gegend am Norman Berry Drive heulten. Es wäre eine geradezu herkulische Aufgabe für jeden Verteidiger gewesen, solche Aussagen umzustürzen. Ed Garland wurde außerdem durch Pats Verhalten im Gerichtssaal behindert sowie durch ihr Beharren darauf, daß sie und nicht der Anwalt ihres Mannes entschied, wie seine Verteidigung geführt werden sollte. Wenn Pat mit dem Ablauf nicht zufrieden war, stieß sie Tom in die Rippen. Sie schien ständig am Rand der Hysterie zu schweben und lauerte auf irgendeine Gefahr für Tom. Es trieb Garland zum Wahnsinn.

Am Mittwochmorgen, 16. Oktober, bat Ed Garland mit zusammengebissenen Zähnen Richter Wofford um eine Besprechung im Richterzimmer, ohne daß die Geschworenen anwesend waren. Die Vertreter der Anklage waren anwesend, ebenso der Gerichtsstenograph.

»Herr Richter«, begann Garland, »ich halte es für nötig, meinen Ruf und die Integrität des Verhandlungsverlaufs dadurch zu erhalten, daß ich wesentliche Gegensätze zwischen der Ehefrau des Angeklagten und mir selbst feststelle, wie dieser Fall geführt werden sollte. Es gibt gewisse Zeugen, die ich nicht in den Zeugenstand rufen möchte, die ich nicht in den Zeugenstand rufen *werde* . . . aufgrund meiner Ermittlungen in diesem Fall. Es ist außerdem unmöglich, mit meinem Mandanten wirkungsvoll zu sprechen, weil er seine Frau bei sich haben will, und ich finde, daß seine Frau psychisch unstabil ist. Seine Frau beeinträchtigt sein Urteilsvermögen, was meine Gespräche mit ihm betrifft.«

Garlands Empörung war deutlich sichtbar, als er dem Richter erzählte, daß Pat bestimmen wollte, welche Zeugen aussagen sollten, außerdem beharrte sie darauf, daß Tom selbst aussagen müsse. Ein tüchtiger Strafverteidiger entscheidet sich meistens dafür, seinen Mandanten nicht in den Zeugenstand zu rufen.

Andernfalls setzt er nämlich seinen Mandanten dem Kreuzverhör des Anklägers aus, und oft tauchen dann vernichtende Fragen auf.

»Ich möchte in das Protokoll aufnehmen lassen«, fuhr Garland fort, »daß ich verlangte, sie solle während der Verhandlung außerhalb des Gerichtssaales bleiben. Sie weigerte sich, und der Angeklagte verlangte, daß sie anwesend sein durfte. Ich bin der Meinung, die beste Methode der Verteidigung gewählt zu haben. Das alles wollte ich zu Protokoll geben, Herr Richter.«

»Möchten Sie, daß ich sie herhole? Soll ich Mrs. Allanson hereinbringen lassen?«

Garland seufzte. »Ich denke, daß sie das lediglich zum Heulen und Zähneknirschen bringt.«

»Colonel Garland, ich habe die Frau des Angeklagten beobachtet – habe ihre Miene sehr genau studiert«, antwortete Richter Wofford. »Also, sie hat im Gerichtssaal keine hörbaren Bemerkungen von sich gegeben – Sie hat auch keine auffälligen Gesten gemacht – man mußte sie also schon sehr genau beobachten . . . Ich hatte in den Tagen der bisherigen Verhandlung zwar das Gefühl, daß sie sich negativ auf den Prozeßablauf auswirkt, aber sie hat sich nicht so auffällig verhalten, daß das Gericht aktiv werden könnte. Ich anerkenne, daß ihre Anwesenheit eindeutig ein Stolperstein für den harmonischen Verlauf der noch vor uns liegenden Verhandlung sein wird.«

Ed Garland, der verbissen für seinen Klienten kämpfte, war richtig in Fahrt. »Gestern hat sich etwas in Abwesenheit der Geschworenen und des Gerichts abgespielt«, schilderte er. »Ich bat sie hinauszugehen, damit ich mit Tom allein sprechen und ihn von ihrem hypnotischen Einfluß entfernen konnte. Sie ging durch den Gerichtssaal und täuschte einen Herzanfall vor, meiner Meinung nach nur, um die Aufmerksamkeit auf sich zu lenken.«

Richter Wofford nickte. Pat Allanson hatte nach Luft gerungen und war in dem Moment ohnmächtig geworden, in dem sie den Gerichtssaal verlassen hatte.

Ed Garland führte seine Erklärungen weiter aus. »Als ich versuchte, mit Tom zu sprechen und ihn ohne Störung zu beraten, damit er über alles nachdenken konnte, täuschte sie einen Herzanfall vor und verlangte, bei allen meinen Gesprächen mit ihm anwesend zu sein. Ich habe den Eindruck, daß sie nicht klar denken kann.«

In ihrem nahezu hysterischen Kampf, Tom zu retten, störte Pat weiterhin den Prozeß, aber sie schaffte es stets, gerade noch innerhalb der Grenzen dessen zu bleiben, was sich in einem Gerichtssaal schickte. Der Richter hatte vor allen Demonstrationen gewarnt, und ihr Grimassenschneiden und Flüstern blieb stets am Rand dessen, was er erlaubte, auch wenn sie sich kaum zusammennehmen konnte.

Ihre Besuche bei Tom verwirrten und beunruhigten ihn. Sie wollte, daß er aussagte. Sie warnte ihn, daß Ed Garland nicht das Richtige für ihn tat. Außerhalb des Gerichtssaals fiel Pat oft in Ohnmacht und faßte sich ans Herz. Einmal in einer Pause zeigte sie auf einen Polizisten und flüsterte Tom verzweifelt zu: »Oh, mein Gott, Tom! Dieser Mann hat mich vergewaltigt!«

Und dann fiel sie wieder in Ohnmacht.

»Was hat sie denn von mir erwartet?« fragte Tom später. »Sollte ich einen Cop direkt auf dem Korridor des Gerichtsgebäudes zusammenschlagen? Ich konnte doch überhaupt nichts machen.«

Tom Allanson stieg immer tiefer in seine ganz persönliche Hölle. Wie es jetzt lief, überlegte er, daß er wahrscheinlich für schuldig befunden und hingerichtet wurde. Wer sollte sich dann um Pat kümmern? Er war so in seine Frau verliebt, daß seine größte Sorge nicht seine eigene triste Zukunft war, sondern die ihre. Was sollte sie nur auf dieser Welt ohne ihn machen?

Ed Garland mühte sich weiter ab und hatte Pat Allanson wie einen Mühlstein am Hals. Er versuchte, ihre Beschreibung von Toms Kleidung am Mordtag ausschließen zu lassen. Es half seinem Mandanten nicht im geringsten, wenn seine eigene Ehefrau die Augenzeugen der Staatsanwaltschaft unterstützte. Garlands Einsprüche wurden abgelehnt.

Die Geschworenen sahen Dutzende von Fotos des blutbespritzten Kellers und hörten, wie Sergeant Callahan die Szene beschrieb, die er am Abend des 3. Juli vorgefunden hatte. Aber war Tom in diesem Keller gewesen? Wenn Garland Pat überzeugen konnte, Tom von dem Zeugenstand fernzuhalten, wurde der Fall von der Ballistik entschieden. Und die Ergebnisse der Ballistik waren nicht annähernd so gefühlsbeladen oder so gefährlich, wie das Toms Aussage sein konnte.

Drei Waffen hatten bei der Tat eine Rolle gespielt: ein 32er Revolver, ein brandneues Marlin-Jagdgewehr – eine richtige ›Elefantenbüchse‹, so stark wie nur möglich – und eine Schrotflinte Kaliber 20. Konnte jemand beweisen, wer welche Waffen abgefeuert hatte? Garland konnte im Kreuzverhör aufzeigen, daß Toms Hände keine Pulverrückstände bei dem Test aufgewiesen hatten und daß auf keiner der Waffen Fingerabdrücke gefunden worden waren.

Kelly Fite, Kriminalist und Mikroanalytiker des Staatlichen Kriminallabors von Georgia, wurde als Sachverständiger der Staatsanwaltschaft in den Zeugenstand gerufen. Er sagte aus, daß die Schrotpatronen, eine blaue und eine gelbe, aus der Excel-Schrotflinte stammten, aus der ›gestohlenen‹ Waffe. Sie hatte einst ungefähr zwanzig Schrotkugeln enthalten – Schrot Nr. 2, das gleiche Kaliber wie die Schrotkugeln, die man in Walter und Carolyn Allanson gefunden hatte. Der Schrot selbst stimmte überein mit dem Typ, der in den leeren Patronen verwendet worden war, obwohl Bleikügelchen – anders als Kugeln – keine eindeutigen Spuren aufweisen, anhand derer man die Waffe identifizieren kann, aus der sie abgefeuert wurden.

Fites Labortests wiesen darauf hin, daß die Schrotflinte drei Meter von Carolyn entfernt gewesen war, als sie abgefeuert wurde. Walter Allanson war aus einer Entfernung von über zwölf Metern erschossen worden, und die tödlichen Schrotkugeln waren von links nach rechts eingeschlagen. Einige Kügelchen waren abgesprungen, als sie eine Taschenlampe, die Walter bei sich trug, und die Deckenlampe trafen. Je näher sich eine Schrotflinte an einem Ziel befindet, desto kleiner ist die

Fläche des Schadens, die sie in dem Ziel – oder in dem Opfer – hinterläßt. Carolyn Allansons Wunden hatten das Zentrum in ihrem linken Brustbereich. Walters Wunden waren weit gestreut von seinem Gesicht zu seiner Hand, seinem Handgelenk und seinem Unterleib.

Fite schloß, daß nur zwei Schüsse aus der Excel-Schrotflinte in dem Allanson-Keller abgegeben worden waren, wobei einer davon Carolyn und der andere Walter getroffen hatte. Er hatte Testschüsse aus der Flinte abgegeben und dabei festgestellt, daß eine Patronenhülse sofort fünfzehn bis zwanzig Zentimeter weit nach hinten ausgeworfen wurde und dem Schützen vor die Füße fiel. Aufgrund der vorhandenen Beweismittel konnte er rekonstruieren und ziemlich genau spekulieren, was geschehen war. Jemand hatte die Schrotflinte von dem Unterschlupf aus oder direkt davor stehend abgefeuert. Jemand hatte einen Revolver in den Kriechkeller hinein abgefeuert, und zwar nicht einmal, sondern sechs- oder siebenmal. Jemand hatte das Marlin-Gewehr einmal abgefeuert – und zwar von einer Stelle nahe der Treppe aus. Fite hatte festgestellt, daß die leere Patronenhülse, die in der Nähe von Walter und Carolyn gefunden worden war, aus der Marlin 45er/70 stammte – der ›Elefantenbüchse‹ –, aber das Geschoß selbst war nicht gefunden worden.

An jenem Abend schienen in dem Keller mindestens zwei Personen geschossen zu haben. Es konnten auch drei gewesen sein. Doch wenn Tom dort gewesen war, wäre er auch fähig gewesen, seine eigenen Eltern zu ermorden? Um rachsüchtiges Verhalten aufzuzeigen, konzentrierte sich Ankläger Weller weiterhin auf die Anschläge auf Walter Allanson vor dem verhängnisvollen Abend, hauptsächlich auf den Hinterhalt am Lake Lanier, und Ed Garland kämpfte wie ein Tiger, um das aus der Verhandlung herauszuhalten. Brachte man Tom mit allen diesen Einschußlöchern in dem Kombi seiner Eltern in Verbindung, hätte ihn das nur noch tiefer hineingerissen. Weller beharrte natürlich darauf, daß der Hinterhalt nur ein Teil einer ›zusammenhängenden Aktion‹ zwischen dem 29. Juni und dem 3. Juli war. Viele Stunden lang wurde darüber diskutiert, wann das Morgan Kentwood Emblem von Tom Allansons Pick-up entfernt worden war. Tatsächlich war es seit Mai nicht mehr vorhanden gewesen, aber Zeugen aus Jones Laden beharrten noch immer darauf, am Morgen des Hinterhalts Tom in einem solchen Lastwagen gesehen zu haben. Garland wollte, daß diese falsche Identifizierung aus den Überlegungen der Geschworenen ausgeschlossen wurde, aber Richter Wofford entschied gegen ihn.

Und er verlor erneut, als er den Geschworenen die zornerfüllten Testamente von Walter und Carolyn vorenthalten wollte. Die Geschworenen hörten von diesen Testamenten in der Aussage von Mary McBride, Walter Allansons Sekretärin.

»Die Staatsanwaltschaft hat ihr Ziel erreicht«, beklagte Garland sich bei Richter Wofford. »Sie wollte den Geschworenen mit einem Vorschlaghammer auf den Kopf schlagen und dann sagen: ›Und jetzt ignoriert die Kopfschmerzen.‹ Genau so ist das hier. Man hat Pferdemist auf die Geschworenen geworfen und sie dann gebeten, ihn nicht zu riechen. Hier wurde mit Testamenten gewunken und gesagt: ›Oh, da gab es Testamente. Da muß doch ein Motiv sein. Er muß aus finanzieller Gewinnsucht getötet haben.‹«

Der vielleicht größte Fehlschlag für die Verteidigung war Ed Garlands vergeblicher Versuch, wegen Carolyn Allanson, die ihre Erinnerungen nachgebessert hatte, vom Prozeß auszuschließen. Die feste Stimme, mit der sie aussagte, vor den tödlichen Schüssen Schreie ›Tommy! Tommy! Tommy!‹ gehört zu haben, konnte sehr wohl zur Totenglocke für seinen Mandanten werden.

16. Kapitel

Die Staatsanwaltschaft schloß ihre Beweisaufnahme ab, und Ed Garland erhob sich, den Fall der Verteidigung zu präsentieren. Das sollte eine mühsame Angelegenheit werden, und er wußte das.

Garland und seine Ermittler hatten etliche Leute aufgespürt, die Tom Allanson gut kanten und die ihn am Samstag, dem 29. Juni, gesehen hatten. Die Schüsse hatten den Wagen seiner Eltern kurz nach 11 Uhr getroffen, als sie auf der Truman Mountain Road fuhren. Wenn Garland beweisen konnte, daß Tom zu diesem Zeitpunkt an einem anderen Ort gewesen war, wurde dadurch die Aussage über den Mann in dem blauen Pick-up mit dem Planenaufbau und dem Kentwood-Emblem an der Tür widerlegt. Im allerbesten Fall fand er vielleicht sogar jemanden, der Tom am Abend des 3. Juli weit vom Haus seiner Eltern entfernt gesehen hatte.

Garland begann mit dem Samstag vor dem Mordabend.

James Strickland, Tankwart bei Kayo Oil, sah Tom und Pat Allanson in seiner Tankstelle in Barnesville – ungefähr hundertvierzig Kilometer südlich vom Lake Lanier – am 29. zwischen 10 Uhr 15 und 10 Uhr 30. Sie fuhren einen blauen Lastwagen mit einem grünen Anhänger zum Beschlagen von Pferden. Strickland erinnerte sich an kein Emblem an der Tür des Lastwagens.

Bobby Jackson, ein Mann, der mit Tom mehr als zehn Jahre beim Rodeo gewesen war, hatte ihn ebenfalls am 29. Juni gesehen. Jackson war auf der auf I-20 ostwärts unterwegs zum Stiereinfangen in Madison gewesen, als er direkt östlich von Atlanta Toms Wagen mit dem Anhänger zum Beschlagen vorbeifahren sah. Er sagte aus, das wäre zwischen 12 Uhr und 12 Uhr 30 geschehen, und Tom habe die Lithonia-Ausfahrt genommen.

Edgar Milton Smith, Präsident von Voice Communications Inc. in Atlanta, hatte in Lithonia Pferde auf der Weide stehen, und Tom war dort am 29. Juni kurz nach 12 Uhr 30 eingetroffen, um sie zu beschlagen. Er war bis ungefähr 18 Uhr geblieben.

Robert Warr, Toms und Pats Nachbar in Zebulon, hatte gesehen, wie sie am 29. Juni gegen 23 Uhr heimkamen, wobei sie den blauen Pick-up mit dem grünen Anhänger zum Beschlagen fuhren.

Donald Cooper, ein möglicher Pferdekäufer, war am 29. Juni

in Kentwood gewesen und hatte Tom und Pat nicht angetroffen. Er hatte allerdings den Segeltuchaufbau des blauen Pick-up im Garten auf Blöcken stehen gesehen.

Liz Price, Pats Nachbarin und Freundin, bestätigte, daß sich das Kentwood-Morgan-Emblem nicht mehr an ihrem blauen Pick-up befunden hatte, seit Pat direkt nach ihrer Hochzeit den Unfall gehabt hatte.

Garland machte aus dem Wenigen, das er hatte, das Beste, und er hatte noch nicht einmal daran gerührt, wo Tom sich am Mordabend aufgehalten hatte. Pat hatte Garland den nächsten Zeugen gebracht, und der Verteidiger näherte sich ihm mit Vorsicht.

Der Name des Zeugen war Bill Jones, und er war in einer Spirituosenhandlung beschäftigt, die an der Cleveland Avenue und dem I-75 Freeway lag. Ja, er erinnerte sich tatsächlich, daß er Tom Allanson am Abend des 3. Juli zwölf Minuten vor 8 Uhr abends getroffen hatte, als Tom in den Laden kam und um Kleingeld bat, weil er telefonieren wollte.

»Manche Leute möchten Kleingeld für das Telefon, das draußen auf dem Parkplatz an dem Pfosten hängt«, sagte Jones aus, »aber solange ich da arbeite, hat mich noch niemand um Kleingeld für ein *Ferngespräch* gebeten. Er hat sogar noch von Zebulon, Georgia, gesprochen ... Ich erinnere mich nur daran, weil eine Frau am nächsten Abend hereingekommen ist und gefragt hat, ob an dem Abend ein Mann da war, und ich habe ihr erzählt, was passiert ist ... Sehen Sie, als er ›Telefon‹ sagte, hat es bei mir gefunkt, weil meine Frau abends auf dem Sofa einschläft – so ungefähr um 8 Uhr. Ich muß sie um 8 Uhr anrufen ... Als er ›Telefon‹ sagte, da habe ich auf meine Uhr gesehen.«

Der redselige Mr. Jones schätzte, daß sein Laden ungefähr drei Kilometer vom Norman Berry Drive in East Point entfernt war.

Der Ankläger nahm Mr. Jones auseinander. Weller brachte ihn im Kreuzverhör zu dem Eingeständnis, er habe Sergeant Callahan gesagt, Tom wäre in dem Laden um 16 Uhr 30 gewesen, aber später habe er einem Privatdetektiv gesagt, er wisse nicht, ob Tom um 7 oder 8 Uhr da war – oder vielleicht sogar um 9 Uhr. Jones erinnerte sich, nachdem er dazu gedrängt worden war, daß Pat Allanson ihn mindestens dreimal in der Spirituosenhandlung besucht hatte, und danach hatte er mehrfach Beusche von Detektiven der Verteidigung erhalten. Er stritt heftig ab, im *Atlanta Journal* gesehen zu haben, daß für Informationen eine Belohnung ausgeschrieben worden war.

Er war kein glaubhafter Zeuge – zweifellos einer von ›Pats Zeugen‹, von denen Ed Garland Richter Wofford erklärt hatte, er wolle sie nicht in den Zeugenstand rufen. Allerdings war er der *einzige* Zeuge, der Tom weitab vom Tatort gesehen hatte. Aber er war alles andere als beeindruckend.

Mrs. Clifford B. Radcliffe war dagegen beeindruckend. Makellos gekleidet, ihre schönen grauen Haare perfekt frisiert, so betrat sie anmutig den Zeugenstand. Ed Garland näherte sich ihr lächelnd. »Welchen Beruf übt Ihr Mann aus?«

»Mein Mann ist bei der Bundesregierung in einem Zweig tätig, der mit der Sicherheit zu tun hat. Er ist Oberstleutnant im Ruhestand.«

»Er ist heute hier, nicht wahr?«

»Ja, er ist hier.« Sie lächelte heiter.

»Hier im Saal?«

»Ja.«

»Der Mann, der soeben seine Brille abgenommen hat?«

»Der distinguierteste Mann im Gerichtssaal«, erwiderte Margueritte stolz.

Garland hatte zugelassen, daß sie ein wenig zu weit ging. Er wollte, daß die Geschworenen sahen, was für feine Leute die Radcliffes waren, aber die Geschworenen sollten von ihnen nicht den Eindruck bekommen, daß sie päpstlicher als der Papst waren. Rasch wechselte er das Thema. »Gut, Mrs. Radcliffe, ist Ihre Tochter im Gerichtssaal anwesend?«

»Ja, das ist sie.«

»Ist sie die Ehefrau des Angeklagten?«

»Das ist richtig. Das ist unsere Tochter.«

Garland sprach rasch weiter, ehe die Zeugin erklären konnte, daß Pat ›die schönste Frau im Gerichtssaal‹ war.

Margureitte widersprach der lächerlichen Behauptung, der Lastwagen der Allansons habe *jemals* ein Emblem gehabt wie jenes, das die Zeugen vom Lake Lanier beschrieben hatten. Danach bestätigte sie, daß Pat und Tom am 29. Juni zum Abendessen zu ihr gekommen und von da zu Nona und Paw gerufen worden waren.

Garland sprang zu dem Abend des 3. Juli. Margureitte sagte aus, daß Pat sie gegen 19 Uhr 30 krank vor Sorge angerufen hatte. »Ich versprach ihr, daß ihr Vater und ich sofort zu ihr kommen würden. Sie sollte genau da bleiben, wo sie war ... Ich sagte ihr, sie sollte auf dem Parkplatz des King-Bürogebäudes warten und ein Stück von dem Gebäude entfernt parken ... Wir würden hinkommen, und wir sind hingekommen.«

Garland wechselte zu Margureittes zwei seltsamen und angsteinflößenden Zusammentreffen mit Walter Allanson. Bill Weller erhob Einspruch. »Euer Ehren, ich habe den Eindruck, daß wir es hier ausschließlich mit Hörensagen zu tun haben ... Es ist sehr schade, daß ich den armen Mr. Allanson nicht hier erscheinen und erklären lassen kann, was er gesagt und was er nicht gesagt hat – aber ich befinde mich nun einmal in einer besonderen Lage ... Euer Ehren, wenn der Verteidiger sich mit Hörensagen über einen Mann beschäftigen darf, der zwei Meter unter der Erde liegt, dann kann ich ebenfalls auf Hörensagen eingehen.«

Richter Wofford weigerte sich, mit einem der beiden Anwälte irgendein Geschäft über zukünftige Entscheidungen seinerseits einzugehen. Er nickte Garland zu, der daraufhin die Zeugin fragte, was Walter Allanson zu ihr gesagt hatte.

Margureitte schlug einen dramatischen Ton an, als sie sich an das letzte Zusammentreffen mit dem Opfer erinnerte. »Er sagte: ›Ich glaube, an diesem Wochenende wird alles vorbei sein. Dann wird Tommy entweder im Gefängnis oder tot sein.‹ Ich hatte Angst.«

»Sagte er irgend etwas auf Ihre Erklärung hin, Tommy habe es (den Hinterhalt) nicht getan? Sagte er, es könne irgend jemand anderer getan haben?«

»Euer Ehren«, erhob Weller Einspruch. »Ich denke, wir beeinflussen hier ein wenig die Zeugin.«

Garland lächelte reuevoll. »Ich denke, das tun wir, Euer Ehren.«

Bill Weller befragte die Schwiegermutter des Angeklagten. Selbst im Kreuzverhör war Margureitte Radcliffe eine höchst entgegenkommende Zeugin. Allerdings wurde sie von zitierten Äußerungen irritiert, die sie angeblich in ihrem Gespräch vom 6. Juli mit Detective Zellner gemacht hatte. Selbst als man ihr erklärte, die Zitate stammten direkt aus einer Abschrift von einer Tonbandaufzeichnung, war sie sicher, daß diese Worte hinzugefügt worden waren oder daß man etwas weggelassen hatte. Ein Vergleich mit dem Originalband zeigte keine solchen Veränderungen. »An dem Abend, als Pat Sie anrief, hatte sie keine Ahnung, wo ihr Mann Tom zu diesem Zeitpunkt war?«

»Sie sagte, er habe mit seiner Mutter sprechen wollen«, erwiderte Margureitte.

»Oh, das hat sie Ihnen gesagt?« Weller klang überrascht.

»Ja.«

»Sie sagte Ihnen, er wäre gegangen, um ...«

»Er wäre dorthin gegangen ... Ich hatte Angst.«

Garland kämpfte dagegen mit Einsprüchen wegen Hörensagens, denen stattgegeben wurde.

»Also, Mrs. Radcliffe«, fuhr Weller fort. »Tom Allansons Scheidung von seiner zweiten Frau Carolyn wurde am 9. Mai 1974 ausgesprochen, nicht wahr?«

»Meines Wissens nach ja, Sir.«

»Und sie (Tom und Pat) heirateten wann? Ende Mai 1974?« Weller führte die Zeugin glatt in eine Falle.

»Sie heirateten am Abend des 9. Mai.«

»Oh, sie heirateten am Abend des Tages, an dem die Scheidung wirksam wurde?«

»Das ist richtig.« Margureitte setzte sich etwas gerader auf und fixierte den Ankläger mit einem dünnen Lächeln.

»Nun, ist es nicht eine Tatsache, daß Mr. und Mrs. Allanson Ihre Tochter nicht akzeptierten?«

»Ich weiß es nicht. Die beiden kannten sie nicht.«

»Also, das sagte ich nicht. Ich sagte, daß sie Ihre Tochter nicht als Schwiegertochter *akzeptierten*, nicht wahr?«

»Er sagte, daß ... daß er keinen Sohn habe. Wie also konnte er dann eine Schwiegertochter haben?«

»Richtig, Ma'am.«

»Na also!« Margureitte richtete ihren Blick triumphierend auf den getadelt wirkenden Weller. Im Kreuzverhör war sie eine katastrophale Zeugin. Sie bot zu viele Informationen an und gab sich überheblich. Unter dem Strich wäre Garland besser ohne Margureittes Aussage gefahren. Sie half dem Ankläger mehr als ihm.

Es war ein langer Tag gewesen, dieser vierte Verhandlungstag, und Richter Wofford schickte die Geschworenen um 18 Uhr weg. Ed Garland beantragte erneut, den Prozeß für gescheitert zu erklären, und erneut wurde sein Antrag abgelehnt. Natürlich erhöhte jeder Antrag die Wahrscheinlichkeit, daß später dem Antrag auf einen neuen Prozeß stattgegeben wurde. Garland war ein schlauer Anwalt. Er wußte genau, was er tat. Nachdem die Geschworenen heimgegangen waren, kämpften die Anwälte noch lange hinter verschlossenen Türen um juristische Punkte.

Am Morgen des Freitags, 18. Oktober, war der erste Zeuge Fred Benso, ein Schmied und langjähriger Freund von Tom Allanson. Garland hoffte, er werde Zweifel auf Toms Identifizierung während der Gegenüberstellung bei der Polizei drei Tage nach den Morden werfen. Benson hatte sich am 6. Juli freiwillig in die Reihe gestellt. Er erklärte den Grund. »Ich wollte Tom besuchen, und Detective Thornhill war wirklich nett – er führte mich nach hinten zu der Zelle, damit ich mit Tom sprechen konnte ... Und da waren alle diese Polizisten drinnen (in dem Revier) ... und sie bereiteten eine Reihe von Verdächtigen auf Identifizierung vor. Sie brachten diese beiden Jungen, die einen Wagen gestohlen hatten. Das waren vielleicht winzige Kerle, und die sahen kriminell aus, richtig kriminell, mit Schnurrbärten.«

»Sie wollen doch nicht sagen, nur weil sie Schnurrbärte hatten ...«, fiel Garland ihm rasch ins Wort. Mehrere Geschworene trugen Schnurrbärte.

»Sie wissen schon, was ich sagen will. Sie sahen Tom überhaupt nicht ähnlich. Wenn Sie Tom gesehen haben, der ist vier Meter groß. Der einzige Mann auf der Welt, zu dem ich aufsehen muß.«

Zwei andere Männer in der Reihe waren Feuerwehrmänner, die nur T-Shirts und Hose trugen. Benson bot an, sich in die Reihe zu stellen, damit Tom eine bessere Chance hatte. Er war auch ein großer Mann, und er dachte, er würde sich von diesen winzigen Kerlen abheben, die kriminell aussahen.

Benson hatte auch Toms Exfrau viele Jahre gekannt, und Garland entlockte ihm seine Meinung über sie. »Mr. Benson«, fragte er. »Soweit Sie Carolyn Allanson aus Athens, Georgia, kennen ... Haben Sie gehört, was die Leute allgemein über ihre Wahrhaftigkeit und Ehrlichkeit sagen?«

»Fast jeder in Athens ...«

»Antworten Sie mit ja oder nein.«

»Ja, Sir.«

»War dieser Ruf gut oder schlecht?«

»Er war sehr schlecht.«

»Und wenn Sie sich nach diesem Ruf richten, würden Sie ihrer eidlichen Aussage glauben?«

»Ich würde ihr nicht einmal glauben, wenn sie auf einem Stapel Bibeln steht. Ich sagte zu Tom ...« Benson lief allmählich richtig warm.

»Beantworten Sie nur die Fragen«, bremste Garland ihn. »Ihr Zeuge!«

Weller entließ Toms Kollegen sehr schnell. Fred Benson wandte sich mit bedauernder Miene an den Richter. »Euer Ehren, ich bin gar nicht dazu gekommen, alles zu sagen, was ich sagen wollte ...«

»Sie haben alles gesagt, was man Ihnen zu sagen erlaubt«, erklärte Richter Wofford.

Garland fuhr mit seiner Strategie fort, Zweifel auf Toms Identifizierung bei der Gegenüberstellung zu werfen, und rief Hugh Maples in den Zeugenstand, einen Privatdetektiv, der für die Verteidigung arbeitete. Er erinnerte sich an die zirkusartige Atmosphäre, die an diesem Wochenende des 4. Juli auf dem Revier von East Point geherrscht hatte.

»Waren Sie im Gefängnis von East Point bei Tom Allanson, als da auch ein entkleidetes Hippiemädchen war?«

Die Geschworenen warfen sich gegenseitig Blicke zu. Täglich schien es ein oder zwei Überraschungen bei den Zeugenaussagen zu geben.

»Ja, Sir.«

»Erzählen Sie den Geschworenen von diesem Vorfall.«

»Das war an einem Samstag. Vor der Gegenüberstellung ... Pat war da und sprach mit Tom. Polizeichef Godfrey sprach am anderen Ende des Korridors mit diesem Hippiemädchen ... Sie hatte gerade geduscht und klagte darüber, daß keine Handtücher da waren.«

»Wie war sie bekleidet?«

»Sie war gar nicht bekleidet.«

»Hat das die Aufmerksamkeit der Polizisten erregt?«

Mehrere Geschworene lächelten, und ein paar Zuschauer lachten leise.

»Und wie! Ja, Sir ... Detective Zellner blickte um die Ecke. Er rief jemandem zu, er solle herkommen, und ich drehte mich um und sah, daß es Officer McBurnett war.«

»Und konnte Officer McBurnett den Angeklagten, Tom Allanson, sehen?«

»Ja, Sir.«

Garland beendete hier die Befragung. Hatten die Geschworenen begriffen, daß dieser erste Blick auf Tom die spätere Identifizierung durch McBurnett bei der Gegenüberstellung beeinflußt hatte?

Ed Garland fühlte in den Knochen, daß Pat eine Geschichte zusammengebraut hatte, die Tom erzählen sollte und von der sie dachte, daß sie besser ankam als alles, was er sagen mochte. Garland wollte Tom nicht im Zeugenstand haben, und er wollte ganz sicher Pat nicht in den Zeugenstand rufen. Sie war emotional so unstabil, daß man nicht vorhersagen konnte, was sie tun würde. Garland blieb daher nur eine Verteidigung, die lediglich am Rand der Fragen knabberte, die den Geschworenen in den Köpfen umgingen.

Bill Weller machte ständig sarkastische Anspielungen darauf, daß die meisten von Toms Zeugen ›Pferdeleute‹ waren, als würden sie deshalb automatisch für ihn lügen. Bill Jones, der Augenzeuge aus der Spirituosenhandlung, war als Zeuge der Verteidigung ziemlich schlecht weggekommen. Also konnte Garland nur auf der Gegenüberstellung und auf Carolyn Allansons schlechtem Ruf, was Ehrlichkeit anging, herumhacken.

Nichts davon reichte aus, um gegen eine Anklage wegen Doppelmordes zu kämpfen.

Es war still im Gerichtssaal, als ein alter Mann in den Zeugenstand trat. Walter Allanson – Paw – war gekommen, um für seinen Enkel in einem Mordprozeß auszusagen, in dem sein eigener Sohn und seine Schwiegertochter die Opfer waren. Er hatte Tommy seit dem Tag seiner Geburt geliebt. Er wirkte nicht wie ein sentimentaler Mann. Er wirkte eher wie ein wettergegerbter alter Kerl, in dessen Gesicht sich keine erkennbaren Gefühle zeigten.

»Mr. Allanson«, fragte Garland, »bekamen Sie einmal einen Anruf von Carolyn Allanson?«

»Ja.«

»Wann hat Carolyn Allanson Sie angerufen?«

»Ungefähr vor sechs Wochen.«

»Was sagte sie zu Ihnen?«

»Sie wollte zu mir kommen, aber ich habe Besuch erwartet. Ich habe sie gebeten, erst am Sonntag zu kommen. Dann haben wir geredet, und dabei sagte sie mir, daß sie Tom liebte, und ich habe sie gefragt, wie sich die Morde in dem Haus abgespielt haben. Sie sagte: ›Mutter Allanson ist getötet worden.‹ So nannte sie ihre Schwiegermutter, wissen Sie, und dann sagte sie: ›Aber wir wollten nicht, daß Walter getötet wird ...«

Was konnte sie damit gemeint haben? Daß es ein Komplott gegeben hatte, ihre Schwiegermutter zu töten, und daß ihr Schwiegervater aus Versehen getötet worden war? Es war kaum anzunehmen, daß die junge Carolyn eine Affäre mit dem Vater ihres Mannes hatte, wie Margureitte angedeutet hatte. War dies lediglich die Aussage eines sehr alten Mannes, der alles tun würde, um seinen Enkel zu retten? Durchaus möglich. Paw hatte nichts mehr über Carolyn zu sagen, und die Geschworenen schienen aus seiner Aussage keine weiteren pikanten Schlüsse zu ziehen.

Weller schien zu denken, daß der alte Mann etwas erfand. »Mr. Allanson«, begann er das Kreuzverhör. »Sie wollen alles tun, um Ihrem Enkel zu helfen, nicht wahr?«

»Ich will der Welt gegenüber fair sein.«

»Ja, Sir. Sie wollen ihm helfen und alles tun, was in Ihrer Macht steht?«

»Wenn ihm etwas hilft, dann ist es, daß ich die Wahrheit sage.«

»Und«, fragte der Ankläger, »es ist Ihre Einstellung, daß die Toten tot sind und die Lebenden noch immer hier sind, nicht wahr?«

»Ja.«

»Keine weiteren Fragen.«

In der Befragung nach dem Kreuzverhör erkundigte Garland sich nach Paws Meinung über Toms Gewalttätigkeit.

»Ich kenne ihn, und er ist ein anständiger, ehrlicher Junge«, antwortete er.

»Warten Sie einen Moment. Ich fragte nach seinem Ruf, was Friedfertigkeit angeht.«

»Gut.« Paw hielt nichts von überflüssigen Worten.

Während Paws Befragung war es Bill Weller gelungen, zum dritten Mal in der Verhandlung die Information ins Protokoll aufnehmen zu lassen, daß Tom Allanson ein Experte im schnellen Ziehen einer Waffe war. Er hatte, wie der Ankläger behauptete, sich einmal ins Bein geschossen, als er am College übte. Paw Allanson bestätigte, daß Tom ›recht schnell ziehen‹ konnte.

Nona Allanson, die nach einem Schlaganfall kaum sprechen konnte, kam im Rollstuhl in den Gerichtssaal. Sie sagte aus, sie habe gehört, wie ihr Sohn Walter gedroht hatte, ihren Enkel zu töten.

»Haben Sie das Ihrem Enkel gesagt?«

»Ja, das habe ich ihm gesagt.«

Weller hatte keine Fragen. Anwälte machen selten Punkte bei den Geschworenen, wenn sie eine dermaßen verletzbare Zeugin ins Kreuzverhör nehmen.

Die lange Woche der Zeugenaussagen war vorüber. Als nächstes sollten die Zusammenfassungen kommen. Die Geschworenen sollten weder Tom noch Pat Allanson sprechen hören. Sie hatten gesehen, wie die beiden miteinander umgingen, hatten gesehen, wie die hübsche Frau leidenschaftlich mit ihrem Mann und seinen Anwälten flüsterte, hatten gesehen, wie der Angeklagte sie mit sehnsüchtigen Blicken verschlang. Die Geschworenen hatten nicht gesehen, wie Tom und Pat sich in den Verhandlungspausen küßten und festhielten, aber sie hatten die sexuelle Spannung zwischen den beiden gefühlt. Sie waren neugierig geworden und wünschten sich zweifellos, Tom und Pat hätten ausgesagt. Vieles blieb in diesem Fall ungeklärt. Aber beide Seiten waren von äußerst fähigen Anwälten vertreten gewesen, und jetzt war es Zeit für die Schlußplädoyers.

Bill Weller behauptete, Tom Allanson habe seine Eltern bewußt getötet. »Alles deutet auf ihn. Der Fall bietet keine andere vernünftige Erklärung. Die einzige vernünftige Erklärung ist, daß dieser Mann kaltblütig seine Mutter und seinen Vater ermordet hat. Er ist der einzige mit einem Motiv. In diesem Fall taucht kein Phantom auf.«

Weller wagte sich so weit, wie er das nach dem Gesetz machen konnte, vor, um Pat Allanson als Komplizin zu benennen. Sie war keines Verbrechens angeklagt worden, weil die Staatsanwaltschaft nicht wußte, wie sie in das Bild paßte – falls überhaupt. Weller stellte die Fragen, die sich die Mitarbeiter der Staatsanwaltschaft untereinander gestellt hatten.

»Wieso ist sie achtzig oder neunzig Kilometer von Zebulon entfernt um das Haus der Allansons herumgefahren – wenn nicht, um Tom abzusetzen, damit er seine Tat ausführen konnte? Ist sie das Haar in der Suppe? Ist sie die zurückgewiesene Frau, die von den Eltern nicht akzeptiert wurde, weil es eine andere Schwiegertochter und zwei Kinder gab? Und dieses ständige Sticheln – das ständige Sticheln – und das Jammern . . . daß sich jemand vor ihr entblößt hat! Aber hier ist sie, eine erwachsene Frau . . . Stets hört man einen Zeugen sagen: ›Ja, sie war bei ihm.‹ . . . Diese Frau ist überall. Sie ist hier und wartet auf ihn. Sie ist dort. Sie fährt um das Haus herum. Er geht nach Zebulon zu Fuß. Sie ist gleich nebenan und sucht ihn eine halbe Stunde zuvor bei dem Haus seiner Großmutter.«

Weller erinnerte die Geschworenen daran, daß Tom auf dem Norman Berry Drive gesehen worden war.

»Drei Augenzeugen . . . Dieser Polizist sah ihm drei- oder viermal direkt ins Gesicht. Mr. und Mrs. Duckett sahen, wie ihn der Streifenwagen die Straße entlang verfolgte. Sie haben ihn beschrieben, Jeans, Boots, Tarzanhaare, bräunliches Hemd – oder braungrün, alles der gleiche Farbton.« Weller beendete seine Zusammenfassung mit der Bitte an die Geschworenen, einfach die Fakten zusammenzuzählen. Es wäre alles Nötige für ein Urteil vorhanden.

Ed Garland behauptete in seinem Schlußplädoyer, daß die Vorwürfe gegen Tom Allanson nicht mit moralischer Sicherheit bewiesen worden waren, und diese Sicherheit wäre für einen Schuldspruch nötig. »Darum geht es in diesem Fall. Hier gibt es keine moralische Sicherheit. Es gibt kein festes Beweisstück, auf das Sie zeigen und sagen können, ja, tatsächlich, in diesem Fall hat dieser Angeklagte diese Waffe abgefeuert und zwei Menschen getötet. Diesen Beweis gibt es nicht. Es gibt hier eine Vermutung und dort eine Spekulation. Aber es gibt einen eindeutigen Beweis für das Gegenteil, nämlich, daß am 29. Juni ein anderer geschossen hat . . . Es gibt keinen einzigen Beweis, daß dieser Angeklagte in diesem Keller war – keinen einzigen – und bei einem Schuldspruch müssen Sie spekulieren – Sie müssen etwas vermuten . . . In diesem Fall haben Sie es mit Indizien zu tun. Mit vielen kleinen Indizien. Das Gesetz verlangt aber, daß die Indizien jede andere vernünftige Theorie ausschließen – ausschließen müssen!«

Das war richtig. Es gab keinen Beweis, der Tom mit diesem Keller, der zum Leichenhaus geworden war, in Verbindung brachte.

»Es gibt diesen Beweis einfach nicht«, fuhr Garland fort. Gab es einen Stiefelabdruck? Einen blutigen Stiefelabdruck in diesem Keller, wo der Mann in einer Blutlache lag? Jemand mußte doch mitten durch dieses Blut hindurchgehen. Gab es auch nur den winzigsten Blutstropfen an irgendeinem Kleidungsstück dieses Angeklagten? Die Polizei fuhr zu seinem Haus und verhaftete ihn. Die Polizei fand kein Blut, und somit taucht ein berechtigter Zweifel auf . . . »Wenn Sie die Anforderungen des Gesetzes erfüllen, dann werden Sie in diesem Fall das Urteil nicht schuldig sprechen, weil es Hunderte von berechtigten Zweifeln gibt.«

Ed Garland senkte bei den letzten Sätzen seines Schlußplädoyers seine Stimme. Er durfte danach nicht mehr sprechen. Bill Weller dagegen schon. Die Beweislast liegt immer bei der Staatsanwaltschaft, und der Ankläger darf noch einmal sprechen, wenn die Verteidigung geendet hat.

»Ich bitte Sie um das Urteil nicht schuldig«, sagte Garland. »In diesem Fall, der nicht bewiesen wurde, bitte ich Sie, Ihre Pflicht als Geschworene zu erfüllen . . . und ein Urteil zu sprechen, das besagt, daß in diesem Fall die Beweise fehlen! Ich vertraue Ihnen nun Tom Allansons Leben an. Bitte, gehen Sie damit sorgfältig um!«

In seiner Widerlegung nahm Weller den Fall der Staatsanwaltschaft Schritt für Schritt durch und versicherte, daß der Angeklagte die Kellertür seiner Eltern aufgebrochen und dann kaltblütig gewartet hatte, bis sie heimkamen, damit er sie ermorden konnte. Es war ein gutes und plausibles Plädoyer, und Weller sprach überzeugend. »Ich möchte etwas aus der Schrift zitieren, aus dem Buch der Sprüche, und ich entlasse Sie damit«, schloß Weller. »›Derjenige, der Vater und Mutter verflucht, dessen Licht soll inmitten der Dunkelheit ausgelöscht werden.‹«

Die Geschworenen konnten Tom schuldig des Mordes finden; sie konnten ihn nicht schuldig des Mordes, aber schuldig des vorsätzlichen Totschlags finden; oder sie konnten ihn nicht schuldig finden. Bei einer solchen zwei Punkte umfassenden Anklage wie dieser mußten sie ein separates Urteil zu jedem Anklagepunkt sprechen.

Die Geschworenen zogen sich am Freitag, dem 18. Oktober, um 18 Uhr, zur Beratung zurück. Um 20 Uhr 27 riefen sie im Gerichtssaal an und baten darum, vor dem Gericht erscheinen zu dürfen. Richter Wofford glaubte, sie hätten eine Frage. Doch es ging nicht um eine Frage. Joseph Thakston, der Buchhalter, war von den anderen Geschworenen zu ihrem Obmann gewählt worden. Er sagte: »Wir haben eine Entscheidung gefällt, Euer Ehren.«

»Tatsächlich?«

»Ja, Sir.«

Richter Wofford schickte die Geschworenen sofort wieder in den Beratungsraum zurück und rief Ed Garland und Bill Weller an. Keiner hatte so schnell mit einem Urteil gerechnet. Tom wurde aus dem Gefängnis herübergebracht, und Colonel und Margureitte stützten Pat, als sie den Gerichtssaal betraten.

Um 20 Uhr 44 waren alle Hauptpersonen anwesend. Pat starrte hoffnungsvoll die Geschworenen an.

»Herr Obmann«, fragte Richter Wofford, »haben die Geschworenen ein Urteil gefällt?«

»Ja, Euer Ehren.«

»Mr. Weller, wollen Sie das Urteil entgegennehmen und bekanntgeben, und Mr. Allanson, wollen Sie und Ihr Anwalt sich erheben und die Geschworenen ansehen?«

Stellvertretender Staatsanwalt Weller entfaltete das Stück Papier und begann zu lesen. »Datiert 18. Oktober 1974. Wir, die Geschworenen, befinden *für* den Angeklagten . . .«

Tom seufzte erleichtert auf, und Ed Garland begann zu lächeln – aber kaum lange genug, um Atem zu holen.

Weller las weiter. »Wir, die Geschworenen, befinden für den Angeklagten *schuldig* in beiden Mordanklagen . . .« Die Geschworenen hatten sich falsch ausgedrückt. Sie hatten Tom für schuldig befunden, aber der Ausdruck ›befinden für den Angeklagten‹ bedeutete natürlich, daß er freigesprochen worden war. Die Erleichterung und die nachfolgende Enttäuschung waren grausam.

»Sie ziehen sich in den Beratungsraum zurück und korrigieren Ihr Urteil«, erklärte Richter Wofford den Geschworenen.

»Es muß heißen ›Wir, die Geschworenen, befinden den Angeklagten für schuldig.‹ Sie haben die falschen Worte gewählt.«

Die Geschworenen kehrten mit dem korrigierten Urteil zurück.

Ed Garland bat um Einzelabstimmung durch die Geschworenen. Tom stand wie versteinert da, weiß wie Schnee, und zeigte überhaupt keine Gefühlsregung. Pat betrachtete die Geschworenen absolut ungläubig. Ihr Kinn bebte, und ihre Augen füllten sich mit Tränen. Als jeder Geschworene laut das Wort ›schuldig‹ aussprach, schwankte sie, als würde sie jeden Moment zusammenbrechen.

Die Justiz von Georgia war schnell. Es gab kein Warten auf das Strafmaß. Tom Allanson sollte sein Schicksal erfahren, noch bevor er den Gerichtssaal verließ. Er konnte zum Tod verurteilt werden – zweimal. Jetzt drohte ihm der elektrische Stuhl.

Weller bat darum, zu dem Gericht sprechen zu dürfen. Alle, die ihm zuhörten, erwarteten, daß er die Todesstrafe forderte. Statt dessen erklärte er: »Ich habe mit den Angehörigen des verstorbenen Mr. Allanson gesprochen und kann meiner Meinung nach erklären, daß sie wegen der emotionalen Bindung zwischen dem Angeklagten und seinen Eltern nicht wünschen, daß die Staatsanwaltschaft in diesem Fall die Todesstrafe fordert. Wegen der Wünsche der Angehörigen verzichtet die Staatsanwaltschaft auf die Todesstrafe und bittet das Gericht, die Geschworenen anzuweisen, den Angeklagten zu zweimal lebenslanger Haft, gleichzeitig zu verbüßen, zu verurteilen.«

Kurz darauf reichte der Obmann Thackston das Urteil an Bill Weller weiter. Auf Anweisung des Richters hatte er hastig mit der Hand die Worte geschrieben, die Tom Allansons Zukunft vorzeichneten.

»Euer Ehren, soll ich das Urteil veröffentlichen?«

»Ja, bitte, Mr. Weller.«

»Wir, die Geschworenen«, verlas Weller, »setzen das Strafmaß für den Angeklagten auf lebenslange Haft in beiden Anklagepunkten fest, wobei das Strafmaß unter Punkt zwei gleichzeitig mit dem Strafmaß unter Punkt eins zu verbüßen ist.«

Tom und Ed Garland standen vor Richter Wofford, als dieser das Urteil noch einmal verlas. »Es ist hiermit das Urteil dieses Gerichts, daß Ihr Strafmaß festgesetzt wird auf lebenslange Haft für Punkt eins der Anklage Nr. A-22765, und gleichzeitig ist zu verbüßen eine lebenslange Haft für Punkt zwei der Anklage Nr. A-22765, und möge Gottes Liebe bei Ihnen sein, jetzt und in Zukunft. Die Verhandlung ist hiermit geschlossen.«

Es war 21 Uhr, nur sechzehn Minuten seit sie alle hier zusammengerufen worden waren.

Pat warf sich in Toms Arme und küßte ihn auf den Mund und klammerte sich verzweifelt an ihn, bis Deputies sich dazwischendrängten, Tom Handschellen anlegten und ihn wegführten.

»Tom?« rief sie ihm nach, und er blieb stehen und blickte zu ihr in nackter Verzweiflung zurück.

Sie warf ihm einen Kuß zu. »Sehe ich dich morgen?«

Er nickte.

»Gut.« Pat lächelte strahlend – um Toms willen.

Margureitte, die in der ersten Reihe des Zuschauerraums saß, rief: »Ich liebe dich, Tommy!«

Er war so dankbar gewesen, als er mit Pat und den Radcliffes in Kontakt gekommen war und sie ihn in ihrem Haus und ihren Herzen willkommen geheißen hatten. Sie hatten sein Leben verändert. Wie hatte alles so schrecklich schiefgehen können?

Dem Buchstaben des Gesetzes nach kam Tom in sieben Jahren für eine bedingte Haftentlassung in Frage. Das spielte jedoch keine Rolle. Sieben Jahre ohne Pat waren wie tausend Jahre ohne Luft. Er stemmte sich leicht gegen seine Handschellen, als er darum kämpfte, noch einen Blick auf sie zu werfen. Hätte Tom gewollt, hätte er die Deputies gegen die Wand schleudern können, aber das kam ihm gar nicht in den Sinn. Er sah Pat nach, wie sie von ihren Eltern gestützt aus dem Gerichtssaal ging, und ließ sich dann von seinen Wächtern wegführen.

Tom wußte nicht, daß Richter Wofford von der Richterbank

heruntergekommen war, um mit den Radcliffes und Pats Tochter Susan zu sprechen. Susan Alford hatte ihre Tränen weggewischt und zugehört, als der Richter sie alle tröstete. »Wissen Sie, es ist wirklich traurig, Mr. und Mrs. Radcliffe. Dieser Junge hat keine faire Chance bekommen. Dieser Junge war ganz sicher an dem Mordtag in dem Keller. Irgend etwas ist da passiert. Vielleicht ein schrecklicher Streit. Aber das war keine vorgeplante Tat. Warum, um alles in der Welt, ist dieser Prozeß denn nicht anders in Angriff genommen worden?«

Richter Wofford wiederholte nur die unausgesprochenen Fragen, die jedem auf der Zunge lagen. Wie konnte es dazu kommen, daß ein richtig netter Junge wie Tommy Allanson zur Verbüßung einer lebenslangen Haft für die kaltblütige Ermordung seiner eigenen Eltern ins Gefängnis unterwegs war? Wie konnte es dazu kommen, daß die perfekte Liebe, die er endlich bei seiner Pat gefunden hatte, in Tod und Verzweiflung endete?

TEIL 3

PAT

17. Kapitel

Mary Linda Patricia Vann war der Name, den man ihr bei ihrer Geburt gab. Sie sollte in ihrem Leben viele Namen haben. Patricia oder vielmehr Pat war der einzige Name, der blieb. Sie wurde in einer Südstaatenfamilie geboren, deren Wurzeln so tief in der Erde verankert waren, daß kein Hurrikan eines Skandals sie losreißen konnte.

Sie war eine Siler. Und die Silers kümmerten sich um ihre Leute. Sie waren die Silers, nach denen Siler City, North Carolina, benannt war. Ihr Großvater mütterlicherseit war Tasso Wirt Siler, geboren am 3. November 1879. Er studierte, um lutherischer Geistlicher zu werden, wechselte jedoch das religiöse Bekenntnis und wurde statt dessen ein glühender Baptistenprediger. Er war ein großer, kräftiger Mann mit einem weit offenen Verstand und einem freundlichen Herzen. Seine dichten weißen Haare kämmte er ohne Scheitel streng zurück und trug runde Gläser mit Drahtgestell. Tasso Siler war in der eng zusammengerückten Gemeinde, in der er diente, hoch angesehen. Er war ein wirklich guter Mann.

1900 heiratete Tasso Siler mit einundzwanzig Jahren Mary Vallie Phillips, fünf Jahre jünger als er. Sie war ein schlankes, ätherisches, hübsches Mädchen, das zu zerbrechlich wirkte, um ihrem Ehemann und ihrem Gott als Ehefrau eines Predigers dienen zu können. Mary Siler zeigte selten ihre tiefsten persönlichen Gefühle. Statt dessen nahm sie Zuflucht zu optimistischen Sprüchen und Gedichten und zu ihrem Tagebuch. ›Wir waren so glücklich‹, schrieb sie von ihren Tagen als Braut. ›Unser Leben schien in der Zukunft nicht traurig werden zu können. Doch es ist gut, daß die Menschen nicht in die Zukunft blicken können, sonst würden einige von uns aufgeben.‹

In den mehr als fünfzig gemeinsamen Jahren lebte das Ehepaar Siler in unzähligen Pfarren um Wilmington und Warsaw, North Carolina. Mary war pflichtbewußt, hingebungsvoll und fruchtbar. Sie brachte dreizehn Kinder zur Welt. Die Mädchen, die später von einer respektlosen jüngeren Generation die ›Righteous Sisters‹* genannt wurden, waren Edna Earl, Swannie Lee, Florence Elizabeth, Alma Mehetibel, Mary Louise, Thelma Blanche, Myrtle Margureitte – später nur Margureitte genannt – und Agnes Fay. Die Jungen hießen Mark Hanna, Wade Hampton, Robert Winship und Floyd Frazier. Mark starb als Kind, desgleichen ein Mädchen, das noch keinen Namen erhalten hatte. Als das Gehalt eines Geistlichen nicht ausreichte, um noch mehr Kinder zu ernähren, wählten die Silers die einzige Empfängnisverhütung, die ihnen in den zwanziger Jahren zur Verfügung stand. Mary zog in ein getrenntes Schlafzimmer, und ihre ehelichen Freuden endeten. Sie war erst siebenunddreißig und Tasso zweiundvierzig.

Margureitte kümmerte sich ganz besonders um die Familiengeschichte der Silers. 1991 listete sie stolz die zweihunderteinundvierzig Nachkommen ihrer Eltern auf – bis hinunter in die sechste Generation. Sie hatten dreizehn Kinder, siebenundvierzig Enkelkinder, fünfundneunzig Urenkelkinder, vierundachtzig Ururenkelkinder und zwei Urururenkelkinder. Im Verlauf der Jahre ereigneten sich Tragödien wie in allen Familien: Babies starben, junge Soldaten kamen aus dem Krieg nicht zurück, Kinder starben an Krebs und rheumatischem Fieber, und eines pfählte sich auf einem Bettpfosten. Eine junge Ehefrau verschwand und ließ ihre Kinder zurück, eine andere warf ihr Baby in eine Mülltonne (es überlebte), und ein paar Nachkommen – oder deren Lebensgefährten – wanderten wegen Gewaltverbrechen ins Gefängnis. Solche negativen Details wurden niemals offiziell bekannt, und gescheiterte Ehen wurden bei der Aufstellung des Stammbaums einfach ignoriert.

›Wir können uns alle so glücklich schätzen‹, schrieb Margureitte in einer Broschüre, die sie 1991 zum fünfundzwanzigjährigen Treffen der Familie Siler herausgab, ›daß wir ein so wun-

* (Die ›Rechtschaffenen Schwestern‹, Anm. d. Übers.)

dervolles Erbe haben. Keines von uns Kindern kann einen seiner Fehler auf seine Kindheit schieben... Ich erinnere mich daran, wie Mutter uns um sich versammelte, wenn wir ein schlimmes Gewitter hatten, und ‚Näher mein Gott zu Dir' sang, während Daddy an die Tür trat und das Gewitter beobachtete. Mutter sagte, Dad würde den Herrn herausfordern, ihn mit seinem Blitz zu treffen.«

Vielleicht waren die Silers alle sehr eigenwillig. Thelma, die ein absolut gesundes Kind war, weigerte sich bis zu ihrem fünften Lebensjahr zu gehen. Als Reverend Tasso Siler 1960 im Alter von einundachtzig Jahren in seinem Garten tot zusammenbrach, nahmen Hunderte von Trauernden an seinem Begräbnis teil, und seine Witwe saß aus Kummer im Rollstuhl. Sie war nicht krank. Genau wie Thelma entschied sie einfach, nicht zu gehen. Obwohl sie irgendwann wieder auf die Beine kam, überwand sie seinen Tod nie. Doch wenn es auch exzentrische Neigungen, Streitigkeiten, Vorwürfe und sogar Verbannungen *innerhalb* der Familie Siler gab, durfte kein Außenstehender etwas davon erfahren. Sogar unter dem schwersten Druck sahen die Siler-Frauen mit einem unveränderlich heiteren Blick in die Welt, der nicht gebrochen werden konnte: dem ›Kristallblick‹.

Myrtle Margureitte war das zweitjüngste und zweifellos das schönste Kind der Silers. Sie hatte ein herzförmiges Gesicht mit einer hohen, runden Stirn, großen blauen Augen und vollen Lippen. Als Margureitte in den finstersten Jahren der Wirtschaftskrise in die Pubertät kam, wurde sie in der asexuellen Atmosphäre ihres Elternhauses so etwas wie eine Rebellin. Ihr Aufbegehren und ihre Fruchtbarkeit sollten ihrer sanften und loyalen Mutter viel Schmerz bereiten.

Laut Auskunft übriger Familienmitglieder lief Margureitte mit Robert Lee Vann nach Wilmington weg, als sie erst fünfzehn war, und wurde schwanger. Vann war ein schmächtiger junger Mann, ungefähr fünf Jahre älter als Margureitte. Es ist nicht klar, ob die beiden jemals zusammengelebt haben, aber am 16. März 1936, als Margureitte sechzehn war, brachte sie im Haus ihrer Eltern ihr erstes Kind zur Welt, ein neun Pfund schweres totgeborenes Mädchen.

Sie weinte und nannte ihr totes Baby Roberta.

Sie wurde bald wieder schwanger. Margureitte meinte, Roberta hätte leben können, wäre sie nur in einem Krankenhaus geboren worden. Sie bestand darauf, ihr nächstes Kind in einem Krankenhaus zu bekommen, und so geschah es dann auch. Das Baby wurde am 22. August 1937 im J. W. M. Hospital in Wilmington, North Carolina, geboren, einer Stadt, die an jener Stelle steht, an der sich der Cape Fear River zu der Cape Fear Bucht des Atlantiks weitet. Das Mädchen kam um 6 Uhr 18 morgens zur Welt, und die junge Mutter freute sich, daß es lebte und gesund war. Margureitte mußte lange Wehen erdulden, um ihr zweites neun Pfund schweres Mädchen zu gebären. Das war Patricia. Ein Ersatz, sagten die einen. Die wiedergefundene Roberta, sagten die anderen.

Margureitte gab auf der Geburtsurkunde ihren Mädchennamen als Myrtle Margureitte Siler und ihr Alter mit zwanzig an. In Wahrheit war sie bei Pattys Geburt erst achtzehn. Sie behauptete, seit drei Jahren mit dem eingetragenen Vater, Robert Lee Vann, dreiundzwanzig, verheiratet zu sein. Er wäre in einem Radiogeschäft angestellt. Aber einige Familienmitglieder fragten sich, ob der Vann-Junge wirklich Pattys Vater war.

Falls sie jemals existiert haben, gingen die Unterlagen über Margureittes Heirat mit und ihre Scheidung von Vann verloren. Einer von Vanns Brüdern, der zehn Jahre jünger war, konnte sich nicht erinnern, daß Robert Lee jemals mit Margureitte verheiratet war. Und er erinnerte sich, daß sein Bruder bei der Eisenbahn, aber nie in einem Radiogeschäft gearbeitet hatte. Seine Erinnerung mag allerdings fehlerhaft sein. Er mußte etwa zehn Jahre alt gewesen sein, als sein älterer Bruder mit Margureitte zusammen war.

Vielleicht war Robert Vann für Margureitte auch nur ein praktischer Strohmann gewesen. Einige Familienmitglieder glaubten, Margureitte habe sich in einen verheirateten Mann verliebt. Er war Farmer und Zimmermann in Warsaw, North

Carolina, und sein Name war John Cam Prigeon, ein riesenhafter junger Mann mit blonden Haaren, vollen Lippen und abstehenden Ohren. Er war der reinste Schrecken. Prigeon war so wild, wie Margureittes Vater fromm war. Er trank und prügelte sich und tat, was er wollte. Seine Ehefrau wußte von Margureitte, der schönen Tochter des Predigers, aber sie sagte nichts. Ihr Mann hatte einen Hang zur Gewalttätigkeit.

In dem strengen Baptistenhaushalt mußte Margureittes letztes Mißgeschick auf Ablehnung gestoßen sein, doch die Familie stand unverändert zu ihr und dachte, sie würde sich Cam schon aus dem Kopf schlagen. Immerhin war sie eine Siler, und die junge Mutter und ihr neugeborenes Baby kehrten in diesem glühenden Sommer von 1937 nach Warsaw zurück, um bei ihren Eltern zu leben. Die Schlagzeilen berichteten seit Monaten von Katastrophen und Tragödien: In Texas kamen fünfhundert Kinder bei einer Explosion in einer Schule ums Leben, Amelia Earhart wurde über dem Pazifik vermißt, der Zeppelin *Hindenburg* verglühte in einem Feuerball aus Wasserstoffgas, der König von England dankte ab, die Sexkönigin des Films, Jean Harlow, starb mit sechsundzwanzig an Harnvergiftung, und in Europa und Asien braute sich ein Krieg zusammen.

Es war auch das Jahr, in dem Margaret Mitchell den Pulitzerpreis für *Vom Winde verweht* gewann, gleichzeitig eine historische Wiederbelebung des anmutigen Lebens im Alten Süden und eine schreckliche Schilderung seiner Zerstörung während des Bürgerkrieges. Die schöne Heldin, eine Kämpfernatur und eine launenhafte Frau, sollte Patricias Rollenmodell für ihr ganzes Leben werden.

Margureitte mußte arbeiten, und daher kümmerte Mary Siler sich um Patty in den ersten fünf Jahren ihres Lebens. Patty nannte sie ›Mama‹, und ihre Großmutter Siler hing geradezu besessen an der Kleinen. Patty teilte Marys Leben und Marys Bett. Sie brauchte nur einen Wunsch auszusprechen, und er wurde ihr gewährt.

Das kleine Mädchen war wunderschön. Es hatte dichte honigbraune Locken, und die Augen waren noch größer als Margureittes Augen und grün wie die frischen Blätter im April.

Mama Siler ließ sie in Rüschen und mit Sonnenhüten und weißen Beinkleidchen herumlaufen. Ihre Tante Edna – die so viel älter als Margureitte war, daß sie mehr wie eine Mutter als eine Schwester war – nähte jeden Stich an der Bekleidung des Kindes. Jeder, der sie sah, sagte, sie wäre viel hübscher als Shirley Temple.

Und das war sie auch.

Mary Siler machte Patty zum Mittelpunkt ihres Lebens. Alle ihre dreizehn eigenen Kinder verblaßten neben ihrem goldigen Enkelkind. »Nach Gott«, sagte sie oft, »liebe ich Patty mehr als alles andere auf dieser Welt.« Es gab stets Obst aus dem Garten und Gemüse, das die Mitglieder der Pfarrei brachten, doch Patty aß nichts außer Pfannkuchen. Ihre Großmutter gab den Versuch auf, ihr Gemüse, Eier und Getreideprodukte zu geben, und servierte ihr dreimal am Tag Pfannkuchen.

Von allen Enkelkindern, die in dem Pfarrhaus lebten oder zu Besuchen kamen, war Patty etwas Besonderes. Wenn die anderen Kleinen nach Cola schrien, erklärte Mary: »Keiner kann eine bekommen, weil nur eine da ist.« Und dann winkte sie Patty in die Küche und gab *ihr* heimlich diese eine Cola. Wenn die Kinder ungezogen waren, wurden sie nach draußen geschickt, um sich selbst eine Rute abzuschneiden, und bekamen Schläge. Doch Patty wurde nie übers Knie gelegt. Statt dessen nahm ihre Großmutter sie sanft hoch und flüsterte: »Beug dich jetzt vor, und dann schrei ganz laut.« Sie brachte es nicht über sich, Patty zu schlagen, und tat daher nur so.

Während ihre Mutter sich um Patty kümmerte, hatte Margureitte einige Jobs und sah sich nach einer Karriere um, die ihr einen höheren Lebensstil ermöglichte. Nachdem sie in die sparsame Welt eines Landgeistlichen hineingeboren worden war, sehnte sie sich nach feinem Leben, schönen Dingen und einem reizenden Zuhause. Sie war klug, und sie hatte sich stets gefragt, wie es wohl war, sich der Welt der Pferdeliebhaber anzuschließen, auf Jagd zu gehen und bei Shows in Reithosen und einem gut geschnittenen Jackett aufzutreten. Sie sehnte sich nach Romantik und wahrer Liebe, aber ihre Tage verbrachte sie mit der stumpfen Arbeit einer Angestellten. Da sie so fruchtbar war wie ihre Mutter, wurde Margureitte zum dritten Mal schwanger, bevor sie zwanzig war.

Diesmal tat Margureitte nicht so, als habe sie einen Ehemann. Sie zermarterte sich den Kopf über die wenigen Möglichkeiten, die ihr blieben. Sie mußte arbeiten, und Mama Siler konnte sich nicht um zwei Enkelkinder kümmern. Margureitte mußte wohl dieses Baby zur Adoption freigeben. Sie sorgte dafür, daß sie im Florence-Crittendon-Heim 4759 Reservoir Road in Washington, D. C., wohnen konnte. Da sie vor und nach der Geburt arbeiten mußte, um für Unterkunft und medizinische Versorgung zu bezahlen, beschloß Margureitte, den Schwesternkurs mitzumachen, den das Heim anbot. Es war harte Arbeit und mühsam für eine Schwangere, aber sie war eine Frau, die damals und auch später den Dingen stets das Beste abgewann. »Ich besitze eine Ausbildung als Krankenschwester«, erklärte sie sogar noch fünfzig Jahre später. »Ich bin keine diplomierte Krankenschwester, verstehen Sie, aber ich habe eine zweijährige Ausbildung.«

Am 10. Oktober 1939 war der errechnete Geburtstermin gekommen. Margureitte erhielt eine Injektion Pituitrin, um die Wehen einzuleiten. ›Pit‹ löst normalerweise harte und häufige Wehen aus. Nach vierundzwanzig Stunden brachte eine völlig ausgelaugte Margureitte einen neun Pfund schweren Sohn zur Welt. Das Baby hatte weißblonde Haare und kräftige, maskuline Züge. Der Junge hatte überhaupt nichts mit der zarten und hübschen Pat gemeinsam. Manche Leute fanden, er wäre ein Ebenbild von Cam. Sie nannte ihn Reginald Kent Vann und rief ihn Kent.

Sie liebte ihn und konnte ihn nicht aufgeben, nachdem sie ihn in ihren Armen gehalten hatte. Das war so typisch für Margureitte. Richtig oder falsch, sie liebte ihre Kinder stets grenzenlos, und wenn sie sich zu etwas entschloß, rückte sie nicht davon ab. Niemand konnte sie legal dazu zwingen, ihren kleinen Sohn zur Adoption freizugeben. Aber sie mußte in Washington und im Florence-Crittendon-Heim bleiben, bis sie ihre Schulden abbezahlt hatte. Sie leerte Bettpfannen und wechselte Laken, bis ihre Arme und Füße schmerzten – aber sie behielt ihr Baby.

Obwohl Margureitte ihren Familiennamen auf Kents Geburtsurkunde mit ›Vann‹ angab, blieb die Spalte für den Namen des Vaters leer. In der Spalte, in der ›Ehelich?‹ gefragt wurde, hatte jemand ›Ja‹ und ›Unbekannt‹ durchgestrichen, wodurch ›Nein‹ blieb. Als Margureitte zu ihrer Familie nach Warsaw zurückkam, staunten die Ortsansässigen, wenn sie den hellblonden kleinen Jungen sahen, über seine Ähnlichkeit mit John Cam Prigeon und lachten wissend. »Da geht der kleine Cam.«

Margureitte verfügte über wenig Geld und hatte keinen Grund anzunehmen, ihr Leben würde in Zukunft einfacher werden, aber sie war jung und gesund und sehr schön. Sie war eine süß aussehende junge Frau, aber sie war zielstrebig. Sie wollte so sehr ein Zuhause für Kent und Patty schaffen, daß sie gelobte, ihr Leben darauf zu verwenden, ihren Kindern zu ›helfen‹ und für sie die perfekteste aller Welten zu schaffen.

Sie versuchte, fast ständig mit ihnen zusammen zu sein und möglichst die frühen Jahre nachzuholen, in denen sie nicht bei Patty gewesen war. Tochter und Mutter bekamen jedoch nie Gelegenheit, eine wahre Bindung zueinander zu entwickeln. Margureitte hatte ihre neugeborene Tochter ihrer Mutter überlassen müssen, und das hatte Margureitte weh getan, auch wenn sie ihre Großmutter zu ihrem Idol erhoben hatte. In der Welt, in der Margureitte aufwuchs, war die perfekte Frau duldsam, geduldig und sanft, und sie diente hingebungsvoll ihrer Familie. Manchmal fragte sie sich, wie ihre Mutter das schaffte, und gelobte sich, ihr nachzueifern. Wenn Margureitte auf ihre Jahre als Mutter zurückblickte, pflegte sie leise zu sagen: »Wir sind für unsere Kinder auf dieser Welt, um ihnen zu helfen, so gut wir nur können.« Sie glaubte so halb an Wiedergeburt und an ihren Platz in einem Strom wiedergeborener Seelen. »Der Arzt, für den ich so viele Jahre gearbeitet habe, sagte mir immer ›*Sie* sind wiedergekommen, um jemandem zu helfen.‹«

Margureitte war von ihren Liebesabenteuern gründlich desillusioniert. Rings um sie versank die Welt in den Wirren des Zweiten Weltkriegs. Aber dann lernte sie Lieutenant Clifford Brown Radcliffe 1942 auf einer Party in Washington, D. C., kennen. Die erste Begegnung verlief so romantisch, wie sich das ein Schulmädchen nur erträumen mag. »Margureitte arbeitete als Kellnerin im Lobster House nahe Fort Bragg in Fayetteville, und Clifford kam herein, und das war es dann auch schon«, sagte eine ihrer Schwestern.

Wie auch immer, ihre Blicke trafen sich quer durch einen mit Menchen angefüllten Raum und verschlangen sich ineinander. Es war tatsächlich Liebe auf den ersten Blick. Der junge Offizier der Army war sechs Jahre älter als Margureitte und sehr attraktiv mit seinen klassischen, scharf geschnittenen Zügen, den dunklen Haaren und dunklen Augen. Er sah wie die Filmstars aus, die in den vierziger Jahren galante Offiziere darstellten. Er war nicht besonders groß, aber mit einsfünfundsiebzig war er größer als Margureitte. Clifford kam aus einer alten Familie im Westchester County, New York, deren Vorfahren auf der *Mayflower* herübergekommen waren. Er hatte eine tiefe, kultivierte Stimme, und er betrachtete Margureitte, als sei er von ihr absolut fasziniert.

Und das war er auch wirklich. Die Tatsache, daß sie zwei kleine Kinder hatte, schreckte ihn nicht ab. Überhaupt nicht. Sie heirateten am 8. Januar 1942 in der Kapelle von Fort Bragg, und Margureitte überbrachte ihrer Mutter die Neuigkeit, daß sie jetzt selbst ihre Kinder aufziehen konnte. Sie hatte einen Ehemann, und sie beiden wollten Kent und Patty an alle Orte mitnehmen, an denen Clifford stationiert wurde.

Als Cliff nach Texas versetzt wurde, war es Zeit für Patty, Mama Siler zu verlassen und ganz die Tochter ihrer richtigen Mutter zu werden. Die Neuigkeit traf alle. Ihre Schwestern flehten Margureitte an, es nicht zu tun. »Tu Mama doch nicht so weh – sie hat ein schwaches Herz«, klagten sie. »Du bringst sie um, wenn du ihr dieses Kind wegnimmst!«

Doch Margureitte blieb hartnäckig. Sie hatte jahrelang gearbeitet und auf diesen Moment gewartet. Sie und Clifford nahmen die Kinder mit sich, als sie mit dem Zug nach Mineral Wells, Texas, fuhren. Patty war fünfeinhalb und hatte sehr feste eigene Vorstellungen. Sie rümpfte über alles auf der Karte des Speisewagens die Nase. Sie wollte Pfannkuchen. Sonst wollte sie nichts essen. Margureitte hatte Angst, Patty würde verhungern, wenn sie nicht nachgab. Patty bekam ihre Pfannkuchen. Das war alles, was sie während der ganzen Reise quer durch Amerika aß. Und in den nachfolgenden Wochen.

Sie weinte nach ›Mama‹.

Daheim in Siler City war Mama Siler untröstlich. Ihr Baby war ihr weggenommen worden. Tagelang lag sie im Bett und betrauerte ihren Verlust. Aber sie wollte nicht an ihrer Trauer ersticken. Sie lebte noch viele Jahrzehnte. Margureitte hatte jetzt ihre kleine Tochter wieder, und wenn diese gelegentlich eigensinnig war, gab die junge Mutter Mama Siler daran die Schuld. »Es war nicht natürlich, daß meine Mutter so von Patty besessen war.«

18. Kapitel

Auch wenn Pat und Kent altersmäßig nur zwei Jahre voneinander getrennt waren, so waren sie doch in ihrem Temperament sehr verschieden. Patty war starrsinnig, schrecklich verzogen und gewohnt, ihren Willen durchzusetzen. Jedermann in ihrer kleinen Welt hatte sie ständig umsorgt. Zuerst ihre Großmutter und ihre Tanten und jetzt ihre Mutter. Es fiel auch schwer, das nicht zu tun, weil sie ein so niedliches, schönes Kind war. Wenn Patty glücklich war, klang ihr Lachen wie Glocken. Wenn sie weinte, brach es einem das Herz. Es schien unmöglich, ihr einen Wunsch abzuschlagen.

Kent war ein empfindsamer und fleißiger Junge. Er war blond wie ein Skandinavier, und seine großen Ohren standen weit ab. Er war nicht niedlich, dafür war sein Knochenbau zu grob, aber er war ein reizender kleiner Junge mit einem offenen Blick. Und er trat bereitwillig hinter seiner Schwester zurück.

Patty hatte wenig Geduld mit ihrem kleinen Bruder. Ihrer Ansicht nach sollte sie das einzige Kind sein, und sie nörgelte und quengelte, sobald sich die Aufmerksamkeit von ihr abwandte. Diese ersten fünf Jahre in Mama Silers Haus hatten ihre Fähigkeit zerstört, etwas mit anderen zu teilen. Sie mußte im Scheinwerferlicht stehen, ohne das sie fror. Ihren Bruder betrachtete sie als Eindringling. Es war mehr als der normale Kampf zwischen Geschwistern. »Sie haßte ihn«, sagte eine Verwandte trübe. »Sie wollte immer, daß er tot war.«

Er wäre beinahe gestorben. Kent, der gesund zur Welt gekommen war, holte sich bald nach Ankunft der Familie in Mineral Wells eine Gehirnhautentzündung. Auf der Militärbasis herrschte eine Massenepidemie. Kent hatte tagelang sehr hohes Fieber, und er war dem Tod sehr, sehr nahe. Als er sich endlich erholte, erklärten die Ärzte Margureitte, daß er fast völlig taub war. Danach trug Kent stets eine Hörhilfe und lernte, von den Lippen abzulesen. Die Leute ahnten nicht, wie schwerhörig er war, bis sie sich abwandten, während sie mit ihm sprachen. Dann verstand er nichts mehr.

Margureitte und Clifford Radcliffe ließen Pat und Kent in dem Glauben aufwachsen, er wäre ihr leiblicher Vater. Er hatte ihre Kinder so bereitwillig akzeptiert, daß es nur vernünftig erschien. Immerhin war Margureitte Pattys und Kents leibliche Mutter, und Clifford war der einzige Vater, den sie jemals kennengelernt hatten. Es hatte keinen Sinn, Pattys und Kents wirklichen Vater zur Sprache zu bringen. Das hätte die beiden nur verwirrt.

Als ›Daddy Cliff‹ im Krieg war, nahm Margureitte oft die Kinder und hielt sich in der Nähe seiner Familie in Mamaroneck im Westchester County, New York, auf. Ihre Schwiegereltern akzeptierten sie nur widerwillig, weil sie nicht darüber erfreut waren, daß ihr Sohn eine Frau geheiratet hatte, die sie für geschieden hielten, aber letztlich gaben sie zu, daß Margureitte eine anmutige und feine junge Frau war, die sich wunderbar um ihre Kinder kümmerte. Sie war eine äußerst hingebungsvolle Mutter. Es ist durchaus möglich, daß auch ihre Schwiegereltern glaubten, Clifford wäre Pattys und Kents leiblicher Vater. Sie machten jedenfalls oft Bemerkungen über gewisse körperliche Ähnlichkeiten zwischen den Kindern und ihrem Sohn.

Die Kinder waren so, wie Großeltern sie sich nur wünschen konnten. Patty sah immer perfekt aus mit ihren gestärkten Lätzchen und den schwarzen Wildleder-Kniehosen. Margureitte steckte auch Kent in schöne Kleider. Fotos zeigen ihn, wie er in die Kamera grinst, er trägt einen Tweedmantel mit einer Eton-Mütze. Seine knochigen Knie sehen lächerlich über langen dunklen Kniestrümpfen aus. Er war kein Junge, den man elegant anziehen sollte, und er sah unbehaglich und verlegen drein.

Kent hing an seinem Stiefvater, aber Clifford war oft fort und kämpfte im Krieg, und wenn er zu Hause war, bot er in seiner makellosen Uniform eine ehrfurchtgebietende Erscheinung. Ein strenger, sogar kalter Mann, der wenig Geduld mit kleinen Jungen hatte. Clifford Radcliffes eigener Vater war ein ebenso kalter Mann gewesen, und so hatte sich das von Generation zu Generation fortgesetzt.

Clifford mochte kleine Mädchen, weil man sie hübsch wie Puppen anziehen und herumtragen konnte. Er schimpfte mit seiner Frau, wenn Pats Kleidung nicht perfekt sauber war. Er haßte es, in ihren Kleidchen oder Höschen Risse oder Löcher zu entdecken. Mit wilden kleinen Jungen hatte er nicht so viel im Sinn. Doch Kent sehnte sich verzweifelt nach Cliffords Anerkennung. Er war ein Junge, der innerlich stets sehr angespannt und auf dem Sprung war. Von Anfang an setzte er sich unmögliche Ziele. Und noch während er für sich einen zu hohen Standard festlegte, schien er bereits zu wissen, daß er ihn nie erreichen konnte.

Der Zweite Weltkrieg war für Margureitte Radcliffe eine einsame Zeit, aber bei weitem nicht so einsam wie ihre Jahre vor Clifford. Während er in Deutschland war, wußte sie, daß er zu ihr zurückkommen würde – sofern er konnte. Von ganzem Herzen glaubte sie, daß Clifford die Wahrheit gesagt hatte, daß er sie von Anfang an geliebt hatte und immer lieben würde, und dafür war sie dankbar.

Und dann wurde Clifford Radcliffe als vermißt gemeldet, und Margureitte wußte nicht, ob er lebte oder tot war. Endlich kam die Nachricht, daß er in Deutschland verletzt worden war. Er hatte eine Gesichtsverletzung erlitten. Natürlich würde sie ihn lieben, ganz gleich, wie er aussah, aber Clifford war ja so attraktiv gewesen, daß eine Entstellung seines Gesichts tragisch gewesen wäre. Margureitte erfuhr lediglich, daß ihr Mann in ein Hospital in England geschickt worden war.

Seine Heimkehr war so romantisch wie ein Liebeslied. Eines Tages hörte Margureitte, wie jemand mit einem Stock gegen ihre Tür klopfte. Sie öffnete, und da stand Clifford. Er war sicher heimgekehrt! Er hatte sich einen Schnurrbart wachsen lassen, der alle zurückgebliebenen Narben verdeckte. Endlich war alles in Ordnung.

Margureitte hatte einen Platz in der Welt. Sie war eine verheiratete Frau, die Ehefrau eines Offiziers, und sie hatte ihren Fuß auf eine solide Sprosse in der gesellschaftlichen Hierarchie der Offiziersfrauen gestellt. Gemeinsam stiegen sie und Clifford die Offiziersränge höher. Nach dem Krieg wurde die Familie von einem Stationierungsort zum anderen verlegt – Deutschland, Japan, Atlanta, Alabama und wieder Deutschland. Sie hatten keine gemeinsamen Kinder, aber Clifford behandelte Patty und Kent, als wären sie seine eigenen.

Clifford wurde endlich Colonel. Er arbeitete im militärischen Abschirmdienst, der elitärsten und geheimnisumwittertsten Spezialtruppe der Army. Mit seinem scharfen Verstand und seinem natürlichen Mißtrauen gegenüber dem Offensichtlichen, war er dafür gut geeignet. Wenn er in seinem Trenchcoat durch die Straßen von Frankfurt in Deutschland ging und der Wind leicht mit seinem eisengrauen Haar spielte, sah Colonel Clifford Radcliffe aus, als wäre er von der Leinwand eines Alfred-Hitchcock-Films heruntergestiegen. Und wehe jedem Untergebenen, der sich nicht absolut an seine Auslegung der Militärvorschriften hielt.

Margureitte war die ideale Frau eines Colonels. Sie verlor nie ihren Südstaatenakzent, und ihre Stimme war wohlklingend und anmutig moduliert. Auf den gesellschaftlichen Veranstaltungen des Militärs sah sie an der Seite ihres Mannes hinreißend aus. Margureittes Figur war für trägerlose Chiffonabendkleider perfekt, ihre sagenhaften Beine wirkten noch besser in ihren Schuhen mit acht Zentimeter hohen Absätzen, und Clifford war in seiner blauen Ausgehuniform ein beeindruckend attraktiver Mann.

Margureitte erzählte später ihren Enkeltöchtern, daß ihr überall, wo sie stationiert waren, die Männer Anträge machten. »Euer Großvater war im Offiziersclub wahnsinnig eifersüchtig. Tanzte ich mit einem anderen Mann, regte er sich schrecklich auf. Es war einfach besser, überhaupt nicht mit anderen Männern zu tanzen, selbst wenn sie mit uns befreundet waren ... Ich liebte Papa und wollte ihn nicht aufregen. Ich mußte meine ganze Aufmerksamkeit auf ihn richten.«

Patty gefiel das Wanderleben einer Offiziersfamilie. Sie war ein so bezauberndes Kind, daß sie überall willkommen war, wohin sie auch gingen. Ihr goldbraunes Haar fiel bis über die Taille. Für gewöhnlich trug sie es in festen langen Zöpfen, die mit Bändern und Haarspangen zu Kreisen hochgebunden wurden. Als sie in Japan stationiert waren, hatten die Japaner scheu Pattys schimmerndes Haar berührt und bestaunt.

Die Familie Radcliffe bewegte sich im Fernen Osten in feinen Kreisen. In Japan wurde Patty die Tennispartnerin des jungen Kronprinzen. Margureitte und Cliff waren begeistert, daß ihre schöne Tochter sogar vom Kaiserhaus akzeptiert wurde. Patty selbst nahm das als selbstverständlich hin. Sie war immer wie eine kleine Prinzessin behandelt worden. Von dem jungen Prinzen war sie kaum beeindruckt. Als die Radcliffes erneut versetzt wurden, beschenkte die Kaiserfamilie Patty mit einem vollständigen zeremoniellen japanischen Kimono, Obi und Sandalen. Die Kleidungsstücke aus schwerem Satin ruhten in Seidenpapier eingeschlagen in ihrer Kommodenschublade, wo immer sie auch wohnte. Patty liebte Kostüme.

Als sie in die Pubertät kam, wurde sie nicht pummelig und bekam auch keine Pickel. Sie behielt ihre Anmut bei und wurde, wenn das überhaupt möglich war, noch schöner. Mit dreizehn veränderten sich ihre Züge behutsam. Das kindlich Rundliche schwand, die deutlich sichtbaren Wangenknochen einer wahren Schöhnheit zeichneten sich ab. Auf einem Schnappschuß posierte sie in einem weißen Organzakleid mit Stola, wobei das eng anliegende Partykleid von zwei schmalen Trägern über hellen Schultern gehalten wurde.

Pattys Haar wurde endlich geschnitten, in schimmernden Wellen aus ihrem Gesicht gezogen und zu einem Pagenkopf gekämmt. Sie legte hellroten Lippenstift auf, und ihre grünen Augen fesselten durch ihre Energie. Sie hatte einen leichten Überbiß, der jedoch kaum von ihrer Schönheit ablenkte. Im Gegenteil, er verlieh ihr ein leicht schmollendes, sinnliches Aussehen. Sie war voll entwickelt, eine südliche, früh erblühte Schönheit.

Sie sah wie mindestens achtzehn aus.

Patty ging mit Erwachsenen sehr liebevoll um, aber zu ihren Altersgenossen konnte sie manchmal sehr direkt und geradezu grausam sein. Sie war bei weitem die Hübscheste unter den vielen Cousinen des Siler-Clans, und sie wußte das. Sie hatte es oft genug gehört. Als sie einmal bemerkte, wie eine Cousine, ein häßliches Entlein, sie anstarrte, während sie ihre Haare kämmte, drehte Patty sich zu ihr um und flüsterte: »Vielleicht wirst du eines Tages so hübsch wie ich.« Sie tat, als wäre sie geschockt, als das Mädchen weinend weglief. Sie war sehr raffiniert, wenn es darum ging, die wunden Punkte der anderen Mädchen zu finden.

Patty war nie eine besonders gute Schülerin gewesen, obwohl sie klug genug gewesen war. Sie liebte Nähen und Handarbeiten, und sie war künstlerisch sehr begabt. Sie las romantische Geschichten und Gedichte, und in Gedanken übernahm *sie* dann die Rolle der Heldin. Sie war Scarlett O'Hara, und sie war Elizabeth Barrett Browning.

Es war keine Überraschung, daß Patty von Jungen fasziniert war. Und die Jungen von ihr. Die meisten Mädchen in der achten Klasse waren flachbrüstig und unbeholfen, doch Patty Radcliffe sah wie ein Filmstar aus. Und wie stets trat Kent gegenüber seiner Schwester zurück. Er war schüchtern und zögerte, wenn es darum ging, sich selbst zu bestätigen. Durch den Verlust seines Gehörs, auch wenn er ihn gut verbarg, begriff er ein wenig langsamer als die anderen. Patty verachtete ihn noch immer. Was er auch sagte oder tat, es ärgerte seine ältere Schwester.

Als Patty dreizehn, vierzehn war, wurde Colonel Radcliffe zurück nach Fort McPherson in Atlanta versetzt. Das war ein glücklicher Umzug für die Familie. Das Gebiet um Atlanta war ihr Zuhause geworden. Und dort sollte sich die Geschichte wiederholen. Die Siler-Frauen schienen alle früh zu erblühen. Für sie war es offenbar üblich, ihre ersten Kinder zu bekommen, wenn sie fünfzehn oder sechzehn waren. Als Patty fünfzehn wurde, war Margureitte erst dreiunddreißig, und das Wissen machte sie nervös, daß sie eine schöne junge Tochter hatte, die etliche Jahre älter aussah, als sie war. Aber was konnte Margureitte schon machen? Patty hatte sich nie an Regeln halten müssen.

Sie lernte den achtzehnjährigen Gilbert Taylor auf einer Party in der Basis von Fort Mac kennen. Auch er war ein Kind der Army, ein schlaksiger, dünner junger Mann, den Patty schrecklich hübsch fand. Sie legte alle ihre romantischen Phantasien in diese Beziehung, und Gil verknallte sich schwer in den hübschen und verführerischen Teenager. Plötzlich tat sie den Schritt von der Kindheit zur Frau. Sie hörte nicht mehr auf ›Patty‹. Sie war jetzt Pat, oder sie verlangte, Patricia genannt zu werden, wenn die Situation es erforderte.

Pat wurde fast auf der Stelle schwanger. Das störte sie nicht. Es bedeutete, daß sie heiraten konnte. Gil war stolz, aber auch eifersüchtig. Er wollte glauben, daß es sein Baby war, aber er wußte, daß Pat auch mit einem anderen jungen Mann, einem Soldaten, ausgegangen war. Es war allerdings Gils Baby, doch seine Unsicherheit bei Pat verlor sich nie ganz. So gern er ihr glauben wollte, ließ sie ihn doch immer ein wenig in der Schwebe.

Ihre Eltern hätten es vorgezogen, wenn sie in die Familie eines Offiziers eingeheiratet hätte. Gils Stiefvater Mike Downing, ein herzlicher, ungestümer Mann, war nur Sergeant, und seine Mutter Eunice, eine vollbusige, ins Auge stechende Frau – keine Frau, die Margureitte sich als Freundin ausgesucht hätte. Eunice kleidete sich entsprechend, um ihre gute Figur zu betonen. Sie war auffallend hübsch, eine großartige Köchin, dazu gutherzig, das absolute Gegenstück zu der properen, reservierten Frau eines Colonels, zu der Margureitte geworden war.

Der Sergeant verehrte seine Frau. »Ich danke Gott jeden Abend für Eunice«, sagte Mike oft. Er überschüttete Eunice mit Geschenken, mit Schmuck und alle vier Jahre mit einem neuen Cadillac. Eunice hatte schöne Sachen, schönere als viele Offiziersfrauen. Margureitte fand das alles ein wenig vulgär, aber so war es eben. Colonel und Mrs. Radcliffe akzeptierten das Unvermeidliche. Es hätte schlimmer sein können. Eunice war in Militärkreisen sehr gut angesehen, zumal sie auch aktiv an Projekten zur Unterstützung von Militärangehörigen mitwirkte.

Eine Hochzeit wurde hastig geplant und fand am 6. September 1952 in der Kapelle des Fort McPherson statt. »Sie hatten nichts weiter gemeinsam als die körperliche Anziehung«, stellte Margureitte später bedauernd fest. »Pat besaß einen weit überlegenen Intelligenzquotienten.« Der Colonel hatte gewollt, daß sie auf eine gute Schule ging und Kunst studierte. Sie war ja so talentiert! Er sah Pats Zukunft durch diese überstürzte Heirat ruiniert.

Pat trug ein weißes Satinkleid mit dreiviertellangem Rock und einem tiefen Ausschnitt, der mit Rüschen verziert war. Ein kurzer Schleier fiel von ihrer Kopfbedeckung, und in den Händen hielt sie weiße Orchideen. Ihre weißen Satinpumps paßten genau zu dem Kleid. Sie sah schön aus und mindestens wie zweiundzwanzig. Der Bräutigam machte nicht soviel her in seinem Anzug, der ihm zwei Nummern zu groß war, mit einem weißen Ansteckstäußchen aus Nelken und klobigen weißen Schuhen, die er vor der Zeremonie zu wechseln vergessen hatte. Gil sah wie ein kleiner Junge aus, der die Sachen seines Vaters angezogen hatte.

Die Neuvermählten hatten sehr wenig Zeit füreinander. Um seine wachsende Familie zu unterstützen, schrieb Gil – den Eunice Junior nannte – sich bei der Army ein. Er wurde fast sofort nach Korea geschickt, und Pat zog wieder nach Hause zu ihren Eltern. Eigentlich hatte sich nichts verändert. Margureitte und Clifford kümmerten sich um sie, und zum Einkaufen benutzte sie deren Unterhaltsscheck.

Natürlich war ein Baby unterwegs. Pat blieb eisern dabei, daß sie nicht in ein Army-Hospital gehen wollte. Sie hatte nur Schlechtes darüber gehört. Sie sparte ihr eigenes Geld, damit sie ihr Baby in einem hübschen Zivilkrankenhaus bekommen konnte, dem Georgia Baptist Hospital. Unglücklicherweise glaubte sie zweimal, die Wehen hätten eingesetzt, und jedesmal wurde sie schnellstens ins Krankenhaus geschafft. Das Ergebnis war, daß Pat alle ihre Ersparnisse aufgebraucht hatte, bevor sie wirklich ihr Kind bekam, und letztlich mußte sie doch in ein Army-Hospital gehen.

Am 4. März 1953 setzten Pats Wehen ein. Junior Taylor war weit weg, aber ihre Mutter und der Colonel fuhren sie zu dem Hospital. Sie krümmte sich auf dem Rücksitz und schluchzte, wie grausam es doch von Gil war, ihr solche Schmerzen anzutun. Nachdem sie den Ärzten versichert hatte, sie wäre bestens als Krankenschwester geschult, durfte Margureitte im Kreißsaal bei Pat bleiben. Vielleicht war dies das erste Mal, daß Margureitte nicht allen Schmerz von ihrer Tochter fernhalten konnte.

Das Kind wurde endlich geboren, ein dunkelhaariges Mädchen. Susan. Ihre Mutter war sechzehn, ihre Großmutter vierunddreißig. »Wie ich dieses Baby liebte«, erinnerte sich Margureitte fast vier Jahrzehnte später mit sanfter, schmerzerfüllter Stimme. »Ich weiß nicht, was passierte. Susan wurde einfach böse. Einfach böse. Natürlich kann ich das nicht verzeihen.«

Aber die anfängliche Zuneigung zwischen Susan und ihrer Großmutter beruhte auf Gegenseitigkeit. In den ersten drei Jahrzehnten ihres Lebens fand Susan, Margureitte wäre die »reizendste, freundlichste Person in meinem ganzen Leben. Ich hielt sie für vollkommen.«

19. Kapitel

Im Gegensatz zu seiner Schwester war Kent ein eifriger Schüler und bekam hervorragende Noten. Er war dreizehn, als Pat und ihr Baby aus dem Krankenhaus heimkamen. Er hing an seiner kleinen Nichte, hielt Susan vorsichtig in den Armen und strahlte vor Freude darüber, wie klein sie war. Pat ließ ihn mit dem Baby spielen, aber sie war stets irgendwie verärgert, wenn er in ihrer Nähe war. Pat war eine verheiratete Frau und Mutter, die in dem Haus ihrer Eltern nur zu Besuch war und die Tage bis zu Gils Rückkehr zählte. Es war nicht mehr ihr eigentliches Zuhause. Doch so sah sie es nicht. Wie immer betrachtete sie ihren Bruder als Eindringling.

Kents Gegenwart ärgerte Pat. Die Zeit, die ihre Mutter für ihn aufbrachte, hätte Pat gern für sich und ihr Baby beansprucht. Hätte es ihn nicht gegeben, wäre alles perfekt gewesen. Margureitte kochte und erledigte die Hausarbeit und wiegte Susan, wenn sie schrie. Es war fast so, als habe Pat gar nicht geheiratet, und ihr gefiel das behagliche Gefühl, wieder ein kleines Mädchen zu sein.

Als sie Großmutter wurde, bekam Margureitte einen neuen Namen. Clifford nannte sie noch immer Margureitte oder ›Reit‹, manchmal auch ›Reichen‹, ein Kosename mit einem deutschen Einschlag. Ihre Schwestern nannten sie weiterhin Margureitte. Aber bald sagte die kleine Susan ›Boppo‹ zu ihr.

Der Colonel wurde ›Papa‹ genannt. Boppo und Papa fanden sich mühelos in die Rolle der Matriarchin und des Patriarchen einer wachsenden Familie. Es stand ihnen, und sie schienen über Nacht von ihrer Jugend zu mittlerem Alter überzuwechseln, auch wenn die beiden noch immer ein attraktives Paar abgaben. Sie wären gern ständig in Fort McPherson in Atlanta geblieben.

Pat gefiel alles an dem Zuhause, das Margureitte und der Colonel schufen. Ganz gleich, wie oft sie auch von der Army versetzt wurden, Margureitte schaffte es immer, das Haus mit Geschmack und Elan zu dekorieren. Manchmal wohnten sie in großen alten Baracken, manchmal jedoch auf Basen mit herrlichen Unterkünften für die Offiziere. Die Radcliffes hatten bei ihren Reisen um die Welt herausragende Stücke gesammelt – feines Porzellan, Gemälde, Kunstgegenstände, japanische Wandschirme, silbernes Teeservice, dicke Teppiche und schimmernde Möbel. Als später die Mutter des Colonels starb, gingen ihre Schränke voll Porzellan und die Familienerbstücke an die Radcliffes.

Margureitte hatte sich vor langer Zeit geschworen, ein schönes Leben zu führen, und es war ihr gelungen. Die Frauen jüngerer Offiziere nahmen ihren Charme und ihre Haltung als Ziel, das sie ansteuern wollten. Warum sollte Pat nicht lieber im Elternhaus leben, anstatt in einem beengten Apartment oder einem kleinen Wohnwagen? Sie war mit dem Allerbesten aufgewachsen. Sie war ihr ganzes Leben lang auf Eleganz hin erzogen worden. Darüber hinaus war ihr der feste Glaube eingegeben worden, sie wäre etwas Besonderes. Immerhin war sie die einzige Tochter eines Colonels. Und Kent war – seines Wissens nach – der Sohn eines Colonels. Er wünschte sich nichts mehr, als sich selbst eines Tages bei der Army einschreiben zu lassen. Er dachte, das würde seinen Vater freuen.

Mit fünfzehn, sechzehn schoß Kent hoch wie ein junger Baum. Fast über Nacht wurde er von einem kleinen, blonden Jungen zu einem unbeholfenen, von Akne gezeichneten Teenager. Mit seiner dicken Brille und dem kurzen Haarschnitt, der seine abstehenden Ohren betonte, wies sein Äußeres kaum auf den gutaussehenden Mann hin, der er einmal werden sollte. An der High-School machte er im Schwimmteam mit. Er hatte die breiten Schultern und die richtige Muskulatur dafür. Er war viel größer als der Colonel, aber er blickte noch immer zu Cliff um Anerkennung auf.

Eine Anerkennung, die er nur selten erhielt.

Nach einem Jahr kam Gil Taylor unversehrt aus Korea zurück und meldete seinen Anspruch auf seine Familie an. Er holte Pat und Susan nach Shirley, Massachusetts, wo er stationiert wurde. Dort lebten sie in einem winzigen Apartment, und Pat schien es zu gefallen, Hausfrau zu spielen. Wie die meisten jungen Familien im Militärdienst besaßen sie so gut wie nichts an Möbeln und anderen Sachen: eine billige Couch mit einem orange- und avocadofarbenen Bezug und Seitenlehnen mit Ahornfurnier, dreieckige Beistelltische mit Kunststoffoberfläche und ganz billiges Geschirr.

Gil war gebräunt und muskulös und hatte etwa dreißig Pfund zugenommen. Er war nicht mehr der dünne Junge, den Pat geheiratet hatte. Ein attraktiver Mann. Pat wurde bald wieder schwanger. Am 14. Juni 1955 – etwas mehr als zwei Jahre nach Susans Geburt – brachte sie ihre zweite Tochter zur Welt, Deborah Dawn.

Boppo und Papa waren in Gary, Indiana, stationiert, und Margureitte war krank vor Sorge, wie es ihrem kleinen Mädchen wohl erging. Pat war erst siebzehn und mußte sich um zwei Babies kümmern. Sie schien von einer traumatischen Situation zur nächsten zu wandern. Sie hatte stets einen Hang zum Dramatischen bewiesen. Kein Gefühl erlebte sie gemäßigt. Wenn sie und Gil gegen Ende des Monats nur mehr wenig zu essen hatten, machte sie daraus tiefste Armut und rief zu Hause um Hilfe an.

Es gab viele solche Notfälle, zum Beispiel, als Pat von den Ausdünstungen der Farben ›zu Boden gestreckt‹ wurde, während sie versuchte, ihr Apartment hübscher zu gestalten. Sie schrieb ihrer Mutter, daß sie nicht genug zu essen hatten. Manchmal wäre es so schlimm, daß sie in Gärten das Fallobst unter den Apfelbäumen aufsammeln müsse. »Wenn wir uns überhaupt Fleisch leisten können, dann nur ein halbes Pfund Hackfleisch oder ein Schweinekotelett. Gibt es einmal ein Stückchen Brot, erhalten es die Kinder.« Es schmerzte Margureitte unerträglich, daß ihr Tochter und die Babies hungrig waren.

Boppo war ständig auf den Highways zwischen Gary,

Indiana, und Shirley, Massachusetts, unterwegs. Bei ihrem ersten Besuch war sie darüber entsetzt, wie Pat und Gil wohnten. Ihr Apartment lag in einem Gebäude, dessen Bewohner ihr höchst verdächtig vorkamen. Sie berichtete dem Colonel: »Cliff, ich glaube, sie leben in einem Bordell. Das ist nicht der richtige Ort für sie.«

Sie war nur zögernd allein nach Hause zurückgefahren. Dann rief Pat an und berichtete, sie wäre fast an einem Schweinekotelett erstickt, und Margureitte fuhr die ganze Nacht über, um schnellstens zu ihr zu kommen. Diesmal bestand sie darauf, daß Pat und die Babies mit ihr nach Indiana zurückkehrten, und Gil ließ sie ziehen. Margureitte erklärte ihrem Mann, in Pats Wohnung wären überall Ratten herumgelaufen, und Pat und die Babies wären in »einer schrecklichen Verfassung. Als ich hinkam, boten sie den erbärmlichsten Anblick, den man sich nur vorstellen kann.«

Susan erinnerte sich, wie glücklich sie alle waren, als ihre Großmutter eintraf – die Ein-Frau-Armee, die zu ihrer Rettung gekommen war. »Wir beteten sie an. Als Boppo auftauchte, wußten wir, daß alles wieder in Ordnung kommen würde.«

Sobald sie in Gary ankamen, überließ Kent sein Schlafzimmer seiner Schwester und zog ins Wohnzimmer. Das wurde zu einem ständigen Verhaltensmuster. Pat aus einer Gefahr zu retten, war allmählich der Hauptinhalt von Margureitte Radcliffes Leben geworden. Mit der begeisterten Unterstützung durch ihre Mutter reiste Pat in den nächsten paar Jahren zwischen dem Elternhaus und Gils Stationierungsorten hin und her.

Gil wurde nach Island, Deutschland und Washington, D. C., geschickt, und für gewöhnlich ging er allein. Es gab unzählige Notfälle, die alle nur dem Zweck dienten, Margureitte davon zu überzeugen, daß Pat und die Kinder bei ihr bleiben sollten. Pat war einmal mit dem Wagen unterwegs, als Deborah versehentlich den Türgriff drückte und auf die Straße hinausfiel. Zum Glück fuhren keine Wagen hinter ihnen.

Das Tagebuch mit den Aufzeichnungen über Susans Babyjahre enthält eine rätselhafte Eintragung: ›3 Jahre. Susan von einem Lastwagen überfahren. Nicht verletzt.‹ Susan erinnert sich nicht daran, von einem Lastwagen überfahren worden zu sein. Wie sonderbar, daß alle Geschenke, die sie als Baby erhielt, alle ihre Daten über Gewicht und Größe sowie ihre ersten Worte genau in ihrem Babytagebuch eingetragen worden waren, während dieser Zwischenfall mit dem Lastwagen, der tragisch hätte enden können, nicht im Detail beschrieben wurde.

Als Susan vier und Deborah zwei war, wurde Gil auf die Philippinen versetzt, und er überredete Pat, ihn mit ihren kleinen Mädchen zu begleiten. Er betete seine schöne junge Frau an und war begeistert, daß sie ihre Mutter verlassen und mit ihm kommen wollte.

Auf den Philippinen zog Deborah sich von ihrer Katze eine Pilzinfektion zu, und ihr fielen alle Haare aus. In den nächsten drei Jahren war sie teilweise kahl, aber Pat entwarf raffinierte Hüte, um den Verlust ihres Haares zu verbergen. Zu jedem Kleid gab es einen passenden Hut. Sie war eine hervorragende Schneiderin und nähte die meisten Kleider der beiden kleinen Mädchen. Susan und Deborah trugen zu jeder Gelegenheit entweder gleiche oder gegensätzliche Outfits – nicht viel anders gekleidet als Pat in ihrer Kindheit. Pat machte unzählige Bilder von ihren Töchtern. Susan und Deborah in österlicher Kleidung mit Frühlingshüten, in Kleidern zum Valentinstag, in Weihnachtskleidchen – zwei kleine Mädchen mit braunen Augen, die wie Puppen aussahen. Blätterte man in den Familienalben der Radcliffes und der Taylors, sah man Weinachtsessen, Halloweens, Osterfeste und Geburtstage direkt wie aus *Good Housekeeping*. Alle lächelten. Alle waren genau richtig gekleidet. Boppo und Pat trugen natürlich Schürzen mit Rüschen, wenn sie einen Truthahn aufschnitten oder einen Geburtstagskuchen ins Zimmer brachten. »Es war seltsam«, erinnerte sich Susan. »Damals lag Mom nichts daran, wie sie sich kleidete – aber sie wollte stets, daß wir perfekt aussehen.«

Pat machte eine Phase durch, in der ihre Kleider nahezu matronenhaft waren. Vorbei war es mit den weichen, verträumten Kleidern ihrer Teenagerjahre. In ihren Zwanzigern trug sie Blusen mit hochgeschlossenem Kragen und lange Röcke in gedämpften Farben. Sie scheitelte ihr Haar an der Seite und zog es streng in kleinen Locken zurück. Eine große bunte Brille verbarg ihre grünen Augen, und ihre Schuhe hatten breite Absätze. Aber die ganze Zeit über blieb ihre Figur so schlank und anziehend wie immer. Doch sie war unter dieser Kleidung verborgen, die ihre Sinnlichkeit verdeckte.

Trotz Deborahs schlimmer Pilzerkrankung genossen sie alle eine Zeitlang ihren Aufenthalt auf den Philippinen, doch das änderte sich. Pat schrieb ihrer Mutter, daß sie zwei Fehlgeburten gehabt habe. ›Ich war vier oder fünf Monate schwanger, und ich war völlig allein. Ich wußte nicht, was ich tun sollte, weshalb ich einfach auf der Toilette saß und sie hinunterspülte.‹

Doch diesmal konnte ihre Mutter nicht zu ihr kommen. Sie war mit ihrem Mann in Europa an seinem Stationierungsort, und sie mußte sich entscheiden. Ausnahmsweise entschied sie sich für Cliff.

Susan erinnerte sich vage daran, auf den Philippinen verletzt worden zu sein. »Irgendwie wurde meine Hand gequetscht. Ich weiß nicht, ob sie in einer Autotür eingeklemmt wurde, oder was sonst passierte. Ich weiß nur, daß es zur Weihnachtszeit war, und ich war im Krankenhaus und hörte, wie in der Halle Weihnachtslieder gesungen wurden. Meine Mutter besuchte mich, aber ich wollte sie nicht ansehen. Kinder erinnern sich an die seltsamsten Dinge. Ich hörte die Weihnachtslieder, und ich wandte mein Gesicht zur Wand, bis meine Mutter wegging.«

Pat schrieb wieder an ihre Mutter, ihr Arzt habe sie gewarnt, Gil wäre ein Tier und würde sie mit seinen unersättlichen Forderungen nach Sex auslaugen. Margureitte war entsetzt, und als Pat wieder schwanger wurde, bestand ihre Mutter darauf, daß sie in die Vereinigten Staaten zurückkehrte. Wieder einmal kehrten Pat und die Mädchen zurück zur ›Familie‹. Boppo und Papa waren noch in Deutschland, aber Pat und die Mädchen lebten in North Carolina bei Mama Siler, die begeistert war, ihre wundervolle Patty wieder bei sich zu haben.

Diesmal brachte Pat einen Jungen zur Welt. Ronnie Taylor

wurde im November 1958 geboren. Pat war einundzwanzig, unreif, verwöhnt und unfähig, sich selbständig um ihren Ehemann und ihre Kinder zu kümmern. Sie neigte auch dazu, die Wahrheit ein wenig zu verfälschen und hysterisch und theatralisch zu werden. Ihre Familie hielt sie jedoch nur für ein wenig überspannt. Und bei Südstaatenfrauen der höheren Kreise galt Exaltiertheit geradezu als ein bewundernswerter Charakterzug.

1959 lebten Pat und die Kinder mit Gil zusammen in den Magnolia Gardens Apartments in Falls Church, Virginia. »Ich glaube, ohne meine Großmutter konnte Pat mit uns nicht fertig werden«, erinnerte sich Susan. Pat war neuerdings übernervös geworden. Ständig stritt sie mit einer Frau, die in dem Apartment über ihr wohnte. Margureitte, die nun wieder in den Staaten war, hörte entsetzt, wie Pat Beleidigungen ausstieß: »Du führst dich wie ein Fischweib auf«, tadelte sie sanft.

Pat hielt ihre Wohnungstür ständig verschlossen und jagte ihren Kindern mit der Warnung Angst ein, jemand wolle in die Wohnung eindringen. Susan sehnte sich nach frischer Luft und floh nach draußen, wann immer sie konnte. Sie wanderte allein in der ganzen Gegend herum und fühlte sich dabei sicherer, als wenn sie zusammen mit den Ängsten ihrer Mutter eingeschlossen war.

Niemand versuchte, in das Apartment einzudringen. Pat wollte einfach, daß Gil nach Hause kam und ihr half. Mit ihren Geschichten erreichte sie für gewöhnlich ihr Ziel. Meist dienten ihre hysterischen Anwandlungen auch einem bestimmten Zweck. Als sie noch klein war, brauchte sie nur mit dem Fuß aufzustampfen und einen Wutanfall zu bekommen, um sich durchzusetzen. Jetzt benutzte sie die gleichen Methoden. Und Pat wollte eigentlich nichts anderes, als nach Hause zurückzukehren, bei Boppo und Papa zu leben und alle Bürden der Mutterschaft abzustreifen.

Sie wollte außerdem reich sein. Pat kleidete ihre Kinder noch immer exquisit und geschmackvoll. Es gefiel ihr, wie Jackie Kennedy ihren Sohn anzog, und sie wollte, daß Ronnie genau wie er aussah. Sie sparte ihr Geld, um für ihre Babies das Allerbeste zu kaufen. Aber mindestens einmal wurde sie beim Ladendiebstahl in einem Kaufhaus in Falls Church erwischt. Sie hatte teure Kinderkleider unter ihrer eigenen Kleidung versteckt.

Margureitte war entsetzt. »Dieser schrecklich, schrecklich rüde Hausdetektiv führte sie in das Büro und behandelte sie sehr, sehr schlecht. Wir hätten diese Leute verklagen können, aber wir nahmen davon Abstand.«

In Falls Church lief es nicht so gut. Ronnie hatte Krämpfe, die ständig weitergingen, bis er fast zwölf war, und Pat schrieb das dem Umstand zu, daß niemand in dem ganzen Staat Virginia zu ihr auch nur höflich war. Als Margureitte die Version ihrer Tochter von ihrem Leben in Falls Church hörte, bestand sie darauf, daß sie sofort nach Atlanta zurückkam.

Von Margureittes zwei Kindern war ihr Sohn derjenige, der wirklich etwas Unterstützung gebraucht hätte, aber er bat selten um Hilfe, und Pats Forderungen verdrängten ihn völlig. Kent war jetzt ein attraktiver, kräftig gebauter junger Mann. Aus Deutschland war er mit gebrochenem Herzen nach Hause gekommen. Er hatte sich rettungslos verliebt. Die alles verzehrende erste Liebe, die keine Schutzmauern zuläßt und die es nur einmal gibt. Das Mädchen war eine Deutsche, groß und hellblond. Sie hieß Marianne Krauss. Sie liebte Kent auch. Sie war ein äußerst nettes Mädchen und wollte ihn heiraten, aber sie konnte sich nicht vorstellen, ihre Eltern zu verlassen und für immer nach Amerika zu gehen. Und Kent ertrug es nicht, nie wieder nach Hause zurückzukehren. Als er endlich Deutschland verließ, war er so allein wie eh und je.

Seine Schwierigkeiten wuchsen, und er trank gelegentlich zu viel. In nüchternem Zustand war Kent so sanft, wie das die meisten körperlich starken Männer sind. Er brauchte nichts zu beweisen. Seine Kraft war beeindruckend. Auch wenn er ein wenig beschwipst war, war er noch gutmütig. Aber wenn er ein paar Flaschen Bier oder zu viel Cola-Rum trank und jemand ihn schlecht behandelte, wurde er wild. Kent konnte im Handumdrehen eine ganze Bar zerlegen.

Aber diese Vorkommnisse waren Verirrungen, die nicht seinem Charakter entsprachen. Wenn Kent litt, fraß er es in sich hinein und gab sich selbst die Schuld an allem, das schiefging.

20. Kapitel

Nach außen hin demonstrierte der Siler-Clan Loyalität und Familiensinn, Wohltätigkeit und religiöse Hingabe.

Besuche in Krankenhäusern und Begräbnisse machten stets einen großen Teil des gesellschaftlichen Lebens der Silers aus. Reverend und Mrs. Siler hatten natürlich ihre Kinder so erzogen, daß sie sich aufmerksam um die Kranken kümmerten und den Verstorbenen ein feierliches, liebevolles Lebewohl sagten. »Ich weiß, es klingt schrecklich«, sagte Susan, »aber ich habe Boppo nie glücklicher gesehen, als wenn sie sich um Kranke kümmerte.«

Wenn die Silers sich schon so aufmerksam um Fremde kümmerten, waren sie absolut unerschütterlich, wenn es darum ging, sich gegenseitig zu helfen. Pat Taylors nächste Verwandte – ihre Mutter und ihr Stiefvater, ihre Großeltern, ihre Tanten – bildeten eine Mauer gegen die Außenwelt. Sie verziehen Pat alle Extravaganzen und hielten bedingungslos zu ihr.

Es gab in ihrer weitläufigen Familie allerdings auch Leute, die Pat mit etwas weniger Begeisterung betrachteten. Altersgenossen in der Siler-Familie lehnten Pat gründlichst ab. Seit August 1966 wurde das große Siler-Familientreffen in White Lake, North Carolina, gehalten. Es war eine jährliche Ehrung für den verstorbenen Reverend Siler. Die Frauen kochten in Schichten und brachten Handarbeiten mit, die in der Siler-Auktion versteigert wurden. Die Einnahmen wurden dafür verwendet, anständige junge Männer auf Baptisten-Bibel-Colleges zu schicken.

Pats Sachen erzielten auf den Auktionen stets die höchsten

Gebote, und vielleicht erzeugte das auch einen gewissen Groll. Im Verlauf der Jahre hatten Pats Cousinen jedenfalls eine Reihe von Geschichten über sie gesammelt, die bei den Silers ständig erzählt wurden. Die kleine Patty Radcliffe, die ›schöne Cousine‹, schaffte es offenbar stets, die Gefühle der meisten ihrer schlichteren Verwandten zu verletzen. Als Susan und Deborah älter waren, wurden sie bei den Siler-Treffen stets von jemandem angesprochen, der sich noch immer über Pats rücksichtslose und harte Bemerkungen ärgerte.

Alle mochten dagegen Kent. Er war so friedfertig und liebenswürdig wie ein Bernhardinerwelpe. Er machte nie Ärger. Am College studierte er Technik und spielte Football. Dann erlitt er eine weitere schmerzhafte Enttäuschung, die alle anderen kommen gesehen hatten. Trotz seines Gehörschadens hatte Kent sich an den Glauben geklammert, eines Tages Soldat sein zu können. Doch als die Musterung kam, konnte er unmöglich die strengen Hörtests bestehen. Seine fortgeschrittene Schwerhörigkeit schloß ihn von der Army aus. Alle Männer in seinem Leben waren bei der Army, und er wäre so gern in diese Welt eingetreten. Aber er konnte kaum hören. So einfach war das, und so endgültig.

Diese Enttäuschung steigerte noch die Einsamkeit, die er seit Mariannes Verlust verspürte. Es half ihm, als er eine feste platonische Freundschaft zu Cindi Alan* aufbaute. Beide hatten Schwierigkeiten mit ihren Vätern, die beide Colonels und so unnachgiebig und gefühlsarm wie Stein waren. Ihre gemeinsamen Probleme führten Cindi und Kent zusammen. Es war keine Liebesgeschichte, aber es war ein sicherer Hafen.

Nach einer Weile wollte Kent mehr als eine Kameradin, und er begann, sich mit einem anderen Mädchen zu treffen. Cindi verübelte es Kent nicht, als er mit fast zweiundzwanzig am 3. Juli 1961 Meta Raye Crawford heiratete, die ebenfalls Tochter eines Colonels war, der in Fort McPherson stationiert war.

* Die Namen mancher Personen wurden geändert. Wenn sie in diesem Buch zum ersten Mal erwähnt werden, sind sie mit einem Stern gekennzeichnet.

Meta Raye war ein zierliches, dunkelhaariges, sehr hübsches Madchen, und beide Elternpaare lächelten wohlwollend über diese Verbindung. Kent war das zweite von Margureittes und Cliffs Kindern, das in der Kapelle in Fort McPherson heiratete. Aber traurig für Kent – die Verbindung dauerte nur ein Jahr. Es gab keinen Streit. Die Ehe lief sich einfach tot. Kent hatte Marianne, seine Liebe aus Deutschland, nicht vergessen, und er litt immer noch darunter, daß er sie nicht haben konnte.

Nach dem College arbeitete Kent als Zeichner für eine Baufirma. Er war mit dem Bleistift so talentiert wie Pat mit Nadel und Faden. Obwohl seine Eltern wieder in den Staaten waren, geriet Kents Leben ins Trudeln. Er wäre gern mehr mit ihnen zusammen gewesen, aber er hatte oft das Gefühl, daß er den Leuten in ihrem Haus lästig wurde. Pat und ihre Kinder lebten die meiste Zeit dort. Pats Krisen und emotionale Verwirrungen kamen in immer schnellerer Folge, und sobald sie von zu Hause weg war, ging etwas schief.

Gils Eltern wurden in das Orlando/Lakeland-Gebiet in Florida versetzt, wo sie sich dann auch zur Ruhe setzen sollten, und sie wollten verständlicherweise gern ihre Enkelkinder sehen. Von Zeit zu Zeit gab Pat den Bitten von Eunice Downing nach und brachte die Kinder zu Besuch.

Bei einem dieser unglücklichen Besuche bei den Downings rief Pat daheim um Hilfe an und erzählte eine bizarre Geschichte über ihre Schwiegermutter: »Ich glaube, sie will mich vergiften!«

Pats Gezeter versagte nie. Obwohl Margureitte und der Colonel in Übersee stationiert waren, fuhr Margureittes Schwester, Tante Lizzie Porter, die ganze Nacht von North Carolina nach Florida, um Pat wieder einmal zu ›retten‹.

Tante Lizzie Porter war eine schlanke, adelig wirkende Frau, die für die Telefongesellschaft arbeitete und ihren Sohn Bobby allein großzog, nachdem ihr Ehemann sie verlassen hatte. Bobby erzählte, daß nie jemand die Polizei oder die Sanitäter rief, wenn seine Cousine behauptete, jemand wolle sie umbringen. Margureitte und ihre Schwestern jedoch nahmen große Entfernungen auf sich, um Pat zu retten.

Eunice Downing war verwirrt. Sie fand nie heraus, was sie

getan hatte, um ihre Schwiegertochter dermaßen aufzuregen, aber sie versuchte, die trennende Kluft zu überbrücken – und blieb immer wieder mit einem Tisch zurück, der voll beladen war mit schnell erkaltendem Essen, und dem Anblick ihrer kleinen Enkelkinder, die weinend aus dem Rückfenster eines entschwindenden Wagens blickten.

1963 wurde Gil Taylor nach Deutschland versetzt, nach Bad Tölz und dann nach Bad Aibling. Pat wollte mit ihm gehen. Eine Weile lief alles gut, aber schon bald verstrickte sie sich in Streitigkeiten mit den Nachbarn. Sie schien die Auseinandersetzung bewußt zu suchen. Manchmal kämpfte sie sogar körperlich mit Nachbarinnen, kratzte sie und zog sie an den Haaren. Sie erzählte Gil, die Ehemänner dieser Frauen würden mit ihr flirten, und deutete sogar an, daß einige weitergegangen waren. Sie wurde wütend, wenn er an ihren Aussagen zweifelte.

Ein Grundthema bildete sich heraus. Mehr und mehr stellte Pat sich selbst als unschuldige Schönheit dar, die von sexwütigen Männern belagert wurde, die ihre Hände nicht von ihr lassen konnten. Gil hatte viele dramatische Geschichten von seiner Frau gehört und viel zu oft gesehen, wie winzige Probleme zu gewaltigen Szenen aufgebauscht wurden. Das war Pat. Sie brauchte Aufruhr, Hysterie und emotionales Feuerwerk. Und sie mußte stets im Mittelpunkt stehen. Er war ein schlichter Mann und wußte nicht, wie er sie behandeln sollte. Für gewöhnlich ging alles vorüber, wenn er sich einfach duckte und in Deckung ging.

Wenn sie eine Wochenendfahrt an den Chiemsee unternahmen, warf Pat ihrem Gatten vor, er trinke zu viel. Dabei trank er höchst selten – und wenn er es tat, mußte er es heimlich tun. Oder sie veranstalteten ein glückliches Picknick auf einer Bergwiese, und plötzlich schrie Pat auf, daß sie giftige Pilze gegessen habe und wahrscheinlich sterben müsse. Das war nicht der Stoff, aus dem angenehme Wochenenden entstehen.

Wenn ihre Eltern zu ihrer Unterstützung in der Nähe waren, konnte Pat mühsam eine gewisse Ruhe wahren, aber kaum war sie allein, verwandelte sie das tägliche Leben in ein Chaos. Sie flehte Boppo und Papa an, sich wieder nach Frankfurt versetzen zu lassen. Sie würde die beiden brauchen.

Natürlich kamen die Radcliffes bald nach Frankfurt. In gewisser Weise genossen die beiden sogar ihre überstürzten Rettungsaktionen für Pat. Ihre Tochter kam an allererster Stelle. Diesmal mußte allerdings auch Margureitte Radcliffe zugeben, daß Pat völlig die Kontrolle verloren hatte: Sie ließ ihre Tochter in ein Krankenhaus bringen, um sie psychiatrisch untersuchen zu lassen. Aber nicht für lange. Empört erklärte Margureitte, der Arzt wäre »so verrückt, wie ich das noch nie erlebt habe! Er fragte Pat doch tatsächlich, ob sie rosa Elefanten sieht! Man stelle sich vor . . .!«

Sobald ihre Eltern in ihrer Nähe waren, schien es Pat viel besser zu gehen. Dann kam es zum Krach mit Gil, und Pat und die Kinder zogen zu Boppo und Papa in deren Haus in Falkenstein. Sie erwartete, daß Gil kommen und sie um Verzeihung bitten würde, und sie wollte irgendwann nachgeben und ihm noch eine Chance einräumen. Als er das nicht tat, schäumte sie vor Wut über. »Euer Vater taugt nichts«, erklärte sie Debbie und Susan. »Er hat euren Schäferhund beim Glücksspiel verloren.« Boppo kaufte Susan und Debbie zwei Pudelwelpen, aber beide starben. Ihre Großmutter hatte solches Mitleid mit ihnen, als sie verzweifelt schluchzten, daß sie ihnen noch zwei kaufte. »Ich kann eure traurigen kleinen Gesichter nicht ertragen«, erklärte sie.

Diesmal blieben die Welpen am Leben.

21. Kapitel

Pat schrieb Gil, er solle sie holen. Die Kinder vermißten ihn, und sie selbst würde mit den beiden ohne ihn nicht fertig. Darüber hinaus machten ihr die Männer in der Nachbarschaft ihrer Eltern Angst. Sie deutete an, daß jemand nach ihrem Leben trachte. Sie schrieb ihrem Mann, sie lebe in der ständigen Angst, vergewaltigt zu werden. Sie prophezeite, Gil würde es bis an sein Lebensende bereuen, wenn er sie jetzt noch länger allein ließ.

Fraglos nahmen Männer Notiz von der sechsundzwanzig Jahre alten Pat Taylor. Mit ihren klaren grünen Augen, den vollen Lippen, dem leichten Überbiß und der unbekümmerten Sinnlichkeit, die sie ausstrahlte, sahen die Männer stets zweimal hin – aber auch ihr zweiter Blick entlockte Pat nur ein kaltes Starren. Es war jedoch zweifelhaft, daß sie sexuell verfolgt wurde. Und noch unwahrscheinlicher war, daß jemand sie ermorden wollte.

Debbie und Susan, inzwischen acht und zehn Jahre alt, gefiel es in Deutschland. Aber sie litten unter den Stimmungsumschwüngen ihrer Mutter. Eines Tages kamen Susan und ihre deutsche Freundin Dorte, ebenfalls zehn, früher als erwartet in das Haus ihrer Großeltern zurück. Dorte lief vor Susan den Weg entlang und stockte plötzlich. Verwirrt drehte sie sich zu Susan um. Sie deutete auf das Schlafzimmerfenster und sagte: »Deine Mutter . . . deine Mutter . . .«

»Was ist mit meiner Mutter?« fragte Susan.

»Schau durch das Fenster.« Die kleinen Mädchen spähten in das Glas und sahen Pat, die allein war und sich selbst am ganzen Körper mit Töpfen und Pfannen schlug. Hart. Susan war beschämt. Sie konnte es Dorte nicht erklären, weil sie es selbst nicht verstand.

Bald darauf hörten sie Sirenen, und deutsche Streifenwagen hielten mit flackerndem Blaulicht vor dem Haus. Am nächsten Morgen war Pats Körper mit blauen Flecken, Kratzern und Schwellungen übersät. Sie sah aus, als wäre sie von einem Lastwagen überfahren worden. Den deutschen Kriminalbeamten erzählte sie von einem Vertreter, der in das Haus eingedrungen war, sie geschlagen und dann sexuell attackiert hatte.

»Boppo und Papa brachten sie ins Krankenhaus und verständigten meinen Vater«, erinnerte sich Susan. »Er hat wohl die Geschichte geglaubt. Am nächsten Tag kam er her, und wir wohnten wieder bei ihm.« Doch es gab keine Anzeichen, daß Pat vergewaltigt worden war. Keinen Samen. Keine Verletzungen an der Vagina, keine der typischen Quetschungen an der Innenseite der Schenkel, die man bei Vergewaltigungsopfern findet.

Susan schwieg darüber, was sie am Fenster gesehen hatte. Sie schämte sich, ohne genau zu wissen, warum.

Pat und Gil waren seit über einem Jahrzehnt verheiratet. Er war kein verliebter Teenager mehr. Er hatte unter Pats Launen und ihren bizarren Geschichten gelitten – aber er liebte sie, und er liebte seine drei Kinder. Wenn Pat süß zu ihm war, konnte kein Mann mehr verlangen. Und sie wurde immer schöner.

Manchmal dachte Gil, könnte er nur herausfinden, was Pat glücklich und froh machen würde, würde er es ihr sofort geben und würde eine gute Ehe führen. Er wußte, daß sie in der Nähe ihrer Familie sein mußte, und das war schon einmal ein Anfang. Als sie 1965 Deutschland verließen und nach Fort Dix, New Jersey, zu einem neuen Einsatz flogen, blieben Margureitte und Clifford Radcliffe in Deutschland, bis die Zeit des Colonels abgelaufen war. Gil fragte sich, wie Pat ohne die beiden zurechtkommen würde. Immerhin hatten sie um den Posten in Frankfurt gebeten, um bei ihr sein zu können, und jetzt kehrte sie in die Staaten zurück.

Aber es kam alles in Ordnung. Pat war begeistert, als sie nach Fort Bragg in Fayetteville, North Carolina, geschickt wurden. Mama Siler war dort und alle ihre geliebten Tanten. Wenn schon ihre Mutter und ihr Stiefvater nicht bei ihr waren, hatte sie zumindest die zweite Garnitur zur Verfügung.

Gil und Pat kauften sogar ein kleines Haus nahe Fort Bragg. Das Haus war natürlich nicht annähernd so hübsch, wie Pat es sich vorgestellt hatte. Sie wurde immer besessener von der Idee, ihren eigenen Besitz zu haben – eine Plantage, weitläufige grüne Felder und Pferdeställe und ein Herrenhaus, in dem sie Gastgeberin spielen konnte. Sie hatte sich ohne die Hilfe ihrer Mutter nicht einmal um eine Wohnung kümmern können, aber sie wußte, daß sie glücklich sein würde, wenn sie wie Scarlett O'Hara auf Tara vor dem Bürgerkrieg leben konnte.

Während sie eines Tages nach Warsaw über Land fuhr, sah Pat ein Haus, das ihr spontan gefiel. Es war ein viktorianisches Herrenhaus, das von einem schmiedeeisernen Zaun umgeben war. Das Dach der Veranda wurde von hohen Säulen gestützt, im Vorgarten gab es einen Brunnen, und sogar ein Kutschenhaus war vorhanden – doch das alles befand sich in schrecklichem Zustand. Die Farbe blätterte ab, und das Dach hing durch. Der Rosengarten war verwildert, und das Fundament sackte nach einer Seite ab.

Dennoch: Sie mußte dieses Anwesen haben. Gil erkundigte sich, aber trotz des heruntergekommenen Zustandes überstieg der Preis bei weitem die Möglichkeiten eines Berufssoldaten. Er versuchte, das seiner Frau zu erklären, die aber schmollte. Könnte sie nur dieses Haus haben, wäre sie glücklich. Würde er sie lieben, würde er eine Möglichkeit finden, es ihr zu kaufen.

Was immer Gil auch für sie tat, es war nie genug.

Als Pat später Margureitte das Haus zeigte, wurde ihre Mutter blaß und fragte: »Pat, bist du verrückt?«

Das Haus war einen Steinwurf von dem Ort entfernt, an dem John Cam Prigeon noch immer mit seiner Familie lebte. Pat kannte wahrscheinlich damals nicht die Hintergründe, aber ihre Mutter bestand heftigst darauf, die Finger von diesem Haus in Warsaw zu lassen.

Es gibt keinen Beweis, daß Pat Taylor mit anderen Männern als ihrem Ehemann zusammen war – ausgenommen in ihrer Phantasie. Sie benützte ihre Geschichten über unerwünschte Aufmerksamkeiten durch andere Männer, um Gil bei der Stange zu halten. Aber in Fort Bragg traf sie ihren alten Freund wieder. Er war jetzt Captain, während Gil nur Sergeant war. Gil war immer auf den Mann eifersüchtig gewesen, obwohl er inzwischen überzeugt war, daß Susan wirklich seine eigene Tochter war – und nicht die des Nebenbuhlers.

An einem Abend gab es eine schreckliche Szene, als Pat und Gil mit ihren Tanten in Sneads Ferry zum Essen ausgingen. Als ihre Tanten hörten, daß der Captain ihre Nichte noch immer faszinierend fand, drängten sie Pat, ihn zu ermutigen. Auf lange

Sicht, meinten sie, hätte sie mit ihm eine viel solidere Zukunft zu erwarten als mit einem gewöhnlichen Sergeanten. Die Tatsache, daß Pat mit dem Vater ihrer drei Kinder verheiratet war, taten sie mit einer Handbewegung einfach ab. Wenn Pat durch die Ehe mit einem Offizier glücklich werden konnte, dann wünschten die Tanten sich das für Pat.

Gil hätte genausogut unsichtbar sein können!

Pat fühlte sich elend. Ehefrau zu sein, gefiel ihr nicht, aber sie wollte auch nicht allein sein. Sie war nicht an dem Captain interessiert. Sie wollte nichts anderes, als zu Hause bei Boppo und Papa zu sein.

Die Radcliffes verließen Deutschland und wurden nach Fort McPherson geschickt, ihrem letzten Stationierungsort vor dem Ruhestand des Colonels. Sie kauften ein kleines Haus bei Atlanta, aber als sie erkannten, daß Pat und die Kinder wieder zu ihnen ziehen würden, wußten sie, daß es nicht annähernd groß genug war.

Sie fanden ein Haus in East Point, in das Margureitte sich verliebte, ein niedriges, weitläufiges, aus Ziegeln erbautes Haus mit weißen Fensterländen. Es war weit von der Straße zurückgebaut – Dodson Drive –, und auf dem einen halben Morgen großen Grundstück standen Nadel- und Ahornbäume. Nach all den Jahren der Notbehelfe und des Arrangierens mit Militärunterkünften hatte Margureitte endlich ihr eigenes Haus. Sie hätte glücklich für den Rest ihres Lebens am Dodson Drive wohnen können. Das Haus war schön, und die Gegend gehobene Mittelklasse.

Kent zog zu ihnen, zumindest gelegentlich, und bald stellte sich wieder ein vertrautes Muster ein. So oft Pat und ihre Kinder auftauchten, um bei Boppo und Papa zu bleiben, ging Kent ihnen gehorsam aus dem Weg. Für Pat war stets Platz vorhanden.

Kent liebte Pats Kinder, versuchte jedoch, Pat auszuweichen. Wenn sie dafür bekannt war, die Gefühle ihrer Cousinen zu verletzen, so versetzte sie Kent stets Tiefschläge. »Er versuchte, sich ihr fernzuhalten«, erinnerte sich Susan. »Aber sie folgte ihm von Zimmer zu Zimmer, und wenn er nach draußen ging, fand sie ihn auch da. Ich glaube, sie versuchte, ihn für immer aus dem Haus zu treiben. Er war so freundlich und so nett, und alle meine Freundinnen schwärmten für ihn. Sie waren erst ungefähr zwölf, aber sie sahen, wie attraktiv er war, und sie liefen ihm nach.«

Pat hatte keine Freundinnen. Sie hatte schon als Mädchen nie Freundinnen gehabt und vermißte sie auch nicht. Sie mochte Frauen nicht. Sie hatte Boppo und Papa, und sie verbrachte viel Zeit mit ihren Töchtern. Die Freunde von Susan und Debbie konnten nicht glauben, daß Pat deren Mutter war. Sie sah wie ein Teenager aus, und sie war so hübsch. Den jungen Besuchern kam das Radcliffe-Haus wunderbar vor: der großartig aussehende Onkel, die reizende junge Mutter und die Großeltern, die so freundlich waren. Susan und Debbie wurden von allen Freunden und Freundinnen beneidet.

Pats Töchter erinnerten sich an sie als eine gute Mutter. Sie brachte ihre Kinder in die Sonntagsschule und holte sie hinterher wieder ab. Sie gab wunderbare Geburtstagsparties, und sie liebte es, das Haus für besondere Gelegenheiten zu schmücken. Und natürlich nähte sie für ihre Töchter. Sie sagte ihnen oft, wie wundervoll sie waren und daß sie alles erreichen würden, was sie auf der ganzen weiten Welt haben wollten.

Kent wußte nur zu gut, daß seine Gegenwart Pat störte. Seine Mutter war unfähig, sich gegen sie zu stellen. Margureitte wurde in zu viele Richtungen gezogen, und sie war keine Frau, die sich einer direkten Konfrontation stellte. Sie hatte andere Wege, um ihre Familie wissen zu lassen, wann sie unglücklich war. Dann schlug sie stets die Türen der Küchenschränke laut zu und murmelte vor sich hin. Pat störte das nie, Kent fühlte sich dabei schrecklich unbehaglich. Wurde sie zu weit getrieben, offenbarte auch Margureitte eine theatralische Seite. Dann fiel sie auf die Knie, streckte ihre Arme aus und schrie: »Was ist mit *mir?* Warum fragt denn nie jemand, was *ich* will?«

Er ging davon aus, daß im Haus alles leichter wurde, wenn er wegging, und deshalb ging er. Er konnte auf sich selbst aufpassen, aber Pat war so hilflos. Boppo mußte sich um Pat kümmern. Das konnte jeder sehen.

Entscheidungen sind wie Dominosteine. Einer fällt gegen den nächsten, und dann wieder gegen den nächsten, bis sich die Ereignisse der menschlichen Kontrolle entziehen. Margureitte sollte nie wieder ihr Leben wirklich in den Griff bekommen. Daß ihre eigenen Entscheidungen die Szenerie für eine Tragödie vorbereitet hatten, wurde ihr nie klar. Sie rief nur immer wieder: »Warum fragt denn nie jemand, was *ich* will?«

Niemand sollte das je tun.

1964 hatte Kent seine Beziehung zu Cindi Alan wieder aufgenommen, und diesmal wurde aus ihrer Freundschaft eine Liebesbeziehung. Mit fünfundzwanzig war Kent wahrscheinlich glücklicher, als er jemals war, seit er sich in Deutschland in Marianne verliebt hatte. Cindi war attraktiv und blond, und sie hatte stets ein Lächeln im Gesicht. Die beiden waren noch nicht intim miteinander, aber Kent glaubte, daß es bald dazu kommen würde. Sie hatten viel Spaß zusammen. Cindi war stolz, mit Kent gesehen zu werden. Ihre Eltern waren einverstanden. Seine Eltern waren einverstanden.

Allerdings sahen sie sich nicht so oft, wie sie sich das wünschten. Cindi arbeitete in Alabama, Kent in Atlanta, aber sie schrieben sich ständig und tauschten Fotos aus. Kent schickte ihr ein Bild von sich, auf dem er nachdenklich in die Ferne blickt. Er hatte die Worte ›Liebe‹ und ›Zukunft!‹ über den Schnappschuß geschrieben.

Im November 1964 schickte er ihr ein Bild und schrieb auf die Rückseite:

> Cindi,
> Ich sehne mich nach dem Tag, an dem unser gemeinsames Leben beginnt – möge er bald kommen und uns Glück bringen.
> In Liebe, Kent

Ein anderes Mal schrieb er: »Du fehlst mir so sehr, Cindi. Komm schnell nach Hause, damit ich wieder lächeln kann.«

An einem gemeinsamen Wochenende steckten sie Quarters in einen Automaten, der drei Fotos für einen Dollar machte, und posierten zusammen, wobei Cindi auf Kents Schoß saß. Das letzte Bild zeigte einen zärtlichen Kuß.

Sie sprachen über eine Heirat und sogar über ein Kind. Sie wollten es Jessica nennen. Wenn Kent an Cindi schrieb, schickte er manchmal eine Botschaft an ›Jessica‹, ihr geheimes zukünftiges Kind. »Jessica, ich weiß, daß du irgendwo wartest ...«

Eine Lokalzeitung brachte ein Foto von Kent und Cindi und Cindis Eltern auf der Gesellschaftsseite. Der Text lautete:

> Cindi Alan aus Birmingham, Alabama, die ihre Eltern, Lt. Col. und Mrs. Bertram Alan* in Atlanta besucht, wurde von einem Reporter zu einem Foto gebeten. Sie ihrerseits bat ihren Begleiter, Kent Radcliffe, an ihrer Seite zu stehen. Gerade als die Kamera klickte, streckte sie ihre Hand aus und zeigte einen schönen Ring.
>
> Auf diese Weise erfuhren die Alans, daß ihre Tochter verlobt war!

Das war der Stoff, der die Herzen der Gesellschaftsreporter wärmte, aber es war nicht alles so, wie es schien. Cindi hatte eine geheime Seite ihres Lebens vor ihm verborgen. Sie dachte, sie könnte ihre Beziehung ins Laufen bringen, wenn sie es nur richtig versuchte, aber sie konnte es nicht. Ohne Kent den wahren Grund zu verraten, löste sie behutsam ihre Verlobung. Sie blieben Freunde, und er liebte sie noch immer. Er flehte sie an, und er wurde sogar wütend auf sie, aber nichts half. Er verstand nicht, wie sie einfach ihn und alles, was sie geplant hatten, im Stich lassen konnte. Er war verzweifelt.

Kent ging nach Houston zu seinem Onkel Frazier – um von allem wegzukommen und einen Job zu finden, in dem er sich verlieren konnte. Wie immer nahm Kent an, es wäre sein Fehler, daß wieder eine Beziehung zerbrochen war. Seine Nerven lagen blank. Er versuchte gerade, sein brüchig gewordenes

Leben wieder in Ordnung zu bringen, als er zwei merkwürdige dringende Botschaften erhielt. Die eine kam per Telefon von einer Frauenstimme, die er nicht erkannte, und die andere per Brief.

In beiden Fällen lautete die Botschaft: »Setz dich auf den Bus und komm zurück nach Atlanta!«

Kent wußte nicht, von wem der Anruf und der Brief stammten, aber als er nach Atlanta zurückkehrte, geriet er in einen Gewittersturm vernichtender Neuigkeiten. Seine Schwester Pat erzählte ihm eine häßliche, unglaubliche Geschichte. Falls Kent noch die geringste Hoffnung gehegt hatte, er und Cindi könnten wieder zusammenkommen, zerschmetterte Pat sie. »Deine Freundin zieht Frauen vor«, erklärte sie. »Ich weiß nicht, warum sie sich jemals mit dir verlobt hat – vielleicht, um ihr wahres Leben zu verbergen. Sie ist eine Lesbe.«

Es stimmte, aber Cindi hatte nicht gewollt, daß Kent davon erfuhr. Man schrieb das Jahr 1965, und sie liebte ihn genug, um ihn mit weniger vernichtenden Wahrheiten gehen zu lassen.

Kent war über die Eröffnung erschüttert und verzweifelt. Und dennoch traf Pat ihn innerhalb kurzer Zeit mit einer noch schlimmeren Enthüllung. Kent hatte stets geglaubt, er wäre der leibliche Sohn von Clifford Radcliffe, und niemand hatte auch nur eine Andeutung gemacht, es könne anders sein. Auch wenn Kent sich erst noch gegenüber dem Mann, den er so sehr bewunderte, beweisen mußte, war er stolz, sein Sohn zu sein. Doch das war er natürlich nicht. Laut seiner Geburtsurkunde war er unehelich zur Welt gekommen, lange bevor Margureitte ihren späteren Ehegatten Radcliffe überhaupt kennengelernt hatte.

Wieder war es seine Schwester, die ihn mit der Wahrheit verletzte. In einem Moment der Raserei lenkte Pat ihren Zorn gegen ihren Bruder und stieß hervor: »Du gehörst gar nicht zu uns! Du weißt nicht einmal, wer du bist! Du glaubst nur, Papa wäre dein Vater, aber er ist es nicht! Du bist ein Bastard, und du bist so blöde, daß du es nicht einmal weißt!«

Das war grausam von ihr. Der kleine Junge hatte seine Schwerhörigkeit ertragen, der Teenager hatte ein gebrochenes

Herz überlebt, der Mann hatte eine Hochzeit und seine Hoffnungen auf eine zweite zerbrechen gesehen – und jetzt wurde ihm durch diese vernichtenden Sätze alles genommen, woran er glaubte.

Pat konnte kaum angenommen haben, sie selbst wäre Clifford Radcliffes Tochter. Sie war älter als Kent. Höchstwahrscheinlich stammten sie und Kent von demselben Mann ab. Dennoch glaubte sie, Kent eindeutig überlegen zu sein. In ihrer Vorstellung war sie eine Aristokratin, und er war ein Eindringling aus einer niedrigeren Gesellschaftsschicht. Nachdem sie erst einmal die Büchse der Pandora geöffnet hatte, erinnerte sie ihren Bruder bei jeder Gelegenheit, die sie fand, an seine wahren Wurzeln. Es gab Zeugen, die das hörten. Kent war nie mehr derselbe wie vorher. Er traf sich zwar mit Frauen, aber sein Herz war nicht mehr dabei. Er trank zu viel, und seine Fähigkeit, mit Verlusten fertig zu werden, war aufgezehrt. Cindi weinte über seinen Schmerz, aber sie konnte ihm nicht die Frau sein, die er brauchte.

Weihnachten 1965 verlief angespannt, ganz gleich, wie sehr Boppo sich auch bemühte, es festlich zu gestalten. Kent versank in Depressionen. Er war in Alabama gewesen und hatte Cindi besucht, die ebenfalls seine Verbitterung bemerkte.

Gil war oft in Übersee. Er war zu einem Schattenehemann und Schattenvater geworden. Die eng zusammengerückte kleine Familie am Dodson Drive brauchte ihn nicht. Er wurde genauso abgeschoben wie Kent.

Kent versuchte, ein eigenes Apartment zu finden. Pats Kinder wollten ihn bei sich haben, aber seine Schwester ließ ihm keine Ruhe.

Boppo wurde zwischen den beiden hin- und hergerissen, aber wie immer schlug sie sich auf die Seite ihrer Tochter und nahm an, Kent wäre stärker als Pat.

In der zweiten Hälfte des Jahres 1965 traf Kent sich mit einer Stewardeß in College Par, Georgia. Sie war schön, und sie mochte ihn wirklich, aber Kent war ein gebranntes Kind. Er konnte ihr nicht rückhaltlos vertrauen. Als sie schwanger wurde, behielt sie es für sich, weil sie fühlte, daß Kents Gefühle für sie nicht stark genug waren. Sie ließ sich Zeit und wartete auf den richtigen Zeitpunkt, um es ihm zu sagen.

Dieser Zeitpunkt sollte nie kommen.

Am 1. Februar 1966 erhielt Officer M. C. Faulkner von der Polizei in East Point ein Signal 59, das ihn nach 2555 Stewart Avenue schickte, ›direkt vor Nalley's Chevrolet‹. Ein Signal 59 bedeutete eine Leiche. Er rechnete mit einem Unfall. Und tatsächlich gab es auf der Stewart Avenue einen geringfügigen Verkehrsunfall. Ein am Straßenrand stehender Oldsmobile hatte den rechten vorderen Kotflügel eingedrückt, und der Reifen auf dieser Seite war geplatzt. In der Nähe sah Faulkner einen Kombi mit eingedrückter Heckklappe.

Officer G. H. Wade berichtete Faulkner, er wäre von einem Verkäufer von Nalley's gerufen worden. Auf ihre Fragen erklärte Mary Schroder, sie wäre mit ihrem Ford Kombi Baujahr 1962 auf der Stewart Avenue nach Süden gefahren. Ihr Ehemann James, ein Anwalt, habe auf dem Beifahrersitz gesessen. »Ich bog nach rechts zu Nalley's ein, als mein Wagen von hinten von diesem Oldmobile gerammt wurde. Ich glaube, er ist auch Baujahr 62. Der Wagen fuhr dann an unserem Wagen vorbei und zog an den Straßenrand.« James Schroder schrieb die sonderbare Schilderung auf. »Der Fahrer blickte zu uns, als er vorbeifuhr. Ich stieg aus und ging zu seinem Wagen, und dann sah ich, wie er auf dem Sitz in sich zusammensank.«

Ein Verkäufer bei Nalley's sagte, er habe einen lauten Knall gehört – ›wie ein Schuß‹ –, und zwar kurz vor dem Unfall, aber ein anderer Zeuge schilderte den Polizisten, der Oldmobile wäre unmittelbar vor dem Zusammenstoß an ihm vorbeigefahren, und der Fahrer, ein junger Mann, habe eine Zigarette geraucht.

Wann der Schuß genau gefallen war, blieb ungeklärt. Der Fahrer des Oldsmobile war jedenfalls tot. Sein Körper lag auf den Vordersitzen, mit dem Kopf nahe der rechten Vordertür. Seine Füße steckten in Hush-Puppy-Schuhen und lagen noch immer nahe Gaspedal und Bremse. Es war kein Blut zu sehen. Es sah aus, als wäre der Mann eingeschlafen. Aber ein einschüssiges Repetiergewehr Kaliber 22 lag auf der Beifahrerseite auf dem Boden auf einem Haufen zerknüllter Zeitungen.

Auf die verschwindend kleine Möglichkeit hin, daß der junge Mann vielleicht noch lebte, wurde er schnellstens in das Grady Memorial Hospital gebracht, aber bei seinem Eintreffen konnte nur noch sein Tod festgestellt werden. Ein Führerschein und eine Sozialversicherungskarte in einer Brieftasche, die man bei dem Toten fand, identifizierten ihn als Reginald Kent Radcliffe, sechsundzwanzig, wohnhaft 2378 Dodson Drive.

Sergeant Haines von der Gerichtsmedizin des Fulton County kümmerte sich um die Leiche. Der Gerichtsmediziner stufte Kents Tod als ›gewaltsam‹ und als ›Selbstmord‹ ein. Er hatte eine ›Schußverletzung mit aufgesetzter Waffe in der Mitte seiner Brust durch die Bekleidung hindurch‹. Er war auf der Stelle tot gewesen. Ein Blutalkoholtest ergab 1,3 Promille. In den meisten Bundesstaaten gelten 1,0 Promille als Grenze für Trunkenheit.

Ermittler holten Kents Sachen aus seinem Wagen. Seine Brieftasche enthielt zwei Dollar vierzig. Sie fanden eine Sporttasche, ein Feuerzeug, zwei Kugelschreiber, ein zweites Gewehr Kaliber 22, seine Brille (auf dem Rücksitz) und ebenfalls auf dem Rücksitz eine halbleere Flasche Rum.

Es gab keine komplizierten gerichtsmedizinischen Tests, die bestimmen konnten, wann Kent sich eine Kugel ins Herz gejagt hatte. War er schon tot oder starb er gerade, als er das Heck des Wagens der Schroders mit seinem rechten vorderen Kotflügel rammte? Wahrscheinlich nicht. James Schroder war sicher, daß der Fahrer sie nach dem Zusammenstoß noch angesehen hatte.

Hatte Kent sich an diesem 1. Februar töten wollen? War er durch East Point mit bereitgehaltenem Gewehr gefahren? Oder war der Verkehrsunfall der Tropfen gewesen, der das Faß für einen Mann hatte überlaufen lassen, der glaubte, sein Leben wäre ohne Freude? Hatte er impulsiv nach dem Gewehr gegriffen und geschossen?

Die Ermittler aus East Point zogen sogar die Möglichkeit in Betracht, daß es einen Beifahrer gegeben hatte, daß Kent ermordet worden war. Seine Brille lag unzerbrochen auf dem

Rücksitz. Er war so kurzsichtig, daß er ohne sie nicht hätte fahren können. Nein, wahrscheinlich war die Brille von der Wucht des Schusses von seinem Gesicht gerissen und über den Sitz geschleudert worden. Sie gaben die Mordtheorie auf. Zu viele Leute hatten Kents Wagen nach dem Unfall gesehen, und niemand war herausgesprungen und weggelaufen.

Kent hatte sich selbst getötet.

Es war früher Abend, als ein Polizist an die Haustür am Dodson Drive klopfte. Margureitte öffnete und hatte schon eine Vorahnung. Nur Fremde kamen an die Vordertür. Sobald sie die Uniform sah, schrie sie, bevor der Polizist auch nur ein Wort sagen konnte: »Mein Gott! Kent hat sich umgebracht!«

Pat stand in der Diele und sah zu. Sie versuchte, ihre Mutter in die Arme zu nehmen, doch Margureitte stieß sie untröstlich von sich. Colonel Radcliffe fuhr zu der Leichenhalle, um die offizielle Identifizierung durchzuführen.

Kents Tod machte keine Schlagzeilen, sondern er brachte nur einen kurzen Artikel auf den hinteren Seiten des *Atlanta Journal*. Sein Nachruf war sogar noch kürzer. Seine Todesart wurde nicht erwähnt. Als Trauernde wurden seine Eltern angeführt, Colonel und Mrs. Clifford B. Radcliffe, East Point, und eine Schwester, Mrs. G. H. Taylor, East Point. Am Donnerstag, dem 3. Februar 1966, wurde die Trauerfeier in Hemperley's Bestattungsinstitut gehalten, und Kent wurde im Onslow Memorial Park in Jacksonville, North Carolina, begraben. Cindi Alan schob einen Ring an seinen Finger, bevor der Sarg geschlossen wurde. Darauf war eingraviert: ›Für Kent von Jessica‹.

Aber es würde nie eine Jessica geben. Es sollte auch jenes Baby nicht geben, von dem Kent nichts gewußt hatte. Die Stewardeß, die sein Kind trug, ließ eine Abtreibung vornehmen. Sie trauerte schrecklich. Allerdings blieb ihr nicht viel Zeit. Sechs Monate später flog sie in einer zweisitzigen Privatmaschine mit, die abstürzte. Sie und der Pilot kamen ums Leben.

Jetzt war Pat tatsächlich ein Einzelkind. Kent war für immer gegangen. Die einzige Erinnerung an ihn war ein Foto von ihm als schüchterner Volksschüler, das Margureitte stets sichtbar aufstellte. Margureitte hatte drei Kinder zur Welt gebracht. Zwei von ihnen waren tot. Sie weigerte sich, Beruhigungstabletten zu nehmen. »Warum sollte ich den Schmerz betäuben wollen?« fragte sie trostlos. »Kent ist tot. Morgen früh wird er noch immer tot sein. Nichts wird sich ändern. Wozu den Schmerz betäuben?«

Pat trauerte dramatisch um ihren Bruder und schluchzte, was für eine Tragödie es doch war. Sie gab Cindi die Schuld. »Sie hat ihn getötet, indem sie ihm das Herz gebrochen hat!« Doch Margureitte war sich sehr wohl des Grolls bewußt, den Pat gegen Kent empfunden hatte. Sie starrte ausdruckslos in das tränenüberströmte Gesicht ihrer Tochter.

Margureitte widmete jetzt alle ihre Energien Pat und deren Kindern. Neben Clifford und ihren Schwestern waren sie alles, was ihr geblieben war. Und Pat hatte ihre Mutter jetzt ganz für sich. Keiner ihrer theatralischen Anfälle und keine ihrer Manipulationen hatte bisher jemandem einen wirklichen Schaden zugefügt. Bisher war sie einfach eine unfähige junge Frau gewesen, selbstsüchtig und hysterisch, die ihr eigener Feind zu sein schien. Doch nach dem Selbstmord ihres Bruders hatte ihre überwältigende Selbstsucht im wahrsten Sinne des Wortes Blut gekostet.

22. Kapitel

Das Leben am Dodson Drive ging weiter.

Man schrieb das Jahr 1966, und Pat war neunundzwanzig. Der Krieg in Vietnam tobte weit weg. Gil Taylor, der von seiner Familie weggetrieben worden war, verbrachte einen beträchtlichen Teil seines Lebens in diesem Krieg. »Seit ich elf oder zwölf war«, erinnerte Susan sich an dieses Jahr, »lebten wir die meiste Zeit am Dodson Drive bei meinen Großeltern. Mein

Vater kam gelegentlich zu Besuch, und er schickte Geld. Wir Kinder haben ihn sehr vermißt.«

Pat benützte Gils Geld für ihre eigenen Bedürfnisse. Sie erklärte ihren Eltern, er würde nichts zum Unterhalt seiner Familie beitragen – was eine glatte Lüge war. Boppo und Papa unterstützten sie und die Kinder. Die Taylor-Familie unternahm gelegentlich Versuche, das Paar wieder zusammenzuführen, aber Pat und die Kinder waren stets nach wenigen Monaten wieder bei Pats Eltern. Gil verpflichtete sich für eine weitere Dienstzeit in Vietnam. An ihrem fünfzehnten Hochzeitstag schickte er Pat ein Foto von sich, wie er in Tarnkleidung vor dem Verpflegungszelt stand. Auf die Rückseite schrieb er:

> 6. September 1967. Mein Liebling, Lt. Levine hat heute vormittag dieses Foto von mir gemacht. HOCHZEITSGESCHENK. Ha! Ich liebe Dich. Alles Gute zum Hochzeitstag, meine Liebe.

Pat hatte nur für einen Bruchteil dieser fünfzehn Jahre mit ihm zusammengelebt.

Colonel Radcliffe schied aus der Army aus und ging in den Ruhestand. Aus Liebhaberei befaßte er sich mit Immobilien. Margureitte dekorierte das Haus am Dodson Drive so, daß ihr jeder Raum gefiel. Es gab drei Schlafzimmer und ein Wohnzimmer. Ronnie, sieben, schlief in Pats Zimmer. Susan und Debbie hatten sich ein Zimmer geteilt, bis Kent auszog, und dann bekam Susan sein Zimmer. Nach seinem Tod hatte sie Alpträume. Sie weinte lange um ihn, aber niemand sprach viel über Kent.

Durch ihre Enkelinnen lebte Margureitte ihre alten Träume aus, Pferdeliebhaberin zu sein. Sie erreichte, daß der Colonel Geld – wenn auch nur wenig – in ein Pferd investierte, das sie Sam nannten. Susan, Debbie und Ronnie ritten darauf. Margureittes Job als Empfangsdame für einen Zahnarzt beschaffte das Geld für die Reitstunden ihrer Enkel. Pat nahm ebenfalls Stunden und genoß das Bild, das sie dabei bot, aber sie hatte nicht viel für das Reiten selbst übrig. Sie konnte im Damensitz hübsch aussehen, mehr nicht. Ihre Kinder waren gut, besonders Susan und Debbie. Sie arbeiteten mit einigen der besten Trainer des Südens und lernten Reiten im englischen Stil. Springen und Dressurreiten. Boppo strahlte, wenn sie ihre Enkeltöchter in ihren Reiterhosen, den Jacken mit den Schößen und den Federhüten sah. Wenn es sich irgendwie machen ließ, versäumte sie keinen Wettbewerb und war sehr stolz, als die beiden ein blaues Band nach dem anderen gewannen. »Meine Mädchen wollten immer hoch hinaus«, erinnerte sie sich liebevoll. Dieser Sport hatte Nobles an sich.

Mit der Zeit wurde der Schmerz über Kents Selbstmord für Margureitte weniger gegenwärtig, obwohl sie sich von dem Verlust nie wirklich erholte. Doch sie hatte Pat und den Colonel, der ihre Enkel wie seine eigenen akzeptierte. Er nannte Susan ›Poogie‹, Debbie ›Diddle‹ und Ronnie ›Sam Houston Texas Taylor‹.

Sergeant Gilbert Taylor war hartnäckig. Er liebte Pat noch immer, und seiner Meinung nach war es nur eine Frage der Zeit, bis er seine Familie wieder um sich scharen konnte. Er wußte, was dazu nötig war, und als er 1969 nach Fort McPherson zurückkam, war er darauf vorbereitet, seiner Frau zu geben, was sie wollte. Pat hatte stets von einem Haus geträumt, das schöner war als jedes Haus, das eine Siler jemals gesehen hatte. Zum Teufel, sie wollte noch immer ihre Tara! Das hatte sie stets gewollt, und das würde sie immer wollen, und wenn er sie jemals aus dem Haus ihrer Mama holen wollte, mußte er eine Möglichkeit finden, ihr zu geben, wonach sie verlangte.

Sie fuhren über Land und sahen sich nach einem in Frage kommenden Besitz um. Endlich fanden sie an der Tell Road ein Stück Land, das zum Verkauf stand. Sie hätten sehr leicht daran vorbeifahren können. Es lag westlich von East Point im Ben Hill District und endete an der Stadtgrenze von Atlanta. Es sah hier überhaupt nicht städtisch aus. Es war tiefstes Land mit dichten Bäumen bis zur Straße und Feuchtgebieten, in denen einige Hausbesitzer algenbedeckte Teiche angelegt hatten.

Es gab kein Haus, keine Straße, nichts als Bäume. Aber Pat wollte es haben. Hier wollte sie ihr Herrenhaus bauen und eine herrliche Bahn für Pferdeshows anlegen. Sie wollte Reitstunden geben. Sie versicherte ihrem Mann, der Besitz 4189 Tell Road S. W. würde im gesamten Süden in Reiterkreisen bekannt sein.

Gil mußte in drei Jobs arbeiten, um es zu bezahlen. Er hatte natürlich seinen regulären Dienst bei der Army, dann verlud er Mahlzeiten in Flugzeuge und arbeitete für die J. C. Penney Company. Er hatte immer dunkle Ringe unter den Augen gehabt, aber jetzt wurden sie fast schwarz. Als er fürchtete, sich bei dieser Belastung umzubringen, versuchte er, es Pat zu erklären: »Süße, ich schaffe das nicht. Ich schlafe nachts nur vier Stunden.«

Sie schüttelte ungeduldig den Kopf. »Sicher kannst du es. Du mußt dich nur mehr bemühen.«

Er tat es – und sie kauften den Besitz an der Tell Road. Sie rodeten und legten eine Reitbahn an und stellten Zuschauerränge, Lampen und Zäune auf. Das Herrenhaus, das Pat vorschwebte, lag jedoch weit außerhalb ihrer Möglichkeiten. Darauf mußten sie noch warten. In der Zwischenzeit fanden sie zwei Häuser, die verkauft wurden. Eines war weiß, das andere aus roten Ziegeln, und sie wurden vorsichtig auf Tiefladern über die Tell Road und vorbei an Fanny Kate Cashs Haus zu einem Hügel in den Wäldern gebracht.

Bald stellten die Taylors fest, daß es billiger wäre, einfach *ein* Haus auf ihrem Land zu bauen. Es half nicht gerade, daß Pat auf den allerbesten Beleuchtungskörpern, Fußböden und Verzierungen bestand. Als sie die lange Schotterzufahrt pflastern lassen wollte, schlug sogar Boppo die Hände zusammen und rief: »Lieber Himmel! Jetzt hat sie den Verstand verloren! Hat sie denn nicht die geringste Vorstellung, was das kostet?«

Die Straße blieb geschottert, aber Gil ließ von Maurern unter dem weißen Holzhaus ein rotes Ziegelfundament bauen, und er selbst zimmerte eine lange Veranda, die zu der Pferdebahn ausgerichtet war. Sie pflanzten vor dem Haus Trompetenbäume und brachten schwarze Fensterläden an, wie man sie an den besten Häusern in Atlanta findet. Es war nicht genug. Als das gemacht war, sahen sie, daß sie nicht das Herrenhaus hatten, das Pat sich vorgestellt hatte. Sie hatten nichts weiter als ein Mischmasch, das wie zwei ineinander geschobene Häuser aussah. Schlimmer noch, sie hatten zwei Hypotheken, die sie nicht abbezahlen konnten, und sie standen vor dem Bankrott und würden bald alles verlieren.

Pat kam in Tränen aufgelöst zu ihrer Mutter und ihrem Stiefvater. Die beiden mußten ihr helfen. Wie üblich gab sie Gil die Schuld an ihren Schwierigkeiten. Er verstehe überhaupt nichts vom Hausbau, und das hätte sie früher erkennen müssen, aber jetzt sei es zu spät. Sie versprach Boppo und Papa, ihnen im Alter hilfreich zur Seite zu stehen, wenn sie ihr nur jetzt halfen, den Besitz an der Tell Road zu retten.

Natürlich versprachen die Eltern ihr Unterstützung. Jedoch reichte das Geld von Margureitte und dem Colonel nicht. Sie hätten Pat und Gil nur helfen können, indem sie ihr eigenes Haus am Dodson Drive verkauft hätten und zu den beiden an die Tell Road gezogen wären. Das wäre für Margureitte ein schwerer Verlust gewesen. Sie wollte nicht ihr elegantes Heim verlassen und in ein halbfertiges, armseliges Haus ziehen, das viel zu weit draußen lag, abseits von allen Geschäften. Sie wollte nicht die schöne Gegend am Headland Drive verlassen und nachmittags mit Fanny K. Cash Tee trinken. »Ich möchte in meinem eigenen Haus wohnen«, jammerte sie, »und Besuch von meinen Enkelkindern bekommen wie andere Großmütter auch. Ich will nicht umziehen!«

Und dennoch gab sie am Ende Pats Bitten nach. Sie wollte, daß Pat glücklich war. Wie konnte sie ihrer Tochter die Erfüllung ihres Traums abschlagen?

»Meine Mutter arbeitete bei meiner Großmutter immer mit Schuldgefühlen«, erinnerte sich Susan. »Eine Diskussion begann sie immer damit, daß sie sagte: ›Mutter, warum bist du weggegangen und hast mich ganz allein bei Mama Siler gelassen? Wer war mein Vater? Hast du mich nicht geliebt? Warum hast du mich verlassen?‹ Und Boppo sagte stets: ›Ich hatte keine andere Wahl.‹ Natürlich haben diese Fragen sie verletzt. Ich erinnere mich, wie meine Großmutter immer sagte, selbst als ich schon erwachsen war: ›Warum kann deine Mutter nicht glücklich sein?‹«

Das Haus am Dodson Drive wurde schnell verkauft. Die Radcliffes fragten sich, ob sie nicht einen höheren Preis hätten verlangen sollen. Boppo und Papa zogen an die Tell Road hinaus, und zwar in Ronnies Schlafzimmer, und teilten das unfertige, zusammengeschusterte Haus mit Pat, Gil, Susan, Debbie und Debbies Freund Gary Cole sowie Ronnie. Es war zu voll und ungemütlich. Wieder einmal lebte Pat bei ihren Eltern, verlangte jedoch von *ihren* Töchtern, endlich erwachsen zu werden. Sie konnte es kaum erwarten, daß die beiden von zu Hause auszogen.

Debbie nahm im Spätsommer 1970 an ihrem letzten Reitwettbewerb in Hickory, North Carolina, teil. Sie war fünfzehn Jahre alt und im vierten Monat schwanger. »Ich gewann das Rennen in Hickory«, erinnerte sie sich, »und das war mein letzter Wettbewerb.« Sie heiratete Gary, einen kräftigen, blonden, ungelernten Arbeiter, der erst siebzehn war, und sie fanden eine eigene Wohnung.

Susan war entschlossen, die High-School abzuschließen. Sie wäre in ihrer engsten Familie die erste gewesen, der das gelang. Der Umzug an die Tell Road bedeutete, daß sie in die Sommerschule gehen mußte, wenn sie frühzeitig den Abschluß an der Headland High-School machen wollte. Susan war schüchtern, aber sie setzte sich gewisse Ziele, die ihr niemand ausreden konnte. Sie wollte nicht heiraten, bevor sie ein Diplom von der High-School in der Tasche hatte, und sie wollte bei ihrer Hochzeit nicht schwanger sein. Darüber hinaus brach sie wirklich mit der unseligen Familientradition, indem sie zu ihrem achtzehnten Geburtstag im März 1971 unverheiratet blieb.

Susan machte ihren Abschluß an der Headland High-School im Oktober 1970 und arbeitete danach im PX in Fort Mac, um die Familienfinanzen aufzubessern. 1970 besuchte sie eines Abends mit einer Freundin, Sonja Salo, eine Tanzveranstaltung im Fort. »Ich habe da diesen Typ getroffen, den ich für einen Verrückten hielt«, erinnerte sie sich lächelnd. »Er sah zwar gut aus, aber er tanzte mit einem anderen Mädchen, und er drehte seine Partnerin immer wieder herum und blinzelte mir zu und schnitt hinter ihrem Rücken Grimassen. Außerdem war er ein wilder Tänzer. Ich fragte Sonja endlich, was denn mit ihm los wäre, um Himmels willen, und sie lachte und sagte: ›Oh, der ist in Ordnung. Das ist nur Bill Alford. Der führt sich immer so abgedreht auf.‹«

Alford, ein Lieutenant, hinterließ ein paar Tage später eine Nachricht an Susans Wagen, und sie trafen sich in Sonja Salos Apartment, das sich in dem Haus befand, in dem er wohnte. Zögernd stimmte Susan zu, mit ihm auszugehen. Er war sechs Jahre älter als sie, und er war viel zu extrovertiert für die schüchterne Susan. Andererseits war seine überschäumende Art ansteckend, und gegen ihren Willen wurde sie bald von dem flotten jungen Lieutenant völlig gefangengenommen.

Ihrer Mutter erging es genauso. Pat warf einen Blick auf George L. ›Bill‹ Alford und entschied, daß er für Susan eine großartige Partie sei. »Meine Mutter spielte die Heiratsvermittlerin«, erinnerte sich Susan. »Sie sagte, wäre sie jünger, würde sie sich selbst ihn nehmen. Ich glaube das – aber ich glaube auch, daß sie einfach klar Schiff machen wollte. Als wir an unserem ersten gemeinsamen Abend heimkamen, war ich zu Tode beschämt, als sie Bill fragte, ob er mir schon einen Verlobungsring geschenkt hatte! Sie wollte uns alle aus dem Haus draußen haben. Wir sollten auf eigenen Füßen stehen. Sie hatte Pläne.«

Am 6. November 1970 machten die Fotografen von Fort McPherson ein Bild von Miss Susan Taylor und Colonel John H. Calloway, dem Kommandanten der Basis, als sie Bill Alford die Insignien seines neuen Rangs an die Uniform hefteten. Er war jetzt Captain Alford. Pat war erfreut. Ein Captain der Army, noch Anfang Zwanzig und schon auf dem Weg nach oben, gab einen guten Ehemann für Susan ab.

Sie heirateten am 27. März 1971 in der Kapelle des Fort McPherson, derselben Kapelle, in der Susans Eltern vor achtzehneinhalb Jahren geheiratet hatten. Pat war damals schon mit Susan schwanger gewesen.

Susan und Bill feierten eine schöne Hochzeit. Der Bräutigam

und der Vater der Braut trugen Galauniformen. Susan hatte ein weißes Kleid mit einem langen, in Spitze gefaßten Schleier, der aus Rich's Kaufhaus stammte, und ihr Brautstrauß bestand aus weißen Rosen und Stephanotis, die um eine große weiße Orchidee arrangiert waren. Alle lächelten glücklich für die Fotografen, mit Ausnahme von Margureitte. Sie zeigte den vertrauten ›Kristallblick‹ der Siler-Schwestern. Vielleicht hatte sie böse Vorahnungen.

»Mein Hochzeitsempfang war eine Katastrophe«, erinnerte Susan sich viele Jahre später. »Meine Mutter wählte meinen Hochzeitstag, um allen zu verkünden, daß sie meinen Vater verließ. Sie hatte einen Gerichtsbeschluß gegen ihn erwirkt, und er mußte auf der Stelle gehen. Er war völlig vor den Kopf geschlagen. Er hatte es nicht kommen gesehen. Ich glaube, sogar noch nach zwanzig Jahren grübelte er, was er falsch gemacht hatte. Er kam zur Hochzeit, übergab mich dem Bräutigam, und dann verschwand er. Meine Mutter hatte ein neues Leben geplant, in das er nicht hineinpaßte.«

Diese dramatische Bekanntmachung auf der Hochzeit ihrer Tochter war typisch für Pat. Ihr gefiel es nicht, wenn eine andere Person im Rampenlicht stand. Offenbar war sie in den letzten Monaten, da sie alle zusammen das Haus an der Tell Road bewohnt hatten, zu der Erkenntnis gekommen, daß Gil ihr niemals bieten konnte, was sie brauchte. Er hatte in drei Jobs gearbeitet und sich die ganze Zeit beschwert. Er hatte so viel Hoffnung und Energie in das neue Anwesen gesteckt, und letztlich war dabei nur ein ganz gewöhnliches Haus im Wald herausgekommen. In Pats Augen fehlte ihm der Weitblick. Er hatte keinen Sinn für das Große. Außerdem gefiel es ihr nicht, wie er Bier trank. Sie entschied, daß er wahrscheinlich Alkoholiker war, wogegen er in Wahrheit nur mäßig trank. Als sie einen Kasten mit Bierdosen fand, den er im Garten vergraben hatte, war sie sicher, recht zu haben.

Ihre Töchter waren jetzt verheiratet, und sie war erst dreiunddreißig Jahre alt. Sie konnte es noch viel besser treffen.

23. Kapitel

Nur zwei Tage nach Susans Hochzeit mit Bill Alford wurde Pat zur Großmutter. Debbie war bei der Hochzeit ihrer Schwester hochschwanger, und einen Tag später setzten die Wehen ein. Es schien das Schicksal aller Siler-Frauen zu sein, mit fünfzehn Jahren Mutter zu werden. Ihre Mutter riet ihr, so lange wie möglich zu Hause zu bleiben. Komplikationen stellten sich ein, und Debbie brachte mit Kaiserschnitt ihr kleines Mädchen Dawn zur Welt.

Später posierten fünf Generationen Siler-Frauen für Susans Kamera. Mama Siler war sechsundachtzig Jahre alt, Boppo zweiundfünfzig, Pat dreiunddreißig, Debbie war fünfzehn Jahre und Dawn war einen Monat alt. Seltsamerweise lächelte keine einzige von ihnen.

Im Jahr darauf wurde Pat erneut Großmutter, als Susan im April ihren Sohn Sean zur Welt brachte. »Mom ließ mich einfach nicht ins Krankenhaus fahren, als meine Fruchtblase platzte«, erinnerte sich Susan. »Sie bestand darauf, daß ich ein gewaltiges Steak aß und mich entspannte. Boppo ging auf und ab und rauchte und sagte Mom ständig, daß ich ins Krankenhaus müsse. Erst knapp drei Stunden vor Seans Geburt kam ich dort an.«

Das Haus an der Tell Road war jetzt wie leergefegt: Gil, Susan, Debbie und Gary waren ausgezogen. Nur der zwölfjährige Ronnie blieb. Er hätte sehr gern bei seinem Vater gelebt, aber Pat erlaubte es ihm nicht. Gil hatte alle ihre Pläne für ein wundervolles Landhaus zerstört, und er verdiente seinen Sohn nicht. Pat erlaubte Ronnie, so ziemlich alles zu machen, was er wollte. Sie kaufte ihm einen Motorroller, und als er vierzehn war, ließ sie ihn einen Führerschein fälschen, so daß er ständig in ganz Atlanta herumfahren konnte.

Der Colonel war jetzt für den Unterhalt von Pats ›Plantage‹ verantwortlich. Margureitte behielt ihre stille, würdevolle Ausstrahlung bei und zeigte ihr erstarrtes Lächeln, als würde ihr Leben genau so weiterlaufen, wie sie das wollte. Sie kritisierte Pat nicht und beklagte sich bei niemandem außer Debbie und Susan über ihr Schicksal. Die beiden wußten, wie sehr Boppo um das Haus trauerte, das sie zurückgelassen hatte, aber Margueritte, für die der äußere Schein immer sehr wichtig war, ließ alle in den Glauben, daß sie begeistert im Wald lebte.

Pat und Gil wurden bald geschieden, doch das war nicht die einzige Veränderung in Pats Leben. Jetzt begannen die siebziger Jahre, und verschwunden waren die tristen Röcke und Blusen und die Haarknoten aus der Zeit zwischen ihrem zwanzigsten und dreißigsten Lebensjahr. Sie warf ihre Brille weg und trug Kontaktlinsen. Auf Susans Hochzeit hatte sie in einem Mantelkleid in silberfarbenem und moosgrünem Brokat geglänzt, der das Smaragdgrün ihrer Augen unterstrich, und als alleinstehende Frau begann sie nun zu erblühen. Sie toupierte ihre hellbraunen Haare so hoch, daß sie gut zehn Zentimeter an Größe dazugewann. Ihr Make-up betonte ihre Augen und ihre vollen Lippen.

Niemand hätte sie für eine Großmutter gehalten. Sie war eine heiß aussehende Frau. Und tatsächlich war Pat Taylor bereits zum Gesprächsthema bei allen Männern geworden, die etwas mit Pferdeshows zu tun hatten: den Züchtern, Trainern und Tierärzten. Sie flirtete schamlos, aber niemand prahlte damit, daß er mit ihr geschlafen hatte.

Pats Verwandlung setzte sich fort. Je höher ihre Haare toupiert wurden, desto kürzer wurden ihre Röcke. Bald reichten sie kaum über ihren Slip. Sie trug unter ihren Tops mit Nackenträger keinen BH, so daß ihre vollen Brüste wie reife Pfirsiche am Baum schwankten. Sie trug enge, hochglänzende Skai-Boots, um die Aufmerksamkeit auf ihre schlanken Beine zu lenken. Sie entwarf sehr kurze Wickelkleider mit einem so tiefen V-Ausschnitt, daß Männer über ihre eigenen Pferde stolperten, wenn sie auf Pats Brüste starrten. Sie hörte die Musik von Tom Jones und Engelbert. Liebeslieder hörte sie sich so begierig an wie ein Teenager. Besonders mochte sie ›Please Release Me‹ und ›What's New, Pussycat?‹ Zweifellos sandte Pat Taylor Signale aus, daß sie für Annäherungsversuche offen war.

Pat hatte mit einer Reihe von Männern Affären und flüchtige Verabredungen. Boppo und Papa taten so, als wüßten sie von nichts. Susan und Debbie wußten Bescheid und schämten sich. Ihrer emanzipierten Mutter war das egal. Ihrer Meinung nach war sie zwanzig Jahre zurückgehalten und in einer lieblosen Ehe erstickt worden, die nirgendwohin geführt hatte.

Ihr verändertes Aussehen erzeugte Aufregung bei dem Siler-Familientreffen im August 1971. Die ›Righteous Sisters‹, die sie stets bewundert hatten, waren schockiert, wie winzig ihre Bikinis und ihre Miniröcke waren. Pat Taylor wußte, daß sie eine großartig aussehende Frau war, und sie glaubte fest, daß nur Männer ihre Herzenswünsche erfüllen konnten.

Das war es, was sie wollte, und darauf zielte sie ab. Wie einer ihrer Liebhaber später bemerkte: »Es gab keine Möglichkeit, von ihr loszukommen, selbst wenn man es wollte – was ich von mir nicht sagen konnte. Wenn sie sich einmal entschieden hatte, daß sie mit einem ins Bett wollte, hatte man keine Chance mehr. Sex war für sie sehr wichtig.«

Pat brauchte einen Mann. Sie konnte nichts, und sie hatte nie gearbeitet. Sie behauptete stets, sie wäre eine Frau vom alten Schlag, die sich mit Näharbeiten und hübschen Nebentätigkeiten zufriedengab. Sie hatte nur die Junior High-School besucht, und sie las nichts anderes als historische Liebesromane, Geschichten über Jeanne d'Arc und Robin Hood und viktorianische Gedichte. Sie konnte hübsch auf dem Pferd sitzen, ritt aber nicht so meisterhaft, wie sie behauptete.

Für ein Südstaatenmädchen war sie keine besonders gute Köchin. Sie selbst mochte Chili-dogs, Thunfischsandwiches, Tomatensuppe und chinesisches Fast-food. Wenn ihre Mutter nicht für sie kochte, aß sie Brot mit Käse oder Erdnußbutter oder einer Tomate und Mayonnaise.

Pat bezog kein Geld mehr vom Militär, und ohne Boppo und Papa hätte sie überhaupt keinen Lebensunterhalt gehabt. Man hätte meinen können, daß der Erwerb einer Plantage ihre geringste Sorge sein sollte. Sie mußte einen Job finden. »Ich werde in der Imbißstube arbeiten müssen!« jammerte sie oft ihrer Mutter vor. »Ich kann ja sonst nichts!« Die Arbeit in einem Fast-food-Restaurant war für Pat die tiefste Erniedrigung.

Aber plötzlich kam für Pat überhaupt keine Arbeit mehr in Frage. Im April 1972 stürzte sie vom Pferd und geriet unter die Hufe. Ihre Verletzungen lösten Embolien aus. Es bestand die Gefahr einer Lungenembolie – die tödlich verlaufen kann, wenn der Blutfluß zwischen dem Herzen und den Lungen unterbrochen wird. Ihre Schmerzen konnte sie nur noch mit Percodan und Morphium ertragen. Die Ärzte warnten Pat und Boppo, daß sie sich einige Jahre lang, möglicherweise auch für den Rest ihres Lebens vor einer Embolie in acht nehmen mußte.

Invalidität gefiel Pat. Sie sah besonders attraktiv aus, wenn sie träge auf der Veranda ruhte und sich auf ihrer Oberlippe und ihrer Stirn von der Hitze – oder einem Hauch von Fieber – Feuchtigkeit sammelte. Niemand drängte sie, aufzustehen und mit ihrem Leben weiterzumachen – nicht, wenn ein Blutklumpen wandern und eben diesem Leben ohne Vorwarnung ein Ende bereiten konnte. Boppo war jetzt natürlich noch besorgter um ihre Tochter und erfüllte ihr jeden erdenklichen Wunsch.

Endlich wurde Pat im Emory University Hospital operiert. In einer äußerst schwierigen Operation führten die Chirurgen winzige ›Regenschirme‹ durch ihre Halsschlagader ein, winzige Auffangbecken, die einen Blutklumpen zurückhalten sollten, bevor er unwiderruflich in ihre Lungenarterie geraten konnte. Sie verbrachte einige Zeit auf der Intensivstation, doch ihr Zustand besserte sich allmählich.

Eine weitere Katastrophe brach im August 1972 über die Familie herein. Die Radcliffes, Pat und Ronnie, die Alfords und die Coles reisten wie üblich in mehreren Autos zu dem Siler-Familientreffen in White Lake, North Carolina. Auf dem Rückweg hatte der Wagen, in dem die Coles und Ronnie saßen einen schrecklichen Unfall. »Es geschah direkt südlich der Grenze von North Carolina«, erinnerte sich Debbie. »Wir hatten gegessen und die Fahrer gewechselt, und ich fuhr ... und alle schliefen ein ... Wir waren auf Nebenstraßen unterwegs, und das letzte, woran ich mich erinnere, ist, daß ich um eine

Kurve fuhr, und das Lenkrad blockierte, und ich konnte überhaupt nichts machen. Ich fuhr mit hundertzwanzig Stundenkilometern. Ich erinnere mich, daß ich auf der Motorhaube wach wurde. Ich lag auf dem Rücken, meine Beine hingen über das Lenkrad nach unten, und mein Sicherheitsgurt war noch geschlossen. Mein Bruder wurde aus dem Wagen geschleudert, und seine ganze Kopfhaut wurde von dem Glas durchlöchert. Er saß auf dem Vordersitz und wurde ins Freie geschleudert, Dawn landete unter dem Armaturenbrett, und mein Mann wurde von dem Rücksitz gegen das Armaturenbrett geschleudert ... Endlich sah jemand meinen Bruder, der benommen herumwankte, aber wir wurden in zwei verschiedene Krankenhäuser gebracht ... Ich brach mir den Rücken, Gary hat sich den Halswirbel gebrochen. Dawn hatte einen Schädelbruch. Ich war vier Wochen im Krankenhaus von Florence, dann lag ich daheim drei Monate lang in einem anderen Krankenhaus, nachdem in einer Operation meine Wirbelsäule gestützt wurde. Sie pflanzten mir einen Metallstab ein. Ich hatte insgesamt drei Operationen.«

Susan und Bill kamen als erste von dem Familientreffen nach Hause, und das Telefon klingelte, als sie ihr Apartment betraten. »Ich mußte meine Mutter über den Unfall informieren«, erinnerte sich Susan. »Ich sagte ihr, daß Debbies Wirbelsäule möglicherweise gebrochen war, und sie fauchte mich an: ›Debbie ist mir egal! Ich will wissen, was mit Ronnie ist!‹ So war Pat. Zur Zeit des Unfalls spielte Debbie keine Rolle, Ronnie dagegen schon. Ich habe keine Ahnung, warum.«

Niemand wußte jemals mit letzter Sicherheit, wer gefahren war. Einige Familienmitglieder glaubten, Ronnie wäre es gewesen und Debbie habe gelogen, um ihn zu schützen. Sie alle hatten Glück, daß sie den mörderischen Aufprall überlebten.

Danach schien sich für Pat das Blatt zu wenden. Durch ihre Kontakte in der Reiterwelt traf sie den Mann, den sie im Herbst 1972 suchte: den perfekten Liebhaber. Ihr Auserwählter mochte nicht gerade der Traum einer jeden jungen Frau sein. Er war so alt wie Papa, sah aber nicht annähernd so gut aus, und er hatte graue Haare, rötliche Haut und einen feisten Bauch. Verglichen mit den Männern, die sonst mit Pferdevorführungen zu tun hatten, war er kaum attraktiv. Aber er hatte es in seiner Macht, Pat alles zu geben, wonach sie sich sehnte.

Hap Brown* gehörte zu dem Kabinett von Gouverneur Jimmy Carter und war Leiter eines der wichtigsten Ministerien im Staat Georgia. Sein Name tauchte ständig in den Zeitungen auf, er war die rechte Hand des Gouverneurs, und er unterhielt ein schönes Haus in seiner Heimatstadt sowie eine elegante Unterkunft in Atlanta. Wenn Hap Brown das Capitol mit seiner vergoldeten Kuppel betrat, stellten sich die Leute an, um mit ihm zu reden und ihm die Hand zu schütteln. Er war in ganz Atlanta bekannt, sogar im gesamten Staat Georgia.

Der achtundfünfzig Jahre alte Hap Brown war von Anfang an von der fünfunddreißig Jahre alten Pat Taylor gefesselt. Sie war üppig und schön und bewegte sich mit einer gewissen Klasse. Sie besaß die sanfte, süße Stimme eines jungen Mädchens. Wenn sie mit ihm sprach, sah sie ihn direkt mit ihren klaren grünen Augen an, und dann schlug sie plötzlich scheinbar verlegen den Blick nieder. Er mochte ihre Direktheit, und er mochte ihre Schüchternheit.

Und sie mochte offensichtlich ihn. Er fühlte, daß er sie haben konnte, wenn er wollte. Hap wußte, daß er diskret sein mußte – mehr noch als diskret. Er gehörte nicht nur zu Jimmy Carters Spitzenmannschaft, sondern er war auch ein verheirateter Mann, und Jimmy Carter, sein Boß, war ein Gouverneur, der mit Moral Politik machte: Einen Ehebrecher hätte er kaum in seinem Kabinett toleriert. Was noch kritischer war – das Geld in der Familie Brown kam von Mrs. Browns Seite. Hap hatte sein Gehalt und seine Vergünstigungen, aber Cordelia* kontrollierte das eigentliche Vermögen. Und sie hätte keine Nebenbuhlerin geduldet.

Doch Hap Brown konnte nicht anders. Bald schon war er Pat völlig verfallen. Bei ihr fühlte er sich zwanzig Jahre jünger. Sie war die romantischste Frau, die er je kennengelernt hatte, und gleichzeitig war sie äußerst sinnlich. Sie schrieb ihm zärtliche und symbolträchtige Gedichte, und dann liebte sie ihn wie eine wilde Schlampe.

Wie alle, die Pat liebten, sorgte er sich um ihr Wohlergehen. Sie wirkte zu zart und zu fein, um täglich zur Arbeit gehen zu müssen, aber sie brauchte Geld, weshalb Hap einen kleinen PR-Job für sie schuf. Sie fehlte oft bei der Arbeit. Häufig war sie krank, lag manchmal auch im Krankenhaus; dann besuchte der Politiker seine blasse, schwache Geliebte, hielt ihre Hand und versprach ihr, sich um sie zu kümmern, auch wenn sie verstehen mußte, daß ihre Affäre absolut geheim bleiben mußte.

Sie gab ihm stets recht, und Hap fühlte sich sicher und freute sich, daß er eine Frau gefunden hatte, die ebenso sinnlich wie vernünftig war. Haps Stellung in der Regierung machte es ihm leicht, sie ständig heimlich zu treffen. Er mußte zu vielen Meetings und politischen Veranstaltungen gehen. Es gab immer Gründe, weshalb er abends oder an Wochenenden nicht nach Hause kommen konnte. Er und Pat aßen oft auswärts. Seine Frau war eine beruhigende Autostunde von Atlanta entfernt.

Da Pat keine Fähigkeiten als Sekretärin und herzlich wenig Schulbildung besaß, konnte sie nicht viel für das Energieministerium tun, aber sie konnte sehr viel für den Chef des Ministeriums tun. Sie und Hap gönnten sich ausgedehnte Mittagessen und nahmen sich zusammen ganze Tage frei, fuhren durch die Gegend und sahen, wie die Vegetation des Sommers die goldenen und orangefarbenen Töne des Herbstes annahm.

Hap schickte Pat Blumen – Rosen. Sie liebte Rosen. Er schenkte ihr einen goldenen Anhänger, eine Kamee, und sie begann, Kameen zu sammeln. Sie schätzte jedes seiner Geschenke. »Sie hat mir erzählt, sie würden oft auf das Land hinausfahren«, erinnerte sich Susan. »Dann legte er seinen Kopf in ihren Schoß, während sie ihm viktorianische Gedichte vorlas. Ich glaube, sie liebte Hap wirklich, und sie sagte mir oft, er würde sie eines Tages holen, und sie würde auf ihn warten. Es war geradezu so, als erwarte sie, daß er auf einem Schimmel dahergeritten kam und sie verwegen auf seine Arme nahm.«

Pat schien sich wirklich etwas aus Hap Brown zu machen. Wenn er auch nicht gerade ein Ritter in schimmernder Rüstung war, der zu ihrer Rettung dahergeritten kam, sah sie vielleicht in ihm eine Vaterfigur, die immer für sie sorgen würde. Sie wollte unbedingt die einzige Frau in Hap Browns Leben sein. Und manchmal schien sie es auch zu sein. Hap betrachtete sie mit liebeskranken Blicken. Auch wenn er auf Diskretion bestand, vermutete sie, daß viele Leute über ihr Verhältnis Bescheid wußten. Sie sah die hochgezogenen Augenbrauen im Büro, wenn sie sich wegschlich, um sich mit ihm zu treffen. Es machte ihr nichts aus. Je schneller seine Frau mit der Wahrheit konfrontiert wurde, desto besser. Dann würde Hap für sie frei sein.

Hap Brown erkannte schnell, daß ihn in dem Haus an der Tell Road ein überaus frostiger Empfang erwartete. Margureitte zeigte sehr offen, was sie von dieser heimlichen Beziehung hielt. Die Radcliffes waren zu proper, um Mr. Brown zu brüskieren und hätten sie es getan, wäre Pat in einen Tobsuchtsanfall ausgebrochen. Aber die Botschaft war unmißverständlich: *Wir sind mit dieser Affäre nicht einverstanden.*

Pat ging dazu über, ihren verheirateten Geliebten in Susans und Bills Apartment einzuladen. Sie hatte das Apartment schon früher als Liebesnest für ihre Rendezvous mit verheirateten Männern benutzt, und sie erreichte jetzt, daß Susan Drinks und Appetithäppchen servierte und ›nett zu Hap‹ war. Susan stellte fest, daß Hap ihrer Mutter auf altmodische Weise den Hof machte. Er war galant, freundlich und großzügig. Aber er war noch immer verheiratet, und er schien es nicht eilig zu haben, das zu ändern.

Pat machte kein Geheimnis aus ihren Absichten. Susan erinnerte sich daran, wie ihre Mutter flehte: »Bring mich nach Hause, Hap! Bring mich nach Hause nach North Carolina!«

»Sie wollte zurück zu den Tanten und zurück zu Großmutter Siler«, erzählte Susan seufzend. »Hap konnte sie nicht einfach überall hinbringen. Deswegen kam es zwischen den beiden zum Streit, und dann weinte sie.«

Pat verlangte, daß Susan ihr dabei half, Hap einzufangen, und schlug vor, sie solle ihn ›Dad‹ nennen. Susan sträubte sich, und Pat erwiderte: »Nun, dann könntest du wenigstens fragen: ›Wann werden Sie meine Mom heiraten und unser Vater werden?‹« Susan hatte bereits einen Vater, aber sie faßte sich endlich ein Herz und platzte heraus: »Ich habe gehört, ihr beide werdet heiraten?«

Hap erstarrte, als er gerade nach einem Appetithäppchen griff, zog seine Hand zurück und senkte den Blick. Diese Szene war ihm sichtlich peinlich, und ausnahmsweise fand der gewandte Politiker keine Worte. Die nachfolgenden Minuten waren unangenehm. Pat wandte sich ab und biß sich enttäuscht und frustriert auf die Unterlippe. Susan stand tief beschämt da. Sie erkannte, daß Hap Brown nicht die geringste Absicht hatte, jemals ihre Mutter zu heiraten.

Trotz seiner Macht bereitete es Hap zunehmend Sorgen, daß Pat so besitzergreifend war. Er versuchte, sie von der fixen Idee abzubringen, er könnte sich scheiden lassen und sie heiraten. Von Zeit zu Zeit tat er alles, um ihr und ihrer Familie zu helfen. Er gab sein Bestes, Bill Alford den Platz in der Army erhalten, als in Fort McPherson ein radikaler Personalabbau stattfand. Aber Bill gehörte nicht zur regulären Army, und nicht einmal Haps Freunde im Senat konnten den Trend aufhalten. Im August 1973 schied Bill aus dem Militärdienst aus und ging auf das College, während Susan Colonel Alans Gestüt in Riverdale managte – jenes Colonel Alan, der einst so stolz für das Foto zu einem Artikel über die Verlobung seiner Tochter mit Susans Onkel Kent Radcliffe posiert hatte.

Trotz Margureittes Einspruch nahm der Politiker ihre Tochter auf eine Geschäftsreise nach Dallas mit, und sie verbrachten eine wunderbare Zeit, doch bei der Rückkehr war Pat einer festen Bindung an ihn nicht näher als vorher. Manchmal – viel zu oft für Pats Geschmack – konnte Hap mehrere Tage hintereinander nicht bei ihr sein. Trotz all ihrer Fähigkeiten, was Manipulation und Verführung anging, war sie entweder naiv oder blind gegenüber der nüchternen Realität der gestohlenen Leidenschaft mit einem verheirateten Mann. Oft saß sie traumversunken auf der breiten Veranda, die ihr Exmann für sie gebaut hatte, und starrte durch den dunklen Wald zur Tell Road, als könne sie durch bloße Willenskraft dafür sorgen, daß Haps Wagen dort auftauchte.

Doch sie hörte nichts weiter, als im Winter den Regen oder

im Sommer die Zikaden oder Fanny Kate Cash, die ihre Katzen rief.

Zu Weihnachten 1972 und im Frühling und Sommer 1973 klammerte Pat sich verzweifelt an Hap. War er bei ihr, lebte sie auf, aber wenn er wegging, versank sie in Melancholie. Sie flehte ihn an, seine Frau um die Scheidung zu bitten. Er wandte Verzögerungstaktik an, fand immer neue Gründe, warum er eine solche Konfrontation hinausschieben mußte.

Pat fühlte sich elend, weil wieder einmal alles mißlang. Sie hatte nicht einmal mehr die Reiterveranstaltungen. Ihre Tochter Debbie konnte nun wirklich nicht mit einem Stahlstab in der Wirbelsäule Springpferde reiten.

Pat hatte es stets geschafft, Susan zum Reiten zu drängen. »Sie überzeugte mich sogar zu reiten, als ich mit Sean im fünften Monat schwanger war«, sagte Susan. »Es war eine Kostümschau, und Mom mußte die Taille ihres langen Samtkleides herauslassen und mich dann förmlich einnähen. Ich war wackelig auf den Beinen, und mir war so schlecht, daß ich schon dachte, mit dem Kopf voran zu Boden zu stürzen. Mom war diejenige, die Kostüme liebte, nicht wir.«

Doch 1973 waren beide Töchter verheiratet, und Mütter haben selten Zeit für Pferdeschauen. Pat selbst trug das Kostüm, in dem Susan beinahe einmal gestolpert wäre. Es war aus rötlichbraunem Samt und hatte eine Brustkrause und Manschetten aus Spitze. Dazu trug sie einen schwarze Filzhut mit einer fünfzig Zentimeter langen Straußenfeder. Aus dieser Zeit bewahrte sie ein Foto von sich und Gouverneur Jimmy Carter in einem Pferdewagen mit Baldachin auf dem Gelände des Capitols von Georgia auf. Pat war in ihrem Element und saß anmutig lächelnd neben dem Gouverneur, während ein livrierter Kutscher die Zügel eines Morgan-Pferdes hielt. Es war unzweifelhaft ein sehr glückliches und eher zufälliges Zusammentreffen, das zu diesen Foto geführt hatte, aber für Pat war es der Beweis, daß sie sich in den höchsten gesellschaftlichen Kreisen bewegte.

Hap Brown war für sie der Schlüssel zu diesen Kreisen, und sie wollte ihn mehr, als sie sich jemals irgend etwas gewünscht hatte. Sie flehte ihn an, stritt, bat, nörgelte und drohte sogar behutsam. Wenn Hap Brown sich nicht von Cordelia scheiden ließ, wisse sie nicht, wozu sie fähig sei, sagte sie. Sie und Hap könnten zusammen ein perfektes Leben führen. War er denn zu blind, um das zu erkennen?

Pat war kaum eine typische Großmutter. Sie war viel zu sehr mit ihrer Affäre mit Hap beschäftigt. Boppo war dagegen der großmütterliche Typ, und sie schenkte Dawn und Shawn ihre Aufmerksamkeit. Debbie und Gary Cole, die sich immer häufiger stritten, lebten sporadisch bei ihren Großeltern. Angeblich heckte Pat einen Plan aus, um den Ehemann ihrer Tochter bei der Stange zu halten Der neunzehnjährige Gary Cole war ernsthaft erschüttert, als ihm die beste Freundin seiner Frau anvertraute, er solle ›genau nach hinten sehen‹. Die junge Frau flüsterte ihm zu, Pat habe einen bezahlten Killer auf ihn angesetzt und würde damit prahlen, sie habe seine Ermordung befohlen. Monatelang zitterte Gary um sein Leben, aber nichts passierte. Er versöhnte sich mit Debbie, und sie setzten ihre unglückliche Ehe fort. Er sagte sich, die Gerüchte seien typisch für eine Familie, die dramatische Verwicklungen und großspurige Gesten liebte.

In dem ganzen Aufruhr ging Ronnie unter. Er durfte nicht bei seinem Vater sein, und seine Mutter, an der er hing, hatte keine Zeit für ihn. Allmählich ließen seine schulischen Leistungen bedrohlich nach, und er geriet auch durch kleinere Verfehlungen mit dem Gesetz in Konflikt. Ronnie hatte nie innerhalb der Familie geglänzt. Seine Schwestern waren die Stars, welche die Morgan-Pferde ritten. Sie waren beide äußerst hübsche Mädchen, und er war nur ein durchschnittlich aussehender Junge.

Der Frühling hielt wieder Einzug in Georgia, und die Wälder blühten rosa und weiß. Pat war des Wartens müde und beschloß, Hap Brown zu seinem Glück zu zwingen. Kaum daß er sich in die Enge getrieben sah, traf er jedoch eine Entscheidung, die wie die Totenglocke für Pats Pläne klang. Sie verriet nie jemandem, was genau er ihr gesagt hatte, aber seine Antwort war eindeutig ein Nein gewesen.

Abend für Abend saß Pat tränenüberströmt auf der Veranda und zerknüllte ihr nasses Taschentuch in der Hand. Sie aß und schlief nicht mehr. »Hap wird mich nicht holen«, jammerte sie Susan vor. »Er wird mich nie holen!«

Susan band das Pferd fest, das sie soeben trainiert hatte, und betrachtete ihre Mutter. Sie konnte nicht begreifen, warum eine so junge und schöne Frau wegen eines alten Mannes so verzweifelt war. »Du hast noch dein ganzes Leben vor dir«, erklärte sie. »Hap ist ein alter Mann. Du kannst jeden haben.«

Doch Pat schien ihren Trost gar nicht zu hören. »Hap wird mich nicht holen«, schluchzte sie. »Nie, nie wieder!«

Er tat es tatsächlich nicht. Was immer er zu Pat gesagt hatte, sein Nein war endgültig. Pat legte sich ins Bett und wurde bald darauf ins Krankenhaus gebracht. Boppo und Papa blieben ständig in ihrer Nähe und fürchteten, sie könne an einer Lungenembolie sterben, wenn sie nicht aufhörte, sich dermaßen zu grämen.

An ihrem Krankenbett standen die tröstenden Männer Schlange. Ein jugendlicher Bursche aus Social Circle, Georgia, besuchte sie täglich und brachte jedesmal eine einzelne Rose mit. Ein Mann, den sie nur als einen ›Millionär, der mich in seinem Privatjet nach Kalifornien mitnehmen möchte‹ beschrieb, besuchte sie ebenfalls sehr häufig.

Es war sinnlos. Sie alle hielten keinem Vergleich mit Hap Brown stand.

Als Pat endlich wieder auf die Beine kam, schickte sie Hap Brown durch seine Sekretärin eine letzte Botschaft. »Sagen Sie ihm, wenn er es sich nicht anders überlegt und nicht sofort Cordelia und seine Kinder und seine Farm verläßt und mich holt, werde ich innerhalb von zwei Wochen Tom Allanson heiraten. Sagen Sie ihm das!«

Hap antwortete nicht. Als Pat sein Büro und sein Zuhause mit Anrufen bombardierte, traf sie nur auf eine Mauer aus eisiger Stille.

Sie hatte gedroht, Tom Allanson zu heiraten. Wer, fragten

sich Debbie und Susan, war Tom Allanson? Sie kannten ihn als Lieferanten für das Pferdefutter und als Schmied, der manchmal zu ihnen kam und ihre Pferde beschlug. Doch das war alles. Sie hatten nicht einmal gewußt, daß ihre Mutter seinen Familiennamen kannte. Warum, um alles in der Welt, wollte sie ausgerechnet mit Tom Allanson dem reichen Politiker drohen? Das konnte doch nicht ihr Ernst sein.

Weit gefehlt! Pat hatte entschieden, daß es keine bessere Möglichkeit gab, Hap Browns Eifersucht anzustacheln, als mit Tom gesehen zu werden. Hap wurde alt und fett, und Tom sah großartig aus. Pat ging wie selbstverständlich davon aus, daß sie Tom mit einem einzigen Fingerzeig haben konnte.

Sie wollte ihn eigentlich gar nicht – nicht am Anfang. Sie benutzte ihn, um Hap eifersüchtig zu machen. Tom war nur ein Mittel zum Zweck, ein äußerst kraftvolles, männliches Symbol für Jugend und Energie. Aber später, als Pat endlich einsah, daß Hap nie wieder etwas von ihr wissen wollte, sah sie sich Tom genauer an und dachte noch einmal über ihre Möglichkeiten nach.

TEIL 4

GEFÄNGNIS

24. Kapitel

Innerhalb von weniger als zwei Jahren war Pat zu romantischen Höhen aufgestiegen, von denen nur wenige Frauen träumen, war dann jedoch in einen noch tieferen Abgrund der Verzweiflung gestürzt. Mit Hap zusammen hatte sie um Haaresbreite alles erreicht, was sie sich jemals gewünscht hatte, und sie weinte bittere Tränen, als sie endlich akzeptierte, daß sie ihn verloren hatte. Doch dann fand sie Tom und wußte, daß er sie niemals verlassen würde. Er schenkte ihr die Kentwood Farm und Leidenschaft und wahre Liebe, doch plötzlich löste sich das alles in Rauch auf.

Es kam Pat so vor, als habe das Schicksal es auf sie abgesehen und würde ihr absichtlich jeden Funken Glück entreißen, den sie jemals fand.

Nach seiner Verurteilung wurde Tom ›mit der Kette‹ – alle Gefangenen aus dem Gefängnis des Fulton County wurden in Handschellen und aneinandergekettet in einem Bus verfrachtet – in das Jackson Prison (Zuchthaus, Haftanstalt des Bundesstaates) gebracht.

Er blieb dort nicht lange. Am 25. Oktober 1974 stellte Ed Garland eine Antrag auf einen neuen Prozeß. Er führte neunundzwanzig Fehler des Gerichts bei der ersten Verhandlung auf, um seinen Antrag zu unterstützen. Das war die übliche Vorgehensweise jedes guten Strafverteidigers, aber Tom setzte alle seine Hoffnungen auf einen zweiten Prozeß. Der Antrag auf einen neuen Prozeß bedeutete, daß er aus der Strafanstalt zurück in das Gefängnis des County verlegt werden konnte, und Pat bestand darauf, daß dies sofort geschah, obwohl die Einrichtungen in Jackson viel moderner und bequemer waren als das überfüllte Gefängnis des County. Sie wollte Tom in ihrer Nähe haben. Der Sheriff des Fulton County, Le Roy N. Stynchcombe, erhielt den offiziellen Befehl, nach Jackson zu fahren und Tom Allanson zurückzubringen.

Nachdem er den Schock über seine Verurteilung überwunden hatte, klammerte Tom sich an den verwegenen Traum, er könne aufgrund seiner Berufung zu Weihnachten 1974 auf Kaution freigelassen werden. Er war nun im Gefängnis des Fulton County hundertdrei Tage eingesperrt, die Feiertage rückten näher. Aber sein Antrag auf Freilassung gegen Kaution wurde abgelehnt.

Pat hatte große Schwierigkeiten zu akzeptieren, daß Tom schuldiggesprochen worden war. Der Schock, daß sie an dem Abend des Schuldspruchs durch die Geschworenen gezeigt hatte, war echt gewesen. Sie lebte in einer Seifenopern-Welt. Alle ihre Gedanken und Gefühle waren davon gefärbt, was sie las oder im Fernsehen sah. Sie hatte stets Sendungen wie *Perry Mason* und *Burke's Law* geliebt, in denen die Verhandlungen mit einem Überraschungszeugen endeten und der unschuldige Angeklagte mit dem geliebten Partner vereint wurde. Aber in diesem Fall war alles falsch gelaufen. Man hatte ihr Tom weggenommen. Pat wurde von der Angst gepackt, sie könne auch Kentwood verlieren, ihre Plantage. Sie ertrug die Vorstellung nicht, daß Fremde in den Räumen lebten, die Tom eigens für sie hergerichtet hatte, oder daß sich andere an ihren Rosen erfreuten. Sie bat Susan und Bill Alford, Kentwood zu kaufen – um es für sie zu retten. Bill besuchte zu dieser Zeit das College. Susans Job auf Colonel Alans Gestüt in Riverdale warf kaum genug ab, um monatlich die sechshundert Dollar für die Hypothek auf Kentwood zu decken, ganz zu schweigen von den Ratenzahlungen. Trotzdem gingen sie zur Bank und versuchten, ein Darlehen zu bekommen. Vergebens! Sie erklärten Pat, es wäre ihnen unmöglich, ihr zu helfen. »Lieber sehe ich zu, wie Kentwood niederbrennt, als es Fremden zu überlassen!« stieß Pat daraufhin hervor. »Der Teufel soll mich holen, wenn es andere bekommen!«

Im November schrieb Tom alle paar Tage an seine Großeltern und beschwor sie, Pat zu helfen. Er hatte kein Geld, um seinen Anwalt zu bezahlen, der an seiner Berufung arbeitete. Alles, was er und Pat sich zusammen aufgebaut hatten, wurde verkauft, die Pferde und Sättel, die Pferdewagen und das Werkzeug, die landwirtschaftlichen Maschinen und Toms Gewehre. Die Radcliffes hatten zweimal eine Hypothek auf die Farm an der Tell Road aufgenommen und verkauften, was sie nur konnten. Die Kentwood Farm würde an Hoyt Waller zurückfallen, wenn sie bis Dezember nicht Tausende von Dollars aufbrachten. Sie waren mit ihren Zahlungen schon drei Monate im Rückstand. »Du bist unsere allerletzte Hoffnung«, flehte Tom den alten Paw Allanson an.

Er fürchtete wirklich, seine Frau würde sterben, wenn er nicht aus dem Gefängnis kam und sich um sie kümmerte. Seit er sie kannte, war ihre Gesundheit ständig angeschlagen, und die Belastungen durch seinen Prozeß und seine Verurteilung hatten sie offenbart ausgelaugt. Obwohl Pat ständig Tom versicherte, sie würde sich einen Job besorgen, flehte er sie an, das nicht zu tun. Sie konnte nicht arbeiten. Dazu war sie viel zu krank. »Wir haben keine andere Wahl«, schrieb er an Paw. »Jetzt geht es wirklich um Leben und Tod. Ich liebe Euch beide. Bitte, helft mir, Tom.«

Paw hatte sein Geld lange zusammengehalten und es hier und dort auf seiner Farm versteckt, und er hatte Tom schon ganz schön ausgeholfen. Es fiel ihm schwer, so viel Geld herzugeben, wie Pat und Tom brauchten, sowohl für Anwälte, als auch für Pats Medizin und ihre Arztrechnungen. Tom wollte mindestens fünfundzwanzigtausend Dollar für seine Anwälte, und der Himmel mochte wissen, wieviel es kostete, seine Frau zu unterstützen.

Tom schickte immer drängendere Briefe an Paw und Nona, in denen er von Pat ablenkte und seine Tante Jean Boggs als geldgierigen ›Geier‹ hinstellte. Er bombardierte die alten Leute und versuchte, ihnen angst zu machen, indem er sie warnte, es würde keiner mehr dasein, der sich um sie kümmern konnte, wenn Jean jemals die Kontrolle über ihr Geld erhielt. Doch er schrieb nur, was er für die Wahrheit hielt – was Pat ihm gegenüber als Wahrheit behauptete. Er liebte seine Großeltern, und wäre er freigekommen, hätte er sich um sie gekümmert. Und er liebte Pat über alles und glaubte, sie würde ohne ihn langsam sterben. Sie tat nichts, um seine Sorgen zu mildern, und drängte ihn, weiterhin an seine Großeltern zu schreiben.

Die Absicht seiner Briefe war sehr durchsichtig, aber sie wirkten auf Paw und Nona. Tommy war für die beiden mehr ein Ersatz ihres leiblichen Sohns, den sie verloren hatten. Widerstrebend rückten die alten Leute endlich genug Geld heraus, um die Anwälte und Pats Ärzte zu bezahlen. Aber sie wollten ihr eigenes Haus nicht beleihen, um Kentwood zu retten.

Gerade als alles so schlimm wurde, daß eine Steigerung gar nicht mehr vorstellbar war, erlitten die Radcliffes noch einen Schlag: Feuer.

Die Brände begannen an der Tell Road in der letzten Novemberwoche. Colonel Radcliffe erwachte in den frühen Morgenstunden von beißendem Rauchgeruch. Er schlüpfte in einen Morgenmantel, eilte in Pats Zimmer und sah sie am Fenster stehen. Sie trug ein Nachthemd und starrte reglos an der Reitbahn vorbei. Sein Blick folgte dem ihren, und er sah Rauch aus den Ställen steigen. Pat hatte sich offenbar vor Angst nicht bewegen und nicht einmal schreien können.

Die Ställe waren zweihundert Meter entfernt, auf halber Strecke zu Fanny Cashs Haus, und der Colonel sah bereits Flammen an den roten Wänden des U-förmigen Gebäudes hochschlagen. Obwohl er über sechzig war, hatte er seine gute Kondition behalten. Er lief, so schnell er konnte, und rettete die beiden ängstlichen Pferde, doch der Stall war verloren. Pat besuchte Tom im Gefängnis und erzählte ihm von dieser jüngsten Katastrophe. Sie sagte, sie wäre verletzt worden, als sie Papa bei der Rettung der Pferde half. Das war eine Lüge. In jener Nacht hatte sie ihr Schlafzimmer nicht verlassen.

In derselben Nacht brannte der Stall in Kentwood ebenfalls bis auf die Grundmauern ab. Zum Glück hatten sie als einziges Tier eine Kuh zurückgelassen, die durch den Obstgarten den Flammen entkam. Diese Unglücksserie drückte Tom noch mehr nieder, als er erfuhr, daß seine Großmutter mütterlicherseits, Mae Mama Lawrence, gestorben war. Auch sie hatte ihn aus ihrem Testament gestrichen.

Kurz vor Weihnachten wurde das Haus, das Pat und Tom in Kentwood so geliebt hatten, ebenfalls ein Raub der Flammen. Pat kassierte die Versicherung für das Haus und den Stall und zahlte die Schecks auf ihr Bankkonto ein, wobei sie die Tatsache ignorierte, daß sie auch die Unterschrift des Hypothekengläubigers gebraucht hätte. Dann schrieb sie Ed Garland einen Scheck über fünftausend Dollar von dem Konto aus, doch der Scheck platzte. Der größte Teil des Versicherungsgeldes für Kentwood gehörte überhaupt nicht ihr, sondern Hoyt Waller. Die übrigen Policen waren nicht nur auf sie und Tom ausgestellt, sondern auch auf Paw, da er bei dem Kauf von Kentwood finanziell geholfen hatte. Das Kassieren für die Policen war kompliziert und langwierig. Pats und Toms Anteil ging sofort für Anwaltskosten weg.

Das Kentwood-Emblem wurde abmontiert, und die geschwärzten Balken des Hauses und des Stalls ragten als einsame, verkohlte Überreste in den kalten Dezembernebel. Die Mistelbüsche zogen sich noch immer an der geschwungenen Zufahrt entlang, und der weiße Zaun war so makellos wie eh und je, aber sonst war nichts mehr wie früher. Der Besitz fiel an Hoyt Waller zurück, und Pats Traum von einer Plantage in Zebulon war in den Flammen zerstoben. Jetzt war ihr nur noch Tom geblieben, und sie klammerte sich verzweifelt an ihn und fürchtete, er würde sie auch verlassen.

Pat besuchte Tom im Gefängnis des Fulton County, so oft sie durfte, für gewöhnlich mittwochs. Sie ging den endlos langen Weg zu dem alten Gefängnis hinauf, das auf einem Hügel stand. Schweißgebadet und erschöpft kam sie oben an. Die beiden durften sich nicht berühren, sondern sprachen miteinander per Telefon durch eine Glastrennwand. Pat hob jedesmal ihre kleine Hand und hielt sie an dem Glas gegen Toms riesige Pranke. Sie war so liebevoll wie in den allerersten Tagen ihrer Werbung und betrachtete Tom durch die Scheibe, als würde ihr das Herz brechen. »Es hat mich fast zum Wahnsinn getrieben«, erinnerte sich Tom. »Sie kleidete sich so offenherzig und verführerisch, wie sie nur konnte.«

Tom hatte Pat mit der Country-and-Western-Music bekanntgemacht, und sie hatten ein Dutzend Lieblingssongs, die für sie etwas Besonderes bedeuteten, Balladen von Leidenschaft und Betrug, von hoffnungsloser Liebe und Sehnsucht. Die Texte brachten die Erinnerung daran zurück, was Tom und Pat einander bedeutet hatten. Spätabends rief Pat Discjockeys an und bat sie, ganz bestimmte Songs ›für meinen Tom‹ zu spielen. Er lag auf seiner Pritsche im Gefängnis, lauschte seinem kleinen Radio und versuchte, wach zu bleiben, damit er die Songs hörte, die seine Frau für ihn ausgesucht hatte.

Pat und Tom erinnerten sich an ihren Wahlspruch: »Immer das Wichtigste zuerst.« Beide schrieben diesen Satz auf die Rückseite eines jeden Briefes, den sie einander schickten. »Immer das Wichtigste zuerst ...« Unzählige Male versicherte Tom seiner Pat, daß ihre Liebe überleben würde.

So bittersüß ihre gemeinsame Zeit auch war, so begleitete doch stets Unfrieden Pats Besuche im Gefängnis. Selten ging sie mit den anderen Besuchen ruhig durch die Sicherheitsschleusen. Jeder Gefängniswärter erinnerte sich an Tom Allansons Frau. Sie kümmerte sich nicht um die Regeln und machte das auch deutlich. Sie warf den Aufsehern vor, absichtlich einige ihrer Briefe an Tom verloren zu haben, und begann, die Briefe zu numerieren, um es ihnen nachweisen zu können. Pat lenkte die Aufmerksamkeit auf sich und Tom. Sie wurde ungeduldig und streitsüchtig, wenn Tom sie bat, die Gefängnisregeln zu befolgen. Sie beteuerte ihre ewige Liebe zu ihm, verärgerte jedoch die Aufseher, die täglich sein Leben kontrollieren.

Zwischen den Besuchen telefonierten Pat und Tom miteinander. Jeden Abend trugen die Aufseher im Gefängnis Telefone von Zelle zu Zelle, und jeder Gefangene bekam eine bestimmte Zeit zugeteilt. Um Telefonzeit zu kaufen, tauschte Tom bei seinen Mithäftlingen alles ein. Er rauchte nicht, aber er kaufte stangenweise Zigaretten, um sie gegen Sprechzeit einzutauschen. Er gab seinen Zellengefährten das beste Bett und seinen Nachtisch und andere Sachen von seinem Essenstablett. Er erledigte Arbeiten, las den des Lesens Ungeübten juristische Papiere vor und erreichte sogar, daß Pat die Frauen und Freundinnen seiner Mithäftlinge anrief, um Botschaften auszurichten – eine Aufgabe, die sie nur widerwillig übernahm – damit er etwas Telefonzeit von den anderen Inhaftierten bekam.

Die Telefongespräche waren kostbar für die beiden. Sie besprachen alles, von juristischen Strategien bis zu gemeinsamen Plänen für die Zukunft. Pat sagte Tom, sie würde ihre Gespräche aufzeichnen, damit sie später seine Stimme hören konnte und nicht so allein war. Sie konnte nie akzeptieren, daß seine Zeit am Telefon trotz aller Minuten, die er von anderen Gefangenen bekam, begrenzt war. Sie machte ihm Vorwürfe, wenn er überstürzt auflegen mußte.

Mit jedem juristischen Rückschlag wurde Pat mürrischer. Sie erinnerte Tom bei jedem Anruf, daß er mindestens zwölf Jahre im Gefängnis und sie ›eine alte Frau‹ sein würde, wenn er herauskam. Ihr Tonfall war sehr leise, abwechselnd tränenerstickt und dann wieder eisig anklagend. Sein Tonfall war verzweifelt, als er sie anflehte, ihn zu verstehen. Immer wenn er ihre Stimme hörte, hoffte er, sie könnten ein liebevolles, warmherziges Gespräch führen, aber sie drehte ihm die Worte im Mund um, störte sich an fast allem, was er sagte, und warf ihm vor, grausam zu ihr zu sein. Tom war verstört. Sie wußte doch, daß er nie etwas tun würde, das sie verletzte. Was sollte er denn noch machen, um ihr zu beweisen, daß er sie noch immer liebte?

Pat zog es vor, Toms einzige Besucherin zu sein, und redete sogar Familienmitgliedern aus, zu ihm zu gehen. Sie erzählte ihm, Paw und Nona hätten sich über die Kälte und die Aufseher und den langen Weg durch den Korridor beklagt. Er könne von den beiden keine Besuche erwarten. Sie beschwerte sich gelegentlich sogar über Boppo. Wenn sie ihren Angehörigen erlaubte, Tom zu besuchen, schrieb sie Fragen auf, die sie ihm stellen sollten. Wenn Susan oder Debbie oder Ronnie von Tom weggingen, nahm Pat sie ins Kreuzverhör, um auch ganz sicher alles zu erfahren, worüber sie mit ihm gesprochen hatten.

Am meisten verabscheute Pat aber Matthew Rawley, einen

Collegefreund von Tom. Er war Geistlicher und half Tom sehr, der jede nur erdenkliche Unterstützung brauchte. Als Rawley zum ersten Mal wieder in Toms Leben auftauchte, schien Pat ihn ganz gut zu mögen, obwohl sie ständig mit ihm über religiöse Themen stritt. »Zeigen Sie es mir«, verlangte sie. »Zeigen Sie mir, wo die Bibel das sagt! Wenn es wirklich einen Gott gibt, dann zeigen Sie mir das in der Bibel.« Er hörte ihr geduldig zu und zeigte ihr dann seine Quelle, doch Pat haßte den jungen Geistlichen, als sie erfuhr, daß Tom ihn manchmal um Rat fragte.

Von da an bekam Pat jedesmal einen Tobsuchtsanfall, wenn sie hörte, daß der Geistliche Tom im Gefängnis besucht hatte. Am Ende verlangte sie, daß er zwischen ihr und Reverend Rawley wählte.

Tom wählte natürlich seine Frau.

Boppo und Papa, die einst mit gutem Recht einen bequemen Ruhestand erwartet hatten, mußten jetzt die Gläubiger abwehren. Das Haus am Dodson Drive war schon lange weg, und nun sah es so aus, als würden sie auch die Farm an der Tell Road verlieren. Pat und Ronnie lebten natürlich bei ihnen, und Ronnie wurde auf dieselbe Militärakademie geschickt, die Tom besucht hatte. Boppo kümmerte sich sehr um den hageren, stillen Jungen, und sie bestand darauf, daß er trotz ihrer schwindenden Mittel eine ordentliche Ausbildung erhielt. Er war kein guter Schüler und konnte den Notendurchschnitt C nicht halten, den die Schule verlangte. In der neunte Klasse verließ er die Schule.

Sowohl Susan als auch Debbie erlebten in ihren Ehen schwere Zeiten. Bill Alford erklärte Susan, er sei ehemüde. Susan und ihre Freundin Sonja Salo wurden von Eastern Airlines zur Ausbildung als Stewardessen angenommen. Susan und Bill wurden geschieden, heirateten jedoch innerhalb von sechs Monaten wieder neu. Bill kümmerte sich um Sean, während Susan vorübergehend nach Newark, New Jersey, zog.

Doch was immer sich auch in der Familie abspielte, es war

von geringer Bedeutung, verglichen mit Pats schwieriger Lage. Sie ließ das niemanden vergessen. Und als sollten alle abwertenden Bemerkungen Pats und Margureittes über Toms Exfrau bestätigt werden, wurden seine Kinder Sherry und Russ vom Jugendamt der Fürsorge ihrer Mutter entzogen. Es bestand die Möglichkeit, daß Little Carolyn Besuchsrechte erhielt, wenn sie ihr Leben in Ordnung brachte und einen ständigen Wohnsitz fand. In der Zwischenzeit kümmerte sich Big Carolyns Bruder Seaborn Lawrende um die Kinder, obwohl Tom wollte, daß sie zu Pat kamen.

Die Verhandlung über Ed Garlands Antrag auf einen neuen Prozeß wurde vertagt. Aufgrund dieser niederschmetternden Neuigkeit wurden Toms Briefe an seine Großeltern noch eindringlicher. Durch alle Briefe zog sich dasselbe Thema.

Die beiden durften Jean Boggs nicht vertrauen – sie versuchte nur, an ihr Geld heranzukommen. Sie mußten ihm und Pat glauben und sich darauf verlassen, daß sie beide sich um die Großeltern in deren Alter kümmern würden.

Pat warnte Tom, daß der Wille seiner Großeltern leicht gebrochen werden konnte, wenn eine skrupellose Person sie beeinflußte. Das wäre eine Katastrophe für sie, wo er doch nun im Gefängnis war. Im Moment war er der Erbe der beiden, aber Pats Name stand nicht in ihrem Testament. Sie wies darauf hin, daß er eingesperrt war. Wenn der eine Teil seiner Großeltern starb und Pat nicht als Testamentsvollstrecker eingesetzt war, was sollte aus dem anderen Teil werden? Wer sollte sich um den überlebenden Teil kümmern?

Darüber hinaus mußten sie realistisch sein. Das Geld und der Besitz seiner Großeltern konnte Tom durchaus entgehen. Er hatte bereits von seinen Eltern nichts bekommen, und jetzt warnte Pat ihn, er könnte auch von Paw und Nona enterbt werden, weil die beiden alt waren und nichts verstanden. Wenn das passierte, würde er niemals genug Geld für seinen juristischen Kampf haben, um aus dem Gefängnis zu kommen.

Sie klang sehr überzeugend, und Tom erkannte die Logik hinter ihren Argumenten. Er schrieb noch einen Brief. In der Zwischenzeit drängte Pat sich behutsam und ohne großes Aufhebens in das Leben von Toms Großeltern. Seine Briefe bestärkten bei den beiden den Eindruck, daß Pat zur engsten Familie gehörte.

Pat besuchte die beiden, so oft sie konnte, erledigte Besorgungen, setzte sich zu Nona und kochte ihnen besonderes Essen. Selbst wenn sie sich nicht gutfühlte, telefonierte sie täglich mit den beiden. Es war eine schlimme Zeit für die alten Leute. Ihr Sohn und ihre Schwiegertochter waren ermordet worden, und ihr Enkel saß im Gefängnis. Paw und Nona hatten sich ihrer Tochter Jean teilweise entfremdet, seit es den Ärger gegeben hatte, weil Paw sein Land an Walter anstatt an sie verkauft hatte. In dem Leben der alten Leute gab es einen großen Leerraum, und Pat begann ihn auszufüllen. Sie trug Botschaften zwischen Tom und seinen Großeltern hin und her. Manchmal nahm sie Debbie mit, damit sie in dem kleinen Haus an der Washington Road aushalf, und Boppo kam auch oft zu Besuch.

Mit jedem neuen Tag enthüllte Pat eine andere Facette ihrer wandelbaren Persönlichkeit. Bei Tom war sie abwechselnd vorwurfsvoll oder liebevoll, ›seine Pat‹, die ohne ihn nicht überleben konnte. Bei seinen Anwälten trat sie großspurig und fordernd auf, und ihre Stimme klang stahlhart. Bei Paw und Nona gab sie Ratschläge und nahm ihr Leben in die Hand. Bei ihren Eltern war sie wie immer das abhängige, verwöhnte Kind, das abwechselnd in Tränen ausbrach und Tobsuchtsanfälle bekam. Boppo machte sich entsetzliche Sorgen, wenn Pat jedesmal in einem Wutanfall in den roten Cougar sprang, den sie ihr geschenkt hatten, und die Tell Road entlangraste. Sie fuhr wie eine Irre und ließ eine Staubwolke hinter sich. Wenn sie zurückkam, parkte sie so, daß der Wagen durch den Stall verborgen war. Wenn Boppo oder Papa sie dort entdeckten und zu ihr gingen, um sie zur Vernunft zu bringen, schaltete sie die Scheinwerfer ein und raste erneut davon.

25. Kapitel

Mit Pats Gesundheit ging es weiter bergab. Sie hatte schmerzhafte offene Stellen an ihrem Schenkel und eine größere Wunde an ihrer rechten Hinterbacke, die sich entzündet hatte. Beide Wunden waren plötzlich aufgetaucht, und ihre Ärzte wunderten sich über die Ursache. Pat trieb wieder einmal auf Hysterie zu. Sie wollte ihre Mutter ständig um sich haben, aber das war nicht möglich. Boppo mußte ihrer Arbeit nachgehen, die jetzt wichtiger als je zuvor war, da die Finanzen der Radcliffes bis an die Grenzen der Belastbarkeit angespannt waren. Sie war eine ausgezeichnete Empfangsdame und beliebt sowohl bei den Zahnärzten, für die sie arbeitete, als auch bei deren Mitarbeitern. Aber im Lauf der Jahre hatte sie viele Jobs verloren. Es fiel ihr schwer, sich auf die Arbeit zu konzentrieren, weil es in ihrer Familie so viele Notfälle gab und sie ständig weggerufen wurde.

Pat war siebenunddreißig, und ihre Probleme beanspruchten noch immer die ganze Familie. Sie war die Sonne, um die sie kreisten, die Bürde, die sie trugen, obwohl ihre eigenen Kraft nachließ. Boppo und Papa, Ronnie, Susan, Debbie, Tom und alle Tanten waren die Ponys auf einem Karussell, das sich unendlich um die bunten Spiegel im Mittelpunkt drehten. Und alle Spiegel reflektierten Pat. Es war, als würden ständig Scheinwerfer über sie hinweggleiten. Sie bestimmte, wo es langging, indem sie abwechselnd prahlte, schluchzte oder still und strahlend lächelte.

Boppo und der Colonel waren dermaßen damit beschäftigt, sie vor den Enttäuschungen des Lebens zu bewahren, daß sie keine Zeit fanden, ihre eigenen Verluste abzuschätzen: Häuser, Pferde, Geld, Kredite, Möbel, Antiquitäten und letzten Endes auch Menschen waren für Pats Heil geopfert worden. Sie waren schon weit gegangen und hatten ihr Leben Pat gewidmet, daß sie gar nicht auf die Idee kamen, etwas zu verändern.

Tom hatte stets gedacht, seine Frau wäre zart gebaut, aber in

Wahrheit war Pat in physischer Hinsicht stark. Sie konnte schwere Sättel heben, und sie konnte ihre Hand wie einen Schraubstock um das Handgelenk einer anderen Person legen. Boppo war die einzige, die sich gegen Pat zu stellen wagte, wenn sie handgreiflich wurde. Dem Rest der Familie jagte sie geradezu Todesangst ein. Doch Paw und Nona bekamen diese Seite Pats nie zu sehen. Bei ihnen gab sie sich liebevoll und fein, dermaßen fürsorglich und hilfsbereit, daß sie in ihr eine Tochter sahen, genau wie Tom für sie wie ein Sohn war.

Toms Großvater und Großmutter hatten am 11. September 1974, zwei Monate nach den Morden, jeder ein Testament aufgesetzt. Indem sie die ›eheliche Aufteilung‹ anwendeten, die in Georgia das Vermögen aus steuerlichen Gründen in zwei Hälften teilt, hinterließ jeder seinen Besitz dem anderen. In dem Fall jedoch, daß beide versterben sollten, bestimmten sie, daß ihr Besitz zu gleichen Teilen zwischen Tom und Jeans Boggs' zwei Kindern aufgeteilt wurde – das heißt, Tom sollte die eine Hälfte und seine Cousins je die Hälfte der anderen Hälfte erhalten. Tom und seine Tante Jean sollten gemeinsam als Testamentsvollstrecker auftreten.

Am 4. März 1975 fügten die Allansons ihren Testamenten einen Zusatz hinzu. Mit Pats Hilfe setzte Paw Allanson sich mit seinem Anwalt in Verbindung und sorgte dafür, daß Pat als Testamentsvollstreckerin aufgeführt wurde, falls Tom nicht in der Lage war, sein Amt zu erfüllen. Jeans Boggs blieb die zweite Vollstreckerin.

Sie alle warteten im Frühjahr 1975 auf eine Nachricht wegen Toms zweitem Prozeß. Tom war gerührt, daß Pat den langen Aufstieg zum Besuchertrakt auf Krücken machte, obwohl sie solche Schmerzen litt. Als am 10. März die Anhörung über Toms Berufung erneut verschoben wurde, war Pat dem endgültigen Zusammenbruch nahe.

Am Abend des 9. April, einem Mittwoch – einem Besucherabend – fand Pat heraus, daß Tom ohne sie mit einem seiner Anwälte gesprochen hatte. Sie war wütend und setzte ihren

Mann unter Druck. Wie konnte er nur an so etwas überhaupt denken? Offenbar hatte Tom dem Anwalt Ed Garland etwas anderes erzählt, als sie Garland zum besten gegeben hatte, und nun kamen Fragen auf, die sie nicht beantworten wollte. »Er ist ein verlogener Hurensohn!« explodierte sie, auf Garland angesprochen.

Nachdem Pat die halbe Besuchszeit mit ihm gestritten hatte, ließ sie Tom versprechen, daß er ›nie wieder so etwas machen‹ würde.

»Ich verspreche es! Ich verspreche es!«

Um alles noch schlimmer zu machen, hatte Pat eingeschmuggelten Lesestoff in einem Warteraum für Besucher zurückgelassen. Sie wollte zurückgehen und ihn in einem Brief an Tom senden. Die Sachen waren nicht mehr da, als sie hinkam, und die Gefängnisleitung schnitt abrupt ihren Besuch ab. Pat wurde weiß vor Wut. Papa und Boppo waren an diesem Abend bei ihr und versuchten, sie zu beschwichtigen. Pat siedete und wurde hysterisch. Sie verlangte den Gefängnisdirektor zu sehen. Tom war ein hilfloser Zuschauer. Je mehr sie für Aufruhr im Gefängnis des Fulton County sorgte, desto wahrscheinlicher wurde es, daß er in das staatliche Gefängnis zurückgebracht würde.

Doch Pat war völlig außer Kontrolle. Selbst Colonel Radcliffe verlor vorübergehend seine übliche Zurückhaltung und Selbstbeherrschung. Jemand mußte Pat zum Schweigen bringen. Als sie weiter wütete, während sie durch den langen Korridor von dem Besuchertrakt weggingen, schlug er ihr plötzlich voll ins Gesicht und traf sie am Auge.

Pat verstummte und begann zu schluchzen. Auf der ganzen Heimfahrt drohte sie, auszuziehen, zu Paw und Nona zu gehen und Ronnie mitzunehmen. Als Tom anrief, erzählte sie ihm schluchzend, daß sie geschlagen worden war. »Er hat mich mit voller Kraft geschlagen, noch bevor wir das Gefängnis verlassen haben«, klagte sie. »Wir gingen gerade durch den Korridor. Er sagte, ich wäre schrecklich zu dir, und was ich alles mache, und alles wäre meine Schuld. Ich bin schließlich in Tränen ausgebrochen und habe gesagt ›Laß mich doch in Ruhe!‹. Er sagte, daß er mich ins Metropolitan einliefern läßt. Und ich habe ihm gesagt, nur über meine Leiche.«

»Ich wollte nicht, daß das alles passiert, Süße.«

»Ich habe mich so bemüht, für dich hübsch zu sein.«

»Bitte, verzeih mir, Zuckerstück. Immer das Wichtigste zuerst, denk daran.«

Sie schluchzte in das Telefon, aber sie lächelte, als sie auflegte. Dieses Lächeln konnte Tom natürlich nicht sehen.

Pat überzeugte Tom beinahe davon, daß er Ed Garland entlassen sollte. Garland war für sie nur selten zu sprechen, wenn sie anrief, und wollte nicht auf ihre Vorschläge hören, und sie verabscheute ihn. Sie rief einen anderen Anwalt an und vereinbarte einen Termin mit ihm. Sie erklärte, Tom würde noch von Garland vertreten, aber sie sah keinen Grund, weshalb sie nicht einen zweiten Anwalt engagieren sollte, der *ihr* Berater war. »Mein Vater, der früher bei der Spionageabwehr war, hat mir dazu geraten.«

Der Anwalt meinte, er könne Tom erst vertreten, *nachdem* dieser Garland entlassen hatte. Er schlug außerdem vor, Tom könne doch aufgrund seines Collegeabschlusses und seiner Fähigkeiten als Schmied im Gefängnis in dem neuen Programm zur Betreuung jugendlicher Strafgefangener in Georgia mitwirken. Tom wäre dann öfter draußen, während sein Berufungsverfahren lief. Das wäre für ihn viel leichter zu ertragen, als in dem überfüllten Gefängnis des Fulton County eingesperrt zu sein.

»Mein körperlicher Zustand ist sehr kritisch, und solange er im Gefängnis des Fulton County ist, kann ich ihn einmal pro Woche sehen und viermal in der Woche mit ihm telefonieren«, erwiderte Pat und schmetterte damit jeden Vorschlag sofort ab.

Der Anwalt erklärte, Tom könne in Buford fast unbeschränkt Besuche und Anrufe erhalten.

»Das Wichtigste für ihn ist der Kontakt mit *mir«*, entgegnete sie. »Müßte er zuerst ins Jackson Prison, wäre er sechs Wochen dort und könnte mich nicht sehen . . . Ich könnte jeden Moment dahinscheiden.«

Erschrocken begriff der Anwalt, daß diese Frau sagte, sie

könnte jeden Moment *sterben*! Sie klang am Telefon sehr gesund, so daß ihr nahes Ende sehr unwahrscheinlich erschien.

Pat erzählte Tom nicht, daß er die Möglichkeit hatte, als Lehrer nach Buford zu gehen. Sie erklärte statt dessen energisch dem Anwalt, von dem dieser Vorschlag kam, Tom würde immer in ihrer Nähe bleiben wollen – ganz gleich, unter welchen Umständen. Sie wollte dem Anwalt auch nicht verraten, welche Ärzte sie behandelten. Sie habe viele, erwiderte sie nur. Sie habe ›Spezialisten‹.

Das Klima auf der Tell Road Farm war nicht gut. Es gab nur eines, das Clifford Radcliffe niemandem erlaubte, nämlich seine Frau zu kritisieren. ›Reit‹, wie er sie nannte, war die schönste Frau, die freundlichste, die wohlerzogenste. Sie war sein Schatz. Für gewöhnlich machte er alles mit, was sie wollte, und ihre Tochter um jeden Preis zu beschützen, war für sie das wichtigste. Doch Pats Ausbrüche erschöpften ihre Mutter. Pat war schon bei einer Gelegenheit hinter Boppo und Papa mit einem Messer und einem Regenschirm hergejagt, als sie ihren Willen nicht durchsetzen konnte. Und ihr Verhalten in dem Gefängnis war unverzeihlich gewesen.

Der Colonel mußte eine Reise unternehmen, die ihn aus dem Staat wegführte. Es war ein ungünstiger Zeitpunkt. Pat beharrte weiterhin darauf, zu Nona und Paw zu ziehen. Boppo flehte sie an, vernünftig zu sein. Am 10. April verschwand Pat in ihrem Zimmer und schlug die Tür hinter sich zu, und der Ärger schien – zumindest für diesen Abend – beendet zu sein.

Doch als Pat wieder herauskam, trug sie ein durchscheinendes rotes Nachthemd mit dünnen Trägern. Sie war barfuß, und über beide Handgelenke lief Blut in dünnen roten Streifen. Bevor Boppo sie aufhalten konnte, lief Pat trotz ihrer Krücken aus dem Haus und verschwand in dem dahinterliegenden Wald. Es war April, aber es war ein unfreundlicher, regnerischer Abend. Ein Kraftwerk lag direkt hinter den Bäumen sowie ein breiter freier Streifen, auf dem die Hochspannungsmaste in den Himmel ragten. Halb rannte, halb humpelte Pat über das kurz geschnittene Gras, ein roter Schatten in dem schwindenden Licht, zu schnell für ihre Mutter, die hinter ihr herlief und sie anflehte, stehenzubleiben.

Boppo rief telefonisch einige Männer aus der Nachbarschaft zu Hilfe, die in ihren Wagen zur Tell Road fuhren. Pat konnte nur zu der Hochspannungsleitung laufen. Ungefähr zwei Kilometer weiter wäre sie auf eine Bahnstrecke gelangt, hinter der eine Tierarztpraxis lag. Die Radcliffes kannten den Tierarzt gut – er hatte sich um ihre Pferde gekümmert –, aber um diese Uhrzeit war dort niemand.

Nachdem sie in dem Zwielicht gesucht und gerufen hatten, fanden sie Pat endlich, die noch immer lief und humpelte. Ihre Haare wehten hinter ihr her, und von ihren Handgelenken tropfte Blut. Sie hatte sich in die schlimmste Hysterie gesteigert.

Noch immer mit ihrem Nachthemd bekleidet, wurde Pat per Gerichtsbeschluß in das Metropolitan Psychiatric Center in Atlanta eingeliefert, damit dort festgestellt wurde, ob sie selbstmordgefährdet war. Pat brauchte nicht in einem Krankensaal eines x-beliebigen städtischen Krankenhauses zu bleiben. Das Metropolitan war wie ein gutes Hotel eingerichtet, und es war sehr, sehr teuer. Als sie eingeliefert wurde, hatte sie oberflächliche Schnittwunden an den Handgelenken, und sie wirkte ängstlich, erregt und extrem gesprächig.

Sie klagte, sie könne auf dem linken Auge nicht sehen, weil ihr Vater sie geschlagen hatte. Der Klinikarzt war weit mehr entsetzt über den eiternden Abszeß an ihrer rechten Hinterbacke. Pat war verstört und redete pausenlos. Sie gab dem Arzt, der sie aufnahm, eine lange Zusammenfassung ihrer Lebensgeschichte. Ihrer eigenen Einschätzung nach war sie stets ein Opfer gewesen, das von Pech und der Gleichgültigkeit anderer verfolgt wurde. Ihr Ehemann war im Gefängnis, berichtete sie, verurteilt für zwei Morde, die er nicht begangen hatte. Sie waren erst seit elf Monaten verheiratet, und direkt nach der Hochzeit wäre sie in einen schrecklichen Autounfall verwickelt gewesen. »Ich habe meinen Anwälten fünfundvierzigtausend Dollar und Besitztümer im Wert von fünfunddreißigtausend Dollar gegeben, damit sie den Fall meines Mannes vor das höchste Gericht bringen«, erklärte sie.

Margureitte erklärte dem Arzt, Pat habe sich nicht um sich selbst gekümmert. Sie sei davon besessen gewesen, ihren Mann aus dem Gefängnis zu holen.

Pat bestand darauf, ihre Töchter anzurufen. »Die versuchen hier, mich umzubringen!« erzählte sie Susan atemlos. »Ich wurde vergewaltigt, als ich noch ein Kind war«, flüsterte sie in das Telefon und drohte Susan an, sie eines Tages umzubringen, wenn sie nicht herkam und sie aus dem Krankenhaus holte. Die Ärzte hörten die Gespräche mit den Töchtern mit und stellten fest, daß Pat ihre Verletzungen weit übertrieb.

Nach dem Abszeß an ihrer Hinterbacke befragt, gab Pat an, es stamme genau wie die wunden Stellen an ihrem Schenkel von Penizillinspritzen, die sie von ihre Hausarzt, Dr. Taylor, erhalten hatte. Eine Rückfrage in Dr. Taylors Praxis ergab, daß Pat keine Penizillinspritzen erhalten hatte. Sie hatte sich jedoch wegen der mysteriösen wunden Stellen in Behandlung befunden. Sie klagte über schreckliche Schmerzen und erhielt Demerol-Injektionen.

Pat wurde mit der vorläufigen Diagnose ›erregte Depression mit möglicher geistiger Verwirrung‹ eingeliefert. Es war eine allgemeine Diagnose, die nicht im DSM-II zu finden war, im *Diagnostic and Statistic Manual of Mental Disorders* (Diagnostisches und statistisches Handbuch geistiger Störungen; Anm. d. Übers.), der Bibel der Psychiatrie. Zwei Psychiater bestätigten, sie sei nicht fähig, im gegenwärtigen Zeitpunkt für sich selbst zu sorgen.

Nach zwölf Tagen in der Klinik wurde Pat entlassen. Sie mußte viermal täglich fünfzig Milligramm Mellaril einnehmen, die übliche Anfangsdosis für psychisch gestörte Patienten. Sie sollte als ambulante Patientin behandelt werden, und ihre Ärzte hielten die Chancen gut, daß ›ihre geistigen Funktionen im wesentlichen zurückkehren‹ würden.

Pat nahm nur kurze Zeit Mellaril, aber sie verdoppelte die Menge der übrigen Medikamente.

26. Kapitel

Der Sommer kam nach Atlanta zurück, aber Tom war immer noch im Gefängnis des Fulton County eingesperrt. Am 8. Juli 1975, genau ein Jahr nach seiner Ankunft in dieser Haftanstalt, wurde sein Antrag auf einen neuen Prozeß abgelehnt. »Nach genauer Betrachtung dieses Antrags im Licht der vorgetragenen Argumente wird dieser somit in jeder Hinsicht abgelehnt, und ein neues Gerichtsverfahren wird nicht gewährt«, entschied Oberrichter Charles Wofford.

Er lehnte auch Toms Antrag auf Kaution ab.

Pat hatte keinen neuen Anwalt engagiert. Zu Pats größtem Bedauern versicherte Ed Garland ihr, daß er nicht aufgeben würde. Es war für ihn zu einem persönlichen Feldzug geworden, Tom einen neuen Prozeß zu verschaffen. Daß er sich mit der Frau seines Mandanten herumschlagen mußte, war ein Kreuz, das er stoisch trug.

Tom schrieb an seine Großeltern:

> Ich weiß, daß Euch die enttäuschenden Neuigkeiten über die Anhörung aufgeregt haben, aber nehmt es Euch nicht zu Herzen. Ich werde bald zu Hause sein, und ich versichere Euch, ich stehe das durch. Ich bin ja so dankbar, daß meine beiden Frauen und Du, Paw, da draußen so gut für mich durchhalten. Ich muß Ma und Pat wirklich dafür loben, daß sie so stark sind. Es war für beide sehr hart. Dieser seelische Druck war für Euch alle sicher auch körperlich schwer zu ertragen. Ich bin auch so froh, daß Du und Ma Pat lieben, und sie liebt Euch beide ja auch so sehr! Ich weiß, daß sie für Dich und Ma ein wahrer Segen war. Irgendwie bekommt sie jedesmal Kraft von irgendwoher, wenn Ma aufgeregt ist, und dann beruhigt sie sie. Paw, ich liebe diese Frau wirklich. Sie ist so wundervoll.

Ende Juli 1975 rief Pat Allanson bei Bill Hammer an, Paw Allansons Anwalt, und erklärt ihm, die Allansons wollten einen zweiten Zusatz zu ihren Testamenten hinzufügen. Dieser Zusatz vom 1. August entfernte Jean Boggs völlig als Testamentsvollstreckerin. Pat und Tom Allanson blieben danach die einzigen Vollstrecker. Sollte Tom noch in Haft sein, wenn die Allansons starben, würde Pat allein ihren Besitz verteilen.

Nona und Paw waren im Vollbesitz ihrer geistigen Kräfte und wußten, was sie wollten. Nona war die meiste Zeit an das Bett gefesselt, ihre Sprachfähigkeit war behindert, und sie konnte eine Hand nur eingeschränkt benützen. Paw kümmerte sich wunderbar um sie. Er war ein guter Koch und für einen Mann von achtundsiebzig in relativ guter gesundheitlicher Verfassung. Die beiden kamen allein zurecht, aber sie hatten sich daran gewöhnt, sich auf Pat zu verlassen. Ihre Gegenwart war angenehm. Besuche von Pat und Debbie und oft auch Margureitte Radcliffe erhellten ihre Tage. Besorgungen waren zu machen, und es gab Dinge, die Paw schwerfielen. Es war allerdings auch für Pat schwer. Ihr Abszeß wurde wieder schlimmer. Pat hatte schon längst aufgehört, Mellaril zu nehmen, erhielt jedoch viermal täglich fünfzig Milligramm Demerol gegen die Schmerzen von ihrem Abszeß. Demerol ist ein Rauschmittel, und zweihundert Milligramm täglich sind eine sehr hohe Dosis, wenn sie regelmäßig eingenommen wird. Demerol wird jedenfalls für gewöhnlich an ambulante Patienten nicht länger als zehn Tage verschrieben.

Zur Verblüffung der Ärzte wurde Pats Abszeß während des Sommers größer und tiefer und eiterte immer stärker. Sie fanden dafür keinen Grund, abgesehen von der Möglichkeit, daß Pat ›schlecht heilte‹. Sie mußte jetzt einen Rollstuhl benützen, wenn sie Tom besuchte, und die Gefängnisaufsicht erlaubte ihnen, die Besuche in den Sprechzimmern der Anwälte abzuhalten, um Pat den langen und schwierigen Weg zu dem normalen Besuchertrakt zu ersparen.

Im September geriet Pats Abszeß völlig außer Kontrolle. Es war groß wie eine Faust und erstreckte sich fast zehn Zentimeter tief in ihre rechte Hinterbacke. Der Wundgeruch war übelerregend. Pat schwebte ständig in Gefahr, eine Blutvergiftung zu erleiden.

Am 12. September ging Pat in das Bolton Road Hospital in Atlanta. Sie klagte über heftige Schmerzen und konnte nicht mehr gehen. Als die Ärzte den Verband von der offenen Wunde entfernten, rangen sie nach Luft. Wie konnte diese schlanke Frau den Schmerz einer so schlimm aussehenden eitergefüllten Wunde ertragen?

Pat wurde sofort in dem Krankenhaus aufgenommen. Ein chirurgischer Eingriff war nötig. Jahrelang hatte Pat geklagt, daß sie eine kranke Frau war, die nicht mehr lange auf dieser Welt sein würde. Und jetzt mochte es durchaus wahr werden.

Die Ärzte im Bolton Road Hospital waren verwirrt, weil sie sich nicht den Grund für eine so tiefe Wunde erklären konnten, vor allem nicht, da die Patientin täglich vier Kapseln des starken Antibiotikums Keflex genommen hatte. Pat wurde aus dem Krankenhaus entlassen, aber nur vorübergehend. Zwei Wochen später wurde sie wieder zur Operation aufgenommen. In diesem Zeitraum wirkte sie manchmal verwirrt. Sie benahm sich wie eine religiöse Schwärmerin. Sie lag in ihrem Bett, trug ihre dünnen Nachthemden, stand dann oftmals plötzlich auf und deutete mit dem Finger auf ihren jeweiligen Besucher und rief: »Möge der Herr sich deiner Seele erbarmen!« Abgesehen von diesem bizarren Verhalten wirkte sie geistig relativ stabil. Susan und Debbie wachten oft am Bett ihrer Mutter, die sie makabrerweise mit der Figur des Regan in *Der Exorzist* verglichen.

Pat hatte die Eastern Airlines, den Arbeitgeber ihrer Tochter, so lange bedrängt, bis Susan von Newark, New Jersey, ›aus menschlichem Mitgefühl‹ zurückversetzt wurde. Schließlich brauchte Pat ihre ganze Familie um sich. Eines Abends in diesem September mußte Susan sich für Eastern Airlines abrufbereit halten. Sie wollte die Nacht auf der Farm an der Tell Road verbringen, weil es von dort viel näher zum Hartsfield-Atlanta-Airport war als von dem Haus der Alfords in Marietta. Sie hatte ihre Uniform als Stewardeß der Eastern bei sich – einen blauen Rock, eine blaue und weiße Bluse und eine rote Weste mit Goldknöpfen und goldenen Schwingen auf der linken Brusttasche.

»Sie riefen mich am Nachmittag wegen eines Fluges an«, erinnerte sich Susan. »Und wie ein Blitz aus heiterem Himmel entschied meine Mutter, ich sollte nicht fliegen. Ich trug schon meine Uniform und wollte gerade zur Tür hinaus, als sie mit ihrer Krücke auf mich losging. Die Leute ahnten nie, daß meine Mutter körperlich sehr, sehr stark war. Sie ging oft auf einen zu und stellte sich so nahe, als würde sie direkt durch einen hindurchgehen. Sie hatte mich in eine Ecke gedrängt und drückte mir ihre Krücke in den Magen, als Boppo kam. Papa hatte sie gerufen. Boppo konnte Mom kontrollieren. Boppo wurde fast nie zornig, aber diesmal wurde sie es. Mom ließ mich los, aber sie hatte erreicht, was sie wollte. Sie hatte gewollt, daß Boppo von der Arbeit kam – und Boppo war da. Ich versäumte meinen Flug, aber ich schaffte den nächsten und erhielt keine Disziplinarstrafe.«

Susan erinnerte sich, daß ihre Mutter sich in diesem Sommer immer aggressiver verhielt. Pat ging oft auf ihren Stiefvater los. Es floß zwar nie Blut, aber es war eine Zeit voller Angst. Der einzige Mensch, der einigermaßen Kontrolle über sie hatte, war ihre Mutter. Margureitte konnte Pat niederstarren. Und wenn es nötig war, konnte auch Margureitte theatralische Anfälle bekommen.

»Wenn du so weitermachst, Pat, bringe ich mich um!« pflegte Boppo zu schreien. Das war ihre letzte Waffe. Diese Drohung funktionierte immer. Die Gefühle waren zwischen den Radcliffe-Frauen so chaotisch, daß es ständig Selbstmorddrohungen gab. Und sie alle bekamen gelegentlich Anfälle von Melancholie: Susan, Debbie, natürlich Pat und gelegentlich sogar Boppo.

Pat bekam Thorazine, ein starkes Psychopharmakum, verschrieben, und für einige Zeit wurde es etwas besser.

Ende September hatten Tom und Pat Streit. Sie hatte versucht, Unterlagen der Polizei von Athens und Atlanta einzusehen in der Hoffnung, irgendwelche Eintragungen über Little Carolyn zu finden. Pats Vorgehen war illegal. Als Tom ihr das sagte, bekam sie einen Wutanfall.

Auch körperlich ging es Pat wieder schlecht. Ihr Abszeß wurde immer tiefer. Als sie am 1. Oktober wieder ins Krankenhaus kam, wurde sie unzähligen medizinischen Tests unterzogen. Kulturen von Pats Wunde wiesen Bakterien der Gruppen Proteus mirabilis und Staph aureus auf. Sie brauchte Bluttransfusionen, und sie übergab sich ständig. Auf Gamma Globulin bekam sie eine schwere anaphylaktische Reaktion, die von Hysterie begleitet war.

Pat war als Notfall in das Bolton Road Hospital eingeliefert worden, und es wurde klar, daß die Operation bald durchgeführt werden mußte. Als sie am 17. Oktober stark genug war, um eine Operation zu überstehen, erhielt sie Lachgas und eine Lokalanästhesie. Dann wurde der riesige Abszeß zusammen mit dem umliegenden Gewebe herausgeschnitten, wodurch für immer eine beträchtliche Vertiefung in ihrer rechten Hinterbacke zurückblieb. Während und nach dem Eingriff wurde die Wunde ständig antibakteriell behandelt.

Richter Wofford unterschrieb einen Gerichtsbeschluß, der es Tom erlaubte, unter Bewachung in das Bolton Road Hospital zu fahren und Blut zu spenden. Für Pats Operation waren viele Transfusionen nötig gewesen, und sie würde einen Monat oder länger im Krankenhaus bleiben.

»Patientin hatte extreme Schmerzen und benötigte große Dosen Narkotika und Sedativa und war unter diesen Umständen sehr schwer zu kontrollieren, doch allmählich überzeugten wir sie in einer gemeinsamen Anstrengung von ihrer Mutter, Dr. P., Dr. G. und Dr. R. – die alle zusammenarbeiten –, daß sie sich an eine Diät halten müsse, und schrittweise besserte sich ihr Zustand«, ist in ihrer Krankengeschichte aus dem Hospital vermerkt.

Pat wurde endlich am 21. November aus dem Bolton Road Hospital entlassen. Sie mußte jede Woche wiederkommen, damit ihre Fortschritte überwacht und ihre Verbände gewechselt werden konnten. Auf ihre Bitte schrieb der Arzt einen Brief an die Gefängnisleitung des Fulton County.

Die Patientin hat eine acht bis zehn Zentimeter tiefe Wunde in der rechten Hinterbacke, durch die sie an das Bett gefesselt ist . . . und sie befindet sich in kritischer Verfassung, die wahrscheinlich noch einige Zeit andauern wird.

Ihr Ehemann befindet sich in dem nahen Gefängnis des Fulton County, in dem sie wenigstens mit ihm telefonieren kann. Sie weiß außerdem, daß er ihr nahe ist. Es wäre äußerst wohltuend für die Patientin, könnte er dort bleiben und könnte es auch irgendwann arrangiert werden, daß sie ihn besucht. Wäre er dagegen weiter entfernt, könnte sie dies sicher nicht tun. Der emotionale Druck, der mit der Gerichtsverhandlung ihres Mannes verbunden war, hat sich wesentlich auf ihre Gesundheit ausgewirkt und wird dies auch weiterhin tun . . . Sie benötigt Beruhigungs- und Schmerzmittel . . . Seine Verlegung an einen weiter entfernten Ort hätte eine negative Auswirkung auf ihren allgemeinen gesundheitlichen und emotionalen Zustand.. Ich glaube, dies könnte in Mrs. Allansons Fall im Hinblick auf ihren geistigen und körperlichen Zustand zu einer Frage von Leben und Tod werden . . . Die Umstände sind äußerst ungewöhnlich. Ihre Krankheit ist ebenfalls äußerst ungewöhnlich . . .

Pats Ärzte waren von der schönen Frau mit den grünen Augen bezaubert, die so schreckliche Schmerzen litt. Keiner von ihnen fand heraus, was ihre unerklärliche Infektion ausgelöst hatte. Anstelle einer genauen Diagnose vermerkten sie in ihren Unterlagen: ›Chronischer, nicht heilender Abszeß nach einer Penizillininjektion‹.

Zu Hause versuchte Margureitte mit Zustimmung ihrer Ärzte, Pats Gebrauch an Schmerzmitteln einzuschränken. Sie gab ihr mehrmals am Tag eine schmerzstillende Injektion, wie sie das nun seit Wochen getan hatte, aber schrittweise verdünnte sie die Demerol-Injektion mit Wasser. Pat bemerkte den Unterschied sofort und war wütend. Ohne sich mit Ed Garland abzusprechen, engagierte Pat einen Privatdetektiv und ließ ihn Toms Exfrau beschatten. Sie schlug vor, der Detektiv solle Carolyn verführen, um mehr Informationen zu erhalten. »Ziehen Sie doch einfach die alte Schmusenummer bei ihr ab«, drängte Pat. Es kam nie zu der geplanten Verführung von Little Carolyn. Pat verhielt sich, als wäre sie Perry Mason, aber der Privatdetektiv ging nur zum Schein auf ihre obskuren Vorschläge ein. Als sie Ed Garland erzählte, was sie vorhatte, schüttelte er den Kopf. Er erklärte Pat, die einzigen Punkte, die jetzt Tom noch helfen könnten, wären: wenn sie neue Beweise entdeckten, wenn sie beweisen konnten, daß Carolyn einen Meineid geleistet hatte, oder wenn sie beweisen konnten, daß Toms Identifizierung bei der Gegenüberstellung wegen der Teilnahme der beiden Feuerwehrmänner, die jeder kannte, nicht aussagekräftig war.

Trotz aller Briefe, in denen stand, daß Toms Verlegung in das Jackson Prison seine Frau umbringen würde, wurde genau diese Verlegung nun vorbereitet. Zum ersten Mal fragte sich Pat, ob sie vielleicht den falschen Plan zu Toms Verteidigung verfolgt hatte. Es war für sie demütigend, darüber zu sprechen, weil sie sich noch nie für irgend etwas entschuldigt hatte.

»Ich möchte Sie etwas fragen«, sagte sie endlich Ed Garland. »Wär es besser gewesen, wir wären ins kalte Wasser gesprungen und hätten gesagt, daß Tom ohne Waffen hingegangen ist und mit seinem Vater gesprochen hat?«

»Wollen Sie meine ehrliche Meinung hören?«

»Ja.«

»Ja, es wäre besser gewesen. Das war die ganze Zeit aufgrund meiner Information meine Meinung. Wir hätten in diesem Fall eine Verurteilung wegen Totschlags und eine Strafe von zehn Jahren herausholen können, wären wir so vorgegangen«, sagte Garland fest.

Bei einem Strafnachlaß wegen guter Führung wären aus diesen zehn Jahren letztlich nur ein paar Jahre geworden. Tom wäre noch vor Beginn der achtziger Jahre aus dem Gefängnis gekommen und wieder bei ihr gewesen. Pat hatte die Verteidigung ihres Mannes gründlich verdorben, und Garland hatte keine Ahnung, wieso. Sie war nicht dumm – absolut nicht –, und sie war auch nicht verrückt. Eigenwillig, ja, und halsstarrig auf Geheimhaltung bedacht. Welche Gründe sie auch immer gehabt hatte, jetzt war es viel zu spät, um etwas zu ändern. Tom würde sehr lange einsitzen müssen.

Pat flehte Garland an, eine Möglichkeit zu finden, damit Tom weiterhin in Atlanta in Haft gehalten wurde. »Ich würde den weiten Weg zum Jackson-Gefängnis niemals schaffen können. Jetzt spreche ich alle vier oder fünf Tage zehn Minuten lang mit ihm. Das erhält mich weitere vier Tage am Leben.«

27. Kapitel

Am 15. Januar 1976 erlitt Paw Allanson einen Herzinfarkt. Pat erzählte es Tom, als er sie aus dem Gefängnis anrief. »Gestern vormittag brach Paw zusammen«, sagte sie. »Er liegt jetzt im South Fulton Hospital. Der Arzt rechnet nicht damit, daß er daran sterben wird. Er ist auch nicht gelähmt, weil es ja kein Schlaganfall ist. Es ist ein Schaden an den Wänden der Herzkammer. Wenn er herauskommt, wird er nichts Schweres mehr heben können ... Ma hat mich gestern vormittag angerufen, um es mir zu erzählen. Sie war hysterisch. Sie konnte zuerst gar nichts sagen. Ich habe sie beruhigt.«

Pat war entweder an das Bett oder an einen Rollstuhl gefesselt gewesen, aber kaum daß sie von Paws Herzinfarkt hörte, war sie auf einmal auf den Beinen. Geradezu wundersamerweise konnte sie wieder Auto fahren. Sie brauchte einen Stock beim Gehen, aber sie besuchte Paw im Krankenhaus und kümmerte sich um Nona in dem Heim in South Fulton, wo sie vorübergehend untergebracht worden war. Pat übernahm handstreichartig die Angelegenheiten von Paw und Nona. Sie ließ nicht zu, daß die Tochter der beiden, Jean Boggs, bei ihrer Pflege irgend etwas zu sagen hatte.

Am 4. Februar 1976 gab es einen dritten und letzten Zusatz zu den Testamenten der Allansons. Diesmal waren die Zusätze viel komplizierter, aber letztlich liefen sie darauf hinaus, daß die Tochter der beiden völlig von der Erbschaft ausgeschlossen wurde. Tom war zum Alleinerben seiner Großeltern geworden. Sollte Tom vor Pat sterben, würde sie als seine Frau fast alles erben, was den Allanson gehörte.

Als Paw nach Hause durfte, bestand Pat darauf, fast jeden Tag für Paw und Nona dazusein. Sie war das Bindeglied zwischen Paw und seinem Anwalt. Sie war die einzige, die Nonas undeutliche Sprache übersetzen konnte. Pat Allansons war unentbehrlich geworden.

Es sah so aus, als würde Tom in das Jackson Prison verlegt werden, und als könnte nichts auf der Welt das aufhalten. Obwohl sein Fall vor dem Obersten Gerichtshof in Berufung ging, würde er die Entscheidung der Richter im Zuchthaus erwarten müssen. Pat hatte ihn gewarnt, er müsse vielleicht in das Reidsville Prison, »wo die Häftlinge ständig sterben.« Im Vergleich dazu war das Jackson Prison bei weitem vorzuziehen.

Pat zwang Tom ihre eigene Verbitterung auf. Sie beide könnten genausogut tot sein. So oft er versuchte, Hoffnung in ihre Telefongespräche einfließen zu lassen, wehrte Pat das ab. »Ich versuche, dir zu erklären, daß ich nichts mehr habe, wofür es sich zu leben lohnt«, sagte sie seufzend.

»Ach, nein?«

»Das kann ich dir einfach nicht begreiflich machen.«

»Du weißt es doch besser, Zuckerstück«, sagte Tom beschwichtigend. Während ihrer Besuche fuhr Pat fort, Toms Glauben an die Zukunft zu zerstören. War er niedergeschlagen, zog sie ihn noch tiefer in Verzweiflung hinab. Immer wieder versicherte sie ihm, daß ihr Tod bald bevorstand. Sie sprach von ihrer vollkommenen Liebe, die jetzt zerbrochen und durch die Gitterstäbe hoffnungslos geworden war. Es gab nur eine einzige Möglichkeit, daß sie jemals zusammensein konnten! Sie mußten beide sterben. Die Menschen und das Gesetz würde sie sonst auf immer trennen.

Tom nahm sie nicht richtig ernst.

Bevor die Blutweiden im Frühling 1976 ausschlugen, war Tom auf dem Weg nach Jackson, wobei er mit Handschellen an einen zweiten Gefangenen gefesselt war; und sie beide wiederum waren durch Ketten an zwei weitere Gefangene auf den Sitzen hinter ihnen gefesselt. Das war ›die Kette‹, und ihre Länge entsprach der Anzahl der Gefangenen, die in ›den Bau‹ gingen.

Sobald Tom in Jackson war, sorgte Pat dafür, daß sie zu seiner Hauptinformationsquelle wurde. Sie erzählte allen, nur ›unmittelbare Familienmitglieder‹ dürften ihm schreiben. Lange Zeit schrieb ihm niemand außer ihr, weil alle dachten, es wäre verboten. Tom sah alle Ereignisse durch die Brille seiner Frau. Der Staat Georgia und seine Frau kontrollierten sein Leben.

Obwohl Pats Ärzte bezweifelt hatten, daß sie die sechzig Meilen nach Jackson schaffen könnte, kam sie erstaunlich gut zurecht. Tom befand sich zunächst in der Testphase, der alle neuen Gefangenen unterzogen werden, und durfte sechs Wochen lang keinen Besuch erhalten. Danach traf Pat mit ihm in einer Umgebung zusammen, in der sie sich wenigstens berühren konnten. Dort sprach Pat zum ersten Mal offen über einen Plan, den sie bisher nur angedeutet hatte. Da Tom für so lange Zeit eingesperrt sein würde, war sie zu dem Schluß gekommen, daß sie nur vereinigt sein konnten, wenn sie gemeinsam Selbstmord begingen.

Anfänglich nahm er ihr Gerede nicht ernst.

Nach der Testphase wurde Tom im Gefängnisbüro eingesetzt und wurde ›ein ziemlich guter Sekretär‹. Es ging ihm auch besser als zuvor. Irgendwie war es gar nicht einmal so schlecht, im Zuchthaus zu sein, nachdem er zwei Jahre lang im Gefängnis des Fulton County gewartet hatte.

Wann immer er und Pat sich jetzt sahen oder am Telefon miteinander sprachen, erwähnte sie den Selbstmordpakt. Tom weigerte sich stets, sich auf dieses abwegige Thema einzulassen. Von einem Münztelefon in Jackson aus redete er leise und eindringlich auf seine Frau ein. »Zuckerstück, sag nicht, daß wir nie wieder zusammen sein werden. Nie – das ist wie eine Stahltür. Ich brauche Hoffnung, Zuckerstück. Pat, ich würde für dich alles auf der Welt tun . . .«

»Fast alles, Zuckerstück«, sagte sie so leise, daß er sie kaum hören konnte.

»Was?«

»Fast. Fast alles.«

Er wußte, was sie meinte, und erkannte, daß sie ihn in der Falle hatte.

Sie redete weiter. »Kannst du mir einen Gefallen tun? Sag meinetwegen, daß du mich mehr als irgend *jemanden* liebst, aber sag nicht, daß du mich mehr als *alles* liebst.«

»Warum soll ich das nicht sagen?«

»Weil es nicht stimmt.«

Er seufzte.

»Ich weiß, daß du mich nicht mehr als sonst jemanden liebst«, führte sie an. »Aber nicht mehr als alles. Du liebst das Leben mehr als alles.«

Sachte erinnerte Pat ihn daran, daß er sie in ganz grundsätzlichen Dingen betrogen hatte. Während sie redete, lief es ihm kalt über den Rücken. Es wäre nicht fair, beklagte sie sich, daß er sich nicht umbringen wollte, um für ewig mit ihr zusammen zu sein. Sie habe niemanden, der sich um sie kümmerte, und es wäre von ihm gedankenlos und unsensibel, von ihr zu erwarten, allein weiterzumachen. Würde er sie wirklich lieben, könnten sie im Tod zusammensein. Ihr leises Schluchzen drang in seine Ohren. Tom kehrte in seine Zelle zurück und fühlte sich hundeelend.

Aber selbst unter diesen Umständen freute er sich auf den nächsten Anruf und den nächsten Besuch. Und auf den nächsten Brief.

Während sich die Monate dahinschleppten, wurde Pat immer konkreter in ihren Selbstmordplänen. Ständig erinnerte sie ihn dran, daß es die einzige Möglichkeit für sie beide sei, zusammen zu sein. »Einmal sagte sie, wir sollten es nächste Woche machen«, erinnerte Tom sich später und verzog das Gesicht. »Sie hatte sogar versucht, irgendso ein Zeug nach Jackson zu bringen, und sie wollte, daß ich mit ihr zusammen Selbstmord beging. Es waren wohl Pillen. Ich sagte ihr: ›Ich bin noch nicht bereit zu sterben.‹ Sie sagte mir, ich sollte die Pillen nehmen, und dann wollte sie weggehen und selbst auch welche schlucken; wenn wir beide tot wären, könnten wir wieder zusammen sein. Ich konnte das nicht. Es wäre mir völlig sinnlos erschienen.«

Pat forderte von ihm das höchste Opfer für ihre Liebe. Sie bat ihn, für sie zu sterben – und ihr zu vertrauen, daß sie für ihn sterben würde. Aber Tom blieb bei seinem ›Nein‹, weil ihm zum ersten Mal ernsthafte Zweifel an der Integrität seiner Frau kamen.

TEIL 5

NONA UND PAW

28. Kapitel

Dr. R. Lanier Jones hatte eine Praxis für interne Medizin auf der Church Street in East Point. Nona und Paw Allanson waren seit fast einem Jahrzehnt seine Patienten. Jones gehörte einer aussterbenden Spezies von Ärzten an: Er machte noch Hausbesuche. Am Abend des Doppelmordes an Walter und Carolyn war er noch einmal aus dem Bett gestiegen und zu den alten Allansons gefahren, um sich um sie zu kümmern.

Old Walter war ein Mann wie aus Stein gehauen. Er hatte 1926 mit der Stahlarbeit angefangen, hatte in der restlichen Zeit seine Farm bestellt und sich erst zur Ruhe gesetzt, als er über fünfundsechzig war. Nona, sieben Jahre jünger als Paw, erfreute sich nicht der gleichen robusten Gesundheit. Dr. Jones hatte sie wegen zweier Schlaganfälle 1968 und 1974 behandelt. Nonas rechter Arm und beide Beine waren vollständig gelähmt, sie konnte ihren linken Arm nur eingeschränkt benützen, und sie hatte Schwierigkeiten beim Schlucken. Ihre Sprache war so schleppend, daß sie nur jemand, der ihr sehr nahestand, verstehen konnte. Ihr ganzes Leben lang war sie eine aktive und stolze Frau gewesen. Jetzt konnte sie buchstäblich nichts mehr selbst machen.

Paw und Nona waren neunundvierzig Jahre miteinander verheiratet. Sie waren keine Leute, die Gefühle nach außen trugen, sondern ein stilles Liebespaar. Dr. Jones war tief beeindruckt, wie zärtlich Paw für seine Frau sorgte. »Er war extrem stark. Er hob sie hoch und drehte sie während der Nacht oft um und half ihr in den Rollstuhl. Jahrelang versorgte er sie. Ich hielt ihn für einen äußerst verantwortungsbewußten Mann.«

Paw achtete darauf, daß seine Frau makellos sauber gekleidet und gut genährt war. Er bereitete selbst Maismuffins und Kuchen aus Kokosflocken und Süßkartoffeln zu, die Nonas Appetit weckten. Die meisten Patienten mit Schlaganfällen liegen sich wund, Nona nicht. Sie brauchte jeden Abend ein Klistier, und Paw erledigte das mit so viel Einfühlungsvermögen und so wenig Aufhebens wie möglich.

Paw rauchte und trank nicht und nahm nur selten Tabletten. »Er wollte es nicht – brauchte es nicht«, erinnerte sich sein Arzt. Der alte Mann hatte stoisch den Verlust seines einziges Sohnes und seiner Schwiegertochter und die Verurteilung seines Enkels ertragen und dann den Großteil der Kosten für Toms Verteidigung auf sich genommen. Doch mit neunundsiebzig Jahren hatten die Belastungen ihren Tribut gefordert. Mitte Januar 1976 rief Paw seinen Arzt an und klagte über einen Druck in der Brust und über Schmerzen. Dr. Jones schickte seine Krankenschwester in die Washington Road, damit sie Paw mit dem Wagen in seine Praxis brachte. Paw behauptete, es ginge ihm gut, aber Jones stellte einen Herzinfarkt fest und schickte ihn sofort ins South Fulton Hospital. Ein Blutgerinnsel hatte eine Herzarterie blockiert, und ein Teil von Paws Herzmuskel war abgestorben.

Dr. Jones ließ Nona vorübergehend in ein Pflegeheim bringen, aber sie fühlte sich ohne Paw so elend, daß sie ebenfalls in das South Fulton Hospital verlegt wurde und ein Zimmer direkt neben dem von Paw erhielt.

Jean Boggs erfuhr erst später durch ihren Geistlichen von dem Herzinfarkt ihres Vaters. Der Pastor und die Pfarrkirche der Westside Christian Curch besuchten ihre Eltern oft und hielten Jean über deren Zustand auf dem laufenden. Auf diese Weise wußte sie wenigstens, wie es den beiden ging. Sie eilte in das Krankenhaus und besuchte ihren Vater. Dann fuhr sie zu dem Haus ihrer Eltern und fand die Türen durch Vorhängeschlösser versperrt.

Als sie Margureitte Radcliffe nach den Schlössern fragte, erfuhr sie, daß ihr Vater nicht wolle, daß irgend jemand das Haus betrat – nicht einmal Jean. Pat erledigte Paws sämtliche Angelegenheiten.

Jean war tief gekränkt: Die eigenen Eltern zogen ihr eine Fremde vor! Sie hatten ihren Vater gewarnt, es könne ihm leid tun, wenn er sein Vertrauen in andere Leute setzte, aber er hörte ihr kaum zu. Jetzt war Jean Boggs klar, daß ihre Eltern sich aus unerfindlichen Gründen ganz in die Hände von Toms Frau und deren Eltern gegeben hatten.

Paw war ein zäher Brocken, und Dr. Jones entließ ihn am 13. Februar aus dem Krankenhaus, vier Wochen nach seiner Einlieferung. Er wollte heraus, Nona wieder heimbringen. Paw erhielt nach dem Herzinfarkt Vistaril, ein leichtes Beruhigungsmittel. Er nahm es nur gelegentlich. Aber er wußte, daß seine Gesundheit angeschlagen war, und war froh, daß Toms Frau ihm half. Pat war zwar ihrerseits auch nicht gesund, wie sie oft selbst betonte, aber um so mehr beeindruckte es ihn, wenn er sie mit ihrem Stock sah, wie sie versuchte, ihnen beiden zu helfen.

Jean Boggs sah sich aus dem Leben ihrer Eltern verbannt. Toms Briefe und Pats ständige Warnungen vor Jeans angeblicher Gier hatten die beiden Alten offenbar überzeugt.

Als Nona im März mit Lungenentzündung ins Krankenhaus eingeliefert wurde, wollte Jean ihre Mutter besuchen und fand an ihrer Tür einen Anschlag, der alle Besucher ausschloß, ausgenommen ›Enkeltochter (Pat) und Mr. Allanson‹. Jean war verletzt, und machte sich große Sorgen. Sie hatte Vorahnungen einer drohenden Katastrophe. Sie bat ihren Pastor, ihr dabei zu helfen, an ihre Eltern heranzukommen, und sie beklagte sich bei Dr. Jones, der von der Mißstimmung zwischen Jean und ihren Eltern wußte. »Ich habe mich nicht bemüht herauszufinden, worum es ging«, gab er später zu. Dr. Jones wußte eigentlich nur, daß Paw bei mehreren Gelegenheiten darauf bestanden hatte, in einem Notfall auf keinen Fall Jean Boggs zu verständigen. »Ich wurde angewiesen, Pat Allanson anzurufen.«

Jean wurde an der Washington Road nicht gebraucht. Dennoch besuchte sie Nona im Mai 1976 zum Muttertag und brachte ein Geschenk mit. Nona warf kaum einen Blick darauf und rümpfte die Nase. »So was habe ich schon.« Jean blieb höflich, versuchte zu lächeln und sagte: »Dann hast du es jetzt eben doppelt.«

Bei der Gelegenheit stellte sie fest, wie gut ihr Vater aussah und daß er geistig wach war. Er bekam alles mit, was sich um ihn herum abspielte. Er war immer noch der störrische, verschlossene Mann, den sie gekannt hatte, aber es war nicht Paw, der sie, Jean, vollständig ausgrenzte. Das war das Werk ihrer Mutter. Nona wollte ihre Tochter nicht im Haus haben. In ihrer ganzen Familie waren Zerwürfnisse nichts Ungewöhnliches, und wenn Jean auch nach wie vor tief gekränkt war, erwartete sie doch, die Sache mit ihren Eltern wieder in Ordnung bringen zu können. Jean wußte sehr wenig über die finanziellen Angelegenheiten ihrer Eltern, aber sie vermutete, daß Pat und Tom das Kapital der beiden anzapften, da sie ständig Geld für Anwälte, Schriftsätze und Berufungsanträge brauchten.

Im Frühjahr 1976 hielt sich Pat fast täglich an der Washington Road bei Nona und Paw auf. Debbie, ihre fünfjährige Tochter Dawn sowie Boppo und Papa waren auch häufig da. Es war, als hätte das alte Paar sich einer ›Familientransplantation‹ unterzogen – genau wie Tom seinerseits vor zweieinhalb Jahren. So fein und damenhaft, wie sie war, konnte Margureitte Radcliffe doch warmherzig und selbstlos sein. Sie machte sich in Paws und Nonas Haus sogleich ans Werk und erledigte die Arbeiten, die Pat nicht machen konnte, weil sie an Krücken ging. Und dann war da Pat. Nun ja, Pat gehörte tatsächlich zur Familie.

Am Donnerstag, dem 10. Juni 1976, erhielt Dr. Jones einen Anruf von Pat. Sie machte sich Sorgen, weil sich der Großvater ihres Mannes fast jeden Abend übergeben mußte – keine große Sachen, aber sie wollte ganz sicher sein, daß es nichts Ernsthaftes war. Jones verschrieb ein leichtes Mittel gegen Übelkeit und ließ es ins Haus bringen.

Am nächsten Morgen rief Pat an und erklärte, Paw würde sich nicht mehr übergeben, aber sie mache sich trotzdem Sorgen. »Er hat nicht richtig gegessen«, erzählte sie Jones' Arzthelferin. »Ich wollte Ihnen das lieber melden. Er hat viel selbstgemachten Whisky getrunken. Die beiden haben ihre Tabletten durcheinandergebracht, sie in verschiedene Fläschchen gesteckt und sie gehamstert.«

Als Dr. Jones einen Blick auf die Krankenblätter der Allan-

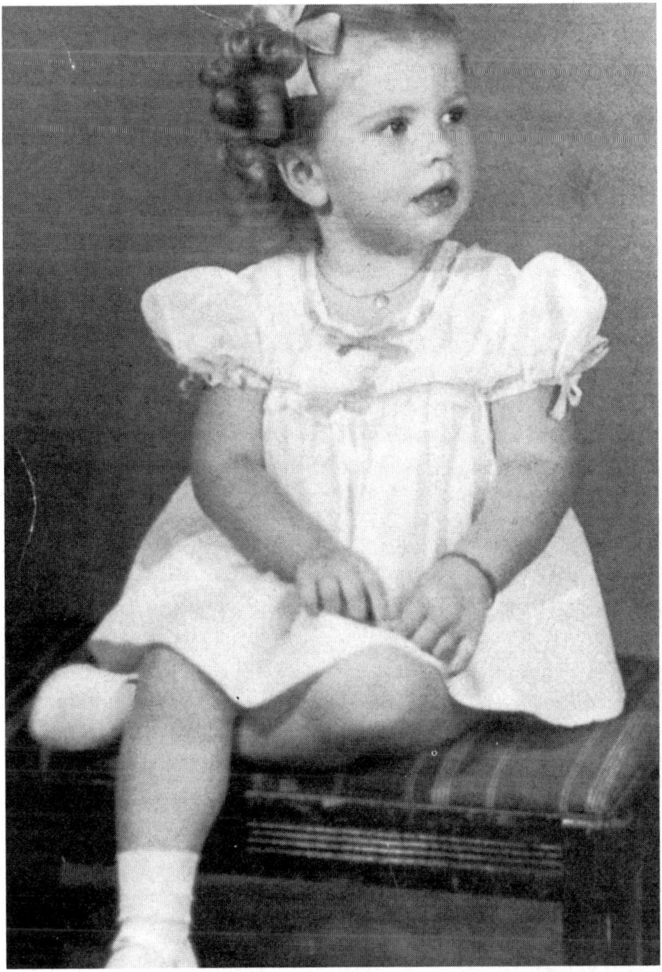

Mary Linda Patricia Vann - Patty - 1940, im Alter von zwei Jahren.

Pattys Mutter - Margureitte, 22 Jahre - heiratete im Januar 1942 Captain Clifford Radcliffe. Patty und ihr kleiner Bruder, Kent, wuchsen in dem Glauben auf, Radcliffe wäre ihr leiblicher Vater.

Im Alter von fünfzehn Jahren bestand sie darauf, Pat gerufen zu werden - und nicht mehr Patty. Am 6. September 1952 heiratete sie Gilbert »Junior« Taylor in Atlanta, Georgia.

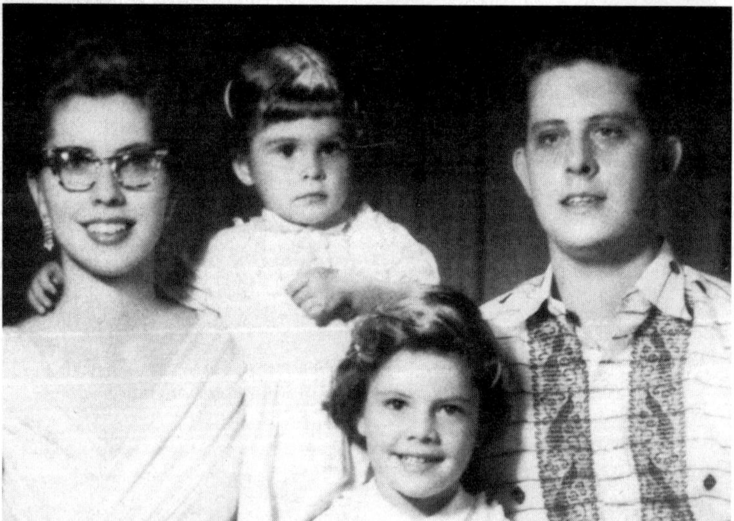

Die junge Taylor-Familie (von links nach rechts): Pat, 20 Jahre, Debbie, 2 Jahre, Susan, 4 Jahre, und Gil, 23 Jahre. Um diese Zeit wurde Gil oft versetzt, manchmal zog die Familie mit, manchmal kam sie bei Pats Eltern unter.

Pat im Alter von 26 Jahren.

Margueritte - von ihren Kindern stets »Boppo« gerufen - geht mit Colonel Radcliffe zu einer offiziellen Tanzveranstaltung beim Militär aus.

Pats Bruder Kent, im Alter von 26 Jahren: eines der letzten Fotos von ihm.

Pat in Urlaubs-
stimmung auf
Hawaii.

Pat und Gil begleiteten ihre Tochter Susan (Mitte) am 27. März 1971 zu ihrer Hochzeit in der Kirche. Pats Gesichtsausdruck verrät nichts von der dramatischen Erklärung, die sie wenig später abgeben wird.

Susan Taylor Alford, im fünften Monat ihrer Schwangerschaft, hoch zu Roß, in einem orangefarbenen Kostüm.

Dieses Foto aus dem Jahre 1971 zeigt fünf Generationen der Siler-Familie: Margureitte, 51 Jahre (oben links), Pat, 33 Jahre (oben rechts), Mary Siler, 86 Jahre (unten links), Debbie, 15 Jahre, in den Armen ihre ein Monat alte Tochter Dawn.

Nach der Scheidung im Jahre 1972 änderte Pat ihr Erscheinungsbild, ihre Frisur, ihre Kleider, ihr Make-up.

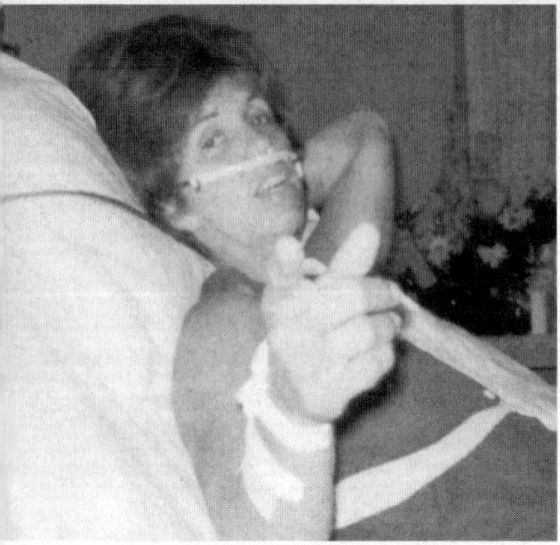

Pat Ende 1973. Ein Foto aus der Zeit, als sie Tom Allanson kennenlernte.

Oben: Gesundheitlich immer schon angeschlagen, wurde Pat 1973 mit einer Lungenembolie ins Krankenhaus eingeliefert.

Rechts: Kein Standfoto aus dem Sequel zu »Vom Winde verweht«, sondern ein authentisches Hochzeitsfoto: Pat und Tom Allanson nach der Trauung am 9. Mai 1974. Ähnlichkeiten mit Scarlett und Rhett sind beabsichtigt.

Unten: Ein Höhepunkt in Pats Leben: Eine gemeinsame Fahrt mit Jimmy Carter in der Kutsche.

Oben: Tom (Mitte) im Alter von 11 Jahren, zwischen seinen Eltern Carolyn und Walter Allanson, ein Foto aus dem Jahr 1954.
Unten: Tom im Kreise seiner geliebten Großeltern, die ihre Enkelkinder auf den Armen halten. Von links nach rechts: Paw Allanson, seine Frau Nona, Tom, damals 15 Jahre, »Mae Mama«Lawrence und ihr Gatte Tom.

Oben: 29. Juni 1974: Kugeln zerschmetterten die Windschutzscheibe des Wagens, in dem Walter und Carolyn Allanson zum Lake Lanier in Georgia fuhren.

Rechts: Das Loch, der Unterschlupf, in dem Keller des Hauses von Walter Allanson.

Unten: Ein Revolver und eine Blutlache am Tatort.

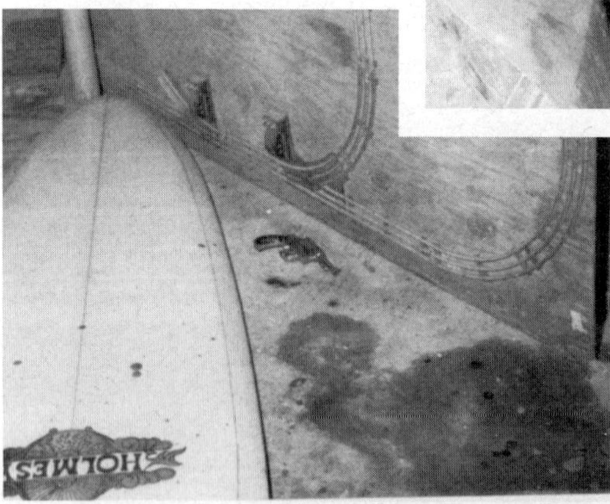

Der elegante Eingang war alles, was noch von der Kentwood Morgan Farm übriggeblieben war, die durch einen Brand zerstört wurde.

Tom im Jackson-Gefängnis, als Büroschreiber des Lieutenants.

Pats Töchter Debbie Cole (links mit Tochter Dawn) und Susan Alford (rechts mit Sohn Sean) besuchten Tom im Jackson-Gefängnis.

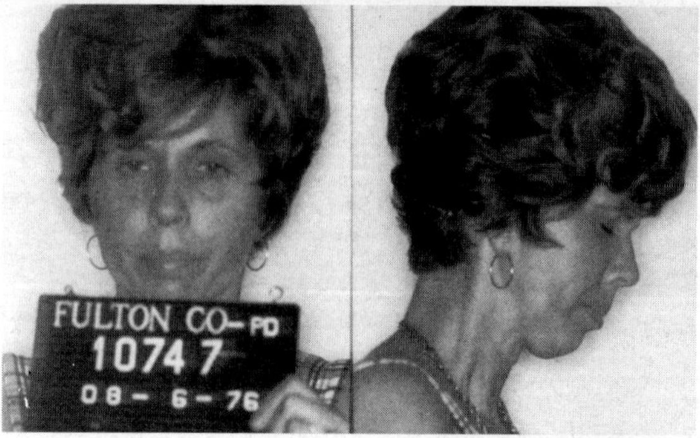

Zwei Fotos für d
Verbrecherkarte
Am 6. August 19
wurde Pat wege
versuchten
Mordes verhafte

Colonel (links) und Margureitte Radcliffe (rechts) besuchten Pat Woche für Woche in der Besserungsanstalt von Hardwick.

Bill, Susan (rechts), die schwanger war, und de kleine Sean waren erstaunt, wie gut Pat in Hardwick aussah.

Susan (links) und Debbie, Pats ungleiche Töchter, 1981 auf dem neuen Besitz der Alfords.

Debbie, 1980, am Strand von Florida.

1986 freute sich Susan, als sie Pat (rechts) in Florence, Alabama wieder bei sich hatte. Pat nahm in kurzer Zeit so viel Gewicht zu, daß sie kaum wiederzuerkennen war.

Die sogenannten »Righteous Sisters«, Tante Liz (links) und Tante Thelma.

Oben: Das hübsche Landhaus von James F. Crist in Atlanta. Hier arbeiteten Pat und Debbie 1987/8 als Krankenpflegerinnen.

Links: Susan und ihr Sohn Adam im Jahr 1990. Susan war zu dieser Zeit schwer krank, ohne daß die Ärzte je die Ursache herausgefunden hätten.

Unten: Am 10. März 1990 feierte Dawn im großen Stil ihre Hochzeit. Pat steht links direkt neben Debbie. Margureitte ist vorne links zu sehen. In der Bildmitte, hinter den beiden Mädchen, Debbie und Susan.

1989 heiratete Tom die Frau, die ihm schon während seiner Jahre im Gefängnis treu zur Seite gestanden hatte: Liz Price.

Any Weathers, der Staatsanwalt des Fulton County, der Ankläger gegen Tom Allanson.

Staatsanwalt Bill Akins ging mit Pats Anwalt einen umstrittenen Handel ein.

Michelle Berry und Don Stoop, die Ermittler im Fulton County, rollten die Geschichte von Pats Vergehen noch einmal ganz von vorn auf.

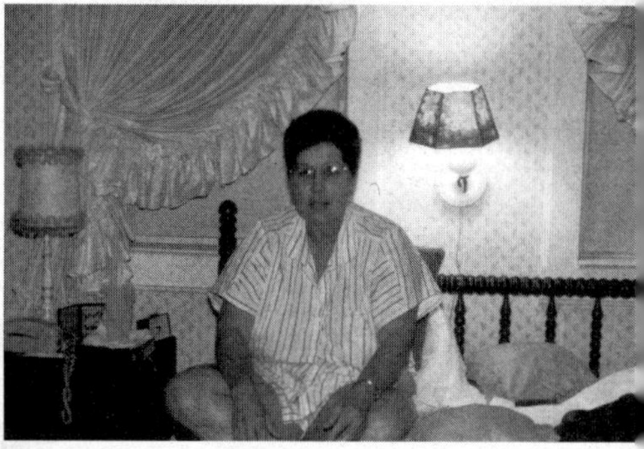

Pat, im Alter von 52 Jahren, in McDonough, Georgia, im Haus von Margureitte und Colonel Radcliffe.

Colonel und Margureitte vor dem Weihnachtsfest.

Oben: Thanksgiving 1989: Von links nach rechts: Pat, Boppo, Ashlynne und Adam freuen sich auf den Festschmaus zur Erntedankfeier.
Rechts: Susan und Bill Alford auf einem Empfang.
Unten: Das Sammeln und aufwendige Einkleiden und Wickeln von Puppen wurde Pat zu einem Lebensinhalt, ja, zu einer Obsession.

Eine Halskette und ein Armband aus Perlen sowie ein antiquarisches Kochbuch – solch kostbare Geschenke konnte Pat plötzlich vergeben.

Im April 1991 wurde Pat zum zweiten Mal verhaftet und ins Gefängnis eingeliefert. Dies sind die neuen Fotos für die Verbrecherkartei.

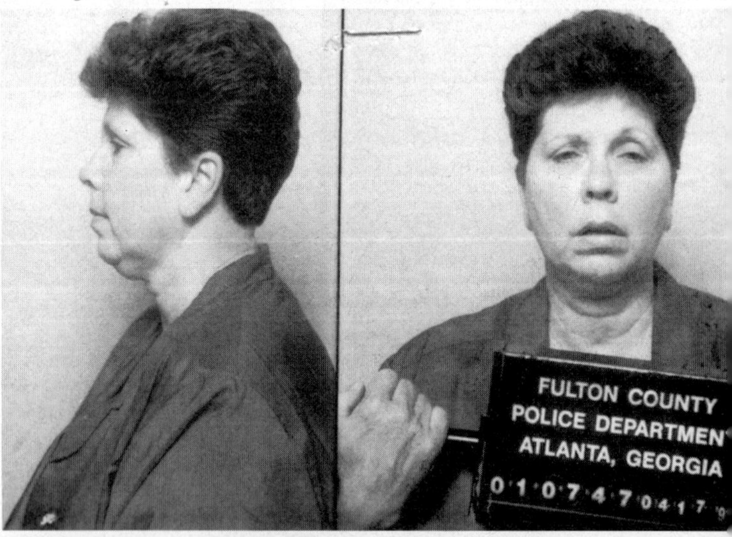

sons warf, beunruhigten ihn Pats Bemerkungen über Paw Allanson und Tabletten.

»*Was* hat Mr. Allanson getrunken?« fragte Jones.

»Billigen Fusel auf Kandiszucker«, antwortete Pat.

»*Billigen Fusel auf Kandiszucker?*« fragte der Arzt erstaunt. Mr. Allanson war nie ein Trinker gewesen.

»Er ist schon wieder dabei«, flüsterte Pat, und Dr. Jones hörte die Enttäuschung in ihrer Stimme. Er konnte nicht hinfahren und seinem Patienten einen Drink aus der Hand reißen, aber er drängte Pat, ein Auge auf Paw zu halten und darauf zu achten, daß keine Medikamente mit Whisky gleichzeitig eingenommen wurden. Am Samstag morgen rief Pat wieder bei Dr. Jones an. Sie sagte, sie und ihre Eltern seien auf einen verzweifelten Anruf von Nona hin zu Paws Haus gefahren. Niemand habe geöffnet, als sie an der Vordertür klopften. »Wir sind um das Haus herumgegangen«, schilderte Pat. »Wir haben Paw gesehen, der nichts am Leib hatte, und er hat nur sinnlos vor sich hingebrabbelt und wollte uns die Tür nicht öffnen. Mein Vater mußte durch ein Fenster ins Haus klettern.«

Pat glaubte, daß Paw sich wieder am Schnaps vergriffen hatte. Er war nicht krank, sondern nur sternhagelvoll. Dr. Jones überlegte, ob er ihn ins Krankenhaus bringen sollte, aber an Samstagen war es schwierig, Patienten mit Alkoholkonsum oder psychiatrischen Problemen einzuliefern. Er fragte Pat, ob Paw aß, und sie versicherte ihm, daß sie ihn dazu bringen konnte, ein wenig zu essen, und daß er auch Flüssigkeit zu sich genommen hatte.

»Nun ja«, meinte Dr. Jones, »wenn jemand bei ihm ist und darauf achtet, daß er nicht an Medikamente und Alkohol herankommt, sollte er sich in ein paar Stunden besserfühlen.«

Pat meinte, sie und ihre Angehörigen würden gern auf Paw und Nona aufpassen. Sie wollte höchstpersönlich das Haus durchsuchen, alle Pillen einsammeln und sie sorgsam verschließen. Und sie wollte Paw von dem Schnaps fernhalten.

»Lassen Sie ihn einfach ruhen und geben Sie ihm so viel zu trinken, wie er zu sich nehmen kann«, rief Dr. Jones. »Ich rufe später noch einmal an und erkundige mich, wie es ihm geht.«

Dr. Jones rief an diesem Samstag nachmittag tatsächlich wieder an, und Pat versicherte ihm, daß es Paw bessergehe. Er hatte geschlafen und noch etwas gegessen, und er nahm Flüssigkeit gut auf. Sie versprach, die ganze Nacht bei den alten Leuten zu bleiben. Sollte sich der Zustand eines der beiden verschlechtern, würde sie sofort den Arzt anrufen.

An diesem Abend brach Dr. Jones seinen Vorsatz, sich aus den Streitigkeiten der Familie Allanson herauszuholen, und rief Jean Boggs an. Er erzählte ihr, daß ihr Vater zu viel getrunken hatte und seinen Rausch ausschlief. Jean war fassungslos. »Nein, da stimmt etwas nicht!« rief sie. »Mein Daddy trinkt nie!« Sie bot an, zu ihren Eltern zu fahren, und machte vage Andeutungen, Pat könne hinter diesem merkwürdigen Verhalten stecken. Dr. Jones hielt einen Besuch von Jeans Seite für keine gute Idee: Paw konnte jetzt keine Konfrontation zwischen seiner Tochter und seiner ›adoptierten‹ angeheirateten Enkelin gebrauchen.

Am Sonntag vormittag gegen halb zehn bereiteten sich Dr. Jones und seine Familie auf den Kirchgang vor, als das Telefon klingelte.

Es war Pat. »Ich bin in Paws Zimmer hineingegangen und wollte ihn wecken, aber er scheint bewußtlos zu sein«, erklärte sie. »Ich kann ihn nicht wecken.«

»Ich werde sofort kommen«, sagte Dr. Jones.

»Ich brauchte ungefähr zehn Minuten, bis ich da war«, erinnerte er sich später. Pat habe ihm die Tür geöffnet. »Ich ging in Paws Schlafzimmer und fand ihn auf dem Bett in tiefem Koma vor.«

Niemand habe bei dem alten Mann gesessen, was ihm seltsam erschienen sei.

Der alte Mann lag in einem tiefen Koma. Kein Rufen, kein Schütteln und nicht einmal Kneifen konnte ihn wecken. In Paws Rachen blubberten Sekrete, und er lag auf dem Rücken. Dr. Jones fürchtete, er könne den Schleim in seine Lungen einatmen und drehte den schweren Patienten mühsam auf die Seite.

Dr. Jones wollte sich an Pat wenden, damit sie einen Krankenwagen rief, der Paw ins Hospital schaffte. Doch er mußte es selbst erledigen. Pat war nicht in Rufweite. Zu seinem Erstaunen fand er sie im Bad, wo sie Nona mit einem Schwamm wusch. »Alles nahm seinen gewohnten Gang«, sagte er. »Da der alte Mann in so ernstem Zustand in dem anderen Zimmer röchelte, erschien es mir ein wenig unpassend, daß die anderen Funktionen des Haushalts so völlig normal ausgeführt wurden.«

Während Dr. Jones Paw untersuchte und die Atmungswege freilegte, kam Pat ins Zimmer und sagte: »Wissen Sie, er hat vor zwei Tagen versucht, Ma zu ermorden. Er wollte sie mit einem Kissen ersticken.«

Dr. Jones starrte sie entgeistert an.

»Sehen Sie? Sehen Sie hier?« fragte Pat mit erstaunlicher Ruhe. »Sehen Sie die Kratzer an seinem Ellbogen? Die stammen davon, wie sie ihn abgewehrt hat.«

Dr. Jones bekam eine Gänsehaut. Es war ausgeschlossen, daß Nona Allanson sich gegenüber ihrem Mann hätte wehren können – der linke Arm war vollständig gelähmt, der andere infolge der Schlaganfälle auch fast steif. Darüber hinaus kannte Dr. Jones diese alten Leute zu gut, um zu glauben, daß Paw jemals seiner Frau etwas antun würde. Er liebte sie und hatte jahrelang aufopfernd für sie gesorgt.

Die Abschürfungen an den Ellbogen des alten Mannes waren keine Kratzer, sondern leichte Abschürfungen, die auf alter Haut bei Reibungen an Laken entstehen. Dr. Jones ahnte, daß hier etwas nicht stimmte. Er hatte allerdings keine Zeit, genauer nachzudenken, da er um das Leben seines Patienten kämpfte.

Vielleicht hatte Paw eine Überdosis eines Medikaments eingenommen. Bei einem Patienten im Koma durfte Dr. Jones diese Möglichkeit nicht außer acht lassen. »Haben Sie seine Pillenfläschchen?« fragte er Pat.

Sie führte ihn zu einer kleinen Frühstücksecke und deutete auf Dutzende von Pillenfläschchen, die dort aufgereiht waren. Er suchte rasch die Beruhigungsmittel heraus und schob sie in eine Papiertüte, um sie ins Krankenhaus zu bringen. Auf diese Weise hatten die Kollegen einen Anhaltspunkt, wo sie mit der

Suche beginnen mußten, wenn sie eine Überdosis eines Medikaments bei Paw feststellen wollten.

Pat reichte ihm eine einzelne gelbe Kapsel. »Die habe ich auf dem Küchenfußboden gefunden. Als wir am Samstag vormittag hierherkamen, hatte er gerade eine Handvoll Pillen geschluckt. Ich glaube, das war eine davon.«

Dr. Jones betrachtete die Pille nicht. Es sah nach Nembutal aus, ein Beruhigungsmittel.

Nein, das widersprach allem, was der Arzt in zehn Jahren über den alten Mann erfahren hatte. Paw hätte keine Schlaftablette genommen, wenn er sich um Nona kümmern und sie mehrmals während der Nacht umdrehen mußte. Andererseits hätte der Paw Allanson, den er kannte, auch keinen billigen Fusel angerührt. Vieles konnte ganz plötzlich bei einem fast achtzig Jahre alten Mann schieflaufen. Vielleicht ein schwerer Schlaganfall? Oder wieder ein Herzinfarkt? Vorgänge, die auch den Denkprozeß beeinträchtigen konnten. Dr. Jones bekam immer mehr das Gefühl, daß hier etwas nicht stimmte. Warum sollte Paw versuchen, Nona zu töten? Und warum, um alles auf der Welt, hatte Paw Allanson den alten Mann bewußtlos und gurgelnd alleingelassen und seelenruhig Nona ins Bad gerollt, um sie dort zu waschen? Diese Waschung war nicht nötig gewesen, aber es war lebenswichtig gewesen, sich um Paw zu kümmern.

»Ich wurde allmählich mißtrauisch«, bemerkte Jones später knapp.

Aus der Ferne erklang das Warnsignal eines Krankenwagens. Dr. Jones ging von der Frühstücksecke zur Vordertür. In der Diele reichte Paw ihm eine Whiskyflasche. Als er sie gegen das Licht hielt, sah er auf dem Grund den kleinen Rest einer klaren Flüssigkeit.

»Aus dieser Flasche hat Paw gestern getrunken«, behauptete Pat. »Ich habe sie in der Garage versteckt gefunden.«

Dr. Jones schob die Flasche in seine Arzttasche. Er hatte bereits beschlossen, die Polizei zu verständigen, sobald er seinen Patienten ins Krankenhaus gebracht hatte. Er wußte nicht, was er melden sollte. Aber er würde die Polizei informieren.

Mit heulenden Sirenen brachte ein Krankenwagen Paw Allanson gegen halb elf ins South Fulton Hospital. Dr. Jones begann sofort mit einer Behandlung gegen die Überdosis eines Beruhigungsmittels. Aber er wußte nicht, *wovon* Paw eine Überdosis genommen hatte – vielleicht von dem Nembutal, das Pat ihm gezeigt hatte, vielleicht von etwas anderem. Wichtig war, dem alten Mann den Magen auszupumpen und seinen Blutdruck, den Puls, die Atmung, die Flüssigkeitszu- und abfuhr und den chemischen Haushalt in Ordnung zu bringen. Paw schwebte in Lebensgefahr und konnte Dr. Jones nicht sagen, was er alles zu sich genommen hatte.

Pat beruhigte unterdessen Nona und versicherte ihr, Paw würde bald heimkommen, und sie würde hier bei ihr bleiben. Boppo und der Colonel waren zu dem Krankenhaus gefahren, um sicherzustellen, daß Paw die angemessene Behandlung erhielt.

29. Kapitel

Fast genau zwei Jahre nach dem Doppelmord an Walter und Carolyn Allanson erhielt die Polizei von East Point wieder einen Anruf, der sich auf einen Walter Allanson bezog. Für einen Moment war es geradezu gespenstisch, bis der Mann in der Zentrale begriff, daß es sich um den älteren Walter Allanson handelte. Er schickte Officer G. W. Pirkle in die Notaufnahme des South Fulton Hospitals. Als er erfuhr, daß der Patient offenbar eine große Überdosis an Beruhigungsmitteln genommen hatte, forderte Pirke zu seiner Unterstützung Detective Sergeant William R. Tedford an.

Bob Todford wurde mit Colonel und Mrs. Clifford Radcliffe bekanntgemacht. Er sprach mit ihnen im Warteraum, während er auf Dr. Jones wartete. Das Paar schien sich große Sorgen um den alten Mann zu machen. Mrs. Radcliffe rekonstruierte für den jungen Detective das bizarre Wochenende. »Ma rief uns gestern morgen an – am Samstag«, begann sie. »Sie sagte, daß Paw sich sonderbar und wild gebärdet, und bat uns, sofort zu kommen und ihr zu helfen.«

Sie gab an, sie und Pat hätten über zwei verschiedene Telefone gleichzeitig Nona Allansons Bitte um Hilfe gehört. Daraufhin hatten sie sich beide blitzartig angezogen und waren zu dem Haus an der Washington Road gerast. Als niemand auf ihr Hämmern an der Vordertür reagierte, waren sie auf die Rückseite gegangen. Colonel Radcliffe gelang es, eines der hinteren Fenster zu öffnen.

Der Colonel erzählte die Geschichte weiter und bemerkte, daß die Damen zum Glück Paw nicht ohne Vorwarnung gesehen hatten. »Er war bis auf ein T-Shirt nackt und trug einen Verband an dem Knöchel seines Arms. Als er die Tür öffnete, hatte er eine Handvoll Pillen bei sich.«

Alle drei seien in die Küche gestürmt, aber Paw sei vor ihnen weggelaufen, habe die Pillen in seinen Mund gesteckt und mit Orangensaft hinuntergespült. »Er hat sich so viele in den Mund gestopft, daß sie seitlich herausgefallen und auf dem Fußboden gelandet sind«, sagte der Colonel. »Ich erklärte ihm, daß Dr. Jones nicht wolle, daß er so viele Pillen schlucke. Sehen Sie, ich versuchte vernünftig mit ihm zu reden. Er antwortete: ›Zum Teufel mit dem Doktor!‹ und hat sich weiter Pillen eingeworfen.«

Die Radcliffes erklärten, ihre Tochter Pat habe das alte Paar betreut: »Gibt es nahe Verwandte, die ich wegen Mr. Allanson anrufen sollte?« fragte Detective Tedford.

»Ja, also, ich weiß nicht – da gibt es eine Tochter, Jean Boggs. Aber sie kommen nicht gut miteinander aus. Pat hat sich in den letzten Jahren um die beiden gekümmert und für sie Besorgungen erledigt und so weiter«, erklärte Margureitte. Der Detective gewann den Eindruck, daß Pat und ihre Familie diejenigen waren, die dem Patienten am nächsten standen. Nach anderthalb Stunden angespannten Wartens kam Dr. Jones und erklärte, Paw Allansons Zustand sei stabil; und er könne vorsichtig vorhersagen, daß der alte Mann wahrscheinlich überleben würde. Es war natürlich schwierig, einen Mann zu behandeln, der Probleme mit dem Herzen hatte, aber Paw Allanson war stets ein äußerst kräftiger Mann gewesen. Obwohl er seit seinem Herzinfarkt vor fünf Monaten beträchtlich schwächer geworden war, schien er jetzt darum zu kämpfen, wieder ins Bewußtsein zurückzukehren.

»Was haben Sie Mr. Allanson verschrieben?« fragte Tedford jetzt den Arzt.

»Vistaril – das ist ein sehr schwaches Beruhigungsmittel. Nembutal – ein Barbiturat – und Libras für seinen Magen. Aber ich vermute, daß er etwas anderes als die verschiedenen Medikamente genommen hat. Ich habe viele leere Pillenfläschchen in seinem Haus gefunden.«

Paws Zustand konnte auf einen Unfall zurückzuführen sein. Ein verwirrter alter Mann, vielleicht ein wenig senil, trinkt zu viel Alkohol und greift zu den falschen Tabletten. Detective Tedford jedoch war geneigt, das Ganze eher als möglichen Selbstmordversuch einzustufen. Alte Leute waren oft über ihre nachlassenden Fähigkeiten deprimiert.

Dr. Jones rief erneut Jean Boggs an und teilte ihr die jüngsten Entwicklungen mit. Er gab ihr auch Pats Behauptung weiter, daß Paw versucht habe, seine Gattin umzubringen.

Jean war so schockiert, daß sie kaum ein Wort herausbrachte. »Das klingt alles völlig widersinnig!« platzte sie heraus. »Da stimmt etwas nicht!«

Dr. Jones konnte ihr nur beipflichten und versicherte ihr, es wäre ein Fall für die Polizei. Jean rief sofort bei der Polizei von East Point an und verlangte eine gründliche Untersuchung. »Wir haben bereits einen Detective auf die Sache angesetzt«, wurde ihr erwidert.

Als Jean ins South Fulton Hospital kam, war ihr Vater bereits in ein Zimmer verlegt worden. Er war noch bewußtlos, und Schläuche ragten aus sämtlichen Körperöffnungen. »Paw«, rief sie. »Paw, ich bin es, Jean. Kannst du mich hören?«

Er ließ nicht erkennen, daß er sie wahrnahm.

Jean stellte fest, daß die Radcliffes überall da auftauchten, wo sie war. Sie fragte sich, wo Pat jetzt steckte – vermutlich daheim bei ihrer Mutter. Bei diesem Gedanken fröstelte sie plötzlich.

Wenn sie aufgeregt und enttäuscht war, konnte Jean Boggs ziemlich scharf und fordernd auftreten. Sie war monatelang von ihren Eltern abgeschottet gewesen, und ihr Vater lag vielleicht im Sterben. Sie ging zu dem Detective, der sich Notizen machte, und verlangte, daß er die Untersuchung gründlich durchführte. Ein wenig verärgert versicherte Tedford, daß er genau das vorhatte. Sie schlug außerdem vor, er solle sich mit den Morden an ihrem Bruder und ihrer Schwägerin vertraut machen. Jean redete nicht um den heißen Brei herum. Sie beschuldigte geradeheraus Pat Allanson, etwas mit dem Koma ihres Vaters zu tun zu haben. »Er trinkt *nie*, und er nimmt *nie* Tabletten«, betonte sie. »Wenn er im Koma liegt, hat sie etwas mit ihm angestellt. Sie ist praktisch bei den beiden eingezogen, und ich glaube, sie ist hinter dem Geld der beiden her.«

Im Laufe seiner Karriere hatte der Detective Sergeant eine ganze Menge Familienstreitigkeiten gehört. Doch bei Jean Boggs' Worten sträubten sich ihm die Nackenhaare. Nachdem er ihr versichert hatte, er würde an der Sache dranbleiben, bis er herausgefunden hatte, was das Koma ihres Vaters ausgelöst hatte, eilte er zurück in die Notaufnahme und verlangte, daß Paw Allansons Mageninhalt zur Analyse aufgehoben wurde.

Es war zu spät. Der Mageninhalt war bereits weggeschüttet worden.

Am Morgen des 14. Juni, eines Montags, war Paw außer Lebensgefahr, aber weiterhin sehr krank. Bob Tedford und Detective H. R. Turner fuhren nach 4137 Washington Road, um mit Nona Allanson zu sprechen. Sie waren nicht darauf vorbereitet, daß die alte Frau so stark behindert war. Debbie Cole, Pats jüngere Tochter, öffnete auf ihr Klopfen und führte sie in den Wohnraum. Irgendwo im hinteren Teil des kleinen Hauses hörten sie eine Frau schluchzen und klagen. Sie hörte sich völlig verzweifelt an.

»Das ist Mrs. Allanson«, erklärte Debbie. »Sie regt sich sehr über alles auf. Wenn Sie hier warten wollen, werde ich versuchen, ob ich sie hierherbringen kann, damit sie mit Ihnen spricht. Meine Mutter ist bei ihr.«

Ein paar Minuten später kam eine üppige, schöne Frau, ungefähr Mitte Dreißig, zu den beiden. Obwohl sie selbst stark hinkte, schob sie eine alte Frau in einem Rollstuhl. Sie stellte sich als Mrs. Tom Allanson vor, ›Enkelin‹ der alten Allanson.

Tedford erkannte rasch, wie gestört Nona Allansons Sprachfähigkeit war. Er verstand kein Wort.

»Ich werde übersetzen«, bot Pat an. »Ich verstehe sie.«

Wie gut, dachte Tedford, weil er es ganz sicher verstanden hätte. Pat wiederholte, was die alte Frau sagte. »Sie meint, daß Paw Pillen genommen hat – zu viele Pillen. Nein, sie hat es nicht gesehen, aber er hat mehr getrunken als sonst, und sie hat ihn tagelang nichts essen sehen. Sie hat uns am Samstag morgen angerufen und gesagt, daß Big Allanson – so nennt sie Paw – versucht hat, sie umzubringen, und da sind wir natürlich sofort hergekommen.«

Offensichtlich regte sich die alte Frau mehr und mehr auf, und Tedford brach die Befragung ab. Pat führte die Detectives auf die Veranda hinaus, wo sie sich ungestört unterhalten konnten. Sie wiederholte fast wörtlich die Geschichte, die Tedford am Vortag von den Radcliffes gehört hatte. Ihre Augen füllten sich mit Tränen, als sie sich daran erinnerte, wie es mit Paw durch den Alkohol und die Tabletten bergab ging. Sie sah aus, als würde sie jeden Moment losschluchzen.

»Wissen Sie, er hat versucht, mich von der Straße zu drängen«, sagte Pat leise.

»Was?«

»Das hat er wirklich getan. Er hat versucht, mich von der Straße zu drängen.«

Tedford erinnerte sich an den schwachen alten Mann, den er in der Notaufnahme gesehen hatte. Er sah nicht so aus, als könne er ein Auto fahren, noch viel weniger ein anderes Fahrzeug damit von der Straße drängen. »Warum sollte er versucht haben, Sie von der Straße zu drängen?« fragte er.

Pat schlug ihre grünen Augen nieder und seufzte. »Als Paw

während seines Herzinfarkts im Krankenhaus war, dachte er, er würde sterben. Er ließ durch mich seine Anwälte kommen – Mr. Hamner und Mr. Reeves. Er hat ihnen alles über die Morde im Jahr 1974 erzählt. Er hat zugegeben, daß er es gemacht hat, nicht mein Mann.

Ich war in meinem ganzen Leben noch nie so geschockt. Es hat mich völlig überrascht, daß er so etwas seinen Anwälten erzählt. Ich saß in der Ecke, und ich habe mir Notizen gemacht ... und ihm war klar, daß ich jetzt über die Sache Bescheid weiß. Seine ganze Haltung mir gegenüber hat sich vollständig verändert.«

Tedford hatte die Akte über die Allanson-Morde gelesen.

Wollte Pat ernsthaft behaupten, der alte Walter Allanson habe seinen eigenen Sohn und seine Schwiegertochter getötet? Wenn das stimmte, war das eine fast unglaubliche, aufregende Enthüllung. Pat Allanson wollte jedoch offenbar nicht ausführlicher darüber sprechen.

»Ich mag es nicht ...«, setzte sie an, und ihre Augen schimmerten von Tränen, »ich mag es nicht, daß ich etwas weiß, das dem einen aus großen Schwierigkeiten heraus hilft und den anderen in große Schwierigkeiten bringt.«

Sie wirkte so verloren, daß Tedford Mitleid mit ihr empfand. Sie kämpfte mit Geheimnissen, die sie verdrängen wollte.

Endlich platzte es aus ihr heraus: »Als Paw nach seinem Herzinfarkt aus dem Krankenhaus kam, konnte ich ihn endlich zur Rede stellen, und ich verlangte, er sollte mir gegenüber noch einmal wiederholen, was er seinen Anwälten erzählt hatte. Ich brauchte es schriftlich, für den Fall ... für den Fall, daß Paw etwas zustößt.«

Die Detectives beugten sich fasziniert näher, um genau zu hören, was danach geschehen war. Was hatte Mr. Allanson gestanden? Aber mehr erzählte Pat nicht. Sie wischte sich mit ihrem kleinen Spitzentaschentuch über die Augen und zwang sich zu einem strahlenden Lächeln. »Ach, schon gut«, meinte sie. »Ich habe bloß laut nachgedacht. Ich mache mir nur solche Sorgen, daß Paw wieder in dieses Haus kommen könnte. Es tut mir leid, aber ich will ihn nicht mehr hier bei Ma haben. Ich habe schreckliche Angst, daß er ihr beim nächsten Mal wirklich etwas antun wird . . «

Pat Allanson war ganz sicher eine schöne Frau. Sie ging an einer Krücke, aber sie hatte eine großartige Figur mit vollen Brüsten. Ihr kastanienbraunes Haar war gewellt und zu einer Rolle gelegt. Die Detectives wußten, daß ihr Mann im Jackson Gefängnis wegen Mordes einsaß. Kein Wunder, daß sie so leicht die Nerven verlor. Sie mußte durch die Hölle gegangen sein.

Es war – zumindest anfangs – leichter, mit der sanften, traurigen Pat zu sprechen, als mit Jean Boggs. Auch Jean war eine attraktive, schlanke Frau, groß und mit schimmernden Haaren. Sie war vom Scheitel bis zur Sohle und bis zu ihren langen roten Fingernägeln eine selbstbewußt gepflegte Frau. Aber sie war auch zornig und verbittert, und sie schien nur wenig Vertrauen zu der Justiz zu haben. Sie kannte die Spitzenkräfte der Polizei von East Point, und sie erwog, zu den Chefs der Detectives zu gehen, um eine schnellere Aufklärung ihres Verdachts wegen der Krankheit ihres Vaters verlangen.

Jean war wütend, weil das, was man aus dem Magen ihres Vaters herausgepumpt hatte, vernichtet worden war. Wie konnte nun jemals ihre Vermutung bewiesen werden, daß Pat ihm etwas gegeben hatte, wovon er krank geworden war? Sie hatte die Whiskyflasche gesehen, aus der Paw angeblich getrunken hatte. Das war schlicht und einfach ausgeschlossen. Vor Jahren hatte ihr Vater von wildwachsenden Beeren auf seiner Farm Brombeerwein gemacht, aber er selbst hatte ihn kaum gekostet. Er hatte alles verschenkt. Er war jetzt fast achtzig Jahre alt. Warum sollte er in diesem Alter zu trinken beginnen?

Nachdem sie am Sonntagnachmittag das Krankenhaus verlassen hatte, fuhren Jean und ihre Nachbarin Sherry Allen zu dem Haus an der Washington Road, um nach Nona Allanson zu sehen. Sie fanden dort Pat, die der alten Frau das Essen machte. Pat fragte Jean, wie es Paw ging, und Jean erklärte, er sei noch immer bewußtlos, werde jedoch durchkommen, sofern er nicht Lungenentzündung oder einen neuerlichen Herzinfarkt erleide.

Pat schüttelte den Kopf. »Es sieht nicht so aus, als würde er es schaffen.«

»Nun, wir wissen es noch nicht«, antwortete Jean vorsichtig.

Pat richtete ihre grünen Augen auf Jean und meinte, Jean habe keine Ahnung, was für ein schmutziger alter Mann Paw in Wirklichkeit sei. »Sie kennen diesen alten Mann nicht. Er hat Dinge getan, die würden Sie nicht glauben. Er ist nicht so gut und freundlich, wie Sie glauben.«

Jean wollte schon den Kopf schütteln, als sie einen Blick auf ihre Mutter warf. Nona saß nur da und ließ Pat über ihren Mann reden. Nona konnte zwar nicht sprechen, war jedoch völlig klar. Jean hatte den Eindruck, als habe ihre Mutter solche Vorwürfe schon gehört. Nona unternahm keinen Versuch, Pat zu widersprechen. Sie schien tatsächlich alles zu glauben, was Pat behauptete.

Jean konnte Pats giftigen Angriff auf ihren Vater nicht verstehen. Er war stets gut zu ihr gewesen. Warum fiel sie mit bösen Worten über ihn her, während er womöglich im Sterben lag?

Pat klagte, daß sie in der Nacht, bevor er krank geworden war, seinetwegen aufstehen mußte. »Es war halb drei Uhr nachts, und er wollte ein Ginger Ale. Ich habe es ihm gebracht, und der Teufel soll ihn holen, aber er wollte nicht trinken! Dann wollte er ein Bier, und ich habe es ihm gebracht.« Pat wechselte plötzlich das Thema. »Ich habe mit ihm über das Sterben gesprochen, Sie wissen schon, über Vorkehrungen für das Begräbnis und so weiter. Er sagte, er wollte in einem mit rosa Satin ausgeschlagenen Sarg begraben werden. Ich habe schon alle seine Kleider ausgesucht. Ihr Sohn wird einer der Bahrtuchhalter sein.«

Das klang alles überhaupt nicht nach Paw, fand Jean. Rosa Satin! Unmöglich!

Als Jean und Sherry die Stufen vor dem Haus hinunter gingen, erschien Pat plötzlich auf der Veranda. Sie beugte sich über das Geländer und sagte tonlos: »Ich hoffe, er stirbt.«

»Was haben Sie gesagt?« fragte Jean leise.

»Ich habe gesagt, ich hoffe, daß er stirbt.«

Jean ging wie betäubt zu ihrem Wagen.

Am Dienstag sackte Paw Allansons Blutdruck so tief ab, daß er kaum noch meßbar war, aber Medikamente trieben ihn allmählich wieder hoch. Er lag eine Woche lang in tiefem Koma, gefangen zwischen Leben und Tod.

Jean saß an seinem Bett, als er am Samstag langsam wieder zu Bewußtsein kam. »Erkennst du mich?« fragte sie und war überzeugt, daß er es nicht konnte.

»Sicher«, brummte er.

»Wer bin ich?«

»Jean«, sagte er, als habe sie den Verstand verloren. Natürlich erkannte er sie!

»Wie fühlst du dich, Daddy?«

Er sah sie an. »Es wird mir wieder gutgehen, wenn ich diesen Schlaganfall überwunden habe.«

»Glaubst du, du hast einen Schlaganfall gehabt, Dad?«

»Ja – und ich habe außerdem das Gefühl, daß ich mir die Grippe gefangen habe. Meine Beine tun so weh...«

Pat blieb bei ihrer Behauptung, Paw Allanson sei ein gefährlicher Mann, achtzig oder nicht achtzig. Und sie behauptete weiterhin, daß er versucht habe, seine Frau zu töten. Sie hatte einen neuen Anwalt genommen, Dunham McAllister, der an Toms neuestem Berufungsverfahren arbeitete. Sie hatte außerdem Paws Anwälte, Fred Reeves und Bill Hamner, gebeten, gegen jeden Versuch vorzugehen, den Jean Boggs unternehmen könnte, Vormund ihrer Eltern zu werden.

Pat erzählte McAllister, sie würde um ihr Leben fürchten. In ihrem Besitz würde sich ein Dokument befinden, das sie sehr großer Gefahr aussetzte. McAllister nahm Verbindung mit der Polizei von East Point auf und informierte die Ermittler, daß Pat gehört habe, wie Paw seinen Anwälten gegenüber den Mord an seinem Sohn und seiner Schwiegertochter gestanden habe. Zu jenem Zeitpunkt hatte Paw laut Pat nicht geglaubt, seinen Herzinfarkt zu überleben.

McAllister machte sich Sorgen um Pat. Wenn Paw sich erinnerte, wieviel Pat wußte, und wenn er seine gegenwärtige Krankheit überlebte, war ihr Leben in Gefahr. McAllister machte sich auch große Sorgen um Nona Allansons Sicherheit und führte an, daß Paw nur einen Tag bevor er die Überdosis nahm, versuchte hatte, sie zu ersticken. Pat hatte dem Anwalt – genau wie Tedford – anvertraut, daß Paw sehr kühl gegenüber ihr gewesen war, seit er im Februar aus dem Krankenhaus heimgekommen war. Damit konnte sie fertig werden – er war ein alter, griesgrämiger Mann –, aber es ging noch viel weiter. Als Paw versuchte, Pat von der Straße zu drängen, war sie durch die Schwäche in ihrem Bein und ihrer Hüfte behindert gewesen. Sie hatte gerade noch verhindern können, gegen einen Baum zu krachen oder in einen Abwässerkanal zu stürzen. Sie erzählte McAllister, daß sie durch Anrufe belästigt worden war, in denen jemand fragte, wo sie gewesen war, was sie getan hatte, mit wem sie gesprochen hatte. Sie deutete an, der alte Mann habe sie ständig beobachtet, um zu sehen, ob sie jemandem von seinem Geständnis erzählte. Sollte er zu dem Schluß kommen, daß sie es tun wollte, würde er sie ohne Vorwarnung töten.

McAllister traf sich als nächstes mit Bill Weller, dem Stellvertretenden Staatsanwalt, der Tom Allanson erfolgreich angeklagt hatte. Falls Paws Geständnis stimmte, war Tom zu Unrecht verurteilt worden. Dunham McAllister gab weiter, was Pat ihm über ihre skizzenhaften Erinnerungen an ›das Geständnis‹ erzählt hatte. Das eigentliche Geständnis befand sich angeblich im Besitz von Paw Allansons Anwälten.

30. Kapitel

Am 21. Juni betrat R. A. Harris, Ermittler der Staatsanwaltschaft des Fulton County, die First Palmetto Bank in East Point. Nach Pats Aussage konnten Angestellte dieser Bank als Zeugen beglaubigen, daß Paw seine Unterschrift unter die maschinengeschriebene Zusammenfassung gesetzt hatte, die sie von dem Mordgeständnis des alten Mannes angefertigt hatte.

Der Stellvertretende Vizepräsident dieser Bank, A. V. ›Gus‹ Yosue, erinnerte sich an einen recht sonderbaren Vorfall. Vor ein paar Monaten war an einem Freitag gegen sechs Uhr abends eine Frau in seine Bank gekommen und hatte gefragt, ob man ihr einige Papiere beglaubigen könne.

Joyce Tichenor, die Hauptkassiererin der First Palmetto Bank, schilderte Ermittler Harris jetzt, daß ein alter Mann an ihren Schalter gekommen sei. Er und seine Enkelin hatten einen Stapel Papiere bei sich, und mit einem flüchtigen Blick hatte Joyce Tichenor festgestellt, daß es sich wohl um Immobilienpapiere handelte, wobei die meisten auf Standardformularen geschrieben waren.

Die Enkelin, eine Frau in den Dreißigern und sehr attraktiv, war offenbar sehr besorgt um den alten Mann gewesen. Mehrmals hatte sie mit dem Finger auf den unteren Rand einer Seite gedeutet und gesagt: »Unterschreib dieses Papier, Daddy!« Oder: »Daddy, unterschreib hier auf der Linie.«

Joyce Tichenor hatte die Unterschriften beglaubigt. Sie hatte keine Ahnung, um was für Dokumente es sich handelte. Sie erklärte, daß es nicht ihre Aufgabe war, Dokumente zu lesen, die man ihr vorlegte. Weder sie noch Yosue hätten die Papiere gelesen. Der alte Mann habe lediglich die Anweisungen seiner Enkelin befolgt und unterschrieben, ohne Fragen zu stellen.

Pat hatte Bob Tedford anvertraut, Paws Anwälte seien im Besitz eines weißen Umschlags, der wichtige Informationen enthielt, doch unter Tränen hatte sie gezögert, mehr zu verraten. Tedford wollte sehen, was sich in diesem Umschlag befand. Der Detective rief Hamner und Reeves an und fragte, ob sie ein solches Dokument besaßen. Sie bestätigten das und versprachen, sich mit Tedford in Paw Allansons Krankenhauszimmer zu treffen und den Umschlag mitzubringen.

Bill Hamner hatte sich lange mit der Frage der juristischen Ethik herumgeschlagen. Er verwahrte den weißen Umschlag schließlich für den alten Mr. Allanson. Hätte er sich schon früher melden sollen? Hätte er länger warten sollen? Hamner erklärte, Pat Allanson habe den Umschlag in sein Büro gebracht. Auf dem Umschlag standen nur ein paar Worte in einer zitterigen Handschrift:

> Mr. Walter Allanson
> Bitte nicht öffnen, solange ich im Vollbesitz meiner geistigen Kräfte bin!

»Ich fand das sonderbar«, gab Hamner zu, »aber der Umschlag war verschlossen. Ich habe ihn einfach in die Akte geschoben ... Ich hatte das Geständnis vielleicht sechs bis acht Wochen bei mir ... Pat kam eines Tages in mein Büro und sagte, sie wäre mit ›Daddy‹ gefahren, und er habe versucht, den Wagen gegen einen Baum zu setzen. Er fuhr, und sie saß auf der Beifahrerseite, und er versuchte, den Baum mit der Beifahrerseite zu treffen. Sie griff ihm ins Lenkrad, um das zu verhindern, und sie meinte, daß er sie umbringen wollte. Sie sagte, das würde mit dem Umschlag in Zusammenhang stehen.«

Hamner hatte nichts mit Strafrecht zu tun, und er drängte Pat, diese Informationen an Dunham McAllister weiterzugeben, der besser wüßte, was geschehen sollte. Bill Hamner und Fred Reeves erwarteten mit gutem Grund in dem Umschlag einige erschreckende Enthüllungen, aber sie hatten sich an die Anweisungen auf der Vorderseite gehalten und den Umschlag erst geöffnet, als der alte Walter Allanson in dieses mysteriöse Koma fiel und dadurch nicht mehr im Vollbesitz seiner geistigen Kräfte war.

Am 24. Juni gingen Ermittler Harris, Sergeant Bob Tedford

und George Boggs, Jeans Ehemann, in Paw Allansons Krankenhauszimmer, um ihn nach seinem ›Geständnis‹ zu befragen. Offenbar hatte Paw keine einzige Version seines sogenannten Geständnisses jemals gesehen. Er war erst vor zehn Tagen aus einem kritischen Koma erwacht, aber nun mußte er ein Geständnis lesen, bevor er es bestätigen oder zurückweisen konnte.

Paw wurde jetzt sehr schnell wieder ganz der alte. Er war nun absolut klar, und seine Erinnerung war scharf. Mit seiner Erlaubnis übergab Hamner den geöffneten Umschlag und fragte ihn, ob er sich daran erinnern könne, das geschrieben zu haben. Paw nickte. »Ja. Ich habe eines Abends das Essen gekocht, und Pat kam in die Küche und sagte mir, daß meine Anwälte wollen, daß ich das auf den Umschlag schreibe.«

»War etwas in dem Umschlag?«

»Nein.«

Aber jetzt befand sich etwas in dem Umschlag. Fünf Blätter, auf denen jemand, der sehr schlecht Schreibmaschine schreiben und noch schlechter mit der Rechtschreibung umgehen konnte, etwas geschrieben hatte, das wie ein Geständnis aussah. Bob Tedford las wortlos die Zeilen und reichte dann die Seiten an den alten Mann im Bett weiter. »Haben Sie das geschrieben?«

Paw überflog das Schreiben und schüttelte sofort den Kopf.

19. April 1976

Mein Name ist Walter Allanson, und ich erzähle das meiner Enkeltochter, Tommys Frau, Pat Allanson, und sie schreibt das auf der Schreibmaschine, weil ich nicht mehr so gut schreibe, seit ich den Herzinfarkt hatte. Das mache ich, falls ich einen Herzinfarkt habe, bevor Mama stirbt, damit Tommy nicht im Gefängnis bleiben muß für etwas, das er nicht gemacht hat. Wenn Mama vor mir stirbt, werde ich erzählen, was ich getan habe. Ich habe das alles pat, Tommy Frau, im Krankenhaus erzählt . . . Ich dachte, daß ich sterben werde, und ich wußte, daß nimmand Tommy gluaben wird, wenn er innen die Wahrheit erzählt. Dann ist es mir besser gegangen, und Pat hat nichts gesagt, und so habe ich nichts gesagt ... (aber) ich habe ihr gesagt, daß wenn Jean nicht aufhört, Mama zu Belästigen, dann erschieße ich sie wie Walter ... Pat hat zu weinen angefangen und gesagt, ich soll nicht so sprechen ... Ich sagte, daß es wahr ist, aber sie gluabte mir nicht ...

Der Verfasser des Geständnisses drückte sich sehr weitschweifig aus und deutete an, ›Tommy‹ habe die Wahrheit die ganze Zeit über gewußt, sei aber einverstanden gewesen, seinen Großvater zu schützen und niemandem etwas zu erzählen. Er führte auch einige Seitenhiebe auf Anwälte ganz allgemein und Ed Garland ganz besonders.

... ich habe nie gedacht, daß es ihnen gelingen wird, Tommy einzusperren.

Aber natürlich war es ihnen gelungen.

Little Carolyn und Walter Allanson wurden Seite um Seite beschimpft.

Ich habe ihm gesagt, daß er Tommy nie eine Chance gegeben hat, nicht einmal, als er noch klein war ... Walter lachte nur und sagte, daß er diesen Saustall noch vor dem Wochenende aufräumen und dann Mama und mich erledigen wird ... Sie erzählte mir, daß Walter sagte, er wird sie töten, wenn er herausfindet, daß sie tommy hilft, und er wollte uns beide in Altenheime stecken, nachdem er sich um tommy gekümmert hatete ... Wenn ich gehört haette, wie Walter Mama bedroht, dann hätte er nicht einmal mehr den nächsten Dienstag erlebt. Ich hätte ihn sofort erschossen ...

Das Geständnis war trotz der Schreibfehler ein Meisterwerk. Jede Frage, die ein scharfsinniger Detective stellen mochte, wurde beantwortet. Der Schreiber erklärte sein Mordmotiv, außerdem wie er an dem Tag, an dem Walter und Big Carolyn Allanson starben, von zu Hause weggehen konnte, ohne Verdacht zu erregen, wie verängstigt Pat und Nona gewesen waren, und dann ging er zu dem eigentlichen Vorfall über.

Ich kümmerte mich zuerst um Mama, und dann fuhr ich zu Walters Haus . . . und ging die Einfuhrt hinauf. Ich schnitt den Telefondraht mit meinem Taschenmesser durch. Dann brach ich die Kellertür auf und ging nach oben, um Walters Schrotflinte und ein paar Patronen zu holen. Ich wußte nicht, daß er dieses Gewehr gekauft hatte, sonst hätte ich es mir auch geholt. Jakes Pistole War nicht da, weshalb ich dachte, daß Walter sie hatte. Ich ging wieder hinunter in den Keller, stellte den Strom ab und wartete auf Walter.

Der Schreiber hatte gehört, wie Autos eintrafen, wie Leute sprachen und wie Walter die Kellertreppe herunterkam, und zu spät hatte er bemerkt, daß auch Tommy in dem Keller war.

Ich dachte nicht, daß Tommy dort sein knnte. Er sagte seinem Daddy, daß er nur in Ruhe gelassen werden will . . . er sagte, daß er auf nimand böse ist . . . Tommy sagte seinem Daddy, daß Pat beim Arzt ist . . .

Das Dokument stellte Walter Allanson als durch und durch bösen Mann hin. Tommy wollte weggehen, nachdem er gesagt hatte, was er hatte sagen wollen, aber Walter ließ ihn nicht gehen. Er befahl Tommy, im Keller zu warten, während er die Frauen oben beruhigte.

Ich habe gehofft, daß Tommy dann direkt durch die Küche weggeht, aber er hat gtan, was er immer in seinem Leben getean hat. Er hat auf Walter gewartet, bis der kommt und ihm sagt, daß es gut ist. Er hat immer getan, was sein Daddy sagte, und Walter wußte das . . . Ich wußte schon, daß Walter Tommy da nichtd lebend weggehen läßt. Er wollte Tommy umbringen, genau wie er Mama und mich umbringen wollte . . .

Nach Angaben des langen, umständlichen Geständnisses war es Paw irgendwie gelungen, sich durch das Loch in der Wand in den Unterschlupf zu schwingen und sich darin zu verstecken, bevor sein Enkel zu ihm hereinkletterte.

Ich dachte, er würde schreien, als er mich da drinnen fand. Ich glaube, er hatte auch Angst ... Tommy sagte »Laß uns von hier verschwinden, Paw – Daddy wird uns beide erschießen ...«

Aber dann hatten sie gehört, wie Walter mit dem Polizisten redete und ihm die Durchsuchung des Hauses verweigerte, und von da an war für sie alles schiefgelaufen. Der Schreiber der Zeilen behauptete, Walter wäre wieder in den dunklen Keller gekommen, direkt zu dem Loch in der Wand, und habe geschrien, er würde Tom töten. Dieser könne als genausogut herauskommen.

Dann rief Walter nach oben, daß Carolyn ihm das Gewehr bringen sollte. »Ich habe ihn in die Enge getrieben – von da kommt er nicht merh weg!« ... Ich habe dir gesagt, dßa er ein Feigling war ... Er ging von dem Loch in der Wand weg, und da habe ich mich an der Öffnung aufgerichtet. Big Carolyn kommt die Treppe herunter und schreit »Ich bringe ihn um!« und schießt mit dem Gewehr direkt auf mich und Tommy. Ich schoß zurück und traf sie, und sie fiel hin. Ich bin zurückgewichen, um neu zu laden, und dan hat Walter die Pistole in den Kriechkeller hinein leergeschossen, direkt um Tommy herum ... Dann habe ich wieder geschossen und Walter getroffen, und er ist nicht gleich hingefallen wie Carolyn. Tommy hat gesagt »Oh, mein Gott, oh, mein Gott!« Und ich habe ihm gesagt, daß er von hier verschwinden soll, und er ist über die Sachen gestolpert und zur Hintertür hinausgelaufen ... (Ich wollte big Carolyn oder little Carolyn nicht töten, ich wollte überhaupt niemanden töten), aber Walter war gemein und gierig und haßerfüllt ... und darum mußte ich ihn zuerst erledigen, bevor er Mama und mich erledigt und uns Tötet oder uns wegschafft ...

Der Verfasser des Geständnisses wußte Dinge, die nur jemand wissen konnte, der sich tatsächlich in diesem Keller aufgehalten hatte. Und immer wieder erinnerte er jeden, der diese Zeilen lesen mochte, daß Tom unschuldig war, daß Pat unschuldig war und nur versucht hatte, Tom, Paw und Nona zu beschützen, und daß es darum gegangen war, zu töten oder getötet zu werden. Er fügte sogar ein, daß Tommy ihn von der Spirituosenhandlung nach den Schüssen angerufen und ihm gesagt hatte, daß er per Anhalter nach Zebulon heimfuhr.

Paw – zumindest der Paw in dem Geständnis – konnte sich nicht stellen, damit Tommy freikam, weil er nicht ins Gefängnis gehen und seine Frau zurücklassen durfte. Und dies wiederholte er immer wieder.

MAMA WEISS NICHT, WAS ICH GETAN HABE. Sie könnte einen Schlaganfall kriegen, wenn sie es erfährt. So ist es also passiert, und so habe ich es getan ...

Die ganzen Probleme seines Enkels und das Wissen, daß Tom für ein Verbrechen, das er nicht begangen hatte, ins Gefängnis kam, hatte den Schreiber ausgelaugt.

Das hat mir Sorgen gemacht und mein Gehirn ermüdet, und wharscheinlich habe ich auch dadurch den Herzinfarkt bekommen. Ich wollte nicht, daß Tommy im Gefängnis bleibt, aber ich werde nicht ins Gefängnis gehen, weil ich Walter getötet habe. Ich muußte es tun, sonst hätte er uns getötet oder weggeschafft. Wenn ich jetzt darüber rede, werden sie mich einsperren, aber ich bin zu alt, und das würde Mama umbringen, so daß ich es nicht jetzt machen kann. Aber ich Erzähle das jetzt, damit sie Tommy wenigstens gluaben, wenn ich sterbe, daß er ihen die Wahrheit sagt. Wenn ich tot bin, wird Mama verstehen, darum Ich es getan habe. Ich Werde das vor einem Zeugen unterschreiben und in einen Umschlag stecken, den mein Anwalt bekommen soll. Der Brief darf nicht geöffnet werden, bis nachdem ich tot bin ... Mehr habe ich nicht zu sagen.

Unter dieses umfangreiche Geständnis hatte jemand schief hingeschrieben: ›Beschworen und unterschrieben von mir am heutigen 16. April 1976. Joyce Tichenor, Öffentlicher Notar‹. Es gab keinen Siegelabdruck, aber Tichenors offiziellen Stempel, und sie hatte Ermittlern gegenüber bestätigt, daß es tatsächlich ihr Stempel war. Die geschriebenen Zeilen stammten jedoch nicht von ihr.

Paw Allansons Unterschrift befand sich ganz unten. Es war wirklich seine Unterschrift, dessen war er sicher. Und die Initialen unten auf jeder Seite stammten ebenfalls von ihm. Aber er erinnerte sich nicht im geringsten daran, irgend etwas von dem Inhalt dieser Seiten geschrieben und diktiert zu haben. Er wirkte fassungslos, was nur zu verständlich war. Harris drängte. War denn an diesem Geständnis irgend etwas wahr? Irgend ein Teil davon? »Nein!« rief Paw aus.

Wenn Paw Allanson dieses Geständnis nicht geschrieben hatte, wer dann? Die Details klangen eindeutig danach, als wäre der Verfasser Augenzeuge der tödlichen Ereignisse des 3. Juli 1974 gewesen. Aber *Paw?* Er war ein starrsinnger alter Mann, aber wäre er all der Handlungen fähig gewesen, die in diesem Geständnis geschildert wurden? Tedford hielt das für höchst unwahrscheinlich. Paw war genauso verwirrt wie die Detectives. Wäre er allerdings an der Überdosis gestorben, hätte er das Geständnis nicht abstreiten können.

Wenn der Staatsanwaltschaft Paw für den wahren Mörder seines Sohnes und seiner Schwiegertochter hielt, hätte Tom einen neuen Prozeß erhalten und wäre wahrscheinlich freigekommen. Und wer, fragte sich Tedford, hätte dadurch am meisten gewonnen? Sicherlich Tom Allanson. Tom hatte häufig Briefe an seine Großeltern geschickt – bis zum Mai – und hatte sie gedrängt, Pat zu vertrauen. Aber Tom hätte nicht selbst etwas unternehmen und Paw vergiften können, selbst wenn er das gewollt hätte. Er war im Jackson Prison eingesperrt, und zwar schon seit Monaten.

»Erinnern Sie sich, daß Sie Papiere für Pat unterschrieben haben?« fragte Tedford ruhig. »Irgend etwas?«

Paw kratzte sich am Kopf. Er erklärte, daß er und seine Frau

Pat vertrauten. Sie sei zu ihnen beiden sehr gut gewesen, nachdem Tommy ins Gefängnis gekommen war.

»Sind Sie jemals mit Pat in eine Bank auf der Washington Road gegangen?« fragte Harris.

Paw strengte seine Erinnerung an. »Ja, ich glaube. Pat wollte, daß ich ein paar Papiere unterschreibe – vor einer Notarin.« Er erinnerte sich nicht direkt daran, daß er in die Bank gegangen war, aber er erinnerte sich, daß Pat die Unterschrift unter einige Geschäftspapiere verlangt hatte. Er hatte sich nicht die Mühe gemacht, die Papiere zu lesen.

Sergeant Tedford wandte sich an Hamner und Reeves, Paw Allansons Anwälte.

»Wann, sagten Sie, haben Sie diesen Umschlag erhalten?«

»Mrs. Allanson – Pat Taylor Allanson – kam irgendwann im April in unsere Praxis«, erwiderte Hamner. »Ich kann Ihnen nicht das genaue Datum sagen. Sie sagte, Mr. Allanson wollte, daß wir den Umschlag aufbewahren.«

Das paßte nicht zu dem, was Pat den Detectives aus East Point erzählt hatte, als sie im Schatten der Weinranken auf Paw Allansons Veranda weinte. Sowohl Tedford als auch sein Partner waren da noch von ihrer Ehrlichkeit, ihrem Schmerz und ihrer Hilflosigkeit beeindruckt gewesen.

»Während früherer Gespräche mit Pat«, schrieb Tedford in seinem Protokoll,

> erzählte sie uns, daß Mr. Allansons Anwälte bei ihm in seinem Krankenhauszimmer waren, als er seinen Herzinfarkt hatte. Bei dieser Gelegenheit hätte Mr. Allanson seine Erklärung abgegeben. Pat sagte, sie hätte während dieses Gesprächs Notizen gemacht, und dann, als Mr. Allanson aus dem Krankenhaus entlassen wurde, hätte sie eine weitere Aussage nach ihren Notizen getippt, und Mr. Allanson habe sie unterschrieben. Die Aussage, die von Dunham McAllister, Pats Anwalt, stammt, entspricht exakt dem Original, das von Hamner und Reeves stammt, und sie könnte nicht *exakt* übereinstimmen, hätte Pat diese Aussage nach ihren Notizen getippt. Hamner und Reeves sind sicher, daß sie *nie-*

mals eine Aussage von Mr. Allanson im Krankenhaus oder sonstwo aufgenommen haben ... Aufgrund dieser Informationen ist anzunehmen, daß es sich bei dieser Aussage um eine Fälschung handelt ...

Ted vermutete, daß auch an anderen Stellen gefälschte Geständnisse versteckt sein könnten. Er machte sich eine Notiz, einen Blick in die Testamente der alten Allansons zu werfen. Paw befand sich nicht in akuter Lebensgefahr, auch wenn er noch lange im Krankenhaus bleiben mußte. Die Ärzte konnten noch immer nicht genau feststellen, was seinen Zusammenbruch und sein einwöchiges Koma herbeigeführt hatte.

31. Kapitel

Jean Boggs war eine Frau mit Entschlußkraft. Sie wußte noch nichts von dem Geständnis, aber sie glaubte keinen Moment, daß ihr Vater versucht haben konnte, ihre Mutter umzubringen. Sie glaubte auch nicht, daß er Selbstmord begehen wollte. Paw war zu starrköpfig, das Leben einfach wegzuwerfen, und er hatte sich ein Jahrzehnt lang hervorragend um ihre Mutter gekümmert. Freiwillig würde er sie nie zurücklassen, und er würde ihr auch nie ein Haar krümmen.

Paw war über seinen Zustand genauso verwirrt wie Jean. Er war ehrlich erstaunt gewesen, als er erfuhr, daß er *keinen* Schlaganfall gehabt hatte. Verstört schüttelte er den Kopf bei der Vorstellung, er könne eine Überdosis Tabletten zu sich genommen haben. Er wollte ebensosehr wie Jean herausfinden, was mit ihm nicht stimmte.

Zwei Spezialisten – Neurologen – wurden zur Konsultation hinzugezogen. Keiner von ihnen konnte den Grund für Paws Koma feststellen. Sie schlugen Computertomographien seines Gehirns und des oberen Verdauungstrakts vor. Das entsprechende Labor lag direkt gegenüber dem South Fulton Hospital. Jean und ihr Sohn David fuhren Paw in einem Rollstuhl hin. Die Tests dauerten eine halbe Stunde und erbrachten keine eindeutigen Ergebnisse.

Jean Boggs' Entsetzen wuchs. Sie vermutete bereits seit längerem, daß Pat Allanson das Geld ihrer Eltern erben wollte. Aber jetzt fragte Jean sich, ob Pat tatsächlich versucht hatte, das Hinscheiden ihres Vaters zu beschleunigen. Hatte Pat ihrem Vater etwas gegeben, von dem er krank geworden war? Jean hatte gehört, daß sich vor zwei Jahren jemand in Little Carolyns Wohnung geschlichen und etwas in die Babymilch getan hatte. Man hatte ihr – fälschlich – erzählt, es habe sich um Arsen gehandelt. Tatsächlich war die Milch mit Formaldehyd vergiftet worden.

Jean sollte zu einer Expertin für Gift werden – zumindest für ein Gift: Arsen. Paw hatte es vor Jahren auf der Farm bei den Tieren benützt, nicht als Gift, sondern als Heilmittel. Es war das einzige Gift, von dem sie jemals gehört hatte. Jean rief im Staatlichen Kriminallabor von Georgia an und bat, mit jemandem wegen der Symptome dieses Giftes sprechen zu können. Sie hatte Glück. Zufällig befand sich einer der besten Experten im Süden in dem Labor. Dr. Everett Solomons mit einem Diplom in Chemie und einem Doktor in medizinischer Chemie wußte mehr über Gifte als alle anderen im Staat Georgia.

»Könnten Sie mir sagen, wie die Symptome einer Arsenvergiftung sind?« begann Jean ohne Einleitung. »Ich muß es unbedingt wissen.«

Der Klang von Jeans Stimme ließ Dr. Everett Solomons aufhorchen. Diese Frau meinte es ernst, als sie sagte, daß sie es wissen mußte.

»Nun, es könnte sich auf verschiedene Weise zeigen«, begann Solomons. »Störungen des Verdauungstrakts, Erbrechen, grippeartige Symptome, Schmerzen in den Gliedmaßen – in Füßen, Beinen, Händen und Armen.«

»Mein Daddy hat drei von diesen Symptomen. Gibt es eine Möglichkeit, wie Sie eine Arsenvergiftung nachweisen können, nachdem durch intravenöse Behandlung der Körper eines Patienten bereits gereinigt wurde? Ich meine, wenn schon einige Zeit vergangen ist?«

Solomons machte eine Pause und räusperte sich. »Ist dieser Herr ... ist er ... äh ... noch am Leben?«

»O ja!«

»Nun, dann lautet die Antwort ja. Ich kann das für Sie überprüfen. Ich möchte, daß Sie einiges für mich machen. Bitten Sie Ihren Arzt, Harnproben über einen Zeitraum von vierundzwanzig Stunden zu sammeln. Als nächstes schneiden Sie etwas Haar vom Kopf Ihres Vaters ab.«

»Wie viel?«

»Oh, ungefähr ein Viertel einer Tasse.«

Wie viele Haare ergeben ein Viertel einer Tasse? fragte sich Jean. Drückt man sie wie braunen Zucker zusammen, oder füllt man sie locker ein wie Kokosflocken? Solomons erklärte, daß die Haare frisch im Nacken der Testperson gewachsen sein mußten. Drittens sollte sie ihrem Vater die Fingernägel schneiden und in einer Plastiktüte verwahren.

Jean eilte zurück zur Polizei von East Point und besprach sich mit dem Stellvertretenden Polizeichef und Sergeant Tedford. Sie informierte die beiden über Solomons' Anweisungen. Diesmal hatten die beiden allen Grund, Jeans Forderungen ernst zu nehmen. Tedford rief sofort Dr. Jones an und fragte ihn, ob es möglich war, daß Paw Allanson Arsen erhalten hatte.

»Es könnte sein« erwiderte Jones, alarmiert angesichts dieser fast unvorstellbaren Möglichkeit. »Die Symptome sind denen vieler Krankheiten sehr ähnlich – zumindest anfänglich.«

Arsen sucht sich im menschlichen Körper ein ›Versteck‹. Es lagert sich rasch in Bereichen ab, in denen Phosphor enthalten ist, und ersetzt ihn. Menschen brauchen Phosphor für ihre Energie. Wird man lange dem Gift ausgesetzt, setzen Schmerzen in den Gliedmaßen ein, der Kreislauf wird geschädigt, und irgendwann treten Lähmung und Tod ein. Anfangs kann eine Arsenvergiftung einer heftigen Grippe ähneln, die mit Gliederschmerzen und Erbrechen verbunden ist. Später kann sie das Erscheinungsbild von multipler Sklerose und von anderen schweren chronischen Erkrankungen annehmen.

»Wir werden Labortests durchführen«, meinte Tedford. »Mrs. Boggs sagte, wir brauchen mindestens zweihundert Kubikzentimeter Harn, über einen Zeitraum von vierundzwanzig Stunden gesammelt.« Jones erklärte, er würde die Anweisung sofort an das Krankenhaus weitergeben, damit die Harnproben gesammelt wurden. Tedford legte auf und rief bei der Staatsanwaltschaft an, um sie über die neuen Verdachtspunkte zu informieren.

Am 26. Juni begleitete Jean Boggs Detective Tedford zum Krankenhauszimmer ihres Vaters. Der alte Mann hielt geduldig still, als Jean ihm Haare und Fingernägel schnitt. Die Harnprobe würde der Detective am Tag darauf abholen.

Am Montag, dem 28. Juni 1976, befand sich Dr. H. Horton McGurdy vom Staatlichen Kriminallabor von Georgia im Besitz eines braunen Behälters mit tausend Kubikzentimeter Harn, eines Plastikbeutels mit Haaren und Haarwurzelproben und eines ähnlichen Beutels mit abgeschnittenen Fingernägeln. Er begann sofort mit der Analyse.

Jean Boggs war nervös. Nachdem nun das Räderwerk in Gang gesetzt worden war, haßte sie die Vorstellung, daß ihre Mutter draußen an der Washington Road mit Pat allein war. Obwohl sie kaum erwartete, willkommen geheißen zu werden, fuhr sie hin. Sie fand Nona Allanson in der Küche mit einer Krankenschwester vor, die Pat eingestellt hatte. Die Schwester sah Jean starr an. »Miz Allanson ist nach Hause gefahren, um sich um einige Angelegenheiten zu kümmern«, sagte sie kalt. Offenbar hatte man ihr erklärt, sie solle sich vor Jean in acht nehmen.

Jean sah Tränen auf den Wangen ihrer Mutter. Sie kniete sich hin und ergriff ihre Hand. »Was stimmt denn mit dir nicht, Mutter?«

»Alles stimmt mit ihr«, antwortete die Schwester rasch.

»Nein, irgend etwas stimmt nicht«, beharrte Jean. »Sie hat geweint.«

»Sie hat erst geweint, als Sie herkamen.«

»Mutter, was stimmt denn mit dir nicht?« fragte Jean noch einmal.

»Das kann ich dir nicht sagen«, murmelte Nona.

»Ich kann dir nicht helfen, Mutter, wenn du mir nicht sagst, was los ist.«

Endlich seufzte Nona und fragte traurig: »Warum hat Daddy Walter und Carolyn getötet?«

»Wer, um alles in der Welt, hat dir denn das erzählt?«

»Mrs. Radcliffe.«

»Mrs. Radcliffe? Ist sie die einzige, die es dir erzählt hat?« Jean war überzeugt, daß ihre Mutter etwas durcheinanderbrachte.

»Pat hat es mir auch gesagt und Colonel Radcliffe.« Nona Allanson war so aufgeregt, daß ihre Tochter sie nicht beruhigen konnte.

Jean telefonierte kurz mit Detective Bob Tedford, der sofort bereit war, herüberzukommen und mit ihrer Mutter zu sprechen. Jean hatte ebenfalls einige Fragen. Als er eintraf, versicherte der junge Detective der alten Frau, daß ihr Mann kein Mörder sei. Niemand würde das glauben. Er sei krank, und er liege im Krankenhaus, aber er würde bald zu ihr nach Hause zurückkehren. Aber Nona Allanson schien das nur wenig zu trösten. Sie weinte aufs neue.

Ganz nebenbei fragte Tedford: »Sie haben doch keine Papiere unterschrieben, seit Ihr Mann im Krankenhaus ist?«

Tedford war nicht sicher, aber er glaubte, daß ihre gemurmelte Antwort »Ja« bedeutete.

»O mein Gott«, flüsterte er. Jean sah Tedford ängstlich an. Sie brauchte ihre Fragen gar nicht mehr zu stellen. Sie konnte die Antworten von seinem zerfurchten Gesicht ablesen.

An diesem Nachmittag rief Dr. McGurdy vom Kriminallabor bei Gus Thornhill an. »Die Tests von Walter Allansons Harn sind abgeschlossen«, meldete er. »Wir haben Arsen gefunden.«

Der Toxikologe führte weiter aus, daß die Tests der Haare und der Nägel noch einige Zeit beanspruchen würden. Aber die ersten Ergebnisse reichten Thornhill und Tedford schon. Sie schnappten sich die Akten und machten sich schleunigst auf den Weg zur Staatsanwaltschaft. Andy Weathers sollte diesen Fall übernehmen. Der Stellvertretende Staatsanwalt war scharfsinnig, kämpferisch, wenngleich humorvoll – und äußerst gefährlich für jeden Angeklagten.

Anfangs umfaßte die Akte nur ein paar Seiten und handelte nur von der Einnahme einer Überdosis von Medikamenten. Aber die Akte wurde mit jedem Tag umfangreicher. Jetzt ging es um einen brutalen Mordversuch.

Und die Hauptverdächtige war niemand anders als Patricia Radcliffe Taylor Allanson, die alle Welt liebevoll ›Pat‹ nannte.

Das Kriminallabor hatte Paw Allansons Harnprobe in einen Behälter mit Salzsäure, Wasser und einem Stück Kupfer gegeben. Wenn gewisse Metalle vorhanden sind – einschließlich Arsen –, erscheint auf dem Kupfer eine schwarze Ablagerung. Das war geschehen. Der Urin wurde weiter durch einen Oxidationsprozeß analysiert, bei dem die Probe zu einer kleinen Menge einer klaren Flüssigkeit reduziert wird, in der sich keine Stoffe mehr befinden außer Metalle. Dieses Material wurde dann einer Reduktion durch Zink und Säure unterzogen und produzierte in einer kleinen Röhre Arsengas. Eine rötliche Verfärbung deutete auf das Vorhandensein von Arsen hin. Die Menge des vorhandenen Arsens kann man mittels einer Lasersonde durch ein Elektrospektrometer feststellen.

Der Harn eines durchschnittlichen Menschen weist kein Arsen auf. Manche Berufe führen zu einem niedrigen Anteil an Arsen. Paw Allanson hatte in den zurückliegenden Jahren auf seiner Farm Arsen benützt. Konnte das für den hohen Arsenanteil in seinem Harn verantwortlich sein? Nein, erklärten die Labortechniker. Selbst wenn er auf der Farm in jüngster Zeit Arsen benützt hätte – was er nicht getan hatte –, wäre das kein Grund dafür gewesen, daß Paw *zehnmal* so viel Arsen in seinem Körper hatte, wie verträglich war.

Arsen war in seinen Blutkreislauf befördert und an der Basis seiner Fingernägel und seinen Haarwurzeln abgelagert worden, ein nicht aufzuhaltender Prozeß. Paw Allansons Haare enthielten 1,0 Milligramm Arsen auf 100 Millimetern. Seine Nägel enthielten 5,5 Milligramm Arsen auf 100 Millimetern.

Die Detectives von East Point wurden aktiv. Sie gaben Dr. Jones telefonisch die Ergebnisse der Laboruntersuchungen durch. Er stimmte ihnen zu, daß Nona Allanson sofort der Fürsorge ihrer angeheirateten Enkelin entzogen und ins Krankenhaus eingeliefert werden sollte. Lange Zeit waren ihnen die von Jean Boggs gegen Pat vorgebrachten Anschuldigungen verdächtig vorgekommen. Allzu offensichtlich war es gewesen, daß sie die Frau nicht leiden konnte, die im Leben ihrer Eltern ihren Platz eingenommen hatte. Die Polizisten aus East Point und Dr. Jones hatten Pat Allanson anfänglich für eine nette Frau gehalten, die sich wirklich um ihre angeheirateten Großeltern zu sorgen schien. Erst letzte Woche hatte Nona unter Lungenentzündung und einer schweren Bronchitis gelitten, und Pat hatte gehorsam alle Anweisungen ausgeführt, die Dr. Jones gegeben hatte. Nonas Fieber von vierzig Grad war gesunken, und es ging ihr viel besser. Da Pat selbst an Krücken oder mit einem Stock ging, hatte Jones sie für besonders pflichteifrig gehalten.

Jetzt zweifelte Jones an seiner Menschenkenntnis. Es sah allmählich so aus, als wäre Pat Allanson nicht die fürsorgliche Helferin, als die sie sich ausgab. Detective Bob Tedford ließ Jean Boggs die Nachricht zukommen, er sei unterwegs zu Staatsanwalt Lewis Slaton, um einen Gerichtsbeschluß zu bewirken, damit Nona Allanson aus ihrem Haus geholt wurde. Es konnte jetzt auf jede Stunde ankommen, und jemand mußte bei der alten Dame sein. »Bob sagt, Sie sollen verhindern, daß Ihre Mutter irgend etwas ißt oder trinkt«, wies sie der Mann in der Telefonzentrale der Polizei an.

Sofort fuhren Jean und ihr Sohn zum Haus ihrer Eltern. An der Tür wurden sie von einer wütenden Pat Allanson empfangen. Sie hatte einen Anruf von Dr. Jones erhalten. »Er sagte, er braucht Nona für einige Tests, und ich finde das ganz schrecklich!« zeterte Pat. Für sie gab es nicht die geringste Veranlassung, Nona ins Krankenhaus zu bringen.

»Nun ja«, meinte Jean ausweichend. »Wenn der Arzt meint, daß es nötig ist, dann sollten wir es doch lieber machen.«

Aber Pat war da anderer Meinung. Sie hatte schon einen Anwalt angerufen, der ihr erklärt hatte, Dr. Jones sei nicht befugt, Mrs. Allanson ins Krankenhaus bringen zu lassen. Pat war mißtrauisch, aber sie hatte keine Ahnung, daß eine Polizeiermittlung auf vollen Touren lief. Vielmehr glaubte sie, Jean würde versuchen, Nona für unzurechnungsfähig erklären zu lassen, um dann die Vormundschaft zugesprochen zu bekommen und Paws und Nonas Besitz kontrollieren zu können.

Pat streichelte Nona über das Haar und beruhigte sie. »Du mußt nicht fort, wenn du nicht willst, Ma. Sie können dich nicht zwingen, und ich hindere sie daran.«

Jean hatte Angst. Sie fragte sich, wieso der Krankenwagen und die Polizei so lange brauchten. Ihre Sorge wuchs, als Colonel Clifford Radcliffe auftauchte. Er war ein imposanter Mann, und Jean war entsprechend eingeschüchtert. Keiner wollte sie hier im Haus haben – weder Pat noch der Colonel, nicht einmal die Krankenschwester. Jean blieb nur die Chance, zu ihrer Mutter durchzudringen – ihr endlich begreiflich zu machen, daß es um ihr Leben ging. Aber wie? Ihre Mutter schien zu glauben, Pat könne über Wasser wandeln.

Als Pat das Zimmer verließ, flüsterte Jean ihrer Mutter zu: »Mutter, hör mir sehr genau zu. Sag niemandem, was ich dir jetzt anvertraue. Sag vor allem nichts zu Pat! Daddy ist vergiftet worden.«

Das war vielleicht ein unkluger Schachzug. Ihre Mutter war sehr schwach, und sie beide standen einander nun seit Monaten fern. Nona Allanson sah Jean nur ausdruckslos an und murmelte: »Was?«

»Wir haben es gerade herausgefunden«, flüsterte Jean. »Wir müssen dich ins Krankenhaus bringen, um festzustellen, ob mit dir alles in Ordnung ist. Du mußt ein paar Tests machen.«

Nona schob starrsinnig das Kinn vor. »Ich gehe nicht von hier weg.«

Jean flehte ihre Mutter an, ihr zu vertrauen und leise zu sprechen. Das Warten wurde zu einem Alptraum. Ungeachtet von Jeans Einwänden brachte die Schwester jetzt Nona eine Flasche

Limonade. Jean konnte ihrer Mutter das Glas nicht gut aus der Hand schlagen.

Das Telefon klingelte. Jean sprang auf und riß den Hörer an sich. Sie log ihrer Mutter vor, es sei ihr Mann – in Wirklichkeit war es Detective Bob Tedford.

»Wie fühlen Sie sich?« fragte Tedford.

»Unbehaglich.«

»Halten Sie durch! Ich bin unterwegs!«

Tedford hatte Staatsanwalt Lewis Slaton den Fall unterbreitet, und Slaton hatte begriffen, daß jetzt keine Zeit mehr zu verlieren war. »Sie bekommen jede Erlaubnis, die Sie brauchen. Machen Sie sich keine Sorgen um Papierkram. Schaffen Sie diese Frau sofort ins Krankenhaus!«

Tedford hatte eine Ambulanz gerufen, die jetzt zur Washington Road raste.

Es war Montag, der 28. Juni 1976, 16 Uhr 30. Ein lautes Klappen an der Vordertür. Jean zuckte zusammen. Sie fragte sich, wen Pat noch zu ihrer Unterstützung gerufen haben mochte. Sie hörte Schritte näherkommen und war grenzenlos erleichtert, als Bob Tedford und ein zweiter Detective den Wohnraum betraten.

Tedford versuchte erst gar nicht, seine Erklärung für Pat Allanson sanft zu verpacken. »In Mr. Allansons Körper wurde Arsen gefunden, und wir müssen Mrs. Allanson für Tests ins Krankenhaus bringen.«

Pat sah den Beamten kühl an, ohne ihre Miene zu verändern. Sie zuckte nicht einmal mit den Wimpern. Sie machte auf dem Absatz kehrt und ging in Nonas Schlafzimmer. Tedford hielt sich direkt hinter ihr.

In dem kleinen Haus an der Washington Road brach das Chaos aus. Nona Allanson wurde hysterisch, weil sie nicht verstand, was hier vor sich ging. Als der Detective Pat darüber informierte, daß ein Krankenwagen unterwegs sei, um Mrs. Allanson abzuholen, wurde sie wütend. Ihre scharfe Stimme versetzte die alte Frau in Panik. Pat bombardierte die Großmutter ihres Mannes mit entsetzlichen Warnungen, und jedes Wort jagte der gelähmten Frau noch mehr Angst ein.

Nonas Lippen bewegten sich hilflos, während sie versuchte, etwas zu fragen, aber Pat schrie einfach weiter auf sie ein. »Sie werden dich für alberne Tests ins Krankenhaus bringen! Sie werden dir ständig Spritzen geben! Das darfst du nicht zulassen! Deine Versicherung wird das nicht bezahlen!« zeterte Pat. »Du wirst dir Schulden aufhalsen, Ma! Ich werde dich nicht besuchen können! Sie werden überhaupt keine Besucher zu dir vorlassen!«

Tedford fürchtete, die alte Frau könne wieder einen Schlaganfall erleiden. Sie geriet in äußerste Panik und flehte, in ihrem Heim bleiben zu dürfen. Pat ließ nicht locker und sagte alle möglichen Katastrophen voraus, falls Nona sich von der Ambulanz wegbringen ließ. Endlich reichte es Tedford. Er zog Pat beiseite und redete lautstark auf sei ein. »Ich habe jetzt genug von Ihnen gehört! Wenn Sie weitermachen, verlange ich, daß Sie gehen!«

Jean Boggs sei die Blutsverwandte und habe das Gesetz auf ihrer Seite, erklärte Tedford Pat, und Jean würde entscheiden, ob ihre Mutter ins Krankenhaus eingeliefert wurde oder nicht. Pat schäumte vor Wut. Der Haß in dem Raum umhüllte sie alle wie eine dichte Nebelwolke.

Colonel Radcliffe holte seinen Anwalt ans Telefon und reichte Tedford den Hörer. Der Anwalt drohte Tedford mit einer Klage, und der Detective erwiderte, das würde ihn nicht stören.

»Colonel Radcliffe«, fuhr Tedford lässig fort, »da Sie schon hier sind – könnten Sie mir zeigen, wo Mr. Allanson alle diese Pillen an dem betreffenden Samstag nahm?«

Die beiden Männer standen jetzt im Korridor bei der Küche. »Ich erinnere mich an keine Pillen«, sagte Radcliffe.

Tedford wirbelte herum, als habe er einen Schlag erhalten. »Was?«

»Ich erinnere mich an keine Pillen.«

»Also, Colonel Radcliffe«, hielt Tedford ihm leise vor, »so hat doch dieser ganze Fall mit der Überdosis erst begonnen. Alles beruhte auf Ihrer und Pats Aussage mir gegenüber, daß Paw hier übermäßig viel Arzneien geschluckt habe.«

»Das ist richtig.«

»Sie haben mir von diesen Pillen erzählt. Sie haben mir sogar beschrieben, wie er sie verschlungen hat.«

»Sie sind verwirrt, Sergeant. Sie lügen.«

»Nun gut«, sagte Tedford grimmig. Er wußte genau, was er beim ersten Mal gehört hatte, und er fand es höchst verdächtig, daß Pats Stiefvater einen so plötzlichen Gedächtnisschwund erlitten hatte.

Endlich traf der Krankenwagen ein, und die noch immer protestierende Nona Allanson wurde auf einer Trage hinausgeschafft. Pat sprang auf den Notsitz hinten im Krankenwagen, und Jean setzte sich neben den Fahrer. Die alte Frau war das Objekt eines Tauziehens zwischen ihnen, und keine der beiden hatte bisher viel unternommen, um sie zu beruhigen. Nona glaubte nicht, was Jean ihr erzählt hatte, nämlich daß Paw vergiftet worden war. Sie vertraute ihrer eigenen Tochter nicht mehr. Pat hatte sie davon überzeugt, daß ihr einige schreckliche Tests bevorstanden, daß ihre Versicherung die Kosten nicht übernehmen würde und daß sie keinen Besuch erhalten würde.

Pat redete während der kurzen Fahrt zum Krankenhaus pausenlos auf Nona ein, doch sobald sie eintrafen, wurde die alte Frau in die Notaufnahme gebracht, wo sie mit dem Klinikpersonal allein war.

32. Kapitel

Am 29. Juni erteilte Paw Allanson schriftlich Bob Tedford die Erlaubnis, sein Haus und seinen gesamten Besitz zu durchsuchen. In Begleitung von W. L. Jackson und Jean Boggs durchsuchte Tedford das durch Vorhängeschlösser gesicherte Haus. Sie stellten sechs Flaschen Spirituosen und Wein sicher, von denen einige noch verschlossen waren. Jean identifizierte teuren Whisky als Weihnachtsgeschenke aus früheren Jahren, und sie fand auch Brombeerwein, den Paw vor Jahrzehnten gemacht hatte. Alkoholische Getränke waren früher immer draußen im Schuppen aufgehoben worden, aber jetzt befanden sich diese Flaschen in der Küche und im Schlafzimmer. Sie stellten auch alle Flüssigkeiten aus dem Kühlschrank sicher: Tee, Eiswasser, Pflaumensaft. Eine Spritze aus dem Badezimmer wurde eingepackt und mit einem Etikett versehen.

Aber nirgendwo war Arsen nachzuweisen.

Am 1. Juli erschien Colonel Radcliffe auf Bob Tedfords Ersuchen bei der Polizei von East Point. Tedford sagte ruhig: »Sie werden des versuchten Mordes verdächtigt.« Dann unterrichtete er Radcliffe über seine Rechte nach Miranda.

Der Ex-Colonel, der sich stocksteif hielt, wurde blaß. In seinem Gesicht zeigten sich Schock, Unglauben und vielleicht auch eine Spur von Sorge. Tedford wußte noch nicht, daß Colonel Radcliffe und seine Frau Margureitte einen großen Teil ihres gemeinsamen Lebens darauf verwendet hatten, Pat aus unangenehmen und katastrophalen Situationen zu retten.

Tedford hatte Pat als weinende, hilflose, schöne Frau erlebt, die in einem Mann den Wunsch erzeugte, sie zu beschützen – und dann hatte er beobachtet, wie sie sich innerhalb eines Moments in eine keifende Vettel verwandelte. Sie hatte sich empörend verhalten, als sie der alten Frau Angst einjagte, um sie von dem Krankenhaus fernzuhalten, aber sie war absolut überzeugend gewesen, als er und Turner mit ihr sprachen und sie schluchzend von ihren Ängsten und Verlusten erzählte. Tedford war nicht sicher, welche der beiden Frauen Pat nun wirklich war. Je genauer er sie kennenlernte, desto schwerer war sie zu fassen.

Colonel Radcliffe gab ihm keinerlei Informationen über Pat. Er sah Tedford eisig an, als der Detective erklärte, er wolle noch genauer über den Vormittag des Samstag, 12. Juni, sprechen, über den Tag, an dem Pat und die Radcliffes herbeigeeilt waren, um Nona vor ihrem Mann zu retten, der sich wie ein Berserker aufführte. Radcliffes Erinnerung an diesen Tag war bei weitem nicht mehr so genau wie bei den ersten Aussagen.

»Ich möchte Sie etwas fragen, Colonel Radcliffe«, begann Tedford. »Sind Sie jemals mit Ihrer Tochter und Nona Allanson zu einem Anwalt gefahren, oder waren Sie dabei, wenn Mr. oder Mrs. Allanson irgendwelche Papiere unterschrieben?«

»Meines Wissen nach nicht.«

»Hat Pat von Paw und Nona Allanson eine Generalvollmacht erhalten?«

»Ja, ich glaube. Sie müssen das Pat fragen. Ich hatte nichts damit zu tun.«

»Haben Sie Pat in der letzten Zeit gesehen?«

Der Colonel wirkte zerstreut. »Seit zwei Tagen nicht mehr.«

»Wo ist sie?«

»Das müssen Sie ihren Anwalt fragen. Sehen Sie, Sergeant, ich muß zur Arbeit zurück.« Colonel Radcliffe hatte als Zivilist einen Bürojob in Fort Mac angenommen, um mitzuhelfen, die wachsenden Kosten von Pats Problemen aufzufangen. »Bin ich nun verhaftet oder nicht?«

»Nein, Sie können gehen.«

Am nächsten Tag, dem 2. Juli, trafen die Ergebnisse der Tests ein, die an Nona Allanson durchgeführt worden waren. Ihre Urinproben fielen für Arsen positiv aus, obwohl es sich nur um ein Sechstel der Menge handelte, die man im Körper ihres Mannes gefunden hatte. Auch ihre Haarproben wiesen das tödliche Gift auf. Ihr Urin enthielt 100 Mikrogramm Arsen pro Milligramm, und ihr Haar wies 3,5 Mikrogramm Arsen pro Milligramm auf.

Nona war bettlägerig, hatte sich ihr Essen nicht selbst zubereiten und ganz sicher ihr kleines Haus nicht verlassen können. Alles, was sie zu sich genommen hatte, war ihr von Pat oder von der Schwester gegeben worden, die Pat eingestellt hatte. Ihre anderen regelmäßigen Besucher waren Margureitte und Clifford Radcliffe gewesen, Pats Tochter Debbie Taylor Cole und die Nachbarin der Radcliffes, Fanny K. Cash. Nona hatte allen Kontakt zu ihren eigenen Blutsverwandten verloren.

Sie war mit ihrer ›neuen Familie‹ nicht gut gefahren.

George ›Homer‹ Boggs kam an diesem Nachmittag zur Polizei. Er hatte einen Scheck bei sich, der auf das Konto der Allansons bei der First National Bank in Höhe von tausend Dollar ausgestellt war, unterschrieben von Pat Allanson und sofort auf ihr eigenes Konto eingezahlt. Sie hatte nicht das Recht, so etwas zu tun. Die Papiere, die ihr die Geschaftsvollmacht über die beträchtlichen Besitztümer der alten Allansons einräumten, besagten ausdrücklich, daß sie das Geld nur dazu verwenden durften, um für die beiden zu sorgen, es sei denn, es lag eine spezielle Erlaubnis vor. Als Tedford später Paw Allanson befragte, erklärte dieser, er habe für diesen Scheck nicht seine Zustimmung gegeben. Er war mit Pat Ende Mai oder Anfang Juni in die C & S Bank gegangen und hatte Pat ein Darlehen über tausend Dollar gewährt, um Tommy zu helfen. Auf jenem Scheck war allerdings der Zweck vermerkt: ›Für Toms Leben‹. Von dem zweiten Scheck über tausend Dollar wußte Paw allerdings nichts.

Tom hatte dieses Darlehen über tausend Dollar gebraucht. Es blieb ihm noch eine Berufungsmöglichkeit, und Dunham McAllister wollte dafür sorgen, daß er sie bekam. Es war jetzt fast genau zwei Jahre her, daß Walter und Carolyn Allanson erschossen wurden. Für jene Detectives in East Point, die an diesem neuen Fall arbeiteten, sollte es der zweite 4. Juli werden, an dem sie wegen der Familie Allanson ermittelten, während der Rest von Atlanta den Unabhängigkeitstag feierte.

Ein paar Tage später gingen Lieutenant Jackson und Sergeant Tedford das Geständnis zum zwanzigstenmal durch. Plötzlich bemerkten sie, daß auf der letzten Seite der Erklärung etwas unleserlich gemacht worden war. Durch die ›X‹ hindurch lasen sie ›Dixie Cup Morgan Classic, Stone Mountain‹. Die ersten sieben Zeilen auf der letzten Seite schienen zu einem anderen Zeitpunkt getippt worden zu sein als der Rest des Textes. Sie waren tiefer eingedrückt als die anderen und mit einer anderen Randeinstellung geschrieben worden.

James H. Kelly, Spezialist für Dokumente im Kriminallabor des Bureau of Investigation von Georgia*, bestätigte, daß die

* vergleichbar dem deutschen ›Landeskriminalamt‹, auf den Staat Georgia beschränkt, im Gegensatz zum FBI – das mit dem deutschen ›Bundeskriminalamt‹ zu vergleichen wäre und für die gesamte USA zuständig ist; Anm. d. Übers.

letzte Seite des Geständnisses nicht gleichzeitig mit dem anderen Text auf dieser Seite geschrieben worden war: »Nachdem der erste Absatz gefertigt worden war, wurde das Papier neu eingerichtet . . .

Die Bedeutung dieser Entdeckung war klar: Hätte die Notarin einen Blick auf die Seiten geworfen, die sie stempelte, hätte sie nur Sätze gesehen wie: ›Falls Mama vor mir stirbt . . .‹ und nichts von Waffen und Mord gelesen.

Paw und Nona Allanson wußten nicht, auf welche Weise sie Arsen eingenommen hatten. Die Polizei von East Point und die Ermittler der Staatsanwaltschaft des Fulton County hofften, die Quelle dieses Arsens ermitteln zu können. Sie begannen damit, daß sie die zahllosen rezeptpflichtigen Medikamente überprüften, die Dr. Jones im Haus der Allansons eingesammelt hatte. Es waren über fünfzig Röhrchen, Päckchen, Schächtelchen und Fläschchen. Einige datierten zurück in den August 1950, andere Medikamente hatte Dr. Jones in jüngster Zeit verschrieben. Offenbar warf das alte Paar nie irgendeine Medikamentenpackung weg, solange sich noch eine Pille darin befand.

Es gab Schmerzmittel, Beruhigungstabletten, Entwässerungsmittel, Pillen gegen Schwindelanfälle, Schlaftabletten, Medikamente gegen Allergien, Abführmittel, Magentabletten und Antibiotika. Sämtliche Medikamente wurden im Bureau of Investigation von Georgia analysiert. Arsen wurde dabei nicht gefunden.

Die Flasche, aus der Paw angeblich an dem Morgen getrunken hatte, an dem Pat und ihre Eltern in das Haus eingedrungen waren, um Nona zu ›retten‹, enthielt allerdings Arsen. Nach Angaben der Toxikologen Dr. Solomons und Dr. McGurdy befand sich in dieser Flasche noch immer so viel Arsen, daß der alte Mann von einem oder zwei Schlucken auf der Stelle getötet worden wäre.

Dr. Jones hatte natürlich nie gesehen, daß Paw aus dieser altmodischen Flasche getrunken hatte. Pat hatte sie ihm übergeben.

Während Arsen ein bei Autoren von Kriminalromanen ein sehr beliebtes Gift ist, war es 1974 bei weitem nicht mehr so leicht zu beschaffen wie früher. Es wäre auch keine besonders gute Wahl für einen Mord. Es bleiben immer Rückstände zurück. Außerdem ist es ein äußerst schmerzhaftes Gift. Die Ermittler fanden keinen einzigen Fall von Selbstmord, bei dem Arsen benützt worden war. Es ist einfach eine zu qualvolle und langwierige Todesart. Hätte Paw Allanson seine kränkelnde Frau und sich selbst umbringen wollen, hätte es viele andere Methoden gegeben, die schneller und schmerzloser gewirkt hätten.

Bob Tedford begann mit langwierigen Befragungen von Tierärzten in der Gegend von East Point, ob einer von ihnen die Tiere der Allansons oder Radcliffes behandelt hatte. Endlich fand er den Tierarzt, der die Pferde der Radcliffes behandelt hatte.

Auf die Frage, ob er den Tieren Arsen verabreicht habe, erwiderte der Tierarzt: »Nein. Früher hat man damit Pferde gegen Würmer behandelt, aber ich kenne niemanden, der das heute noch macht. Ich benütze ein Medikament, das den gleichen Zweck erfüllt. Es dauert länger, aber es ist für die Tiere leichter verträglich.« Er erwähnte ein Medikament, das benützt wurde, um den Appetit von Pferden anzuregen: Appitone. Seines Wissens nach war es seit zwei Jahren vom Markt. »Es enthält Arsen, aber ich glaube nicht, daß es genügen würde, um jemanden zu töten. Ich habe die letzte Dosis davon von einem anderen Arzt gekauft, weil einer meiner Kunden danach verlangt hat.«

»Mrs. Allanson?« fragte Tedford rasch. Der Tierarzt schüttelte den Kopf. »Nein, jemand anderer. Ich mußte eine Weile suchen, bevor ich noch Appitone fand.« Ein anderes Mittel, bekannt unter dem Namen Caco Copper, wurde benützt, um das Knochenmark von Pferden anzuregen, rote Blutkörperchen zu produzieren. »Die Leute sagen, es würde Arsen enthalten«, erklärte der Tierarzt, »aber das stimmt nicht.«

»Wann haben Sie das letzte Mal Mrs. Allansons Pferde behandelt?«

»Mal sehen.« Der Arzt schlug in seinen Unterlagen nach. »Das war am 29. Januar 1974. Ich habe eines ihrer Pferde wegen Vitaminmangels behandelt. Ich habe Pat – Mrs. Allanson – nie Medikamente gegeben. Und die einzigen arsenhaltigen Mittel, die ich benütze, werden injiziert. Ich händige sie nie anderen Personen aus.«

»Kennen Sie irgendeinen Arzt, der noch Arsen routinemäßig verwendet?« fragte Tedford.

»Nein. Das ist wirklich eine veraltete Behandlungsmethode.«

Danach befragt, wie gut er Pat Allanson kannte, blickte der Tierarzt beiseite. »Ich habe mich nie privat mit ihr getroffen. Sie hat allerdings deutlich gezeigt, daß sie zu haben wäre. Sie war in Schwierigkeiten. Alle Tierärzte wußten das. Vor zwei Jahren – damals war ich noch nicht verheiratet, und meine jetzige Frau und ich sind miteinander ausgegangen –, hat Pat sie angerufen und ein paar ernste Probleme erzeugt.«

Tedford erhielt die gleichen Informationen von etlichen anderen Ärzten, die in der Gegend Pferde betreuten. Ein Tierarzt, der sowohl Tom, als auch Pat offenbar nicht leiden konnte, sagte abfällig: »Die macht einen richtig an. Die wirft sich jedem Mann an den Hals, den sie sieht.« Ein anderer Tierarzt wirkte nervös, als er behauptete, den Namen Allanson noch nie gehört zu haben. Tedford erfuhr später von einem Informanten unter dem Siegel der Verschwiegenheit, daß dieser Tierarzt Pat sehr gut kannte. Er hatte sich mit ihr getroffen – obwohl er verheiratet war. Verständlich, daß er nicht gern mit den Ermittlern über sie reden wollte.

Don Birch von der Drogenkontrollbehörde des Staates Georgia erklärte einem Ermittler der Staatsanwaltschaft des Fulton County, er habe alle Drugstores in Zebulon, Grantville, Griffin und Barnesville darauf überprüft, ob in den letzten zwei Jahren Arsen an Pat oder Tom Allanson verkauft worden war, und habe keine Unterlagen über einen solchen Verkauf gefunden. »Sehr wenige Apotheken verkaufen überhaupt Arsen in irgendeiner Form«, gab Birch an. »In Pulverform wird es gar nicht mehr verkauft. Man verwendet es heute nur noch, um Ratten zu bekämpfen oder Räude bei Hunden.«

Rattengift gab es in flüssiger Form, aber man fand keine staubigen Medizinfläschchen in Paw Allansons Stall oder Schuppen. Falls er jemals altmodische, arsenhaltige Mittel benützt hatte, um seine Tiere zu behandeln, befanden sie sich nicht länger auf seinem Grundstück.

Die Medien hatten Gerüchte über Vergiftungsfälle in East Point aufgeschnappt. Am 8. Juli gab sich Detective Sergeant Tedford verschwiegen und deutete nur an, daß ›vier Personen verhaftet werden könnten‹. Er weigerte sich, Namen zu nennen. In diesem Fall fehlten noch zu viele Einzelteile, als daß man ihn an die Öffentlichkeit hätte bringen können.

Ein sehr großes Teilstück wurde hinzugefügt, als die Ermittler von Paw Allansons Anwälten, Fred Reeves und Bill Hamner, erfuhren, daß es in relativ kurzer Zeit nicht weniger als drei Zusätze zu den Testamenten der alten Allansons gegeben hatte. Die ursprünglichen Testamente, die am 11. September 1974 aufgesetzt worden waren – zwei Monate nach Walters und Carolyns Ermordung –, benannten Tom und seine Tante Jean Boggs gemeinsam als Testamentsvollstrecker. Nachdem Pat sich für das alte Paar unentbehrlich gemacht hatte, bestimmte am 4. März 1975 der erste Zusatz, daß Pat ebenfalls als Testamentsvollstrecker auftreten sollte, falls Tom seine Pflicht nicht erfüllen konnte. Die Anwälte versicherten, sie hätten die Allansons in ihrem Haus aufgesucht, und niemand sonst wäre anwesend gewesen, als Paw und Nona die Dokumente unterschrieben.

Die zweiten Zusätze erfolgten am 1. August 1975. Jean Boggs wurde völlig als Testamentsvollstrecker gestrichen, obwohl sie nach dem Letzten Willen ihrer Eltern noch immer gewisse Werte erhielt. Reeves und Hamner hatten sorgfältig darauf geachtet, daß beide Allansons jeden Abschnitt der Zusätze lasen und auch verstanden. Falls Pat Allanson sich zu jenem Zeitpunkt im Haus aufgehalten hatte, war sie jedenfalls bei den Unterschriften nicht dabei gewesen.

Am 20. Januar 1976 erhielt Pat nach Paws Herzinfarkt

Geschäftsvollmacht. Und als Nona und Paw zu einer längeren Behandlung in das South Fulton Hospital kamen, veränderten am 4. Februar 1976 die dritten Zusätze vollständig die Verteilung des Vermögens der alten Allansons. Jean wurde als Erbin völlig ausgeschlossen. Paw und Nona Allansons momentan gültige Testamente bestimmten, daß ihre Vermögenswerte wie folgt verteilt werden sollten:

(1) Fünfzig Prozent (50 %) meines Treuhandvermögens (Grundbesitz, Farmtiere, Schmuck, Bekleidung, Hausrat, Möbel und Einrichtungsgegenstände, Besteck, Kunstwerke und Autos) soll mein Enkel Tom Allanson erhalten, sofern er am Leben ist. Wenn mein Enkel Tom Allanson nicht am Leben ist, aber zum Zeitpunkt seines Todes mit Patricia R. Allanson verheiratet war (eine Klausel, auf der Hamner und Reeves bestanden hatten), dann erhält Patricia R. Allanson das in diesem Paragraph genannte Vermögen.

(2) Der verbleibende Teil meines Vermögens soll zu gleichen Teilen zwischen meinem Enkel Tom Allanson, meinem Enkel David Byron Boggs und meiner Enkelin Nona Lisa Boggs aufgeteilt werden.

(3) Ich schließe meine Tochter, Jean Elizabeth Boggs, ausdrücklich von der Verteilung meines Vermögens aus. Ich habe dies getan, weil meine Tochter ausreichend für sich selbst gesorgt hat und ich weiters entschieden habe, daß jüngste Veränderungen und Vorfälle in der Familie Allanson verlangen, daß mein Vermögen auf bestmögliche Weise genutzt wird. Den oben genannten Personen käme mein Vermögen am meisten zugute.

Tom Allanson war zwar am Leben, aber er saß eine lebenslange Haftstrafe ab. Der dritte Zusatz zu den Testamenten seiner Großeltern bedeutete nichts anderes, als daß im Fall ihres Todes seine Frau Pat 66 2/3 Prozent einer sehr beachtlichen Erbschaft kontrollieren würde. Sie hätte Toms Hälfte des gesamten Vermögens erhalten und dazu Toms Drittel der Hälfte, die er zu gleichen Teilen mit seinem Cousin und seiner

Cousine teilte. Sie wäre außerdem die Testamentsvollstreckerin geworden. Alles, was das alte Paar über das Treuhandvermögen hinaus besaß, würde ebenfalls an Pat fallen.

Solange Tom im Gefängnis war.

Tom war von seiner Familie abgeschnitten. Seine Informationen wurden von seiner Frau kontrolliert. Ihre Briefe und ihre seltenen Besuche waren sein einziges Fenster zur Welt draußen, und sie belästigte ihn nicht mit langweiligen Details von Testamentszusätzen. Sie versicherte nur immer wieder, sie würde darum kämpfen, ihn freizubekommen. Seine letzte Chance sollte im November kommen.

Tom hatte keine Ahnung, wie kritisch die Lage zu Hause war.

33. Kapitel

Während des glühend heißen Julis des Jahres 1976 lebten Pat und die Radcliffes unter einem Damoklesschwert. Die Polizei von East Point schnüffelte in Pats Leben herum, stellte Fragen und testete alles, was sie aus Paws und Nonas Haus weggeschleppt hatten. Die Polizisten waren unhöflich und besaßen überhaupt keine Manieren. Sie waren auch unhöflich zu Pats Mutter und dem Colonel gewesen, und es kostete Nerven, daß Bob Tedford gegenüber Zeitungen erklärte, vier Personen könnten verhaftet werden.

Tedford sprach mit einer von Nona Allansons Krankenschwestern, Juanita Jackson, die für die alte Frau gesorgt hatte, nachdem Paw ins Krankenhaus eingeliefert worden war. Juanita hatte bemerkt, daß Nona ungewöhnlich schläfrig wirkte, und Pat hatte erklärt, sie würde Tabletten bekommen und müsse alle vierundzwanzig Stunden eine nehmen. Sie hatte Juanita ein Fläschchen mit grünen und grauen Kapseln gezeigt. Doch die alte Frau schlief so viel, daß die Schwester davon abgeraten hatte, dieses Mittel weiter zu geben. Sie wußte nicht, ob Pat diesen Rat angenommen hatte oder nicht. Mrs. Allanson war jedenfalls weiterhin ziemlich benommen gewesen.

Das Beruhigungsmittel Vistaril wurde in grünen und grauen Kapseln in Fünfundzwanzig-Milligramm-Dosen verkauft und normalerweise drei- bis viermal am Tag verabreicht. Es war Paw und nicht Nona verschrieben worden, und es sollte nur vorsichtig gebraucht werden, da es eine depressive Wirkung besaß, besonders, wenn es mit anderen Medikamenten kombiniert wurde.

»Wer hat gekocht?« fragte Tedford.

»Pat hat manchmal gekocht, und manchmal hat sie Essen mitgebracht. Ich habe gelegentlich gekocht, und die Nachtschwester auch.«

Die einzige Besucherin, an die Juanita sich in der Zeit zwischen dem 15. Juni und dem 28. Juni erinnerte, war eine freundliche, untersetzte Frau namens Fanny K. Cash gewesen. Doch es hatte noch eine Besucherin gegeben. Mrs. Amelia Estes war seit neunzehn Jahren Nonas und Paws Nachbarin. Sie war betroffen, ihre alte Freundin in einem beklagenswerten Zustand anzutreffen, als sie Nona einen Tag nach Paws Einlieferung ins Krankenhaus besuchte.

»Sie war anders, als ich sie je zuvor gesehen hatte«, erzählte sie Tedford. »Man konnte erkennen, daß etwas nicht stimmte, weil sie wie unter Drogen wirkte. Sie erkannte niemanden und wußte nicht, was sie tat oder sagte. Pat fragte sie, ob sie auf die Veranda hinaus wollte, und wir haben sie hinausgefahren. Pat ging an den Briefkasten, und ich blieb bei ihr sitzen, aber sie konnte ihren Kopf nicht hochhalten, und wenn sie ihn einmal hob, rollten ihre Augen haltlos herum. Irgend etwas hat mit ihr nicht gestimmt.«

Mrs. Estes war auch über Paws angebliches Geständnis informiert worden.

»Ich wollte schon gehen, als Pat fragte, ob ich noch ein paar Minuten Zeit hätte. Sie hat mir erzählt, daß Mr. Allanson ein Geständnis unterschrieben hat, daß er Walter und Carolyn ermordet hat! Das war für mich ein fürchterlicher Schock. Sie sagte, es wäre für sie schrecklich schwierig gewesen, ihn zur

Unterschrift zu bringen, weil er glaubte, daß man ihm nichts anhängen konnte, falls er überlebte. Sie sagte, er hätte das Geständnis ihr gegenüber abgelegt, als er im Krankenhaus war – und dabei hat sie geweint –, und sie müßte damit leben und könnte es niemandem erzählen, und niemand würde jemals erfahren, was sie durchmachte, nachdem er das Geständnis abgelegt hatte und sie es für sich behalten mußte.«

Am 6. August 1976 erschien Bob Tedford vor der Grand Jury und legte die Beweise vor, die sein Team von Detectives über die Arsenvergiftung von Nona und Walter Allanson gesammelt hatte. Es waren im wesentlichen nur Indizien, und es würde eine knappe Entscheidung werden. Er mußte Motiv, Methode und Gelegenheit einer Person aufzeigen, die vorsätzlich einen Mord begehen wollte.

Pat Allanson hatte das Motiv, um den Großeltern ihres Mannes den Tod zu wünschen – sogar zwei Motive: sie war sowohl Erbin, als auch Testamentsvollstreckerin der alten Leute, und sie brauchte Geld, um den von ihr ersehnten Lebensstil bezahlen und ›ihren Tom‹ aus dem Gefängnis holen zu können. Sie hatte auch die Gelegenheit gehabt: Sie hatte sich das vollständige Vertrauen der Opfer erworben. Und sie konnte auch sehr leicht an die nötigen Mittel herangekommen sein. Das Arsen in dieser alten Whiskyflasche war vielleicht vor langer Zeit im Stall gehamstert worden, als Paw noch ein aktiver Farmer gewesen war. Oder vielleicht war es in jüngster Zeit gekauft worden, um angeblich Ratten zu vertilgen. Das Team der Staatsanwaltschaft hatte die Quelle des Arsens nicht gefunden.

Niemand wußte, was hinter den geschlossenen Türen der Grand Jury passieren würde, doch noch am selben Tag in der ersten Augustwoche verfügte die Grand Jury des Fulton County eine Anklage.

Nur *eine*, wohlgemerkt.

Die Staatsanwaltschaft des Fulton County erließ sofort einen Haftbefehl gegen Patricia Radcliffe Taylor Allanson wegen zweifachen Mordversuchs. Noch am gleichen Tag um 16 Uhr 15 fuhren Bob Tedford und Richard Daniell von der Staatsanwaltschaft zu dem Gestüt an der Tell Road, um Pat zu verhaften. Sie war nicht zu Hause.

Wollte sie fliehen? Hatte sie bereits Atlanta verlassen? Sie mußte gewußt haben, daß sie das Hauptziel der Ermittlung war und daß es bald zu einer Entscheidung kommen würde. Allerdings meinten die Detectives, daß Pat Allansons Leben eng an Georgia und North Carolina gebunden war. Sie hatte hier ihre Mutter und ihren Stiefvater, ihre sie liebenden Tanten, ihre drei Kinder, ihre Enkelkinder und natürlich ihren Mann Tom. Nein, sie würde nicht weggehen.

Sie ahnten nicht, wie recht sie hatten. Pat war nie auf sich allein gestellt gewesen. Sie mußte immer in der Nähe ihrer Eltern sein. Obwohl sie fast vierzig war, brauchte sie die beiden noch immer.

Um 19 Uhr fuhren Tedford und Daniell langsam die Tell Road entlang, bogen nach rechts auf die mit Schlaglöchern übersäte Zufahrt ein und kamen zu Fanny K. Cashs Hütte. Sie fuhren an den leeren Ställen auf der linken Seite vorbei und dann an der Vorführwiese entlang zu den beiden miteinander verbundenen Häusern, die Gil Taylor einst für Pat in eine großartige Plantage hatte verwandeln wollen.

Margureitte und Clifford Radcliffe standen vor dem Haus. Sie sahen den beiden Ermittlern eisig entgegen, nahmen jedoch zornig den Haftbefehl zur Kenntnis, den Tedford ihnen zeigte. »Wir sind hier, um Ihre Tochter wegen zweifachen Mordversuchs zu verhaften. Ist sie da?«

Colonel Radcliffe führte Daniell und Tedford in das Haus und zeigte auf Pats Schlafzimmer. Sie war zu Hause. Mürrisch hörte sie zu, als die Beschuldigungen gegen sie verlesen wurden.

»Darf ich meinem Anwalt anrufen?« fragte Pat.

»Ja, Ma'am.«

Pat war so sorgfältig wie immer frisiert. Ihr Make-up war perfekt. Sie trug ein kurzes rosa und schwarz kariertes Sommerkleid, eine Halskette und große Ohrringe.

Während Tedford über Funk eine Polizistin anforderte, die sie auf der Fahrt zum Gefängnis begleiten sollte, telefonierte Pat mit Dunham McAllister. Sie sprach mit ihm ungefähr fünfzehn

Minuten. Um 19 Uhr 35 verließen Daniell und Tedford und Officer Bebe Mozeman das Haus der Radcliffes und brachten Pat in das Gefängnis des Fulton County, wo ihr die Fingerabdrücke abgenommen wurden. Sie wurde fotografiert, durchsucht und aufgenommen.

Sie blickte abweisend geradeaus in die Kamera, senkte jedoch den Kopf und schien den Tränen nahe zu sein, als sie angewiesen wurde, nach links gegen die Wand zu sehen. Die Frau, die Sterne vom Himmel hatte holen wollen, die ein Leben voller Liebe, Anmut, Wohlstand und gesellschaftlicher Anerkennung angestrebt hatte, war nun die Gefangene Nr. 10747 im Gefängnis des Fulton County.

Sie sollte nicht lange im Gefängnis bleiben. Ihre Mutter und ihr Stiefvater eilten ihr bereits zu Hilfe und besorgten Geld, um Kaution für sie zu stellen und sie wieder in ihr Zimmer in ihrem Haus zu bringen. Sie war ihr Kind, ihre kostbare Tochter, der Mittelpunkt ihres Lebens. Es war undenkbar, daß sie den Frauen ausgeliefert wurde, die im Gefängnis endeten. Sie war schließlich etwas ganz Besonderes.

Pat verbrachte nicht einmal eine Nacht im Gefängnis. Sie wurde noch an diesem Abend gegen eine Kaution von zwanzigtausend Dollar entlassen. Irgendwo hatten Boppo und Colonel Radcliffe diese Summe aufgetrieben.

34. Kapitel

Die Verhaftung seiner Frau war für Tom ein ungeheurer Schock. Sie war seine einzige Informationsquelle für die Welt außerhalb des Gefängnisses, und Pat hatte ihm ständig versichert, sie würde Himmel und Erde in Bewegung versetzen, um ihn zu befreien. Er war erleichtert und stolz gewesen, daß Pat die Sorge für seine Großeltern übernommen hatte. Laut Pats Berichten war alles so gut gelaufen, wie sie das nur erhoffen konnten, wenn man bedachte, wie alt Paw und Nona waren. Tom hatte von der Überdosis erfahren, die Paw angeblich genommen hatte, aber nichts von den Erkenntnissen des Kriminallabors. Pat hatte ihn überzeugt, daß es nicht ungewöhnlich war, wenn ein alter Mann, der von seiner nachlassenden Kraft nach einem Herzinfarkt deprimiert war, zu Alkohol und Tabletten griff.

Tom liebte seine Großeltern. Gleichzeitig mußte er in ihnen seine einzige Geldquelle sehen. Durch Pats Krankheit und ihre Unfähigkeit zu arbeiten und durch den nahen Bankrott der Radcliffes gab es einfach niemanden, an den er sich um finanzielle Unterstützung wenden konnte. Tom hatte Paw und Nona unzählige Briefe geschrieben, in denen er sie drängte, Pat zu vertrauen und alles in ihre Hände zu legen. Er selbst hatte ihr vertraut, und er hatte im Gefängnis überlebt, indem er von der Zeit träumte, wenn sie beide auf einer schönen Farm zusammensein würden. Er hatte die Unterstützung durch seinen Großvater gebraucht, aber er hatte den festen Vorsatz gehabt, ihm alles zurückzuzahlen.

Pat hatte ihm versichert, daß sie genau so dachte.

Tom kam gut im Gefängnis zurecht. Alle mochten ihn, und er war als Mitarbeiter im Büro sehr gefragt. Er besaß eine Collegeausbildung, war klug und klagte nie über die Arbeitsbelastung. Er brauchte die Arbeit. Er hatte nahezu alles in seinem Leben verloren – ausgenommen Pat und seine Großeltern.

Hätte Tom die Anklagen gegen Pat geglaubt, hätte es das Ende all seiner Träume bedeutet. Dann wäre ihm gar nichts mehr geblieben. Er versuchte, eine andere logische Erklärung dafür zu finden. Das war allerdings schwierig.

Während Pat, gegen Kaution auf freiem Fuß, auf ihren eigenen Prozeß wartete, wurde sie immer hektischer und unleidlicher. Ihre Besuche im Gefängnis trugen Tom stets in der einen oder anderen Form Ärger ein. Tom sehnte sich danach, sie zu sehen, und fürchtete sich gleichzeitig vor ihren Eskapaden. Meist kam sie in provozierend kurzem Rock, tief ausgeschnittener Bluse und in eine atemberaubende Parfümwolke gehüllt. Sie half seiner Sache nicht. Tom erinnerte sich, wie der Direktor des Gefängnisses von Jackson eines Tages eine Runde durch die Anstalt machte. »Er kam zu mir und sagte: ›Tom, Sie leisten gute Arbeit und führen sich auch sonst gut, aber Ihre Frau erzeugt höllischen Wirbel in der Stadt. Sie hilft Ihnen nicht. Würden Sie sie bitte beruhigen?‹«

Das war leichter gesagt als getan. Es wurde immer schlimmer. »Sie behauptete, einige Gefängniswärter hätten sie vergewaltigt«, erinnerte sich Tom. »Zumindest einer von ihnen hat es angeblich ausgeführt. Sie behauptete, die Männer wären ihr in einem Dienstwagen auf dem Expreßway gefolgt, hätten sie mit Handschellen gefesselt und vergewaltigt. Sie kam sogar wieder und behauptete, einer von ihnen hätte sie mit einem Messer verletzt.«

Tom hatte die Spuren gesehen. Pat hatte tatsächlich Blutergüsse, die von Handschellen stammen konnten, und zahlreiche Schnitte auf Rücken, Beinen und Brüsten. Oberflächliche Schnitte. Tom mochte vor Liebe blind sein, aber er war kein ausgemachter Narr. Er mußte Pats unglaubliche Geschichten einfach in Frage stellen. Er mußte sich fragen, wie so viele schreckliche Dinge einer einzelnen Frau zustoßen konnten. Und als er die Wunden sah, die sie ihm zeigte, verstärkten sich seine Fragen.

»Bei jedem einzelnen Schnitt konnte man sehen, daß sie ihn sich selbst zugefügt hatte – von der Richtung, in der er verlief, und von der Tiefe«, erklärte er später. »Wissen Sie, sogar damals habe ich ihr nicht geglaubt, weil ich diese Wächter kannte und wußte, daß sie gute Menschen waren. Sie würden so etwas nicht tun. Ich überging die Angelegenheit als ›typisch Pat‹.«

Vor gar nicht allzu langer Zeit, als er noch frei war oder wenigstens die kleinste Hoffnung hatte freizukommen, hatte Tom Pats dramatische Art reizend, vielleicht sogar ein wenig erregend gefunden. Sie fiel in Ohnmacht, wie das in alter Zeit die Südstaatenfrauen getan hatten, und glitt einfach zu Boden. Es gefiel ihm, seiner blassen, leidenden Geliebten eine Rose zu bringen, wenn sie im Bett lag und unter einer geheimnisvollen Frauenkrankheit litt.

Er liebte Pat noch immer, aber sein Verstand meldete sich allmählich mit Zweifeln. Seine einzige wahre Liebe brachte ihm jetzt nur noch Schmerz. Zwischen den Besuchen seiner Frau ging es ihm gut, aber so oft sie ihn besuchte oder er mit ihr telefonierte, war er verzweifelt. Sein psychologischer Betreuer hörte – mit Toms Wissen – die Telefongespräche ab und fragte sich, wie Tom überhaupt seine Zeit willig absitzen konnte, wenn seine Frau ständig mit ihren Sirenengesängen an ihm zerrte. Er empfahl Tom, mit seiner Frau nicht mehr zu telefonieren, und Tom stellte überrascht fest, daß er sich erleichtert fühlte, weil es keine hysterischen Gespräche mehr gab.

Die Briefe hörten nicht auf. Im Herbst 1976 erhielt Pat ihre umfangreiche Korrespondenz mit Tom aufrecht und klammerte sich schriftlich an ihn, als ginge es um ihr Leben. Sie wollte, daß er ihre Briefe so schnell wie möglich erhielt. Fast jeden Abend fuhr sie zu einem Restaurant am Freeway nach Jackson, das rund um die Uhr geöffnet hatte. Pat trank stundenlang Kaffee oder Cola, während sie Liebesbriefe schrieb, ohne sich um den Betrieb um sie herum zu kümmern. Country-and-Western-Songs erklangen im Hintergrund aus den Lautsprechern. Hörte sie einen ihrer besonderen Songs, blickte sie auf, besonders bei Dolly Parton und Porter Wagoner in ihrem Duett ›Is Forever Longer Than Always?‹ Manchmal fuhr sie bis Jackson und gab die Briefe dort auf. Dadurch bekam Tom sie schon am nächsten Morgen.

Diese Abende mochten Pat geholfen haben zu vergessen, was ihr drohte. Diesmal sollte sie selbst vor Gericht gestellt werden. Viele Country-Liebeslieder, viele Briefe und viele lange Fahrten nach Jackson durch die heißen Nächte von Georgia waren nötig, damit sie diese Angst verdrängen konnte. Es war undenkbar – aber es war Realität. In der ersten Novemberwoche 1976 sollte sie sich vor Gericht verantworten!

Am 28. Oktober 1976 hatte Tom seine letzte Chance auf einen neuen Prozeß. Richter Wofford hörte sich McAllisters Antrag auf einen neuen Prozeß an, las Paw Allansons angebliches Geständnis durch sowie Paws eidesstattliche Erklärung, das Geständnis sei eine Fälschung, die er nur unterschrieben habe, ›weil ich von Patricia R. Allanson betrogen wurde‹. Wofford lehnte McAllisters Antrag ab.

Tom hatte jetzt alle Berufungsmöglichkeiten ausgeschöpft.

Der Oberste Gerichtshof der Vereinigten Staaten hatte abgelehnt, sich seinen Fall anzuhören. Er war verzweifelt. Er rechnete damit, ›mindestens vierzehn Jahre für jede meiner beiden Verurteilungen‹ absitzen zu müssen.

Inzwischen lieferten die Allansons Schlagzeilen und Nachrichten für die Titelseite. Zu jeder Story über Tom gehörte ein Bericht über Pats bevorstehenden Prozeß. Und jedem Artikel über Pat wurde Toms Prozeßgeschichte hinzugefügt.

Doch am 15. Dezember 1976 brachte *South Fulton Today*, eine Tageszeitung, einen Artikel über Pat, in dem nicht über ihren verschobenen Prozeß berichtet wurde (er war auf Januar 1977 vertagt worden) und in dem es keinen Hinweis auf Tom, Arsen, Mord oder irgend etwas Peinliches gab. Das kam vermutlich daher, daß Pat unauffällig den Namen ihres Ehemannes abgelegt hatte. Sie war wieder Pat Radcliffe, und ein Zeitungsfoto zeigte sie mit zwei winzigen Papierblumensträußchen in der Hand.

EINE ECHTE KARTE
Mitbürgerin verschickt altmodische Grußkarten

Pat Radcliffe, wohnhaft in South Fulton, hat eine Lösung für jeden, der nicht die richtige Grußkarte für einen besonders geliebten Menschen findet. Miss Radcliffe entwirft und fertigt Grußkarten im Stil des 18. Jahrhunderts an, die den meisten Karten, die man in Läden kaufen kann, überlegen sind.

Miss Radcliffe, eine ehemalige Pferdetrainerin und Lehrerin an der Woodward Academy, mochte schon immer altmodische Dinge und besitzt einen Hang zum Künstlerischen. Während sie sich von einer Krankheit erholt, die es ihr unmöglich macht, ihrer größten Liebe zu frönen – Pferde –, begann Miss Radcliffe damit, Replika von Grußkarten aus dem 18. Jahrhundert herzustellen und sie an Freunde und verschiedene wohltätige Vereinigungen zu verschenken.

TEIL 6

PATS PROZESS

35. Kapitel

Dunham McAllister war ursprünglich beauftragt worden, Tom Allanson bei seiner letzten Chance zur Berufung zu vertreten. Doch Tom hatte das Ende seines Weges erreicht. Jetzt brauchte Pat alle Anwälte, die sie sich leisten konnte. McAllister, ein bärtiger, verknitterter Mann zwischen dreißig und vierzig, und seine Frau Margo praktizierten gemeinsam in Jonesboro, Georgia. Weil Pats Fall untrennbar mit Toms Fall verbunden war, und weil ihre Lebensgeschichte dermaßen mit außergewöhnlichen Vorfällen gespickt war, mußte McAllister Nachforschungen betreiben, um sich auf den Prozeß vorzubereiten. Er mußte stapelweise Verhandlungsprotokolle und medizinische Unterlagen lesen und Dutzende von Leuten befragen.

McAllister beantragte mehrmals eine Vertagung. Pat kam weder im November noch im Januar vor Gericht. Es sollte wieder Frühling werden, bevor der Prozeß *Der Staat Georgia gegen Patricia R. Allanson* am 2. Mai 1977 im Gerichtssaal des Ehrenwerten Elmo Holt begann.

Andy Weathers, Stellvertretender Staatsanwalt des Fulton County, war über den langen Aufschub erleichtert gewesen, den die Verteidigung beantragt hatte. Der Prozeß gegen Pat Allanson war keine sichere Sache. Er mußte eigene Nachforschungen anstellen. Weathers war wie sein Kontrahent, der Verteidiger, zwischen dreißig und vierzig, besaß dichte schwarze Haare und durchdringende dunkle Augen. Seine Stimme war tief und rollte wie Donner, und sein Verstand arbeitete blitzschnell. Er wußte, was ihn erwartete. Richter Holts Verhandlungen standen unter besonderen Vorzeichen. Sobald sie einmal begonnen hatten, wagte niemand mehr, eine Vertagung zu beantragen. Das Gerichtssystem des Fulton County war überlastet. Prozesse – sogar Mordprozesse – begannen für gewöhnlich am Montag und wurden am Freitag den Geschworenen übergeben, was bedeutete, daß das Gericht bis lange nach Sonnenuntergang tagte. Richter Elmo Holt konnte kleinlich sein, besonders wenn es galt, die knappen Zeitpläne einzuhalten.

Nachdem Weathers den Fall studiert hatte, den Bob Tedford, die Ermittler aus East Point und die Ermittler der Staatsanwaltschaft zusammengestellt hatten, kam er zu dem Ergebnis, daß die Angeklagte eine perfekte Planung durchgeführt hatte.

»Die Experten erklärten mir, es gäbe große Ähnlichkeiten zwischen einer Arsenvergiftung und dem normalen Alterungsprozeß. Jean Boggs war diejenige, der die Ungereimtheiten auffielen, die nur ein Familienmitglied bemerken konnte. Tedford beschäftigte sich dann mit der Sache, und wir arbeiteten sehr lange an dem Fall. Wir gewannen Joe Burton, der jetzt Gerichtsmediziner im DeKalb County ist. Er versteht viel von Arsen. Und es gibt noch einen Toxikologen namens McGurdy im Labor des GBI (Georgia Bureau of Investigation, Anm. d. Übers.). Die Aussage der beiden war wesentlich.«

Trotzdem hätten die meisten Ankläger diesen Fall nicht übernommen. Es war einer jener Fälle, die sehr schnell die Erfolgsbilanz eines Stellvertretenden Staatsanwalts senken können.

»Offenbar«, meinte Weathers später, »war ich selbst überzeugt, daß Patricia Allanson es getan hatte, sonst hätte ich den Fall niemals vor Gericht gebracht.«

Das Gerichtsgebäude des Fulton County aus weißem Marmor nahm einen ganzen Block ein und wurde ständig erneuert und erweitert, so daß es geradezu zu bersten schien. Auf der Seite der Pryor Street standen sechs gewaltige Säulen; breite Stufen führten zu drei Doppeltüren hinauf. Am Randstein reihten sich unter den Laternen Kleinbusse des Sheriffs aneinander.

Am Montag, dem 2. Mai 1977 – es war ein äußerst heißer Tag – begann Pats Prozeß. Die Luft war feucht und stickig. Hoch über der geschäftigen Pryor Street führte Richter Elmo Holt den Vorsitz im Saal 808.

Pat Allanson sah wunderbar aus. Seit die Wunde an ihrer Hüfte endlich zu heilen begann, hatte Pat zugenommen. Für ihren Prozeß hatte die Angeklagte viele neue Kleider angefertigt. Am ersten Tag, als es um die Auswahl der Geschworenen ging, trug sie ein granatfarbenes Kleid, eine große Gemme an einer goldenen Kette, Gemmen-Ohrringe und einen Gemmenring. Ihr Haar duftete frisch, und ihr Make-up war dezent und elegant. Der Krückstock verlieh ihr eine Aura der Verletzbarkeit, und gelegentlich betupfte sie die Stirn und ihre Lippen mit einem Taschentuch, als fühlte sie sich krank. Auch wenn nicht alle Tanten bei ihr sein konnten, waren doch immerhin Boppo, Papa und auch Susan anwesend.

An diesem ersten Tag der Verhandlung gegen seine Frau wurde Tom Allanson von Jackson in Richter Holts Gerichtssaal gebracht. In genau einer Woche würden Pat und Tom ihren dritten Hochzeitstag feiern – sofern dieses Wort angebracht war. Als Mann und Frau hatten sie genau sieben Wochen und sechs Tage zusammengelebt.

Die Geschworenen mußten erst ausgewählt werden, und Tom war hier, um möglicherweise bei Anträgen, die vor Prozeßbeginn gestellt wurden, Fragen zu beantworten. Gerüchteweise hieß es, er würde als Zeuge aussagen. Er starrte Pat an, und sie erwiderte seinen Blick. Und dann gab Dunham McAllister Pat ein Zeichen, ihm zu folgen. Sie verließ den Gerichtssaal und traf mit ihrem Mann zusammen, und sie sprachen zwei Stunden miteinander.

Aber die Begegnung hatte nicht mehr die Innigkeit früherer Gespräche.

Trotz des Aufsehens um Toms Prozeß vor knapp zwei Jahren konnten nun Geschworene ausgewählt werden, die mit diesem Fall noch nicht vertraut und unvoreingenommen waren – fünf Männer und sieben Frauen, neun Weiße und drei Schwarze, Intellektuelle und Arbeiter.

Die benannten Zeugen boten keine Überraschungen. Für die Staatsanwaltschaft sollten Ermittler, Gerichtsmediziner, Toxikologen, Jean Boggs, Paw Allansons Anwälte, die Bankleute, die Paw Allansons ›Geständnis‹ beglaubigt hatten, sowie Paw und Nona selbst aussagen.

Die Verteidigung benannte die Leute, die Pat immer verteidigt hatten: Mrs. Clifford Radcliffe, Colonel Clifford Radcliffe, Debbie Taylor Cole und Miss Fanny Kate Cash (die eine Operation verschoben hatte, um anwesend sein zu können). Es wurde gemunkelt, Patricia Radcliffe Taylor Allanson würde zu ihrer eigenen Verteidigung in den Zeugenstand treten. In Erwartung dieses Ereignisses war Saal 808 brechend voll. Dies mochte kein Mord aus Leidenschaft sein, aber viele Leute im Gerichtssaal erinnerten sich an Pats Auftritte während der Verhandlung gegen ihren Mann vor zwei Jahren. Damals hatten sie sich gefragt, was für eine Frau sie eigentlich war. Vielleicht würden sie es jetzt herausfinden.

Am zweiten Morgen, als die Eröffnungsplädoyers begannen, sah Pat noch schöner aus: Sie trug ein smaragdgrünes Kleid, das exakt zu ihren Augen paßte. Sie zeichnete und schrieb auf einem Notizblock, während Andy Weathers in seinem Eröffnungsplädoyer den Standpunkt der Staatsanwaltschaft vortrug. Ihr Gesicht verriet nur gelegentlich einen Hauch von Ärger. Weathers war mit seinem Antrag durchgekommen, die Geschworenen über Tom Allansons Verurteilung zu informieren – ein äußerst wichtiger juristischer Coup. Jetzt hörten die Geschworenen zu, ohne zu erkennen zu geben, was sie darüber dachten, als Weathers beschrieb, wie Pat die Angelegenheiten der alten Allansons übernommen hatte, nachdem ihr Ehemann wegen der Ermordung des Sohnes und der Schwiegertochter der beiden verurteilt worden war. »Wir werden dem Gericht verschiedene Dokumente vorlegen. Diese Dokumente verschafften Patricia Allanson völlige Handlungsvollmacht. Sie konnte alles unterschreiben. Sie bekam dadurch vollständigen Zugriff zu allen Bankkonten, allen Papieren . . .«

»Arsen.« Als Andy Weathers den Namen des Giftes aussprach, wurde es unruhig im Zuschauerraum. Er versprach den Geschworenen Beweise – wissenschaftliche Beweise –, daß das tödliche Gift in Körperflüssigkeiten, Haaren und Fingernägeln des alten Ehepaares vorhanden gewesen war.

Dunham McAllister kündigte in seinem Eröffnungsplädoyer eine Wiederholung dessen an. Das Geständnis, das Mr. Walter Allanson Pat diktiert hatte, war eine Tatsache. »Sie kann nicht stenographieren, sondern schrieb es in ihrer Handschrift auf, eine ausführliche Erklärung, von der wir erwarten, daß sie von der Staatsanwaltschaft vorgelegt wird. Und diese Erklärung wurde sogar notariell beglaubigt. Paw Allanson hat das Geständnis unterschrieben«, betonte McAllister

Sowohl die Staatsanwaltschaft als auch die Verteidigung würde also dieselben Beweise benützen, diese jedoch unterschiedlich auslegen. Ja, bestätigte McAllister, es gab tatsächlich Arsen, eine ganze Flasche voll, aber der Alkohol in Paws und Nonas Haus stammte von Jean und Homer Boggs.

»Wir erwarten, daß die Staatsanwaltschaft nicht über jeden berechtigten Zweifel hinaus beweisen kann, daß Pat Allanson schuldig ist.«

Weathers staunte ständig über die Höflichkeit der an diesem Prozeß beteiligten Personen. Colonel und Mrs. Radcliffe gaben sich freundlich, wenn auch reserviert. »Sie waren jeden Tag da«, erinnerte er sich, »und sie kamen zu mir und sprachen mit mir. Ich denke, sie glaubten wirklich an Pats Unschuld – zumindest der Colonel. Es gab da wohl eine Vorgeschichte, irgend etwas mit nervlichen Störungen ... aber die Verteidigung verstand es nicht, das richtig einzusetzen. Vielleicht hätte man es auch gar nicht verwenden können. Normalerweise funktioniert das nicht, wenn es um einen Mord aus gewinnsüchtigen Motiven geht, besonders nicht, wenn Gift über einen längeren Zeitraum verabreicht wurde ... Dennoch, dieser Prozeß war eigentümlich.« Weathers hatte manchmal das Gefühl, trotz des eigentlichen Zwecks der Verhandlung an einem höchst wohlanständigen gesellschaftlichen Ereignis teilzunehmen.

Margureitte Radcliffe war in allererster Linie eine Dame. Und der Colonel war, was er immer schon gewesen war – absolut korrekt. In der Öffentlichkeit bewahrten sie immer Haltung. Sie hätten sich keine Unhöflichkeit gestattet. Vielen im Gerichtssaal erschien es unbegreiflich, daß die Tochter der beiden eines schrecklichen Verbrechens angeklagt war.

Aber sie änderten ihre Meinung, als sie von Pats vollständiger Kontrolle über das Vermögen der alten Allansons hörten.

Als Dr. Lanier Jones in den Zeugenstand trat, wurden Nona und Walter Allanson in Rollstühlen in den Gerichtssaal gebracht, damit der Arzt die beiden identifizieren konnte. Nona war an einen Rollstuhl gewöhnt, aber für den alten Mann war es eine Schmach, darin gefahren zu werden. Seine Füße und seine Unterschenkel arbeiteten nicht mehr – die Nerven waren durch die Arsenvergiftung auf Dauer geschädigt. Nona winkte mit ihrer gesunden Hand dem Arzt zu und lächelte, war jedoch von der Szenerie im Gerichtssaal verwirrt. Als die beiden den Gerichtssaal wieder verlassen hatten, verglich Dr. Jones den robusten alten Mann, der er gekannt hatte, mit dem komatösen Patienten, den er am 13. Juni 1976 untersucht hatte.

Dr. Everett Solomons beschrieb die zerstörende Wirkung von Arsen im menschlichen Körper, und Weathers kam auf den Inhalt der Whiskyflasche zu sprechen, die von Pat an Dr. Jones übergeben worden war.

»Würden Sie bitte den Geschworenen die Testergebnisse dieser Flasche mitteilen?«

»Als wir die Flasche untersuchten, enthielt sie annähernd einen halben Millimeter Flüssigkeit – 3,65 Milligramm.«

»Arsen?«

»Arsen.«

Anschließend befragte Weathers den Gerichtsmediziner des Fulton County, Dr. Joseph Burton, der die genauen Mengen des Gifts benannte, die man bei den alten Leuten entdeckt hatte.

Mit Bezug auf Paw Allanson führte der Gerichtsmediziner aus: »Seinem Körper wurde zweimal Arsen zugeführt. Anders ist die hohe Dosis an Gift nicht zu erklären.«

Burton war nach dem Studium der Krankengeschichte der Allansons und aufgrund seiner Tests zu dem Schluß gekommen, daß jemand dem alten Paar ungefähr sechs Monate vor der Einlieferung ins Krankenhaus und dann wieder kurz vor der Einlieferung ins Krankenhaus Arsen verabreicht hatte.

»Hierbei handelt es sich um eine chronische Arsenvergiftung«, erklärte Burton.

»Ich möchte Sie folgendes fragen«, fuhr Weathers fort. »Wenn jemand Arsen in seinen Körper aufnimmt, und wenn man nun das Alter dieses Menschen bedenkt, könnte dies Auswirkung auf seine geistige Stabilität haben?«

»Das könnte der Fall sein«, erwiderte Burton. »Es ist erwiesen, daß Arsen die geistige Haltung, die Denkfähigkeit und die Vernunft beeinträchtigen kann. Es kann zu neurologischen Störungen führen, zu Symptomen bei der Verdauung, Kopfschmerzen, Muskelschmerzen, Schwäche, es kann die peripheren Nerven beeinträchtigen und die Empfindung in Beinen und Füßen verändern.«

»Nach Ihren Testergebnissen – könnte das Arsen mit Milch, Orangensaft und Essen eingenommen worden sein?«

»Arsen kann mit allem eingenommen werden. In den meisten Formen ist es geruchlos, farblos und geschmacklos, so daß man nicht weiß, daß man Arsen zu sich nimmt.«

Auf die Frage, ob er jemals einen Fall von Selbstmord durch chronische Arsenvergiftung gesehen habe, schüttelte Burton den Kopf. »Nein, Sir.«

»Nie?« hakte Weathers nach.

»Nein, Sir. Ich habe auch nie einen solchen Fall dokumentiert gesehen. Mehrere Personen haben Selbstmord durch *akute* Einnahme von Arsen begangen, aber Menschen können unterschiedlich viel Arsen vertragen. Es wäre schwer vorherzusagen, wieviel Arsen jemand chronisch zu sich nehmen muß, damit es zu Krankheit oder Tod führt. Oft wird man nach Einnahme von Arsen sehr krank, und das ist dann äußerst unangenehm. Wenn jemand sehr krank wird, kommt er für gewöhnlich ins Krankenhaus, wird behandelt und überlebt ... es ist unberechenbar.«

»Gehören nicht auch Schmerzen zu dem Erscheinungsbild der chronischen Einnahme von Arsen?«

»Ja, Sir.« Sollte ein möglicher Selbstmörder sein Leben dadurch beenden wollten, betonte Burton, daß er eine große Dosis auf einmal einnahm, würde der Schmerz intensiv, sogar unerträglich sein. Nahm er das Gift aber allmählich zu sich, würden die Qualen noch verstärkt werden.

Im Kreuzverhör tat Dunham McAllister alles, um Dr. Burton aus dem Gleichgewicht zu bringen und aufzuzeigen, daß Arsen überall vorhanden war, daß man es leicht versehentlich einnehmen konnte und daß es falsch diagnostiziert werden konnte. Er behauptete, viele Krankheiten könnten die gleichen Symptome wie eine Arsenvergiftung aufweisen. Burton bestritt das nicht.

»Dann ist es also möglich«, fuhr McAllister fort, »daß man eine Arsenvergiftung fälschlich als verschiedene andere Krankheiten diagnostiziert?«

»Ja, Sir.«

»Mehr als ein Dutzend?«

»Möglicherweise ja.«

»Was ist mit einem Schlaganfall? Kann eine Arsenvergiftung fälschlich als Schlaganfall diagnostiziert werden?«

»Ja . . .«

Paw wurde im Rollstuhl hereingefahren, um auszusagen. »Mr. Allanson«, begann Weathers. »Bitte, Sir, ich werde Ihnen nur ein paar Fragen stellen. Können Sie mich verstehen, Sir?«

»Ja.«

»Haben Sie Arsen eingenommen?«

»Nein.«

»Haben Sie Ihrer Frau Arsen gegeben?«

»Nein!«

»Wissen Sie, wie das Gift in Ihren Körper gelangt ist?«

»Nein.«

»Ich habe keine weiteren Fragen.«

»Nie welches gesehen . . .« Paws Stimme verklang.

Im Kreuzverhör versuchte McAllister, aufgrund Paws langjähriger Arbeit als Farmer die Vermutung anzustellen, daß sich Gift auf seinem Besitz befunden haben mußte. Er schien jedoch nicht den Mut zu finden, das durchzuziehen. Das Kreuzverhör fiel flach und zeigte nur, wie unglaublich hart der alte Walter Allanson sechs Jahrzehnte lang gearbeitet hatte. Der Zeuge konnte sich nicht erinnern, jemals arsenhaltige Mittel benützt oder gesehen zu haben.

»Keine weiteren Fragen.«

Jean Boggs trat als nächste in den Zeugenstand. Es war verständlich, daß sie Triumph verspürte, in dem Gerichtssaal zu erscheinen, in dem Pat Allanson angeklagt wurde. Von Zeit zu Zeit ließ sie ihren Blick zu dem Tisch der Verteidigung gleiten.

Andy Weathers benutzte Jeans Antworten, um die Geschworenen über die Gewalttaten in der Familie Allanson zu informieren. »Sie kennen natürlich Mr. und Mrs. Walter Allanson?«

»Ja, Sir, es sind meine Mutter und mein Vater.«

»Sie hatten auch einen Bruder?«

»Ja, Sir. Walter O'Neal Allanson.«

»Und er wurde im Fulton County ermordet?«

»Ja, Sir.«

»Der Prozeß fand vor dem Obergericht des Fulton County statt?«

»Ja, Sir.«

»Wer wurde in Ihrem Beisein für schuldig befunden?«

Dunham McAllister erhob Einspruch. »Das ist für diesen Prozeß unwesentlich.«

»Ich möchte das Motiv aufzeigen«, führte Weathers an. »Ich bleibe bei meiner Frage.«

»Bisher hat es noch keine Aussage über das Motiv gegeben«, entgegnete McAllister.

»Ich möchte dafür sorgen, daß eine solche Aussage erfolgt«, erklärte Weathers freundlich. »Deshalb stelle ich diese Frage.«

Der Einspruch der Verteidigung wurde abgewiesen. Jean durfte sagen, daß Pat die dritte Frau des Mannes war, der wegen der Ermordung seiner Eltern für schuldig befunden worden war – Tom Allanson.

Jean beschrieb ihren wachsenden Verdacht, daß im Hause ihrer Eltern etwas nicht in Ordnung war. Dr. Jones hatte sie darauf aufmerksam gemacht, daß ihr Vater selbstgebrannten Whisky trank. »Mein Vater trinkt nicht«, versicherte Jean. Sie erinnerte sich auch an ihr Gespräch mit Pat auf der Veranda des Hauses an der Washington Road. »Sie behauptete zu wissen, welche Vorkehrungen er bei seinem Begräbnis haben wollte – daß er in einem Sarg begraben werden wollte, der mit rosa Satin ausgeschlagen war, was gar nicht nach meinem Vater klang. Sie wählte die Kleider aus, und mein Sohn sollte einer der Bahrtuchhalter werden. Das alles paßte nicht zu Paw. Als ich gehen wollte, beugte Pat sich über das Geländer und sagte zu mir ›Ich hoffe, er stirbt‹.«

Der Ankläger ließ Jean außerdem aussagen, welche Hingabe Walter seiner Nona gegenüber gezeigt hatte, sowie welche Verwirrung und welchen Aufruhr Pat Allanson in den Haushalt der beiden gebracht hatte. Außerdem war es eine Tatsache, daß der alte Mann weder ein Trinker noch tablettensüchtig war.

»Haben Sie jemals gesehen, daß Ihr Vater Ihre Mutter geschlagen hat?«

»Um Himmels willen, nein!« stieß Jean hervor. McAllister behauptete im Kreuzverhör, Jean habe ihre Eltern vernachlässigt und sie nur selten besucht. Sie erklärte, auch sie wäre 1973 krank gewesen und habe nicht Auto fahren können. Nein, sie habe ihre Eltern nach ihrer Genesung nicht oft besucht. Sie räumte ein, daß ihre Besuche nicht angenehm verlaufen seien. Es hatte nach Toms Prozeß im Jahre 1974 stets ›eine gewisse Kälte‹ gegeben. Nein, sie habe ihrem Bruder Walter nie nahegestanden, und zwar schon von frühen Kindertagen an. »Wir waren einfach zwei völlig verschiedene Persönlichkeiten.«

Als Weathers gegen den Verlauf der Befragung Einspruch erhob, versicherte McAllister, er würde schon zur Sache kommen. »Es ist eine sehr vielschichtige Familie. Ich versuche, von der Zeugin Auskünfte und Erklärungen über diese Familie zu erhalten.«

Sie kämpften mit Argumenten, und Richter Holt entschied letztlich, daß Jeans Beziehung zu einem Bruder, der seit zwei Jahren tot war, keine Bedeutung hatte, und gab Weathers' Einspruch statt. McAllister ergriff die Gelegenheit und bestand erneut darauf, daß basierend auf dieser Entscheidung des Richters keinerlei Anspielungen auf den Doppelmord oder auf Tom Allanson in diesem Prozeß gemacht werden sollten.

Richter Holt entschied wieder gegen ihn.

McAllister behielt Jean Boggs lange im Zeugenstand und ließ sie aussagen, daß jetzt sie und ihr Ehemann als Vormund für ihre Eltern fungierten, ihre Rechnungen bezahlten und ihre Pflegerinnen engagierten. »*Sie* haben die Polizei gebeten – ich glaube, sie sagten, Sie hätten die Polizei *angewiesen* –, eine vollständige Untersuchung durchzuführen und das Kriminallabor einzuschalten. Ist das richtig?«

Jean setzte sich gerade auf. »Sicher.«

Andy Weathers hatte in der nochmaligen Befragung der Zeugin nach dem Kreuzverhör nur drei Fragen. »Beantworten Sie meine Frage bitte mit ›ja‹ oder ›nein‹. Hat es, seit Pat Allanson das Haus verlassen hat, irgendwelche Probleme mit Ihrem Vater gegeben, soweit es eine Überdosis von Medikamenten oder Alkohol betrifft?«

»Nein, Sir.«

»Gar keine Probleme, was eine Überdosis an Medikamenten angeht?«

»Nein, Sir.«

»Ein Problem mit Arsen?«

»Nein, Sir.«

»Keine weiteren Fragen.«

Jean hatte sich gut gehalten, doch dieser Prozeß wühlte sie letzten Endes doch sehr auf. Immer wieder wurde sie als nachlässige Tochter gebrandmarkt. Wären die Beziehungen in ihrer Familie nicht so angespannt gewesen, hätte dies alles niemals passieren können.

Der Prozeß wurde am Mittwoch, dem 4. Mai, um 9 Uhr 30 fortgesetzt. Pat trug an diesem Tag ein lilafarbenes Kleid. Sie hörte zu, als Bill Hamner die ständig anwachsenden Dokumente beschrieb, die zuletzt praktisch alle außer Tom und Pat enterbten. Die alten Leute waren sehr verschwiegen gewesen, woraus ihr Vermögen wirklich bestand, doch Hamner wußte, daß es zum Zeitpunkt ihres ersten Testaments über zweihunderttausend Dollar betragen haben mußte. Niemand wußte, wie viel davon noch übrig war. Der Anteil der Kinder von Jean Boggs war auf ein Sechstel gesunken, und dieses befand sich unter Pats Kontrolle.

Wenn die Zuschauer prickelnde Enthüllungen erwartet hatten, wurden sie an diesem dritten Verhandlungstag enttäuscht.

Die Zeugen waren trocken, und ihre Aussagen waren voll von juristischen und technischen Details. Hamner und sein Partner Fred Reeves gingen die zahlreichen Änderungen und Zusätze in den Testamenten der alten Allansons durch. Joyce Tichenor, die Paws angebliches Geständnis beglaubigt hatte, und der Manager ihrer Bank, Gus Yosue, sagten über das einzige Zusammentreffen mit der Angeklagten und ihrem angeheirateten Großvater aus.

Jim Kelly vom Kriminallabor des Bureau of Investigation des Staates Georgia, Chefexperte für Dokumente und Handschriftenexperte für die Anklage, wurde in den Zeugenstand gerufen, um die Absonderlichkeiten des Geständnisses zu erklären. Nur die letzten fünf Seiten waren unterschrieben, und die letzte Seite war nicht fortlaufend beschrieben worden. Das Geständnis strotzte von grammatikalischen Fehlern und Tippfehlern, obwohl es jemand durchgearbeitet und mit einem blauen Kugelschreiber einige Fehler verbessert hatte. Kelly wies darauf hin, daß die Unterschrift der Notarin auf der letzten Seite mit 16. April datiert war, das Datum am Anfang des angeblichen Geständnisses jedoch der 19. April war.

Seltsam. Und verdächtig.

McAllister stellte nur eine einzige Frage. »Wie viele Seiten umfaßte das Geständnis?«

Die Antwort lautete »Fünf«.

Klugerweise beließ es der Verteidiger dabei.

Weathers rief danach noch einmal Dr. Everett Solomons vom Kriminallabor in den Zeugenstand und befragte ihn über die Flüssigkeit, die in der alten Whiskyflasche gefunden worden war. »Angenommen, ich würde hier vor den Geschworenen einen normalen Schluck Arsen nehmen. Sie verstehen, was ich meine?«

»Ja, Sir.«

»Was würde passieren?«

»Sie müßten ins Krankenhaus gebracht werden, um zu überleben.«

»Wie viele Schlucke von dieser Flüssigkeit würden einen normalerweise töten?«

»Ich würde sagen, zwei Schlucke.«

Weathers kniete sich so in die Sache hinein, daß ihm gar nicht auffiel, wie unpassend ›ein normaler Schluck Arsen‹ klang. Solomons blieb eisern dabei, daß zwei Schlucke eine tödliche Dosis waren. Kein Mensch konnte sechs Monate, vier Monate, nicht einmal *vier Minuten* überleben, wenn er so viel davon einnahm.

Als die Verhandlung sich an diesem Tag über 17 Uhr hinaus erstreckte, wirkte Pat wie eine dahinwelkende Rose. Während die Geschworenen eine Pause machten, bat McAllister darum aufzuhören. »Euer Ehren, ich möchte den Antrag stellen, daß wir die Verhandlung für heute vertagen, weil meine Mandantin mit körperlichen Problemen zu kämpfen hat. Als es gestern spät wurde, litt sie unter Schwindelgefühlen. Sie sah doppelt. Heute informierte sie mich darüber, daß sie ein Problem mit einem Blutgerinnsel hat. Ich weiß, daß sie Probleme mit dem Herzen hat. Meiner professionellen Meinung nach ist sie nicht in der Lage, weiter dieser Verhandlung zu folgen und mich zu unterstützen. Ich erwarte allerdings, daß wir morgen früh wieder bereit sein werden.«

Richter Holt betrachtete Pat und den Anwalt skeptisch. »Was für ein Problem hat denn Ihre Mandantin wirklich, daß sie um fünf Uhr nachmittags nicht mehr weitermachen kann?«

McAllister war überfragt. Er wußte nichts Genaues über Pats Schwächeanfälle. »Ich weiß nicht, ob es etwas mit der Uhrzeit zu tun hat oder nicht, aber ich weiß, daß sie mir heute nicht mehr sinnvoll helfen kann.«

Holt unterdrückte ein abfälliges Schnauben. »Was meinen Sie damit, sie kann nicht *sinnvoll* helfen?«

»Euer Ehren, es ist mir unmöglich, richtig mit ihr zu sprechen.«

»Sie haben aber mit ihr gesprochen.«

McAllister verwies auf die körperliche Belastung für Pat, die laut Colonel Radcliffe an einem ›ernsten Blutgerinnsel‹ litt.

»Vor Gericht zu stehen, bedeutet für jeden eine körperliche

Belastung, Herr Anwalt«, entgegnete Richter Holt. »Wir können einen Arzt kommen lassen, der sie untersucht.«

McAllister machte einen Rückzieher. Seine Mandantin hatte ihren eigenen Arzt.

Holt wollte das Tempo seiner Verhandlungsführung nicht drosseln. Er hatte nächste Woche bereits wieder Prozeßtermine. Doch bald nach seiner Entscheidung schloß die Staatsanwaltschaft die Beweisaufnahme ab. Es war fast 18 Uhr am Mittwoch, dem 4. Mai. Obwohl er darüber nicht glücklich war, vertagte Holt die Verhandlung. Morgen würden sie länger durchhalten, sofern die Angeklagte nicht ernsthaft krank war. Falls sie es war, mußte sie ihn darüber in Kenntnis setzen.

Die Angeklagte wirkte überrascht. Bisher hatte niemand ihre angegriffene Gesundheit in Zweifel gezogen.

36. Kapitel

Dunham McAllister erhob sich, um mit der Beweisaufnahme für die Verteidigung zu beginnen. »Euer Ehren, ich rufe Patricia Allanson in den Zeugenstand.«

Die Zuschauer murmelten. Welche körperlichen Schwierigkeiten Pat am Tag zuvor auch gehabt haben mochte, sie hatte sich auf wundersame Weise erholt. Sie trug wieder das smaragdgrüne Kleid. Sie hatte zugenommen, und die Puffärmel zeigten ihre prallen kurzen Arme. Das Oberteil spannte sich eng um ihre vollen Brüste. Sie wirkte ruhig und selbstsicher und überhaupt nicht nervös.

Ihre Mutter und ihr Stiefvater betrachteten sie voller Stolz. Margureitte hob den Kopf hoch, und die Haltung des Colonels war kerzengerade. Nur Susan wirkte nervös.

Pat beantwortete die Fragen ihres Anwalts mühelos und nannte ihre Adresse in Morrow und ihre frühere Adresse an der Tell Road.

»Haben Sie jemals im Haus von Walter und Nona Allanson gewohnt?«

»Nein, Sir. Normalerweise fuhr ich hin, wenn Mrs. Allanson mich rief.«

»Wie oft war das?«

»Anfangs geschah das nicht öfter als dreimal in der Woche, weil ich selbst nur schwer das Haus verlassen konnte. Sobald es mir besserging, rief sie mich durchschnittlich vier- oder fünfmal pro Woche und bat mich zu kommen.«

Pat war darauf vorbereitet – und brannte sogar darauf –, ihre eigene gefährdete Gesundheit zu besprechen, doch Andy Weathers erhob Einspruch. Er sah keinen Zusammenhang mit diesem Prozeß. Richter Holt gab seinem Einspruch statt.

McAllister ging zu Walter Allansons Herzinfarkt im Januar 1976 über. Pat befeuchtete ihre Lippen mit der Zungenspitze, als sie sich an ihren Besuch in seinem Krankenhauszimmer erinnerte.

»Er ließ eine Krankenschwester bei mir daheim anrufen und ausrichten, er hätte etwas sehr Wichtiges mit mir zu besprechen. Als ich zu ihm kam, bat er mich sofort, ich solle die Schwester rufen. Meine Mutter war bei mir. Er sagte der Schwester, daß er vom Arzt die Erlaubnis erhalten hatte, mit mir ungestört zu sprechen. Und er wollte, daß die Vorhänge geschlossen werden. Das war, als Paw – *Mr. Allanson* –, es tut mir leid, aber ich sage immer noch ›Paw‹, weil ich ihn lange Zeit so genannt habe.«

McAllister nickte ermutigend, und Pat fuhr fort.

»Er dachte, er würde sterben, und er hatte noch etwas zu sagen. Er vertraute mir an, daß Tommy – er nennt meinen Mann Tommy – er sagte, daß Tommy nicht getan hat, wofür er im Gefängnis sitzt. Er sagte: ›Ich habe es getan.‹ Weiter kam er nicht, weil ich ihn zurückhielt. Erstens glaubte ich ihm nicht, und zweitens hatte mir der Arzt gesagt, er dürfe sich nicht aufregen, und ich dachte, dies wäre ein Thema, über das er sich sehr aufregen würde. Also verfolgte ich es nicht weiter.«

Obwohl Pat darauf brannte, ihren Ehemann in Freiheit zu sehen, hatte sie zu allererst an die Gesundheit seines Großvaters gedacht und zugelassen, daß ein Mordgeständnis, das Tom gerettet hätte, unausgesprochen in der Luft hing. Von Zeit zu Zeit blickte sie während ihrer Aussage bescheiden in ihren Schoß. Jetzt richtete sie ihre grünen Augen auf den Anwalt.

Als Paw heimkehrte, sagte Pat, machte er sich Sorgen, weil die Pflegerin Nona Medikamente gab. Pat war hingefahren, um zu helfen, und es kam wieder zu einem Gespräch. »Er war sehr, sehr erzürnt über Mr. und Mrs. Boggs. Er sagte, sie hätten Maw bedrängt. Er sagte: ›Ich will, daß Jean und alle anderen wegbleiben. Wenn die alle nicht wegbleiben und sie nicht in Ruhe lassen, blase ich ihnen den Kopf weg, wie ich es mit Walter und Carolyn gemacht habe.‹ Und an diesem Abend hat er mir alles erzählt, was er getan hat.«

Pat war sehr ernst, sehr entschieden, als sie beschrieb, wie sie zwischen Paws Gesundheit und ihrem Verlangen, die Wahrheit zu erfahren, hin und her gerissen wurde. »Erst nachdem er aus der Obhut der Ärzte entlassen worden war und ich gesehen hatte, daß es ihm gutging«, erlaubte sie ihm, ihr die Details zu erzählen.

Soweit sie sich erinnerte, hatte sie die Aussage des alten Mannes ungefähr drei Wochen vor der notariellen Beglaubigung zu Papier gebracht.

»Mr. Allanson wollte, daß ich eine Schreibmaschine zu ihm ins Haus bringe und alles aufschreibe. Aber ich kann erstens gar nicht richtig Maschine schreiben. Und die Schreibmaschine war außerdem für mich zu schwer, weil ich noch immer an Krücken ging.« Sie erklärte das dem alten Mann, und er war einverstanden, daß sie einfach mit der Hand aufschrieb, was er ihr erzählte. »Er sagte: ›Ich werde deswegen nicht zur Polizei gehen. Das würde Mama aufregen, und sie würde einen Herzinfarkt bekommen.‹ Damit hat er mich lange davon abgehalten, zur Polizei zu gehen. Und er sagte ›Ich erzähle dir jetzt, was wirklich passiert ist.‹«

»Und hat er das getan?«

Pat blickte zur Decke, als suche sie nach einer Erleuchtung, und fuhr sich dann mit der Zungenspitze über die Lippen – nun schon eine vertraute Geste. »Ja, Sir«, sagte sie mit Nachdruck. »Das hat er getan. Ich weiß nicht, wie ich es beschreiben soll, nur ... je mehr er mir erzählte, und je mehr ich niederschrieb, desto aufgeregter wurde er und desto mehr wollte er erzählen. Ich habe ihm zwischendurch zahlreiche Fragen gestellt, wie zum Beispiel: ›Wie konntest du das tun, Paw?‹ Ich habe wörtlich alles mitgeschrieben, was er mir erzählte. Er wollte, daß ich es auf der Maschine tippe, weil er meine Handschrift nicht lesen konnte.«

»Wurde es getippt?«

»Ja, Sir, das wurde es. Meine Mutter hat es getippt, weil ich nicht tippen kann – nur mit einem Finger.«

»Also«, fuhr McAllister fort, »wie sah der Kontakt zu dem Haushalt der Allansons in der Zeit von dieser Niederschrift bis zum 13. Juni des letzten Jahres aus?«

»Zwischen der Unterschrift und dem 13. Juni?«

»Ja.«

»Ich hatte nur wenig Kontakt, weil ich Angst davor hatte, wieder hinzufahren. Ich war höchstens vier- oder fünfmal da. Anstatt jeden Tag hinzufahren, war ich in dieser Zeit nur dort, wenn Ma anrief und mich bat zu kommen. Ich fuhr jedesmal hin – aber ich habe immer jemanden mitgenommen, und zwar von dem Tag an, als er mir sagte, daß ... Von diesem Tag an ging ich nicht mehr allein in dieses Haus.«

Pat erinnerte sich an das aufregende Wochenende des 12. und 13. Juni. Sie schauderte bei der Erinnerung. Ihr Mienenspiel und ihre Gesten fielen sehr dramatisch aus. »Ma rief uns an diesem Morgen an. Sie war hysterisch. Sie sagte, Paw hätte versucht, sie zu töten. Er hätte getrunken und danach durchgedreht. Sie wußte nicht, was sie tun sollte, und sie hatte Angst.«

Pat und ihre Eltern eilten, wie sie sagten, natürlich zu ihrer Rettung herbei. Sobald sie im Haus waren, rief jemand Dr. Jones an, und ›gegen meinen Wunsch‹ kam der alte Mann nicht ins Krankenhaus. Pat bat ihre gute Freundin Fanny K. Cash, zu ihrem Schutz über Nacht zu bleiben, als ob eine siebenundsechzig Jahre alte Frau ein großer Schutz gegen einen rasenden Mann gewesen wäre, der nach Pats Aussagen einen Doppelmord gestanden hatte.

Pat gab an, sie habe am Sonntagvormittag Dr. Jones noch einmal angerufen.

»Was taten Sie, als Dr. Jones eintraf?«

»Als er an diesem Sonntagvormittag eintraf?«

»Ja.«

»Oh, ich erinnere mich«, sagte Pat plötzlich. »Ich badete Ma, und weil ich sie halb entkleidet im Bad zurückgelassen hatte und es kühl war, mußte ich zu ihr zurück. Ich lief nur rasch an die Tür und zeigte Dr. Jones, in welchem Zimmer Paw lag.«

McAllister mußte den Geschworenen einen sehr wichtigen Punkt klarmachen. Er wollte durch Pats Aussage aufzeigen, daß sie nichts zu gewinnen, aber sehr viel zu verlieren hatte, wenn Paw Allanson starb. Wäre Paw gestorben, behauptete er, hätte sie vielleicht nie sein Geständnis dazu benützen können, Tom zu befreien.

Weathers ließ nicht zu, daß er diese Frage direkt stellte. Er erhob einen Einspruch nach dem anderen, weil McAllister mit seinen Fragen die Zeugin führte. Als es der Verteidiger durch eine Hintertür versuchte, erhob Weathers erneut Einspruch. Zuletzt erlaubte Richter Holt jedoch McAllister, auf einem Umweg zu dem Thema zu kommen.

»Habe *ich* Ihnen einen juristischen Rat gegeben, der den Fall Ihres Mannes betraf?« fragte er Pat.

»Ja, Sir, das haben Sie getan.«

»Würden Sie den Geschworene schildern, welcher Rat das war?«

»Also, Sie sagten mir, das Schlimmste, das passieren könnte, wäre, wenn Mr. Allanson an seinem Herzinfarkt oder an etwas anderem stirbt, weil es sehr wichtig war, daß er am Leben blieb und eine Aussage darüber machen konnte, was er mir erzählt hatte.«

»Wissen Sie irgend etwas darüber, wie das Arsen in den Körper von Nona Allanson oder Walter Allanson gelangt ist?«

»Nein, Sir.«

Pat sagte aus, sie habe nicht gehört, daß jemand an einer Arsenvergiftung litt, bis Nona am 28. Juni von einem Krankenwagen abgeholt wurde. »Es herrschte große Verwirrung. Und ich weiß nicht, ob ich es mitgehört habe, oder ob es jemand direkt zu mir sagte. Ich denke, Mr. Tedford hat es gesagt – aber sicher bin ich mir nicht.«

»Wissen Sie etwas über das Vorhandensein von Arsen auf dem Besitz von Walter Allanson?«

»Nein, Sir. Er ließ niemanden in seinem Haus herumsuchen.«

»Wer machte das Essen?«

»Oh, Paw hat immer gekocht. Er hat das niemand anderen machen lassen.«

»War das immer so?«

»Immer, bis er ins Krankenhaus kam. Dann waren natürlich verschiedene Schwestern da, die kochten und für alles sorgten.«

»Danke.«

Andy Weathers erhob sich, um das Kreuzverhör zu beginnen. Eine Angeklagte zu befragen, die attraktiv, intelligent und leidend war – ihr Stock lehnte neben ihrem Stuhl –, war nicht gerade die einfachste Aufgabe der Welt. Er wußte, daß sogar Bob Tedford anfänglich Mitleid mit Pat gehabt hatte. Weathers hatte sie während dieses Prozesses studiert und die Emotionen beobachtet, die sich in ihrem Gesicht abzeichneten. Sorge. Langeweile. Schmerz. Angst. Zuversicht. Und manchmal überheblicher Ärger, sogar gegen ihren eigenen Anwalt. Pat schien sich zu bemühen, wie eine Königin aufzutreten, die sich aus Gott weiß was für Gründen vorübergehend in einer unangenehmen und abstoßenden Situation befand.

»Sie sagten soeben aus«, begann Weathers ohne jede Einleitung, »daß Mr. McAllister Ihnen als Ihr Anwalt einen juristischen Rat gab. Das heißt wohl, daß er bereits zu jenem Zeitpunkt Ihr Anwalt war und Ihnen erklärte, daß dieses Schriftstück überhaupt keinen Wert besitzt. Ist das richtig?«

Pat blinzelte. »Wie bitte, Sir? Ich konnte Sie nicht verstehen.«

»Sie erklärten den Geschworenen, daß Mr. McAllister Ihnen einen juristischen Rat erteilte, was die Gültigkeit des Beweisstücks Nr. 1 der Staatsanwaltschaft betrifft?«

»Ja, Sir ... Ich verstehe die Frage nicht ganz.«

Weathers wiederholte seine Frage, mit der er nachdrücklich betonte, daß das Geständnis wertlos war. Pat erklärte, es habe noch nicht existiert, als sie im März zum ersten Mal zu McAllister ging. Zu jenem Zeitpunkt hatte Paw ihr nur mündlich mitgeteilt, er habe seinen Sohn und seine Schwiegertochter ermordet.

Als Antwort auf Weathers' Frage nach ihrer Ehe bestätigte Pat vorsichtig, sie und Tom wären sich ›sehr nahe . . . sehr, sehr nahe‹.

»Hat Tom Allanson Ihnen jemals erklärt, daß er in diesem Fall unschuldig war?«

»Ja, Sir. Er sagte mir, er wäre unschuldig, und wenn er sagte, daß er unschuldig war, dann wußte ich, daß er es auch war.«

»Nun, Sie wußten noch eine ganze Menge mehr.« Weathers trat näher an sie heran. »Ist es nicht eine Tatsache, daß die Polizei Sie direkt vor dem Haus sah, als Mr. und Mrs. Allanson getötet wurden und Tom Allanson aus dem Haus lief?«

»Nein, Sir, ich war nicht da.« Pats Gesicht rötete sich, und sie betrachtete Weathers vorsichtig.

»Sie waren nicht in einem PKW?«

»Ich war in einem PKW nicht weit entfernt. Das heißt, es war kein PKW, tut mir leid, es war ein Jeep.«

»Nicht weit von dem Tatort?«

»Kommt darauf an, was Sie ›weit‹ nennen.« Pat gewann langsam ihre Fassung wieder.

»Sagen Sie mir doch, wie weit.«

»Einen Block, anderthalb Blocks. Dort befand sich mein Arzt. Ich war gerade von meinem Arzt gekommen.«

»Als Walter und Carolyn Allanson getötet wurden, befanden Sie sich ungefähr einen Block von dem Tatort entfernt?«

»Eher zwei Blocks.« Pat wich noch weiter zurück und behauptete, sie wäre sogar mehr als zwei Blocks von dem Schauplatz des Doppelmordes entfernt gewesen.

»Haben Sie gesehen, wie Tom Allanson die Straße entlang lief, nachdem diese beiden Personen getötet worden waren?«

»Nein, Sir.«

»War Ihnen bekannt, daß man ihn gesehen hatte, wie er die Straße entlang lief?«

»Hinterher war es mir bekannt, ja.«

»Somit befanden also Sie beide sich zwei Blocks von dem Tatort entfernt.«

»Ich befand mich in der Praxis meines Arztes anderthalb Querstraßen entfernt, ja.«

»Sagten Sie nicht vorhin, Sie wären in einem Jeep gewesen?«

»Ja.«

Weathers ließ Pat über Details stolpern, über Winzigkeiten, über eine Reihe von kleinen Lügen, Übertreibungen und Verharmlosungen.

»Nun, sagten Sie nicht aus, dieses Dokument, das Geständnis, wäre wörtlich festgehalten worden – ich glaube, so haben Sie sich ausgedrückt. Ist das wahr?«

»Ja, Sir.«

»Und Sie sagten doch auch vor den Geschworenen aus, daß Ihre Mutter es getippt hat, weil Sie nicht tippen können?«

»Das ist richtig.«

»Wieso beginnt dann das Geständnis mit dem Satz: ›Mein Name ist Walter Allanson, und ich erzähle das meiner Enkeltochter, Tommys Frau, Pat Allanson, und sie schreibt das auf der Schreibmaschine, weil ich nicht mehr so gut schreibe‹?«

Pat sah den Ankläger an, als wäre er schwer von Begriff. Sie erklärte, daß Paw genau das gesagt habe, weil er angenommen hatte, sie würde das Geständnis auf der Maschine tippen.

Weathers wechselte zu dem dritten Zusatz zu den Testamenten der alten Allansons mit dem Datum 4. Februar 1976. »Sie haben gehört, wie Mr. Reeves und Mr. Hamner aussagten, sollte Walter Allanson zuerst sterben, und sollte danach Nona Allanson sterben, dann würden Sie und Tom alles erben?«

»Ich habe diese Aussage gehört, aber das wußte ich damals nicht.«

»Haben Sie nicht gehört, wie sie aussagten, Sie wären *anwesend* gewesen, als diese Erklärung abgegeben wurde?«

Sie schüttelte leicht gereizt den Kopf. »Ich war *teilweise* anwesend. Ich war nicht die ganze Zeit in dem Krankenhauszimmer anwesend, weil der Anwalt von mir hinkam, und er erklärte Paw das Testament.«

»Haben Sie gehört, wie Mr. Hamner aussagte, Sie wären in dem Raum gewesen, als er es erklärte?« drängte Weathers.

»Da muß ich Mr. Hamner allerdings widersprechen«, sagte Pat fest.

Während Pat behauptete, ihr Gedächtnis wäre besser als das des Anwalts, blieb sie ziemlich vage, was die Details der Testamente der Allansons anging. Sie wußte angeblich nur, daß die ›Prozente‹ zwischen ihrem Mann und den anderen Enkelkindern aufgeteilt werden sollten. Sie blieb dabei, daß sie das meiste über die Testamente und die Zusätze erst während der laufenden Verhandlung erfahren hatte.

»Haben Sie nicht gehört, wie Mr. Hamner aussagte, falls Sie mit Tom Allanson zum Zeitpunkt der Erbschaft verheiratet wären, und falls Tom Allanson etwas zustoßen sollte und er nicht fähig wäre zu erben, würde der gesamte Besitz an Sie fallen? Haben Sie diese Aussage gehört?«

»Ich habe diese Aussage gehört, ja, Sir. Ich habe hier gesessen.«

Pat wollte eindeutig, daß die Geschworenen glaubten, sie habe kein Interesse an Paws und Nonas beträchtlichem Besitz und würde auch nicht verstehen, wie dieser verteilt werden sollte. Sie behauptete sogar, grundsätzlich nichts von solchen Dingen wie Testamenten und Zusätzen zu verstehen.

Weathers fragte Pat, ob sie sich daran erinnerte, ihre Geschäftsvollmacht für den Besitz der Allansons benützt zu haben. »Erinnern Sie sich, daß Sie Geld von dem Konto der beiden abgehoben haben?«

»Dazu bestand kein Grund«, erwiderte Pat.

»Erinnern Sie sich daran, daß Sie Geld bei der Fulton Federal Savings and Loan Association abgeholt haben, und zwar mittels eines Schecks, zahlbar für Walter und Mrs. Nona Allanson, datiert 23. Juni 1976, in Höhe von eintausend Dollar?«

Pat konnte sich zwar nicht daran erinnern, dieses Geld am nächsten Tag auf ihr eigenes Konto eingezahlt und dabei auf der Rückseite mit Walter Allanson und Patricia Allanson unterschrieben zu haben, aber sie räumte ein, daß die Unterschrift von ihr stammte.

Endlich sagte sie: »Also gut, das habe ich gemacht.« Sie versicherte, es für Nona getan zu haben. Nona wollte Bargeld. Pat wollte nicht zugeben, daß sie die tausend Dollar benützt hatte, um Toms Anwaltskosten zu bezahlen.

Weathers änderte seine Taktik und kehrte wieder zu der Methode zurück, mit der Walter Allansons Geständnis aufgezeichnet worden war. »Ist das eine genaue Wiedergabe dessen, was Walter Allanson Ihnen über die Vorgänge erzählt hat?«

»Es ist so genau, wie ich es nur machen konnte«, sagte Pat. »Ich glaube, ich habe nicht zu viele Worte verpaßt. Ich bin ... ich schreibe einfach langsam.«

»Sie kennen doch so viele Anwälte persönlich«, fuhr Weathers mit seiner tiefen, volltönenden Stimme fort. »Finden Sie es da nicht ungewöhnlich, daß Sie mit etwas so Bedeutendem nach einem langen Einkaufstag in eine Bank gehen und es zu Leuten bringen, die Sie nie zuvor gesehen haben? Sie sehen einfach mal vorbei und lassen ein Mordgeständnis notariell beglaubigen? Ist das nicht ein wenig weit hergeholt?«

Pat seufzte. »Es war kein langer Tag, weil wir den Einkauf erst am Nachmittag begonnen haben, und wir haben nur Lebensmittel besorgt und die Papiere unterschreiben lassen.«

»Und um das beglaubigen zu lassen, gehen Sie zu Leuten, die keinen von Ihnen kennen, und Sie sagen einfach: ›Unterschreibe, Paw, unterschreibe, Paw‹?«

»Das habe ich nicht gesagt.«

»Dann ist Mrs. Tichenors Erinnerung nicht korrekt?«

»Ich fürchte, ihre Erinnerung ist nicht korrekt.«

In ihrer bisherigen Aussage hatte Pat die Erinnerung vieler vorangegangener Zeugen fehlerhaft befunden, wozu Bill Hamner gehörte, Fred Reeves und Bob Tedford. Jetzt stellte sie auch die Aussage der Notarin Joyce Tichenor in Frage. Alle irrten sich, nur Pat nicht.

Weathers ging zu dem 28. Juni, dem Tag, an dem Nona Allanson ins South Fulton Hospital gebracht wurde, um auf eine Arsenvergiftung untersucht zu werden. Pat erinnerte sich nicht daran, daß Bob Tedford ihr gesagt hatte, in Paw Allansons Körper wäre Arsen gefunden worden. »Mr. Tedford erwähnte damals kein Arsen.«

Sie hatte soeben ihrer eigenen früheren Aussage widersprochen, ohne es zu merken.

»Sie wollen damit sagen, daß Mr. Tedford sich wieder nicht richtig erinnert?«

»Ich weiß nicht, woran Mr. Tedford sich erinnert... Es stimmte nicht, weil ich es schon früher im Krankenhaus herausgefunden hatte.«

Damit widersprach sie erneut ihrer eigenen Erinnerung. Weathers bemerkte es, ließ es jedoch durchgehen.

»Wenn Sie wußten, daß dieser Mann Arsen im Körper hatte«, sagte er. »Und wenn Sie diese Frau liebten, hätten Sie doch sofort dafür sorgen müssen, daß sie in ein Krankenhaus gebracht wird, damit ihr Leben gerettet werden konnte, da möglicherweise auch sie Arsen im Körper hatte.«

Erneut bestritt Pat, daß ihr jemand gesagt hatte, Nona könnte eine Arsenvergiftung haben.

Dunham McAllister erhob Einspruch und behauptete, Tedford habe in seiner Aussage Arsen nicht erwähnt, und er verlangte einen sofortigen Freispruch, weil die Staatsanwaltschaft die Anklage nicht bewiesen habe.

Weathers erwiderte: »Die Staatsanwaltschaft ist der Meinung, daß es sich um einen sorgfältig ausgeklügelten Plan handelte. Die Angeklagte hatte die Gelegenheit. Sie sagte bei Tedford aus, daß nur sie sich um die beiden alten Leute kümmerte. Sie war diejenige, die das Arsen hatte. Sie konnte am meisten gewinnen. Das Geständnis – das sogenannte Geständnis – wurde von Mr. Allanson in allen Punkten bestritten. Er sagt aus, er habe es nie abgelegt. Er hat weder seinem eigenen Sohn noch der Frau seines Sohnes etwas angetan. Wir sind der Ansicht, daß in diesem Fall ein sofortiges Urteil absolut nicht in Frage kommt, Euer Ehren.«

Richter Holt entschied gegen McAllister, und das Verfahren ging weiter. Weathers bat den Gerichtsschreiber, Bob Tedfords frühere Aussage vorzulesen. Das Verhandlungsprotokoll bestätigte Tedfords Aussage, er habe Pat am 28. Juni gesagt, der alte

Mann wäre mit Arsen vergiftet worden, und die alte Frau könnte ebenfalls Gift in ihrem Körper haben.

Pat hörte im Zeugenstand, wie ihre Aussage unterminiert wurde. Sie wirkte unbeeindruckt.

»Erinnern Sie sich daran, daß er Ihnen das sagte?« drängte Weathers.

»Nein, Sir.«

Weathers drängte noch stärker. »Welchen Zweck verfolgten Sie damit, dieser fast achtzig Jahre alten Frau zu sagen, ihre Krankenversicherung würde nicht bezahlen, wenn sie ins Krankenhaus ging?«

»Das habe ich nie gesagt.« Pat sah auch nicht ein, daß die Polizei sich um Nona Allansons Wohlergehen sorgte. Sie vermutete, daß es sich um einen Vormundschaftsstreit drehte.

»Sie behaupten, Tedford wäre einfach aufgetaucht und hätte gesagt: ›Wir bringen Mrs. Allanson ins Krankenhaus‹? Er hat nichts anderes gesagt, nur ›Gehen wir‹?«

»So ungefähr war das, ja, Sir.«

Pat ließ sich nicht von den offensichtlichen Abweichungen zwischen ihrer Aussage und den Aussagen von etlichen Zeugen der Anklage erschüttern. Sie wirkte gereizt und sah gelegentlich zu ihren Eltern, um Unterstützung zu suchen, aber sie geriet nicht ins Wanken. Weathers hatte durch seine geschickte Befragung das ›Fundament‹ seines ›Hauses‹ gelegt, und er arbeitete jetzt an dem Rest des Hauses. Ein bestimmtes Verhaltensmuster kam zum Vorschein. Selbst wenn Pat bei einer unbeschreiblichen, völlig unpassenden Antwort ertappt wurde, bestritt sie einfach, daß Schwarz Schwarz war. Sie zog sich von dieser unangenehmen Verhandlung zurück. Ihre Erinnerung, mit der sie so geprahlt hatte, wies plötzlich klaffende Lücken auf.

Weathers zwang sie dazu weiterzumachen. Seufzend berichtete sie, daß das Geständnis dreimal abgelegt wurde – in der Garage an der Washington Road, in dem Krankenhauszimmer des alten Mannes und in seinem Haus. Sie hatte es mit eigener Hand niedergeschrieben.

»Haben Sie dieses Schriftstück bei sich?« fragte Weathers plötzlich.

»Himmel, nein, Sir.«

»Sie haben es nicht?«

»Nein.«

»Wo ist es denn?«

»Weggeworfen, glaube ich. Ich weiß es nicht, wo es ist. Wahrscheinlich habe ich es weggeworfen, weil es ja nur meine Handschrift war.«

»Ein Mordgeständnis, das Sie nach dem Diktat des Täters schrieben, haben Sie weggeworfen?«

Pat wußte nicht, wo es war. »Er konnte meine Handschrift nicht gut lesen. Deshalb wurde es auf Maschine getippt. Und ich fand nicht, daß es einen Unterschied machte, wie es geschrieben war, so lange es nur richtig getippt war. Meine Mitschrift wurde benützt, um dieses Dokument zu tippen, das Sie in Ihrem Besitz haben. Das wurde von meiner Mitschrift abgeschrieben.«

»Die letzte Seite dieses Dokuments trägt die Unterschrift ›Walter Allanson‹«, sagte Weathers. »Warum haben Sie dieses Blatt aus der Schreibmaschine geholt und dann wieder eingespannt?«

»Ich habe Ihnen gesagt, Sir, daß ich es nicht getippt habe.«

Pat bestritt, in dem Raum gewesen zu sein, als Margureitte das Geständnis tippte, zumindest wäre sie nicht die ganze Zeit dagewesen. Die letzte Seite wurde auf einem alten Briefbogen getippt, der noch aus der Zeit übrig war, als ihre Mutter Sekretärin für die Dixie-Cup-Morgan-Pferdeschau gewesen war, aber Pat hatte keine Ahnung, wieso diese letzte Seite drei Tage bevor die erste Seite getippt wurde, datiert und beglaubigt worden war. Auf die Frage, ob sie meinte, daß Paw Selbstmord begehen wollte, sagte Pat, das wäre durchaus möglich. Aber sie konnte nicht erklären, wieso ein Mann wie Walter Allanson, der so viele Waffen besaß, sich nicht mit einer davon getötet hatte, wenn er schon Selbstmord begehen wollte.

»Erscheint es Ihnen nicht seltsam, daß der Mann sich durch Einnahme von Arsen über einen Zeitraum von sechs Monaten töten wollte?« fragte Weathers.

»Bei ihm erscheint mir nichts mehr seltsam«, sagte sie spröde, und Ironie schwang in ihrer Stimme mit.

Pat fühlte sich im Zeugenstand nicht mehr wohl. Sie starrte Weathers kalt an, als sie sagte, sie habe keine Ahnung, warum Paw beschlossen haben sollte, seine Frau, die er seit neunundvierzig Jahren liebte, langsam mit Arsen zu töten. Sie verstehe nichts von Arsen.

Weathers entfernte sich von ihr und wirbelte dann plötzlich zu ihr herum. »Ich habe beinahe vergessen, Sie etwas zu fragen, Ma'am. Sie sind doch diejenige, die Detective Tedford erzählte, daß Mr. Allanson eine ganze Handvoll Tabletten geschluckt hatte, und daß es ihm deshalb schlechtging?«

»Ich habe das vielleicht zu ihm gesagt, nachdem Dr. Jones es zu mir gesagt hatte.«

»Haben Sie es zu Detective Tedford gesagt?«

»Ich erinnere mich nicht.«

»Ma'am«, fragte Weathers genervt, »wie, um alles in der Welt, hätte Dr. Jones denn das sagen können? Er war doch gar nicht dort. Erinnern Sie sich nicht daran, daß seine Aussage doch nur darauf basierte, was Sie alle ihm im Krankenhaus erzählten? Er sagte aus, er habe Schwierigkeiten gehabt, den Mann dazu zu bringen, Tabletten zu nehmen. Erinnern Sie sich denn daran?«

»Ich erinnere mich an diese Zeugenaussagen. Vielleicht habe ich Ihre Frage nicht verstanden.«

»Haben Sie zu Detective Tedford gesagt, Mr. Walter Allanson habe eine ganze Handvoll Tabletten eingenommen und Whisky getrunken?«

»Das habe ich einmal zu ihm gesagt, ja.«

»Und erinnern Sie sich, daß Sie am 14. Juni zu Jean Boggs vor dem Haus sagten, sie hoffen, Walter Allanson würde sterben?«

»Nein, Sir, das habe ich nicht gesagt.«

Sie habe auch nicht zu Tedford an dem Tag, an dem die Ärzte im Krankenhaus meinten, Paw würde sterben, gesagt, daß der Großvater ihres Mannes versucht hatte, sie von der Straße abzudrängen, und daß sie um ihr Leben gefürchtet hatte.

»Nicht von der Straße abdrängen«, meinte sie verdrossen. »Ich habe zu ihm etwas anderes gesagt, aber nicht von der Straße abdrängen.«

»Und wenn wir zu dem Tod von Walter und Carolyn umschwenken«, fuhr Weathers fort, »stimmt es nicht, daß Sie kurz vor Walter Allansons Tod Anzeige erstatteten, weil Walter Allanson sich vor Ihnen entblößt hatte?«

»Ja, daran erinnere ich mich.«

»Wir sprechen von dem toten Walter Allanson. Erinnern Sie sich daran, daß Sie das getan haben?«

»Ja, ich glaube, ich habe es getan.«

»Sie glauben, daß Sie es getan haben... Sie haben die Anzeige erstattet, und Ihr Ehemann sagte: ›Ich bringe den Dreckskerl um‹?«

»Nein, Sir. Er sagte nichts, das ungesetzlich gewesen wäre.«

»Und um noch einmal die Tatsache festzuhalten – das ist meine letzte Frage an Sie – als diese beiden Personen im Jahr 1974 getötet wurden, saßen Sie in einem Jeep, nur zwei Blocks von dem Tatort entfernt?«

»Ich war entweder in einem Jeep oder in einer Arztpraxis.«

Weathers wandte sich ab. »Ich habe keine weiteren Fragen.«

37. Kapitel

Margureitte Radcliffe folgte ihrer Tochter in den Zeugenstand. Wohin Pat auch ging, ihre Mutter war dicht hinter ihr, stützte sie, räumte auf, sorgte für Ordnung. Hatte Pat sich wie eine Königin gegeben, war Margureitte eine Kaiserin. Gelassen und gefaßt blickte sie geradezu wohlwollend auf den Anwalt ihrer Tochter hinunter.

Ja, sagte sie zu McAllister, das fünfseitige Geständnis sei ihr sehr vertraut. Sie habe es ungefähr vor einem Jahr selbst getippt. Sie erinnerte sich daran, daß sie es getippt hatte, kurz nachdem sie und ihr Mann, Colonel Radcliffe, von dem Begräbnis seines Schwagers im Staat New York zurückgekehrt waren. Sie hatten sich darauf vorbereitet, zu einer glücklicheren Feier abzureisen, zu dem fünfzigsten Hochzeitstag eines ihrer Brüder.

Es gab nicht das kleinste Fünkchen in Pats Aussage, das ihre Mutter nicht unterstützte. Margureitte erinnerte sich an jede Einzelheit mit absoluter Klarheit. Sicher hatte Nona Allanson am 12. Juni 1976 in Panik angerufen und um Hilfe gebeten. Selbstverständlich hatte Nona gesagt, Paw habe versucht, sie zu ersticken, und dann habe er versucht, sie zu zwingen, etwas zu trinken, das *kein Kaffee* gewesen war.

Margureitte hatte das alles mit eigenen Augen gesehen.

Im Kreuzverhör wunderte Weathers sich darüber, wieso die Daten auf dem Geständnis dermaßen voneinander abwichen. Das wäre ihr Fehler, gab Margureitte zu. Sie hatte nicht auf den Kalender gesehen, als sie mit der Seite eins begann. Der Hochzeitstag, zu dem sie fahren wollten, war an einem Sonntag, aber die Feier war für einen Samstag angesetzt. Sofern Mr. Weathers einen Kalender von 1976 hatte, könnte er es wahrscheinlich erkennen.

Vielleicht aber auch nicht. Ein Blick auf einen Kalender von 1976 zeigte, daß der 16. April – der Tag, an dem das Geständnis notariell beglaubigt wurde – ein Freitag war.

»Finden Sie nicht, daß das mehr als ein paar Tage daneben lag? Meinen Sie, es war davor oder danach«, fragte Weathers.

»Es war davor – es war vor dem Zeitpunkt.«

»Sie meinen, Sie haben von achtzehn, siebzehn . . . rückwärts gezählt?«

»Ja«, antwortete Margureitte, ohne die verwirrten Blicke der Geschworenen zu bemerken. »Es war mehr . . . also, mit anderen Worten, ich habe kein Datum eingesetzt. Es wurde – nachdatiert, würde ich sagen. Das ist das richtige Wort. Das Datum wurde nachträglich eingesetzt. Sagt man da nicht ›im voraus‹?«

Sie gab keinen guten Grund an, wieso das Geständnis zwei verschiedene Daten trug. Die unausgesprochene Annahme war selbstverständlich, daß man Paw Allanson am 16. April gesagt hatte, er solle einige wichtige Dokumente unterschreiben, und daß das Geständnis drei Tage später von Mutter und Tochter, die zusammenarbeiteten, getippt worden war.

Margureitte hatte das Geständnis im Arbeitszimmer des Hauses an der Tell Road getippt. Im April 1976. Sie war absolut sicher, daß es im April gewesen war.

»Und wie war das mit Kürzungen? Haben Sie den Text nach den Notizen gekürzt?«

»Ich habe nichts gekürzt. Ich habe alles wörtlich abgeschrieben.«

»Sie haben von einer Vorlage abgeschrieben?«

»Das ist richtig, ja.«

»Und wer beschaffte Ihnen diese . . .«

»Meine Tochter, Mrs. Allanson.«

»Meine Frage lautet«, fuhr Weathers fort, »alles, was Sie hier geschrieben haben, wurde Ihnen von Pat Allanson beschafft?«

»Ich habe nichts verändert, wenn Sie das meinen.«

»Ich versuche gar nicht, das anzudeuten. Mit anderen Worten, Ihr gesamtes Wissen über diese Angelegenheit stammt von Ihrer Tochter?«

»Nein. Ich wußte schon vorher, daß Mr. Allanson gestanden hatte.«

»Wer hat Ihnen das gesagt?«

»Mrs. Allanson.«

»Mrs. Allanson sagte es Ihnen?«

»Ja.«

»Wann hatten Sie diese Unterhaltung mit Mrs. Allanson?«

»Ich kann Ihnen dafür kein genaues Datum nennen. Ich muß mich ganz an die Wahrheit halten. Ich muß absolut ehrlich sein.«

Margureitte Radcliffe war fünfundsechzig, nur siebzehn Jahre älter als die Tochter, die sie wie immer zu beschützen versuchte. Sie war nach wie vor schön, und sie hob ihren Kopf leicht an und betrachtete die Leute im Gerichtssaal mit ihrem ›Kristallblick‹. Es war sehr wichtig, daß man sie für wahrheitsliebend, perfekt ehrlich und immer korrekt hielt.

»War Ihnen klar, daß die beiden mit Arsen vollgepumpt

waren?« fuhr Weathers fort und benützte eine Ausdrucksweise, die Margureitte eindeutig schockierte. »War Ihnen auch klar, daß die beiden so viel Arsen in ihren Körpern hatten, daß es zum Tod geführt hätte?«

»Ich habe gehört, daß das Labor das festgestellt hat«, erwiderte Margureitte. »Ich glaube, ich habe letzte Woche den Laborbericht gesehen, aber davor nicht.«

Arsen war etwas, worüber Margureitte nicht freiwillig gesprochen hätte. Es fiel ihr offenbar schwer, aber Weathers kam immer wieder auf das Gift zurück. Er stellte fest, daß Margureitte Radcliffe eine Ausbildung als Krankenschwester besaß.

»Es müßte Ihnen eigentlich bekannt sein, daß Arsen zum Tod führt, wenn es in ausreichender Menge eingenommen wird?«

»Ich weiß über Arsen nur, daß es ein Gift ist. Ansonsten fehlen mir darüber sämtliche Kenntnisse.«

»Ich stelle Ihnen nur eine rein technische Frage. Ist Ihnen bekannt, daß Arsen ein Gift ist?«

»Ich möchte meinen, daß es sehr gefährlich ist. Ja, sehr gefährlich.«

Margureitte schob die unzähligen Fehler in dem Geständnis auf ihre eigene Unerfahrenheit. »Ich bin wirklich nicht besonders gut im Maschinenschreiben.«

Es gab noch einen Punkt, auf den Weathers hinaus wollte. Paws angebliches Geständnis enthielt zu viele Details über die Ermordung von Walter und Carolyn Allanson, um einfach frei erfunden zu sein. Es mußte von jemandem geschrieben worden sein, der dort gewesen war oder der erfahren hatte, was an jenem schrecklichen Abend geschehen war. Paw hatte nachdrücklich jegliche Beteiligung an den Morden abgestritten. Er hatte das Geständnis zurückgewiesen. Wer dann hatte es geschrieben?

Weathers ging bei dieser Frage sehr behutsam vor. An vielen Stellen des Geständnisses wurde auf Paw Allansons Sorge um seine Frau hingewiesen, auf seine Angst, Mama ›könnte wieder einen Schlaganfall‹ bekommen, wenn sie es erfuhr. Warum sollte Paw dann irgend jemandem erzählt haben, daß er ein Mörder war? Das hätte ihn doch gekostet, was ihm am liebsten war. Nona.

Margureitte Radcliffe bestätigte, daß Paw Allanson das Dokument eindeutig geheimhalten wollte, um seine kranke Frau zu schonen.

»Wenn also jemand von dem Geständnis erfuhr«, fragte Weathers, »dann sicher nicht von Walter Allanson, sondern von einer anderen Person?«

»Ich weiß nicht, ob ich Ihnen folgen kann«, sagte Margureitte langsam. »Könnten Sie diese Frage noch einmal stellen?«

»Gehen Sie davon aus, daß diese dritte Person in diesem Keller war oder sich in unmittelbarer Nähe des Tatorts befand, als der Doppelmord passierte, die genauen Details kannte und nicht um Mrs. Allansons Gesundheit besorgt war. Diese dritte Person könnte doch alles so niedergeschrieben haben, wie es passierte. Oder etwa nicht?«

»Ich kann Ihnen überhaupt nicht folgen.« Margureitte wurde rot.

»Ich ziehe die Frage zurück«, sagte Weathers.

»Ich verstehe nicht, was dieser Keller mit dem zu tun hat, worüber wir sprechen, Sir!«

Margureittes Aussage wurde an diesem Donnerstag im Mai 1977 durch die Mittagspause unterbrochen. Der Verteidigung war das durchaus recht. Das Gespenst eines anderen Verbrechens spukte durch Pats Prozeß. Und das war auch die eigentliche Crux dieses Prozesses. Der Doppelmord an Walter und Carolyn Allanson, den Paw Allanson angeblich gestanden hatte, jene Tat, die detailliert in diesem seltsamen Dokument voller Tippfehler und mit ›x‹ unleserlich gemachter Stellen beschrieben wurde. Tom Allanson saß wegen dieses Verbrechens im Gefängnis, aber Pat Allanson hatte im Zeugenstand ausgesagt, sie wäre in dem Moment der tödlichen Schüsse ›einen‹, ›anderthalb‹, ›zwei‹ oder vielleicht ›mehr als zwei‹ Blocks entfernt gewesen. Sie war in diesem Mordfall eine Verdächtige gewesen. Sie war nie angeklagt worden, aber dieser alte Fall warf immer noch eine Menge gefährlicher Fragen auf. Niemand auf seiten der Verteidigung in diesem Prozeß wollte, daß diese Fragen im Saal 808 gestellt wurden.

Bei Margureitte Radcliffes Aussage am Nachmittag ging es um das von ihr getippte Geständnis, die Wahl des Papiers, die durchgestrichenen Teile, die Art, in der sie das Papier in ihre Schreibmaschine eingespannt hatte – alles Fragen von Andy Weathers. Sie konnte sich nicht erinnern, in welcher Reihenfolge sie was getan hatte. Sie hatte keine Ahnung, ob man normalerweise auf einer Seite ganz oben begann, den Briefkopf löschte und weitermachte, oder ob man in der Mitte begann und danach den Kopf der Seite tippte. Erkannten die Geschworenen die Bedeutung der beiden unterschiedlichen Daten, der unterschiedlichen Randeinstellungen, der verschiedenen Papiersorten bei Paws Geständnis?

Weathers befragte Margureitte nach dem 26. Juli 1976, dem Tag, an dem sie und ihr Mann bei der Polizei von East Point mit ihrem Anwalt erschienen war, um eine förmliche Aussage über die Ereignisse in dem Haus an der Washington Road zu machen. Nur zwei Wochen nach ihren Erklärungen wurde Pat verhaftet und wegen Mordversuchs angeklagt. »Haben Sie bei dieser Aussage zu irgendeinem Zeitpunkt der Polizei, der Staatsanwaltschaft oder einer anderen Behörde gegenüber erklärt, Sie hätten ein Mordgeständnis getippt, das Walter Allanson unterschrieb?«

»Nein«, antwortete Margureitte.

»Ich habe keine weiteren Fragen.«

Colonel Clifford Radcliffe folgte seiner Frau in den Zeugenstand. Auf McAllisters Frage hin erinnerte er sich daran, die Whiskyflasche gefunden zu haben – *eine* Whiskyflasche, wobei er allerdings nicht sagen konnte, ob die als Beweisstück vorgelegte Flasche damit identisch war. Die Farbe der Verschlußkappe kam ihm jetzt anders vor. Er wollte aussagen, seine Frau habe ihn angewiesen, die Flasche auszuleeren.

Weathers erhob Einspruch, weil diese Aussage auf Hörensagen basierte.

Der Colonel erklärte hastig, Dr. Jones habe Mrs. Radcliffe gesagt, sie solle ihn, Clifford, anweisen, den Inhalt der Flasche wegzuschütten.

»Euer Ehren, das ist zweifaches Hörensagen.«

Nach längerem Gerangel zwischen den Anwälten ließ Richter Holt das erste Hörensagen zu, nicht jedoch das zweite. McAllister fragte, was der Zeuge mit der Flasche getan hatte.

»Ich roch an dem Inhalt«, erwiderte der Colonel. »Ich roch Alkohol und schüttete den Inhalt in die Toilette. Danach gab ich die Flasche meiner Tochter. Sie sollte sie zu den Medikamenten legen, die wir in dem Haus einsammelten, um sie Dr. Jones zu übergeben.«

Er stimmte mit seiner Frau und seiner Stieftochter überein, daß Nona Allanson am 12. Juni angerufen hatte, damit sie ihr zu Hilfe kamen.

»Hat sie bei Ihrer Ankunft Ihnen persönlich gegenüber etwas geäußert?« fragte McAllister.

»Ja, Sir. Wenn ich das sagen darf – nicht nur mir gegenüber, sondern auch später mehrmals anderen Leuten gegenüber, die in das Haus kamen.«

»Was äußerte sie?«

»Daß ihr Mann versucht hatte, sie zu töten.«

»Danke, Sir.«

Im Kreuzverhör ließ Weathers bewußt zu, daß die Geschworenen noch einmal die Geschichte von der verängstigten alten Frau hörten, von dem aggressiven Ehemann, der trank und Pillen hinunterschlang, von den drei Rettern, die von der Tell Road aus Nona Allanson zu Hilfe geeilt waren. Colonel Radcliffe erklärte, er habe nie wirklich gesehen, wie Paw Pillen nahm – das mochte er den Detectives gegenüber erklärt haben, aber er hatte sich korrigiert. »Ich habe es nicht selbst gesehen, aber auf der Küchentheke befanden sich offene Medikamentenbehälter.«

»Ich frage Sie«, ging Weathers plötzlich in die Offensive über, »haben Sie den Detectives, als sie da draußen eintrafen, erklärt, er habe eine Handvoll Pillen geschluckt?«

»Das nahm ich an, nachdem ich seinen Zustand gesehen hatte.«

Colonel Radcliffe hatte Bob Tedford beschuldigt, zu lügen und durcheinandergebracht zu haben, was er über die Tabletten ausgesagt hatte. Und jetzt führte er wieder eine Kehrtwendung durch.

Weathers führte den Colonel zurück zu dem 26. Juli, dem Tag seiner förmlichen Aussage. »Hatte Ihre Frau Ihnen zu jenem Zeitpunkt mitgeteilt, daß sie ein Dokument getippt hatte, das Walter Allanson unterschrieben und in dem er den Mord an seinem Sohn und seiner Schwiegertochter gestanden hatte?«

»Ich glaube, daß sie zu jenem Zeitpunkt andeutete, sie würde ein Dokument tippen.«

»Sahen Sie das Dokument?«

»Ich habe es gesehen, aber nie gelesen.«

»Sie wußten, daß Ihre Frau ein Dokument tippte, das angeblich ein Mordgeständnis war, aber *Sie haben es nicht gelesen?*«

»Das ist richtig, Sir.«

»Sie haben es zu jenem Zeitpunkt bei der Polizei *nicht einmal erwähnt.*«

»Wie, Sir?«

»Sie haben nicht erwähnt, daß es ein angebliches Mordgeständnis gab?«

»Ich erinnere mich nicht daran, es erwähnt zu haben.«

Weathers war erstaunt. Er trat etwas näher an den distinguiert wirkenden Colonel heran. »Also wirklich, Sir – ich bitte Sie, in Ihrem Gedächtnis zu forschen. Meinen Sie nicht, daß Sie sich daran erinnern müßten, ob Sie der Polizei sagten, Sie wüßten etwas über einen Doppelmord an einem Mann und seiner Frau, die in dem Keller ihres Hauses getötet wurden?«

»Sollte dies in meiner Aussage am 26. Juli zur Sprache kommen?« fragte Radcliffe.

»Ich habe Sie gefragt, ob Sie der Polizei gegenüber in Ihrer Aussage das Geständnis erwähnten.«

Colonel Radcliffe wirkte so ruhig wie ein See an einem windstillen Tag. »Ich glaube, ich habe tatsächlich ein Geständnis erwähnt.«

Er war in die Falle des Anklägers gegangen, ohne es zu merken. Er hatte das Geständnis der Polizei gegenüber nie erwähnt.

Fanny Kate Cash war die nächste Zeugin der Verteidigung. Als Nachbarin von Pat versuchte sie verzweifelt – und viel zu offensichtlich –, der Angeklagten zu helfen. Ihre Zeugenaussagen waren ebenso unergiebig wie kurz darauf die von Pats Tochter Debbie.

Die Verteidigung schloß ihre Beweisaufnahme ab, ohne Tom Allanson in den Zeugenstand zu rufen. Während die Zuschauer hartnäckig auf ihren Plätzen ausgeharrt hatten in der Hoffnung, Tom zu sehen, war er schon längst in das Gefängnis von Jackson zurückgekehrt. Dunham McAllister vermied alles, das seine Mandantin mit den Doppelmorden am Norman Berry Drive im Jahr 1974 auch nur entfernt in Verbindung brachte. Wäre Tom im Zeugenstand erschienen, hätte Andy Weathers bei seinem Kreuzverhör einen Festtag gefeiert.

Zum Bedauern der Verteidigung rief Weathers einen früheren Stellvertretenden Staatsanwalt des Fulton Countys in den Zeugenstand: William Weller, der einst Tom angeklagt hatte. Weller hatte vor kurzem die Staatsanwaltschaft verlassen, um in einer Privatpraxis zu arbeiten, und war jetzt Vorsitzender der Strafrechtsabteilung der Anwaltskammer von Atlanta.

Obwohl Paw Allansons Geständnis bereits weitgehend entkräftet worden war, wollte Weathers den Geschworenen zeigen, daß der alte Mann unmöglich seinen Sohn und seine Schwiegertochter erschossen haben konnte, und daß Pat versuchte, ihn zu opfern, um ihren Ehemann freizubekommen. Gegen McAllisters heftige Einsprüche zeichnete Weller eine Skizze des Kellers am Norman Berry Drive und zeigte auf die Küchentreppe und das ›Loch‹. Er erinnerte sich, wie er das Innere dieses Unterschlupfs untersucht und überall Spuren von Kugeln gefunden hatte.

Bill Weller sagte aus, daß sich der untere Rand dieses Lochs in der Mauer mindestens in der Höhe seiner eigenen Taille befand. »Es war nicht so einfach für mich als junger Mann, mich hochzustemmen und in dieses Loch zu klettern«, sagte Weller. »Es war überhaupt sehr schwierig, sich in diesem Keller zu bewegen, weil so viel Gerümpel angesammelt war.«

Weathers hatte seinen Standpunkt klargemacht: Es war ausgeschlossen, daß Paw mit fast achtzig Jahren getan hatte, was das Geständnis besagte – nämlich in diesem Keller herumzulaufen, der mit Gerümpel angefüllt war, und sich dann nur mit der Kraft seiner Arme hochzustemmen und geschickt durch das Loch in der Wand zu springen.

»Könnte dieses Geständnis möglicherweise benützt werden, um einen neuen Prozeß zu erreichen?« fragte McAllister ihn im zweiten Kreuzverhör.

»Ja, Sir.«

»Sie antworten mit ›ja‹. Ihrer Meinung nach könnte man es also benützen, um einen neuen Prozeß zu erlangen?«

»Fast alles kann man benützen, um einen neuen Prozeß zu erlangen.«

McAllister versuchte es noch einmal. Er wollte bei den Geschworenen nicht den Eindruck bestehen lassen, Paws Geständnis hätte Tom wirklich helfen können, aus dem Gefängnis zu kommen. Er mußte unbedingt dieses Motiv aus Pats Prozeß ausschließen. »Falls die Person, die dieses Geständnis abgelegt hat, tot wäre«, fragte Weller, »würde dann das Geständnis in diesem neuen Prozeß zulässig sein?«

»Falls der Richter es hören will« erwiderte Weller ungerührt und zerstörte damit McAllisters Hoffnung, daß ein toter Paw Allanson für Pat nutzlos gewesen wäre. »Der Richter besitzt die volle Entscheidungsgewalt, was er in einem neuen Prozeß machen will.«

Weathers trat vor, um die Verteidigung noch weiter in die Enge zu treiben. »Falls ein Richter in einem neuen Prozeß dieses Geständnis nicht anerkennen will, Mr. Weller, und falls Mr. Walter Allanson nicht persönlich anwesend wäre, könnten dann nicht alle Anklagepunkte noch am selben Tag fallengelassen werden, und er (Tom) könnte das Gefängnis schon am nächsten Tag verlassen, falls der Richter dies für richtig hält?«

»Ja, wenn der Richter das so entscheidet«, stimmte Weller zu.

McAllister wollte noch nicht aufgeben. »Sie wollen damit sagen, daß nach dem Gesetz von Georgia ein Oberrichter in einer Verhandlung uneingeschränkte Macht besitzt?«

»Ja, Sir«, bestätigte Weller.

»Aber eine Erklärung wie die vorliegende wäre doch unzulässig, oder?«

»Generell wäre sie nach dem Gesetz unzulässig«, sagte Weller. »Aber es kommt darauf an, wofür Sie die Erklärung benützen wollen. Wenn man sie für eine Anfechtung benützt, könnte sie zulässig sein. Benützt man sie als direkten Beweis, wäre sie wahrscheinlich je nach den Umständen unzulässig.«

Die Zeugenaussagen in Pat Allansons Prozeß endeten am Donnerstag, dem 5. Mai, gegen 19 Uhr.

Die Schlußplädoyers begannen am Freitagmorgen mit Andy Weathers, der das vernichtende Bild einer gewissenlosen Frau entwarf, die bewußt einen Doppelmord geplant hatte. Er bot keine Augenzeugen an. »Meine Damen und Herren, wenn jemand einen Mord plant und kaltblütig genug vorgeht, um Arsen in das Essen und in die Getränke von Menschen zu mischen, kann die Staatsanwaltschaft niemanden aufbieten, der dabei zugesehen hat. Solche Täter sind viel zu vorsichtig.«

Weathers führte die glatten Lügen, die Ausflüchte und die Unterlassungen an, die in allen Erklärungen von Pat Allanson auftauchten. Er war ein Staatsanwalt, der für gewöhnlich nur fünf Minuten für ein Schlußplädoyer brauchte, aber diesmal sprach er viel länger, weil so viele Teile der Verteidigung einfach nicht zusammenpaßten.

Dunham McAllister behauptete, die Staatsanwaltschaft habe diesen Fall nicht über jeden berechtigten Zweifel erhaben bewiesen. Wieso hatte Nona nicht ausgesagt? Wo waren die Tests von Paws Magensäften? Warum war sein Mageninhalt nicht aufgehoben worden? War Walter Allanson nun schwach oder stark? Da Toms Cousins noch immer ein Sechstel des Vermögens der alten Allansons erhielten, wenn auch mit Pat als Testamentsvollstrecker, bewies das denn nicht, daß Pat nicht hinter der dreimaligen Veränderung der Testamente gesteckt hatte?

McAllister kämpfte hart und konzentrierte sich auf relativ kleine Punkte, um die Aufmerksamkeit von den klaffenden

Löchern in Pats Aussage abzulenken. Er ging sogar so weit zu behaupten, daß laut Aussage von Experten niemand wußte, ob Arsen ein Gift oder ein Medikament war, und daß die Vergiftung der Allansons möglicherweise ›nur ein einfacher und schlichter Unfall‹ war. Er führte diese bizarre Theorie weiter aus: »... und dann nimmt er (Paw) eine Überdosis von Medikamenten, tut seltsame Dinge und versucht, Mrs. Allanson etwas einzugeben. Vielleicht versucht er, ihr Alkohol einzuflößen, in dem sich Arsen befindet. Das ist nur eine Möglichkeit.«

McAllister war ein ausgezeichneter Strafverteidiger. Immer wieder erinnerte er die Geschworenen daran, daß sie *sicher* sein mußten. »Zwölf Personen müssen in diesem Falle alle anderen Personen ausschließen und erklären, daß nur diese Frau dort schuldig sein kann. Sie müssen entscheiden, ob sie alle anderen möglichen Schuldigen ausschließen können oder nicht.« Er behauptete, die Staatsanwaltschaft habe es nicht geschafft, Pat Allansons Schuld mit moralisch vertretbarer Sicherheit zu beweisen. Sollten ihm die Geschworenen zustimmen, würde Pat frei ausgehen.

Es war fast vorüber. Andy Weathers erhob sich noch einmal, um zum letzten Mal zu sprechen. Es wäre schlichtweg lächerlich, behauptete er, den alten Walter Allanson als Killer zu betrachten – ob nun mit Schrotflinte oder mit Gift. Pat Allanson war die Schuldige, eine Frau, die zuerst versucht hatte, ein gefälschtes Geständnis unterzuschieben, um ihren Mann aus dem Gefängnis herauszuholen, und dann versucht hatte zu morden, um ein Vermögen zu erben. Und es war ein Vermögen. Die Boggs-Kinder würden nur einen kleinen Teil des Treuhandvermögens erhalten. »*Sie* hat die Geschäftsvollmacht. *Sie* braucht keine Rechenschaft abzulegen. Wenn sie das Treuhandvermögen verschwinden läßt, erben die Boggs-Kinder gar nichts. Das ist das Motiv«, schloß Weathers. »Sie erbt alles. Pat Allanson ist schuldig im Sinne der Anklage. Sie ist jetzt in diesem Prozeß schuldig. Und sie war nur einen Block entfernt, als ihr Mann in diesem Keller war und die Morde beging. Und dann ist da dieses Geständnis. Sie können darin lesen, daß Tom Allanson bei der Tat angeblich anwesend war. Hier steht, daß er im Keller war, als sein Großvater die Morde beging. Meine Damen und Herren, wenn Tom Allanson dabei war und es bestätigen könnte, und wenn seiner Frau der Prozeß gemacht wird, warum, in Gottes Namen, hat die Verteidigung ihn nicht in den Zeugenstand gerufen?«

Ja, warum nicht? Es war anzunehmen, daß Tom nicht in den Zeugenstand gerufen worden war, weil er sich geweigert hatte, über seinen Großvater Lügen zu erzählen. Ja, er wollte unbedingt aus dem Gefängnis herauskommen. Und er wollte nicht erleben, daß seine Frau verurteilt und ins Gefängnis gesteckt wurde. Aber er liebte den alten Paw, und er wollte nicht lügen und seinen Großvater als Mörder abstempeln – nicht einmal, um seine eigene und Pats Haut zu retten.

Vielleicht hatte die Frau, der man hier den Prozeß machte, ihren Mann unterschätzt.

Dunham McAllister war über Weathers' letzte Behauptung empört. Er verlangte, daß die Frage, weshalb Tom nicht ausgesagt hatte, aus dem Protokoll gestrichen wurde und daß die Geschworenen angewiesen wurden, sie nicht zur Kenntnis zu nehmen.

Erneut kämpften die beiden Juristen miteinander.

Andy Weathers gewann.

»Meinetwegen soll das der Oberste Gerichtshof entscheiden«, bellte Richter Holt. »Ich werde nichts dazu sagen. Ich lehne Ihren Einspruch ab.«

»Für das Protokoll«, sagte McAllister, »darf ich einen Antrag auf fehlerhafte Prozeßführung stellen?«

»Ja, Sir – und ich lehne auch Ihren Antrag auf fehlerhafte Prozeßführung ab.«

Die Geschworenen gingen zum Mittagessen. Sie sollten mit ihrer Beratung am Freitag, dem 6. Mai 1977, um 14 Uhr 45 beginnen.

38. Kapitel

Susan Alford hatte schreckliche Angst, man könnte ihre Mutter ins Gefängnis stecken. Sie war wütend auf Dunham McAllister, weil er die Verteidigung nicht auf einer Geisteskrankheit aufgebaut hatte. Sie hielt ihre Mutter für drogensüchtig und war überzeugt, daß sie in ein Krankenhaus und nicht ins Gefängnis gehörte. Doch jetzt war es zu spät. Die junge Stewardeß der Eastern Airlines, ihre Freundin Sonja Salo – ebenfalls Stewardeß bei Eastern, die jedoch für ein Jurastudium sparte – und ihre Schwester Debbie warteten zusammen mit Pat, Boppo und Papa auf die Entscheidung der Geschworenen. Mr. McAllister hatte sie gewarnt, es könne lange dauern, und wenn das der Fall war, dann war es ein gutes Zeichen. Wenn Geschworene schnell zurückkamen, hatten sie den Angeklagten normalerweise für schuldig befunden.

Je länger, desto besser.

Susan hatte eine schlimme Vorahnung.

Pat, Sonja und Susan gingen in ein Lokal, um etwas zu essen. Pat bestellte ein Mittagessen und Eistee, aber Susan und Sonja konnten nichts essen und bestellten nur etwas zu trinken. »Wir hatten gräßliche Angst«, erinnerte sich Susan. »Ich fühlte es in allen Knochen, daß dies das letzte Mal war, daß wir so zusammen waren. Ich dachte ständig, daß meine Mutter in dieser Nacht schon im Gefängnis schlafen könnte. Ich wußte nicht, wie sie es überleben sollte, wenn sie schuldiggesprochen wurde.«

Pat selbst schien nicht zur Kenntnis zu nehmen, daß ihr Schicksal auf der anderen Straßenseite im achten Stock entschieden wurde.

Sie eilten zurück auf den Korridor vor dem Gerichtssaal 808. Nach zwei Stunden Beratung rief Richter Holt die Geschworenen herein und fragte sie, ob sie einen vernünftigen Fortschritt in Richtung eines Urteils gemacht hatten. Sie meinten, daß dies der Fall war. Er ließ ihnen wegen des Abendessens die Wahl. Wenn sie auswärts essen wollten, mußten sie gemeinsam in einem Bus fahren. Das würde fast zwei Stunden dauern. Oder sie konnten sich Varsity-Hot-dogs bringen lassen.

Die Geschworenen entschieden sich für letztere Möglichkeit.

Susan zuckte zusammen. Ihre Mutter liebte Varsity-Chili-dogs. Pat war, was ihre Vorlieben beim Essen anging, gleichzeitig kindlich und wählerisch. Lieber Himmel, dachte Susan, falls ihre Mutter ins Gefängnis kam, gab es da wahrscheinlich nichts, das sie essen konnte. Sonja Salo stimmte zu. Sie fand, daß Pat einer der nettesten und zerbrechlichsten Menschen war, die sie je kennengelernt hatte. Sie hatte nur die hellen Seiten von Pats Persönlichkeit gesehen. Als sie Pat im Krankenhaus besuchte, hatte sie Pat sehr tapfer gefunden. Sonja hatte Pat zu ihrem Idol erhoben. Obwohl sie selbst nur sehr wenig Geld verdiente, hatte sie Erdnußbutter-Sandwiches gegessen, um Pat ein Abendessen, bestehend aus Steak, gebackener Kartoffel und Salat, ins Krankenhaus zu bringen. Sie machte sich ebenso viele Sorgen wie Susan. Es war unglaublich, daß die Frau, die vor anderthalb Jahren dem Tod so nahe gewesen war, jetzt gesund genug sein sollte, um vor Gericht gestellt zu werden.

Sie warteten. Draußen war es Freitagabend, der Beginn des Wochenendes. Drinnen schien die Zeit stillzustehen. Boppo rauchte pausenlos, ebenso Debbie, die sich eine Zigarette an der anderen ansteckte. Aber Boppo hatte immer viel geraucht. Fernsehteams warteten zusammen mit ihnen und hielten sich jederzeit bereit. Vor etwas mehr als sieben Stunden hatten sich die Geschworenen zur Beratung zurückgezogen, aber man mußte das Mittag- und das Abendessen abziehen. Die eigentliche Beratung hatte nur ungefähr vier Stunden gedauert. Fünf Minuten vor neun rief Richter Holt die Geschworenen in seinen Gerichtssaal, um festzustellen, ob sie an diesem Abend eine Entscheidung erreichen konnten. Falls nicht, wollte er sie bis zum nächsten Morgen entlassen.

Robert Hassler war zum Obmann der Geschworenen gewählt worden. Er erklärte, sie hätten gerade eine Frage stellen wollen. Sie brauchten Erklärungen für die Begriffe ›Indizien‹ und

›Hypothese‹, die in der fünften Anweisung an die Geschworenen angeführt wurden. »Um eine Verurteilung aufgrund von Indizien zu erreichen, sollten die bewiesenen Fakten nicht nur die Hypothese der Schuld unterstützen, sondern sie sollen jede andere berechtigte Hypothese ausschließen, ausgenommen die Hypothese der Schuld der Angeklagten.«

Richter Holt las die Anweisung noch einmal vor und erklärte sie den Geschworenen.

Susan fühlte, wie kalter Schweiß über ihren Rücken lief. Sie wußte Bescheid. Vielleicht lag es an dem Ausdruck auf den Gesichtern der Geschworenen. Vielleicht lag es an der Frage. Die Geschworenen fragten im Klartext, wann sie sicher sein konnten, daß jemand *schuldig* war.

Boppo steckte sich die nächste Zigarette an, und Papa ging auf und ab.

Um 21 Uhr 08 klingelten die Geschworenen nach dem Gerichtsdiener. Um 21 Uhr 10 kehrten sie in den Gerichtssaal zurück. Sie hatten ihr Urteil gefunden. Mr. Hassler reichte das handschriftliche Abstimmungsergebnis an den Gerichtsdiener weiter, der es Richter Holt aushändigte. Das Gesicht des Juristen zeigte keinen Ausdruck, als er das Blatt betrachtete. Dann sagte er: »Hier fehlt das Datum.« Die Zuschauer im Saal stießen langsam den angehaltenen Atem wieder aus, als das wichtige Dokument an die Geschworenen zurückgereicht wurde. Robert Hassler schrieb das Datum darauf. ›6. Mai 1977‹.

Erneut wanderte es durch zwei Hände und wurde dann an Andy Weathers weitergereicht. Pat stand mit steif durchgedrücktem Rücken da, die Augen geradeaus gerichtet, während sich der Ankläger vorbereitete, das Urteil zu verlesen. Nur der Puls an ihrem Hals verriet sie. Ihr Herz hämmerte so heftig, daß die wertvolle Kamee an der goldenen Halskette leicht hüpfte.

Weathers räusperte sich. »Zu Punkt 1: Wir, die Geschworenen, befinden die Angeklagte für schuldig.«

Pat zeigte überhaupt keinen Ausdruck. Sie schwankte nicht. Sie fiel nicht in Ohnmacht.

»Zu Punkt 2: Wir, die Geschworenen, befinden die Angeklagte für schuldig.«

Debbie brach in lautes Schluchzen aus und schrie »Nein!« Boppo drängte, wie sie das immer getan hatte, ihre eigenen Gefühle in den Hintergrund und umarmte ihre Enkelin in dem vergeblichen Versuch, sie zu trösten. Susan weinte leise, und Sonja Salo wandte sich an sie, um ihr zu helfen. Colonel Radcliffe sah wie vom Blitz getroffen drein. Der Gerichtssaal 808 war von Schluchzen und gepeinigten Ausrufen erfüllt, aber die schuldiggesprochene Frau schien unter Schock zu stehen. Pat, die stets bei dem kleinsten emotionalen Druck zu Boden geglitten war, stand reglos da wie ein Baum.

Richter Holt erteilte eine ernste Verwarnung. »Jeder, der sich nicht beherrschen kann, muß sofort den Gerichtssaal verlassen.« Niemand ging, aber das Weinen wurde leiser. Richter Holt war bereit, Pat sofort das Strafmaß zuzuteilen. Dunham McAllister erhob sich und bat um einen Aufschub. Er brauchte Zeit. Er war sicher, daß es mildernde Umstände in den Richtlinien für die Bemessung des Strafmaßes gab, aber er hatte keine Zeit gehabt, entsprechende Nachforschungen zu betreiben. Er war auf eine solche Entwicklung nicht vorbereitet gewesen.

Richter Holt war keineswegs erfreut. »Sie müssen damit gerechnet haben«, sagte er.

»Ich habe keine Entschuldigung. Ich bitte Sie um Nachsicht bei der Gewährung eines Aufschubs.«

»Ich kann es nicht am Montag machen. Ich habe zwei Wochen mit Zivilfällen. Das Strafmaß wird am 16. Mai verkündet.«

McAllister wollte darum bitten, daß seine Mandantin auf freiem Fuß die Verurteilung erwarten durfte, doch Richter Holt entschied bereits, bevor er seinen Antrag vollständig formuliert hatte. »Nein. Mache ich das für einen Angeklagten, muß ich es allen gewähren. Das kommt nicht in Frage. Das erzeugt nur Schreibarbeit für mein Büro, für die Staatsanwaltschaft und jedes andere Büro, das damit zu tun hat. Die Angeklagte ist in Haft zu nehmen. Haben Sie das verstanden?«

Deputies traten mit Handschellen auf Pat zu. Sie wandte sich an ihre schluchzende Familie, während sie sich hölzern Handschellen anlegen ließ. Sie sah so hübsch in dem Kleid aus, das sie selbst gemacht hatte, diesmal in Avocado und Creme. Ihre grünen Augen waren vor Angst weit aufgerissen und hoben sich von ihrer schneeweißen Haut ab. Ihre Töchter weinten. Die Radcliffes waren wie betäubt, aber natürlich brachen sie nicht zusammen. Hilflos sahen sie zu, wie Pat verschwand. Es konnte einfach nicht sein, daß ihre Tochter ins Gefängnis kam, um dort die ganze Nacht zu verbringen.

Jean und Homer Boggs gratulieren Andy Weathers, und die Anwälte sammelten ihre Papiere ein. Als Weathers sich abwenden und gehen wollte, lief Boppo hinter ihm her. »Sir! Sir!« rief sie. »Sie haben einen schrecklichen Fehler gemacht!« Weathers schüttelte leicht den Kopf und ging weiter.

Die Fernsehkameras fingen alle Gefühlsausbrüche ein, doch das wußten Pats Angehörige erst, als sie ihre eigenen Bilder in den Elf-Uhr-Nachrichten sahen. »Ich fühlte mich wie tot«, erinnerte sich Susan. »Sonja versuchte, mich aus dem Gerichtssaal zu führen.«

Auf Richter Holts Anordnung schaltete der Gerichtsdiener bereits die Lichter aus.

Am 16. Mai drängte Andy Weathers Richter Holt, Pat Allanson das härteste mögliche Strafmaß zuzuweisen. »Sie nahm den Allansons alles, was sie hatten, sogar ihre geistigen Fähigkeiten... Eine Arsenvergiftung ist eine der schmerzhaftesten Todesarten für einen Menschen... Es war ein brutaler Plan. Sie zeigte keinen Funken Mitleid mit diesen beiden Menschen, die sie einen nach dem anderen töten wollte. Und die beiden wären gestorben, wäre das Verbrechen nicht entdeckt worden. Ich finde nicht, daß man der Angeklagten irgend etwas zugutehalten kann. Es war ein eiskaltes Vorhaben. Ein genau berechneter Plan. Die beiden wären Schritt für Schritt gestorben, hätte sie die Tat bis zum Ende durchführen können. Die Opfer litten große Schmerzen... Ich bitte das Gericht um einen Schuldspruch, der dieser Brutalität angemessen ist.«

Dunham McAllister erinnerte den Richter daran, daß »die

Beweise nur eine einzige Vergiftung bei Mrs. Allanson und zwei bei Mr. Allanson klar ergaben. Darüber hinaus gibt es keine weiteren Beweise.« Er bat darum, daß Pats medizinische Probleme in Betracht gezogen wurden. »Ich möchte das Gericht bitten, ein mildes Urteil zu fällen und Bewährung in Betracht zu ziehen, da Mrs. Allanson ein Mensch ist, bei dem eine Bewährungsfrist sinnvoll erscheint.«

Richter Holt war offenbar nicht seiner Meinung. Er verurteilte Patricia Vann Radcliffe Taylor Allanson zu zweimal zehn Jahren Gefängnis, die hintereinander verbüßt werden mußten. Nach den Gesetzen von Georgia war dies die härteste Strafe, die er verhängen konnte. Pat starrte ihren Anwalt an, als habe sie nichts verstanden. Das war doch sicher ein Fehler! Bestimmt sagte der Richter nur, daß er ihr so viel geben *könnte*. Er meinte doch nicht im Ernst, daß er sie wirklich für so lange ins Gefängnis schickte!

Dunham McAllister gab grimmig bekannt, daß er in die Berufung gehen wollte.

»Darüber kann ich jetzt nicht entscheiden«, erwiderte Holt. »Sie können den Antrag stellen. Ich werde darüber entscheiden, sobald ich kann.«

Nur drei Jahre waren vergangen, seit Pat in den Allanson-Clan eingeheiratet hatte, und in diesem Zeitraum war die Familie nahezu ausgelöscht worden. Walter und Carolyn waren tot. Tom war wegen ihrer Ermordung im Gefängnis. Und seine Kinder waren adoptiert und für ihn verloren. Paw und Nona würden bis zu ihrem Tod Arsen im Körper haben. Sie würden das Gift nie wieder loswerden. Jean war aus dem Kreis ihrer eigenen Familie hinausgedrängt worden. Die wenigen Allansons, die noch lebten und sich auf freiem Fuß befanden, waren voll von Zweifeln und Vorwürfen.

Pat hatte wie eine zerbrechliche, abhängige Frau gewirkt, als sie sich in die Mitte dieser Familie drängte, aber sie hatte jeden noch so kleinen Funken einer Mißstimmung zu glühender Kohle der Feindschaft und des Mißtrauens angefacht, so daß der geringste Lufthauch genügte, um einen Brand zu entfachen.

Sie hatte Tom Liebe versprochen, wie er sie nie zuvor erlebt hatte. Er hatte in ihren Augen das Paradies zu sehen geglaubt und sie zur Frau genommen. Und sie hatte beinahe ihn und alles zerstort, das er liebte. Er ware besser dran gewesen, hatte er sich in einen Vulkan gestürzt.

Toms Eltern hatten Pat verachtet, aber ihre eigene Familie liebte sie über jedes vernünftige Maß hinaus. Margureittes Hingabe an ihre Tochter verzieh blindlings alles. Und es war nicht nur Margureitte. Pat hatte seit ihrer Geburt Liebe und Aufnahme gefunden, wohin sie sich auch wandte. Mama Siler und alle ihre Tanten beteten sie an. Gil liebte sie noch immer, obwohl sie ihn verbannt hatte, ohne ihm einen Grund zu nennen. Susan und Debbie und Ronnie hingen an ihrer Mutter und übersahen ihre exzentrische Art und ihre Gier.

Pats Familie war im Zentrum zerbrochen, ihre Struktur war mit jeder neuen Katastrophe schwächer geworden, und sie war brüchig wie billiger Weihnachtsschmuck. Wo Pat auch herging, hinterließ sie Tränen, Zank und Tod. Sie war der Katalysator für Tragödien, ein böses Genie, das die Verletzbarkeit anderer Menschen erkannte. Unbeirrbar fixierte sie sich auf eine Schwäche und grub und bohrte, bis etwas oder jemand zusammenbrach. Konnte sie nicht glücklich sein, sollte niemand Freude finden.

Mama Siler hatte die anderen Enkel vernachlässigt, damit Patty das Beste von allem haben konnte. Kent hatte Selbstmord begangen und war jetzt über ein Jahrzehnt tot. Boppo und Papa hatten nie ein eigenes Leben gehabt. Sie hatten das Haus am Dodson Drive und jetzt sogar die Farm an der Tell Road verloren. Sie waren bankrott. Ronnie war von Gil ferngehalten worden, als er einen Vater am meisten brauchte, und Pat gab ihm alles, was er wollte, so lange er nur für sie da war. Pat hatte sich in Debbies Ehe eingemischt, bis sie hoffnungslos zerstört war. Bill Alford, der die Gefahr erkannte, hoffte, Susan und Sean wegholen zu können, bevor es auch für sie zu spät war.

Bis zu diesem Moment war Pat jedesmal ungeschoren davongekommen, welchen Aufruhr sie auch immer angezettelt haben mochte, und sie war so mit sich selbst beschäftigt gewesen, daß sie nicht einmal sah, welchen Schaden sie angerichtet hatte.

Doch jetzt wurde sie gezwungen, sich damit auseinanderzusetzen, was sie getan hatte. Sie war neununddreißig Jahre alt, und sie wanderte ins Gefängnis.

Das konnte nicht sein. Das war nicht fair. Es war, wie ihre Mutter Mr. Weathers zugerufen hatte, ›ein schrecklicher Fehler‹.

39. Kapitel

Pat sollte ihre Strafe im Hardwick Correctional Institute in Milledgeville, einst die Hauptstadt des Staates Georgia, verbüßen. Südöstlich von Atlanta und zwischen dem Oconee National Forest und dem Lake Sinclair gelegen, war Hardwick tatsächlich ein Gefängnis, auch wenn es von außen wie eine vornehme Mädchenschule der Südstaaten in einer grünen Hügellandschaft wirkte. Ein gewaltiger Baum wuchs davor, warf Schatten auf die Tische im Freien und heiterte den trostlosen Anblick des Stacheldrahtzauns ein wenig auf. Es war ein neues Gebäude, dessen beigefarbener Verputz farblich auf die Kluft der Gefangenen abgestimmt zu sein schien.

Der Gefängnistrakt war klein – zu klein. Viele Häftlinge schliefen in Wohnwagen hinter dem Gefängnis. Man konnte sich nicht frei bewegen, und Pats Tage wurden durch Regeln und die Zeitpläne anderer Leute bestimmt. Das Essen war schwer verdaulich, die Laken waren rauh, und die Gefangenen stammten zum überwiegenden Teil aus Verhältnissen, die Pat fremd waren.

Sie haßte das alles.

»Auch wenn die Mauern hübsch gestrichen sind und es von außen nett aussieht«, erklärte sie ihren Angehörigen, »laßt euch nicht täuschen. Es ist dennoch ein Gefängnis. Man wird hier entwürdigt.«

Margureitte und Clifford Radcliffe fuhren getreulich an

jedem Wochenende die achtzig Meilen nach Hardwick. Nicht im Traum hätten sie daran gedacht, einen Besuchstag zu versäumen. Wenn die Radcliffes oder Pats Kinder zu Besuch kamen, wurden sie als erstes durchsucht, und alles, was sie mitbrachten, wurde von einer Aufseherin geprüft. Wenn Pat heruntergebracht wurde, um sie zu sehen, ließen die Aufseherinnen sie in ein kleines Bad neben dem Besuchsraum treten und führten eine Leibesvisitation durch – als wäre sie eine ›gewöhnliche Kriminelle‹, wie sie sagte. Sie hatte immer sehr über die vielen kleinen Demütigungen gestaunt, die Tom im Gefängnis erlitten hatte, und ihn oft um Detailschilderungen gebeten. Jetzt erfuhr sie am eigenen Leib, wie es war, eingesperrt zu sein.

Pat überzeugte die Gefängnisaufsicht rasch davon, daß ihre gesundheitlichen Probleme es für sie unmöglich machten, in der Küche zu arbeiten. Sie konnte nichts Schweres heben, und der Geruch der Gefängniskost erregte bei ihr Übelkeit. Die Gefängnisküche verarbeitete eine Menge Fisch aus dem nahen Lake Sinclair – Fisch, von dem Pat glaubte, er wäre durch die Umweltschäden vergiftet. Der Rest des Essens bestand aus dem in allen Gefängnissen unvermeidlichen Haferschleim, grobem Maismehl, Kartoffeln, Spaghetti, Makkaroni, Reis und schwerem Brot, das von Häftlingen gebacken und mit fettiger Margarine bestrichen wurde.

»Das ist alles nichts weiter als Müll«, beklagte sie sich bei ihren Eltern. »Das esse ich nicht. Viele Frauen werden von dem Fisch krank, und das Fleisch ist verdorben.« Pat erzählte ihnen sogar, sie würde bis zum Wochenende fasten. Boppo brachte jedesmal eine Kühltasche voll Essen mit. Wenn eine Aufseherin gelegentlich Einwände gegen einen Behälter oder ein Besteckteil hatte, meinte sie: »Aber das macht doch sicher nichts aus!«

Bei jedem Besuch hatten Boppo und Papa für Pat ein großes Steak aus einem Bonanza-Lokal dabei, Hot dogs von Dairy Queen, eine Pizza und andere Leckereien. Sie aß alles, obwohl sie früher von üppigen Mahlzeiten immer Blähungen bekommen hatte. Später verdiente Pat sich Privilegien und durfte Erdnußbutter, Crackers und löslichen Kaffee in ihrer Zelle haben. Von ihren Eltern erhielt Pat weit häufiger Besuch als von ihren

Töchtern. Ronnie betete seine Mutter an, und ihre Haft war für ihn ein schrecklicher Schlag. Sein Alkoholkonsum wuchs, und er litt ungeheuer, wenn er mit Freundinnen Schluß machte. Manchmal verletzte er sich selbst mit Messern oder Rasierklingen und zerschnitt sich die Haut auf der Brust. Seit seiner Kindheit hatte er im Leben seiner Mutter die Rolle des Beschützers übernommen und Besorgungen für sie erledigt. Ihre Abwesenheit hinterließ eine gewaltige Leere.

Auch Debbie fühlte sich beraubt. Obwohl sie und Susan sich über die Grillen ihrer Mutter beklagt und gelacht hatten, besaß Debbie ohne Pat keinen Anker. Ihre Ehe war nicht glücklich, und sie verließ ihren Mann etwa so regelmäßig, wie das Wetter sich ändert.

Das erste Weihnachtsfest im Gefängnis war für Pat eine Katastrophe. Susan und Bill beschlossen, zu Hause in Atlanta zu bleiben und mit dem fünfjährigen Sean zu feiern, und Pat legte das als glatten Liebesentzug aus. Als Debbie und Dawn ebenfalls nicht zu Weihnachten kamen, war sie am Boden zerstört.

In ihren Briefen an die Angehörigen verzichtete Pat auf offenen Tadel, sondern stellte kunstvoll ihre Verzweiflung dar. »*Liebe Susan, Bill und Sean*«, schrieb sie,

> *Ich wünschte, ich hätte bei Euch sein können, um Sean mit all seinem Spielzeug zu sehen. Ich war wirklich geschockt, als ich in den Besuchsraum kam und nur Boppo sah. Dabei hatte ich erwartet, Euch drei zu sehen und Debbie und Dawn ... Mir ist klar, daß es ein weiter Weg ist, und Ihr wart wahrscheinlich alle müde und wolltet einfach allein zu Hause sein. ›Allein‹ ist ein Wort, mit dem ich jetzt sehr vertraut bin. Ich bin hier sehr ›allein‹, und es ist nur durch die Besuche an jedem Wochenende erträglich ... glaubt nicht, ich würde nicht verstehen, was für ein hartes Opfer an Zeit es für Euch alle bedeutet, aber ich kann Euch nicht mit Worten beschreiben, was es für mich bedeutet. Es bedeutet, ob ich es schaffe oder nicht. Ob ich durchkomme oder zerbreche ... Ich lebe für diese Besuche. Ich brauche Euch alle, sonst bin ich verloren.*

Ich weiß bereits, daß ich Tom verloren haben weil ich nicht alles so für ihn machen kann wie früher. Wer wird der nächste sein? Ich habe nichts weiter anzubieten als meine Liebe und meine verzweifelte Sehnsucht nach Euch allen. An jedem Besuchstag bin ich schon Stunden zuvor fertig angezogen und warte. Albern? Nein. Notwendig, um hier zu überleben. Es ist so einsam hier. Verzeiht die Tränenflecken.«

Der Brief verfehlte seine Wirkung nicht: Obwohl sie ein Kleinkind über dreihundert Kilometer weit hätte mitnehmen müssen, um Pat im Gefängnis zu besuchen, hatte Susan jetzt ein schlechtes Gewissen. Ihre Mutter hatte sich zu Weihnachten ganz allein gefühlt, weil nur Boppo, Papa und Ronnie bei dem Weihnachtsessen im Gefängnis gewesen waren.

Tom war tatsächlich aus Pats Leben verschwunden. Er war in das Buford Prison nördlich von Atlanta verlegt worden, wo er seine Intelligenz und seine Bildung besser einsetzen konnte, eine Chance, die er schon vor Jahren hätte ergreifen können, wenn Pat sich nicht dagegengestemmt hätte.

»Etliche Leute haben mir gesagt: ›Diese Frau wird dafür sorgen, daß du für immer hier drinnen bleibst‹«, erinnerte er sich später. »Allmählich glaubte ich es. Ständig gab es Besprechungen im Büro des Direktors, weil sie wieder etwas angerichtet hatte. Als ich nach Buford verlegt wurde, sagte ich mir, daß ich neu anfange. Wenn man verlegt wird, hat man die Chance zu einem Neubeginn.«

Jetzt war Pat auch im Gefängnis, und es fiel Tom nicht leicht, sich mit Pat und ihrem Betreuer zu verständigen. Die Gespräche waren mit allerlei Schikanen verbunden. »Ihr Betreuer mußte meinen Betreuer anrufen, und dann saß ich da vor meinem Betreuer und focht über Telefon einen Streit aus; währenddessen saß mein Betreuer die ganze Zeit neben mir und machte sich Notizen über meine Reaktionen. Das konnte ich nun wirklich nicht gebrauchen.«

Was als romantisch glühender Feuersturm begonnen hatte, endete wie viele solcher Verbindungen lau und ohne große Gefühle.

»Ich sagte ihr, daß ich damit hier nicht fertig werde«, schilderte Tom. »Das beste wäre, wir gingen getrennte Wege. Sie war einverstanden, und ehe ich mich versah, bekam ich die Scheidungspapiere. Das war mir recht, wissen Sie? Ich schnitt einfach alle Bindungen vollständig durch.«

Tom war nun wirklich allein. Seine Kinder waren weg – er wußte nicht einmal wo –, seine Familie war in alle Winde zerstreut. Seine Großeltern waren zu krank, um ihn zu besuchen, und er glaubte wie die Geschworenen, daß Pat ihnen Arsen gegeben hatte. Auch wenn er ihr diese Mordanschläge nicht verzeihen konnte, hielt ihn ein Rest von Loyalität davor zurück, sie lautstark zu verdammen. Sie mußte für ihr Verbrechen bezahlen. Er war dankbar, von ihr freigekommen zu sein, und ließ sie ihres Weges ziehen.

Pats Familie war für ihn auch verloren. Susan und Debbie hatten Tom früher sehr gemocht, aber jetzt zogen sie sich von ihm zurück. »Wir mußten uns entscheiden«, erinnerte Susan sich später, »entweder zu unserer Mutter zu halten oder Tom zu schreiben. Sie war unsere Mutter, und somit war die Entscheidung bereits gefallen. Debbie und ich haben Tom 1976 einmal in Jackson besucht, und unsere Mutter wurde wütend, als sie das erfuhr. Sie sagte, sie hätte die State Police angerufen, um uns abzufangen. Ich glaube, das war eine Übertreibung, aber ganz sicher bin ich mir nicht.«

So zynisch es klingt: Pats Eltern ging es besser denn je. Ihre Enkel staunten, weil sie Boppo nie so glücklich gesehen hatten. Sie eilte noch immer auf den leisesten Wink ihrer Tochter herbei, aber Pat konnte von Hardwick aus nur abends anrufen. Bei Pat hatte es immer unendlich viel Notfälle gegeben. Doch jetzt wußte Margureitte wenigstens, wo sie war und daß sie sich in Sicherheit befand. Sie sprach oft über ihre ›arme, unschuldige Tochter‹, die wegen einer ›schrecklichen Ungerechtigkeit‹ im Gefängnis war.

Niemand wagte, Margureitte an den Abenden anzurufen, an denen ein Anruf von Pat zu erwarten war. Pat wollte bis in die Einzelheiten erfahren, was sich bei ihrer Mutter tagsüber abspielte. Doch da Pat sich im Gefängnis befand, konnte Margureitte ihre an Besessenheit grenzende Sorge um ihre Tochter zeitlich eingrenzen.

Margureitte hatte sich stets mit Kleinigkeiten verwöhnt. Vielleicht hatte sie sich deshalb auch so sklavisch ihrer Familie widmen können. Sie liebte Erdnüsse – sie hatte immer eine Dose voll bei sich – und sie trank Kaffee und rauchte von morgens bis abends. »Ich möchte mit meinen Zigaretten, meinen Erdnüssen und meinem Kaffee begraben werden«, sagte sie oft lachend.

Margureitte mochte Gerichte, die ihre Tochter verabscheute: gebratene Leber, Schweinehirn mit Ei, Schnecken, Huhn und geräucherte Austern. Während Pat im Gefängnis war, konnte sie kochen, was sie wollte, konnte ihren Kaffee trinken, rauchen und sich ihre Lieblings-Seifenoper *Days of Our Lives* ansehen.

Die Radcliffes zogen von ihrem gemieteten Haus in ein Stadthaus. Es war nicht viel für die Instandhaltung zu tun, und sie konnten sich entspannen. Im fernen Texas war Susan wieder schwanger. Debbie unternahm noch einen Versuch mit ihrer Ehe. Ein Jahr später heiratete auch Ronnie, und er und seine Frau erwarteten ein Kind. Ohne Pat normalisierte sich das Leben aller Radcliffes ein wenig.

Aber diese Phase der Ruhe war nur ein kurzes Atemschöpfen.

Die meisten Wächter und Aufseherinnen in Hardwick mochten Pat. Sie war eine perfekte vornehme Dame und verursachte wenig Mühe. Sie war freundlich, interessierte sich dafür, was in dem Leben der Leute vor sich ging, dachte stets daran, sich nach den Kindern und Enkeln des Wachpersonals zu erkundigen, und sie nähte makellos. Die Wächterinnen bewunderten die kleinen Rüschenkleidchen und die Stricksachen, die sie für Susans Baby herstellte, und sie stellten sich in Schlange an, damit Pat hübsche Dinge auch für ihre Lieblingsbabys machte. Sie brachten ihr alles an Spitze und Stoff, was sie brauchte.

Pats Verhalten war herzlich, aber sie hob sich bewußt von der Masse der Frauen ab, die hinter Gittern saßen. Viele der anderen Gefangenen waren schwarze Analphabeten, und Pat spielte oft darauf an, daß sie die Tochter eines Colonels aus Atlanta war. Pat hatte sich nie mit Schwarzen angefreundet. Jetzt, da sie in einem Wohnwagen zusammen mit schwarzen Frauen hausen mußte, versuchte sie, ihren eigenen Freiraum unversehrt zu erhalten, ohne ihnen ihre Verachtung zu zeigen.

Bis jetzt hatte Pat immer behauptet, keine Vorurteile zu haben. Ihren Töchtern hatte sie eine Geschichte erzählt, wie sie sich einmal gegen den Ku-Klux-Klan gestellt hatte. Während dessen Mitglieder in einer mitternächtlichen Versammlung einen Kreis um ein brennendes Kreuz auf einem Feld in North Carolina bildeten, war sie unter diese Leute getreten und hatte ihnen zugerufen, sie würden Unrecht tun. Aber jetzt, hinter Gittern, flossen ihr abfällige rassistische Redewendungen leicht über die Lippen.

Pat vertraute ihren Angehörigen an, sie wäre von lesbischen Mitgefangenen bedrängt worden. Sie habe sich gefürchtet, doch es wäre ihr gelungen, sich auf nichts einzulassen. Sie war eine Frau, die jahrelang von Männern geradezu besessen war, aber jetzt sprach sie nicht mehr von Liebe oder erwähnte auch nur die Möglichkeit von Liebe. Scheinbar wurde sie von ihren Strick- und Näh- und Handarbeitsprojekten mehr ausgefüllt, als das jemals durch ihre leidenschaftlichen sexuellen Affären der Fall gewesen war.

Margureitte und Clifford versuchten, schlechte Neuigkeiten von Pat fernzuhalten. Ronnie und seine Frau ließen sich scheiden, und er erhielt die Vormundschaft für seine kleine Tochter Ashlynne. Die Tradition der Siler-Frauen setzte sich fort. Mama Siler hatte Pat in deren ersten fünf Lebensjahren betreut, Boppo war stets für Pats Kinder dagewesen, und jetzt kümmerte sie sich um das Kind ihres Enkels. Ashlynne war ein reizendes Baby, und die Radcliffes hingen sehr an ihr. Papa zeigte das in Rüschenkleidchen gehüllte Mädchen überall stolz herum. Wenn sie weinte, nahmen er und Boppo sie zu sich ins Bett.

Pat war nicht damit einverstanden, daß Boppo und Papa

Ashlynne hatten. Genau wie Dawn, Sean und Courtney war dieses Baby ihr Enkelkind, aber sie empfand nichts für die Kleine. Das mochte daher kommen, daß sie im Gefängnis war und keine Gelegenheit hatte, das Baby richtig kennenzulernen. Es mochte auch daher kommen, daß Ashlynne ihren Platz zu Hause eingenommen hatte. Das Baby verdarb ihr auch Boppos Besuche: Boppo brachte das Baby jedesmal mit und kümmerte sich um die Kleine anstatt um Pat. Margureitte vergötterte dieses Baby.

Von einer anderen Veränderungen in ihre Familie erfuhr Pat nichts: Am 13. Juli 1978 wurde Debbie von zwei Mitgliedern der Sittenpolizei von Atlanta verhaftet und wegen Aufforderung zu widernatürlicher Unzucht und Masturbation gegen Bezahlung angezeigt sowie wegen Arbeit als Begleiterin ohne Lizenz. Debbie erklärte, sie habe lediglich einen Job als Empfangsdame für einen Begleiterinnenservice angenommen, und sie habe keine Ahnung gehabt, was sich da wirklich abspielte.

Das Protokoll der Polizisten war um einiges deutlicher: Debbie, die für *Atlanta's Finest Model Agency* gearbeitet hatte, bot für hundert Dollar Geschlechtsverkehr und oralen Sex an, wobei sie zusätzliche achtzig Dollar von Officer Cochran für ›absichtliche erotische Stimulation der Geschlechtsorgane durch manuellen Kontakt‹ verlangte. In ihren Einlieferungspapieren benannte Debbie als Angehörige ihren Mann und ihren Bruder. Sie erwähnte weder ihre Mutter noch ihre Großeltern.

Boppo fand es dennoch heraus – wie immer. Aber sie erzählte es Pat nicht. Margureitte war eine Frau, die sich bemühte, alles ›korrekt‹ zu machen. Aber ihr inneres Gleichgewicht wurde auf harte Proben gestellt. Ihre Tochter und ihr Ex-Schwiegersohn saßen im Gefängnis, und jetzt war ihre Enkelin wegen Prostitution verhaftet worden. Sie selbst ging auf die Sechzig zu, und das alles erschien ihr nicht fair, hatte sie sich doch ihr ganzes Leben lang bemüht, ihre Familie glücklich zu machen. So war sie selbst nicht erzogen worden. »Ich bin eine Dame«, sagte Boppo oft. »Meine Mutter und mein Vater erzogen mich dazu, mich nie selbst zu erniedrigen – ich bin kultiviert. Ich bin eine Dame.«

Debbie verlangte einen Prozeß vor Geschworenen, und die Sache kam erst am 11. Juni 1979 vor Gericht. Debbie bekannte sich mit Einschränkung schuldig. Ihre Großmutter erschien vor Gericht und stand stolz und hochaufgerichtet neben Debbie. Boppo erklärte dem Richter: »Sir, diese Frau hat ein Kind, für das sie sorgen muß.« Debbie erhielt zwölf Monate auf Bewährung für jeden der drei Anklagepunkte, wobei die Strafen gleichzeitig liefen. Sie erklärte, sie habe horrende Arztrechnungen und andere Schulden, und die Geldstrafe über dreihundert Dollar wurde ausgesetzt.

Debbies Verhaftung und der Prozeß waren nun doch zu viel für Margureitte. Die stahlharte Märtyrerin brach zusammen und wurde in ein Krankenhaus gebracht. Nachdem sie so lange zahllose familiäre Probleme bewältigt hatte, fand sie Trost und Frieden in den stillen, sterilen, weißen Räumen. Doch nicht lange. Debbie stürmte herein und deutete anklagend auf ihre Großmutter: »Wie konntest du mir das antun?« rief sie. Zu allem Überfluß erhielt Pat aufgrund ihrer angeschlagenen Gesundheit Hafturlaub und erschien in Hardwick, um Boppo zu besuchen. Boppo drehte ihr Gesicht zur Wand und wünschte, daß alle für einen Moment weggehen würden.

Natürlich taten sie das nicht. Boppo verbrachte eine kurze Zeit im Krankenhaus und schritt dann zum Portal hinaus, den Kopf hoch erhoben und bereit, erneut für ihre Familie zu kämpfen.

1979 schrieb Pat einen elf Seiten langen Brief an Susan. Ihre Scheidung im letzten Frühling schien sie überhaupt nicht zu bedrücken. Es war, als habe sie Tom nie gekannt. In ihrem Leben ereignete sich unglaublich viel, und sie tat vor allem sehr viel für andere. Sie gab Unterrichtskurse für ihre Mitgefangenen. Sie schrieb, daß sie den ganzen Tag arbeitete, nähte und für die Wächterinnen Formulare ausfüllte. Sie hatte eine Vertrauenstellung erlangt. »Angesichts von achtundzwanzig Frauen, die ich unterrichte und beaufsichtige, bleibt mir nicht viel Zeit ... Die meisten Frauen sind alt, körperlich behindert und *Analfabetten*(!). Ich konzentriere mich hauptsächlich auf die therapeutische Arbeit mit ihnen, ich schnitze, und ich brenne darauf, Geld zu verdienen. Dazu kommen noch die ganzen Näharbeiten und die Häkelarbeiten.«

Susan war optimistisch. Das war ihre Mutter, nach der sie sich stets gesehnt hatte. Susans Freundin Sonja Salo hatte jetzt ihr Jurastudium abgeschlossen und bemühte sich für Pat um eine Anhörung, in der ihr Strafmaß herabgesetzt werden sollte. Susan glaubte daran, daß sie alle neu anfangen könnten, wenn ihre Mutter auf Bewährung freigelassen wurde.

»Susan«, schrieb Pat in demselben Brief, »bevor ich mich mit etwas anderem beschäftige – Deb hat mir erzählt, was sie getan hat. Ich wußte, daß etwas nicht in Ordnung war, und Boppo auch. Ich weiß, daß du deshalb fast verrückt geworden bist. Mir ist es so ergangen, und Boppo auch. Und am schlimmsten hat es Debbie getroffen. Sie braucht professionelle Hilfe.«

Pat schob alle ihre früheren Probleme auf Schlankheitsmittel, Valium und Schlaftabletten.

»Man merkt es gar nicht, wenn es passiert. Ich weiß, daß ich nichts gemerkt habe. Ich habe zwei Jahre in meinem Leben, über die ich mir nicht klar bin. Bis heute weiß ich nicht, an wie viel ich mich erinnere und wie viel man mir so oft erzählt hat, daß ich nur glaube, mich daran zu erinnern.«

Pat erklärte, warum Tom sie verlassen hatte.

»Es ist so am besten, Zuckerstück, weshalb du mit mir kein Mitleid haben mußt. Tom hat sehr klar ausgedrückt, daß (1) die Ehe mit mir ihn daran hindert, auf Bewährung freigelassen zu werden, (2) daß die Ehe mit mir ihn daran hindert, eine Vertrauensstellung zu bekommen, daß (3) es ihm sogar schadet, wenn ich ihm schreibe, und (4) daß sich niemand in der Familie um ihn kümmert. Daher ist es besser, daß wir uns jetzt getrennt haben, und ich wünschte nur, wir hätten nie geheiratet.«

Pat führte Dutzende von Dingen an, die sie für Susans Familie nähte und häkelte, und sie bat ihre Tochter, »intensiv zu beten, damit dieser Alptraum bald vorbei ist und wir wieder alle zusammen sein können«.

Pat hatte sich wirklich angepaßt. Ohne es zu bemerken, hatte sie eine Gewohnheit von Strafgefangenen übernommen. Anstelle von Punkten zeichnete sie kleine Kreise mit lächelnden Gesichtern und ein kreisrundes Gesicht mit dem Wort ›Lächeln!‹ Für Männer und Frauen hinter Gittern in jedem Gefängnis von Amerika wird der lächelnde Kreis zur zweiten Natur und verrät sie mit tödlicher Sicherheit.

Pat erklärte ihrer Tochter, sie habe diesen langen Brief unter ›Belastung‹ geschrieben. Um sie herum würde ständig Streit ausbrechen, und der Wohnwagen war von den wütenden Schreien zu vieler Frauen erfüllt, die zu lange zusammen eingesperrt waren.

»HILFE!« schrieb sie. »Ich muß raus aus diesem Irrenhaus!«

40. Kapitel

Nachdem Sonja Salo den Fall sorgfältig studiert hatte, versuchte sie, einen Antrag auf ein neues Verfahren zu stellen, weil sie glaubte, neue Beweise gefunden zu haben, daß Pat sowohl zu dem Zeitpunkt ihres Verbrechens an Paw und Nona als auch zu der Zeit ihres Prozesses im Mai 1977 unzurechnungsfähig gewesen sei. Pat hatte Sonja anvertraut, daß sie sich an kein Ereignis jener Zeit erinnern könne und erst in jüngster Zeit wieder sie selbst geworden sei. Sonja glaubt ihr und war froh, daß die Frau, die sie in Hardwick besuchte, so wunderbar gesund und klar wirkte. Geradezu normal.

Falls Pat unzurechnungsfähig gewesen war, so hatte sie jetzt wieder einen direkten Bezug zur Realität. Sie war ein gänzlich veränderter Mensch. Sie erklärte ihrer neuen Anwältin, sie wisse nur zu gut, wieviel Schaden herzlose Menschen anrichten könnten. »Wir sprechen nicht oft darüber«, sagte sie leise. »Aber ich habe eine Schwester in North Carolina, die keine Spur von Gewissen besitzt. Es macht ihr überhaupt nichts aus, wenn sie jemandem weh tut.«

Sonja erwähnte Pats Schwester nie bei Boppo. Der Himmel wußte, daß diese Frau schon genug Schmerz erlitten hatte. Die junge Anwältin hatte keine Ahnung, daß Pat überhaupt keine Schwester hatte – nur das arme tote Baby Roberta, das in dieser Welt nie geatmet hatte. Pat sprach so oft von ihrer ›Schwester‹, daß Sonja sich häufig fragte, wann sie wohl diese bösartige Person kennenlernen würde.

Sonja vertrat endlich am 5. Dezember 1980 ihren Fall vor Oberrichter Ralph H. Hicks. Sie hatte nur eine Zeugin: Margureitte Radcliffe. Der Rest ihres Antrages basierte auf einem psychiatrischen Gutachten und auf den Berichten mehrerer Ärzte, die von Pats erster Embolie im Jahr 1973 stammten.

Andy Weathers erhob Einspruch gegen Margureittes Zeugenaussage, weil er nicht erkennen konnte, wie ihre Erinnerung an eine Krankheit 1973 zeigen sollte, daß Pat Taylor 1977 den Verstand verloren und Mordversuche begangen hatte. Richter Hicks lehnte Weathers' Einspruch ab, als Sonja Salo erklärte, daß Pats Medikamentensucht mit dieser ersten Krankheit begonnen hatte und daß diese Medikamente zu Pats Unzurechnungsfähigkeit geführt hatten.

Margureitte erinnerte sich an die Lungenembolie und an den Abszeß, der nicht heilen wollte. Sie sagte aus, Pats körperlicher Zustand wäre stets zerbrechlich gewesen und habe sich nach der Verhaftung ihres Mannes verschlimmert. »Ihre Persönlichkeit veränderte sich vollständig. Sie war nicht mehr der Mensch, den ich kannte.«

»Und wie kam Ihnen ihre Persönlichkeit vor?« fragte Sonja.

»Ich bin kein Arzt«, erklärte Margureitte. »Ich bin in dieser Hinsicht nicht qualifiziert. Ich fand einfach, daß sie den Verstand verloren hatte. Ich wollte, daß sie einen Psychiater aufsucht.«

Das nächste Eingeständnis fiel Margureitte Radcliffe nicht leicht. Es ging um eine gewaltige Lüge, um ein schreckliches Geheimnis, das sie jahrelang bewahrt hatte. Ihre Worte sollten endlich erklären, was Pats Ärzte so lange verwirrt hatte: den Grund für ihren nahezu tödlichen Abszeß.

»An jener Stelle, an der sie den Abszeß hatte und an der sie behandelt wurde, und zwar zu Hause und im Krankenhaus ... ich wechselte die Verbände«, setzte Margureitte an, holte tief Luft und zwang sich dazu, ihre Stimme fest klingen zu lassen. »Sie benützte verschiedene Instrumente, um sich dort selbst zu verletzen, sobald diese Stelle verheilte. Sie fügte sich selbst diese Wunden zu.«

»Haben Sie das persönlich gesehen?« fragte Sonja.

»Ja, das habe ich gesehen.«

»Welche Geräte gebrauchte sie?«

»Einmal benützte sie ein Instrument zur Bearbeitung von Leder. Es war aus Metall und ziemlich lang. Damit kratzte sie sich. Bei anderen Gelegenheiten benützte sich kleine Pinzetten.«

»Ließen Sie irgendwann Pat in ein psychiatrisches Krankenhaus einliefern?«

Dies alles mußte für Margureitte sehr schmerzlich sein. Vor zweieinhalb Jahren hatte sie in diesem Gerichtsgebäude gesessen und ein Bild von ›Mrs. Allanson‹, ihrer Tochter entworfen, die nahezu eine Heilige war und sich ganz der zärtlichen Fürsorge für Paw und Nona hingegeben hatte – eine Frau, die über jeden Tadel erhaben war. Sie hatte verhindern wollen, daß jemals herauskam, wie ihre perfekte Tochter sich selbst verstümmelt hatte. Margureitte hätte alles gesagt, um Pat aus dem Gefängnis zu holen, doch diesmal klangen ihre Worte endlich wahr.

Sie beschrieb weiterhin die Tochter, die sie vor der Welt hatte verbergen wollen, die starrsinnige, zur Hysterie neigende Frau, die sich nahm, was sie wollte. »Eines Abends hatte sie sich die Pulsadern aufgeschnitten, und ich wußte mit Sicherheit, daß sie nicht freiwillig ins Krankenhaus gehen würde. Deshalb sprach ich mit ihrem Arzt und suchte Richter Gunby auf, und ich unterschrieb die nötigen Papiere. Sie wurde abgeholt und ins Metropolitan gebracht.«

»Hat Pat auch noch auf andere Art versucht, sich selbst Schmerzen zuzufügen?« fragte Sonja.

»Ja. Es ging wieder um diesen Abszeß. Die Ärzte wollten eine Schönheitsoperation durchführen. Sie muß wohl Säure auf die Stelle gegossen haben, weil sie schwarz wurde. Sie ließ nicht zu, daß sie heilte. Und sie hatte immer wieder Kratzspuren an ihren Handgelenken und an ihrem Körper.«

Dann gab es da auch noch die Medikamente. Margureitte erklärte, wie sehr sie sich bemüht hatte, ihre Tochter von Demerol zu entwöhnen, aber es klappte nicht.

»Sie wollte Demerol. Ich wurde gebeten, ihr das Medikament zu verabreichen und allmählich die Dosis herabzusetzen. Also fügte ich dem Demerol destilliertes Wasser hinzu. Irgendwann hatte ich dann kein Phenocain mehr, das bei der Injektion immer ein wenig brennt. Da wußte sie, daß sie es nicht mehr bekam. Sie regte sich darüber sehr auf. Dr. Gandhi gab mir wieder Phenocain, das ich dann Pat verabreichte. So ist sie nie wirklich davon losgekommen.«

Margureitte beschrieb dann, wie Pat sich am Abend nach ihrer Rückkehr von einer Behandlung des Abszesses im Crawford Long Hospital aufgeführt hatte.

»Colonel Radcliffe war verreist, und draußen hagelte und regnete es. Ich dachte, Pat würde in ihrem Bett liegen. Ich ging zu ihr, aber das Bett war leer. Ich spürte meine Tochter wie ein Tier hinter dem Haus an der Tell Road auf. Sie ließ mich nicht in ihre Nähe kommen. Sie sagte, sie würde dieses Instrument nehmen, das sie an ihrer rechten Hüfte benützt hatte, und es sich ins Herz stoßen.« Margureitte saß kerzengerade und zuckte nicht einmal mit der Wimper, während sie einen hysterischen Anfall nach dem anderen schilderte. Ihr ›Kristallblick‹ forderte jeden heraus, der es wagen sollte, von ihr und ihrer Tochter geringschätzig zu denken. Sonja Salo behauptete, Margureittes Aussage erbringe Beweise, von denen Dunham McAllister während Pats Prozeß nichts gewußt hatte. »Meiner Meinung nach kann sie laut Gesetz nicht für ein Verbrechen verantwortlich gemacht werden, wenn sie zu jener Zeit unzurechnungsfähig war.«

Richter Hicks wirkte ein wenig verwirrt. »Ist denn da nicht eine Entscheidung nötig, um jemanden im juristischen Sinn für unzurechnungsfähig zu erklären? Ich nehme an, sie wurde nie gesetzlich für unzurechnungsfähig erklärt, oder?«

Sonja meinte, dies könne entschieden werden, bevor Pat ein

neues Verfahren erhielt, aber sie sei sicher, daß Pats Unzurechnungsfähigkeit ein neues Verfahren nötig machte.

»Allerdings«, wandte der Richter ein, »war alles, was Mrs. Radcliffe heute ausgesagt hat, ihr 1975 und 1976 schon bekannt, und sie stand mit dem Verteidiger, Mr. Allister, in Verbindung, und sie sagte in dem Prozeß als Zeugin aus. Insofern sind diese Informationen nicht neu, oder?«

Daraufhin wandte Sonja ein, Margureitte Radcliffe habe nicht gewußt, was sie mit ihrem Wissen um die Unzurechnungsfähigkeit ihrer Tochter anfangen sollte. Sie habe sich nicht getraut, mit anderen darüber zu sprechen.

Richter Hicks war ein wenig verärgert. »Also, wer ist denn heute die Partei, die den Antrag in diesem Fall stellt? Ist es die besagte Patricia Allanson? Ist es ihr Vormund? Ist es eine juristische Fiktion? Wer tritt denn hier vor Gericht auf?«

Sonja Salo glaubte so sehr an ihren Fall, daß sie vielleicht nicht erkannt hatte, wie trügerisch ihre Argumente waren. Sie hatte keinerlei psychiatrische Tests mit Pat durchführen lassen, die die Antragstellerin war, weil ›ich nicht glaube, daß Patricia Allanson heute unzurechnungsfähig ist. Dies ist eine sehr seltsame Situation.‹

Das war es tatsächlich.

Andy Weathers nahm Margureitte Radcliffe ins Kreuzverhör. Er entlockte ihr rasch die Aussage, daß sie schon zehn Monate vor dem Prozeß gegen ihre Tochter gewußt hatte, daß Dunham McAllister der Verteidiger ihrer Tochter war, aber sie behauptete, sie wäre sich ihrer legalen Rechte so unsicher gewesen, daß sie ihm gegenüber nie erwähnt hatte, daß Pat ihrer Meinung nach unzurechnungsfähig war. Weder sie noch ihr Mann hätten es richtig gefunden, diese Sache im Prozeß zur Sprache zu bringen.

Bis zu diesem Tag hatten Margureitte und Clifford Radcliffe der Welt viele Gesichter gezeigt. Aber niemals hatten sie ängstlich und unsicher gewirkt. Sarkasmus schwang in Weathers' Stimme mit, als er die Zeugin befragte, die ständig wiederholte, wie sehr das Gerichtssystem von Georgia sie eingeschüchtert habe. Margureitte behauptete, sie habe keine Ahnung gehabt, daß sie die Verrücktheiten ihrer Tochter hätte erwähnen sollen. Sie hatte nicht einmal gewußt, daß sie das gesetzliche Recht dazu hatte.

Sonja Salo legte eine eidesstattliche Aussage von Dr. Ray Loring Johnson vor, einem Psychiater, der Pat im Metropolitan Psychiatric Center im April 1975 behandelt hatte. Zwischen Juni und Dezember hatte er sie jedoch aus den Augen verloren. Er hatte sie erst im nächsten Oktober wiedergesehen. Im Dezember 1976 hatte er Pat zweimal gesehen und siebenmal Anfang 1977, während sie auf ihren Prozeß wartete. Er hatte bei ihr anfänglich ›schwere Persönlichkeitsstörung‹ diagnostiziert, als sie sich die Pulsadern aufschnitt, nachdem Colonel Radcliffe sie geschlagen hatte. Sie war davon besessen gewesen, Tom aus dem Gefängnis zu holen, und sie war der Ansicht gewesen, sie und ihr Mann würden schlecht behandelt. Zu jener Zeit stellte Johnson Erregung, Verwirrung und ›äußerst paranoide Vorstellungen‹ fest.

Dr. Johnson konnte jedoch keine Diagnose über Pats Geisteszustand zur Zeit der Arsenvergiftungen liefern. In dieser Phase ihres Lebens hatte er sie überhaupt nicht gesehen. »Es ist mir unmöglich, endgültige Aussagen über ihre Zurechnungsfähigkeit zum Zeitpunkt der Tat zu machen, da diese Tat drei bis vier Monate nach meinem letzten Zusammentreffen mit ihr im Dezember 1975 stattfand sowie sechs bis sieben Monate, bevor ich sie im Oktober 1976 wiedersah. Ich kann allerdings bestätigen, daß sie verwirrt, mißtrauisch und mehrmals realitätsfern wirkte, als ich anfänglich mit ihr arbeitete. Ich halte es durchaus für möglich, daß sie zur Tatzeit keinen Bezug zur Realität besaß.« Dr. Johnson stellte fest, seiner Meinung nach wäre Pat »unfähig gewesen, wirkungsvoll mit ihrem Anwalt bei der Vorbereitung ihrer Verteidigung zusammenzuarbeiten. Zu keinem Zeitpunkt stellte sie selbst ihre Zurechnungsfähigkeit in Frage, und sie machte auch nicht den Vorschlag, diesen Punkt im Prozeß zur Sprache zu bringen.«

Als nächstes kam eine eidesstattliche Aussage von Dunham McAllister, in der er erklärte, es sei ihm nicht bekannt gewesen, daß Patricia Allanson geistig beeinträchtigt gewesen war.

Andy Weathers fuhr schwere Geschütze gegen seinen Kontrahenten auf. Es sei lächerlich zu glauben, McAllister habe fast ein Jahr lang mit Pat den Prozeß vorbereitet, ohne zu bemerken, daß sie verrückt war. Es wäre sogar noch lächerlicher, daß sie in ihrem eigenen Prozeß eine lange Aussage machen konnte, ohne daß einer sie für geistig nicht voll zurechnungsfähig befunden hätte. »Nun wird hier als Verteidigung angeführt, sie habe nicht gewußt, was sie damals tat«, erklärte Weathers. »Die Verteidigung in ihrem Prozeß lief jedoch darauf hinaus, daß sie die Tat gar nicht begangen hat, und sie selbst hat deutlich diesen Standpunkt eingenommen und auch in diesem Sinn ausgesagt.«

Pat Taylors neuer Antrag basierte auf einer der ältesten Strategien der Verteidigung: Ich habe es nicht getan – aber wenn ich es getan haben sollte, war ich zu jenem Zeitpunkt verrückt. Und jetzt bin ich nicht mehr verrückt.

Weathers wollte höchstens eingestehen, daß Pat ›vielleicht nicht auf dem Gipfel ihrer geistigen Fähigkeiten gehandelt hat‹. Dadurch sei sie jedoch noch lange nicht verrückt gewesen.

Die Familie hoffte und betete, daß Pat zu Weihnachten zu Hause sein würde. Am 9. Dezember 1980 gab Richter Ralph Hicks seine Entscheidung bekannt. Er lehnte den Antrag ab. Hicks war nicht der Meinung, daß es sich um neue Beweise handelte.

Sonja Salo war eine sehr sympathische junge Frau. Sie hatte ihr Bestes für Pat und die Radcliffes getan, und sie hatten verloren. Jahre später gestand sie ein, wie leichtgläubig sie gewesen war, daß sie Pats Geschichten geglaubt hatte. Sie hatte sogar an die psychopathische Schwester geglaubt, die in North Carolina versteckt war. »Ich kann heute wohl sagen«, stellte sie fest, »daß ich in meinem ganzen Leben nie wieder einen so raffiniert manipulierenden Menschen getroffen habe wie Pat Taylor.«

Pats Geschichte schien zu Ende zu sein. Sie war eine Frau in mittleren Jahren, die noch lange im Gefängnis bleiben mußte. Ihre Schönheit verblaßte, weil sie abwechselnd fastete und dann Essen in sich hineinschlang und weil sie älter wurde. Sie fand ihr Vergnügen in den viktorianischen Näharbeiten, mit denen sie ihre Enkelkinder – ausgenommen Ashlynne – überschüttete. Sie schickte Sean hübsche, handbemalte Taschentücher, die er in die Schule mitnehmen sollte. Er bedankte sich pflichtschuldigst und legte sie in eine Schublade. Sie versprach ihm, sie würde ihm ein Pony kaufen, sobald sie frei war. Mit ihren Briefen brachte sie ihre Kinder zum Weinen.

41. Kapitel

Tom Allanson saß seit sechseinhalb Jahren hinter Gittern, als Pats Antrag auf einen neuen Prozeß abgelehnt wurde. Die Mitarbeiter im Gefängnis von Jackson und von Buford sowie die Kommission für bedingte Haftentlassung hatten ihm bescheinigt, ein Musterhäftling zu sein. Er organisierte verschiedene Ereignisse, setzte sich für geistig Behinderte ein und spielte Football. Er schrieb eine Kolumne und Artikel und machte Fotos für die Gefängniszeitung und sang sonntags im Kirchenchor.

Tom war nicht mehr vollständig allein auf dieser Welt. Liz Price, seine ehemalige Nachbarin in Zebulon, die Frau, die für ihn geschwärmt hatte, als er sechzehn war, die Frau, die nach seiner Verhaftung seinen Tieren Futter und Wasser gebracht hatte, schrieb ihm in den Jahren, die er im Gefängnis verbrachte. Der Anhänger, den er früher zum Beschlagen der Pferde benützt hatte, stand noch auf ihrer Farm. Er war verschlossen, und Pat hatte den Schlüssel schon vor langer Zeit verloren. Tom hatte keine Ahnung, ob sich sein Werkzeug noch in dem Anhänger befand, aber Liz versicherte ihm, daß sie den Anhänger für ihn aufbewahrte.

Sie und Tom schrieben einander zuerst freundschaftliche Briefe. Er war nach wie vor gesetzlich mit Pat verheiratet. »Ich begann, Liz zu schreiben«, erinnerte er sich. »Ich war so deprimiert. Ich hatte keine Ahnung, was zu Hause vor sich ging, und alle schienen mir den Rücken zugewendet zu haben. Liz antwortete, und sie besuchte mich auch gelegentlich in Jackson.«

Liz verließ Georgia, zog nach Florida und schwor, Tom zu vergessen. Ohne daß er es wußte, hatte sie ihn immer geliebt, zumindest tief in ihrem Inneren, und sie mußte alle traurigen Erinnerungen an die Ereignisse zurücklassen. Sie wollte nicht, daß er etwas über ihre Gefühle für ihn erfuhr, zumindest nicht, solange er verheiratet war.

Lange Zeit hatte Tom keine Ahnung, wo Liz sich aufhielt. Er vermißte ihre Briefe. Sie war ganz anders als alle Frauen, die er jemals gekannt hatte. Sie schien nichts von ihm zu wollen. Liz war einfach seine Freundin. Nach seiner Scheidung von Pat im Frühling 1979 nahmen sie wieder Verbindung zueinander auf. Liz war ins Forsyth County gezogen und arbeitete als Bürokraft für den Sheriff. Allmählich wurden die Briefe der beiden persönlicher. Tom schrieb ihr, er habe wenig Hoffnung, bald aus dem Gefängnis zu kommen, falls er überhaupt jemals freikam. Er erwartete, mindestens vierzehn Jahre abzusitzen. Das bedeutete, daß sein mögliches Entlassungsdatum 1989 war.

Es machte Liz nichts aus. Sie besuchte Tom regelmäßig und versäumte keinen Sonntagabend. Nach ungefähr einem Jahr wußten sie, daß sie heiraten wollten, doch während Tom im Gefängnis saß, war nur eine sogenannte Konsensehe – ohne kirchliche oder Ziviltrauung – möglich. (Später – zu spät für die beiden – wurden Gefängnisehen in Buford zugelassen.) Sie legten den Gefängnisbehörden die Papiere für eine Konsensehe vor. Sie mußten hartnäckig drängen, doch endlich erhielten sie die Erlaubnis und heirateten 1980. Es gab keine ehelichen Besuche im Gefängnis von Buford.

Obwohl Toms Anträge auf bedingte Haftentlassung Anfang der achtziger Jahre abgelehnt wurden, bekam er innerhalb des Gefängnisses ein gewisses Gefühl von Freiheit. Er schwor, daß er sich von den Jahren hinter Gittern nicht zerstören lassen wollte. »Gefängnis bedeutet nicht, daß es eine Qual sein muß wie in Filmen«, schrieb er einem Freund. »Es kommt eigentlich alles darauf an, welche Haltung jemand einnimmt und aus welchem Stoff er gemacht ist. Hier sind viele, denen es elend geht und die alles tun, damit sich alle anderen auch elend fühlen. Ich persönlich versuche, richtig zu leben und die Regeln zu befolgen und aus dieser Zeit das Beste herauszuholen.«

Der Gefängnisdirektor von Buford bezahlte Tom Fernkurse in Clemson, und Tom erhielt vom Staat Georgia ein Diplom sowie eine Lizenz zum Betreiben von Wasser- und Abwasseraufbereitungsanlagen sowie als Laboranalytiker. Später bekam er die gleichen Diplome für South Carolina. Er bezahlte seine eigenen Fernkurse an der Cal State-Sacramento, um seine Fähigkeiten noch weiter zu verbessern. Bald führte er die Wasser- und Abwasseraufbereitungsanlage, und er war der einzige Sträfling mit Vergünstigungen, der außerhalb arbeitete und einen Führerschein besaß. Er war regelmäßig auf freiem Fuß und machte bis zu einer Entfernung von fünfundsiebzig Meilen Besorgungen. Er kam stets auf die Minute pünktlich zurück.

Später lächelte er breit, als er sich an einen amüsanten Vorfall erinnerte. »Eines Tages hatten wir eine Busladung Gefangener im Haus des Gefängnisdirektors und halfen ihm beim Umzug, als er einen Notfall erhielt. Seine Frau hatte einen Unfall gehabt. Er rannte weg und schrie ›Tom, bring die Kerle zurück!‹ Und so habe ich eine ganze Busladung Gefangene sicher zum Gefängnis zurückgefahren und dort abgeliefert.«

Im August 1987 hatte Tom ein Jahrzehnt in Buford verbracht. Er war ein Mann mittleren Alters. Vorsichtig machte er sich Hoffnungen auf eine vorzeitige Entlassung. Draußen warteten drei Jobs auf ihn. Seine Erfahrung in der Aufbereitung von Abwässern war sehr gefragt. Aber er wurde erneut enttäuscht. Nach seinen zehn Jahren in Buford wurde er am 6. November 1987 plötzlich wieder in das Gefängnis von Jackson zurückverlegt. Sie brauchten ihn für ihre Abwasseraufbereitungsanlage, die am 1. Dezember eröffnet werden sollte und fünfmal so groß war wie die in Buford. In Jackson gab es niemanden mehr, der eine Aufbereitungsanlage dieser Größe bedienen konnte. Einer ihrer wenigen dafür ausgebildeten Männer hatte einen Fluchtversuch unternommen und war verlegt worden, und ein anderer sollte bald entlassen werden.

Jacksons Abwasseranlage lag am Ende des Grundstücks und hatte keinen Zaun. Tom hörte das Rauschen des Towaliga River und das Dröhnen der Autos auf dem Highway. Da draußen waren keine Wächter. Er war ganz allein. Er war froh, noch immer Vergünstigungen zu haben, aber Jackson bedeutete, daß Liz hundert Meilen entfernt war und es für sie viel schwieriger geworden war, ihn zu besuchen.

In gewisser Weise war es Ironie. Tom hatte hart gearbeitet, um sich weiterzubilden, damit er nach seiner Entlassung einen guten Job fand. Doch nun hatte er sich für das Gefängnissystem des Staates Georgia unentbehrlich gemacht, so daß es ihnen schwerfallen würde, ihn gehen zu lassen.

TEIL 7

SUSAN

42. Kapitel

Pat Allanson saß insgesamt sieben Jahre ab. Als Tom 1987 nach Jackson verlegt wurde, war sie schon drei Jahre aus dem Gefängnis draußen. Seit langer Zeit hatten die beiden keinen Kontakt mehr. Pat hatte Tom immer wieder versichert, sie könnnen nicht ohne ihn leben, ihr altes Leben habe geendet, als sie ihn traf, und sie könne ohne ihn überhaupt kein eigenes Leben haben. Hundertmal, tausendmal hatte Tom sie angefleht durchzuhalten, weil sie irgendwann wieder ein gemeinsames Leben haben würden.

Und sie hatte nur geantwortet ›Würdest du mich lieben, würdest du dein Leben für mich opfern und mich im Jenseits lieben.‹ Hätte er ihren Forderungen nachgegeben, wäre er schon lange tot, ein Selbstmörder im Alter von dreiunddreißig Jahren.

Trotz ihrer Klagen über gesundheitliche Beschwerden hatte Pat nicht nur ohne Tom überlebt, sondern es ging ihr auch blendend. 1984 wurde sie nach New Horizons gebracht, ein Übergangsheim für auf Bewährung entlassene weibliche Strafgefangene in Atlanta. Hier sollte sie durch psychologische Beratung und Training schrittweise auf die Rückkehr in die Freiheit vorbereitet werden.

In dem Sommer, in dem Pat ins Gefängnis gewandert war, hatten die Fans um Elvis Presley getrauert, und die Welt, in die sie zurückkehrte, hatte Boy George zum Star gemacht. Miniröcke und hochtoupierte Haare waren nicht mehr in Mode, Astronauten unternahmen Weltraumspaziergänge, Ronald Reagan war Präsident, und zum ersten Mal wurde eine Frau – Geraldine Ferraro – als Vizepräsident nominiert.

Die romantische viktorianische Welt, die Pat stets geliebt hatte, war mehr denn je nur noch Vergangenheit. Pat war frei – oder fast frei –, und ihre Familie freute sich über ihre Rückkehr nach Atlanta. Sie konnte an Wochenenden das Übergangsheim verlassen, und bald würde sie wieder ganz zu Hause sein. Susan, Debbie, Ronnie und Boppo – die ganze Familie – glaubten, daß Pat am Beginn eines wundervollen neuen Lebens stand. Ihre Sucht lag Jahre hinter ihr, und sie war jung genug, ihr Leben zu genießen. Sie war immer noch schön, wenn auch von einer etwas reiferen Schönheit. Und sie sah viel jünger aus, als sie tatsächlich war.

Pat rief ihre Mutter und ihre Töchter stets vor sieben Uhr morgens aus New Horizons an. Wenn diese etwas ärgerlich wurden, weil Pat sie geweckt hatte, fühlten sie sich sofort schuldig. Schließlich bedeutete es Pat sehr viel, täglichen Kontakt mit ihnen zu haben. Es war ein Luxus für sie, zu Hause anrufen zu können, wann immer sie wollte. Besonders Susan machte es sich zur Aufgabe, ihrer Mutter dabei zu helfen, sich wieder in der Welt zurechtzufinden.

Susan und Bill Alford lebten 1984 zwar in Atlanta, aber Bill sollte wieder versetzt werden, was bei den jungen Managern in Amerika üblich war. Die Alfords sollten im Juni nach Marion, Indiana, ziehen, und Susan besuchte vorher ihr Mutter, so oft sie konnte.

Wie üblich war Pat wütend auf Bill, weil er einer Versetzung zugestimmt hatte. »Wie kann Bill mir das antun?« klagte sie.

Doch Pat hatte einen Fehler gemacht, als sie Bill Alford in die Gruppe von Männern einreihte, die sie manipulieren konnte. Sie hatte geglaubt, ihn einspannen zu können, genau wie sie sich auf Gil, Tom und Papa gestützt hatte. Tatsächlich rief sie oft, sobald es Ärger gab: »Ich will meinen Bill!« Sie hielt Bill Alfords Gutmütigkeit für Schwäche und erkannte nicht, daß er sich nur so weit drängen ließ, wie er wollte. Danach wurde er zu einem unüberwindlichen Hindernis.

»Gerade jetzt, da ich endlich nach Hause komme«, klagte Pat bei Susan. »Wie kann Bill da nur ganz bewußt dich und die Kinder von mir wegschaffen?«

Natürlich hatte er keine andere Wahl, wenn er nicht kündigen wollte. Susan versuchte vergeblich, ihr das zu erklären. Sie sagte ihrer Mutter nicht, daß Bill sehr gern tausend Meilen zwischen sich und Pat hatte. In der Zeit, die ihnen noch blieb, ging sie mit ihrer Mutter so oft wie möglich zum Essen und zum Einkaufen. Trotz ihres gewaltigen Appetits hatte Pat seit ihrer Entlassung aus Hardwick stark abgenommen. Susan nahm sie in das Einkaufszentrum am Lenox Square in der Nahe von Buckhead mit und kaufte ihr lauter neue Kleider. Pat war begeistert.

»Als ich sie das letzte Mal vor unserem Umzug sah«, erinnerte sich Susan, »brachte ich sie zu der Bushaltestelle, damit sie zur Arbeit konnte, und wir fingen beide zu weinen an. Sie wirkte so verloren. Ich habe sie ungern verlassen.«

Nach dem oft unverständlichen Bewährungssystem wurde Pat, die sich jetzt Pat Taylor nannte, einer Arbeit mit älteren Menschen zugeteilt – sie mußte die Leute versorgen. Es war in ihren Entlassungspapieren festgelegt worden, daß sie im Fountainview Convalescent Home in Atlanta arbeiten mußte. Offenbar hatte niemand einen Gedanken an das Verbrechen verschwendet, für das sie ins Gefängnis gekommen war. Jetzt kümmerte sie sich um wohlhabende alte Leute, die in ihren eigenen Apartments in dem Altenheim lebten. Sie half ihnen beim Baden und Essen und beaufsichtigte ihre Medikamente. Gelegentlich gab sie sogar Diabetikern Insulinspritzen. Ihre Schützlinge schwärmten in höchsten Tönen von ihr. Pat war wie ein Teil ihrer eigenen Familien geworden. Sie schien kein eigenes Leben zu haben, obwohl sie später ihre Empfindungen für einen Priester der Episkopalkirche gestand, der New Horizons überwachte. »Vermutlich war er der einzige Mann, den ich jemals wirklich hätte lieben können«, meinte Pat wehmütig. »Aber er war natürlich nicht für meine Liebe frei.«

Als Pat im November 1984 aus dem Übergangsheim entlassen wurde und offiziell auf Bewährung freikam, war sie siebenundvierzig Jahre alt. Sie hatte die höchstmögliche Strafe abgesessen. Die Bedingungen ihrer Bewährung schrieben ihr vor, daß sie sich bei einem Bewährungshelfer in Jonesboro, Georgia, meldete und bei Boppo und Papa am Arrowhead Boulevard in Jonesboro wohnte. Doch Pat erklärte ihrer Mutter, sie wolle nicht in dem Stadthaus der Radcliffes wohnen. »Hier in der Gegend sind zu viele Nigger«, entschied sie. »Hier wohne ich nicht.« Also zogen sie in ein kleines rotes Ziegelhaus in dem winzigen Flecken McDonough, Georgia. Es gab dort im ersten

Stock ein Zimmer mit einem eigenen Bad, das Pat gehören sollte. Sie kam endlich nach Hause.

Pat arbeitete weiterhin als Betreuerin im Fountainview, und sie hatte dafür gesorgt, daß ihre Tochter Debbie in der Schicht vor oder nach ihrer eingesetzt wurde. Debbie hatte sich unzählige Male von ihrem Mann getrennt und wieder mit ihm versöhnt. Sie war noch keine dreißig, und Dawn war fast vierzehn. Debbie war ziemlich unglücklich mit ihrem Leben und besuchte Susan und Bill oft in den hübschen Häusern, die sie fernab von Atlanta hatten, und Susan hörte sich mitfühlend die Litanei der Schwierigkeiten ihrer jüngeren Schwester an. Debbie hatte ihre Mutter sehr vermißt, während Pat in Hardwick war, weshalb sie sich freute, daß sie jetzt zusammenarbeiteten. Weder Pat noch Debbie hatten eine Ausbildung als Betreuerin oder Hilfsschwester. Beide lernten erst.

Pats Rückkehr in die Familie gestaltete sich von Anfang an problematisch. Lange hatten ihre Angehörigen geglaubt, Pats Heimkehr würde das Happy-End nach so vielen schlechten Jahren bilden, doch die Realität war anders. Pat inszenierte immer noch Tobsuchtsanfälle, um ihren Willen durchzusetzen. »Ich dachte, Pat würde glücklich sein, wenn sie herauskommt!« weinte Boppo sich bei Susan aus. »Sie kann nie glücklich sein. Ich habe alles für sie getan. Gäbe es noch etwas, würde ich es tun. Jetzt will ich einfach in Frieden leben.«

Zuerst war da einmal Ashlynne, Ronnies Tochter. Im Gefängnis hatte Pat sich darüber geärgert, daß ihre jüngste Enkelin bei Boppo und Papa lebte. Als sie nach Haus kam, mußte sie feststellen, daß das Enkelkind immer noch die Gunst Margureittes hatte. Die jetzt zwei Jahre alte Ashlynne hatte sich in einem schrecklichen Zustand befunden, als Boppo sie in ihre Obhut genommen hatte – ungewaschen, die Windeln seit Tagen nicht gewechselt, der Kopf voller Läuse. Ronnie wohnte in der Nähe, aber er war drei- oder viermal verheiratet gewesen – niemand wußte genau, wie oft –, und sein Leben war zu instabil, als daß er sich richtig um seine Tochter hätte kümmern können. Ashlynne brauchte Boppo, und Boppo sagte oft: »Wie kann jemand ein Kind nicht lieben?«

Ashlynne machte ihr Bettchen naß. Jedesmal nahm Pat ihr ein Spielzeug weg und sperrte es in einen Schrank. Irgendwann blieb Ashlynne überhaupt kein Spielzeug mehr. Pat kaufte Ashlynne Kleidung bei Garagenverkäufen. Daran war nichts Ungewöhnliches, nur daß sie immer die verblichensten, schäbigsten Kleider aussuchte. Darin sah Ashlynne wie ein Flüchtlingskinds aus. Wenn Pat es nicht sah, warf Boppo die gebrauchten Kleider in den Müll. Pat drängte ständig, Ashlynne solle nach Hause gehen und bei Ronnie leben. Sie dürfe Boppos Zeit nicht in Anspruch nehmen. Alle Babys in der Familie schienen Pat zu bedrohen.

Schließlich entwickelte Pat auch noch ein manisches Interesse an ihrer Herkunft. Boppo rang die Hände und rief: »Warum gräbst du denn in der Vergangenheit, Pat? Ich habe dir alles erzählt, was ich weiß.« Boppo telefonierte häufig mit Susan oder Debbie und klagte über ihre Lage. »Deine Mutter ruft alle ihre Tanten an und stellt Fragen nach ihrem wahren Vater. Jetzt bezweifelt sie sogar, daß ich wirklich ihre Mutter bin und Kent ihr Bruder war! Mein ganzes Leben lang habe ich deine Mutter geliebt. Ich weiß einfach nicht, was ich noch tun soll. Wird sie denn jemals glücklich sein?«

Susan versuchte, ihre Großmutter zu trösten, aber Boppos Verzweiflung über den Aufruhr in ihrem Haus ließ sich nicht besänftigen.

»Deine Boppo ist sehr müde, Susan«, sagte sie leise. »Mein Körper ist erschöpft, und ich bin einfach müde. Ich sehe in den Spiegel und kann nicht glauben, daß diese alte Frau mit den weißen Haaren und den Falten im Gesicht ich bin. Eines weiß ich sicher – dein Großvater und ich haben viel durchgemacht, aber wir lieben einander, wie wir das immer getan haben.«

Boppo und Papa waren jetzt wirklich alt, aber da Pat wieder da war, fanden sie keinen Frieden in ihrem Leben. So hätte es nicht sein sollen. Jedenfalls nicht, wenn man danach ging, wie Boppo sich an ihr Leben erinnerte. »Ich war stets am glücklichsten, wenn ich Kinder um mich hatte«, sagte sie. »Ich half denjenigen, die mich am meisten brauchten. Natürlich habe ich sie alle gleich geliebt. Ich tat nur einfach etwas für diejenigen, die mich am meisten brauchten. Ganz gleich, was auch geschieht, alle wissen, daß ihre Boppo immer für sie da ist.«

Es ergab sich so, daß Pat immer diejenige war, die sie am meisten brauchte.

Pat und Debbie kamen einander näher. Angesichts von Susans und Bills ›albernen Umzügen im ganzen Land‹ konnte Pat sich wenigstens darauf verlassen, daß Debbie in ihrer Nähe blieb. Gary Cole, Debbies Ehemann, der lange Zeit gelitten hatte, kam eines Abends nach Hause und stellte fest, daß seine Frau, seine Tochter und die Möbel fort waren. Pat hatte Debbie ermutigt und geholfen, in ein eigenes Apartment zu ziehen und alles mitzunehmen, was sie brauchen konnte.

Zu Thanksgiving 1984 fuhren Boppo, Papa und Pat nach Norden, nach Marion, Indiana, um den Feiertag bei Bill und Susan zu verbringen. Susan freute sich, daß mit ihrer Mutter scheinbar alles in Ordnung war. Aber einige Wochen später hatte Pat in Kentucky einen ihrer ›plötzlichen Anfälle‹, und nach mehreren Stunden voller Sorge erfuhr Susan, daß sie im Krankenhaus war. Einen Tag später kam Pat zu den Alfords, als wäre nichts geschehen. Susan verspürte ein vertrautes Frösteln, unterdrückte es jedoch. Sie wollte – vielleicht mehr als jeder andere in Pats Familie – an ihre Mutter glauben, aber auch ihr fiel es schwer, die kleinen, besorgniserregenden Absonderlichkeiten zu übersehen.

Pat war besessen davon, Susan alles wegzunehmen, was Boppo ihr im Lauf der Jahre geschenkt hatte. Sie sagte, sie würde alles durch Dinge ersetzen, die keinen so großen sentimentalen Wert besaßen. Dennoch verlief der Besuch gut, und Susan genoß es, ihre Mutter bei sich zu haben. Sie kam zu dem Schluß, daß sie nur Gespenster gesehen hatte.

Im März 1985 kam Pat zu einem langen Besuch. Susans Freunde fanden sie bezaubernd. »Sie liebten Mom«, erzählte Susan. »Aber wenn sie weg waren, sagte Mom, daß sie alle haßt, weil sie zuviel von meiner Zeit in Anspruch nahmen. Sie wollte, daß ich die ganze Zeit bei ihr im Haus blieb.« Pat bestand erneut darauf, Susans Schränke und Schubladen und Abstellräume und sogar Bills Arbeitszimmer nach Boppos Geschenken zu durchsuchen. »Ich räume nur auf«, erklärte sie, als Susan fragte, was sie da machte. »Du willst diesen Kerzenhalter nicht – oder dieses Silberservice. Jetzt, da ich draußen bin, kannst du das alles Boppo zurückgeben.«

Susan ließ sie gewähren, und Pat ersetzte einige der Dinge, die sie wegschaffte, aber der Ersatz kam aus Billigläden. Die schweren Silberteile tauschte sie gegen dünn versilberte Gegenstände aus, die überhaupt nicht mit denen zu vergleichen waren, die sie wegnahm. Als Susan und Bill später wieder packten, um diesmal nach Florence, Alabama, umzuziehen, erkannte Susan erst, wieviel aus ihrem Haus fehlte. Als sie in McDonough zu Besuch war, sah sie die meisten ihrer Sachen im Zimmer ihrer Mutter. Sie war verblüfft, aber nicht wirklich zornig. Es blieb ja in der Familie.

Pat und Debbie verlegten sich auf private Pflege in den Häusern und Wohnungen von alten Patienten. Susan war unendlich dankbar, daß ihre Mutter arbeitete, und ihr gefiel der neue Berufsweg ihrer Mutter. Pat war sehr gefragt.

Zu Bill Alfords Karriere gehörte schnelles Eingreifen in Notfällen, um Firmen mit schlechten Verkaufsergebnissen zu retten, hauptsächlich auf dem Gebiet der Büroeinrichtungen. Das bedeutete häufiges Umziehen, aber er war gut und stieg in seinem Gebiet ständig auf. Er war froh, weit weg von Atlanta und den Siler-Taylor-Radcliffe-Familienkrisen zu sein. Wenn sie einen Besuch machten, beschwichtigte Susan ihn ständig und flüsterte ›Sei nett zu ihnen, Bill!‹ Das half wenig, doch sein Sarkasmus war so subtil, daß er ihren Angehörigen oft gar nicht auffiel.

Pat kam häufig zu Besuch, als sie im Sommer 1985 nach Florence, Alabama, zogen. Die Alfords hatten ein wundervolles Haus, und Susan richtete es in einem gemütlichen ländlichen

Stil ein, wobei sie zahlreiche Antiquitäten verwendete. Pat war gern dort, spielte mit Sean und Courtney und ließ sich von Susan versorgen. Das Haus in Florence war mit einem Pool ausgestattet, und Pat saß gern daran in einem Liegestuhl. Sie trug keinen Badeanzug – nach ihrem anfänglichen Gewichtsverlust in dem Übergangsheim hatte sie wieder beträchtlich zugelegt – aber manchmal sprang sie in Shorts und Bluse ins Wasser.

Es war in Florence, als Susan im nächsten Frühjahr entdeckte, daß sie zum dritten Mal schwanger war. Sie war dreiunddreißig, und sie und Bill hatten keine Kinder mehr eingeplant, waren jedoch glücklich. Ihre Mutter war es nicht. »Du bist zu alt, um noch ein Kind zu bekommen«, behauptete Pat. »Die einzige Möglichkeit für dich besteht darin, es loszuwerden.«

»Mom!«

»Es wird dich schwächen, das sage ich dir. Du wirst nie wieder gesund sein. Was ist mit Sean und Courtney? Wenn du stirbst, werden sie keine Mutter haben. Du betrügst die beiden.«

Pat erklärte, daß sie bereits jetzt für die Familie ihre ganze Freizeit für Nähen und Sticken opfere. Sie könne unter gar keinen Umständen auch noch ein fünftes Enkelkind versorgen. Susan fand die übertriebene Bedeutung, die sie den von ihr genähten Sachen beimaß, fast bemitleidenswert.

Trotz der düsteren Warnungen ihrer Mutter brachte Susan ihren zweiten Sohn Adam am 5. Januar 1987 zur Welt. Wegen Komplikationen, die nichts mit ihrem ›fortgeschrittenen Alter‹ zu tun hatten, wurde ein Kaiserschnitt nötig. Auf Susans Verlangen wurde Pat aus dem Kreißsaal verbannt, doch sie drang in den Aufwachraum vor, indem sie dem Arzt erklärte, sie wäre eine diplomierte Krankenschwester.

Susan wollte sie nicht bei sich haben. »Ich kann nicht sagen, warum. Vielleicht, weil sie gewollt hatte, daß ich mein Baby abtreibe. Ich drehte einfach mein Gesicht zur Wand. Der Geburtshelfer und der Kinderarzt waren persönliche Freunde von Bill und mir. Sie erklärten Mom, ich wäre die junge Mutter, und sie würden stets die Mutter entscheiden lassen, was sie wollte.«

Vielleicht hatte Pat sich ernsthaft Sorgen um Susans Gesundheitszustand gemacht. Sie machte jedenfalls ein solches Aufhebens um Adam, daß niemand auf die Idee gekommen wäre, wie sehr sie darum gekämpft hatte, daß Susan ihn abtreiben ließ. Man hätte meinen können, er sei ihr erstes Enkelkind.

Im Juni 1987 nahm Susan ihre Kinder und fuhr nach McDonough, um Boppo, Papa und ihre Mutter zu besuchen. Sie hatte nur eine Woche bleiben wollen, aber sie wurde krank. »Es war die seltsamste Krankheit, die ich jemals hatte«, erinnerte sie sich später. »Ich wollte im Juli heimfahren, aber ich mußte noch ein paar Tage bleiben, weil mit mir etwas nicht stimmte. Bill rief ständig an und wollte, daß wir heimkommen, aber ich sagte: ›Ich kann nicht fahren. Meine Füße funktionieren nicht richtig.‹ Sie taten schrecklich weh. Ich hatte echte Schwierigkeiten, wenn ich das Gaspedal oder die Bremse treten wollte. Eines Morgens dachte ich dann, ich könnte es schaffen. Ich mußte versuchen heimzufahren. Sean hatte seinen Lernführerschein, aber ich dachte, ich könnte auf dem Expressway fahren, indem ich die Tempoautomatik einschaltete, sobald ich erst die richtige Geschwindigkeit hatte. Meine Mutter wollte nichts davon hören. Sie sagte: ›Du schaffst das nicht, Susie. Du bist krank. Du bist schwach.‹ Als sie sah, daß ich trotzdem aufbrach, schlug sie die Hände zusammen, und sagte ›Na schön! Wenn du dich umbringen willst, dann tu es.‹ Das sagte Pat immer. Sie hatte es auch gesagt, als ich ihr erklärte, daß ich meine Schwangerschaft mit Adam nicht unterbrechen würde.«

Susan und die Kinder fuhren also Richtung Alabama, und es ging ganz gut, bis sie auf den Expressway kamen. Das Tempolimit war fünfundsechzig Meilen pro Stunde, aber Susan hatte größte Schwierigkeiten, schneller als fünfunddreißig zu fahren. Ihr Fuß konnte das Gaspedal nicht weiter durchdrücken. »Ich mußte endlich nach unten greifen und mit meinen Händen meinen Fuß auf das Gaspedal pressen. Ich dachte, wir würden nie nach Hause kommen.«

Susan hatte auch Schmerzen in den Händen. Nach ihrer

Heimkehr mußte sie eine Zeitlang ihre Hände aneinanderpressen und sie drücken, ihre Beine reiben und ihre Füße massieren, um etwas Erleichterung zu finden. Es war die schlimmste Grippe, verbunden mit Gliederschmerzen, die sie je gehabt hatte. Ihre Haut wurde grau, und ihre Augen starrten ihr aus dem Spiegel wie tot entgegen. Immer wieder sagte sie zu Bill: »Ich ertrage den Schmerz in meinen Füßen nicht. Ich kann kaum gehen.«

Susans Arzt versuchte ein Antibiotikum nach dem anderen, aber es ging ihr immer nur noch schlechter. Am Ende meinte er, sie habe möglicherweise zu viele Medikamente genommen. »Ich setze die Antibiotika vollständig ab. Sie haben einfach eine besonders schlimme Grippe.«

»Aber ich hatte keine Energie«, erinnerte sich Susan. »Ich kam kaum noch in die Arztpraxis. Bill war besorgt. Er sagte: ›Ich muß dich wieder gesund machen, weil du ein sechs Monate altes Baby und noch zwei Kinder zu Hause hast.‹ Allmählich fühlte ich mich etwas besser.«

Susan brauchte sechs Wochen, um wieder auf die Beine zu kommen.

Adam bereitete den Alfords ebenfalls Sorgen. Zwei Wochen lang hatte er unerklärliche Darmblutungen. Sie hatten Angst, es könne etwas wirklich Ernstes sein. Die Ärzte testeten ihn auf alles, was es nur gab, und setzten ihn endlich auf eine spezielle Diät. Das schien zu wirken, aber er konnte kein festes Essen verdauen, bis er fast ein Jahr alt war. Da auch Debbie Anfälle von blutigem Durchfall gehabt hatte, schlugen die Ärzte vor, Susan und Bill sollten die Krankengeschichten ihrer Angehörigen durchgehen, ob es noch weitere Familienmitglieder gab, die an rektalen Blutungen gelitten hatten.

»1987 hatte ich zwei Vorhaben«, erinnerte sich Susan. »Erstens wollte ich alle unsere Vorfahren durchgehen, um festzustellen, ob einer von ihnen etwas Ähnliches wie Adam hatte. Zweitens wollte ich ein Buch schreiben. Ich wollte ein wirklich optimistisches, anregendes Buch über meine Mutter und die Familie schreiben. Mutter hatte soviel durchgemacht, hatte so viele Jahre im Gefängnis verbracht, aber jetzt hatte sie einen guten Job, half Menschen und hatte sogar im Gefängnis anderen Menschen geholfen, indem sie Unterricht erteilte. Wir anderen hatten auch gelitten. Wir waren noch immer gefühlsmäßig von diesen schlimmen Jahren erschöpft. Ich wollte ein Buch mit einem Happy-End über die Familie schreiben, die über die geistige Krankheit und die Drogensucht eines Mitgliedes triumphiert hatte. Meine Familie war nicht perfekt – niemand ist das –, und der Himmel wußte, daß wir sicher alle unsere Absonderlichkeiten hatten, aber ich dachte, wir hätten das alles ganz gut überstanden. Ich unterdrückte meine Ängste. Ich ignorierte noch immer die Warnsignale. Dafür wünschte ich mir zu sehr, daß alles in Ordnung käme.«

43. Kapitel

Pat Taylor hatte 1987 eine Pechsträhne. Nachdem Mrs. Mansfield gestorben war, die sie lange gut gepflegt hatte, fand sie keine neue Stelle. Debbie konnte, wenn sie wollte, jederzeit als Arzthelferin arbeiten. Sie war jung und attraktiv und hatte eine großartige Figur. Für Pat war es nicht annähernd so einfach. Sie hatte nur zehn Schulklassen absolviert und war fünfzig. Mittlerweile hatte sie so stark zugenommen, daß sie älter aussah, als sie in Wahrheit war. Fast über Nacht war sie von einer schlanken, ätherischen Dame zu einer stämmigen Frau mittleren Alters geworden. Sie liebte noch immer exquisite altmodische Kleider mit Spitze und Handstickereien, und um eine Kleiderpuppe in ihrem Schlafzimmer in Papas und Boppos Haus hatte sie ein schönes Hochzeitskleid aus dem Jahr 1880 geworfen – eine weiße, geisterhafte Gestalt, die in einer dunklen Ecke stand. Das alte Kleid hatte Größe acht, Pat trug Größe zweiundzwanzig. Sie schwelgte in ihren Kostümen, konnte sich jedoch nicht mehr in sie hineinzwängen. Falls sie noch von Romanzen und vollkommenem Liebesglück träumte, sprach sie nicht mehr darüber.

Früher, als sie mit ihren Kindern Susan, Debbie und Ronnie bei Boppo und Papa gelebt hatte, da hatte Pat ihren Eltern oft unterstellt, ihr wegen des Geldes böse zu sein, daß sie und ihre Kinder verschlangen. »Wenn es euch zu teuer ist, mich zu unterstützen«, hatte sie mehrere Male geschrien, »dann muß ich eben in einem Schnellimbiß arbeiten!« Das war nur eine leere Drohung gewesen. Für Pat war ein Schnellimbiß der schlimmste Ort, an dem eine Frau aus ihren Verhältnissen arbeiten konnte. 1987, zwanzig Jahre später, mußte sie einen Job aus stellvertretende Geschäftsführerin in einem ›Pizza Hut‹ in Stockbridge annehmen. Ihren Kindern erzählte sie, daß sie ungefähr zwanzigtausend Dollar im Jahr verdiente, wenn man die Vergünstigungen dazurechnete.

Wie sie diese Arbeit haßte! Es kam ihr noch schlimmer als ein Schnellimbiß vor. Die Edelstahlschüsseln mit Pizzateig waren schwer und verursachten ihr Schmerzen im Rücken. Der Geruch von Tomatensoße und Oregano hing in ihrem kastanienbraunen Haar und drang sogar in ihre Haut ein. Mit den jüngeren Geschäftsführern und den Mitarbeitern kam sie nicht gut aus.

Das Leben war nicht fair zu Pat. Susan hatte ein schönes Haus und einen guten Ehemann, Debbie war sonnengebräunt, wild und sexy, wie Pat es früher einst gewesen war, und Boppo hatte einen Mann, den sie über alles liebte. Aber Pat?

Pat hatte nichts. Sie hatte keine Liebe, keine Zukunft, kein Geld, und sie hatte das einzige Zuhause verloren, das sie sich jemals gewünscht hatte. Sie entwickelte eine Faszination für antike Puppen und wollte sie sammeln. Und dann wollte sie echte antike Karussellpferde haben. Sie wollte eine wahre Südstaaten-Lady sein. Es gab so viel, das sie sich wünschte. Irgendwie mußte es eine Möglichkeit geben, das alles zu bekommen.

44. Kapitel

»Pat wollte nicht für die Crists arbeiten, wissen Sie«, erinnerte sich Margureitte Radcliffe. »Ich glaube, es war der Sohn der beiden, der sie anrief, weil sie so wundervolle Referenzen für ihre Arbeit mit alten Leuten hatte, und er flehte sie an, beschwor sie geradezu, sich um seine Eltern zu kümmern. Eine sehr feine alte Familie. Sehr, sehr wohlhabend.«

Pat kündigte im ›Pizza Hut‹ und war froh, den Geruch von Tomatensoße und Oregano loszuwerden (ganz gleich, was ihre Mutter später behauptete), und arbeitete für Elizabeth und James Crist.

Die Crists lebten seit Jahrzehnten in einem Herrenhaus auf einem riesigen, gepflegten Grundstück an der Nancy Creek Road in der Nähe des Peachtree Country Clubs von Atlanta. Der Besitz der Crists entsprach genau Pats altem Traum von einer Plantage. Das Haus besaß hellgrüne Holzwände, drei Geschosse, Seitenflügel, Giebelfenster, Erker und einen Wintergarten. Das Haupthaus hatte Zimmer für die Hausmädchen und eine angebaute Garage für vier Autos. Auf dem Gelände befanden sich ein Teich, ein Pool und ein Grillplatz. Das Herrenhaus war mindestens einhundertfünzig Meter von der Nancy Creek Road zurückversetzt. Die Zufahrt führte zwischen Nadelbäumen, Eichen, Mistelbüschen und gewaltigen Rhododendren hindurch, die den weitläufigen Rasen beschatteten. Vom Haus aus blickte man nach hinten in einen Wald. Die Crists waren in der Tat ›sehr, sehr wohlhabend‹.

Im Frühjahr 1987 brauchten die Crists Hilfe. James Crist litt unter der Parkinsonschen Krankheit. Betty Crist rief eine Freundin an, die an der Peachtree Plaza arbeitete, und fragte, ob sie einen Vorschlag habe. »Ja«, antwortete die Freundin. »Es gibt da eine Frau namens Patricia Taylor, die sehr gut sein soll.«

Betty Crist rief Pat Taylor im Haus der Radcliffes an und vereinbarte ein Vorstellungsgespräch. Die untersetzte Bewerberin wirkte tüchtig und intelligent, ruhig und wohlerzogen. Die elegante Einrichtung des Hauses der Crists beeindruckte sie offenbar nicht. Pat Taylor wurde engagiert. Als Anfangslohn sollte sie zehn Dollar pro Stunde und die Mahlzeiten erhalten. Sie begann am 1. Mai 1987 mit ihrer Arbeit für die Christs. Debbie stieß bald zu ihr und übernahm die Nachtschichten.

Die Christs hatten zwei Söhne und eine Tochter, die ebenfalls der Meinung waren, Pat Taylor sei die ideale Lösung für die gesundheitlichen Probleme ihres Vaters. Auf diese Weise konnte er in dem Haus an der Nancy Creek Road bleiben und brauchte nicht in ein Pflegeheim zu gehen.

Elizabeth Crist war sechsundsiebzig, eine fröhliche, gesunde und intelligente Frau. Sie selbst bedurfte keiner Pflege – aber sie hatte Gelenk- sowie Bandscheibenschäden, so daß sie ihren Mann nicht heben konnte. James und Elizabeth waren schon lange miteinander verheiratet und liebten einander voller Hingabe. Durch Pats Arbeit konnte Betty in der ihm noch verbleibenden Zeit mit ihrem Mann zusammen sein.

Susan und Bill Alford lebten 1987 noch immer in Florence, Alabama, und sie atmeten erleichtert auf, als sie eine Weile von den üblichen familiären Problemen verschont wurden. Pat schien an Adam zu hängen und gestand widerwillig ein, daß die Geburt Susan doch nicht umgebracht hatte, obwohl Susan in der Tat sechs Monate nach seiner Geburt einen schlimmen ›Schwächeanfall‹ gehabt hatte, als sie in Boppos Haus zu Besuch war. Niemand hatte jemals die Ursache dieser Krankheit festgestellt.

Susan und Bill freuten sich auch, daß Pat und Debbie offenbar Jobs gefunden hatten, die ihnen gefielen und als Betreuerinnen eines wohlhabenden Paares nahe dem Peachtree Country Club arbeiteten. Das waren gute Neuigkeiten. Susan machte sich kaum Sorgen, als sie einen Anruf von Boppo erhielt.

»Susan«, fragte ihre Großmutter, »weißt du, wieviel Geld deine Mutter bei ihrer Arbeit verdient?«

»Nein, das hat sie nicht erwähnt.«

»Also, Debbie sagt, daß sie viel Geld verdient – daß deine Mutter soviel wie Bill verdient.«

»Oh«, erwiderte Susan, »das glaube ich nicht. Du weißt, wie Mom übertreibt. Und Debbie auch. Ich bin nur dankbar, daß die beiden einen Job haben, der ihnen zusagt, und daß sie zusammenarbeiten können.«

Pat schien allerdings etwas mehr Geld zu verdienen als in der Vergangenheit. Als in diesem Sommer das Siler-Familientreffen in White Lake, North Carolina, stattfand, verkündete sie stolz, sie würde für ihre Mutter und ihren Vater ›auf ihre alten Tage sorgen. Ich habe einen großen Glasbehälter, den ich ständig mit Geld fülle. Mutter kann jederzeit hineinlangen, wann immer sie will, und sich eine Handvoll Geld herausnehmen.‹

Susan wußte, daß das lächerlich war. Trotz des Vermögens, das sie an Anwaltskosten für Pat verloren hatten, unterstützten Boppo und Papa noch immer ihre Tochter. Das Geld, das Pat verdiente, gab sie hauptsächlich für sich aus. Es existierte tatsächlich ein Glasbehälter mit Geld, aber Boppo faßte nur vorsichtig hinein, um Pat eine Freude zu machen. Susan wollte keinen Ärger verursachen. Ihre Mutter neigte zu Großspurigkeit, und es war ausgeschlossen, daß Pat für Boppo und Papa sorgte. Vielleicht fühlte ihre Mutter sich wichtig, wenn sie den Tanten und Cousins diese Geschichte auftischte. Pat war über fünfzig, und sie war stets von ihren Eltern abhängig gewesen. Wenn sie ein paar Münzen in einen Behälter für Boppo legte, wem schadete das schon?

Pat wurde plötzlich auch dem Rest der Familie gegenüber großzügig und schenkte allen kleine Schmuckstücke und alte Bücher – Dinge, die sie selbst mochte. Ihren Enkelkindern schenkte sie seltsame altmodische Spielzeuge, die diese bald gegen Plastikzeug aus der Ladenkette *Toys ›R‹ Us* vertauschten. Neben ihren viktorianischen Karten und Puppen legte Pat eine neue Sammlung an: antike Hutnadeln. Sie behauptete, die verstorbene Mrs. Mansfield habe ihr – und Debbie – viele Dinge geschenkt, die sie bewundert hatten.

Im Herbst und Winter des Jahres 1987 arbeitete Pat immer

länger bei den Crists. Sie erklärte, daß Elisabeth Crists Gesundheit nachließ, so daß es jetzt mehr zu tun gebe. Es klang so, als sei es nicht mehr der ideale Job. Pat und Debbie beklagten sich, daß die alten Crists knauserig waren, und erzählten, wie ›gewöhnlich‹ es doch war, daß sie ihre Mülleimer mit Zeitungspapier auslegten, anstatt Müllsäcke aus Plastik zu benützen. Sie sagten, für sie gäbe es nur eine alte kleine Couch zum Schlafen. Dennoch blieben Pat und Debbie in ihrer Stellung. Es war das längste Arbeitsverhältnis, das Pat jemals eingegangen war.

Mitte Juni 1988 war es aus. Pat erklärte ihrer Familie, es sei schade, aber es habe ein Problem mit der Krankenversicherung der Crists gegeben. »Die Versicherung weigerte sich, noch länger für die Betreuerinnen zu zahlen«, behauptete sie. »Deshalb konnten uns die Crists nicht behalten.«

Colonel Radcliffe wurde im Juli fünfundsiebzig. Er wirkte gesund und attraktiv, sah nicht einmal wie sechzig aus, als er für eine Reihe Familienfotos mit Bill, Susan, Debbie, Pat, Sean, Courtney, Adam, Ronnie, Ashlynne und Boppo posierte. Sie stießen mit Eistee an. Es war ein glücklicher Abend.

Da keine neue Anstellung als Pflegerin in Aussicht war, eröffnete Pat ihr eigenes Geschäft im Haus ihrer Eltern in McDonough. Sie nannte ihre Firma ›Patty's Play Pals‹ – Pattys Spielgefährten. Sie ließ sich Geschäftskarten drucken. Sie nähte Puppenkleider und arbeitete an antiken Puppen, die sie in ihren früheren Zustand versetzte. In dieser Hinsicht war sie sehr geschickt. Boppo und Papa gaben ihr das Zimmer neben ihrem Wohnzimmer, und bald wurde es eine gefragte ›Puppenklinik‹.

Dutzende von Puppen erfüllten den Raum. Trat man dort ein, war es wie ein Schritt in die Vergangenheit, in die dreißiger Jahre dieses Jahrhunderts. Pat nähte bis spät in die Nacht, und ihr Arbeitsbereich wurde von einer nackten Glühbirne erleuchtet, die an einer Verlängerungsschnur hing.

An Wochenenden packte Pat ihre ›Spielgefährten‹ sorgfältig ein und fuhr mit ihnen zu Hobbyausstellungen, Tauschbörsen und Flohmärkten. »Es machte mich traurig«, erinnerte sich Susan, »zu sehen, wie meine Mutter in ihrem Alter mit Puppen auf Flohmärkten herumzog. Das wirkte so demütigend für sie, fast noch schlimmer als ihre Arbeit in der Pizzeria. Sie fuhr zu diesen Tauschbörsen und Flohmärkten, wo sie ihre Puppensachen aus dem Kofferraum ihres Autos heraus verkaufte.«

Es gab zwar keine Männer mehr in Pats Leben, aber sie gewann eine sehr enge Freundin, eine Lehrerin namens Miss Loretta. Miss Loretta sammelte ebenfalls antike Puppen, und die beiden hatten viel gemeinsam: Beide waren sie untersetzte Frauen mittleren Alters mit einem einsamen Leben und unerfüllten Träumen. Miss Loretta war nie verheiratet gewesen.

Pat wurde Miss Loretta gegenüber schnell ebenso besitzergreifend, wie einst Hap Brown und Tom Allanson gegenüber. Sie war nie fähig gewesen, eine offene Bindung zu wichtigen Menschen in ihrem Leben zu unterhalten. Bei Miss Loretta war das nicht anders. Pat krallte und klammerte. Sie ertrug es nicht, daß ›ihre‹ Leute ein Leben ohne sie führten. Sie mußte jedes Detail ihrer Aktivitäten erfahren.

Obwohl Pat einige ihrer hervorragend restaurierten Puppen für Hunderte, sogar Tausende Dollars verkaufte, bot Patty's Play Pals keine ständige Einkommensquelle, und Pat mußte sich noch einen anderen Job suchen. Sie arbeitete für den Golden Memories Shop in Stockbridge, ein Laden, der nur Kommissionsware verkaufte – alten Schmuck, Krimskrams und Gerümpel. Zumindest kam dieser Job Pats Interessen eher entgegen als die Arbeit in einer Pizzeria. Die Pizzeria, in der sie einmal beschäftigt gewesen war, befand sich genau gegenüber, und Pat schauderte bei der Vorstellung, daß sie jemals dort gearbeitet hatte. Im Golden Memories verdiente sie fünfundvierzig Dollar am Tag. Am Ende eines jeden Tages öffnete sie die Registrierkasse und bezahlte sich selbst in bar. Sie war so dick geworden, daß es ihr schwerfiel, den ganzen Tag auf den Beinen zu sein. Pat kaufte sich in einem Wal-Mart Drugstore einen Klappstuhl und setzte sich, wenn mal kein Kunde da war.

Wäre Tom Allanson in den Golden Memories Shop gekommen, hätte er seine frühere Frau wahrscheinlich nicht wiedererkannt. Die zerbrechliche Südstaatenschönheit war längst unter Speckfalten begraben worden. Und die süße Stimme, die ihn einst zu Tränen gerührt hatte, klang inzwischen ganz anders.

Pat erteilte entweder herrische Befehle oder seufzte dumpf und matt, und ihre Stimme war schroff und tonlos.

Nach vierzehn Jahren war Tom noch immer im Gefängnis. Und er war mit einer anderen Frau verheiratet. Überraschenderweise hegte er keinen Groll gegen Pat. Das wäre auch nicht sein Stil gewesen. Was noch viel vernichtender für Pat gewesen wäre, hätte sie es gewußt – Tom dachte überhaupt nicht mehr an sie.

45. Kapitel

In einem Moment schmerzhafter Enthüllungen gestand Margureitte Radcliffe einmal Susan ihre schlimmste Angst. »Ich habe Alpträume, daß ich fälschlicherweise eines Verbrechens angeklagt und ins Gefängnis gesteckt werde. Davor habe ich die meiste Angst.«

Susan war nicht überrascht. Manchmal schien es ihr, als hätten ihre Mutter und ihre Großmutter ein gemeinsames Gehirn. Sobald Pats Emotionen in den Keller stürzten, fühlte sich auch ihre Mutter elend. Sie war praktisch selbst im Gefängnis gelandet, als Pat dorthin mußte.

Susan ihrerseits vertraute Boppo ihre schlimmste Angst nicht an. Sie wagte es nicht. Boppo wäre außer sich gewesen. »Es war keine rationale Angst«, räumte Susan ein. »Zumindest glaubte ich das damals. Ich hatte Angst, Bill könnte sterben, und meine Mutter würde bei mir einziehen und mein Haus und mein Leben übernehmen. Ich konnte vor mir sehen, wie sie die Türen versperrte und niemanden hereinließ, der mich besuchen wollte – und mich nie nach draußen ließ. Es war ein erstickendes Gefühl.«

Bill Alford wurde wieder versetzt – diesmal zurück in die Gegend von Atlanta. Die Alfords kauften ein schönes Haus in der Nähe des Brookstone Country Clubs. Sean besuchte die

High-School. Er war zu einem großen, sehr attraktiven jungen Mann herangewachsen, der oft mit seinem Vater auf dem privaten Golfplatz von Brookstone spielte. Auch Courtney spielte als einziges Mädchen ihrer Altersklasse Golf, und sie nahm Ballettstunden. Adam war ein hinreißender kleiner Junge mit blauen Augen.

Pat arbeitete noch immer im Golden Memories Shop, führte ihr Puppengeschäft weiter und nähte bis in die Nacht hinein, wie sie das in Hardwick getan hatte. Sie besuchte Susan oft in ihrem neuen Haus und klagte, wie sehr sie es haßte, ständig arbeiten zu müssen. »Ich will bloß Zeit mit meinen Enkelkinders verbringen«, sagte sie seufzend. »Ich ertrage die Arbeit nicht mehr. Sie wird mir einfach zu hart.« Da sie im Gefängnis gewesen war, hatte Pat die Kinderjahre ihrer älteren Enkel versäumt. Dennoch schien sie an allen zu hängen – mit einer Ausnahme. Sie entwickelte noch immer keine Gefühle für Ronnies Tochter Ashlynne, und sie behauptete weiterhin zänkisch, das Kind habe kein Recht, bei Boppo und Papa zu leben. Boppo ignorierte ihre Klagen. Ashlynne blieb weiterhin bei ihnen – basta! Ashlynne war der einzige Punkt, in dem Boppo sich gegen ihre Tochter stellte. »Ich glaube, Boppo liebte Ashlynne so, wie sie einst Mom geliebt hatte«, überlegte Susan später. »Und meine Mutter wußte das.«

Als Adam im November 1988 die Mandeln herausgenommen wurden, war seine Großmutter Pat bei ihm, hielt ihn in ihren Armen und versprach ihm Eiscreme. Sie saß im Krankenhaus neben seinem Bett, wann immer Susan ihn für einen Moment verlassen mußte. Susans Augen wurden feucht, wenn sie daran dachte, wie glücklich sie doch waren, ihre Mutter wieder bei sich zu haben.

Sie war mit ihrem Buch über ihre Mutter nicht besonders weit gekommen. Bei allen diesen Umzügen und dem Einrichten neuer Häuser war es ihr schwergefallen. Sie hatte sich so viele Geburts- und Sterbeurkunden der Familie schicken lassen, wie sie nur aufspüren konnte. Sie wußte, wie hart Margureittes Jahre als Jugendliche gewesen waren, und sie wußte von ihren drei frühen und schwierigen Schwangerschaften. Sie fand eine

Vermutung bestätigt, die sie schon immer gehegt hatte – daß ihr Onkel Kent Selbstmord begangen hatte. Sie fand keine Krankengeschichten anderer Verwandter mit rektalen Blutungen, doch das erschien ihr nicht mehr so wichtig. Adam war über dieses angsteinflößende Symptom hinausgewachsen.

Bill Alford arbeitete als Vizepräsident in der Leitung einer Firma, die so solide wie der Marmor am Stone Mountain wirkte. Doch dann wurde die Firma von einer anderen aufgekauft. Unmittelbar vor Weihnachten 1988 verlor Bill seinen Job. Susan und Bill hatten bereits die gesamte Familie zum Weihnachtsessen eingeladen, und sie ließen sich nicht anmerken, was sie gerade durchmachten. Fotos, die von der Feier an diesem Tag geschossen wurden, deuteten nicht an, daß etwas nicht stimmte. Vier Generationen einer wirklich schönen Familie beim Weihnachtsessen.

»Es war hart«, erinnerte sich Susan, »aber wir haben es geschafft. Niemand ahnte, was passiert war. Bill bekam einen anderen Job. Ich nahm zwei Teilzeitjobs an.«

Tagsüber stand Susan als Aushilfslehrerin abrufbereit. Abends arbeitete sie in Kaufhäusern wie Macy's und später Sears als Hausdetektivin. Sie lernte es, geschickt ihr Aussehen mit Perücken und Sonnenbrillen zu verändern. Sie war nicht groß, aber sie war schnell, und sie hatte ein gutes Auge für verräterische Bewegungen der ›Kunden‹. Sie arbeitete gut mit den Sicherheitsmännern zusammen und stellte zahlreiche Ladendiebe. Susan hatte am College Kriminologie und Psychologie studiert. Ihre Mutter verachtete Polizisten: »Sie sind so dumm, daß sie keine andere Arbeit finden können«, behauptete Pat oft. Doch Susan zog ernstlich eine Karriere bei der Polizei in Betracht.

Bills neuer Job wirkte vielversprechend, und sie atmeten erleichtert auf. Wie so viele Paare zwischen dreißig und vierzig lebten sie gut, vielleicht zu gut. Das Haus in Brookstone war genauso schön oder sogar noch schöner als ihr Haus in Florence, und die Hypothekenzahlungen waren saftig. Ihre Kinder waren daran gewöhnt, alle möglichen Sonderwünsche äußern zu können. Sean erhielt an seinem siebzehnten

Geburtstag einen eigenen Wagen, mit Fahnen und Luftballons geschmückt.

Auch wenn Susan jetzt selbst hart arbeitete, tat es ihr noch immer weh, ihre Mutter auf dem wackligen Klappstuhl im Golden Memories zu sehen. Debbie arbeitete als Sprechstundenhilfe für Dr. Francisco Villanueva*. Susan fragte sich manchmal, wieso Pat und Debbie nicht wieder als Pflegerinnen arbeiteten. Pat hätte damit sicher mehr verdienen können, doch keine der beiden schien zu diesem Beruf zurückkehren zu wollen.

Pat war besessen von Sorgen über ihre Zukunft. Was sollte nur aus ihr werden? Sie bat Bill, ihr zu versprechen, sie nie allein zu lassen. Wenn er und Susan ihr versichern könnten, daß sie ihr ein kleines Haus hinter ihrem eigenen Haus bauen und sich um sie kümmern könnten, würde sie sich viel besser fühlen. Susan erkannte, daß ihre Mutter nicht so stark war, wie sie vorgab, und nicht überleben konnte, wenn Boppo nicht mehr da war.

Pat erklärte ihnen, sie würde sich auch wegen Sean und Courtney Sorgen machen. Sie bedrängte die beiden, ihre Testamente zu ändern und sie als Vormund der Kinder und als ihre Testamentsvollstreckerin einzusetzen, falls ihnen beiden etwas Tragisches zustoßen sollte. Sie entschuldigte sich für die chaotischen Jahre. »Ich verstehe, warum ihr mich nicht früher in eure Testamente setzen konntet. Ich war nicht ich selbst. Ich war krank. Aber das ist jetzt anders. Ich nehme an, ihr habt in euren Testamenten bestimmt, daß Boppo und Papa sich um die Kinder kümmern sollen?«

Susan nickte halbherzig. In Wahrheit hatten sie und Bill seinen Bruder und seine Schwägerin benannt. Susans Familie befand sich schließlich ständig in Aufruhr. Aber sie wollte die Gefühle ihrer Mutter nicht verletzen.

»Nun«, fuhr Pat eiligst fort, »das wollen wir doch ändern und meinen Namen an erste Stelle setzen. Die beiden werden alt, und es wäre sehr schlimm, wenn ich nicht an erster Stelle eingetragen wäre. Schreibt mich zuerst auf, dann Boppo und danach Papa.« Pat kam oft auf die Testamente der Alfords zu sprechen, aber Bill schaffte es immer, von diesem Thema abzulenken.

Manchmal sprach Pat von ihrem eigenen Tod, als würde er unmittelbar bevorstehen. Sie kaufte sich eine Grabstelle oben in North Carolina, wo Großmutter und Großvater Siler – und Kent – begraben waren. Sie fragte Susan, ob sie das türkisfarbene Umstandskleid haben könne, das Susan während ihrer Schwangerschaft mit Adam getragen hatte. Natürlich gab Susan es ihrer Mutter. Susan hatte es im neunten Monat ihrer Schwangerschaft getragen. Pat, die über hundert Pfund zugenommen hatte, kam nur mit Mühe hinein.

»Na bitte«, sagte Pat. »Jetzt habe ich mein Hochzeits- und mein Totenkleid. Was immer mir auch zustößt, ich bin bereit.«

Susan biß sich auf die Lippen. Es war traurig, daß ihre Mutter sich mit so wenig zufriedengab. Für Pat würde es keine Hochzeit mehr geben. Sie ging nie mehr aus, es sei denn zusammen mit Miss Loretta oder zu einem der Familienmitglieder.

Im Februar 1989 fühlte sich Pats Tante Liz Porter in North Carolina nicht gut, und Pat bestand darauf, hinzufahren und sich um sie zu kümmern. Tante Liz war stets ihre schlanke, schöne Tante gewesen, die süße Tante, die nicht mit einem Scheckbuch umgehen konnte, selbst wenn ihr Leben davon abgehangen hätte. Sie hatte ihren Sohn Bobby allein großgezogen, nachdem ihr Ehemann verschwunden war. Lange Zeit war Liz eine sagenhaft attraktive Frau gewesen. Doch jetzt war sie über siebzig und ziemlich gebrechlich.

Pat zog zu Tante Liz, um sie zu versorgen – gerade rechtzeitig, wie sie bald behauptete, weil es rapide bergab ging mit ihrer Patientin. Liz wurde rasch so schwach, daß sie nicht gehen konnte. Pat mietete einen Rollstuhl und schob ihre Tante zärtlich herum. Sie erklärte dem Arzt ihrer Tante, sie hätte viel Erfahrung im Umgang mit den Behinderungen, die durch ein fortgeschrittenes Alter entstanden.

Pat pflegte Tante Liz sechs Wochen lang rund um die Uhr und schloß sie praktisch vom Rest der Welt ab. Sie erklärte ihrem

Cousin Bobby und seiner Frau Charlotte, seine Mutter wäre viel zu krank, um Besuch zu empfangen. Sie redete den beiden oft aus vorbeizukommen und versicherte, Tante Liz würde sich viel schneller erholen, wenn sie sich ungestört ausruhen konnte. Pat war die einzige Pflegerin und Gesellschafterin ihrer Tante. Sie beriet Liz auch in ihren juristischen Angelegenheiten und drängte sie, ein ordentliches Testament machen zu lassen. Eine Zeitlang sah es so aus, als würde Elizabeth Porter nicht überleben. Ihr Arzt war betroffen, wie schnell seine Patientin verfiel. Als Pat zu Boppo und Papa zurückfuhr, schien festzustehen, daß sie ihre Tante nicht wiedersehen würde.

Pat beklagte sich bei ihrer Mutter, daß sich niemand bei ihr für die zärtliche Pflege der Tante auch nur bedankt hatte. Boppo war über diesen Mangel an Anerkennung beleidigt. »Eure Mutter«, sagte sie zu Susan und Debbie, »war stets ganz freundlich zu alten Leuten, Kindern und Tieren. Was immer eure Mutter auch tut, es wird von ihren Cousins und Cousinen falsch ausgelegt, und ich weiß nicht wieso. Würde eine andere dasselbe sagen oder tun, wäre es absolut in Ordnung, aber nicht bei eurer Mutter. Eure arme Mutter mußte verstört von dort weg und nach Hause fahren. Ich bin schockiert, wie ihre Cousins und Cousinen sie behandelt haben, und dabei wollte sie doch nur helfen. Eure Mutter arbeitet härter als irgend jemand sonst, den ich kenne, beschäftigt sich ständig mit etwas, näht bis in die Nacht hinein . . .«

Susan verstand zwar nicht, wie die Näharbeit ihrer Mutter bei Nacht Tante Liz helfen oder schaden sollte, aber offenbar hatte es in North Carolina böse Szenen gegeben, und Pat war nicht länger als Pflegerin ihrer Tante erwünscht.

Zur freudigen Überraschung aller erholte sich Elizabeth Porter allmählich. Im Frühling konnte sie wieder gehen und wirkte viel munterer. Obwohl sie durch ihre Krankheit sichtbar gealtert war, konnte sie mit ihren Schwestern im Sommer 1989 an dem Siler-Familientreffen teilnehmen. Bobby und Charlotte Porter, Liz' Sohn und Schwiegertochter, waren bei der Familie auf deutliche Kälte gestoßen, weil sie Pat weggeschickt hatten. Vorsichtshalber gingen sie nicht zu dem Treffen in White Lake.

Sie hatten Pat kritisiert, und Boppo ließ es nicht zu. Mit Ausnahme von Bobbys Mutter Liz schlugen sich die überlebenden ›Righteous Sisters‹ auf Boppos Seite.

Susan arbeitete in diesem Sommer noch immer in zwei Jobs. Adam war erst zweieinhalb, und sie wollte ihn nicht bei Fremden lassen. Bill arbeitete an vielen Abenden, Sean liebte seinen kleinen Bruder, aber auch er hatte abends zu arbeiten, und Courtney war zu jung für so viel Verantwortung. Boppo und Papa erklärten sich gern bereit, an drei Tagen in der Woche auf Adam aufzupassen und ihn zweimal übernachten zu lassen.

Pat war sichtlich verärgert über diese Abmachung. Sie hatte nicht gewollt, daß Ashlynne bei Boppo und Papa lebte, und sie wollte auch Adam nicht dort haben. Endlich wurde Pats Denkweise ihrer älteren Tochter klar. »Ich wollte es nicht glauben«, sagte Susan später. »Ich wollte, daß mit meiner Mutter alles in Ordnung war, aber ich mußte endlich erkennen, daß jeder – buchstäblich jeder –, der Aufmerksamkeit von ihr ablenkte, ihr Feind war. Meine Mutter wollte um jeden Preis Boppos kleines Mädchen sein. Es spielte keine Rolle, daß Mom dreiundfünfzig Jahre alt war. Ashlynne – und dann Adam – nahmen ihr Scheinwerferlicht weg. Pat freute sich über Adam, wenn er in meinem Haus war, aber sie wollte ihn nicht in ihrem Haus.«

Als Susan, Sean und Adam eines Abends bei sich zu Hause waren, schlug Adam erst Sean und dann sich selbst ins Gesicht und zischte: »Pst! Sei still!«

»Mom«, fragte Sean, »woher hat er das?«

»Adam«, fragte Susan, »was machst du da?«

Er sah sie an, schlug sich noch einmal auf den Mund und murmelte: »Großmutter Pat.«

Sean war wütend. Obwohl er ein Teenager war und begann, sich von seiner Familie zu lösen, hing er an seinem kleinen Bruder. Der Gedanke, daß jemand Adam geschlagen hatte – selbst wenn es Großmutter Pat war –, machte ihn schrecklich wütend.

Susan wurde gefühlsmäßig in zwei Richtungen gezogen. Sie

liebte ihre Mutter, die ihr stets gesagt hatte, sie könne alles erreichen, die Mutter, die ihr so wundervolle Briefe geschickt hatte und deren liebevolle Handarbeiten in jedem Zimmer von Susans schönem Heim zu sehen waren. Sie liebte ihre Mutter, die ihnen allen für siebeneinhalb Jahre weggenommen worden war und jetzt nach Hause zurückgekehrt war. Gleichzeitig hatte Susan endlich begriffen, daß ihre Mutter selbstsüchtig, eifersüchtig und unreif war und von dem Verlangen verzehrt wurde, mehr und mehr *Dinge* zu besitzen. Pat war sechzehn Jahre älter als Susan. In Wahrheit war jedoch Susan die Erwachsene.

Weil sie ihre Mutter liebte, fiel es Susan schwer, ihren Verdacht zu akzeptieren, Pat habe Adam körperlich gezüchtigt. Sie strich das aus ihren Gedanken und glaubte, ihr kleiner Junge habe nur einen leichten Klaps erhalten. Vielleicht hatte er versucht, mit ihren Puppen zu spielen. Susan wußte, daß ihre Mutter es nicht ertrug, wenn Adam oder Ashlynne ihre Puppen berührten.

Genau wie Susan über ihre Mutter widersprüchlich dachte, brachte sie auch ihrer einzigen Schwester zwiespältige Gefühle entgegen. Susan liebte Debbie, war jedoch mit einigen Dingen, die sie tat, nicht einverstanden. Die beiden Schwestern waren so unterschiedlich wie Tag und Nacht. Das war immer so gewesen. Doch sie waren Kameradinnen, fast im selben Alter, und sie konnte über die seltsamen, wenn auch vorhersehbaren Schrullen in ihrer Familie lachen.

Debbie behauptete, Sex zu verabscheuen, und doch hatte Susan gesehen, wie sie ihre Bluse hochhob und sich Lastwagenfahrern nackt zeigte, wenn sie beide auf dem Freeway an den mächtigen Trucks vorbeifuhren. Debbie hatte eine sensationelle Figur und arbeitete manchmal als Servierin in den knappsten Kostümen, die das Gesetz gerade noch erlaubte. Sie war entweder überschäumend, oder deprimiert, je nachdem, wie ihr Liebesleben im Moment verlief. Ihre Ehe war seit Jahren nur noch eine Verstandesehe. Dawn, jetzt schon ein Teenager, war so schön wie die anderen Siler-Frauen.

Jahrelang hatten Susan und Bill sich Debbies Klagen über ihre Ehe und ihre zeitweise Beziehung zu Mike Alexander angehört, einem verheirateten Mann, der sporadisch versprach, sich scheiden zu lassen und sie zu heiraten. Das Haus der Alfords war stets ein sicherer Hafen für Debbie gewesen, wenn ihre Welt zusammenbrach. Sie strahlte eine Unbekümmertheit aus, die sie liebenswert machte, selbst wenn sie einem auf die Nerven ging. Was immer sie tat, sie war Susans Schwester, und sie beide hatten gemeinsam wahrlich schlimme Zeiten durchgemacht.

Sie hatten schon vor langer Zeit gelernt, über die theatralischen und hysterischen Anfälle ihrer Mutter zu lachen. Pat war oft beleidigt gewesen über etwas, das Debbie oder Susan während eines Telefongespräches sagten. Dann hörten sie jedesmal, wie es im Hörer polterte, und danach herrschte Totenstille. Pat war brillant, was das Timing der ›unterbrochenen Anrufe‹ anging, weil ihre Töchter unweigerlich hörten, wie eine Wagentür und dann die Haustür zuschlug – Boppo und Papa kamen heim –, und dann die Ausrufe, wenn sie die ohnmächtige Pat auf dem Fußboden mit dem Telefonhörer in der Hand fanden. Boppo griff jedesmal zum Hörer und fragte: »Was hast du denn jetzt deiner Mutter wieder angetan?«

Debbie und Susan hatten gelernt, ihr Kichern zu unterdrücken. Sie wußten, daß es ihre Mutter hundertprozentig gutging. Doch Boppo glaubte offenbar noch immer an jeden Ohnmachtsanfall, an jede plötzliche Krankheit.

Wenn Miss Loretta, Pats spezielle Freundin, sich mit einem Anruf verspätete, war Pat sicher, daß sie einen Unfall auf dem Freeway gehabt hatte und tot im Graben lag. Loretta rief jedesmal an, und alles kam wieder in Ordnung. Hysterie gehörte einfach zu Pats Charakter.

Debbie rief manchmal Susan an und berichtete von einem von Boppos Anrufen. Beide konnten ihre Großmutter perfekt imitieren, auch wenn sie klug genug waren, es nicht vor ihr zu machen.

»Debbie, deine Mutter ist in einen gräßlichen, gräßlichen Wolkenbruch geraten, der aus Alabama herübergezogen ist. Wir stehen in ständigem Kontakt mit der State Patrol, falls man etwas von ihr hört.« Debbie sagte dann zu Susan: »Ich bin es so verdammt leid, von der State Patrol zu hören. Wir beide wissen doch, daß Mom das absichtlich macht, nur um Aufmerksamkeit zu erregen.«

Und natürlich war es so. Jedesmal kam Pat acht oder neun Stunden zu spät und legte einen dramatischen Auftritt hin. Doch seit Ashlynne bei Boppo und Papa war, schien sich niemand mehr große Sorgen um Pat zu machen. Wenn sie endlich auftauchte, triefend naß und erschöpft von einem weiteren ›gräßlichen, entsetzlichen Gewitter‹, und Papa gelassen Ashlynne in den Schlaf wiegte und leise auf sie einredete, lief Pat jedesmal rot an und fragte: »Was macht sie denn hier?«

»Ronnie kann heute abend nicht zu Hause sein«, sagte Boppo dann beruhigend.

»Verdammt, er kann gefälligst herkommen und sie holen! Sie ist sein Kind, nicht das eure!«

Pat verabscheute offenbar ihre eigene Enkelin. Und Susan vermutete, daß Adam auch nicht mehr willkommen war.

46. Kapitel

Am 25. Oktober 1989 wurde Tom Allanson endlich aus dem Gefängnis entlassen. Sie ließen ihn in Jackson ungern gehen. Er verstand mehr von den Einrichtungen des Gefängnisses als sonst jemand vom Personal. Darüber hinaus war er ein netter Kerl, der mit allen gut auskam. Er war über fünfzehn Jahre hinter Gittern gewesen, längst vergessen von den Radcliffes und der ganzen Familie, ausgenommen Susan, die ihm gelegentlich auch weiterhin geschrieben hatte. Nona und Paw waren bereits gestorben, und Tom und seine Tante hatten sich einander entfremdet. Sein Sohn Russ hatte ihn in Jackson besucht, als er achtzehn wurde, und sie hatten zögernd begonnen, einander kennenzulernen. Doch Tom hatte keine Ahnung, wo Sherry war.

Auf Tom wartete ein guter Job. Seine Erfahrung mit Abwässern sorgte dafür, daß er gefragt war. Sein neuer Chef hatte die Stelle für ihn ein Jahr lang offen gehalten, und er überreichte Tom die Schlüssel für den Firmenlastwagen, sobald er durch das Gefängnistor kam.

Auch eine Braut wartete auf ihn. Tom und Liz waren zwar bereits eine sogenannte Konsensehe eingegangen, aber sie wollten eine reguläre Hochzeit. Sie heirateten an dem Tag, an dem Tom freikam. Mit Daten war er noch nie gut gewesen. Ihm fiel nicht auf, daß der 25. Oktober das Datum war, an dem er vor mehr als zwei Jahrzehnten Little Carolyn geheiratet hatte. Es hätte für ihn allerdings keine Rolle gespielt, weil das scheinbar schon hundert Jahre zurücklag.

Tom dachte auch nicht an Pat. Sie lag tausend Jahre hinter ihm. Sie war ihm nicht mehr wichtig genug, um sie zu hassen.

Susans wachsende Ängste, wenn sie Adam bei Boppo, Papa und ihrer Mutter ließ, wurden bald hinfällig. Sie war das nächste Familienmitglied, das krank wurde und zu arbeiten aufhören mußte. Im Dezember 1989 zog Susan sich scheinbar eine hartnäckige Grippe zu. Sie hatte Kopf- und Gelenkschmerzen und konnte nichts bei sich behalten. Sie blieb mit Adam zu Hause, aber sie konnte sich nicht um ihn kümmern, und sie konnte nicht einmal mit der Weihnachtsbäckerei anfangen, wie sie gehofft hatte. Nach den ersten zwei Wochen setzten sich ihre Gelenkschmerzen in ihren Händen und Füßen fest, ein zermürbender Schmerz, als wären ihre Gliedmaßen in unsichtbare Schraubstöcke geraten. Es war ein vertrauter Schmerz, ganz ähnlich dem, den sie im Sommer 1987 gehabt hatte, als sie unter so schlimmen Umständen von ihren Großeltern nach Florence, Alabama, heimgefahren war. Doch diesmal war es schlimmer. »Ich mußte ständig meine Hände reiben und kneten und versuchen, diesen schrecklichen Schmerz aus ihnen zu vertreiben. Es tat so weh, daß ich nachts davon wach wurde.«

Pat kam von McDonough nach Brookstone und verkündete, sie würde für Susan sorgen. »Mom ließ mich nichts machen«, erinnerte sich Susan. »Sie kümmerte sich um Adam, sie kochte für Bill und Courtney und Sean, und sie sorgte dafür, daß ich nicht unter Flüssigkeitsmangel litt. Sie machte mir Suppe oder Tee und saß bei mir, bis ich etwas zu mir genommen hatte. Ich wußte nicht, was ich ohne sie hätte machen sollen.«

Bill und Sean waren alles andere als dankbar. Sie machten sich über Pats Kochkünste lustig. Schlimmer noch, sie scherzten, daß sie fürchteten, Pat könne alle vergiften. Es war ein schlecht gehütetes Geheimnis, daß Großmutter Pat wegen eines Giftanschlags mit Arsen im Gefängnis gewesen war, und Bill und Sean hatten beide Sinn für schwarzen Humor.

»Mom war kein Meister in der Küche«, räumte Susan ein. »Sie bemühte sich, aber – ich sage es ungern, weil es gemein klingt – meine Mutter ist für ihre Kochkünste nicht berühmt. Sean und Bill schmeckten die von Pat gekochten Speisen nicht. Ihr ›berühmter Thunfisch‹ ertrank in Öl und Mayonnaise. Sie schöpfte nie das Fett von der Spaghettisoße oder von Chili ab.«

Susan flehte Bill und Sean an, Pat gegenüber freundlicher zu sein. Aber die beiden lachten nur und leerten ihre Teller in den Mülleimer, sobald Pat ihnen den Rücken zudrehte. Dann trafen sich ihre Blicke, und wie auf ein geheimes Signal stahlen sich die beiden davon und aßen in einem Restaurant.

Susan war dankbar, daß ihre Mutter da war. Sie war so schwach, daß sie sich nicht mehr um Adam oder das Haus kümmern konnte. Sie nahm zwanzig Pfund und mehr ab. Zuerst hatte sie nur dunkle Ringe unter den Augen, doch dann schienen ihre Augen selbst in den Schädel zu sinken. Sie war schon einmal krank gewesen – in diesen sechs schrecklichen Wochen in Alabama –, aber diesmal hatte es sie noch schlimmer getroffen.

Pat verbannte Bill und die Kinder aus Susans Zimmer und warnte sie, Susan sei zu krank, um Gesellschaft zu vertragen; doch Sean schlich sich heimlich zu seiner Mutter hinein. »Mom«, fragte er mehr als einmal, »glaubst du, daß sie dir vielleicht etwas eingibt, damit du krank wirst?«

»*Sean*!«

»Nun, sie hat es schon früher mit anderen Leuten gemacht.

Sie läßt uns nicht zu dir. Sie ist da unten und klappert mit Töpfen und Pfannen, als wäre sie auf jemanden wütend. Wann geht sie nach Hause?«

»Ich brauche sie, Sean«, erklärte Susan geduldig.

»Ich wünschte, sie würde heimgehen. Und ich werde jedenfalls nichts essen, was sie kocht. Und Dad auch nicht.«

Susan war zu schwach und zu krank, um ihm zu widersprechen. Bill war an zu vielen Abenden unterwegs, und sie brauchte einen Erwachsenen im Haus, der ihr half, auf die Kinder aufzupassen. Sie war zu schwach und zu krank, um zu erkennen, daß ihre größte Angstvision längst Wirklichkeit geworden war: Ihre Mutter isolierte sie vollständig von der Außenwelt.

Ihre Mutter hatte die Herrschaft über ihr Haus erlangt!

Niemand kam, um Susan zu besuchen, und sie fragte sich, wieso das so war. Sie wußte nicht, daß Pat nicht an die Tür ging und die Vorhänge zugezogen hatte, damit das Haus verlassen aussah. Pat richtete Susan auch keine Botschaften von Anrufern aus. »Ich fand später heraus«, erinnerte sich Susan, »daß meine Schwägerin oft gekommen war, um mich zu besuchen, aber niemand ging an die Tür.«

So war sie – die fürsorgliche Patricia Radcliffe Taylor: Sie isolierte die Menschen, die sich in ihrer Obhut befanden. Sie hatte Jean von Paw und Nona ferngehalten sowie Bobby Porter von Tante Liz. Und jetzt hatte sie Susan buchstäblich in ihrem eigenen Haus eingesperrt.

Weihnachten kam, und Susan war zu krank, um das Essen zu machen. Die ganze Familie feierte bei Margureitte und dem Colonel. Wieder war es ein Fest, bei dem alles idyllisch wirkte. Pat hatte unzählige Stunden darauf verwendet, um ein sagenhaftes Puppenhaus für Courtney zu bemalen und auszustatten. Sean nannte es ›South Fork‹. Es hatte vier hohe Säulen vor der Veranda, die mit roten Bändern umwickelt waren, damit sie weihnachtlich wie Zuckerstangen aussahen, Anbauten auf jeder Seite des Hauptgebäudes, Spitzenvorhänge an allen Fenstern und schwarze Fensterläden. An solchen Kunstgegenständen arbeitete Pat gern. Puppen und Puppenhäuser, kleine Welten, die sie sich selbst schuf. Es gab kein Puppenhaus für Ashlynne, was traurig war, weil die Mädchen fast im selben Alter waren. Courtney bedankte sich höflich bei ihrer Großmutter, aber sie war ein kleines Mädchen, das sich viel mehr für Sport interessierte als für Puppenhäuser und Miniaturmöbel.

Als sie sich zum Essen setzten, schob ›Großmama Pat‹ Adams Kinderstuhl anderthalb Meter vom Tisch zurück, so daß er an der Wand saß und seine Sicht auf die Familie von einem antiken Geschirrschrank verstellt war. Susan sah, daß ihm die Tränen kamen, weil er verbannt worden war. Sie stieß Bill an, und er schob Adam wieder zurück.

Das Essen war wunderbar, und Susan versuchte es, aber nach ein paar Bissen fühlte sie sich flau im Magen. Später machte Bill zu Hause von ihr ein Foto, wie sie in ihrem Nachthemd in einem Sessel saß. Sie sah wie der Tod aus – eingesunkene Augen, Haut wie Pergament.

Seit einem Monat hatte sich Susan nicht mehr um Adam kümmern können. Ihre Hände schmerzten so sehr, daß sie sie kaum gebrauchen konnte. Bill bestand darauf, daß es sich nicht um eine bloße Grippe handeln konnte. Am 19. Januar 1990 brachte er sie in die Notaufnahme des Kennestone Hospital in Marietta zur Untersuchung. Ihr Arzt hatte keine Ahnung, warum sie krank war, aber er erstellte ein vorläufige Diagnose: ».079.9: Virales Syndrom.«

Eine komplette Blutsenkung, eine Speichelkultur und eine Harnanalyse erbrachten nichts. Susan war dehydriert, weil sie sich so oft übergeben hatte. Sie erhielt intravenös Flüssigkeit, um ihren Zustand zu stabilisieren, und wurde dann entlassen. Bill verlangte eine weitergehende Untersuchung. Er wollte, daß ihre Haare und ihre Fingernägel analysiert wurden. Er wollte einen Arsentest durchführen lassen!

Susan weigerte sich standhaft. »Ich konnte nicht einmal daran denken. Ich wolle nicht glauben, daß meine Mutter mir so etwas angetan haben könnte. Nicht absichtlich. Dieser Gedanke war einfach zu schrecklich.«

Pat kümmerte sich auch weiterhin um Susan. Sie wohnte nicht in dem Haus der Alfords am Brookstone Country Club, aber sie war ständig am Krankenbett ihrer Tochter, die ihr dafür dankbar war. Sie wußte nicht, was sie ohne ihre Mutter hätte machen sollen. Sie überlegte, ob sie Gelbsucht hatte oder vielleicht sogar Krebs. Seit drei Monaten war sie nun krank, und eine Besserung war einfach nicht in Sicht. Sie wußte nicht einmal, ob sie ihr Kind, den kleinen Adam, überhaupt noch hochheben konnte. Ihre Mutter ließ es sie nicht einmal versuchen. In solchen Dingen konnte Pat sehr unnachgiebig sein. Sie ließ Susan nicht in die Nähe des Kindes.

Adam vermißte seine Mutter. Und Susan vermißte ihn so sehr, daß sie es kaum aushielt. Als sich eines Nachts ihre Mutter an ihrem Bett aufhielt, wurde Adam wach. Susan hörte ihn in seinem Zimmer weinen. Eine Weile spielte er in seinem Bett und fing dann wieder zu weinen an.

»Mom«, flehte Susan. »Ich muß ihn beruhigen.«

Pat sah ihre Tochter empört an. »Willst du ihn auch umbringen? Willst du das?«

Susan stand aus dem Bett auf und stützte sich an den Möbeln ab, während sie zur Tür wankte.

»Geh wieder ins Bett!« befahl Pat. »Ich kümmere mich um ihn.«

»Mom«, sagte Susan, »er will mich sehen. Ich muß zu ihm.«

»Du willst mir doppelte Arbeit machen, indem ich mich um euch beide kümmern soll? Wieviel muß ich denn noch ertragen?«

Susan gab auf. Sie kroch wieder ins Bett, aber sie hörte ihren kleinen Jungen noch immer. Sie wartete, bis ihre Mutter am anderen Ende des Hauses war, dann schlich sie sich durch den Korridor zu Adams Zimmer und nahm ihn auf die Arme. »Er war so glücklich, mich zu sehen! Er legte seinen kleinen Arme um mich und betastete mein Gesicht und sah mich an. Wahrscheinlich hatte er gedacht, ich wäre für immer weggegangen.«

Susan hörte nichts außer Adams freudigen Lauten. Sie war froh, ihn wieder in ihren Armen zu halten, und er lachte leise, weil er seine Mutter wiedersah. »Ich habe keine Bewegung gehört«, erzählte sie, »aber als ich mich halb umwandte, stand sie da. Sie starrte mich nur an. Ich weiß nicht, warum, aber es machte mir angst. Ich wich einen Schritt zurück und sagte: ›Mom! Du hast mich halb zu Tode erschreckt!‹«

»Warum bist du auf?« fragte Pat kalt.

»Mom, er vermißt mich. Ich muß ihn ein wenig halten.«

»Na bitte, wenn du dich selbst und ihn umbringen willst, mach nur so weiter. Ich muß mich schon um dich kümmern. Niemand denkt jemals an mich.«

Susan legte Adam wieder in sein Bettchen und kehrte langsam in ihr Zimmer zurück. Im Haus war es warm, aber sie fröstelte. Wieso hatte ihre Mutter nichts gesagt, sondern hatte nur in der Tür gestanden und sie stumm angestarrt? Ihre Miene war voller Haß gewesen. Böse. Zum ersten Mal hatte Susan tatsächlich Angst vor ihrer eigenen Mutter.

Am Morgen war das Gefühl vorbei. Zurück blieb nur ein nebelhafter Schimmer von Furcht. Aber Susan war schon so lange krank, daß es ihr manchmal schwerfiel, klar zu denken.

Im März war Susan immer noch krank. Ihre Füße schmerzten so sehr, daß sie seit vier Monaten keine Schuhe mehr trug. Und dann hatte sie zwischendurch wieder gute Tage. Sie war noch lange nicht gesund, aber es ging ihr besser.

In der Fortsetzung der Tradition der jungen und schwangeren Bräute in der Siler-Familie heiratete Debbies achtzehnjährige Tochter Dawn. Debbie bat Susan, die Fotos bei der Hochzeit zu machen, und Susan versprach es, fragte sich aber gleichzeitig, wie sie sich anziehen, hohe Absätze tragen und während der Zeremonie und des Empfangs auf den Beinen halten sollte.

Dawns Hochzeit fand am 10. März 1990 statt. Sie war eine schöne blonde Braut, und wenn ihr auch aufgrund der Schwangerschaft ein wenig übel war, ging es ihr nicht so schlecht wie ihrer Tante Susan. Susan schaffte es mit äußerster Anstrengung, sich für die Hochzeitsfotos auf den Beinen zu halten.

Susan trug ein weißes Seidenkleid, das viel zu groß für sie war, und sie mußte den Gürtel vier Löcher enger schnallen. Die

Ringe unter den Augen ließen sie zehn Jahre älter aussehen, als sie war. Pat trug ihr ›Hochzeits- und Totenkleid‹, das türkisfarbene Kleid, das einmal Susans Umstandskleid gewesen war. Debbie wählte ein sehr teures Kleid aus weißem Satinbrokat und Spitze. Am nächsten Tag brachte sie es in den Laden zurück.

Es war, wie Susan feststellte, eine typische Familienhochzeit, zumindest typisch für ihre Familie. Oberflächlich wirkte alles schön. Unter der Oberfläche gab es jedoch Geheimnisse, Lügen, Ausflüchte und Ängste, die an den Fundamenten der Familie nagten.

Obwohl es keiner von ihnen jemals zugegeben hätte, hatte der ganze Siler-Radcliffe-Clan Susan und Bill Alford und ihre Kinder um ihren Lebensstil beneidet. Keiner wußte, wie nahe die Alfords zu Weihnachten 1988 daran gewesen waren, alles zu verlieren. Es war für Susan und Bill eine Frage des Stolzes, daß sie ihre eigenen Probleme gelöst, sich aus ihrem wirtschaftlichen Treibsand befreit und weitergemacht hatten.

Im Frühjahr 1990 gab es im Leben der Alfords nicht mehr viel, um das ihre Verwandten sie beneiden hätten können. Bills neue Firma wurde ebenfalls von einem größeren Konzerns aufgekauft, und Bill und Susan bezweifelten, daß er erneut schnell einen gleichwertigen Job finden würde, auch wenn Susans Gesundheit sich so weit gebessert hatte, daß sie wieder arbeiten konnte. Sie stritten ständig, und dann stürmte einer von ihnen aus dem Haus. Sie hatten ganz allgemein Angst, fürchteten sich wegen ihrer finanziellen Verpflichtungen zu Tode, ärgerten sich über Seans mittelmäßige Noten und sorgten sich über die Zukunft. Die emotionale Spannung war zerstörerisch.

»Wir gaben Sean zu oft Stubenarrest und ließen ihn lernen«, erinnerte Susan sich bedauernd. »Aber wir dachten, wir würden es richtig machen. Er war krank von der Spannung und den Streitigkeiten in unserem Haus – und ich nahm ihm das nicht übel. Es war eine sehr schlimme Zeit.«

Sean war verliebt und war mehr mit der Familie seiner Freundin als mit seiner eigenen zusammen. Im Juni machte er den Abschluß an der High-School, und Bill, der nur schwer auf große Gesten verzichten konnte, mietete einen Cadillac, mit dem er seinen Sohn zum Abschlußball fuhr. Sean posierte in seinem Smoking vor der Kamera seiner Mutter.

Es sollte eines der letzten glücklichen Fotos werden. Als Sean achtzehn wurde, zog er zu seiner Freundin in das Haus ihrer Eltern und kehrte seiner eigenen Familie den Rücken. Er wollte nichts mehr mit ihren Streitigkeiten, ihren Sorgen und ihrem Leben zu tun haben. »Wir ließen nicht zu, daß er seinen Wagen mitnahm, und ich hatte deshalb ein schlechtes Gewissen, weil es falsch war. Ich verlor die Beherrschung und schrie Sean an«, sagte Susan mit schmerzerfüllter Stimme. Sean war ihr Erstgeborener, ihr wundervoller kleiner Junge, der ein Mann geworden war. Aber nun war er aus dem Leben seiner Familie verschwunden, als habe er nie dazugehört.

Bald danach mußten die Alfords Bankrott anmelden. Sie hatten keine andere Wahl. Das wundervolle Haus am Brookstone Country Club war verloren, und Bill war wieder als Vertreter unterwegs. »Wir wußten nicht, wo wir wohnen sollten«, sagte Susan. »Wir konnten nirgendswohin, außer zu Boppo und Papa. Ich war deprimiert. Sean und alles, wofür wir gearbeitet hatten, war verloren, und ich mußte mit ansehen, wie Adam und Courtney ihre Zimmer, ihr Zuhause aufgaben. Als ich noch klein war, war Boppo stets zu unserer Rettung aufgetaucht – aber wir waren jetzt erwachsen, und es tat weh, zu ihnen ziehen zu müssen. Wir schämten uns schrecklich.«

Boppos und Papas kleines Haus in McDonough war bereits überfüllt. Pat hatte natürlich ihren Flügel – ihr Puppenzimmer, ihr Nähzimmer, ihr Schlafzimmer und das Bad. Sie weigerte sich, irgend jemanden durch *ihren* Eingang gehen zu lassen, weshalb Papa rasch aus unbehandelten Kanthölzern provisorische Stufen vor den Schiebetüren der Küche baute. Ashlynne lebte noch immer fünf oder sechs Tage pro Woche bei Boppo, und Papa und schlief in dem Schlafzimmer der beiden. Sie hatte ein eigenes Zimmer, doch Pat bestand darauf, daß es offiziell nicht Ashlynnes Zimmer war. Sie nannte es ›Gästezimmer‹.

Weitere Schlafzimmer gab es nicht. Die Alfords konnten nur in dem Wohnzimmer hausen und hatten keine Privatsphäre. Es war nur ein Zimmer mit Orientteppichen und allen Schätzen, die von den Radcliffes auf ihren Diensteinsätzen gesammelt worden waren. Bis Thanksgiving lebten sie zu acht in Boppos Haus – Boppo, Papa, Pat, Ashlynne, Bill, Susan, Courtney und Adam. Und das sollte nur das Vorspiel für den beginnenden Alptraum sein.

Susan hatte immer an ihre Großmutter geglaubt, komme, was da wolle, doch wenn Boppo ihr diesmal half, mußte sie sich gegen Pats Wünsche stellen. Vom dem Moment ihres Einzugs an machte Pat klar, daß sie Susan und Bill und die Kinder nicht im Haus *ihrer* Mutter haben wollte. Für Susan war das ein Schock. Sie hatte sich an den Glauben geklammert, daß eine Mutter – jede Mutter – ihrem Kind helfen und es beschützen würde. Sie täuschte sich. Pat sah in Susan nur eine Feindin, eine Rivalin um Boppos Liebe.

»Meine Mutter war empört, als wir in Boppos Haus zogen«, erzählte Susan. »Sie wollte uns da nicht haben. Ich hatte keine Ahnung, wie wütend sie sein würde. Sie war doch meine Mutter, und wir brauchten Hilfe. Aber wir drangen auf ihr Territorium vor. Genau wie Kent das getan hatte. Genau wie Ashlynne das tat. Sie wollte uns nicht. Vor allem wollte sie mich nicht dort haben.«

Adam vermißte seinen großen Bruder, und er vermißte sein eigenes Zimmer. Er verstand nicht, warum sie sein Haus verlassen und alle in einem Zimmer wohnen mußten. Er war ein sehr trauriger kleiner Junge. Stundenlang saß er in einem Stuhl am Fenster, legte den Kopf auf die verschränkten Arme und hielt Ausschau nach etwas.

Susan war noch trauriger. In den letzten anderthalb Jahren hatte ein Rückschlag den anderen abgelöst, und vier Monate lang hatte sie unter einer geheimnisvollen und gefährlichen Krankheit gelitten. Körperlich ging es ihr wieder besser. Sie hatte nicht mehr diese unerträglichen Schmerzen in Händen und Füßen. Aber sie konnte nicht zu weinen aufhören.

Zuerst versuchte sie, beim Kochen und bei den anderen

Arbeiten zu helfen, aber sie konnte ihrer Mutter nichts recht machen. Pat beobachtete sie ständig und kritisierte alles, angefangen vom Spülen einer Tasse bis hin zu der Art, in der sie ein Ei briet. »Ich gab einfach auf«, erinnerte sich Susan. »Zuletzt blieb ich im Wohnzimmer, saß auf der Couch und weinte. Bill kümmerte sich um die Kinder, spülte und erledigte die Besorgungen. Er saß am Küchentisch und redete mit allen und konnte noch immer lachen. Er war wunderbar. Ich wußte, daß auch er sich schrecklich fühlte, aber ich konnte ihm nicht helfen. Ich war wie gelähmt.«

Susan hatte gesehen, was ihre Mutter mit Menschen tat, die auf ihr Territorium vordrangen. Sie griff sie da an, wo sie am verletztbarsten waren. Sie konzentrierte sich auf eine Schwäche und zielte auf die Stelle, an der es am meisten schmerzte. Obwohl Susan noch sehr jung gewesen war, als Kent Selbstmord beging, erinnerte sie sich daran, wie heftig ihre Mutter ihn attackiert hatte.

Und jetzt war sie zur Zielscheibe geworden.

Susan war so schrecklich traurig und so müde, daß sie sich kaum bewegen konnte. Ihr lag nichts mehr am Leben. Doch sie mußte Kinder großziehen. »Ich ging freiwillig ins Clayton Hospital«, sagte sie. »Früher hätte man meinen Zustand einen Nervenzusammenbruch genannt, doch jetzt nannte man ihn Depression. Ich habe ihnen jedenfalls nicht widersprochen. Ich war fünf Tage dort, und ich werde niemals den Tag vergessen, an dem ich heimkam. Meine Mutter kam herein, starrte mich voll Abscheu an und fragte: ›Wieso ist die denn wieder hier?‹«

Es wurde noch schlimmer.

Kurz vor Thanksgiving bemerkte Susan, daß Adam am Hinterkopf eine große kahle Stelle hatte. Sie holte ihn zu sich heran und untersuchte ihn genauer. Es sah aus, als habe jemand absichtlich mit einer Schere ein großes Büschel Haare abgeschnitten. Sie zeigte es Boppo, die sich Adams Haare ansah und, ohne eine Miene zu verziehen, sagte: »Ich sehe nichts, Susan. Für mich sieht alles absolut in Ordnung aus. Cliff, sieh dir das einmal an. Findest du, daß etwas mit Adams Haaren nicht stimmt?« Papa sah die große kahle Stelle auch nicht. Wäre Susan nicht so deprimiert gewesen, hätte sie gelacht.

Als zu Thanksgiving alle versuchten, das Beste aus einem schwierigen Feiertag zu machen, brachte Pat die Sprache auf Haare. Sie hatten gerade das Essen beendet, als sie davonstampfte und mit zweien ihrer Puppen zurückkam. Sie behauptete, Susan habe ihnen absichtlich die Haare am Hinterkopf abgeschnitten. Tatsächlich fehlten Teile der Perücken der Puppen. Ihre Hinterköpfe sahen aus wie der von Adam. »Susan hat es getan«, sagte Pat eisig. »Susan ist nach hinten gegangen und hat meine Puppen absichtlich ruiniert.«

Susan starrte ihre Mutter an und schüttelte den Kopf. Und dann erkannte sie mit entsetzlicher Klarheit, was hier vor sich ging. Es waren nicht Pats beste Puppen, sondern die billigsten. Sie wußte, daß ihre Mutter ihnen absichtlich die Haare abgeschnitten hatte, um sie zu beschuldigen. Sie wußte auch, daß ihre Mutter Adam absichtlich die Haare abgeschnitten hatte, wobei die Spitzen der Schere gegen seinen zarten Hals gerichtet gewesen waren.

»Ich begriff nicht, wieso Mom mich so sehr haßte«, sagte Susan. »Aber ich wußte, daß sie uns aus dem Haus drängen wolle, und ich erkannte, wie weit sie zu gehen bereit war. Adam war nicht verletzt, aber die Vorstellung, wie sie sich an seinen Haaren zu schaffen gemacht hatte, ließ mir einen eisigen Schauer über den Rücken laufen.«

Es war der letzte Tag, den die Alfords in diesem Haus verbrachten. Boppo und Papa wandten sich mit einer Miene an Bill und Susan, die Susan nur zu gut kannte. Mit diesem Gesichtsausdruck hatten die beiden früher schon Kent aus ihrem Haus gewiesen, weil er seine Schwester störte. Jetzt waren sie hier überflüssig.

Bill und Susan packten Courtney und Adam und verließen Boppos und Papas Haus. Sie konnten nicht weit gehen – das einzige Haus, in das sie sofort ziehen konnten, lag um die Ecke auf der Main Street von McDonough. Sie hatten gerade genug für die Miete gespart. Das Haus war alt, aber es hatte einen großen Garten und einen netten Vermieter.

Und es gehörte ihnen allein. Sie konnten die Türen schließen und absperren.

»Ich war noch nicht gesund«, berichtete Susan, »aber ich wußte, daß es mir von nun an bessergehen würde. Ich hatte noch keine Ahnung, was mir alles bevorstand. In unserer Familie hatte es schon früher Streit gegeben, aber alles hatte sich immer irgendwie eingerenkt. Diesmal war es anders.«

Für Pats Geschmack war Susan noch nicht weit genug von ihr weg.

»Es begann damit, daß meine Mutter mit dem Wagen in unsere Einfahrt bog und einfach dasaß«, sagte Susan. »Sie stieg nicht aus dem Wagen, und sie kam nicht an die Tür. Sie parkte dort eine Weile und starrte auf unsere Fenster, und dann fuhr sie rückwärts wieder hinaus.«

Zu Weihnachten, einen Monat später, war Debbie geschieden und wieder verheiratet – mit ihrem Geliebten Mike Alexander, der sich endlich von seiner Frau hatte scheiden lassen. Ronnie war mit Kathy verheiratet und bekam Geld von der staatlichen Arbeitsunfallversicherung für eine Verletzung, die er bei Bauarbeiten erlitten hatte. Er hatte bei seiner Arbeit etliche solcher Verletzungen erlitten, die zum Glück immer von der staatlichen Arbeitsunfallversicherung gedeckt waren. Susan und Bill kämpften dagegen weiter um ihre Existenzgrundlage.

Im Dezember erhielt Susan von ihrer Schwester einen bizarren Anruf. Sie brauchte eine Weile, um überhaupt zu begreifen, wovon Debbie sprach. Debbie und Pat arbeiteten schon seit Juni 1988 nicht mehr für die Familie Crist, aber jetzt, zweieinhalb Jahre später, rief Debbie bei Susan an und gab ihr die Schuld an ihrer Entlassung. »Du hast es uns verdorben«, sagte Debbie zornig. »Wir wissen, daß du Mrs. Crist angerufen und ihr Lügen über uns erzählt hast. Du hast dafür gesorgt, daß wir unsere Arbeit verlieren, und das werde ich dir nie verzeihen.«

Susan war verblüfft. Soviel sie wußte, waren ihre Mutter und ihre Schwester weggeschickt worden, weil die Krankenversicherung der Crists nicht mehr bezahlte. Das hatte ihre Mutter ihr erzählt. Warum hätte sie bloß die Crists anrufen sollen? Sie kannte diese Leute doch gar nicht! Und sie und Bill hatten zu jener Zeit überhaupt nicht in der Gegend von Atlanta gewohnt.

Je länger Susan über Debbies Anruf nachdachte, desto deutlicher fühlte sie, daß eine Büchse der Pandora geöffnet worden war – und sie wollte nicht wissen, was sich darin befand. Als sie es Bill erzählte, sah er sie verwirrt an. Susan wollte es vergessen, aber Bill verschloß nicht die Augen, wenn er bedrängt wurde. Er wollte herausfinden, was hier vor sich ging. Eines wußten sie beide genau: Keiner von ihnen hatte jemals die Crists angerufen.

Am 26. Dezember rief Bill ahnungslos bei Dawn Slinkard an, Debbies Tochter, um sie zu bitten, ein antikes Kinderbett zurückzugeben, das die Alfords ihr geliehen hatten. Debbie meldete sich am Telefon, und sie war noch immer wütend auf ihre Schwester. Sie sagte Bill, er solle nie wieder anrufen. »Du und Susan, ihr habt mein Leben zerstört. Susan hat die Crists dazu gebracht, uns hinauszuwerfen. Susan hat mein Leben immer zerstört.«

Bill suchte aus dem Telefonbuch die Nummer der Crists und wählte sie. Elizabeth Crist meldete sich am Telefon. Bill wußte nicht, daß dies für sie ein besonderer Tag war. Hätte ihr Mann noch gelebt, wäre es sein neunzigster Geburtstag gewesen.

»Mrs. Crist«, begann Bill, »haben Sie jemals einen Anruf von meiner Frau erhalten, von Susan Alford?«

»Ich habe diesen Namen noch nie gehört.«

»Nun, dann lassen Sie mich bitte erklären. Die Mutter und die Schwester meiner Frau haben vor ein paar Jahren für Sie gearbeitet. Ich wollte Sie fragen, ob meine Frau Sie jemals wegen ihrer Mutter, Pat Taylor Allanson, angerufen hat. Wahrscheinlich kennen Sie sie als Pat Taylor.«

Am anderen Ende der Leitung herrschte lange Zeit Stille, und dann erzählte Betty Crist einem vor Verblüffung sprachlosen Bill Alford Dinge, die er gar nicht hören wollte.

Als Bill seiner Gattin berichtete, was Mrs. Crist gesagt hatte, schüttelte diese verzweifelt den Kopf.

Aber dann rief Susan bei der Staatsanwaltschaft des Fulton County an.

TEIL 8

ALTE GEHEIMNISSE

47. Kapitel

Don Stoop bekam alle merkwürdigen Fälle im Fulton County. Er war der einzige Ermittler der Staatsanwaltschaft, der sich mit Begeisterung auf Fälle stürzte, die auf den ersten Blick nach der üblichen Routine aussahen, die jedoch einen interessanten Verlauf nehmen konnten. Er entwickelte bemerkenswerte Fähigkeiten, wenn es darum ging, Dinge zu enthüllen, die unter der Oberfläche lagen.

Stoop war ein wandelndes Paradoxon. Niemand wußte jemals, was er genau dachte. Er war ein arroganter Klugscheißer mit einer sentimentalen Ader. Oft wirkte er wie ein Macho-Cop – und dennoch wußte er genau, wann er aufhören mußte, Druck auszuüben, und besser aufmerksam zuhörte.

Stoop war der Erzfeind aller bestechlichen Cops. Er hatte rings um Atlanta ein halbes Dutzend korrupter Polizeistationen gesäubert. Sein Büro lag über einem Restaurant, gleich um die Ecke des Gerichtsgebäudes des Fulton County. Niemand fand es ohne genauen Lageplan samt Einladung. Es war gerade groß genug für einen Schreibtisch und ein Bücherregal, aber da er nie dort war, störte ihn das nicht.

Don Stoop war 1952 geboren worden. Als Soldatenkind war er an ständig wechselnden Orten aufgewachsen. Am ehesten konnte Red Bank, New Jersey, als seine Heimatstadt gelten. Der kleine blonde Donnie Stoop verbrachte dort seine Ferien bei seinem Lieblingsonkel ›Fritz‹ Fitzpatrick, einem Detective der Polizei in Freehold. Fritz war geduldig und ermutigend, ein guter Cop, der die Anlagen des Jungen erkannte. Wenn es einen geborenen Detektiv gibt – und es gibt ihn –, dann war es Don Stoop. Er stellte alles in Frage. Er wollte ständig ›warum‹ und ›wieso‹ wissen, sämtliche Details der Fälle, an denen sein Onkel Fritz arbeitete. Warum taten Menschen etwas Schlechtes, und woher wußte sein Onkel, daß sie schuldig waren? Der kleine Don konnte sich keinen besseren Job als den eines Polizisten vorstellen.

Als sein Onkel Fritz starb, hinterließ er Don seine Dienstmarke.

Stoop hatte sechs Jahre im Polizeidienst hinter sich, einen Doktor in Kriminologie und je ein Diplom in Strafrecht und Philosophie. Von dem Moment an, in dem er zum ersten Mal in Cedar Grove, Florida, eine Polizeiuniform anzog, liebte er seinen Beruf. Ein paar Jahre später – 1980 – zog er nach Georgia und begann mit Polizeiarbeit in Atlanta. Er war noch immer blond wie ein Skandinavier, sah aus wie achtzehn und fuhr einen Streifenwagen in dem am dichtesten bevölkerten Schwarzenghetto der Stadt. Die Menschen, die auf Atlantas schlimmsten Straßen lebten, mochten ihn. Er war ein aufrechter Kerl. Er blieb fünfeinhalb Jahre bei der Polizei von Atlanta.

Während seiner Arbeit in Atlanta traf Stoop seine spätere Frau, Theresa Hempfling. Sie führten gemeinsam getarnte Beobachtungsaufträge aus. Theresa, eine hübsche, dunkelhaarige Frau, arbeitete für das Bundesdezernat gegen Waffen- und Drogenhandel. Sie leitete das Projekt Zone sechs in Atlanta, das dem Aufspüren bewaffneter Berufsverbrecher diente. Sie war in ihrem Job so gut wie Stoop in seinem, und ihr Humor lag mit dem seinen auf gleicher Wellenlänge. Stoop machte zweiundneunzig Prozent seiner Verhaftungen in der Aktion Zone sechs, und Theresa betreute die Fälle bis zur Verurteilung.

Doch Stoop hatte sich letzendlich immer gewünscht, ein Detective wie sein Onkel Fritz zu werden. Die Ermittlungsabteilung der Staatsanwaltschaft des Fulton County bot ihm dazu ausreichend Gelegenheit. Mehr als einmal nutzte er die Chance, Fälle neu zu überdenken, die von der örtlichen Polizei abgeschlossen worden waren.

Als Susan Alford bei der Staatsanwaltschaft des Fulton County anrief, bat sie, mit jemandem sprechen zu dürfen, der etwas über eine laufende Ermittlung gegen Patricia Taylor Allanson wegen Verbrechen gegen die Familie von James Crist wußte. Sie hoffte noch immer, daß Mrs. Crist übertrieben hatte. Ihr Anruf wurde von Chefermittler Ron Harris angenommen, der sich an Pat nur zu gut von ihrer Verurteilung im Jahr 1976 erinnerte. Er hatte an dem Fall gearbeitet. Die bizarre

Situation, daß Ehemann und Ehefrau getrennt wegen Mordes und Mordversuchs innerhalb eines Zeitraums von wenigen Jahren vor Gericht kamen, war nur schwer zu vergessen. Niemand bei der Staatsanwaltschaft hatte jemals die Frage geklärt, wie weit Pat Allanson nun wirklich in die Ermordung ihrer Schwiegereltern verwickelt gewesen war.

»Sie sind doch nicht Pat Taylors Schwester, oder?« fragte Harris.

»Nein«, antwortete Susan und fragte sich, ob ihre Mutter noch immer über ihre ›böse, psychopathische Schwester‹ sprach, die imaginäre Schwester, die in North Carolina lebte.

Susan verriet Harris bei diesem ersten Anruf nicht, wer sie war, aber er war sofort gefesselt. Wieso erkundigte sich jemand nach Pat Taylor? Die Frau mußte jetzt über fünfzig sein, und wahrscheinlich war sie schon aus dem Gefängnis. Harris sah in seinem Computer nach und fand, daß tatsächlich ein ungelöster Fall existierte, in dem eine Mrs. James F. Crist Anzeige erstattet hatte. Doch es gab nicht viel, worauf er sich stützen konnte. Der ganze Fall bestand nur aus einem Aktenordner mit einem Blatt darin.

Harris rief Don Stoop in sein Büro. Stoop hatte nie von Pat Taylor gehört, aber dieses einzelne Blatt führte ihn zu dem Diebstahlsdezernat der Polizei von Atlanta, die 1988 die Anzeige der Crists mit dem Vermerk ›alle Spuren erschöpft‹ abgelegt hatte. Die Detectives der Polizei hatten nicht genug Beweise gefunden, um jemanden anzeigen zu können.

Damit war es ein Fall nach Stoops Geschmack.

Am 5. Februar 1991 wurde Don Stoop offiziell der Crist-Fall übergeben. Er erhielt den Auftrag, die ›mögliche Tötung eines älteren Mannes unter der häuslichen Pflege zweier Frauen zu untersuchen, die vermutlich diplomierte Krankenschwestern waren‹. James Crist war seit etwas mehr als zwei Jahren tot. Sein Tod galt als natürlich. Er hatte an der Parkinsonschen Krankheit gelitten, und er war im Alter von achtundachtzig

Jahren gestorben. Die Frage war jetzt: Hatte jemand sein Hirnleiden beschleunigt?

Stoop verlangte nach Michelle Berry als Assistentin. Sie hatte in Mordfällen keine Erfahrung. Der Crist-Fall konnte ihr welche verschaffen. Michelle sah mehr wie ein Collegegirl aus und weniger wie ein Detective im Einsatz. Sie war schon über zwanzig, ging aber leicht für siebzehn durch, eine Eigenschaft, die sie bei ihren ersten Einsätzen äußerst wertvoll gemacht hatte. Als sie vom North Carolina College ihren Abschluß in Strafrecht machte, wurde sie vom Bureau of Investigation des Staates Georgia als getarnte Ermittlerin eingesetzt und losgeschickt, um Drogen von einigen der schlimmsten Typen der Drogenszene von Georgia zu kaufen. Sie sah wie ein Schulmädchen oder wie ein Hippie oder eine Süchtige aus. »Damals«, erinnerte sie sich, »dachte ich nicht einmal daran, daß es gefährlich sein könnte. Ich war Detective im Einsatz, und das wollte ich auch sein.«

Michelles Karriere als Drogenagentin lief blendend, als sie sich verliebte.

»Mein Job gefiel Jonathan gar nicht«, meinte sie. »Er sagte zu mir: ›Entweder hörst du auf und heiratest mich, oder du machst weiter und ziehst dich von mir zurück.‹« Sie liebte ihn zu sehr, um sich von ihm zurückzuziehen, weshalb sie widerstrebend ihren Job beim GBI aufgab. Die beiden heirateten im Dezember 1989. Sechs Monate später wußte Michelle, daß sie die Polizeiarbeit nicht vollständig aufgeben konnte. Dafür hatte sie studiert. Es erging ihr ähnlich wie Stoop. Es war der Ehrgeiz ihres Lebens, dem Gesetz zu Geltung verhelfen. Ihr Mann verstand das, aber er wollte nicht, daß sie wieder auf der Straße arbeitete. Sie schlossen einen Kompromiß. »Ich bekam einen Schreibtischposten.«

Michelles Schreibtisch – und ihr Büro – war ordentlicher als der von Stoop, und ihre Dinge, mit denen sie ihren Arbeitsplatz ausschmückte, waren nicht annähernd so exzentrisch wie seine, von denen man einige gar nicht erwähnen konnte. Die beiden gaben ein interessantes Team ab.

Don und Michelle lasen Pats und Debbies Vorstrafenregister durch und überprüften den Hintergrund der Familie Crist. Sie fanden heraus, daß James F. ›Jimmy‹ Crist sich das riesige Haus an der Nancy Creek Road schwer erarbeitet hatte. Wenn man einen einzelnen Mann mit der Entwicklung der Stromversorgung in den Südstaaten gleichsetzen wollte, war es James Crist.

Jimmy Crist hatte damit begonnen, daß er auf Maste kletterte. Er hatte die Steigeisen seiner Stiefel in die schwankenden Maste aus geteertem Holz in Winterstürmen und unter der brennenden Sonne des Südens gegraben. 1927 arbeitete er als Leitungstechniker für die Alabama Power Company. Später wurde er Verkaufsrepräsentant, ging danach zur South Carolina Power Company und blieb neunzehn Jahre. 1946-47 half Crist beim Aufbau der Southern Company, die dazu gegründet wurde, vier südliche Elektrizitätsgesellschaften zu betreiben – Alabama Power Company, Georgia Power Company, Gulf Power Company und Mississippi Power Company. Crist wurde im *Who's Who in America* aufgeführt und schrieb ein Buch – *They Electrified the South** – über den Aufbau der Stromversorgung in der ersten Hälfte dieses Jahrhunderts.

James Crist und seine schöne Frau, Elizabeth Courtney Boykin Crist, hatten zu exklusivsten Kreisen der Gesellschaft von Atlanta und Charleston gehört. Als Crist sich am 1. Januar 1966 als Vizepräsident und Direktor der Southern Company zur Ruhe setzte, wurde er als wahrer Pionier seines Industriezweigs gelobt. Man schrieb ihm einen Großteil des Wohlstandes im New South zu. Die dreißigtausend Angestellten der Southern Stromversorgung verabschiedeten Jimmy Crist mit einer großen Feier.

Die Crists hatten zwei erwachsene Söhne und eine Tochter, eine gute Ehe und alle Zeit auf Erden. Sie freuten sich darauf, mehr Golf im Peachtree Country Club spielen zu können. Crist blieb bis 1977 beratender Direktor der Southern Company, doch als er in sein neuntes Jahrzehnt eintrat, zeigte er Symptome der Parkinsonschen Krankheit, einer Nervenkrankheit, die manchmal bei älteren Patienten mit Arteriosklerose einhergeht. Die Symptome begannen mit Zittern in den Gliedmaßen,

* Wie der Süden elektrifiziert wurde; Anm. d. Übers.

maskenhaftem Gesichtsausdruck, schlurfendem Gang und kreisförmigen Bewegungen der Hände. Es war eine tragische Krankheit für einen Mann, der sein ganzes Leben lang aktiv gewesen war, und mit der Zeit brauchte Elizabeth Crist Hilfe, um für ihn sorgen zu können.

Jimmy Crist war 1988 gestorben. Elizabeth Crist überlebte ihn und befand sich für eine Frau ihres Alters in hervorragender gesundheitlicher Verfassung.

48. Kapitel

Don Stoop und Michelle Berry trafen sich mit Mrs. Elizabeth Crist, ihrer Tochter Betsy Chandler und ihren Söhnen Bill und Jim jun. in dem exquisit eingerichteten Herrenhaus, in dem Mrs. Crist noch immer lebte. Betty Crist war attraktiv und intelligent und wirkte jünger als Ende Siebzig. Den Ermittlern der Staatsanwaltschaft war klar, daß sie schmerzhafte Erinnerungen an den Tod ihres Mannes weckten, wenn sie seine Witwe baten, sich an das erste Zusammentreffen mit Pat Taylor zu erinnern, aber es war nur vernünftig, an dieser Stelle mit den Nachforschungen zu beginnen.

Betty Crist erzählte ihnen, daß Pat Taylor wärmstens empfohlen worden sei. Sie hatte sich selbst als diplomierte Krankenschwester vorgestellt, die dem Army Nurse Corps* angehört hatte, und sie erklärte, ihre Tochter Deborah, ebenfalls eine diplomierte Krankenschwester, könnte die zweite Schicht übernehmen.

Betsy Chandler hatte Pat während des Einstellungsgesprächs genau wie ihre Mutter sehr sympathisch gefunden. Pat hatte Betsy und ihrem Bruder Jim erklärt, sie sei erst vor so kurzer Zeit aus der Army ausgeschieden, daß sie noch keine Registrie-

* Schwesterncorps der Army; Anm. d. Übers.

rungsnummer als Krankenschwester in Georgia erhalten habe, aber sie versicherte ihnen, daß die Anforderungen bei der Army viel strenger wären als die des Staates Georgia. Sie gab an, unter ›U.S. Armed Services Medical Services: ID No. NA-15-753‹ geführt worden zu sein, und fügte hinzu, sie habe früher alle Schwestern im Piedmont Hospital von Atlanta überwacht.

Jim Crist, der Sohn, erinnerte sich, daß Pat ungefähr wie sechzig gewirkt hatte, eine schwerfällige, energische Frau mit braunen Haaren und einer Brille, die wahrscheinlich hundertfünfzig Pfund wog. Sie gab an, in McDonough zu leben, und hinterließ ihre Telefonnummer. Sie bot Referenzen von früheren Arbeitgebern an, und Jim fragte bei den Leuten nach und bekam nur begeisterte Berichte zu hören. Pat Taylor war ihm als sehr bestimmte Frau erschienen, wie geschaffen für die Rolle der Schwester und Aufseherin über alle Hilfskräfte seiner Eltern. So stellte man sich eine Militärschwester vor.

Pats Pflichten waren, ›sich um Jimmy zu kümmern‹, wie Betsy Crist sagte, »Blutdruck und Temperatur zu messen und so weiter, und die Mahlzeiten zuzubereiten. Jimmy war nicht bettlägerig, als Pat eingestellt wurde.« Betty Crist war es auch nicht. Sie war absolut gesund – aber nicht lange. »Ich wurde bettlägerig, nachdem Pat ungefähr einen Monat hier war. Dann mußte sie mir meine Medizin geben und das Tablett mit dem Essen in mein Zimmer bringen.« Pat war in der Tat eine sehr energische Frau. »Sie ließ mich nicht mit Jimmy zusammenkommen«, schilderte Betty Crist. »Sie behielt mich oben, und für Jimmy wurde ein Krankenhausbett in der Bibliothek aufgestellt.«

Betsy erklärte den Ermittlern, daß die Familie die Schwestern nur eingestellt hatte, damit ihr Vater zu Haus bei ihrer Mutter bleiben konnte, wo er sich sicher fühlte und so fröhlich war, wie ein so kranker Mann überhaupt sein konnte. »Wir wußten, daß er sterben würde, falls wir ihn in ein Pflegeheim brachten. Und darum wollten wir das einfach nicht machen.«

»Wir wurde Pat bezahlt?« fragte Don Stoop.

»Ich bezahlte sie jeden Samstag per Scheck«, erklärte Betty

Crist. »Als sie anfing, bekam sie nur zehn Dollar die Stunde. Gegen Ende zahlte ich ihr viel mehr. Ich war durch Medikament ruhiggestellt ... und ich schrieb einfach den Scheck aus. Ich bezahlte sie und Debbie.«

Betty Crist gab an, Debbie und Pat hätten Schwesternuniformen getragen, und es hätte eindeutig so ausgesehen, als wüßten sie, was sie taten. Pat kam mit einem roten Pick-up zur Arbeit, und Debbie fegte in einem weißen Camaro über die lange Zufahrt der Crists. Pat hatte Mrs. Crist im Wagen der Crists zu allen Arztterminen gefahren.

Betty Crist wußte auch jetzt noch nicht, wie ihre Medikamente ins Haus kamen. Sie hatte nie gehört, daß Pat sie bestellte, aber sie wußte, daß der Drugstore häufig Medikamente und Sanitätswaren geliefert hatte. Betty Crists Augen verdüsterten sich, als sie sich erinnerte, wie ihr Leben sich von der ersten Woche, in der Pat Taylor für sie gearbeitet hatte, veränderte. Während sie sich zuvor mit der Krankheit ihres Mannes abgefunden und viele Stunden still neben ihm gesessen hatte, fand sie sich plötzlich fast vollständig von ihm abgeschnitten. Es gab stets ›gute Gründe‹, weshalb sie getrennt sein sollten, und als Betty Crist schwächer wurde, fand sie immer weniger Kraft, ihrer Oberschwester zu widersprechen.

Pat arbeitete tagsüber, und ihre Tochter Debbie übernahm bald die Abendschicht, so daß stets eine der beiden von sieben Uhr morgens bis elf Uhr abends im Haus der Crists war. Mrs. Crist war aufgefallen, daß sie nach dem Essen schrecklich schläfrig wurde. »Pat sagte mir stets, ich sollte einfach im Bett bleiben und schlafen ... Irgendwie bekam ich Angst vor Pat und davor, was sie tun könnte. Jimmy und ich waren ständig getrennt, und wir konnten nie Besuch bekommen. Pat beklagte sich, sie wäre zur Pflege einer Person eingestellt worden, müsse sich jetzt aber um zwei kümmern.«

Sobald Pat mit ihren zwei alten Schutzbefohlenen allein war, regierte sie den Crist-Haushalt und zeigte ihr Mißfallen über kleine Dinge. Sie tat ihren Ärger mit einem Blick, einem scharfen Atemholen oder einen schaudernden Seufzer kund. Wenn sie wirklich zornig war – was oft der Fall gewesen war –, knallte sie die Türen der Küchenschränke zu und schlug Töpfe und Pfannen aneinander.

Jim Crist sagte, er und sein Bruder und seine Schwester hätten sich allmählich Sorgen darüber gemacht, wie Pat Taylor sich um ihre Eltern kümmerte, weil alles extrem ›reglementiert‹ wirkte. Besucher wurden abgeschreckt. Wenn die Enkel der Crists anriefen, hieß es immer, ihre Großeltern wären ›zu müde zum Telefonieren‹. Als Betsy oder Bill oder Jim jun. anfangs zu Besuch kamen und Pat erklärte, ihre Eltern würden gerade schlafen und sie würde sie nur ungern stören, fanden sie das gewissenhaft und aufmerksam von ihr und meinten, sie würden später wiederkommen. Doch mit der Zeit fiel ihnen unangenehm auf, daß ihre Eltern angeblich immer zu müde für eine Begegnung mit ihnen waren.

Pat war mit dem übrigen Pflegepersonal nicht ausgekommen, das eingestellt worden war, um sie an ihren freien Wochenenden und in der Nachtschicht zu ersetzen. Irgendwie hatten alle ihren Ansprüchen nicht genügt. Auf ihr Verlangen wurden die meisten entlassen. Die Crist-Kinder hatten angenommen, die negativen Bemerkungen der entlassenen Schwestern gegen Pat würden von Neid und Eifersucht diktiert. Pat wirkte stets tüchtig, bewandert und um das Wohlergehen ihrer Eltern besorgt.

Sie hatten damit gerechnet, daß sich der Zustand ihres Vaters verschlechtern und er gelegentlich verwirrt sein würde, aber es kam zu beunruhigenden Vorfällen. Einmal erhielt Jim Crist einen Anruf von seinem Vater. Das war höchst ungewöhnlich. Sein Vater konnte ohne Hilfe kein Telefon erreichen. Er konnte nicht mehr allein gehen.

»Ich möchte unsere Andenken an den Bürgerkrieg verschenken«, meinte sein Vater. »Sie nehmen nur Platz weg.«

»*Sie verschenken?*« fragte Jim Crist erstaunt. »An wen?« Sein Vater meinte, die Krankenschwestern wollten sie gern haben. Jim erklärte, daß die unschätzbaren Stücke bereits im Testament seines Vaters aufgeführt und für seine Enkel bestimmt waren. Er dachte bei sich, daß jemand den alten Mann gedrängt haben mußte, ihn anzurufen. Nach diesem sonderbaren Anruf hatte sein Vater mehrmals erwähnt, er wollte die wertvollen Stücke Debbie schenken. Betty Crist bestätigte das jetzt nickend. Ihr Mann hatte sie einmal, als sie für einige Untersuchungen im Krankenhaus war, angerufen und gesagt, er finde, Debbie sollte die Stücke aus dem Bürgerkrieg bekommen.

Im Januar oder Februar 1988 wurde die Rolex-Uhr von Jim Crist sen. zum Reinigen gebracht. Als der Geschäftsinhaber anrief, weil die Uhr zum Abholen bereit lag, fuhr Debbie los, kehrte jedoch ohne Uhr zurück und erklärte, sie sei nicht mehr da. »Als ich anrief«, sagte Jim Crist, »versicherte der Juwelier, daß Deborah Cole die Uhr abgeholt – und unterschrieben hatte! Ich habe die Quittung.«

Bill Crist erzählte den Ermittlern der Staatsanwaltschaft, er habe Anfang 1988 eine dramatische Veränderung im Verhalten seiner Mutter festgestellt. Sie war stets sehr lebendig und aktiv gewesen, doch damals habe sie träge und verwirrt gewirkt. Wenn sie mit ihm sprach, kamen ihre Worte schleppend, und sie vergaß Dinge, an die sie sich früher leicht erinnert hatte. Er war über diese Veränderungen betroffen gewesen. Betsy Chandler hatte sie ebenfalls bemerkt und sich traurig gefragt, ob sich nun das Alter ihrer Mutter zeigte oder ob es sich um Depressionen über den Zustand ihres Mannes handelte.

Jimmy Crist sen. ging es ebenfalls nicht gut: Der alte Mann hatte einen juckenden Ausschlag am ganzen Körper. Bevor Pat und Debbie aufgetaucht waren, hatte er solche Beschwerden nicht gekannt. Er klagte auch über schreckliche, hartnäckige Schmerzen in seinen Füßen. Sein Arzt erklärte, diese Schmerzen seien keine Nebenwirkung der Parkinsonschen Krankheit, der Ausschlag dagegen schon.

Pat hatte nie eine Registrierungsnummer als Schwester vorgelegt, und sie unterschrieb ihre Rechnungen für die Versicherung weiterhin mit ihrer Kennummer von der Army und mit ›Pat Taylor, diplomierte Krankenschwester‹. Nachdem sie Debbie als Nachtschwester eingeführt hatte, berechnete sie schlicht die doppelte Stundenanzahl und erklärte, sie würde Debbie von ihrem eigenen Scheck bezahlen.

Als Don Stoop und Michelle Berry später Kopien von Pats Rechnungen erhielten, stellten sie eine ständige Steigerung ihres Einkommens fest. Für die erste Woche berechnete sie vierzig Stunden zu zehn Dollar die Stunde, insgesamt also vierhundert Dollar. Im Dezember 1987 berechnete sie für eine Woche neunundsiebzig Stunden zu zwölf Dollar fünfzig die Stunde und sechs Stunden mit ›Feiertagsbezahlung‹ zu achtzehn Dollar fünfundsiebzig die Stunde – für eine Woche insgesamt eintausendeinhundert Dollar! Doch sie kam erst allmählich auf Touren. Da die Versicherungsgesellschaft Pat sofort bezahlte, nahmen die Crists an, daß ihre Angaben richtig gewesen waren. Im Januar erschienen auf Pats Rechnung einhundertacht Stunden zu zwölf Dollar fünfzig: eintausenddreihundertfünfzig Dollar. Im Mai verlangte sie fünfzehn Dollar pro Stunde für einhundertzweiunddreißig Stunden: eintausendneunhundertachtzig Dollar für eine Woche. Die letzte Rechnung zeigte, daß Pats wöchentliches Gehalt zweitausendvierzig Dollar betrug! Obwohl Debbies Name nie aufgeführt war, erhielt sie angeblich einen Teil des Versicherungsgeldes. Die beiden bekamen zusammen nahezu zehntausend Dollar für einen Monat.

Pat und Debbie waren nicht aus den Diensten der Crists entlassen worden, weil deren Versicherung ausgelaufen war. Die Policen, die James Crist von der Southern Company hatte, deckten alles, obwohl die Versicherungsgesellschaft die steigenden Kosten für Krankenschwestern in Frage gestellt hatte. Pat und Debbie hatten ein kleines Vermögen eingestrichen.

Don Stoop und Michelle Berry erfuhren, daß jedoch nicht die astronomische Bezahlung zu der Entlassung der beiden geführt hatte. Es war um das Wohlergehen der Patienten gegangen.

Jim Crist erklärte, eines Tages habe er sein Mutter unerwartet besucht, als sie gerade das Mittagessen zu sich nahm. Er bemerkte winzige weiße Tabletten, die über ihren Salat gestreut waren. »Mutter!« sagte er scharf. »Iß das nicht!« Er nahm ihr den Teller weg und tat, was ihm als erstes in den Sinn kam. Er schüttete das Essen weg.

Kurz danach – im Februar 1988 – brachte Jim seine Mutter

wegen Magen-Darm-Blutungen ins Krankenhaus. Ihr Zustand stabilisierte sich innerhalb weniger Tage. Während sie im Krankenhaus war, erhielt sie keine Medikamente, abgesehen von einem leichten Schmerzmittel gegen ihre Kopfschmerzen. Sie war bald wieder sie selbst, munter und geistig voll einsatzfähig. Sie verließ das Krankenhaus in sehr gutem Zustand, und sie waren alle erleichtert.

Doch zwei Wochen später war Betty Crist wieder ständig schläfrig, verwirrt und deprimiert. Als Jim Crist über seine Sorgen wegen der Gesundheit seine Mutter mit ihrer Krankenschwester sprach, stimmte Pat ihm zu seiner Überraschung zu, daß etwas geschehen müsse – und zwar bald. Sie meinte, es wäre sehr schwierig geworden, sich um seine Mutter zu kümmern. »Sie scheint manchmal nicht zu wissen, was sie tut.« Pat vertraute ihm auch an, sie würde fürchten, daß Betty Crist viel trank, zu viele Tabletten nahm und sorglos große Summen Bargeld im Haus herumliegen ließ. Unglaublich! Das war nicht die Mutter, die Jim Crist sein ganzes Leben lang gekannt hatte!

Die Crists erzählten Don Stoop und Michelle Berry, daß Pats Krieg mit jeder anderen Hilfsschwester, ausgenommen Debbie, weitergegangen war. Als sie das Hausmädchen der Familie entlassen wollte, das seit vielen Jahren bei den Crists war, legte Jim Crist jun. sich quer und beschloß, Pat fortan genauer im Auge zu behalten.

Pat stimmte bereitwillig zu, Betty Crist zu einer Generaluntersuchung zu ihrem Arzt zu bringen. Als die Familie gerade Verdacht schöpfte, wurde sie äußerst hilfsbereit und wirkte ehrlich besorgt. Sie versicherte Jim Crist, sie würde sofort einen Termin bei Dr. Watson machen. Als Jim mit seiner Mutter sprach, gab Betty Crist ihrem Sohn recht, sie würde sich nicht mehr wie sie selbst fühlen. Sie schlief zu viel und wäre zu oft verwirrt. Zu diesen Zeitpunkt war die Familie so mißtrauisch geworden, daß sie Pat keine Vorwarnung mehr gab, was sie planten.

Jim Crist rief Dr. David Watson an, den Hausarzt der Crists, und erklärte, er würde sich schreckliche Sorgen um seine Mutter machen. Watson meinte, ihm wären ebenfalls schon Bedenken gekommen.

»Wie hoch sollten die monatlichen Rechnungen meiner Eltern im Drugstore sein – nur für die Medikamente?« fragte Crist.

»Oh, ich würde sagen, ungefähr zweihundert bis zweihundertfünfzig Dollar im Monat«, schätzte der Arzt.

Jim Crist rief in dem Drugstore an, in dem seine Eltern Kunden waren, und bat um einen Ausdruck der Medikamente für Betty und Jim Crist sen. Der Ausdruck zeigte, daß sich die Medikamente auf sieben- bis achthundert Dollar im Monat beliefen.

Hier stimmte etwas nicht!

Jim Crist tauchte in der ersten Juniwoche 1988 scheinbar zufällig im Haus seiner Eltern auf und erklärte, er würde seine Mutter zu einer Spazierfahrt abholen. Er brachte sie jedoch zu einem vollständigen Bluttest ins Krankenhaus. Die Ergebnisse enthüllten Tage später, daß ihr Körper voll Triazolam war (einem Schlafmittel, das unter dem Namen Halcion im Handel war), und zwar in einer Dosis, die weit über der empfohlenen Menge lag.

Ohne Pat etwas von der Blutuntersuchung zu erzählen, die er selbst veranlaßt hatte, fragte Crist sie, ob sie seine Mutter zum Arzt gebracht habe. Pat sagte, das habe sie tatsächlich getan, und zwar genau an diesem Tag, und Betty Crist habe mit fliegenden Fahnen bestanden.

»Wurde ein Bluttest durchgeführt?« fragte Crist.

»Natürlich. Alles war in Ordnung.« Pat meinte, die Ergebnisse wären eingetroffen, während sie noch in der Praxis des Arztes waren. Jim Crist wußte aber, daß die Bluttests länger als einen Tag dauerten, und er bekam Gänsehaut. Er besaß schließlich die vernichtenden Ergebnisse des echten Bluttests.

Als Jim Crist später mit seiner Mutter allein war, fragte er beiläufig, wie es Dr. Watson ging. Dr. Watson war ihr Internist.

»Ich weiß es nicht«, antwortete sie. »Ich habe ihn schon eine Weile nicht gesehen.«

»Warst du heute beim Arzt?«

»Wir waren bei Dr. Hardin.«

Dr. Hardin war der Dermatologe, der den hartnäckigen Ausschlag seines Vaters behandelte.

»Hat er dir Blut abgenommen, Mutter? Für einen Test?«

»Nein, natürlich nicht.« Seine Mutter sah ihn an, als habe er den Verstand verloren.

Das reichte. Jim Crist jun. warf Pat und Debbie hinaus.

Doch das war noch nicht das Ende der Angelegenheit. Betty Crist entdeckte Wochen später, daß viele Schmuckstücke fehlten. Im Lauf der Jahre hatte ihr Mann ihr einige schöne Stücke gekauft, und sie besaß auch Erbstücke, die in ihrer Familie weitergegeben worden waren.

Ihre Verluste an Schmuck waren kurz in der Anzeige Nr. 815G2682 bei der Polizei von Atlanta am 15. Juli 1988 zusammengefaßt:

Eine fünfzig Zentimeter lange Perlenkette mit Perlenverschluß – Schätzwert eintausendeinhundert Dollar;
Ein passendes Perlenarmband – Schätzwert vierhundertdreißig Dollar;
Ein Perlenring mit einem kleinen Diamanten auf jeder Seite – dreihundertfünfundzwanzig Dollar;
Ein goldenes Armband, vierzehn Karat – eintausendfünfhundert Dollar;
Ein großer ovaler goldener Herrenring mit einem Lasurstein – vierhundertzwanzig Dollar;
Ein ›Tulpenring‹ mit einer doppelten Schiene und doppelten Diamantblumen – neunhundert Dollar;
Ein ›Ewigkeitsring‹ mit einem vollen Kreis aus kleinen Rubinen, gefaßt in Gold vierzehn Karat – zweihundertneunzig Dollar.

Betty Crist hatte ihren Schmuck in einer Schatulle aufbewahrt, die in einem Schrank ganz hinten in einem hohen Fach versteckt war. Als sie im Januar 1988 unter Pat Taylors Pflege ans Bett gefesselt war, hatte sie den Schmuck heruntergeholt und ihn in ihrer Kommode ›unter zahlreichen Unterröcken aufbewahrt, weil ich ihn gern da haben wollte. Ich meine, ich konnte ihn nicht tragen, aber ich wollte ihn bei mir haben.‹

Befragt nach einem möglichen Einbruch in ihrem Haus, war Betty Crist sicher, daß es keinen gegeben hatte. Wegen der Krankheit ihres Mannes und ihres eigenen Zustands hatte sie rund um die Uhr Hilfe von Schwestern gehabt. Keine hatte jemals einen Einbruch gemeldet. Zögernd räumte Betty Crist ein, daß sie einen Verdacht gegen zwei ihrer Pflegerinnen hatte. Ihr Sohn hatte Pat und Debbie entlassen, und sie hatte keine förmliche Anzeige erstattet, weil sie fürchtete, eine Gerichtsverhandlung könne für ihren Mann extrem hart werden. Seine Parkinsonsche Krankheit war schon weit fortgeschritten. Sie hatte ihn nicht der Belastung einer Befragung durch die Polizei und eine mögliche Gerichtsverhandlung aussetzen wollen.

Ihr Versicherungsagent hatte einen detaillierten Bericht über die Umstände des Verlustes/Diebstahls geschrieben und zuletzt hinzugefügt, daß die Polizei von Atlanta den Fall mit ›D‹ klassifiziert hatte. Im Polizeijargon bedeutete das, daß die Spuren erschöpft waren. Keines der Schmuckstücke war in einer Pfandleihe in dieser Gegend aufgetaucht, und es gab keine Möglichkeit, Pat Taylor und Debbie Cole schlüssig mit den Diebstählen in Verbindung zu bringen.

Die Crists hatten beschlossen, nicht weiter Druck zu machen. Sie wurden für ihre Verluste entschädigt, und die Angelegenheit wurde fallengelassen. Die Polizei von Atlanta wurde mit Anzeigen wegen Diebstählen und Einbrüchen überschwemmt, und die Akte wurde unter Stapeln neuer Fälle begraben. Doch Betty Crist entdeckte immer neue Gegenstände, die fehlten. Viele der Dinge hatte Pat Taylor besonders bewundert: antike Spitze und handbesticktes Leinen; James Crists unbezahlbare Erinnerungsstücke an den Bürgerkrieg; natürlich seine Rolex-Uhr; ihre antiken Kochbücher; und ein winziger Kristallüster, der für ein Puppenhaus gedacht war.

Doch das waren nur die materiellen Verluste. Der eigentliche Verlust war die Zeit. Betty hatte viel Zeit, die sie gern mit ihrem Jimmy verbracht hätte, verloren, weil sie benommen und verwirrt gewesen war. Monatelang hatten sie einander nicht gesehen, und zu Weihnachten 1988 hatte sie ihren geliebten Mann für immer verloren. Es war immer eine besondere Zeit gewesen, denn Jimmys Geburtstag war der Tag nach Weihnachten. James Crist starb an akutem Nierenversagen im Piedmont Hospital zwei Tage nach seinem achtundachtzigsten Geburtstag. Die Totenmesse wurde für ihn am 30. Dezember in der Cathedral of Saint Philip gehalten, seine Leiche wurde eingeäschert.

49. Kapitel

Bald nach ihrer Unterhaltung mit den Crists fuhren Don Stoop und Michelle Berry an einem Dienstagvormittag im März 1991 südlich von Atlanta in den kleinen Ort McDonough, um mit Susan und Bill Alford zu sprechen. Obwohl Susan bei ihrem ersten Anruf bei der Staatsanwaltschaft ihren Namen nicht hinterlassen hatte, war es Bill gelungen, sie davon zu überzeugen, daß sie sich melden mußten, und sie hatten noch einmal angerufen. Die Ermittler hofften, mehr über Pat Taylor und ihre Tochter Debbie zu erfahren. Sie wußten nicht, was sie erwartete. Geschiedene Ehepartner riefen oft die Behörden wegen des ehemaligen Partners an, Töchter zeigten dagegen selten ihre Mütter an.

Susan Alford war eine hübsche Frau mit dichten, dunklen Haaren und braunen Augen. Sie war schüchtern, schien jedoch entschlossen zu sein, auch wenn es für sie schmerzhaft war, über die Vergangenheit von Mutter und Schwester zu sprechen. Bill Alford war aufgeschlossener, der geborene Vertreter, ein Mann, der gern lachte.

»Als wir uns mit dem Fall beschäftigten und die Tatsachen an die Oberfläche kamen«, erinnerte sich Michelle Berry, »mußte ich Don daran erinnern, daß Pat Taylor Susans Mutter war, ganz gleich, wie unbeschreiblich ihr Verhalten auch gewesen sein mochte, und daß noch immer Gefühle vorhanden sein mußten, die schmerzten.«

»Susan Alford schilderte uns diese ganze unglaubliche Geschichte«, sagte Stoop. »Zuerst konnte ich es gar nicht glauben. Aber Susan mußte offenbar alles erzählen, was sie wußte. Und sie wußte eine ganze Menge. Zu jenem Zeitpunkt hatte Susan allerdings keine Ahnung, was wir schon alles herausgefunden hatten. Es hatte in dieser Familie eine unglaubliche Geheimniskrämerei geherrscht.«

Die Alfords sagten aus, sie hätten nicht an Pats und Debbies Erklärung über den Grund der Beendigung ihres Arbeitsverhältnisses gezweifelt, bis Debbies Schmähanruf kurz vor Weihnachten 1990 kam. »Sie warf Susan vor, dafür gesorgt zu haben, daß sie beide ihre Arbeitsstelle verloren, und das war völlig absurd«, meinte Bill. »Deshalb rief ich die Crists an. Mrs. Crist sage mir, Debbie und Pat wären hinausgeworfen worden, weil sie von ihnen unter Drogen gesetzt worden war – und weil die beiden sie bestohlen hatten!« Bill berichtete, Mrs. Crist habe sich sehr deutlich ausgedrückt, was mit Pat und Debbie geschehen sollte.

»Was sagte sie?« fragte Stoop.

»Sie sagte, die beiden sollten ins Gefängnis geworfen werden.«

Die Alfords sprachen offen mit Don und Michelle über den schrecklichen Sommer von 1990, die Gründe, aus denen sie zu Boppo und Papa gezogen waren, und über den Streit zu Thanksgiving. Die Ermittler wechselten Blicke, als Bill den Vorfall mit den Puppenhaaren beschrieb. Pat Taylor war sicher keine gewöhnliche Verdächtige.

Auf die Bitte hin, sich noch einmal mit der Zeit zu beschäftigen, in der Pat und Debbie für die Crists gearbeitet hatten, beschrieb Susan die Bedenken ihrer Großmutter über den plötzlichen Wohlstand der beiden. Debbie hatte einen neuen gelben Wagen bar bezahlt, und ihre Mutter hatte Perserteppiche, Schmuck und Sachen für ihre Puppen gekauft. »Meine Großmutter machte sich Sorgen. Sie glaubte nicht, daß meine Mom und Debbie mit ihrer Pflegearbeit soviel Geld verdienen konnten.«

»Ihre Mutter und Ihre Schwester sind diplomierte Krankenschwestern?« fragte Michelle.

Susan schüttelte den Kopf. »Meine Mutter und meine Schwester haben nicht einmal den Abschluß der High School. Meine Mutter wurde allerdings zu einer Art Hilfsschwester ausgebildet – eigentlich mehr zu einer Aufsichtsperson – als sie in dem Übergangsheim war ... Sie besuchten uns 1985 in Florence, und Debbie prahlte mit ihrem Geld. Ich sagte: ›Wieviel verdienst du und Mom?‹ Und Debbie sagte: ›Also, ich weiß es nicht. Ich mache mir auch Sorgen.‹ Ein Arzt hatte sie nach ihrer Ausbildung gefragt«, fuhr Susan fort. »Pat wies Debbie an zu sagen, sie wäre auf die Universität in München gegangen. Ich fragte Debbie: ›Findest du das nicht ein wenig seltsam?‹ Und sie antwortete: ›Ich weiß nicht.‹«

Es wäre seltsam gewesen. Als Debbie in München lebte, war sie vier Jahre alt. Susan zeigte Stoop und Berry einen handgeschriebenen schriftlichen Lebenslauf, den Debbie ihr gegeben hatte. Ihre ›Leistungen‹ wirkten tatsächlich beeindruckend.

Volksschullehrerin – Reitlehrerin – Pferdepflegerin – chirurgische Assistentin, Privatanstellung (Altenpflege) – Leiterin einer Arztpraxis mit folgenden Pflichten:
Persönliche und berufliche Korrespondenz
Archivierung
Unterlagen
Buchführung
Schuldeneintreibung
Bezahlung
Rechnungen
fünf Angestellte eingestellt, ausgebildet und überwacht;

Debbie beschrieb sich selbst als *zuverlässig, tüchtig, liebenswürdig, anpassungsfähig, zuverlässig. Als Kind weitgereist mit Eltern und mit vielen Kulturen und ethnischen Gruppen zusammengekommen.*

Ausbildung: Universität München, Deutschland (Bad Tölz), Diplom als Krankenschwester;

Weiterbildung: Kurse zur Auffrischung in Französisch und Spanisch;

Susan führte an, daß Debbie im Moment in einer Arztpraxis arbeitete und sich dort gut zu machen schien. Sie und Pat hatten bei ihrer Aufsichtstätigkeit Insulinspritzen verabreicht, und Debbie gab noch immer ihrem Großvater, Colonel Radcliffe, Vitaminspritzen.

Susan meinte, ihre Schwester hätte bestimmt keine komplizierten Ausflüchte erfunden. Debbie würde sich immer nach ihrer Mutter richten. Sie habe ein trauriges, hartes Leben gehabt und nach etwas außerhalb ihrer Teenager-Ehe, in der sie sich gefangen fühlte, gesucht.

»War Ihre Mutter jemals beim Militär?« fragte Stoop.

Susan schüttelte den Kopf. »Mein Großvater ist ein Colonel – im Ruhestand –, und mein Vater war Sergeant.«

»Wissen Sie«, fragte Stoop plötzlich, »ob die beiden es auf diese Leute abgesehen hatten? Wie kamen sie denn auf diese Leute, die im Sterben lagen oder schon alt waren?«

»Sie hatten einen guten Ruf. Zum Beispiel hat Mrs. Mansfields Sohn Lawrence von ihnen durch Sue und Hudden Jones gehört. Alle liebten die beiden.«

Susan beschrieb, daß Debbie sich schon bald Sorgen machte, ihre Mutter würde sich einfach aus den Zimmern und Wohnungen ihrer Patienten nehmen, was sie wollte. »Debbie stellte etwas ganz bewußt an eine bestimmte Stelle, und oft verschwand das Stück dann.« Später fürchtete Susan, Debbie wäre auf den Geschmack gekommen und würde gemeinsame Sache mit ihrer Mutter machen. »Meine Großmutter sagte, ich wäre dumm, wenn ich denke, daß Debbie nicht mitmacht. Sie sagte: ›Schatz, du kannst darauf wetten, daß Debbie genau weiß, was sie tut.‹«

»Was ist mit Schmuck?« fragte Stoop. »Mrs. Crist sagte, ihr wäre viel Schmuck abhanden gekommen.«

»Ich weiß, daß Debbie und Mom es richtig fanden, sich ein paar Sachen zu nehmen. Manchmal behaupteten sie auch, man hätte sie ihnen geschenkt.«

»Von was für Dingen sprechen wir denn hier?«

»Von kleinen Gegenständen. Schmuckstücken. Silber. Schnickschnack. Meine Mutter mochte alt aussehende Dinge . . . Hutnadeln. Sie hat mir eine Halskette geschenkt, zweireihig. Dann ist da noch ein Armband mit einem großen goldenen Verschluß, und die Perlen sind herrlich.«

Stoop spitzte die Ohren, aber er verzog keine Miene. Das konnte gut das Perlenset sein, das Betty Crist als verschwunden gemeldet hatte. Susan sagte, sie habe das Set in ihrem Zimmer und könne es ihnen zeigen. Ihre Mutter hatte den Familienangehörigen zahlreiche schöne Schmuckstücke geschenkt. Boppo einen prunkvollen Jadering. Papa zu seinem fünfundsiebzigsten Geburtstag einen massiven Herrenring aus achtzehn Karat Gold mit einem Lasurstein. Ihre Mutter hatte für sich selbst ein Zedernholzkästchen voll mit kleinen Silberminiaturen und antiken Pillendöschen behalten.

Stoop war bekannt, daß bei den Crists ein Ring mit einem Lasurstein verschwunden war. »Wissen Sie etwas von einer Rolex-Uhr?« fragte er.

»Nein. Die hätte auch bestimmt meine Schwester bekommen.«

»Wieso sagen Sie, daß *Debbie* sie bekommen hätte?« Stoop wartete gebannt. Er wußte, daß bei den Crists eine Rolex-Uhr fehlte, Susan nicht. Er wußte auch, daß Debbie bei dem Juwelier unterschrieben hatte. »Meine Mutter hätte kein Interesse an einer Rolex... Debbie hätte sich auf der Stelle eine Rolex geschnappt. Debbie hatte in der Vergangenheit ein Problem mit Ladendiebstahl. Sie rechtfertigte es mit den hohen Preisen des Ladens. Sie ist der Alptraum eined Kaufhausdetektivs.«

Susan hatte allerdings keine Rolex gesehen.

»Der Ring mit dem Lasurstein«, sagte Michelle Berry vorsichtig. »Trägt Ihr Großvater ihn noch immer?«

Susan nickte. »Und ich glaube, ich habe auch ein Video von seiner Geburtstagsfeier, auf dem er ihn trägt. Warum?«

Offenbar schwankte Susan zwischen einer gewissen Erleichterung, daß ihr Mißtrauen bestätigt werden konnte, und der qualvollen Erkenntnis, was ihre Mutter getan hatte. Ihre Augen füllten sich oft mit Tränen, und sie räusperte sich heftig.

»Kommen wir noch einmal zu dem Punkt, daß Debbie und Pat – also ihre Mutter – diplomierte Krankenschwestern sein sollen«, sagte Stoop. »Haben die beiden Ihnen jemals erzählt, sie hätten Medikamente verschrieben oder Rezepte telefonisch bestellt und die Medikamente abgeholt?«

Susan schüttelte den Kopf. »Sie haben mir nur erzählt, daß Mrs. Crist sich ihre Medikamente nach Hause schicken ließ ... Debbie hat einmal eine von Mrs. Crists Pillen genommen, und es hat sie umgehauen ... Sie schlief die ganze Nacht, obwohl sie wach sein sollte. Als sie wieder wach wurde, haben beide nach ihr geschrien.«

»Wer ist beide?«

»Mr. und Mrs. Crist.«

Susan hatte sich zwar Sorgen wegen der kleinen Dinge gemacht, die ihre Mutter und ihre Schwester von ihren Pflegetätigkeiten mit nach Hause brachten, auch über das Geld, das sie herumzeigten, aber es wäre ihr nie eingefallen, die beiden könnten nach eigenem Gutdünken Medikamente verabreichen. Don Stoop und Michelle Berry beobachteten, wie in ihren dunklen Augen ein alter Alptraum zu neuem Leben erwachte.

50. Kapitel

Don und Michelle hatten sich ausgiebig mit Pats früheren Zusammenstößen mit dem Justizsystem von Georgia vertraut gemacht. Sie erkannten die unheimliche Ähnlichkeit zwischen den Ereignissen bei den Crists und den Vorfällen bei Paw und Nona Allanson. Als Pat dem verblüfften Jim Crist jun. erzählte, seine Mutter würde trinken, hatte sie fast wörtlich wiederholt, was sie ein Dutzend Jahre früher von Paw Allanson behauptet hatte.

Susan und Bill Alford hatten die Ermittler durch die achtziger Jahre in die siebziger Jahre zurückgeführt und den schrecklichen Doppelmord an Walter und Carolyn Allanson, die beinahe tödlich verlaufende Vergiftung von Paw und Nona

Allanson und den einstigen Glanz von Zebulon geschildert. Die Ermittler wollten noch mal einen genaueren Blick auf diese Fälle werfen. Pat war in dem zweiten Fall verurteilt worden, aber in dem Doppelmord war sie ungeschoren davongekommen.

Doch zuerst mußten sie sich mit dem laufenden Fall beschäftigen. Es spielte keine Rolle, wie viele Leute behaupteten, Pat und Debbie wären keine diplomierte Krankenschwestern. Stoop und Berry mußten es beweisen. Sie mußten die Spur der Medikamente zurückverfolgen, die Betty Crist benebelt hatten, und sie mußten herausfinden, wie sie erworben worden waren. Und die vielleicht schwierigste Aufgabe war, die unzähligen Schätze aufzuspüren, die aus dem Herrenhaus der Crists an der Nancy Creek Road verschwunden waren.

Die Ereignisse in dem jüngsten Fall um Pat lagen nun fast zwei Jahre zurück. Die Detectives der Staatsanwaltschaft wollten nicht einmal daran denken, wie es sein würde, wenn sie erst zwei Jahrzehnte zurück zu dem Doppelmord gingen.

Als Don Stoop und Michelle Berry die Befragung der Crists, ihrer Ärzte und ihrer Angestellten fortsetzten, wurde ihnen klar, daß Betty Crist systematisch mit Medikamenten, die mittels gefälschter Rezepte besorgt worden waren, unter Drogen gesetzt worden und anschließend beraubt worden war – ihrer Würde, ihrer Gesundheit und ihres kostbaren Eigentums.

Vor allem aber war sie der wenigen kostbaren Monate beraubt worden, die ihr noch mit ihrem Mann geblieben wären. Während sie im Frühling 1988 die Tage in ihrem Zimmer verschlief, war ihr Jimmy weit weg von ihr, und seine Krankheit verschlimmerte sich in jener Zeit und entfernte ihn noch weiter von ihr. Die verlorenen Tage mit ihrem sterbenden Mann würde sie nicht zurückbekommen.

Don Stoop und Michelle Berry konnten auch nicht beweisen, was sie vermuteten. James Crist hatte über quälende Schmerzen in den Füßen geklagt, das klassische Symptom einer Arsenvergiftung. Doch es gab keine Leiche, die exhumiert und auf Arsen untersucht werden konnte. James Crist war schon vor zwei Jahren, noch vor Neujahr 1989, eingeäschert worden. Stoop erkundigte sich bei Kriminalisten und erfuhr, daß Arsen eines der ganz wenigen Gifte ist, die auch noch in der menschlichen Asche festgestellt werden können. Weil Arsen so hartnäckig ist und sich in Haaren, Nägeln und sogar Knochen des Opfers absetzt, ist es noch in der Asche eines Menschen nachweisbar. Die Familie Crist hatte viel Schmerz erlitten. Als Don Stoop die Möglichkeit zur Sprache brachte, James Crists Asche auf Arsen testen zu lassen, konnten die Angehörigen des Verstorbenen sich nicht dazu durchringen, ihre Zustimmung zu geben. Es wäre ihnen wie ein Sakrileg vorgekommen.

Niemand sollte jemals erfahren, ob der alte Mann ruhiggestellt, betäubt und vergiftet worden war.

51. Kapitel

Trotz Rückschlägen und Enttäuschungen nahm der Fall gegen Pat Taylor und Debbie Alexander schärfere Konturen an. Don Stoop und Michelle Berry arbeiteten unermüdlich, sammelten Beweise hier, führten dort eine Befragung durch. Ihre Stimmung stieg, als Elisabeth Crist und ihre Tochter Betsy eindeutig die Perlenkette und das Armband identifizierten, das Pat ihrer Tochter Susan geschenkt hatte. Beide erkannten sofort den Verschluß in Form einer goldenen Blume mit einer einzelnen Perle in der Mitte. Das gleiche galt für ein antikes ledergebundenes Kochbuch, ein weiteres ›aufmerksames Geschenk‹ Pats an ihre Tochter. Sie hätte es nicht verschenken dürfen. Es gehörte zu Mrs. Crists Williamsburg-Kochbuchsammlung.

Noch immer fehlten zahlreiche Stücke. Stoop war klar, daß sie sich früher oder später einen Durchsuchungsbefehl für das kleine rote Ziegelhaus in McDonough besorgen mußten – Boppos und Papas Haus.

Susan Alford besaß eine bizarre Dokumentation dafür, wie der Verstand ihrer Mutter arbeitete, etwas, das sie nicht gesucht hatte und das sie Don Stoop nur zögernd übergab. Aber das Wissen, daß dieser Beweis existierte, lastete ihr auf der Seele.

Vor Jahren – 1977 –, als Boppo die hastig gepackten Besitztümer aus dem Haus an der Tell Road durchsuchte, hatte sie eine Einkaufstüte gefunden, in der sich ein alter Kassettenrecorder befand. Sie schenkte ihn Sean, der damals fünf war und von dem Geschenk alles andere als begeistert war. Die Alfords hatten die Tüte und den Kassettenrecorder auf ihren vielen Umzügen von Houston nach Florida und wieder zurück nach Atlanta mitgenommen. Niemand hatte sich je die Mühe gemacht nachzusehen, was da in der Tüte klapperte.

Als Susan eines Tages nach einem weiteren Umzug auspackte, hob sie den altmodischen Kassettenrecorder aus der Tüte und fand darunter zahlreiche alte Kassetten. »Spielen wir ein wenig Musik«, sagte sie zu Bill, »damit wir in Stimmung zum Auspacken kommen.«

Als die ersten Töne durch den Raum klangen, sahen sie einander verlegen an. Sie erkannten die Stimmen auf den Bändern und begriffen, daß sie ungewollt einer vor langer Zeit geführten Unterhaltung lauschten.

». . . ich liebe dich mehr als alles auf dieser ganzen weiten Welt, Süße.«

»Sag das nicht, Tom.«

»Wieso?«

»Du liebst mich mehr als irgend *jemanden*. Du liebst mich nicht mehr als *alles*. Du liebst dein Leben mehr als mich . . .«

Die Bandaufnahmen, die Pat routinemäßig Mitte der Siebzigerjahre von ihren Telefongesprächen gemacht hatte, knisterten vor Alter und von dem Staub von mehr als einem Jahrzehnt, aber die menschlichen Empfindungen waren unverändert festgehalten. Pats und Toms Gespräche waren noch immer so erfüllt von Manipulation und Frustration wie an dem Tag, an dem die Worte ausgesprochen worden waren. In der tiefen Männerstimme schwang Schmerz mit. Die Stimme der Frau klang dünn und war voller ungeweinter Tränen. Bill und Susan fühlten sich wie Voyeure. Sie schalteten den Recorder aus.

Sie hatten sich die Bänder nicht ganz angehört – nur so lange, um zu wissen, was darauf festgehalten war: die Anrufe, die Pat von Tom aus dem Gefängnis des Fulton County erhalten hatte. Susan hatte nicht mehr hören wollen, weil die Stimmen soviel Schmerz zurückbrachten.

»Lange Zeit später«, schildert Susan, »holte ich die Bänder hervor und hörte mir alle an. Sie waren furchterregend. Ich hatte nicht gewußt, daß meine Mutter Tom zum Selbstmord treiben wollte. Es gab so viele Dinge, die ich nicht gewußt hatte.«

Susan meinte, sie habe sich damals mit dem Inhalt der fünfzehn Bänder auseinandersetzen können, weil sie sich selbst sagte, daß ihre Mutter unter dem Einfluß von Drogen gestanden hatte, daß hier nicht ihre wahre Mutter redete und Intrigen spann und mit Tom Allansons Gefühlen spielte. Dies war eine Fremde, deren Verstand von Drogen umnebelt war.

Jetzt konnte sie sich nicht mehr zu dieser Theorie Zuflucht nehmen. Bis Susan von den Vorfällen im Haus der Crists erfuhr, hatte sie immer den Behauptungen ihrer Mutter geglaubt, sie könne sich nicht an die Zeit erinnern, in der Toms Eltern ermordet und Paw und Nona vergiftet wurden. Susan glaubte das nicht mehr. Sie glaubte, daß ihre Mutter sich an *alles* erinnerte und nichts bereute.

Susan übergab Don Stoop und Michelle Berry die Kassetten. Auf den Etiketten stand ›Tom‹ und jeweils das Datum in Pats Handschrift. Daß die Kassetten die zahlreichen Umzüge der Alfords, die Hitze von sechzehn Sommern und die Kälte von ebensovielen Wintern überstanden hatten, war unerklärlich. Einige Bänder hatte sich verwickelt, ließen sich jedoch noch immer abspielen. Aus Angst, die kostbaren Bänder zu zerstören, brachte Stoop sie zu einem Experten und ließ sie kopieren und den Ton klarer herausarbeiten, bevor er sie sich anhörte.

Es war alles auf diesen dünnen braunen Kunststoffbändern zu finden. Jahrelang hatten Susan und Bill gepackt und ausgepackt, waren immer wieder umgezogen und hatten ahnungslos stets die Beweise mit sich geführt, die endlich erklärten, wie der Verstand einer Frau ohne Gewissen arbeitete.

Toms Stimme war tief und besorgt, Pats Stimme war abwechselnd mädchenhaft und verführerisch. Stoop hatte noch nicht mit Pat Taylor gesprochen, aber die Frau auf den Bändern klang absolut nicht wie die Oberschwester, die er durch die Beschreibungen anderer kennengelernt hatte. Fast jeder Anruf hatte ein einziges Thema: Tom versuchte, seine verstörte Frau aufzumuntern und zu beruhigen. Tom unterdrückte seine eigenen Sorgen, um Pat fröhlich zu machen. Tom quälte sich wegen der mysteriösen Infektion, die Pat angeblich bald das Leben kosten würde. Tom weigerte sich aufzugeben, obwohl Pat nur Unheil und Verzweiflung vorhersagte. Und endlich brach Tom auf einem zu Herzen gehenden Band in Schluchzen aus, das auch nach so langer Zeit noch nackten Schmerz enthielt.

Pats Manipulationen waren geschickt, fein geschliffen und unentrinnbar.

Es gab noch weitere Gespräche, die deutlich machten, wie sehr sie Tom benützt hatte. Stoops Augen weiteten sich, als er hörte, wie sich ihre Stimme völlig veränderte, wenn sie mit Anwälten kämpfte – in einen Moment befehlend, im nächsten leicht und flirtend. Er hörte, wie Pat ihr Veto dagegen einlegte, daß Tom im Gefängnis Lehrer wurde und den harten Bedingungen des Jackson-Gefängnisses entging. Ebenfalls zu hören waren: Allanson, der wie ein gealterter Tom klang, und dann Nona, deren Sprache kaum zu verstehen war.

Stoop wußte, wie es zu Pats ›tödlicher‹ Infektion gekommen war. Er hatte Boppos Aussage in Pats Antrag auf Strafmilderung gehört, die Beschreibung, wie Pat selbst ständig die Wunde an ihrer Hüfte geöffnet und gereizt hatte. Pat hatte die Gefühle all dieser Menschen, die um ihr Leben fürchteten, benützt. Sie hatte diese Menschen nach ihren Wünschen geformt und sie gezwungen, sich um sie zu sorgen.

Sie hatte alles inszeniert.

Stoop hörte Pats Stimme, wie sie Toms Exfrau bedrohte, und er fragte sich, warum sie die belastenden Beweise nicht gelöscht hatte. Stoop war bekannt, daß Little Carolyn Allanson als eine der wichtigsten Zeugen gegen Tom aufgestellt worden war. Es mußte kurz vor dem Prozeß gewesen sein, als Pat in dem Drugstore anrief, in dem Carolyn arbeitete, und mit leichter, sexy klingender Stimme bat, mit jemanden aus der Abteilung für Haarefärben sprechen zu können – Carolyns Abteilung. Stoop hörte, wie Carolyn sich meldete, und Pat senkte ihre Stimme zu einem Zischen: »Sei vorsichtig!« Dann knallte sie den Hörer auf den Apparat.

Diese Frau hatte nachweislich andere Menschen körperlich verletzt, und Stoop hörte sich jetzt an, wie sie heimtückisch daran arbeitete, ihre Mitmenschen auch psychisch zu zerstören. Er fragte sich, was schlimmer war.

Das schlimmste Band enthielt mehrere Gespräche von fünfundzwanzig Minuten Länge zwischen Tom und Pat kurz vor seiner Verlegung von dem Gefängnis des Fulton County nach Jackson. Er hatte sich von anderen Gefangenen regelrecht Zeit erkauft, um länger mit seiner Frau sprechen zu können. Und was bekam er dafür? Eine Frau, die jammerte, weinte, ihn beschuldigte und nichts als Unheil vorhersagte. Sie steuerte ihre Antworten ganz genau. Für einen unbeteiligten Zuhörer war das klar zu erkennen. Wenn Tom zu tief absackte, flüsterte sie: »Ich liebe dich, Süßer.« Und er erholte sich wieder.

Sie war wie eine Katze. Sie ließ die Maus ein Stück weglaufen, und dann schnellte sie sich auf ihre Beute und nagelte sie mit den Krallen ihrer Worte fest. Bei den ganz seltenen Gelegenheiten, bei denen Tom auf ihre Sticheleien schroff reagierte, brach Pat in Schluchzen aus, sagte, er würde sie nicht lieben, sie wäre wertlos, und dabei hätte sie sich nur gewünscht, er würde stolz auf sie sein. Und er hatte sich niedergeschlagen entschuldigt.

Trotz ihrer Tränen wurde eines völlig klar: Die Pat auf den Bändern genoß jede Minute der Gespräche mit ihrem Mann und lauschte, wenn er hilflos war und die Kraft aus seiner Stimme wich. Das waren keine Telefongespräche, sondern Wettbewerbe. Und sie hatte stets gewonnen. Sie war Delila, und Tom war Samson. Täglich machte sie diesen starken Mann mit ihren Worten hilflos.

Tom kam der Wahrheit einmal ganz nahe, auch wenn er nur einen Vergleich anstellte. So nahe, daß Pat nach Luft schnappte.

»Tom, wenn sie dich wegbringen, werde ich nicht einmal wissen, ob du lebst oder tot bist.«

»Pat«, beschwor er sie, »(in deinen Briefen) bist du so haßzerfressen, so bitter...«

»Tom!« schluchzte sie. »Kann ich dir denn gar nichts recht machen? Du wirst mich nicht mehr lieben...«

»Pat, du kratzt an der Wunde. Du wirst es nur schlimmer machen...«

»*Was?*« Pats Stimme wechselte von klagendem Wimmern zu schockhaften Staunen. Stoop, erkannte, daß Tom unbewußt Pat glauben ließ, er habe irgendwie von ihrer Selbstverstümmelung erfahren.«

»Süße«, beschwichtigte Tom sie ahnungslos. »Ich meine, es wird doch nicht besser, wenn du alle haßt.«

Stoop hörte, wie Pat erleichtert den angehaltenen Atem ausstieß. Sie war also doch nicht erwischt worden. Es wurde auch klar, daß es Geheimnisse geben mußte, von denen Pat wollte, daß Tom sie für sich behielt. Aber welche?

Don Stoop gelangte zu dem Schluß, daß er mit Tom sprechen mußte. Er fragte sich, wie es diesem Mann jetzt ging. Tom war über fünfzehn Jahre eingesperrt gewesen und befand sich erst ein Jahr auf freiem Fuß. Hatte das Gefängnis ihn gebrochen? Eines stand fest: Tom Allanson würde nicht gern über Pat und die siebziger Jahre sprechen.

Und wer wollte ihm das verübeln?

Als Don Stoop mit Debbie Cole Alexanders Exmann Gary sprach, wollte dieser auch nicht mehr über Pat sagen – außer, daß er seine ehemalige Schwiegermutter als ›böses, hinterhältiges, teuflisches Miststück‹ beschrieb. Er erinnerte sich nur zu gut daran, wie man ihn gewarnt hatte, Pat habe einen bezahlten Killer auf ihn angesetzt. Er hatte es damals geglaubt, und er glaubte es auch heute noch so halb. Gary Cole wollte nichts mit Pat und Debbie zu tun haben. Er hatte noch immer Angst vor Pat, und er stritt das auch gar nicht ab.

Im März 1991 wurde Pat und Debbie klar, daß gegen sie ermittelt wurde. Sie fühlten sich unbehaglich und unsicher, weil ein Unbekannter ihren Lebensweg verfolgte, und sie hatten Susan zornig vorgeworfen, sie zu ›hintergehen‹.

Margureitte eilte natürlich zur Verteidigung ihrer Tochter herbei. Sie traf mit Bill Alford in dem Reitstall zusammen, in dem Ashlynne und Courtney Stunden nahmen. Obwohl sie zu der Ansicht gelangt war, Susan wäre der Paria des Siler-Clans und ein durch und durch teuflischer Mensch, sah die alte Dame in Bill noch immer jemanden, auf den sie zählen konnte. Während Susan jedes ihrer Gefühlte in ihrer Miene verriet, war Bill in Boppos Augen das genaue Gegenteil. Sein leicht spöttisches Lächeln verriet gar nichts.

Boppo schlug ihrem Schwiegersohn vor, er solle ein Tonbandgerät an das Alford-Telefon – sein *eigenes* Telefon! – anschließen, damit sie verfolgen konnte, was Susan tat. Sie versicherte Bill, Susan wäre zweifellos verrückt. Sie würde sich gegen ihre Mutter stellen.

Arme Pat! Jeder wußte doch, sagte Boppo, was Pat ihr ganzes Leben lang erlitten hatte, und jetzt mußte sie sich auch noch mit einem undankbaren und verräterischem Kind herumschlagen!

Bill versprach Boppo feierlich, er werde nach Hause eilen und unter dem Haus ein Tonbandgerät aufstellen, um Susans sämtliche Anrufe aufzuzeichnen. Er hatte natürlich nicht die Absicht, etwas Derartiges zu tun, aber er wollte auch nicht, daß die Radcliffes erkannten, wie umfangreich die Ermittlungen der Staatsanwaltschaft waren, und daß sowohl er selbst als auch Susan mit Don Stoop und Michelle Berry zusammenarbeiteten. Falls noch Beweisstücke vorhanden waren, Gegenstände, die im Haus der Crists fehlten, wollte Stoop, daß sie genau da blieben, wo sie waren.

Ende März 1991 hatte Stoop zu seiner Zufriedenheit mehrere mögliche Anklagen gegen Pat und Debbie im Crist-Fall bewiesen, aber er wollte unbedingt Pat ein für allemal mit der Ermordung von Walter und Carolyn Allanson in Verbindung bringen. Es gab keine Verjährung für Mord.

Zeugen für die Zeit vor siebzehn Jahren aufzutreiben, war nicht leicht. Michelle sprach mit Jean Boggs, deren Erinnerung an Pat so scharf war, als hätten sie sich am Vortag zuletzt gesehen. Jean lieferte hilfsbereit Hintergrundinformationen, aber sie hatte seit Jahren jeden Kontakt mit den Radcliffes und sogar mit ihrem Neffen Tom gemieden. Sie wußte über deren jetziges Leben nicht Bescheid. Aber niemand hatte Jean Boggs die Überzeugung ausreden können, daß Pat an einer Verschwörung beteiligt gewesen war, die zur Ermordung ihres Bruders und ihrer Schwägerin geführt hatte.

Stoop fand die Helferin, die im Juli 1974 für Pat Allansons Arzt in East Point gearbeitete hatte. Sie arbeitete auch jetzt noch dort, und sie versprach, in dem Terminkalender für den dritten Juli nachzusehen. Sie erinnerte sich daran, Pat an jenem Tag gesehen zu haben. Pat war tatsächlich in der Praxis gewesen, genau wie sie der Polizei von East Point am Abend der Morde erzählt hatte. Allerdings zeigte der Terminkalender, daß sie keinen Termin gehabt hatte, und die Unterlagen bewiesen, daß sie auch keine Röntgenaufnahme ihres Schlüsselbeins machen ließ, wie sie behauptet hatte. Soweit die Schwester sich erinnern konnte, war Pat lediglich in die Praxis gekommen, hatte das Personal am Empfangspult begrüßt und war wieder gegangen. Sie war gesehen worden, dachte Stoop. Sie hatte dafür gesorgt, daß sie von Zeugen gesehen worden war!

Stoop las gefesselt immer wieder den alten Allanson-Fall durch. Er zweifelte kaum daran, daß sich Tom Allanson tatsächlich an dem Abend der Schüsse in diesem Keller befunden hatte, aber er fragte sich, wer die Telefonleitung durchgeschnitten und die Sicherung ausgeschaltet hatte. Er fragte sich, wieso die Waffe zufällig in dem ›Loch‹, in dem Unterschlupf, gewesen war, und er interessierte sich ganz besonders für Pats Rolle. Sie war auf jeden Fall vor dem Haus neben dem Tatort des Doppelmordes gewesen, sie hatte den Block in ihrem Jeep umkreist, und sie hatte auf einem dunklen Parkplatz nur einen Block weiter am Norman Berry Drive gewartet. Doch sie hatte behauptet, Tom an diesem Tag nicht mehr gesehen zu haben, nachdem er sie vor der Praxis ihres Arztes hatte aussteigen lassen.

Was, so fragte Stoop sich, hätte Pat damals gewonnen, wenn ihre Schwiegereltern starben? Er ging einen Schritt weiter und fragte sich, was sie gewonnen hätte, wenn ihr Ehemann ebenfalls bei einer Schießerei umgekommen wäre.

Zebulon!

Die Allansons hatten ihren Sohn enterbt, aber Pat hatte das nie geglaubt. Sie war stets überzeugt gewesen, daß Tom als das einzige Kind der wahre Erbe war. Immerhin hatten *ihre* Eltern *ihr* stets alles verziehen. Sie konnte sich nicht vorstellen, daß es Eltern gab, die sich nicht für ihre Kinder opferten. Sie hatte glauben müssen, Boppos und Papas Märtyrertum wäre in allen Familien normal. Und wenn sie davon ausging, daß Tom alles erbte, was Walter und Carolyn Allanson besaßen, hatte sie natürlich auch geglaubt, daß sie, Pat, ihren Tom als seine Ehefrau beerbte. Auf Zebulon hatte eine gewaltiges Hypothek gelastet. Abschlagszahlungen hatten am Horizont gedroht. Eine wohlhabende Witwe wäre mit allem fertig geworden.

Es gab noch einen anderen traurigen Punkt zu bedenken, besonders nachdem Stoop gehört hatte, wie Tom seine Liebe und Hingabe auf fünfzehn Bändern einer weinerlichen, manipulierenden Frau geschworen hatte, die den meisten anderen Männern schon längst zum Hals herausgehangen hätte. Es gab Gerüchte, daß Pat sich bereits wenige Wochen nach ihrer ›Vom-Winde-verweht-Hochzeit‹ gelangweilt hatte. Susan erinnerte sich sehr gut an das wachsende Desinteresse ihrer Mutter. Pat hatte vermieden, mit Tom allein zu sein. Statt zu ihm ins Bett zu kommen, hatte sie mit ihrer Tante auf der Schaukel gesessen. Erst nach seiner Verhaftung war sie zu der tragischen Heldin geworden, die sich nach ihrem Geliebten sehnte und um ihn klagte. Stoop vermutete, Pat wäre genauso glücklich – oder vielleicht sogar noch glücklicher und sicher weniger sorgenbeladen – gewesen, hätte sie Tom in Witwenkleidung betrauern können.

Er verzog das Gesicht. Natürlich in *viktorianischer* Witwenkleidung. Stoop hatte die Vorlieben in Leidenschaften der Dame nur zu gut kennengelernt. Vielleicht hatte sie sogar gedacht, Hap Brown würde seine Frau verlassen und mit dem Hut in der Hand zu ihr zurückkommen, sobald sie Witwe war und Zebulon abbezahlt hatte.

Es gab nur noch einen anderen Menschen, der wußte, was tatsächlich am 3. Juli 1974 in dem Haus der Allansons am Norman Berry Drive und in der nächsten Umgebung geschehen war.

Und das war Tom Allanson.

52. Kapitel

Dank der Unterstützung von Toms Bewährungshelfer trafen Don Stoop und Michelle Berry mit Tom Allanson in Canton in dem Büro der Gefängnisverwaltung von Georgia zusammen. Nach dem Gesetz hatte Tom nichts mehr zu befürchten. Ganz gleich, was an dem Abend der Ermordung seiner Eltern geschehen war, er hatte dafür mit fünfzehneinhalb Jahren seines Lebens bezahlt. Er konnte deshalb kein zweites Mal mehr angeklagt werden. Er konnte nie wieder wegen dieser Schüsse angeklagt werden. Er mußte nicht mit den Ermittlern der Staatsanwaltschaft sprechen, und sie hätten es ihm auch nichts besonders übelgenommen, hätte er sich geweigert oder wäre er über die Störung seines neuen Lebens verärgert gewesen. Aber er hatte einer Befragung zugestimmt.

Sie hatten Fotos des jungen Tom gesehen, und dieser Riese von einem Mann wirkte zwar verändert, aber seine knapp fünfzig Jahre sah man ihn nicht an: Er hatte kaum graue Haare, und seine Arme waren muskulös und gebräunt. Wenn er schon nicht darüber erfreut war, daß er hergeholt wurde, um über die Frau zu sprechen, die ihm ein großes Stück seines Lebens geraubt hatte, so war er doch wenigstens entgegenkommend. Zur Begrüßung streckte er Don Stoop seine große Hand hin.

Stoop kannte wahrscheinlich die Geschichte von Tom und Pat so gut wie kein anderer. Er hatte sich in das Leben der beiden hineinsinken lassen – durch die ersten Gespräche mit Susan und Bill Alford, anhand der voluminösen Gerichtsprotokolle der Verhandlungen und Berufungen, mittels Zeitungsausschnitten, durch die endlosen Bänder von Pat und Toms Telefongesprächen, mit Hilfe der Gespräche mit Andy Weathers und Michelle Berrys Unterhaltungen mit Jean Boggs. Zahlreiche Mitspieler hatten ihre Geschichten erzählt, und zuerst hatte das Szenarium zu unglaublich gewirkt, um real zu sein. Jetzt kam es Stoop so vor, als würde er die Geschichte schon sein ganzes Leben kennen. Er stellte ein paar Fragen, um die Geschichte aus Toms Blickwinkel zu hören. Stoop fragte sich, ob Tom nach allem, was Pat ihm angetan hatte, doch noch an der Frau hing, die er so verzweifelt geliebt hatte, daß er geschworen hatte, ihr bis zum Tode beizustehen – die er aber nicht genug geliebt hatte, wie Stoop sich erinnerte, um für sie Selbstmord zu begehen.

Seine ersten Fragen bezogen sich darauf, wie die beiden sich kennengelernt hatten. Die Antworten waren vertraut und kamen in knappen Sätzen. Tom erinnerte sich offenbar nicht an Daten. Er gab zu, damals von der Idee besessen gewesen zu sein, Pat zu heiraten. »Ich weiß nicht, ob sie mich heiraten wollte oder nicht«, erzählte er. »Ich war hartnäckig. Sie sagte ständig zu mir ›Nein, du willst mich nicht heiraten.‹ Und ich wünschte, ich hätte es nicht getan . . . Mein Kopf hat damals nicht richtig funktioniert.«

Stoop verzichtetet auf einen Kommentar. Pat hatte ihr Opfer nur zu gut gekannt. Sie hatte genau gewußt, wieviel Sträuben nötig war, um Tom an den Haken zu bekommen. »Jetzt kommt eine harte Frage.« Stoop ging endlich auf den Kern der Sache los. »Aber es ist unbedingt nötig, daß sie so präzise nachdenken und antworten, wie Sie nur können, und sich lediglich an Fakten halten. Wir müssen wissen, in welcher Form Pat mit Ihnen in diesen Mordfall von 1974 verwickelt war. Ich meine damit, wie es angefangen hat, was dazu geführt hat, was während der Verhandlung abgelaufen ist und auch nach der Verhandlung, als Sie im Gefängnis waren.«

»Das ist wirklich eine harte Frage«, begann Tom. »Meine Eltern mochten Pat von Anfang an nicht ... Dabei war sie nicht der *Grund* meiner Scheidung. Sie war das *Ergebnis* ... Sie haßte meine Eltern, und meine Eltern haßten sie.«

»Also schön. Hat sie irgendwann das Feuer geschürt?«

Tom räumte ein, daß Pat seine Eltern gegen sich aufgebracht und danach ihn aufgeputscht hatte. Er sagte, die Schüsse am Lake Lanier hätten seinen Vater durchdrehen lassen.

»Meinen Sie, daß Pat den Überfall am Lake Lanier begangen hat?«

Tom schüttelte den Kopf. »Sie war bei mir ... als ich Pferde in Lithonia beschlug ... Die Polizisten haben später meine Gewehre überprüft, und es wurde ausgeschlossen, daß die Tat mit meinen Gewehren begangen worden war ... Mein Vater hat völlig die Beherrschung verloren, zog los und kaufte eine Waffe, und er erzählte allen Leuten, am Wochenende wäre alles vorüber. Da sollte ich an einer Parade in Atlanta teilnehmen. Ich konnte mir nichts anderes denken, als daß er mich bei der Parade erschießen wollte.«

»Was sagte denn Pat zu alledem?«

»Sie rührte nur alles auf und machte es schlimmer ... Pat war sehr starrsinnig, ein Mensch, der manipuliert hat und *alles* getan hätte, um zu bekommen, was er wollte – und dabei wußte man nicht einmal, daß sie etwas tat. Sie konnte sich einen verheirateten Mann nehmen und ihn vollständig umdrehen ... und sie konnte ihn dazu überreden, dreißig Jahre Ehe hinzuwerfen, und er merkte es nicht einmal. Wenn man nicht dabei war, kann man sich nicht vorstellen, wie das war. Pat bekam irgendeine Idee, und die setzte sie dann durch. Wenn sie jemanden auf die eine Art dazu bringen wollte, etwas zu tun, man aber nicht darauf ansprach, dann hat sie eben eine andere Möglichkeit gefunden. Sie hat einfach nicht lockergelassen, bevor man ihr nachgegeben hat.« Tom erinnerte sich daran, in seinem Prozeß wäre zur Sprache gekommen, daß sein Vater am Nachmittag vor seiner Ermordung Anrufe erhielt. »Aber ich habe weder gesehen noch gehört, daß sie angerufen hat.«

Stoop fragte Tom, ob er jetzt glaube, daß sein Vater sich vor Pat unsittlich entblößt hatte.

»Nein. Mein Vater war nicht der Typ von Mann, der so etwas getan hätte.«

»Was meinen Sie, warum sie es behauptet hat?«

»Um mich aufzustacheln.«

»Hat es funktioniert?«

»Na ja, ich habe mich aufgeregt, aber andererseits ... Ich hatte Todesangst. Ich wußte nicht, was sich über meinem Kopf zusammenbraute.« Toms Augen verdüsterten sich, als er sich an seinen Prozeß erinnerte. »Das war eine Farce ... Sie saß da und hat mich mit dem Ellbogen angestoßen, und sie hat Ed mit dem Ellbogen angestoßen, und der Richter mußte ihr sagen, daß sie still sein soll, und wenn sie nicht aufhören würde, die Verhandlung zu stören, müßte sie den Gerichtssaal verlassen.«

»Nun gut, kommen wir zu dem Mord selbst«, sagte Stoop. »Sie und Pat fuhren an diesem Tag zusammen in die Stadt, ist das richtig?«

»Ich habe sie zum Arzt gefahren.«

Stoop fühlte, wie Tom sich zurückzog. Er mußte mit seinen Fragen zurückstecken und noch eine Weile warten, bis er auf die Morde zu sprechen kam. »Ist sie denn wirklich zum Arzt gegangen?« fragte er.

»Das nehme ich an.«

Stoop drängte Tom, den Rest dieses Tages zu rekonstruieren, so gut er sich daran erinnerte, und sich dabei Zeit zu lassen.

»Also, ich bin zum Haus meiner Eltern gegangen. Meine Mutter und mein Vater waren Menschen, die sehr schematisch lebten ... Man wußte, wann sie von der Arbeit heimkamen ... Also bin ich am späten Nachmittag hingegangen, um mit meiner Mutter zu sprechen, und ich dachte, sie würde zu diesem Zeitpunkt schon zu Hause sein. Ich bin nicht hingefahren. Ich hatte Pat den Wagen gelassen ... Ich ging die Strecke von vielleicht einem oder anderthalb Blocks zu Fuß. Ich wollte meine Mutter dazu bringen, mit meinem Vater zu sprechen und ihn ein wenig zu beruhigen, aber ich konnte mit ihr nicht in der Praxis reden, in der sie arbeitete ... Ich konnte auch auf keinen

Fall am Telefon mit ihr sprechen, weil mein Vater das nicht erlaubte ... Er führte zu Hause ein sehr hartes Regiment. Er war der Herr im Haus ... Und darum gab es nur eine einzige Möglichkeit, wenn ich irgend etwas erreichen wollte. Ich mußte mit meiner Mutter sprechen, ohne daß mein Vater dabei war.« Tom sagte, er habe manchmal vermutet, daß Pat in Wahrheit gar nicht wollte, daß seine Beziehung zu seinen Eltern in Ordnung kam. »Sie tat alles in ihrer Kraft Stehende, um meine Eltern gegen mich aufzubringen.«

»Wußte Pat, daß Sie mit Ihren Eltern sprechen wollten?« fragte Stoop.

»Ja.«

»Sie hat es *wirklich* gewußt?« vergewisserte sich Michelle Berry.

»Ich glaube, man hat mir da eine Falle gestellt.« Tom beugte sich vor. »Ich glaube, unter normalen Umständen hätte ich hingehen und mit meiner Mutter sprechen können. Aber meine Mutter verspätete sich ein wenig. Die Hintertür war verschlossen, aber die *Kellertür* war offen. Also bin ich zur Kellertür hinein und dachte mir, na schön, dann warte ich eben da unten. Ich wollte nicht auf den Stufen vor dem Haus sitzen, falls mein Daddy heimkam ... Meine Exfrau und meine Kindern kamen ausgerechnet zu diesem Zeitpunkt, und das hat alles ein wenig durcheinandergebracht ... und ich saß mehr oder weniger in der Falle. Es hat geheißen, die Kellertür wäre aufgebrochen worden. Ich habe die Kellertür nicht aufgebrochen. Sie war offen.«

Tom saß in der Tat in der Falle. Seine Exfrau, die er als eine ›nicht sehr vernünftige Frau‹ beschrieb, war oben im Erdgeschoß, sein Vater mußte bald nach Hause kommen, und er war unten in dem Keller seines Elternhauses, aus dem er verbannt worden war.

Und dann, um alles noch schlimmer zu machen, kam sein Vater früher nach Hause als für gewöhnlich.

»Was ist mit den Lichtern und dem Sicherungskasten?« fragte Don Stoop.

»Darüber weiß ich gar nichts.«

»Was ist mit der Telefonleitung?«

»Es hat geheißen, sie wäre durchgeschnitten worden ... Ich habe die Telefonleitung nicht durchgeschnitten.«

»Gut. Sie haben ausgesagt, es wäre alles eine Falle gewesen. Dachten Sie damals auch, daß es eine Falle war?«

»Darauf wollte ich gerade kommen. Mein Vater kam für gewöhnlich nicht so früh nach Hause, und während des Prozesses hat es geheißen, daß er einen Anruf erhielt ... Ich glaube bis heute, daß Pat ihn von der Arztpraxis aus angerufen und ihm gesagt hat, daß ich im Haus war. Ich habe dafür keinen Beweis. Das ist nur meine Meinung.«

»Als Sie in dem Keller waren, konnten Sie die Leute oben reden hören. Ist Ihr Vater nach Hause gekommen und hat gerufen: ›Ist Tom hier?‹ oder etwas in dieser Art?«

»Nein. Er kam in den Keller herunter, sah sich um und ging wieder nach oben. Ich hatte mich da unten hinter irgendwelchen Sachen versteckt und suchte nach einer Möglichkeit, um zu verschwinden. Dann rief er die Polizei an ...«

»Wie konnte er die Polizei anrufen, wenn die Telefonleitung durchgeschnitten war?«

»Nun, wir haben Nachbarn ... Als die Polizei kam, ging er nach draußen und redete mit ... ich glaube, das war Sergeant Callahan. Sie standen ganz in der Nähe, und ich hörte es, weil sie nicht mehr als ein paar Meter entfernt waren. Ich wollte genau zu diesem Zeitpunkt gehen, während die Polizei da war. Ich dachte, das ist eine gute Gelegenheit, bevor mein Vater das Gewehr und die Pistole aus seinem Wagen holt.«

Tom sagte, er habe da unten in dem Keller gekauert und gehört, wie sein Vater nicht zuließ, daß die Polizei sein Haus durchsuchte. Tom wäre erleichtert gewesen, hätte die Polizei ihn gefunden. Statt dessen hörte er, wie sein Vater zu dem Polizisten sagte: »Ich habe hier dieses Gewehr. Ich weiß, wer es ist, und ich werde mich selbst darum kümmern.«

Tom seufzte. »Um ehrlich zu sein, ich glaube, es war Pat egal, ob ich getötet wurde oder nicht. Als mein Daddy diese Waffe zog, dachte ich, wenn ich jetzt zur Tür hinauslaufe, schießt er mich auf der Stelle nieder. Ich war zu dem Zeitpunkt total in Panik.«

Stoop wollte warten, bis Tom sich etwas mehr entspannte, bevor er auf die Schüsse selbst zu sprechen kam. Er verlagerte den Brennpunkt des Gesprächs. »Ich komme jetzt zu Pats direkter Verwicklung, in Ordnung? Wußten Sie, daß Pat in der Gegend herumfuhr und auf Sie wartete?«

»*Nein!*«

»Sie hat Ihnen nichts gesagt?«

»Nein.«

»Wissen Sie etwas davon, daß Pat in eine Spirituosenhandlung ging, wo Sie nach Ihrer Aussage telefonieren wollten?«

»Während der Zeit, in der ich im Gefängnis von East Point saß, hatte ich Todesangst. Ich hatte keine Ahnung, was ich machen sollte ... Ich hatte mich immer auf meine Eltern verlassen, und ich hatte nie zuvor Schwierigkeiten gehabt ... Und da kam Pat ins Gefängnis und sagte zu mir: ›Ich kümmere mich um die Sache. Ich habe dafür gesorgt, daß alles erledigt wird. Mach dir keine Sorgen. Aber erzähl ihnen nichts.‹ Sie hatte dafür gesorgt, daß mich angeblich eine Reihe von Leuten auf der Cleveland Avenue gesehen hatten ... Sie überredete Ed Garland, auf der Tatsache aufzubauen, ich wäre nie im Haus meiner Eltern gewesen, weil es keine Augenzeugen gab. Ich wünschte, ich hätte auf Notwehr plädiert. Dann hätte ich deswegen keine fünfzehn Jahre im Gefängnis gesessen ... Pat trieb diese Leute in dem Schnapsladen auf und behauptete, sie hätten mich dort gesehen, aber ich war gar nicht dort entlanggegangen. Wenn man erst einmal einem Anwalt, der einem helfen will, ein Lüge erzählt, ist das wie eine Lawine, die einen ins Unglück reißt ... Irgendwann wird er dann aufgeben, was er auch später gemacht hat.«

Stoop fragte Tom, ob er zurückgehen und sich mit Pat in der Arztpraxis treffen sollte, oder ob sie ihn abholen wollte.

»Ich sollte nur lange genug bleiben, um mit meiner Mutter zu sprechen, und dann zu der Arztpraxis zurückkommen. Das hätte nicht mehr als fünfzehn oder zwanzig Minuten gedauert ... es hat dann doch viel länger gedauert ... aber daß sie mich abholen sollte? Absolut nicht.«

Nachdem Tom eingesperrt worden war, hatte er nur erfahren, was Pat ihm erzählte. Es hatte keine anderen Informationen erhalten. »Pat erzählte allen meinen Freunden, ich dürfte Post nur von unmittelbaren Familienmitgliedern erhalten. Und das war eine Lüge. Sie wollte, daß mir niemand außer ihr etwas erzählt.«

»Sie kontrollierte also, welche Informationen Sie über eine bestimmte Angelegenheit bekamen?«

»Sie kontrollierte *alles*. Das Geld. Ich war dumm genug, um ihr Geschäftsvollmacht zu erteilen. Sie kontrollierte das Geld. Sie kontrollierte die Anwälte. Sie kontrollierte die Farm. Sie kontrollierte alles, das gestohlen und weggebracht wurde.«

Tom räumte ein, er habe Zweifel gehabt, als das Haus und die Ställe in Zebulon niederbrannten. Er hatte keine Ahnung gehabt, daß sie versichert waren. Er erfuhr erst von Stoop, daß Pat einen Scheck eingelöst hatte, der für den Hypothekengläubiger gedacht gewesen war.

»Während Sie im Gefängnis waren«, fragte Stoop, »war da irgendwann einmal die Rede von einem ›Selbstmordpakt‹ zwischen Ihnen und Pat?«

Tom nickte. »Wissen Sie, sie versuchte sogar, ein bestimmtes Zeug nach Jackson einzuschmuggeln, und sie wollte, daß ich direkt dort mit ihr Selbstmord begehe. Und ich sagte ›Kommt nicht in Frage!«

»Was brachte Pat ins Gefängnis?«

»Ich weiß es nicht. Sie hat es mir nicht gezeigt, aber es waren angeblich Pillen, und ich sagte: ›Ich bin noch nicht bereit zu sterben ...‹ Sie sagte, sie wollte es nächste Woche machen, und als sie mich das nächste Mal besuchte, sagte ich: nein! Hätte ich es getan, ich glaube, dann hätte sie nicht einmal ein Aspirin genommen. Sehen Sie, sie hatte zu viel zu gewinnen, und ich hatte zu viel zu verlieren. Wäre ich tot gewesen, hätte sie wieder die Farm und zweiundfünfzig Morgen Land gehabt.«

Tom Allanson waren die Schuppen von den Augen gefallen. Offenbar hatte er seine Exfrau schon lange klar erkannt, aber in Margureitte sah er noch immer ein Vorbild.

»Mrs. Radcliffe war für mich stets eine wirklich reizende Dame. Pat konnte alles machen, ohne daß ihre Mutter daran etwas Schlechtes fand, aber ich hielt Mrs. Radcliffe trotzdem für einen ganz besonderen Menschen... Ich hatte keine Ahnung, was in der Familie vor sich ging, weil nur Pat mir etwas erzählte, und sie konnte endlos lügen, aber nie die Wahrheit wiedergeben. Vielleicht sollte ich das nicht sagen, aber sie ist eine gewohnheitsmäßige Lügnerin.«

Stoop stellte seine nächste Frage sehr vorsichtig. »Glauben Sie, daß Pat verrückt ist oder daß sie jeden Schritt genau berechnet? Meinen Sie, daß sie alles überdenkt, daß sie Ihre Reaktion kalkuliert hat – daß sie wußte, wie man Sie manipulieren konnte? Verbessern Sie mich, wenn ich mich irre. Ich glaube, Pats Hauptziel war, Sie im Gefängnis zu behalten und dafür zu sorgen, daß Sie schweigen, solange Sie dort sind.«

»Wie ich schon sagte«, meinte Tom seufzend, »es war ihr egal, ob ich da drinnen in dem Keller überlebte oder starb... Es war ihr völlig egal, ob ich jemals wieder herauskomme.«

Danach gefragt, ob er eine Lebensversicherung gehabt hatte, erinnerte Tom sich an eine – *New York Life*, meinte er –, aber er hatte keine Ahnung, was damit geschehen war.

Als er Pat heiratete, habe er nicht vorhersehen können, daß seine Probleme mit seinen Eltern in Gewalt enden würden. »Ich dachte, es würde nur zu einer Trennung von der Familie kommen. In meiner Familie gab es solche Trennungen. Wissen Sie, meine Eltern regten sich über die Scheidung auf, aber ich hätte nie gedacht, daß es soweit kommen würde.«

Was die Drohungen anging, die sein Vater angeblich ausgestoßen hatte, meinte Tom, er habe nur von Pat oder Boppo davon gehört. So hatte er auch erfahren daß ›zum Wochenende alles vorbei sein würde‹.

»Was glauben Sie... hat Pat geholfen, Ihre Eltern zu töten?«

Es herrschte lange Stille. Tom blickte auf seine Hände hinunter und überlegte. »Ich würde nicht sagen, daß sie geholfen hat, die beiden zu töten, weil meine Eltern in einem dreißig Sekunden dauernden Akt der Selbstverteidigung gestorben sind.«

Stoop erklärte, daß er es in weiterem Sinn meinte.

»Ich denke«, sagte Tom langsam, »wenn Pat nie aufgetaucht wäre, würden meine Eltern noch leben. So müssen Sie das sehen. Ich meine, wäre ich mit ihr nie in Kontakt gekommen, wäre ich nicht mit ihr ausgegangen ... mein Vater und ich hätten wahrscheinlich unsere Differenzen beilegen können ... Ich wünsche mir, ich hätte sie nie getroffen. Dann wäre ich um vieles besser dran.«

Tom war noch immer nicht bereit, über die Schüsse zu sprechen. Die Ermittler fühlten das. Auch nach all diesen Jahren war das eine Quelle intensivsten Schmerzes. Wie konnte das auch anders sein? Tom gab jedoch eine kleine und höchst interessante Information preis. Pat hatte stets behauptet, sie habe Tom am 3. Juli 1974 nicht gesehen – zumindest nicht, nachdem sie sich vor der Praxis ihres Arztes verabschiedet hatten. Tom erzählte Stoop und Berry, in seiner Panik nach den Schüssen wäre er in Richtung Freeway, Richtung King-Bürogebäude gelaufen. »Pat parkte auf dem Parkplatz des King-Bürogebäudes«, sagte Tom, ohne die überraschten Gesichter seiner Gesprächspartner zu bemerken. »Ich erzählte ihr, was geschehen war, und ich sagte: ›Ich muß nach Hause.‹ Und sie sagte: ›Meine Eltern kommen her.‹ Sie hatte ihre Eltern angerufen, aber ich weiß nicht, warum.«

Stoop bemühte sich, seine Aufregung nicht in seiner Stimme zu verraten. »Das ist wichtig. Ich möchte mich vergewissern. Sie behaupten, als Sie wegliefen, hätten Sie Pat auf dem Parkplatz des King-Bürogebäudes vorgefunden?«

»Ja, ich lief dort vorbei.«

»Sie sind einfach dort vorbeigelaufen, und Sie haben sie auf einmal gesehen? Was machte sie da?«

»Sie saß in dem Jeep.«

»Und was sagte sie zu Ihnen?«

»Ich erzählte ihr, was geschehen war. Ich sagte: ›Ich muß weg. Ich weiß nicht, was ich tun soll. Ich hab' Angst und will nach Hause.‹ Und sie sagte nur: ›Ich habe meine Eltern angerufen.‹ Ich weiß nicht, warum sie ihre Eltern angerufen hat. Sie sagte, ihre Eltern wären schon unterwegs, und ich sagte: ›Ich warte nicht. Ich bin weg.‹ Soweit ich das beurteilen konnte, wußte sie schon Bescheid über die Morde, als ich hinkam. Ich merkte es an ihrer Reaktion. Ich bin also wieder weg und per

Anhalter nach Hause gefahren, aber ich bin nicht die Cleveland Avenue entlanggegangen. Ich kam nach Hause, und mein Großvater rief mich an und sagte, vier Polizisten wären gekommen und hätten einen Haftbefehl gegen mich. Ich sagte: ›Ruf sie an und sag ihnen, wo ich bin.‹ Ich wollte niemandem Schwierigkeiten machen. Sheriff Riggins rief mich an – Mr. Riggins und ich waren gute Freunde –, und er sagte: ›Ich will keine Probleme‹. Und ich sagte: ›Ich werde euch keine Probleme machen. Kommt her.‹ Ich habe mich ergeben.«

Der Raum war wie elektrisch geladen vor Spannung. Vielleicht hatte Tom sich selbst nie eingestanden, wie sorgfältig diese scheinbar spontane Schießerei geplant worden war. Er hatte im Gefängnis sehr viel nachgedacht. Fünfzehneinhalb Jahre hatte er nachgedacht. Stoops und Berrys Fragen trieben nackte Wahrheiten an die Oberfläche.

Langsam listete Stoop die ›Zufälle‹ auf, die zu Toms wachsenden Schwierigkeiten geführt hatten. Zuerst hatte es Formaldehyd in der Milch von Toms Baby gegeben. Pat haßte Little Carolyn und alles, was sie mit Tom verband. »Wir wissen, daß Pat genau wie Sie mit Pferden arbeitete«, erklärte der Detective. »Wir wissen, daß sie Zugang zu Formaldehyd hatte, weil Sie damit Ihre Pferde behandelt haben. Dann«, fuhr Stoop fort, »erzählt sie Ihnen, daß Ihr Vater die ganze Strecke nach Zebulon gefahren ist und sich vor ihr entblößt hat ... Ob Sie nun Ihren Vater mochten oder nicht, Sie wissen, daß er so etwas nie getan hätte. Außerdem ist erwiesen, daß er zu jenem Zeitpunkt in seinem Büro arbeitete. Sie wollten die Probleme in einem Gespräch mit Ihrer Mutter lösen, weil Sie wußten, daß Ihr Vater noch zur Arbeit war. Deshalb dachten Sie, das wäre der beste Zeitpunkt. Aber Pat wollte nicht, daß Sie irgend etwas lösen. Richtig?«

»Das nehme ich an.«

»Sie beide parkten vor der Praxis des Arztes. Sie, Tom, sind in die eine Richtung gegangen. Pat ist in die andere Richtung gegangen. Sie kommen zu dem Haus Ihrer Eltern ... und der Keller steht offen. Richtig?«

Tom nickte.

»Little Carolyn geht mit den Kindern ins Haus. Ihre Mutter kommt ebenfalls nach Hause. Sie sind im Keller gefangen, und plötzlich taucht Ihr Vater auf. Es gibt Beweise, daß eine Frau Ihren Vater angerufen hatte. Dann fallen plötzlich Schüsse. Sie laufen an dem King-Bürogebäude vorbei. Pat sitzt dort, und Sie sagen ihr, was passiert ist, und Pat antwortet: ›Mach dir keine Sorgen. Ich habe schon meine Eltern angerufen, und sie sind unterwegs hierher.‹ Pat bleibt dort, und Sie laufen weg. Wenn Sie sich das jetzt alles überlegen, zu welchem Schluß kommen Sie da?«

Trotz aller Überlegungen, die Tom wegen der Tragödie angestellt hatte, die sein Leben auf immer verändert hatte, fügte sich offenbar zum ersten Mal alles in seinen Gedanken mit einem schrecklichen Mißton zu einem vollständigen Bild zusammen. »Das hört sich an«, sagte er, »als hätte Pat sich hingesetzt und das alles ganz genau geplant – aber ich weiß nicht, wie man so etwas machen kann, wenn andere Menschen daran beteiligt sind.«

Eindeutig betrachtete Tom die Tragödie von dem Standpunkt eines Mannes, der nie absichtlich jemanden verletzt hatte. Er war kein verschlagener Mensch.

Don Stoop führte alles auf, was zu Feindschaften geführt hatte, alle wirklichen und erfundenen Beleidigungen, die gewaltig aufgeblasen worden waren. Mit großer Raffinesse hatte Pat einen Keil zwischen Tom und seinen Vater getrieben und kleine Feuer aus Sorge und Wut gezündet, die sich irgendwann zu einem Flächenbrand ausweiten mußten.

Don Stoop sprach laut die Überlegung aus, daß Pat vielleicht gedacht hatte, ihren Mann zum letzten Mal lebend zu sehen, als sie ihm vor der Arztpraxis einen Abschiedskuß gab. »Sie könnte Ihnen nachgeblickt haben, als Sie weggingen, gab Ihnen dann zehn oder fünfzehn Minuten Zeit, erledigte einen Anruf – und ganz plötzlich tauchte Ihr Vater zu Hause auf. Sie wußte sehr genau, wie Sie und Ihr Vater zueinander standen. Und dann ... *bumm*!«

Die drei Personen saßen schweigend da, die beiden Detectives und der riesenhafte Mann, der Pat Taylor Allanson zwei

Jahrzehnte seines Lebens geschenkt hatte. Die Uhr an der Wand tickte so laut, daß es wie Schüsse klang.

Endlich war Tom bereit, darüber zu sprechen, was in dem Keller geschehen war. Er versicherte, daß er Pat genau erzählt hatte, was geschehen war. Gegen Pats Wunsch hatte er es auch Ed Garland erzählt, doch da war es für seinen Anwalt schon viel zu spät gewesen, um die Verteidigungstaktik zu ändern. Jeder hätte den Mann, der da vor Gericht stand, für einen Lügner gehalten – ein Mann, der einmal gelogen hatte, konnte auch ein zweites Mal lügen. Tom und Ed Garland waren in dem juristischen Labyrinth gefangen, in das Pat sie gezwungen hatte.

Tom erzählte die Geschichte mit seiner tiefen Stimme, und Stoop und Berry hörten zu. Tom hatte bisher nicht viel gesagt, doch jetzt wanderten seine Gedanken vorübergehend aus diesem Raum in einen feuchten alten Keller, und seine Worte strömten gleichmäßig wie ein Fluß, während er sich erinnerte.

»Mein Vater kommt mit der Pistole herunter und sieht sich in dem Keller um, und er geht zu diesem Unterschlupf, in dem das ganze Campingzeug gelagert war. Da drinnen gibt es eine Lampe, die aber nicht funktionierte. Ich habe mich in dem Unterschlupf versteckt, und vielleicht habe ich heftig geatmet. Jedenfalls kommt er zu der Öffnung in der Wand und schreit nach oben: ›Ich habe ihn im Kriechkeller in die Enge getrieben!‹ Und er hält die Pistole in diesen kleinen Raum, der nicht viel größer ist als ein begehbarer Kleiderschrank, und schießt nach allen Richtungen, auch ganz in meine Nähe. Die erste Kugel trifft hier, und die nächste dort, und die nächste dann da, und dann geht ihm die Munition aus, bevor er ringsherum in einem ganzen Kreis schießen kann. Betonbrocken fliegen herum und Teile von den Kugeln. Ich rechne jeden Moment, daß ich von diesem Zeug getroffen werde, und ich sehe seine Pistole, und dann schreit er auch noch zu meiner Mutter hinauf, daß sie das Gewehr herunterbringen soll. Direkt vor der Treppe hängt eine große Glühlampe, zweihundert Watt stark. Wenn man die

Treppe herunterkommt, blickt man in dieses grelle Licht. Ich habe in diesem Moment keine Ahnung, wo mein Vater ist. Ich stolperte nur über diese Schrotflinte da drinnen in dem Unterschlupf, die Schrotflinte, die er als gestohlen gemeldet hatte. Sie lehnt direkt da an der Wand. Es war eine einschüssige Schrotflinte . . .«

»War sie geladen?«

»Ja, er hatte sie immer geladen in seinem Haus.«

»Obwohl die Enkelkinder im Haus waren?«

»Nun, er hatte diese Schrotflinte immer in seinem Schrank, sogar als ich noch ein kleines Kind war.«

»Wieso befand sich diese Schrotflinte plötzlich im Keller?«

Tom hatte keine Ahnung, wieso die Schrotflinte in dem Unterschlupf gelandet war. »Er hatte also seine Pistole leergeschossen«, fuhr Tom fort. »Und das war, als würde man in einem Faß stecken, und jemand schießt in dieses Faß. Ich stolperte also über die Schrotflinte, und ich sage mir, Mann, jetzt ist es höchste Zeit für mich, hier zu verschwinden, weil er nach dem Gewehr geschrien hat. Meine Mutter hat in ihrem Leben nie mit einem Gewehr geschossen. Sie kommt in Panik die Stufen herunter, weil sie die Schüsse im Keller gehört hat. Sie läuft die Treppe herunter, und sie reißt das Gewehr hoch, als ich gerade aus dem Loch in der Wand klettern will. Ich halte die Schrotflinte in meinen Händen, aber ich schieße nicht. Gerade als ich aus dem Loch klettern will, gibt es einen gewaltigen Blitz, und ich springe zurück, und meine Schrotflinte geht los. Ich hatte keine Ahnung, daß ich irgend jemanden getroffen hatte. Ganz sicher habe ich nicht absichtlich auf meine Mutter geschossen . . . Offenbar hat sie geschossen und meinen Daddy getroffen, weil auf einmal überall Blut war, vor dem Zugang zu dem Kriechkeller und im ganzen Keller. Aber ich habe ihn nicht erschossen . . . Ich habe ihn nicht mit der Schrotflinte getroffen, weil er gar nicht vor dem Loch in der Wand stand. Aus dieser geringen Entfernung hätte die Schrotflinte, die Tom in dem Kriechkeller gefunden hatte, Walter Allanson buchstäblich zerrissen. Also hat offenbar meine Mutter meinen Vater getroffen. Hier oben hat sich bei mir alles gedreht. (Tom tippte sich gegen den Kopf.) Ich habe einfach vom Fußboden eine Patrone aufgehoben und nachgeladen, und dann habe ich die Schrotflinte zum Loch hinausgeschoben. Ich weiß nicht, wie lange das gedauert hat. Vielleicht eine Minute, vielleicht nicht so lang. Und gerade, als ich zu dem Loch hinausklettern will, steht mein Vater da und reißt das Gewehr hoch, und ich schieße einfach in diese Richtung. Als ich aus dem Loch blicke, sehe ich gleichzeitig meine *Mutter* auf der Treppe liegen, und ich sehe, wie mein Vater sich bewegt.«

Wieder war es in dem Raum still.

Endlich fragte Don Stoop, ob Tom gehört hatte, daß sein Vater seinen Namen rief.

»Ich habe nur gehört, wie er schrie: ›Ich habe *ihn* in dem Kriechkeller in die Enge getrieben!‹ Ich glaube nicht, daß meine Mutter wußte, daß ich da unten war.«

»Meinen Sie, Ihr Vater wußte es?«

»Ja, weil er das der Polizei gesagt hat – daß er weiß, wer in sein Haus eingebrochen hat, und daß er sich darum kümmern wird.«

Stoop befragte Tom mehrmals, wie er sich erklärte, daß die Schrotflinte seines Vaters und die Patronen da unten in dem Unterschlupf gelegen hatten. Tom hatte keine Erklärung dafür. Sein Großvater hatte ihn zwei Wochen vor dieser Schießerei angerufen und gefragt, ob er wisse, wer die Schrotflinte und die Pistole seines Vaters gestohlen habe, und er, Tom, habe damals keine Antwort darauf gewußt. Tom hatte selbst einen gut ausgestatteten Gewehrständer. Er war an den Waffen seines Vaters nicht interessiert.

Don Stoop kam noch einmal zu Pats eisernem Beharren, Tom dürfe seinem Anwalt nicht erzählen, wie die Schießerei tatsächlich abgelaufen sei. »Haben Sie Pat jemals gefragt, warum sie sich wegen der Wahrheit solche Sorgen machte?«

»Nun«, meinte Tom, »das stand ja im Gegensatz zu der Geschichte, die sie erzählte. Ich meine, sie fing mit den Lügen an diesem Abend an, und wenn man einmal damit anfängt, kann man sich nicht mehr an jede einzelne Lüge erinnern. Man vergißt etwas. Natürlich glaube ich nicht, daß Pat jemals irgend etwas vergessen hat. Aber, wissen Sie, wenn Pat den Anwälten eine Geschichte erzählt, ich aber eine andere Geschichte erzähle, werden die Anwälte mißtrauisch. Und wenn ein Anwalt dann auch nur einen Funken Verstand hat, wird er herausfinden, wer hinter dem allen gesteckt hat. Wahrscheinlich wollte sie deshalb nicht, daß die Wahrheit aufgedeckt wird.«

Tom hatte Pat nie verraten. Er hatte die ganze Strafe auf sich genommen. Bis zu diesem Gespräch hatte er nie jemandem erzählt, daß er mit seiner Frau nur wenige Minuten nach den Schüssen gesprochen hatte, und sie hatte darüber ganz sicher geschwiegen. Pat hatte nicht angeboten, ihn nach Hause oder sonstwohin zu fahren. Sie hatte ihn allein durch die regnerische Nacht fliehen lassen, damit er irgendwie die sechzig Meilen nach Hause zurücklegte. Und sie hatte auf ihre Mutter und ihren Vater, auf Boppo und Papa, gewartet, damit diese die Scherben einsammelten, wie sie das immer gemacht hatten.

Don Stoop und Michelle Berry waren ganz sicher, daß der Anblick von Tom, der in dem Regen auf sie zulief, auf Pat wie eine Geistererscheinung gewirkt haben mußte. Beide glaubten, daß Pat eine Falle errichtet hatte, in der Tom erschossen werden sollte. Sie hatte nicht erwartet, ihn an diesem Abend noch einmal wiederzusehen.

Es gab noch immer unbeantwortete Fragen, selbst nach diesem Gespräch mit Tom Allanson. Fragen, die immer bleiben würden. Stoop hatte seine eigene Theorie, wie Walter Allansons Schrotflinte und die Patronen in den Unterschlupf gelangt waren. Er wußte, daß Tom sie nicht an jenem Julitag bei sich gehabt hatte, als er versuchte, die Sache mit seiner Mutter einzurenken. Der Feuerwehrmann aus East Point, der Tom gut kannte, hatte ihn auf der Straße gesehen, als er sich dem Haus seiner Eltern näherte. Er hatte keine Schrotflinte bei Tom gesehen. Es war möglich, daß Walter Allanson selbst die alte Schrotflinte in seinen Keller gebracht hatte. Er war ein verängstigter Mann gewesen, genau wie sein Sohn. Jeder der beiden war überzeugt gewesen, daß der andere ihn ermorden wollte.

Walter könnte die Schrotflinte in dem Kriechkeller versteckt haben, um sie bei der Hand zu haben, falls er im Keller angegriffen wurde. Die Schrotflinte könnte für den Keller, das neue und besonders starke Gewehr könnte für das Haus selbst gedacht gewesen sein. Die geliehene Pistole wäre dann die Waffe gewesen, die er ständig bei sich trug.

Aber wieso hatte dann Walter die Pistole, die Schrotflinte und den Koffer als bei einem Einbruch gestohlen gemeldet? Das war eine heikle Frage. Walter war schrecklich wütend auf Tom gewesen. Wollte er Tom aus Rache als Dieb anzeigen? Stoop zog sogar die Möglichkeit in Betracht, daß Walter Allanson selbst seine Telefonleitung durchgeschnitten und die Sicherung ausgeschaltet hatte, um dann die Polizei anzurufen und den Schaden Tom anzuhängen.

Es war aber auch möglich, daß jemand von außen in das Haus eingedrungen war und die Waffen und den Koffer gestohlen hatte. Dieselbe Person oder dieselben Personen könnten die Telefonleitungen durchgeschnitten und die Sicherung ausgeschaltet haben.

Pat? Wohl kaum. Bei all diesen mysteriösen Bränden, aus denen Pat Nutzen gezogen hatte, war sie nachweislich nicht in der Nähe des Hauses oder des Gebäudes gewesen, das in Flammen aufging. Sie war weit weg gewesen, als es zu dem Hinterhalt am Lake Lanier kam. Und als sie angeblich den Tod ihres Schwiegersohns plante, hatte sie einen anderen damit beauftragt.

Pat macht sich ihre eigenen Hände nicht schmutzig schloß Stoop. Sie hatte eine Anzahl von Leuten, die sich förmlich überschlugen, um ihr zu ›helfen‹. Die Frau konnte charismatisch, verführerisch, bedrohend oder bemitleidenswert sein – was immer nötig war, um ihren Kopf durchzusetzen. Doch nach so langer Zeit würde ihr niemand mehr eine Schuld beweisen können.

Sobald Pat ihre eigenen Pläne selbst ausgeführt hatte, war sie erwischt worden. Dafür, daß sie Paw und Nona mit Arsen vergiftet hatte, war sie lange Zeit ins Gefängnis gewandert. Und wenn es nach Stoop ging, würde das gleiche ihr für die

Machenschaften in dem Haus der Crists blühen. Diese Verbrechen konnte er beweisen. Er stand jedoch bei weitem nicht auf einem so soliden Fundament, wenn er ihre Verwicklung in die Ermordung der Allansons nachweisen wollte.

53. Kapitel

Die Staatsanwaltschaft stand dicht davor, sich an die Grand Jury für eine Anklage zu wenden. Die Ermittler wußten, auf wen sie es abgesehen hatten. Pat verkaufte noch immer alte Broschen und Halsketten im Golden Memories Shop, und Debbie arbeitete in der Praxis von Dr. Villanueva.

Richterin Sandra Harrison im Henry Country, in dem der Ort McDonough lag, gab Don Stoop und Michelle Berry einen Durchsuchungsbefehl für das kleine rote Ziegelhaus auf der Bryan Street. In Begleitung des Polizeichefs von McDonough, M. Gilmer, und seines Stellvertreters, E. Moore, klopften Don Stoop und Michelle Berry an die Haustür der Radcliffes. Sie hofften, fehlenden Schmuck zu finden, vielleicht noch einige alte Williamsburg-Kochbücher, die alten Bücher und Erinnerungsstücke aus dem Bürgerkrieg – kurzum: Gegenstände von der langen Verlustliste der Familie Crist. Sie waren jedoch realistisch genug, um zu wissen, daß diese Gegenstände wahrscheinlich schon längst verkauft worden waren.

Margureitte und Clifford Radcliffe in ihrem eigenen Heim aufzusuchen und ihr Haus zu durchsuchen, war, als würde man Königin Elizabeth und Prinz Philip im Buckingham Palace überfallen. Colonel Radcliffe nahm den Durchsuchungsbefehl mit eisiger Höflichkeit zur Kenntnis. Margureitte und ihre Schwester Thelma starrten die Eindringlinge feindselig an. Es wurde klar, daß Don Stoop die Hauptzielscheibe des Zorns war, doch das störte den Ermittler nicht im geringsten. Michelle Berry, die genau wie Stoop eine vereidigte Mitarbeiterin der

Staatsanwaltschaft war, wurde als reizende junge Dame betrachtet, die das Pech hatte, ihn bei seinem rüden Unternehmen begleiten zu müssen.

Sie begannen mit einer genauen Durchsuchung des makellosen Hauses. Es gab so viele Antiquitäten, Kunstgegenstände, Erinnerungsstücke, Fotos und Schmuckstücke, daß es fast unmöglich erschien, die Dinge auszusondern, nach denen sie suchten. Und die Zeit war auf Pats Seite gewesen. Stoop warf einen Blick auf Colonel Radcliffes Hand und sah nicht mehr den Ring mit dem Lasurstein, den er auf den Videoaufnahmen und den Fotos von der Feier zu seinem fünfundsiebzigsten Geburtstag getragen hatte.

Sie arbeiteten sich durch die Küche, das Speisezimmer und der Erholungsraum in das Puppenzimmer vor und stockten erstaunt. Susan hatte versucht, sie auf diesen Raum vorzubereiten, aber jetzt verstanden sie, daß man ihn kaum jemandem beschreiben konnte. »Meine Mutter ist in vieler Hinsicht wie ein Kind«, hatte Susan erklärt. »Ihre Puppen sind *ihre* Kinder, weil sie keine Unordnung machen. Sie können eine Teeparty veranstalten, ohne etwas durcheinanderzubringen.«

Das Puppenzimmer war der Traum eines jeden kleinen Mädchens – und eines jeden Sammlers. Es gab unzählige Puppen. Sie saßen auf Korbsesseln, Holzstühlen und Sesseln aus Samt und Seide. Sie saßen in Schaukelstühlen, Kinderstühlen und auf Schaukeln. Sie lagen in Wiegen, Bettchen, Kinderwagen und Hängematten. Einige hatten Teller und Löffel, andere einen Schreibblock, wieder andere hatten ihrerseits Puppen oder Teddybären. Mit Sicherheit war keine nach neunzehnhundertdreißig hergestellt worden, und einige sahen aus, als wären sie über einhundertfünfzig Jahre alt. Sie waren in feinste Baumwolle und Leinen gekleidet, in Spitze, Barchent, Satin und Seide. Ihre kleinen Hüte waren aus Stroh geflochten oder Bändern gewoben oder aus Wolle gehäkelt. Es gab Schaukelpferde, geschnitzte Pferde, Holzpferde, Plüschpferde. Alles befand sich im richtigen Maßstab für die Puppen, von dem winzigen Klavier bis zu den Hockern, den Schiffskoffern und den Kleiderständern. Die Bilder an den Wänden zeigten reizende kleine

Kinder und – natürlich – Puppen. Es gab Teeservice, Musikboxen, Kreisel, Reifen und Fächer.

Don Stoop und die Polizisten aus McDonough gingen behutsam vor, und Michelle Berry drehte sich verwundert immer wieder nach allen Seiten und bestaunte die gewaltige Sammlung. Sie konnte sich gar nicht vorstellen, wieviel Geld und Jahre es Pat gekostet hatte, diese Puppenfamilie zusammenzustellen. Als sie begannen, Schubladen und Schränke zu öffnen, prallten sie überrascht zurück. Sie fanden Puppenarme und -beine und -köpfe, Perücken für Puppen, jedes nur erdenkliche Teil, das benötigt wurde, um eine Puppe neu auszustatten oder zu reparieren. Es gab große Stoffballen und winzige Stückchen kostbaren Stoffs. Knöpfe. Augen.

Die Eindringlinge, die den Schlaf und das Spiel der Puppen gestört hatten, bekamen das Gefühl, als würden sie überall im Raum Augen verfolgen.

Pats Nähzimmer befand sich in dem Kämmerchen nebenan. Es war ebenfalls mit Puppenteilen und Stoffstücken voll. »Alles, was man überhaupt brauchte, um sich eine Puppe zu basteln«, erinnerte sich Michelle Berry. »Sogar Wimpern.«

Der Durchsuchungsbefehl nannte Gegenstände, die so klein waren, daß die Polizisten das legale Recht besaßen, in Schubladen und Schränke zu blicken – wo immer die gestohlenen Schätze verborgen sein mochten.

»Hätten wir einen Großbildfernseher gesucht«, erklärte Berry, »hätten wir nicht in die Schublade einer Kommode blicken dürfen. Aber es gab sehr viel, wonach wir suchten. Es war ein älteres Haus mit zahlreichen Einbauschränken und Kommoden, die alle vollgepackt waren. Und Pats Eltern waren nicht entgegenkommend. Sie verrieten uns nicht, wo sich Einbauschränke befanden. Wir mußten sie selbst finden.«

Pats Zimmer erreichte man über eine schmale Treppe. Es befand sich oberhalb des Puppenzimmers. Auch dieser Raum schien aus einer anderen Epoche zu stammen, mit einer Bettdecke aus Spitze, gerüschten Chintzvorhängen und Chintzlampenschirmen und der Schneiderpuppe mit dem Brautkleid. Michelle durchsuchte einen großen alten braunen Lederkoffer.

Er war voll mit Pats Erinnerungsstücken – Fotos von Pferdeschauen, Siegerbändern und Urkunden. »Es gab Zeugnisse von Debbie und Ronnie, alte Geburtstagskarten und Karten zum Muttertag von den beiden – aber ich fand nichts von Susan. Zumindest in diesem braunen Koffer existierte Susan nicht, als habe Pat nur zwei Kinder.«

Berry und Stoop gaben ein gutes Team ab. Er war schroff und professionell, sie war sanft und damenhaft. »Die Leute erwärmen sich für gewöhnlich eher für mich als für Don«, sagte Berry. »Ich weiß nicht, ob es daher kommt, daß ich eine Frau bin, oder weil ich leiser spreche. Mrs. Radcliffe war zuerst sehr distanziert, aber endlich begann sie, mit mir zu sprechen. Sie schilderte mir, wie sie sich um die Puppen kümmerten. Sie sagte, jede Woche würden sie und der Colonel und Pat Stunden damit zubringen, die Windeln jeder Puppe zu wechseln. Ich fragte nicht, warum. Es erschien mit so sonderbar, daß ich es gar nicht wissen wollte.«

Während Michelle Berry einen Schrank im Speisezimmer durchsuchte, fiel ein altes Gipsbild heraus und zerbrach. Colonel Radcliffe war wütend. »Er sagte, er würde mich verklagen, aber Mrs. Radcliffe trat für mich ein. Sie sagte zu ihm: ›Colonel, sie konnte nichts dafür, und du brauchst das nicht zu melden, und es war ohnedies nichts wert.‹ Hätte aber Don das Bild zerbrochen, wäre der Teufel losgewesen, weil sie ihn nicht als ebenbürtig ansahen. Sie beklagte sich bei ihm, sie habe in ihrem ganzen Leben noch nicht mitangesehen, daß jemand in ein Haus einbricht, anderen Menschen ihren persönlichen Besitz wegnimmt und ihn verwüstet. Was wir natürlich nicht taten.«

Es muß für Margureitte Radcliffe eine schreckliche demütigende Erfahrung gewesen sein, die sehr nahe an die Verwirklichung ihres schlimmsten Alptraums heranreichte, nämlich von der Polizei eines Verbrechens beschuldigt zu werden. Don Stoop wurde zur Zielscheibe für ihren Zorn, den sie gegenüber den Menschen im Lauf der Jahre aufgestaut hatte, die ihre eigene Würde und die ihrer exzentrischen Tochter.

Letztlich fanden die Ermittler keinen der gesuchten Gegenstände.

Aufgrund aller Umstände und der Beweise, die der Staatsanwaltschaft vorlagen, erhoben am 17. April 1991 dennoch neunzehn Geschworene der Grand Jury des Fulton County Anklage gegen Pat Taylor Allanson und Debbie Cole Alexander in sieben Punkten: schwere Körperverletzung in Mordabsicht; schwere Körperverletzung, Verstoß gegen das Suchtmittelgesetz, Punkt eins; Verstoß gegen das Suchtmittelgesetz von Georgia, Punkt zwei; Diebstahl, Punkt eins; Diebstahl, Punkt zwei; der siebente Anklagepunkt drehte sich darum, daß sich die Angeklagten als diplomierte Krankenschwestern ausgegeben hatten.

Die Haftbefehle kamen als nächstes an die Reihe. In McDonough schloß sich die Familie von Colonel und Mrs. Clifford Radcliffe erneut gegen einen Angriff des Gesetzes zusammen. Ihr kleines Mädchen war jetzt dreiundfünfzig Jahre alt, und sie hatten es all die Jahre über verwöhnt und beschützt. Das Elternhaus war stets Pats Zuhause gewesen. Alles hatten sie geopfert, um Pats Leben perfekt zu gestalten. Pat konnte in ihren Augen nichts falsch machen, und dennoch hörte die Welt nicht auf, sie zu verfolgen.

54. Kapitel

Lewis R. Slaton, Staatsanwalt von Atlanta, erließ am 17. April 1991 Haftbefehl für Pat Taylor Allanson und Debbie Cole Alexander. Don Stoop und Michelle Berry sollten die Verhaftungen durchführen. Susan hatte ihnen erklärt, es wäre besser, ihre Mutter und ihre Schwester getrennt zu verhaften. Debbie war der schwache Teil des Duos. »Wenn Sie mit ihr sprechen, ohne daß meine Mutter dabei ist«, sagte Susan, »könnte sie zu Ihnen ehrlich sein. Wenn meine Mutter dabei ist, wird Debbie alles sagen, was Mom will.«

Es war am 17. April fünf Minuten vor elf Uhr vormittags, als die Ermittler der Staatsanwaltschaft zu Dr. Villanuevas Praxis in Riverdale, Georgia, fuhren. Sie trafen Debbie bei der Arbeit an. Sie stand an einem Aktenschrank, bekleidet mit Shorts und Bluse. Michelle Berry fiel auf, daß Debbie sehr dünn war. Sie hatte tiefe dunkle Ringe unter den Augen und einen großen blauen Fleck an einem Schenkel. Sie wehrte sich nicht gegen die Verhaftung. Sie wirkte ehre eingeschüchtert und verängstigt. Stoop verlas die Anklage gegen sie und unterrichtete sie über ihre Rechte nach Miranda. Debbie platzte sofort heraus: »Das mit der Pflege war die Idee meiner Mutter!«

»Sind Sie eine diplomierte Krankenschwester?« fragte Berry.

»Nein, ich war nie eine.«

In einem der Anklagepunkte wurde die fehlende Rolex-Uhr aufgeführt, und Debbie gab an, tatsächlich die Uhr geholt zu haben. Sie weigerte sich zu sagen, wo sich im Moment die Uhr des verstorbenen Mr. Crist befand. Sie bestritt, Mrs. Crist irgendwelche Medikamente gegeben zu haben. »Mrs. Crist war Alkoholikerin«, sagte sie. »Sie hat selbst die ganzen Medikamente genommen. Außerdem hat meine Mutter darüber die Aufsicht geführt. Ich habe nur Mr. Crist seine Medizin gegeben.«

Deborah Taylor Cole Alexander wurde in das Gefängnis des Fulton County gebracht.

Sie fanden ihre Mutter im Gerichtsgebäude des Henry County in McDonough, einem historischen roten Ziegelgebäude, das seit achtzehnhunderteinunddreißig auf dem Hauptplatz der Stadt stand. Ironischerweise war Pat vor Gericht als Zeugin der Anklage in einem Verfahren gegen einen Ladendieb im Golden Memories Shop aufgetreten. Als Stoop und Berry auf sie zugingen, sah sie den beiden desinteressiert entgegen und ließ nicht erkennen, daß sie wußte, weshalb sie hier waren. Der Colonel und Margureitte Radcliffe waren bei ihrer Tochter im Gerichtsgebäude. Die beiden erkannten die Detectives sofort und beobachteten sie vorsichtig.

Erneut verlas Don Stoop die Anklagen und die Belehrung nach Miranda. Pat starrte ihn ausdruckslos an und bat ihn dann leise, ihr noch einmal die Anklagepunkte vorzulesen. Sie täuschte einen Schock vor. Sie erklärte, sie wisse, warum sie verhaftet wurde. Das käme nur wegen Susan und Bill Alford. »Susan ist geisteskrank, müssen Sie wissen. Sie braucht psychiatrische Betreuung. Die beiden haben mich am Telefon bedroht. Bill und Susan sind sehr krank. Bill hat Mrs. Crist angerufen, und er hat mein Leben bedroht – ich kann Ihnen gar nicht sagen, wie oft.«

Debbie hatte überhaupt nicht auf jenen Teil der Miranda-Warnung geachtet, der das Recht zu schweigen festhält. Pat tat es auch nicht. Sie war empört und noch redseliger als ihre Tochter. »Mrs. Crist war Alkoholikerin, müssen Sie wissen«, erzählte sie Stoop. »Diese Leute wollten, daß ich die Papiere für die Versicherung unterschreibe, als wäre ich eine eingetragene Krankenschwester. Das konnte ich nicht machen. Das wollte ich auch nicht machen. Es wäre falsch gewesen, nicht wahr?«

Während Boppo an ihrer Seite blieb, setzte Pat sich, starrte aus dem Fenster und schwieg eine Weile. Sie hatte sich bereits verraten, ohne es zu begreifen. Weder Berry noch Stoop hatten etwas von Papieren für die Versicherung erwähnt, die mit ›Pat Taylor, diplomierte Krankenschwester‹ unterschrieben waren. »Ach, du liebe Zeit«, sagte Pat fast kindlich und wandte sich an Boppo, »das war schon vor drei oder vier Jahren, nicht wahr, Mom?«

Die Vergangenheit konnte man nach Pats Meinung immer vergessen. Sie löschte ständig das Gestern aus, abgesehen von Beleidigungen oder Angriffen gegen ihre eigene Person. Stoop und Berry waren nicht überrascht, daß Pat sich in Begleitung ihrer Eltern befand. Margureitte und Clifford Radcliffe standen neben ihrer Tochter mit Gesichtern, auf denen sich eine dezente Mischung aus Empörung und Sorge zeigte. Wie viele Jahre hatten sie das schon getan, fragte sich Stoop, wie viele Jahrzehnte waren sie schon für Pat dagewesen?

»Ich bin nicht gesund, Mr. Stoop«, sagte Margureitte, »und Mrs. Taylor befindet sich in ärztlicher Behandlung. Sie wird wegen Bluthochdrucks und Problemen mit dem Herzen behandelt, und sie muß Medikamente nehmen.« Die beiden Ermittler kannte das schon von ihrem Studium der Unterlagen über Pats frühere Schwierigkeiten mit dem Gesetz. Seit 1972 war sie ›todkrank‹.

»Meine Mutter stirbt an Krebs«, fügte Pat hinzu, »und ich bin nicht gesund.«

Stoop fand, daß sie bemerkenswert gesund wirkte. Die Fotos, die er von Patricia Taylor Allanson gesehen hatte, zeigten eine gertenschlanke, schöne, junge Frau, deren Gesundheit durchaus zerbrechlich gewesen sein mochte. Die Frau, die er soeben verhaftet hatte, wog über zweihundertfünfzig Pfund. Ihre Gesichtszüge gingen in Fett unter. Ihr einst schön geformtes Kinn hing wie der Hals eines Truthahns herunter, und der Hals, den ›Scarlett‹ bei ihrer Hochzeit mit einem Band und einer Kamee geschmückt hatte, hatte seine Form verloren.

»Wie geht es denn Mrs. Crist? Wie steht es um ihre Gesundheit?« fragte Pat scheinbar ehrlich besorgt.

»Es geht ihr gut.«

»Die Crists sind sehr wohlhabend und einflußreich«, behauptete Pat klagend. »Sie können alles machen. Sie haben eine Menge Geld. Ich habe nicht soviel Geld. Was sollen wir bloß machen, Mom?«

»Wir werden es schon irgendwie schaffen«, versicherte Margureitte und drückte die Hand ihrer Tochter.

Pat wurden die Hände mit Handschellen auf dem Rücken gefesselt, bevor man sie zum Auto führte, das sie in das Gefängnis von Fulton County führen sollte. Michelle Berry setzte sich zu Pat nach hinten, und Don Stoop fuhr. Pat beklagte sich darüber, daß es für sie sehr unbequem war. Sie bat Michelle, ihr die Handschellen abzunehmen.

Margureitte Radcliffe wußte, wer Pat diesen Ärger verursacht hatte. Es war natürlich Susan, die überhaupt keine Loyalität gegenüber der Familie aufbrachte.

Geschockt und gekränkt rief Boppo bei Susans Ehemann Bill Alford an. »Warum, um alles auf dieser großen, weiten Welt, hast du mit der Staatsanwaltschaft über Pat gesprochen? Was hast du bloß diesen Leuten gesagt?«

»Richtig, ich habe mit ihnen gesprochen«, erwidert Bill. »Ich habe die Fragen beantwortet, die sie mir gestellt haben.«

»Dazu hattest du kein Recht, Bill – nicht nach allem, was die Staatsanwaltschaft der Familie angetan hat. Diese Leute hatten absolut kein Recht, etwas über Pats und Debbies Leben zu erfahren. Du weißt genausogut wie ich, daß Pat und Debbie nicht zu den Crist gegangen sind, um sie umzubringen. Das einzige, das falsch war – sie haben sich als diplomierte Krankenschwestern ausgegeben.«

»Und das hast du richtig gefunden, Boppo?« fragte Bill. »Ist dir nicht bewußt, daß das falsch war? Der alte Mann war sehr krank und hätte eine echte Krankenschwester gebraucht.«

Es herrschte langes Schweigen, dann sagte Boppo endlich: »Ich kann heute abend mit niemandem mehr von der Familie sprechen.«

Damit wurde die Verbindung unterbrochen.

Am dreizehnten Mai erhielten Bill und Susan ein ›offizielles Kommuniqué vom Schreibtisch des Clifford B. Radcliffe‹. Es stammte von Margureitte und wies keine Anrede auf.

> Man hat bei mir Krebs in der linken Lunge festgestellt. Er ist inoperabel, die Strahlentherapie ist abgeschlossen, aber der Krebs ist weiterhin vorhanden. Die Prognose ist düster. Daher ist es mein Wunsch, daß im Falle meines Todes unsere Enkelin, Linda Susan Taylor Alford, und ihr Ehemann George Chester (Bill) Alford von der Teilnahme an meinem Begräbnis, dem Gedenkgottesdienst und anderen Gottesdiensten für mich ausgeschlossen werden.
>
> Ich verfüge außerdem, daß sie nichts von meinem Besitz erben.
>
> Die beiden haben vielen Menschen, auch ihrem Sohn, eine große Tragödie bereitet und viel Schmerz zugefügt.
>
> Margureitte S. Radcliffe

Der Brief war von einem öffentlichen Notar unterschrieben. Kopien von drei Briefen ihrer Ärzte lagen bei, in denen bestätigt wurde, daß sie tatsächlich Lungenkrebs hatte.

55. Kapitel

Lange bevor die Story in die Medien kam, erfuhr man bei der Staatsanwaltschaft des Fulton County, daß Pat Taylor Allanson und ihre fünfunddreißig Jahre alte Tochter Debbie verhaftet worden waren. Andy Weathers hoffte, daß er sich den Fall schnappen konnte. Es wäre sein zweites Zusammentreffen mit Pat auf dem Schlachtfeld des Gerichtssaals gewesen, und es hätte ihm erlaubt, seine eigene gewaltige Neugierde zu befriedigen, in welcher Weise Pat in die Ermordung von Walter und Carolyn Allanson verwickelt gewesen war. Er hatte voll Interesse verfolgt, wie unermüdlich Don Stoop hinter Pat hergewesen war, und er hatte sich über die Gründlichkeit des Ermittlers gefreut. Weathers hatte mit Pat noch eine unerledigte Rechnung.

Doch es sollte nicht sein. Das Fulton County verteilte seine Fälle per Computer, und der nächste Name war Bill Akins.

Bill Akins war ein extrem attraktiver junger Jurist Anfang Dreißig. Er hatte sein Diplom in ›The Citadel‹ gemacht, und wie Don Stoop war er noch an der Junior High School gewesen, als die früheren Fälle verhandelt wurden, in denen Pat Allanson eine Rolle gespielt hatte. Er war von Stoops Ermittlungen beeindruckt. Dieses einzelne Blatt, das in einer Akte gelegen hatte, war zu einer dicken Akte angewachsen, angefüllt mit alten Polizeiprotokollen, neuen Polizeiprotokollen, Zeugenaussagen, Zeitungsausschnitten, bizarren Anekdoten, Fotos und Tonbandaufnahmen.

Es sollte kein leichter Fall werden. Angesichts der verständlichen Weigerung der Familie Crist, die Asche ihres Gatten und Vaters exhumieren und im Labor analysieren zu lassen, schien es unmöglich, Pat einen Mord zu beweisen. Angesichts des fast völligen Verschwindens der fehlenden Besitztümer war es auch äußerst schwierig, die Diebstähle zu beweisen. Was die Allanson-Morde und die durchaus bestehende Möglichkeit anging, daß Pat bei diesem ersten Ausbruch von Gewalttätigkeit eine Rolle gespielt hatte, würde es besonders haarig werden.

Darüber hinaus hatte Pat einen ausgezeichneten Anwalt engagiert, Steve Roberts von der Firma Garland & Samuel. Roberts verlangte ein baldiges Verfahren, wozu jeder Verteidiger das Recht hat. Er konnte gesetzlich Slatons Büro sogar *zwingen*, innerhalb von sechzig Tagen vor Gericht zu gehen. Ein Verteidiger konnte stets Verzögerungstaktik anwenden und Aufschub beantragen – und die meisten taten das auch –, aber ein Ankläger mußte bereit sein, innerhalb des Zeitraums von sechzig Tagen mit dem Prozeß zu beginnen.

Sofern Akins beantragte, Anklage gegen Pat wegen ihrer Vertuschung der Ermordung von Walter und Carolyn Allanson zu erheben, würde einer der Zeugen der Staatsanwaltschaft Edward T. M. Garland sein. Edward T. M. Garland, war jetzt Partner in der Firma von Pats neuem Verteidiger. Das würde zu einer sehr heiklen Situation führen. Ed Garlands Aussage gegen Pat konnte für die Verteidigung nicht sehr erfreulich ausfallen. Es mußte ein sehr schwieriger Prozeß werden, wenn der Ankläger sich nur zwei Monate vorbereiten konnte. Umgekehrt war die Drohung, mit dem Tod der Eltern ihres Exmannes in Verbindung gebracht zu werden, das letzte, was Pat sich wünschte. Für die Staatsanwaltschaft bedeutete das einen hervorragenden Ansatzpunkt, um ein Schuldgeständnis zu erreichen. Akins war Stoop und Berry dafür dankbar. »Ich muß Don und Michelle große Anerkennung für die Ermittlung aussprechen, die mir einen Stock -- einen wirklich großen Stock – verschaffte, den ich über Pats Kopf halten konnte – und dazu auch noch die Möhre.«

Pat wollte nicht einmal mit dem Namen Allanson in einem Atemzug genannt werden. Einer der ersten Anträge, die Steve Roberts stellte, ging darum, sie unter ihrem gegenwärtigen Namen anzuklagen: Patricia Taylor und nicht Patricia Allanson. Ganz offenbar fürchtete sie, wegen dieser alten Morde angeklagt zu werden. Akins schätzte, daß sie lieber einen Handel mit der Staatsanwaltschaft abschloß, als eine Verbindung zu den Allanson-Morden zu riskieren.

Akins' Haltung lief darauf hinaus, sich bei Debbie zurückzuhalten und dafür schweren Druck auf Pat auszuüben. Debbie war seit der Anklage wegen unsittlichen Verhaltens vor Jahren nicht mehr verhaftet worden. Sie schien eine Mitläuferin zu sein und keine Anstifterin. Nein, Pat war der große Fisch, und ihre Lebensgeschichte zeigte, daß sie in allen ihren Beziehungen der dominierende Partner gewesen war. Aber würde sie sich lieber in den sieben bereits existierenden Anklagepunkten schuldig bekennen, selbst wenn das eine hohe Strafe bedeutete, als den Öffentlichkeitsrummel zu riskieren, der losbrechen mußte, falls Akins Anlagen wegen Mordes und Beihilfe zum Mord der Liste von Pats Straftaten hinzufügte?

Don Stoop und Michelle Berry wollten das volle Risiko eingehen. Von Anfang an hatten sie diesen Fall so angepackt, hatten bei Tag und Nacht gearbeitet, um alle zerfaserten und verschütteten Spuren aufzudecken. Sie hatten die schrecklichen Ereignisse des Frühlings 1974 noch einmal durchlebt, die zu der Ermordung von Walter und Carolyn Allanson geführt hatten. Sie hatten alle Orte aufgesucht, denen der Geruch von Blut scheinbar noch immer anhaftete, und sie waren fest davon überzeugt, daß Pat Allanson mitten in der Sache steckte. Sie hatte nicht geschossen, aber sie hatte angestachelt, manipuliert und gelogen.

Sie war die Anstifterin.

Die beiden wollten, daß alle dunklen Ecken von Pats Leben ausgeleuchtet wurden. Sie waren Detektive. Akins war ein Ankläger. Die Beziehung zwischen diesen beiden Parteien ist immer kompliziert. Ermittler begeben sich auf unsicheren Boden und gehen Risiken ein. Ankläger wollen wissen, woran sie sind, und sie möchten ihre Chancen genau einschätzen können.

Beide wollen gewinnen, aber man könnte sagen, daß Detectives es gelassener hinnehmen, wenn sie verlieren.

Letztlich beschloß Bill Akins, auf einen Handel einzugehen. Pat Taylor sollte ins Gefängnis wandern, aber sie brauchte sich keine Sorgen zu machen, wegen Mordes angeklagt zu werden. Es würde keine Prozeß geben. Es würde keine schreienden

Schlagzeilen geben. Don Stoop war wütend. Er war unnachgiebig, wenn es um Gerechtigkeit ging. Er sollte noch sehr, sehr lange wütend bleiben. »Bill Akins hätte sich niemals auf einen Handel einlassen dürfen. Und in diesem Punkt werde ich meine Meinung nie ändern.«

Don Stoop und Michelle Berry waren bitter enttäuscht. Sie hatten alles gegeben – vergebens!

56. Kapitel

Am 12. Juni 1991, weniger als zwei Monate nach ihrer Verhaftung, erschien Patricia Taylor Allanson alias Patricia Radcliffe Taylor mit ihrem Anwalt in Atlanta in dem Gerichtssaale des Ehrenwerten William H. Alexander.

In der Anklage No.Z-32688 war es zu einer Absprache gekommen.

Pat trat in den Zeugenstand und sah Bill Akins gleichmütig an, als er auf sie zuging. Seine Fragen entsprachen der Routine. Er mußte feststellen, daß sie bei klarem Verstand war und begriff, was sie tat, und daß bei klarem Verstand war und begriff, was sie tat, und daß sie sich vor Gericht ordentlich vertreten fühlte.

»Waren Sie mit den Diensten Ihres Verteidigers zufrieden?« fragte Akins.

»Mehr als zufrieden.«

»Herr Anwalt.« Akins wandte sich an Steve Roberts. »Verzichten Sie auf eine formelle Verlesung der Anklage?«

»Ja, wir verzichten.«

»Ms. Taylor«, begann Akins, »verstehen Sie, daß Sie in der Anklageschrift in sieben Punkten angeklagt werden? Punkt I klagt Sie an der schweren Körperverletzung in Mordabsicht, was mit einer Strafe von einem bis zwanzig Jahre Gefängnis bestraft wird. Punkt II klagt Sie der schweren Körperverletzung an, die ebenfalls mit einer Strafe von einem bis zwanzig Jahre verbunden ist. Sie können nicht in beiden Anklagepunkten verurteilt werden. Punkt III klagt Sie an der Verletzung des Suchtmittelgesetzes von Georgia, weil Sie sich in Besitz von Halcion gefunden haben . . . ein bis fünf Jahre.« Anklagepunkt IV bezog sich auf das gleiche Delikt. »Sie können nicht in beiden Punkten verurteilt werden. Punkt V klagt Sie an des Diebstahls, besonders einer Rolex-Uhr . . . zehn Jahre Gefängnis. Punkt VI klagt Sie an des Diebstahls von einzeln aufgeführten Schmuckstücken . . . ein bis zehn Jahre.«

Akins erklärte, daß die beiden letzten Anklagepunkte getrennt waren. Pat konnte in beiden Punkten verurteilt werden.

»Punkt VII klagt Sie an des illegalen Auftretens als eingetragene diplomierte Krankenschwester ohne Lizenz. Das ist ein Vergehen, das mit einer Strafe von höchstens zwölf Monaten Gefängnis und eintausend Dollar Geldstrafe belegt wird. Verstehen Sie alle diese Anklagen und die dafür vorgesehenen Strafen?«

»Ja.«

Pat Taylor gab an, sie wäre bereit, sich schuldig zu bekennen der schweren Körperverletzung, des Verstoßes gegen das Suchtmittelgesetz von Georgia, des Diebstahls der Schmuckstücke und des Auftretens als eingetragene Krankenschwester: Anklagepunkte II, IV, VI und VII. Sie verstand, daß sie zu insgesamt sechsunddreißig Jahren Gefängnis verurteilt werden konnte und daß sie ein Anrecht auf einen Prozeß vor Geschworenen hatte. Sie verzichtete auf dieses Recht.

Pat wollte unbedingt eine Erklärung abgeben, weshalb sie sich schuldig bekannte. Ihr Anwalt meinte, das könne sie tun, wenn der Richter sie später befragte.

Bill Akins ging Pats weit zurückreichenden Zusammenstöße mit dem Justizsystem des Fulton County durch und gab eine Zusammenfassung dessen, was er in einem Prozeß vorgelegt hätte, sofern es zu einem gekommen wäre: die gewaltsamen Todesfälle, die Vergiftungen, die gefälschten Testamente. Als er zu der jüngsten Vergangenheit kam, erklärte er Richter Alexander, daß Pat auf Bewährung aus dem Gefängnis entlassen und dafür trainiert worden war, nur in Pflegeheimen zu arbeiten. »Sie kümmerte sich auch um eine alte Dame namens Mansfield. Sie arbeitete mit Ms. Mansfield hauptsächlich über ein Pflegeheim, und die Kinder hatten nicht viel Kontakt mit ihr. Ms. Mansfield starb und wurde eingeäschert. Mehr wissen wir darüber nicht.«

Danach kam die Anstellung bei den Crists. Akins beschrieb die Lügen und die falschen Darstellungen und erwähnte, daß Pat ständig alle anderen Angestellten entlassen hatte. »In der Hauptsache kümmerten sie und ihre Mitangeklagte, Debbie Cole Alexander, sich um den alten Mr. Crist. Der Arzt von Mrs. Crist verschrieb ein Beruhigungsmittel, das unter dem Namen Halcion bekannt ist. Der Arzt verschrieb dreißig Pillen, von denen nur eine Pille, besser noch nur eine halbe Pille, vor dem Schlafengehen genommen werden sollte. Innerhalb eines Zeitraums von sechsunddreißig Tagen, Euer Ehren, *erwarb die Angeklagte zusätzlich einhundertzwanzig Tabletten Halcion in zwei verschiedenen Drugstores.«*

Der Fall, den Don Stoop und Michelle Berry Schritt für Schritt zusammengetragen hatten, war beeindruckend anzuhören. Richter Alexander saß still und versunken da, während Bill Akins von den hohen Rechnungen der Drugstores erzählte und von den Ängsten der Crist-Kinder.

»Dr. Watson nahm Elizabeth Crist Blut ab, in dem sich fast die doppelte Menge Halcion nachweisen ließ, als normal gewesen wäre, und dies fand zu einem Zeitpunkt statt, zu dem Mrs. Crist nicht so stark unter Medikamenteneinfluß stand wie bei anderen Gelegenheiten. Ich gehe weiter davon aus, daß die Beweise in einem Prozeß zeigen würden, daß die Überdosierung von Halcion bei Mr. Crist seinen Verfall aufgrund der Parkinsonschen Krankheit beschleunigte und außerdem die Gesundheit von Mrs. Crist beeinträchtigte.«

Nachdem Akins die aus dem Crist-Haus fehlenden Wertgegenstände aufgeführt hatte, gab er die Empfehlung der Staatsanwaltschaft für das Strafmaß. »Betreffs Punkt II – schwere Körperverletzung – zwölf Jahre, von denen acht zu verbüßen sind und der Rest auf Bewährung ausgesetzt wird. Betreffs Punkt IV fünf Jahre, die gleichzeitig zu verbüßen sind. Zu Punkt VI zehn Jahre, von denen acht zu verbüßen sind, ebenfalls gleichzeitig, und betreffs Punkt VII zwölf Monate, gleichzeitig zu verbüßen. Als eine Bedingung bei Bewährung, Euer Ehren, empfehle ich, daß sich die Angeklagte einer psychiatrischen Behandlung unterzieht und zu keinem Zeitpunkt jemals gegen Bezahlung oder freiwillig eine Tätigkeit ausübt, die auch nur entfernt etwas mit Krankenpflege und Gesundheit ganz allgemein zu tun hat.«

Das war nun wirklich eine verständliche Forderung.

Steve Roberts bat um zwei zusätzliche Bedingungen. »Bill Akins hat in dieser Abmachung zugestimmt, daß die Mitangeklagte Debbie Alexander, die Mrs. Taylors Tochter ist, in das vorgerichtliche Betreuungsprogramm aufgenommen wird. Nach erfolgreichem Abschluß dieses Programms sollte dieser Fall geschlossen werden, so daß sie nicht weiterhin angeklagt wird.« Sie hatte auch versprochen, Mr. Crists Rolex-Uhr zu ersetzen.

Und als nächstes der Preis dieser Abmachung.

»Als Bedingung dieser Abmachung wird Bill Akins die beklagte Mrs. Taylor nicht im Zusammenhang mit dem Tod von Mr. Walter Allanson vor Gericht stellen, der meines Wissen nach 1974 erfolgte.«

Akins nickte und erhob sich, um Richter Alexander diese Bedingung genauer zu erklären. »Euer Ehren, das ist richtig. Im Verlauf der Ermittlungen in diesem aktuellen Fall kam es ans Tageslicht, daß die Angeklagte wesentlich in die Ermordung der Eltern ihres Exmannes Tommy Allanson verwickelt war. Die Staatsanwaltschaft wird in diesem alten Fall keine Anklage erheben, sofern die Angeklagte der Abmachung zustimmt, wie sie soeben dargelegt wurde.«

Steve Roberts ergriff erneut das Wort. Er sagte, seine Mandantin würde sich gegen seinen Rat schuldig bekennen. Er hatte Pat geraten, sich nicht schuldig zu bekennen und sich auf einen Prozeß einzulassen. »Meine Mandantin stimmt heute dieser Abmachung zu. Sie wir dem Gericht offen und freiwillig erklären, daß sie mit dieser Alford-Abmachung einverstanden ist.

(Eine Alford-Abmachung hat überhaupt nichts mit Bill und Susan Alford zu tun. Der Name stammt von einem Maßstäbe setzenden Fall, der vor langer Zeit verhandelt wurde.)

Margureitte und Clifford Radcliffe, die natürlich anwesend waren, zuckten ein wenig bei dem Namen zusammen. Doch sie saßen stolz und wohlwollend wie immer da und blickte zu ihrer Tochter auf.

»Meine Mandantin wünscht, dem Gericht die Gründe darzulegen, aus denen sie sich auf diesen Handel einläßt«, fuhr Roberts fort. »Sie ist zu der Ansicht gekommen, sollten die Beweise gegen sie und ihre Tochter Geschworenen vorgelegt werden, wie Mr. Akins sie soeben präsentiert hat, könnte sie mit hoher Wahrscheinlichkeit schuldig gesprochen werden. Sollte sie schuldig gesprochen werden, könnte das Urteil härter ausfallen als der Urteilsspruch, den die Staatsanwaltschaft heute empfiehlt. Die Staatsanwaltschaft hat angedeutet, daß sie die früheren Taten meiner Mandantin in die Anklage aufnehmen würde. Die Staatsanwaltschaft würde darauf verweisen, daß es sich um eine ähnliches Verbrechen handelt. Mr. Akins hat mich darüber informiert, daß er diesbezüglich Beweise vorlegen würde. Angesichts all dieser Umstände in der Absicht, diese Angelegenheit ein für allemal zu beenden – sowohl mit Hinblick auf dieses Verbrechen, das Verbrechen, das 1974 an Mr. Allanson begangen wurde, und die angebliche Vergiftung – alle diese Dinge, Euer Ehren, spielen eine Rolle bei der Entscheidung meiner Mandantin, heute auf diese Abmachung einzugehen.«

Pat stemmte sich auf die Beine und wandte sich an Richter Alexander. Sie trug eine blaue Gefängnishose, ein Oberteil aus dem gleichen Material und Sandalen. Vierzehn Jahre und fünfunddreißig Tage waren vergangen, seit sie das letzte Mal zu einer Haftstrafe verurteilt worden war, aber sie hatte noch immer ihre Anhänger. Debbie war da mit ihrem neuen Ehemann Mike Alexander. Miss Loretta war zu verzweifelt, um zu Pats Verurteilung zu kommen, aber Boppo und Papa waren wie immer zu ihrer Unterstützung da.

Richter Alexander blickte auf Pat hinunter und erklärte:

»Mrs. Taylor – betreffs Punkt II verurteile ich sie zu zwölf Jahren, davon acht Jahre zu verbüßen, der Rest auf Bewährung ... Punkt IV, ich verurteile Sie zur Verbüßung von fünf Jahren, gleichzeitig mit Punkt II. Zu Punkt VI verurteile ich Sie zu zehn Jahren, von denen acht zu verbüßen sind, gleichzeitig mit den anderen Strafen ... Zu Punkt VII verurteile ich Sie zu zwölf Monaten Haft. Alle diese Strafen sind gleichzeitig zu verbüßen.« Bill Akins' Antrag folgend erinnerte Richter Alexander daran, daß Pat nie wieder auf dem Gebiet der Gesundheitsfürsorge arbeiten durfte.

Im Klartext: Pat wanderte für acht Jahre ins Gefängnis.

Der Deputy, der sie bewachte, erlaubte ihr, an die Seite des Gerichtssaales zu gehen, wo sie umarmt wurde. Margureitte schüttelte den Kopf und murmelte, dies alles sei ein schrecklicher Fehler. Pat weinte nicht. Selbst angesichts der drohenden Rückkehr nach Hardwick mag sie erleichtert aufgeseufzt haben. Es hätte viel schlimmer kommen können.

Später betonte Margureitte Radcliffe, Pat habe sich nur schuldig bekannt, um Debbie zu retten. »Sie ist eine Mutter, die es nicht erträgt, wenn sie ihr Kind leiden sieht. Sie hat sich für Deborah aufgeopfert.« Margureitte erwähnte nicht, daß Steve Roberts auf der Bedingung bestanden hatte, die garantierte, daß Pat sich nie mehr mit den lästigen Fragen im Zusammenhang mit der Ermordung von Walter und Carolyn Allanson herumschlagen mußte. Was immer an jenem regnerischen Abend des 4. Juli passiert war, was immer Pat auch getan hatte, um die blutige Konfrontation im Keller des Hauses eintausendvierhundertachtundfünfzig Norman Berry Drive herbeizuführen, das Thema war abgeschlossen – zumindest vor dem Gesetz.

57. Kapitel

Von dem Moment an, in dem die Alfords das Haus der Radcliffes am Thanksgiving Day 1990 verließen, waren sie auf sich selbst gestellt. Susan hatte ab sofort keine Schwester, keinen Bruder, keine Großeltern, keine Großtanten, keine Onkels, keine Cousins (ausgenommen die in Ungnade gefallenen Bobby und Charlotte) und keine Nichten mehr. Ihr Sohn Sean war ihr bereits entfremdet, und sie erfuhr, daß er einmal pro Woche zu Boppo und Papa eingeladen wurde. Susan und Bill hatten das Rudel verraten, und das wurde ihnen von den anderen nie verziehen. Was Pat auch immer getan hatte, sie war jedesmal wieder aufgenommen worden. Man hatte ihr nicht nur verziehen, sondern sie auch unterstützt und liebevoll über alles anderen erhoben. Susan hatte nur dafür gesorgt, daß ihre Mutter keinen Schaden mehr anrichtete, und sie war verstoßen worden.

Die Alfords wohnten ein Jahr lang auf der Main Street in McDonough. Manchmal hatten sie das Gefühl, in einem Aquarium zu leben. McDonough war so klein, daß sie nirgendwo wohin gehen konnte, ohne mit Boppo und Papa zusammenzutreffen. Wenn das passierte, waren sie Fremde. Boppo bekam ihren ›Kristallblick‹ und segelte an ihnen vorbei. Susan sah ihre Großmutter oft. Sie sah nicht krank aus, obwohl die Berichte der Ärzte etwas anderes sagten. Und Susan glaubte diese Berichte. Sie machte sich Sorgen um Boppo.

Es sollte Monate dauern, bis Susan zornig wurde. Susan, die von Natur aus schüchtern war, wurde erst wütend, als sie ihre Kinder leiden sah. Courtney erhielt einen Brief von Boppo und Papa, in dem sie ihr mitteilten, sie würden nicht mehr ihre Reitstunden bezahlen. Adam konnte nicht verstehen, wieso Boppo und Papa aus seinem Leben verschwunden waren.

Susan hörte Gerüchte über ihren eigenen Verrat, wohin sie auch in McDonough ging. Der Klatsch blühte, und Pats und Debbies Verbrechen verblaßten offenbar im Vergleich zu

Susans Untaten. Eine ›anonyme Quelle‹ zeigte die Alfords bei der örtlichen Jugendfürsorge wegen Mißhandlung ihrer Kinder an. Es kam zu einer Untersuchung, die fallengelassen wurde, als Courtney bei der Behauptung laut auflachte.

Don Stoop und Michelle Berry unterstützten die Alfords. Der Fall war abgeschlossen, aber die Detectives mochten das Paar. Wenn es Susan zuviel wurde, konnte Stoop sie für gewöhnlich zum Lachen bringen. Er sagte es ihr nicht, aber auch er war erleichtert, als die Alfords aus McDonough wegzogen. Sie waren zur Zielscheibe des blindwütigen Hasses geworden.

Am 8. Juli 1991 erhielten Susan und Bill einen Brief von Boppo, der auf ihrer alten mechanischen Schreibmaschine getippt war – derselben, auf der sie alles geschrieben hatte, von verdächtigen Geständnissen bis hin zu offizieller Enterbung mißliebiger Verwandter. Susan und Bill hatten angenommen, ihre Verbannung von Boppos Begräbnis wären die letzte offizielle Benachrichtigung gewesen, doch es kam noch eine.

Susan Taylor Alford
George C. Alford
Seit sich diese Tragödie ereignet hat, habe ich versucht, die Worte zu finden, um Euch zu sagen, daß es keine Worte gibt, mit denen ich die Tiefe meines Schmerzes und meines Verlustes, den ich empfinde, auszudrücken.

An diesem Punkt ist es unmöglich, daß wir je wieder eine Beziehung zueinander haben. Es gibt in diesem Fall keine Sieger. Aber es gibt viele Verlierer. Wie meine Mutter so oft sagte: ›Was geschehen ist, ist geschehen und kann nicht mehr geändert werden. Es steht auf der Seite unseres Lebens und wird da stehenbleiben. Nur Gott kann Dir das alles verzeihen. Mit den Menschen ist das ein wenig schwerer.«

Dein Großvater und ich haben unsere Testamente neu geschrieben. Das hat auch Deine Mutter getan. Ihr seid beide ausgeschlossen. Es ist nicht angebracht, daß Ihr einen materiellen Gewinn habt nach der ganzen Tragödie, die Ihr verursacht habt. Du, Susan wirst nicht den Ring bekommen, den

Onkel Kent mir gegeben hat. Ich weiß, daß er der Meinung wäre, daß Du ihn nicht verdienst.

Wie traurig für Eure Kinder. Susan, Adam hat Dich über ein Jahr weinen gesehen. Was ist geschehen? Courtney ist alt genug, um zu wissen, daß ich sie liebe. Ich liebe die beiden sehr und vermisse sie.

Susan, ich war an dem Tag Deiner Geburt im Kreißsaal, und das war einer der aufregendsten Tage meines Lebens. Ich wußte damals nicht, welchen Kummer ich am Ende meines Lebens erdulden würde. Wie konntest Du das tun?

In tiefem Schmerz und mit mehr Traurigkeit, als ich jemals erlebt habe, sage ich Euch beiden Lebewohl . . .

Ich werde Dich immer lieben, Susan, ABER ich werde Dein Handeln immer verabscheuen.

Deine Großmutter Boppo

1991 wurde das fünfundzwanzigste Familientreffen der Silers in White Lake gefeiert, und Margureitte schrieb den Gedenkbroschüre auf *der Schreibmaschine*. Sie führte ohne Kommentar die Alfords als Nachkommen auf, erwähnte jedoch nicht Pats jüngste Inhaftierung in einer umfangreichen Auszählung von Katastrophen, die über die verschiedenen Zweige des Clans hereingebrochen waren.

Sean nahm teil, doch Susan, Bill, Courtney und Adam waren natürlich nicht eingeladen worden, sich er Familie in White Lake anzuschließen.

Als Pat nach Hardwick verlegt wurde, begannen Boppo und Papa wieder mit ihren wöchentlichen Besuchen, wie sie das schon einmal getan hatten. Bald danach wurde Pat in ein Gefängniskrankenhaus verlegt. Sie hatte angeblich einen Schlaganfall erlitten. »Sie kann nicht sprechen«, sagte Boppo traurig im Oktober 1991. »Und sie zieht ein Bein hinter sich her. Das ist die Schuld des Gefängnisses. Man hat ihr tagelang ihre Medizin nicht gegeben. Wir werden sie verklagen.« Boppo gab

Susan an allem die Schuld. Der Abstieg der Familie hatte natürlich mit Susans Verrat begonnen.

Debbie und Mike Alexander stimmten den Radcliffes zu. »Susan braucht professionelle Hilfe«, erklärte Debbie knapp. »Sie hat Moms Puppen die Haare abgeschnitten, und als ich eines Abends ganz allein in meiner Wohnung war, kam Susan her und schaltete den Strom zu meiner Wohnung ab. Ich sah aus dem Fenster und entdeckte einen dunklen Wagen, und ich wußte, daß es Susan war.«

Wohl kaum. Susan machte so viele Überstunden als Kaufhausdetektivin, wie sie nur konnte, um genug Geld zu verdienen, damit sie McDonough und der ständigen Überwachung durch ihre empörte Familie entfliehen konnte. »Abgesehen davon«, meinte sie lachend, »wenn ich Debbie den Strom hätte abdrehen wollen, hätte ich gar keine Ahnung gehabt, wo ich den Sicherungskasten und alles andere finden würde.«

Pats letzte Verurteilung schien einen langsamen Verfall der Familie eingeleitet zu haben. Die schöne Fassade bröckelte, und ein Stück nach dem anderen brach ab und erlaubte einen Blick auf das, was dahinter lag. Tante Lizzie und Margureitte sprachen kaum miteinander. Tante Thelma erlitt einen Schlaganfall und mußte in ein Krankenhaus in Augusta gebracht werden. Eine Zeitlang besuchten Margureitte und Cliff sie regelmäßig, aber es ging ihr nicht besser. Thelmas überlebende Schwestern erhielten für sie Generalvollmacht und verkauften ihr Haus und ihr Auto. Thelma wurde in einem Pflegeheim in Elizabethtown, North Carolina, untergebracht.

Margureitte war noch immer fassungslos über Susans Verrat.

»Susan sagte, ihre Mutter wäre eine sehr gute Mutter. Sie sang im Chor. Der Colonel und ich kauften Lebensmittel, als Susan und Bill schwere Zeiten durchmachten, und der Colonel hat die beiden eingeladen, bei uns zu leben. Sie gingen zu Thanksgiving. Susan schnitt den Puppen ihrer Mutter die Haare am Hinterkopf ab, und sie nannte Colonel Radcliffe einen Bastard!«

Ihre Stimme sank aus Schock zu einem Flüstern ab.

»Meine eigene Prognose sieht nicht gut aus«, sagte Margureitte vertraulich und inhalierte Rauch. »Ich habe Lungenkrebs, müssen Sie wissen. Der Arzt sagte im letzten Jahr, ich hätte noch zwei Jahre, und Colonel Radcliffe hat ihn deshalb bei meiner letzten Untersuchung angesprochen, und er sagte nur: ›Ich habe meine ursprüngliche Schätzung nicht korrigiert.‹ Es ist ein schrecklicher Gedanke, daß ich vielleicht meine Tochter nicht bei mir haben werde, damit sie sich um mich kümmert, wenn ich meine letzten Tage erreiche.«

Margureitte war eine Frau von bemerkenswerter Willenskraft und starker Konstitution. Obwohl sie 1992 zu dem Treffen der Siler-Familie in White Lake im Rollstuhl erschien, meinten ihre Schwestern, sie habe nie besser ausgesehen. Als der Rollstuhl sich in dem Sand nicht schieben ließ, stand sie daraus auf und benützte ihn während der einwöchigen Feier nicht mehr.

Tom Allanson hatte das Beste aus seinen ersten Jahren der Freiheit gemacht und in seinem Job bei der Wasseraufbereitung stets Beförderungen und Gehaltserhöhungen erhalten, so daß Liz nicht mehr arbeiten mußte. Den beiden gehörte ein kleines Haus auf dem Land nördlich von Atlanta, wo sie auf der hinteren Veranda sitzen und beobachten konnten, wie die Blutweiden ausschlugen und den Wind in den Nadelbäumen hörten. Sie hatten eine Katze, ein Aquarium, züchteten Rosen und zogen Gemüse, gingen jeden Sonntag zur Kirche, in der Tom Präsident der Full Gospel Association war, und sie dachten selten an die Vergangenheit.

Tom hatte Pat das letzte Mal 1977 gesehen, bevor er nach Buford verlegt wurde. Als ihm ein Polizeifoto von ihrer letzten Verhaftung 1991 vorgelegt wurde, klappte ihm der Unterkiefer herunter. Die Pat, an die er sich erinnerte, war schlank und zart gewesen. Diese Frau war schrecklich fett. »Das glaube ich nicht! Das ist Pat?« Er schüttelte den Kopf, und seine Gedanken blieben unausgesprochen, als er das Bild zurückgab.

Tom sah seinen Sohn Russ regelmäßig, aber er wollte auch seine Tochter Sherry wiederfinden, »Ich weiß nur, daß sie verheiratet ist und in Seattle lebt«, sagte er. »Ich würde gern Kontakt mit ihr aufnehmen, aber ich weiß nicht, wo ich anfangen soll.«

Tom hatte nur ein verblaßtes Bild seiner Kinder, als sie noch klein waren. Er hatte es jahrelang in seiner Brieftasche aufbewahrt. »Die anderen sind verloren«, sagte er. »Pat hat jedes Bild meiner Kinder vernichtet. Russ' und Sherrys Paten waren Berufsfotografen, und wir bekamen jeden Monat wundervolle Fotos, während die Kinder heranwuchsen. Aber Pat war eifersüchtig und hat sie ohne mein Wissen weggeworfen.«

Tom Allanson hatte seine Kinder und mehr als anderthalb Jahrzehnte seines Lebens wegen einer Frau verloren, die behauptete, ihn zu lieben. Würde es gerecht zugehen auf der Welt, hätte er sein Leben mit der Frau, die ihn in all den Jahren aufrichtig geliebt hatte, doppelt genießen müssen.

Für Susan sollte es kein Happy-End geben. Gerade als die Alfords finanziell wieder Tritt faßten und aus McDonough hätten wegziehen können – weg von Boppos unausweichlichem ›Kristallblick‹ –, erklärte Bill völlig überraschend Susan, daß er sie verließ. Er könne ihre Familie nicht mehr ertragen. Sie war fassungslos. Sie hatte doch gar keine Familie mehr! Sie hatte niemanden außer Bill und ihren Kindern.

Doch Bill zog aus, ohne den wahren Grund zu erklären.

Susan mußte sechs Monate in McDonough geächtet und allein leben. Sie, die mit achtzehn geheiratet hatte und stets schüchtern und abhängig gewesen war, erwies sich jetzt als härter, als sie sich jemals selbst zugetraut hätte. Sie packte ein, was sie mitnehmen konnte, und verkaufte den Rest an der Straße vor ihrem Haus. Courtney verkaufte ›South Fork‹, das Puppenhaus, das Pat ihr geschenkt hatte, für hundert Dollar und gab das Geld ihrer Mutter.

Während des Verkaufs der Sachen umkreiste die Familie den Block – nicht einmal, sondern zehnmal, fünfzigmal: Debbie und ihre Mann und Ronnie. Sie zeigten mit Fingern, lachten und grinsten. Der Colonel und Ashlynne gingen vorbei und ließen einen Drachen steigen. Margureitte fuhr immer wieder vorbei und reckte dabei die Nase hoch in die Luft.

Abgesehen von Courtney und Adam war Susan ganz allein.

Susan begann am Muttertag 1992 mit dem Umzug und hoffte, daß zumindest Boppo und Papa an diesem Tag in Hardwick bei ihrer Mutter zu Besuch sein und ihr nicht folgen würden, um herauszufinden, wohin sie zog. Es klappte, obwohl sie später erfuhr, daß die Verwandten, von denen sie enterbt worden war, versucht hatten, ihre Nachsendeadresse auf dem Postamt, von der Schule ihrer Kinder und von ihrem ehemaligen Vermieter zu erfahren. Warum? Warum konnte man sie nicht einfach in Ruhe gehen lassen?

Als Susan, Courtney und Adam zwei Tage später zum letzten Mal aus McDonough hinausfuhren und ihr Pick-up mit ihrer letzten Habe geladen war, erhaschte Susan im Rückspiegel einen Blick auf einen Wagen, der wie Debbies Auto aussah. Sie fuhr etwas schneller und wechselte die Spur, um den Wagen abzuhängen. Als sie vom Henry County ins Clayton County überwechselte, platzte einer der Reifen. Zu diesem Zeitpunkt hatte sie bereits den Wagen, der wie Debbies Auto aussah, aus den Augen verloren. Sie hielt den schwer beladenden Pick-up nur mit Mühe in der Spur, fuhr auf der Felge auf eine Zubringerstraße und holperte in eine Tankstelle.

»Ich hatte Angst, nicht einmal mehr genug Geld zu haben, um den Reifen wechseln zu lassen«, erinnerte sich Susan. »Und dann half mir dieser Mann, den ich ›meinen schwarzen Engel‹ nenne. Er tauchte an der Exxon-Tankstelle einfach aus dem Nichts auf und bot an, mir zu helfen. Er montierte das Ersatzrad und sah sich dann das Profil des kaputten Reifens an. Er meinte, der Reifen wäre noch zu gut, um zu platzen. Er sagte ›Bringen Sie ihn dahin zurück, wo Sie ihn gekauft haben, und lassen Sie ihn untersuchen.«

Susan erinnerte sich mit schlechtem Gewissen daran, daß der Mann schäbig gekleidet war.

»Er war einer von den Männern, die ich mir zweimal angesehen hätte, wenn ich in einem Laden gearbeitet hätte, und das hat mir später ein schrecklich schlechtes Gewissen verschafft. Er tröstete mich und sagte, es würde schon alles in Ordnung kommen. Wahrscheinlich hat er bemerkt, daß ich völlig außer mir war. Ich bot ihm die paar Dollar an, die ich noch hatte, aber er hat meine Hand weggeschoben. Ich habe ihn gebeten, daß Geld zu nehmen, aber er hat nur gelächelt und gesagt: ›Es gibt noch ein paar gute Menschen auf dieser Welt. Kümmern Sie sich nur um ihre Kinder.‹«

Susan fuhr wieder auf den Freeway auf. Als sie ein paar Meilen weiter die Ausfahrt nahm, war niemand hinter ihr. Sie brachte den Reifen am nächsten Tag zum Händler zurück und wollte wissen, wieso ein praktisch neuer Reifen so einfach platzen konnte. Der Mechaniker sah ihn sich an und kratzte sich am Kopf. »Lady, wüßte ich es nicht besser, würde ich sagen, daß da jemand daran manipuliert hat.«

NACHWORT

Blickt man auf das Leben von Patricia Vann Radcliffe Taylor Allanson zurück, fragt man sich natürlich, warum sie diesen Drang verspürte, den Menschen, die sie liebten, soviel Schmerz zu bereiten. Litt sie zeitweise unter Wahnsinn, oder war sie einfach eine höchst selbstsüchtige Frau, die vor nichts zurückschreckte, nicht einmal vor einem Mordversuch, um zu bekommen, was sie wollte? Vielleicht gibt es keine eindeutige Antwort auf diese Fragen. Anders als viele Verbrecher wurde Pat Taylor nie einem psychologischen Test unterzogen. Abgesehen von der Diagnose durch Dr. Ray Loring Johnson – dem Psychiater, der sie untersuchte, nachdem sie sich im Frühjahr 1975 die Pulsadern aufgeschnitten hatte und ziellos durch den Wald gelaufen war –, gibt es in ihren Gerichtsunterlagen keine psychiatrischen oder psychologischen Berichte. Laut Dr. Johnsons Einschätzung litt Pat unter ›erregter Depression mit möglicher Gedankenverwirrung‹. Sie erhielt damals Medikamente, die sie jedoch bald absetzte, nachdem sie aus der Klinik entlassen worden war. Sie kehrte nicht mehr dorthin zurück.

Es ist unwahrscheinlich, daß Pat jemals unzurechnungsfähig oder verrückt war. Oftmals hysterisch, ja. Seit sie ein kleines Mädchen war, peitschte sie sich selbst gefühlsmäßig hoch, um ihren Kopf durchzusetzen. Niemand setzte ihrem Verhalten jemals Grenzen. Wenn Patty weinte, gaben die Erwachsenen nach. Vor allem die Großmutter, die Pat in den ersten fünf Jahren betreute, verwöhnte Pat maßlos.

Als Pat fünf war, heiratete ihre Mutter Clifford Radcliffe und gab Patty alles, was sie verlangte – möglicherweise, um ihre eigenen Schuldgefühle zu beschwichtigen, weil sie ihr Kind in den ersten Jahren zu Mama Siler gegeben hatte. Margureittes Nachsicht versagte in den nächsten fünfzig Jahren kein einziges Mal.

In all diesen Jahren log Pat, stahl, manipulierte, verführte und betrog. Sie heiratete zweimal und unternahm sogar einen Mordversuch, um zu bekommen, was sie wollte. Sie wollte Liebe und Glück, sie wollte Geld und die Dinge, die man mit Geld kaufen konnte, und sie fand für gewöhnlich jemanden, der es ihr gab. Wenn nicht, machte sie sich daran, sich selbst alles zu verschaffen. Niemand außer ihr war wichtig. Menschen waren lediglich Mittel zum Zweck. Und doch konnte nichts, das sie erhielt, die Leere in ihrem Leben ausfüllen. Sie war wie ein Kessel mit Löchern im Boden. Liebe und Dinge und Menschen und Geld versickerten. Wie Boppo einmal sagte: »Ich verstehe nicht, wie jemand auf dieser Welt annehmen kann, Pat hätte bekommen, was sie wollte – sie hat nie das bekommen, was sie wollte. Ihr ganzes Leben verlief tragisch. Wieso können die Leute das nicht verstehen?«

Anfangs konnte Pat ihren Willen durchsetzen, weil die Familie sie so liebt, später, weil alle ihre scharfe Zunge, ihren Zorn und ihre Tobsuchtsanfälle fürchteten. Zuletzt brachten ihre Angehörigen es vielleicht nicht über sich, ihre Verbrechen in einem klaren Licht zu untersuchen, weil sie fürchteten, daß auch sie in gewisser Weise verantwortlich waren. Die Radcliffes und Silers behandelten häßliche Wahrheiten stets so, als wäre ein Elefant in ihre Mitte geraten. Dann hätten sie vielleicht eine Bemerkung über den Glanz seiner Augen gemacht oder über das feine Elfenbein seiner Stoßzähne, aber sie hätten nie den ganzen Elefanten zur Kenntnis genommen – nur die Teile, mit denen sie sich problemlos auseinandersetzen konnten.

Jede Familie führt einen Balanceakt aus. Manche Mitglieder brauchen mehr Aufmerksamkeit, mehr Bestätigung. Andere sind unabhängig oder ganz einfach Einzelgänger. Für gewöhnlich verändern sich persönliche Bedürfnisse häufig, und unterschiedliche Familienmitglieder werden zur aktuellen ›Last‹, die man stützen muß, bis sich die Gewichte erneut verschieben. In einer funktionierenden Familie lösen sich die Probleme irgendwann, und jeder kommt einmal an die Reihe, Stütze oder Last zu sein. Doch Pat war nie die ›Stütze‹. Nie wurde sie aufgefordert, Verantwortung für ihr Leben zu übernehmen. Beim ersten

Anzeichen von Schwierigkeiten eilte jemand – meistens Boppo und Papa – herbei, um sie zu retten.

Pat war stets die Last, aber so bizarr ihr Verhalten auch manchmal war, sie war absolut nicht verrückt. Wenn sie so wirkte, war das eine bewußte geistige Abweichung, in die sie hineinschlüpfen konnte, sobald es ihren Zwecken dienlich war. Bei ihren Gesprächen mit Tom, die sich über siebzehn Jahre erhalten hatten, war ihre klare vom Band zu hörende Stimme abwechselnd befehlend und mädchenhaft, und lustig niedergeschlagen: Rollen, die sie spielte, um ihre Mitmenschen zu manipulieren.

Wenn Pat auch nicht verrückt war, litt sie höchstwahrscheinlich doch an einer Mischung von Persönlichkeitsstörungen. Sie betrachtete die Welt und ihre Beziehung zur Welt nicht, wie das die meisten Menschen tun. Sie kannte den Unterschied zwischen richtig und falsch, doch das spielte keine Rolle. Sie war in dem Glauben erzogen worden, daß Regeln nur für andere Menschen galten und daß es nur darauf ankam, daß sie selbst immer bekam, was *sie* wollte.

Hat sich eine Persönlichkeitsstörung erst einmal in dem Verstand eines Menschen eingenistet, bleibt sie wie ein hartnäckiger Pilz haften. Sie wird zu einem Teil des Gedankenprozesses, und versucht man, sie zu entfernen, ist das, als würde man einen Baum fällen, um einen Pilz zu eliminieren. Es ist tatsächlich besser, man ist ›verrückt‹, weil das heilbar ist. Persönlichkeitsstörungen sterben erst mit dem Menschen, der sie hat.

Niemand weiß mit Sicherheit, woher Persönlichkeitsstörungen stammen. Die meisten Psychiater sind sich allerdings einig, daß sie nicht angeboren sind, sondern in den ersten Lebensjahren Fuß fassen. Normalerweise beginnt ein Kind von drei oder vier Jahren zu verstehen, daß sein Verhalten den Eltern, einem anderen Kind oder einem Tier Schmerzen verursacht – daß auch andere Wesen Schmerzen empfinden. Dieses Begreifen und dieses Wissen führen zur Entwicklung des Gewissens, der inneren Stimme, die Menschen davor warnt, daß gewisse Handlungen grausam, unsensibel und gegen die Sitten der Gesellschaft sind. Es ist das Gewissen, das Schuldgefühle hervorruft, die heute oft als bloße Störung abgelehnt werden, die jedoch zum Überleben der Menschheit unentbehrlich sind.

Mißhandelte und gedemütigte Kinder sind zu sehr mit dem bloßen Überleben beschäftigt, als daß sie ein Gewissen ausformen oder die ersten kleinen Schritte zur Entwicklung von Mitgefühl machen könnten. Vielleicht umgehen Kinder, die nie getadelt oder bestraft werden, ebenfalls den Wachstumsprozeß des Gewissens. Reverend Tasso Siler und seine sanfte Frau Mary waren die personifizierte Freundlichkeit, und das war – nach eigener Aussage – auch Margureitte. Man muß sich fragen, ob zu viel ›Freundlichkeit‹ nicht ein Kind ebenso sicher verformt wie Mißhandlung.

Was auch immer Pats emotionale Entwicklung beeinträchtigte, aus ihrem Verhalten ging klar hervor, daß sie eine asoziale Persönlichkeit war. Schlicht ausgedrückt – sie besaß kein Gewissen. Deshalb konnte sie Tom in eine katastrophale Auseinandersetzung mit seinen Eltern drängen. Deshalb konnte sie Paw und Nona skrupellos Arsen eingeben und Elizabeth Crist so viel Halcion verabreichen, daß sie Tag für Tag nahezu bewußtlos war. Deshalb konnte sie ihre eigenen Eltern mit ihren unaufhörlichen Geldforderungen in den Bankrott treiben. Und deshalb konnte sie ihre eigene Tochter, eine Frau, die unter einer klinischen Depression litt, aus dem Haus treiben.

Eine Anzahl von Persönlichkeitsstörungen gehen oft Hand in Hand, und Pat war wahrscheinlich auch narzißtisch. Wie Narziß aus der griechischen Mythologie, der sein eigenes Abbild in einem Teich zum Idol erkor, war sie buchstäblich in sich selbst verliebt. Sie glaubte, daß sie alles verdiente, was sie begehrte. Da sie nicht alles haben konnte, ganz gleich, wie sehr sich die Menschen um sie herum abmühten, sie zufriedenzustellen, war sie oft deprimiert. Sie glaubte zu wissen, was sie brauchte, um glücklich zu sein – aber es machte sie nie glücklich. Als Pat endlich Tom kennenlernte, hatte sie die Fähigkeit zum Glücklichsein schon längst verloren, falls sie überhaupt jemals dazu in der Lage gewesen war.

Sie litt vielleicht auch unter einer anderen, weniger bekannten Störung, die von Psychiatern erkannt wurde und für die es einen langen Fachausdruck gibt: ›Chronische künstliche Störung mit physischen Symptomen‹.

Das ›Münchhausen-Syndrom‹.

Anders als die meisten Menschen, die den antiseptischen Geruch auf Krankenhausgängen fürchten, genießen jene, die an dem Münchhausen-Syndrom leiden, diese medizinische Umgebung. Sie lieben die Aufregung in einem Krankenhaus, die Aufmerksamkeit und das Theater, als das sie die Versorgung durch Ärzte und Schwestern empfinden. Sie werden von diesem Milieu dermaßen angezogen, daß sie sich tatsächlich selbst Schmerz zufügen, um dorthin zu kommen.

Das Münchhausen-Syndrom geht weit über Hypochondrie hinaus. Ein Hypochonder bildet sich die Symptome von praktisch jeder Krankheit ein, von der er hört. Zum Münchhausen-Syndrom gehört oft die Selbstverstümmelung.

Susan hatte gesehen, wie ihre Mutter sich selbst mit Töpfen und Pfannen schlug, bis sie übel zugerichtet war. Die tiefe Narbe an Pats rechter Hinterbacke war das Ergebnis bewußten und wiederholten Herumbohrens in einer anfänglich kleinen Wunde mit bakterienverseuchten Instrumenten. Der damit verbundene Schmerz muß fast unerträglich gewesen sein – und doch sehnte Pat sich so sehr nach Aufmerksamkeit und Aufregung, daß sie immer und immer wieder diese Wunde verschlimmerte. Einmal war sie deshalb sogar dem Tod durch Blutvergiftung gefährlich nahe. Und das hatte sie sich selbst angetan.

Pats Kranken- und Verletzungsgeschichte war lang und einzigartig. Sie schrie so oft ›Vergewaltigung!‹, daß sie irgendwann lächerlich wurde. Sie brach zusammen und mußte immer wieder schnellstens ins Krankenhaus gebracht werden. Ein Mensch wie Pat muß sich förmlich über den Biß der braunen Einsiedlerspinne gefreut haben, bedeutete er doch, daß sie wochenlang in einem Krankenhaus liegen konnte – eine angenehme Alternative zum Gefängnis.

Wie viele Leute, die gern im Krankenhaus sind, war sie von Medikamenten abhängig – zum Beispiel von Demerol. Sogar Margureitte hatte das vor Gericht ausgesagt. Vielleicht wird man Pats wirklichen körperlichen und emotionalen Zustand nie ganz kennenlernen oder verstehen. Vielleicht war sie selbst unfähig gewesen, ihn zu kontrollieren. Doch er gehörte zu den stärksten Waffen in ihrem Arsenal, um Kontrolle über andere Menschen auszuüben.

Pat fühlte sich offenbar nie wohl in ihrer eigenen Haut. Sie versuchte sogar, ihren Körper zu zerstören. Und trotz der Kontrolle, die sie über andere Menschen ausübte, fühlte sie sich möglicherweise völlig machtlos – ausgenommen bei ihren Puppen. Ihre Puppen taten immer, was sie wollte. Sie war der Mittelpunkt des Universums ihrer Puppen, genau wie sie der Mittelpunkt der Welt gewesen wäre, die sich für sich selbst hatte schaffen wollen – Zebulon. Dort hätte sie Scarlett und Tom ihr reicher und blind ergebener Rhett sein können. Vielleicht konnte Pat nicht ertragen, sie selbst zu sein, weil ihre Welt ihr nicht alles gab, was sie wollte. Scarlett war von Kraft erfüllt gewesen, eine Frau, die allein stehen und für alles kämpfen konnte, was sie wollte. Letzten Endes war Pat doch nur eine blasse Imitation.

Pats Auswirkung auf die einst solide, wenn auch leicht exzentrischen Familie war vernichtend. Selbst vom Gefängnis aus gab sie den Ton an und fesselte ihre Mutter an sich. Als Pat 1991 zum zweiten Mal in Hardwick war, ging es ihr nicht gut – laut Boppo, die berichtete, sie habe einen zweiten Schlaganfall erlitten, säße in einem Rollstuhl und könne weder gehen noch sprechen. Boppo, die ebenfalls in einem Rollstuhl fuhr, sorgte sich viel mehr wegen ihre Kindes als wegen ihres eigenen bevorstehenden Todes. Und um die beiden herum gab es eine zerstörte Familie, nicht durch die Vernachlässigung eines Kindes, sondern durch das äußerste, vollständige Verwöhnen eines Kindes, ohne Sinn und ohne Verstand. Das einzige Familienmitglied, das mit Würde überlebte, war jenes, das sie alle verachtet hatten – das Mitglied, das den Mut gehabt hat, zu tun, was ihm richtig erschien, selbst wenn es sich gegen die Familie richtete: Susan.

Alle zitierten Mary Siler, aber außer Susan hatte niemand auf ihre Wort gehört:

Was wir getan haben, wird bald ein versiegeltes Buch sein. Ob es nun gut oder schlecht war, wir können es nicht ändern. Es wird so geschrieben sein, wie es war. Das ist traurig, denn so manche von uns werden in ihrem Buch Seiten haben, auf denen viele unfreundliche Worte anderen gegenüber gezeichnet sind, vielleicht auch, daß wir uns nicht genug bemüht haben, das Leben anderer glücklich zu gestalten.

Mary Valli Siler

ENDE

DANKSAGUNGEN

Nur der Autorenname erscheint auf dem Einband eines Buches, und ich vermute, daß nur wenige Leser ahnen, daß wir von einer Armee von Redakteuren, Agenten, PR-Leuten, Lesern, Freunden, Verwandten und Beobachtern unterstützt werden, die freundlich genug sind, ihre Meinung und Ansichten mit uns zu teilen. Ein Buch dieser Größenordnung, das sich über so viele Jahre erstreckt und eine solche Vielzahl juristischer Details behandelt, wäre ohne die hilfreiche Unterstützung, die ich von so vielen Leuten erfahren habe, unmöglich gewesen.

Ich möchte mich bedanken bei den Mitarbeitern von Staatsanwalt Lewis Slaton aus dem Fulton County, Georgia, besonders bei den Ermittlern Don Stoop und Michelle Berry, bei den Stellvertretenden Staatsanwälten Andy Weathers und Bill Akins, bei der Polizei von East Point, Georgia, und bei der Polizei des Pike County und des Forsyth County, Georgia.

Obwohl es in dieser wahren Gesichte so viele Standpunkte gab wie Farben im Regenbogen und nur wenige Beteiligte miteinander übereinstimmten, danke ich trotzdem für die Zeit, die mir verschiedene Familienmitglieder und Freunde gewidmet haben: Colonel Clifford Radcliffe und Margureitte Radcliffe, Deborah und Michael Alexander, Bill und Susan Alford, Courtney und Adam Alford, Tom und Liz Allanson und J. C. und Rena Jones. Ihre Ansichten waren eine wertvolle Ergänzung zu den umfangreichen öffentlichen Unterlagen und Protokollen, die von Regierungsstellen in Georgia, Florida, North Carolina und Washington, D. C., zur Verfügung gestellt worden waren. Aus allen diesen Geschichten, die Strang und Strang miteinander verwoben wurden, entstand eine Story, jener rote Faden, aus dem dieses Buch wurde.

Das Leben kann manchmal kalt und einsam werden, wenn eine Autorin sich an die Arbeit macht, und daher danke ich allen Leuten, die mich unterstützt haben: Meiner ersten Leserin, Gerry Brittingham, und meiner Freundin und Assistentin bei den Ermittlungen für diese Buch, Donna Anders, für ihre Hilfe bei den ersten vorsichtig tastenden Untersuchungen und dem Rohentwurf. Und ohne bestimmte Reihenfolgen, verstreut von Massachusetts bis Wyoming, von Michigan bis Oregon: Sophie Stackhouse, Laura, Rebecca und Matthew Harris, Leslie Rule, David Coughlan, Andrew Rule, Michael Rule, Marlene Price, Bruce Sherles, Shirley und Bill Hickman, Lois Duncan, Fred und Bernie McLean, Jeoff Robinson, Jay und Betty Jo Newell, Bill und Maureen Woodcock, Martin und Lisa Woodcock und Don White (der mein Arbeitszimmer vergrößerte, während ich darin tätig war), Jennifer Gladwell, Edna Buchanan aus Miami Beach, Mike Bashey, Elida Vance, Nancy Hrynshyn, Jann und Sid MacFarland und der Hausboot-Bande Ed Eaton, Betty May und Phil Settecase, Verne Shangle, Sue und Bob Morrison, Ruthene Larson, Joan und Jerry Kelly, Cheri Luxa, Ginger und Bill Clinton, Hope Yenko, Brian Halquist, Dee Reed, Rose Mandelsberg-Weiss, Elaine und Wayne Dorman, Dr. Peter J. Modde, Anne Jaeger, Marsha MacWillie, Jenny Everson, Dee Grim, Mildred Yoacham, Johnny Bonds aus dem Harris County, Texas, Staatsanwaltschaft, Dr. Martha Krenn, Lola Cunningham, Joyce und Bill Johnson aus Mukilteo, Don Wall, Luke und Nancy Fiorante, M. L. Lyke und Susan Paynter, Joyce und Pierce Broosk, Sergeant Myra Harmon und Sergeant Marsha Camp, Charlotte und Austin Seth, Geri und Bill Swank aus San Diego, Danny House sowie Karen Ritola.

Dank an die rätselhafte und geheimnisumwitterte Northwest B. & M. Society, deren stolzes Gründungsmitglied ich bin: Jeannie Okimoto, Judine und Terry Brooks, Ann Combs, John Saul, Margaret Chittenden, Michael Sack, Donna Anders, Don und Carol McQuinn; und Dank an die Pacific Northwest Writers' Conference, wo jeder Autor lernt und wächst.

Dank an meine Verwandten in Ohio – Nachfahren wie ich der verstorbenen Albert Sherman und Florence Stackhouse: Bertha und Bob Mowery (jetzt San Benito, Texas), Lucetta Mae Bartley, Sherman Stackhouse, David Stackhouse und Glenna

Jean Longwell, Neva Steed Jones und Autorenkollege James Steed.

An meine Verwandten in Michigan – Nachfahren wie ich der verstorbenen Chris und Anna Hansen: Emma McKenney, Chris und Linda McKenney, Freda und Bernie Grunwald, Donna und Stuart Basom, Bruce und Diane Basom, Jan und Eby Schubert, Karen und Jim Hudson, Jim und Mary Sampson, Maxine Hansen, Christa Hansen, Terry Hansen und Sara Jane und Larry Plushnik.

Vor fast zwei Jahren hat mir mein Lektor Frederic W. Hills zugestimmt, dies wäre eine Geschichte, die es wert ist, erforscht zu werden, und er hat mich die ganze Zeit angefeuert. Er und Burton Beals haben mir geholfen, jedes Kapitel zu formen, umzuschreiben und zu verbessern, und sie haben viel mit äußerstem Takt, Freundlichkeit und Intelligenz getan, ohne sich jemals in meinen ganz besonderen Stil einzumischen. Selbst wenn ich mich wehrte, wußte ich im Grunde meines Herzens, daß sie recht hatten. Dank an Dahne Bien, Fred Hills Assistentin, die uns verließ, als wir gerade über die Ziellinie kamen, und nach London floh. Viele von uns werden sie vermissen! Ed Sedarbaum und Leslie Ellen sorgten für die Korrektur und fanden jedes Komma, jedes Datum und jeden Satzteil, den ich irrtümlich an die falsche Stelle gesetzt hatte – oder in die falsche Zeit – oder beides – und dafür bin ich dankbar. Dank auch an Emily Remes, meinen juristischen Engel, und an die Verkaufsrepräsentanten, die sich mit Büchern beladen in die hintersten Winkel von Amerika aufmachten und – wie zu hoffen war – mit leeren Händen zurückkamen.

Dank meinem Publicity-Team, Victoria Meyer und Joann Di Gennaro, und den ›Freunden für einen Tag‹ – meinen Begleitern auf der Tour, die mich stets geduldig und freundlich durch Städte führten, die ich nie zuvor gesehen hatte.

Immer wieder Dank meinen sehr geschätzten Agenten, Joan und Joe Foley.

Zuletzt aber danke ich am meisten meinen Lesern. Sie ahnen nicht, wieviel Ihre Briefe einer Autorin bedeuten, die für endlose Wochen an einen Schreibcomputer gefesselt war. Oder wie willkommen Ihre lächelnden Gesichter und aufmunternden Bemerkungen sind, wenn ich irgendwo in einem Einkaufszentrum Bücher signiere. Sie alle habe mir diese nur höchst seltene Freude geschenkt – die Chance, meinen Lebensunterhalt durch etwas zu verdienen, das ich wirklich liebe.

Ann Rule

Werbeagenten, bei dem die Schauspielerprominenz ein- und ausgeht. Sie verbringen mit ihm ein Wochenende auf dem Lande. Mitten in der Nacht werden Sie durch unheimliche Geräusche wach. Ihr Verlobter ist ermordet worden. Und der Mörder bedroht Sie. Später will er Ihr Liebhaber werden – und das Schlimmste von allem: Sie müssen sich eingestehen, daß er eine schreckliche Faszination auf Sie ausübt . . .
Ein Alptraum? Nur ein weiterer Kriminalroman? Leider nein. Es ist bittere Realität, was sich da abgespielt hat unter der Sonne Kaliforniens.

Shelley Sessions
Peter Meyer
Dunkle Begierde
Zwölf Millionen Frauen, so schätzt man, wurden allein in Amerika in ihrer Kindheit und Jugend von ihren Vätern sexuell belästigt und mißbraucht. Und auch in Deutschland liegt die Dunkelziffer gerade dieses Verbrechens alarmierend hoch. Denn nur wenige Töchter wagen es, das Schweigen über ihr Leiden zu brechen.

Die wahre Geschichte der Shelley Sessions ist für all diese Fälle ebenso exemplarisch wie ungewöhnlich. Aufgeweckt und allseits beliebt, lebt das texanische Mädchen eine scheinbar sorglose Kindheit. Ihr Stiefvater, ein steinreicher Unternehmer, hat Shelley seit jeher vergöttert. Doch seine Liebe schlägt um in sexuelle Forderungen, die immer gröber werden . . .

Ken Englade
Wo alles Mitleid endet
Werden manche Menschen als Mörder geboren? Darüber werden Sie lange nachdenken, wenn Sie den

eindringlichen Bericht über die Reise dieser beiden jungen Leute ins Böse gelesen haben.
Elzabeth Haysom und Jens Soering, Sohn eines deutschen Diplomaten, sind kein gewöhnliches Pärchen. Beide sind überdurchschnittlich intelligent, beide stammen sie aus bestem Haus, beide, besonders Jens, sind gefühlsmäßig stark gehemmt.
Was kann die beiden bewogen haben, den brutalen Mord an Elizabeths Eltern eiskalt vorzubereiten und durchzuführen? Das Verlangen, an das große Geld der Eltern heranzukommen? Dunkle Triebe? Blutrausch? Drogeneinfluß?

Barry Siegel
Die Stadt, die nicht vergessen konnte

Nach ihrer Heirat hatte Lois Jurgens nur noch einen Wunsch – Kinder in die Welt zu setzen und großzuziehen. Doch dieser Traum wurde ihr nicht erfüllt. Was lag näher, als ein Kind zu adoptieren? Und da Lois Wohlstand und gesicherte Verhältnisse bieten konnte, vertrauten die Sozialarbeiter ihr den kleinen Dennis an. Vier Jahre später war dieses Kind tot: eine schlimme Bauchfellentzündung, sagt der Leichenbeschauer. Aber es finden sich auch Spuren seltsamer Verletzungen an dem Jungen.
Dennoch durfte Lois Jurgens ein zweites Kind adoptieren. Erst fünfzehn Jahre später wird das Verfahren über den mysteriösen Tod des kleinen Dennis neu eröffnet. Und es kommen schreckliche Dinge ans Licht . . . über die neurotische Frau, die um jeden Preis Mutter sein wollte, über ihren teilnahmslos-passiven Ehemann, über leichtgläubige Verwandte, die die vielen dunklen Zeichen nicht sehen wollte . . .

Joe McGinniss
Quälende Zweifel

Bonnie von Stein ist eine Frau, die nie aufgibt. Nach dem Scheitern ihrer ersten Ehe zog sie ihre Kinder allein groß – bis sie in Lieth von Stein den idealen Ehemann fand: vermögend, fürsorglich und verläßlich. Aber ein brutaler Überfall ließ dieses späte Familienglück jäh zerschellen:

Jack Olsen
Wie unter einem stummen Zwang
Mac Smith ist ein Mann, der sich ganz von seinen sexuellen Fantasien beherrschen läßt. Seit seiner Pubertät schon träumt er von einer Frau, die er demütigen kann. Eines Tages liest er in einem Magazin, daß in den USA jede drei Minuten eine Frau vergewaltigt wird. Doch nur jeder zehnte Täter sieht je ein Gefängnis von innen. Mac Smith, der Geborgenheit nie gefunden hat, bereitet sich darauf vor, seine Vergewaltigungsträume auszuleben . . .
Jack Olsen, zweimaliger Preisträger des *Edgar-Award*, stellt mit diesem Buch auf beispielhafte Art die Entwicklungsgeschichte eines Sexualverbrechers dar.

Ken Englade
Schülerliebe
Die hübsche Pam Smart ist eine Frau mit vielen Gesichtern. An der Seite ihres karrierewilligen Mannes führt sie ein geselliges Leben, als ehrgeizige Pädagogin arbeitet sie in sozialen Brennpunkten. Gleichzeitig nennt sie sich stolz eine ›Heavy-Metal-Braut‹ und ertränkt all ihre Sehnsüchte und Jugendträume in schrillen Hard-Rock-Klängen.
Als sie Billy Flynn, den von ihr betreuten fünfzehnjährigen Schüler, mit einem aufregenden Striptease verführt, tobt im Hintergrund die rauhe Musik von Van Halen, und über die Mattscheibe flimmern die erotischen ›9 1/2 Wochen‹. Drei Monate nach dem Erwachen diese verbotenen Leidenschaft, es ist der 1. Mai 1990, wird Pams Ehemann von einer Kugel tödlich verwundet. Aber die Rolle der trauernden Witwe scheint Pam Smart nicht zu liegen.